吴趼人全集

吴趼人研究资料汇编

裴效维 编

北方文艺出版社

图书在版编目（CIP）数据

吴趼人全集. 吴趼人研究资料汇编 / 刘敬圻主编；
裴效维编. -- 哈尔滨：北方文艺出版社, 2019.3（2021.5 重印）
ISBN 978-7-5317-4263-0

Ⅰ. ①吴… Ⅱ. ①刘… ②裴… Ⅲ. ①吴趼人（1866-1910）- 人物研究②吴趼人（1866-1910）- 小说研究
Ⅳ. ① I214.92 ② K825.6 ③ I207.41

中国版本图书馆 CIP 数据核字（2018）第 083295 号

吴趼人全集：吴趼人研究资料汇编
WUJIANREN QUANJI WUJIANREN YANJIU ZILIAO HUIBIAN

编　者 / 裴效维	主　编 / 刘敬圻
责任编辑 / 宋玉成　赵晓丹	封面设计 / 锦色书装
出版发行 / 北方文艺出版社	邮　编 / 150008
发行电话 /（0451）86825533	经　销 / 新华书店
地　址 / 哈尔滨市南岗区宣庆小区 1 号楼	网　址 / www.bfwy.com
印　刷 / 三河市腾飞印务有限公司	开　本 / 880mm×1230mm　1/32
字　数 / 414 千	印　张 / 16.5
版　次 / 2019 年 3 月第 1 版	印　次 / 2021 年 5 月第 2 次印刷
书　号 / ISBN 978-7-5317-4263-0	定　价 / 65.00 元

出版说明

一、魏绍昌先生虽已编有《吴趼人研究资料》（1980年4月上海古籍出版社出版），但其收录范围限于1950年之前，且侧重于史料，不收论文。此后四十余年，特别是近十几年来，实为吴趼人研究的黄金时期，可谓硕果累累。据粗略统计，单篇文章数以百计，多种文学史、小说史以及文学辞书、小说辞书也对吴趼人及其作品予以论述；就连中国台湾、香港地区，以及日本等其他国家，同样在吴趼人研究方面产生了不少成果。因此特编《吴趼人研究资料汇编》，作为《吴趼人全集》中的一卷，可看作是魏绍昌编本的续集，以供研究者和爱好者两相参照。

二、本编仅收单篇文章（包括台湾、香港以及译为中文的国外文章）；文学史、小说史、文学辞书、小说辞书中有关吴趼人及其作品的论述（胡适的《五十年来中国之文学》除外），以及魏绍昌编《吴趼人研究资料》、中国社会科学院文学研究所近代文学研究组编《中国近代文学论文集·小说卷》（1949—1979）、王俊年编《中国近代文学论文集·小说卷》（1919—1949）所收有关研究吴趼人及其作品的文章，以其不难见到，概不收录。

三、本编所收文章，或取其史料扎实，或取其观点鲜明，或取其方法新颖，一善即取，而不求全；对于人云亦云、空话连篇或哗众取宠之作，仅入索引，不收本文。

四、本编所收文章，大体分为三辑，第一辑为吴趼人的生平研究，第二辑为综合研究、小说理论研究及作品研究，第三辑为著作系年、资料索引和作品索引等。

五、本编所收文章，文末均注原书出处及本编录自何处，以反映其产生的时间，并便于读者检索。

六、为了统一体例，编者作了某些技术处理，如：作者署名均置于文章标题之下，注释均置于页下，繁体字或不规范的习用字改为规范的简化字等。对于1950年以后的文章，仅改正明显的文字、标点之误；对于1950年以前的文章，则除改正错别字外，原不分段者予以分段，原标点不规范者予以规范。至于文章的内容，则一仍其归，仅在非常必要时，略加编者按语。

目　录

第一辑

吴趼人年谱　3

吴趼人传略稿 / 66

吴趼人生平及其著作 / 83

吴趼人到上海年份考 / 101

吴趼人与《汉口日报》/ 104

吴趼人在《汉口日报》时期材料四种 / 118

李、吴两墓得失记（节录）/ 125

第二辑

五十年来中国之文学（节录） / 131

吴趼人 / 134

吴沃尧论 / 139

中西合璧的拼盘 / 151

苦难的心灵历程 / 160

吴趼人的小说论 / 173

晚清小说中的情节结构类型 / 188

读《二十年目睹之怪现状》札记 / 212

从《九命奇冤》的表现特色看

    它在文学史上的地位 / 229

论《恨海》中的人物塑造 / 243

《上海游骖录》 / 257

《吴趼人传》和《趼人十三种》 / 264

试论吴趼人的短篇小说 / 268

关于我佛山人的笔记小说五种 / 278

《俏皮话》前言 / 287

一篇新发现的吴趼人佚作 / 301

吴趼人的两篇佚文 / 304

新见吴趼人《政治维新要言》及其他 / 307

关于《海上名妓四大金刚奇书》
的两组资料 / 313

第三辑

吴趼人著作系年 / 321

吴趼人未刊、初刊不详、真伪未定著作录 / 381

吴趼人著作辨伪 / 392

吴趼人研究资料索引 / 402

单篇文章 / 404

文学史 / 435

辞　书 / 444

中国台湾、香港地区及日本 / 452

研究吴趼人资料索引 / 452

中国台湾 / 453

中国香港 / 459

日　本 / 462

《二十年目睹之怪现状》索隐 / 474

第一辑

吴趼人年谱

王俊年

前 言

吴趼人是晚清著名的小说家。他虽然只活了四十五岁,却写了许多作品——仅小说,长、中、短篇就有三十种,可说是晚清时期小说产量最多的一位作家了。因此,比较系统地介绍他的家世、生平,按撰期或发表年月编次他的著作,将有助于对这位著名小说家的了解和对他作品的研究。

建国三十多年来,对于晚清吴趼人等资产阶级改良主义作家和作品的评价颇不一致。为了"把问题提到一定的历史范围之内"(列宁语),实事求是地对他们进行全面的、恰如其分的评价,本编辑录了当时国际、国内的重要事件——这里,除了政治大事,还包括中国官僚资本和民族资本主义工商业的发展情况,资产阶级改良派和资产阶级革命派创办的主要报刊,改良派和革命派中主要思想家和小说家的生卒时间及其创作情况,以供研究者参考。

本年谱的编写,纪年以公元为主,附以清代年号及岁次干支。记事,先国际国内大事,后谱主活动。叙谱主及有关事迹,尽可能引用原始材料或注明出处；如有必要，则加按语。其系事月日，采用公历，或标括号附阴历；为示区别，公历概书阿拉伯数字，阴历则写汉字。

关于吴趼人的生平事迹的记载很少，编者翻阅了目前所能找到的吴趼人的全部著作及有关材料，到他的老家——广东省佛山市去进行了三次调查，也向有关人士做过函询，但还是深感材料之不足。现仅就所知者衰成是编，聊补吴氏年谱之缺略；抛砖引玉，诚望杰构于来哲也。

从民国十二年编的《佛山忠义乡志》上得知光绪三十一年吴荃选曾纂《吴氏族谱》（《乡志》卷十五《艺文志》一载有吴荃选和吴尚廉为该《族谱》所撰两序），"文化大革命"前，中山大学中文系卢叔度先生曾在佛山市某吴氏家里见过手抄本《吴氏族谱》，惜前者遍觅无着，后者在十年浩劫中已被焚毁。本年谱内关于吴趼人的原名及其父亲吴升福的生年，均由卢先生根据他所见的手抄本《吴氏族谱》的笔记提供（近年来已获得旁证材料证实）；著谱前，卢先生和中国社会科学院文学研究所林岗同志曾先后带同我到佛山进行调查，特在此一并致谢。

编者才力绵薄，谱中缺点和错误在所难免，敬祈读者批评指正。

1866年（清同治五年　丙寅）一岁。

2月（同治四年十二月），江南太平军余部在广东嘉应州（今梅县）被围败灭。

秋，捻军分东、西两支。东入山东，西进陕西。

去年，李鸿章在上海成立江南制造总局；是岁，左宗棠在福州设立福州船政局。

孙中山生。　　刘鹗十岁。　　康有为九岁。

5月29日（四月十六日），出生于北京分宜故第（原为明严嵩相府①，后有部分为趼人祖父吴尚志做京官时所居）。

吴趼人《都中寻先兄墓不得》诗小序："岁丙寅，沃尧堕

---

① 《明史》卷三百八："严嵩，字惟中，分宜（今江西省分宜县）人。"因称严分宜。严嵩故第，在北京石大人胡同（今外交部街）。明沈德符《万历野获编》卷二十《历法·居第吉凶》："地理吉凶，时亦有验。如余所知，严分宜旧第，已三度籍没矣。其在东城大街者，如石大人胡同，亦阛阓闹处。英宗时为忠国公石亨赐第。亨败后，无人敢居，后咸宁侯仇鸾得之。仇势张甚，不下石氏。其身后正法枭斩见籍，惨祸更甚于亨。此第今为铸冶开炉之所。其旁一大宅，即石氏偏傍厅事，亦宏敞过他第数倍，今为宁远伯李成梁赐第。成梁罢镇还京居之。父子六人，俱为大帅，皆至一品，贵震震天下。成梁老病死牖下，长子如松战殁。松胄子名世忠当袭爵，而顽冥无赖，赀产荡尽，遂无人肯保任之。今惟正寝停乃祖灵柩，十年不葬，他屋悉质于人。屠沽罥杂，过者叹息。信乎形象之说不诬。"这便是所谓的"凶宅"。"三度籍没"者，即石亨、仇鸾、严嵩也。

关于严嵩故第的地址，还有两种说法：一、在北京宣武门外。清朱一新《京师坊巷志稿》引清吴长元《宸垣识略》云："七间楼在东横街南半截胡同口，即怡园也。康熙中，大学士王熙别业。相传为严分宜别墅。"南半截胡同，在宣武门外菜市口南，今菜市口胡同与烂缦胡同之间。但这里明说是别墅，非正式府第。二、在灯市口佟府夹道。《京师坊巷志稿》云："灯市口大街……传为明相严嵩故宅。"又曰："佟府夹道……传云：前明严世蕃故宅也。"佟府夹道，后称同福夹道，在灯市东口，至今犹传为严嵩府第者。但朱一新写《京师坊巷志稿》时，已距严嵩之死三百余年，所以只说"相传"。而沈德符生时离严嵩死还不到十年，而且他从小跟随着祖父和父亲任官居住在北京，他的记录应该是可信的。事情可能是这样：灯市东口佟府夹道曾为严嵩之子严世蕃府第，后因误传为严嵩故宅。沈德符所说的"此第今为铸冶开炉之所"，到清代嘉庆、道光以后便是属于工部的宝源局；至于后来李成梁所居"宏敞过他第数倍"的"其旁一大宅"，李死后其"屋悉质于人"。那么，吴尚志在工部做官时很可能便是居住在这里。

地……"（见《月月小说》第四号《趼廛诗删剩》）

又，《恭贺新禧》："同治丙寅，为吾生之第一年……"（见《月月小说》第五号《讥弹》）

李葭荣《我佛山人传》："诞君分宜故第……"（原载《天铎报》宣统二年（1910年）十月。胡寄尘编《虞初近志》卷六〔1913年9月，广益书局〕、《清代逸闻》卷八〔1915年4月，上海中华书局〕、《清朝野史大观》卷十一〔1921年，上海中华书局〕、《小说世界》第十三卷第二十期〔1926年5月〕转载。）

吴氏原名宝震，又名沃尧，从其父名允吉取字小允。初号茧人，后改趼人，又号我佛山人，别署趼（《小说丛话》，见《新小说》第十九号；《庆祝立宪》，见《月月小说》第一号；《大改革》《义盗记》，见《月月小说》第三号；《黑籍冤魂》《俏皮话》，见《月月小说》第四号；《立宪万岁》《平步青云》《快升官》《讥弹》，见《月月小说》第五号；《上海游骖录》，见《月月小说》第六号；《黄勋伯传》《查功课》《说小说》，见《月月小说》第八号；《云南野乘》，见《月月小说》第十一号；《发财秘诀》，见《月月小说》第十二号）、偈（《预备立宪》《讥弹·送往迎来之学生》评，见《月月小说》第二号）、佛（《邹烈士殉路》，见《月月小说》第十一号）、茧叟（《瞎骗奇闻》，见《绣像小说》第四一——四六号；《活地狱》第四〇——四二回，见《绣像小说》第七〇——七一号；《糊涂世界》，见1906年《世界繁华报》；《秋望有感》，见《政艺通报》第六年丁未第十三号）、趼廛（《趼廛诗删剩》，见《月月小说》第四、五、七号；《趼廛剩墨》，见《月月小说》第七、九、十一、十二号；《俏皮话》，见《月月小说》第十二号）、茧闾、趼人氏（《俏皮话·识》，见《月月小说》第一号；《四海神交集·识》，见《月月小说》第八号；《新庵笔记》评）、检尘子（《知新室新译丛》评，见《新小说》第二十、二二、二三、二四号；《新庵译萃》评，见《月月小说》）、野史氏（《中国侦探案》评）、老上海（《胡宝玉》）、老少年（《新石头记》）、趼廛主人（《毒蛇圈》

评,见《新小说》第九、十一、十三、十七号等)、抽丝主人(《海上名妓四大金刚奇书》)、岭南将叟(《九命奇冤》)、中国老少年(《中国侦探案·弁言》)等。

王锦南《别号话》(一)《我佛山人》:"……趼人,原名宝震,后更名沃尧。"(见《游戏世界》第十八期,1922年11月出版)

李葭荣《我佛山人传》:"我佛山人,君姓吴氏,名沃尧,字小允,又字趼人……"

吴趼人《吴趼人哭》:"吴趼人原号茧人,一日求人书画,赠款书作茧仁,趼人大惊曰:'茧中之一仁,死且僵矣!'急易作'趼'字,仍音茧。因多误读作'研'者,便记于此。"

张乙庐《吴趼人逸事》:"吴氏……初取春蚕作茧自缚之义,自字茧人,后改今名。……盖取《庄子》'百舍重趼,而不敢息'之义也。趼字左旁从足,而其友寓书,时有误书妍人或研人者,氏颇以为苦,尝作诗六章自白,有'偷向妆台揽镜照,阿侬原不是妍人'句。"(见《小说日报》第五四号《天涯芳草馆笔记》,1923年1月26日出版)

陈无我编《老上海三十年见闻录》:吴趼人曰:"余自二十五岁改号茧人,去岁复易茧作趼,音本同也。乃近日友人每书为研,口占二十八字辨之:'姓氏从来自有真,不曾顽石证前生。古端经手无多日,底事频呼作研人?'"(陈书1928年4月大东书局出版)

按:吴荣光《石云山人诗集》卷十四《趼舍诗存·序》云:"余自道光戊子秋,择地经营两先茔,历览西樵、石门、浮峡、嘉桂、白云、罗浮诸山,趼足两载,几及百舍,祁寒暑雨,不敢告劳,每于胜境流连处,一一记之。庚寅释服后,择其最名胜者补作若干首,附以往返新会、花县、鹤山祭扫祖坟及访友题图之作,名曰《趼舍诗存》。"盖"趼人"或采"趼舍"之人之义也。

孙玉声《退醒庐笔记》:"吴为粤之佛山人,故自署曰'我佛山人'。一日，有某小报与之作笔战，而误以'山人'二字之字义，等诸山樵、山民之类，致将上之'我佛'二字连缀成文，皇皇登诸报纸。吴见而狂笑不已。翌日，兴师问罪，谓：'我系佛山之人，故曰我佛山人。何得竟施腰斩之罪，将"佛山"二字断成二截？佛说未免罪过。'"

清瘦《我佛山人轶事》："我佛山人……当为沪上寓公时，署其居曰'茧闇'；其自为诗草，即书狂草四字于卷面，曰'茧闇诗草'。有短视者见之，讶曰：'兰闺诗草！'继乃谓：'是谁家娘子作耶？'时传为笑谈。……未几，因别迁，榜于门曰'跰磨'。其字作分书，途人见之，笑曰：'沪上工艺纵多，然未见有专以磨墨为营生者。'盖误'跰磨'为'研墨'也。"（见1929年5月5日《申报》）

吴氏"系出延陵"〔按：延陵，春秋时吴邑，季札所居。故址即今江苏省常州市。〕（见《佛山忠义乡志》卷九《氏族志、氏系迁徙源流》），"自宋由福建来广东，居新会县之棠美乡。"明崇祯间，吴氏十一世讳化龙，号煦寰，迁佛山①，居大树堂②（见《吴荣光自订年谱》，载1937年1月《南华月刊》第一集第一卷；《石云山人文集》卷四《先府君行伏》）。

吴氏曾祖名荣光，"字伯荣，号荷屋"，"乾隆三十八年癸巳正月初十日（1773年2月1日）生"。"嘉庆戊午举人，己未联捷进士，由庶吉士授编修。历充武英殿协修、纂修、本衙门撰文，功臣馆提调。以京察一等授江南道御史，充甲子顺天同考官、丁卯浙江副考官。以落职捐复补授

---

① 佛山，即今广东省佛山市，原为南海县属镇。相传唐代在此掘得佛像，故名。明末冶铁业和清中叶的织布业都很有名，与夏口（汉口）、朱仙、景德并称我国四大镇。
② 因堂前有两棵特大的槐树而得名。地点在佛山西南端的田心里，今祖庙路新体育场一带，祖庙公园前左边。据说是个占地十多亩的庄园，内有大小七十间房屋，可住二百余人，是佛山镇上有名的大宅之一。《吴荣光自订年谱》说，吴荣光就出生于"大树堂之西第"。

刑部员外郎、郎中。以军机章京俸满放陕安兵备道,调补福建盐法道,经任陕西、浙江、湖北按察使,贵州、福建、湖南布政使,护理贵州巡抚,擢湖南巡抚,兼署湖广总督。……旋以足疾,就医桂林,将辑成生平所著书,未竟而卒,年七十一。"(见同治十一年《续修南海县志》;《吴荣光自订年谱》)文章学术,具有渊源;金石掌故,所诣至精。著有《吾学录》《辛丑销夏录》《历代名人年表》《筠清馆金石录》《帖镜》等,又主修《道光佛山忠义乡志》,辑诸弟诗《吹籨诗略》。同怀弟弥光编刊其诗文诸作为《石云山人集》。(见民国十二年《佛山忠义乡志》;《石云山人集》)

吴氏祖名尚志,字任卿,号莘畬,嘉庆九年甲子九月(1804年10月)生。监生,工部屯田司主事,递升员外郎。娶湖南溆浦县严氏,继娶江苏元和县(今苏州市东南偏)陈氏,又纳直隶(今河北省)宣化府怀来县八里村刘氏为妾。同治七年戊辰(1863年)卒于官[①]。家道自此中落。

吴荣光《石云山人诗集》每卷末署:"子尚忠春卿 尚志任卿校字"。

《吴荣光自订年谱》"九年甲子 三十二岁 九月子尚志生。"

吴荣光《先府君行状》(阮元填讳):"孙五人:……次尚志,监生,候选部主事,娶湖南溆浦县严氏孝廉方正、陕西按察使、

[①] 关于吴尚志的卒年,中山大学卢叔度先生云公元1868年,华南师范大学李育中先生谓公元1863年。两人都说曾经见过《吴氏族谱》,并到佛山进行过详细访问(李于三十年代初,卢于六十年代初)。据吴趼人公元1891年春作《都中寻先兄墓不得》诗小序:"岁丙寅(1866年),沃尧坠地,先兄夭亡。先君子哭之恸,葬之京邸广东义园。时将南归(按:据李葭荣《我佛山人传》说,这次"南归"是趼人父举家奉祖父母丧回佛山办理葬事。)……沃尧不肖,悠悠岁月,于今二十有六年,始北入京都。"句考之,似趼人于1866年秋冬或翌年春即南归。如是,则李说近之。据李葭荣《我佛山人传》:"诞君分宜故第。工部公卒于官,巡检公奉丧以归,君犹襁褓。"(按:襁褓:襁,缕络绳以约小儿于背也;褓,小儿被也。《孟子·尽心上》"孩提之童"注:"孩提二三岁之间,在襁褓,知孩笑可提抱者也。")的行文观之,似先趼人生,而后其祖父死,再奉丧南归。如是,则卢说亦不为无理。在没有找到确切的材料证明之前,今暂从李说而存疑之,并注明两说于此。

加赠布政使、入祀名宦、前陕西陕安道汉中府知府讳如煜长女；继娶江苏元和县陈氏，嘉庆己未进士、浙江杭嘉湖道、历署浙江按察使、盐运使、前陕西延安府知府、户部郎中、军机章京、翰林院庶吉士名钟麟次女"。

《佛山忠义乡志》卷九《氏族志、氏系迁徙源流、官阀附》："主事尚志。"又，卷十三《选举二·仕宦》："吴尚志，工部屯田司候补主事。"

吴趼人《趼廛笔记·纪痛》："咸丰十年……时先祖以工部员外郎被议，居京邸。先君于事前嘱家母奉先祖父母至宣化外祖家作避地计，而自留于京师。"

李葭荣《我佛山人传》："祖莘畬工部员外郎。……工部公得如夫人氏刘者而贤之，顾谓家人：'吾子取必刘。'寻为巡检公取于怀来县八里村刘氏，如夫人兄弟之子也。……工部公卒于官……"

按：荣光共三子四女：长子圣基、长女尚仕、次女尚俸和三女均早殇。次子，名尚忠，字春卿①，嘉庆元年丙辰二月（1796年3月）生②。监生③，江苏常州知府④。娶本邑邓氏⑤。小女，名尚熹，字禄卿，号小荷⑥，又号小荷女史⑦、南海女士⑧。嘉

---

① 见《石云山人诗集》每卷末校字署名。
② 见《吴荣光自订年谱》。
③ 见《佛山忠义乡志》卷十三《选举志一·监生》。
④ 《佛山忠义乡志》卷九《氏族志·氏系迁徙源流·官阀附》："知府尚忠。"又，卷十三《选举志二·仕宦》："吴尚忠，署江苏常州府。"
⑤ 见《石云山人文集》卷四《先府君行状》。
⑥ 《佛山忠义乡志》卷十四《人物志十·才媛》："吴尚熹，字禄卿，号小荷，荷屋中丞之女也。善画，工诗。适羊城叶氏观察云谷之子应祺司马。……荷屋宦游所至，挈之以行。画法得之指授为多。生平喜吟咏，其警句多采入梁氏十二石斋诗话、临桂倪鸿桐阴清话。其自署小印曰：'从父随夫，宦游十万里。'其自题词句云：'此身原不让男儿。'豪宕之气，足以凌轹一切。巾帼中豪杰也。"
⑦ 见《石云山人集》卷十七《小女禄卿画四季花卉直幅题词四首》诗注。
⑧ 光绪辛丑吴尚廉撰《南海女士画传》云："讳尚熹，字禄卿，号小荷，玉堂祖之曾孙女……自钤小印曰'南海女士'，适羊城叶观察云谷之子名应祺。"

庆十三年戊辰十月（1808年11月）生①。工诗画，称"才媛"②，有《写韵楼诗稿》③等。尚志是其三子。

吴氏父名升福，字允祺，又字允吉。道光二十一年辛丑（1841年）生④。江苏候补巡检⑤。娶直隶宣化八里村刘氏。先，侍父于京师。父卒，举家奉丧南归。后子身仕浙江宁波，督办柴桥镇茶厘事务。光绪八年壬午（1882年）约八月底九月初卒于浙江差次，享年四十二岁。生二子一女：长寿世（又名宝文），早殇；次宝震；又次晓兰（女）。

李葭荣《我佛山人传》："父允吉，浙江候补巡检。巡检公侍工部公京师。……工部公卒于官，巡检公奉丧以归……逾数岁，巡检公筮仕浙中，亦卒于官。以后事属弟，则君季父也。……与君同所生者仅一女弟，母夫人珍畜之……"

吴趼人《趼廛笔记·猴酒》："外祖，直隶宣化人，居东八里。"

吴趼人《趼廛笔记·神签》："光绪壬午八月，得先君书，诏赴宁波省疾。……以十九日登身展轮，出虎门……颠簸于海上者十日，至二十九日乃抵吴淞。"又转航宁波。待至官所，父已故。

吴趼人《趼廛诗删剩·都中寻先兄墓不得》小序："先兄寿世，生于同治癸亥（1863年）。甫三岁，日识数十字，进退揖让如成人，乡先辈多以神童目之。岁丙寅（1866年）……夭亡。"

又，《趼廛诗删剩》中有《江头伫望晓兰妹归舟不至》诗。

①见《吴荣光自订年谱》。
②《佛山忠义乡志》卷十四《人物志十·才媛》："吴尚熹，字禄卿，号小荷，荷屋中丞之女也。善画，工诗。适羊城叶氏观察云谷之子应祺司马。……荷屋宦游所至，挈之以行。画法得之指授为多。生平喜吟咏，其警句多采入梁氏十二石斋诗话、临桂倪鸿桐阴清话。其自署小印曰：'从父随夫，宦游十万里。'其自题词句云：'此身原不让男儿。'豪宕之气，足以凌轹一切。巾帼中豪杰也。"
③《佛山忠义乡志》卷十五《艺文志》二："《写韵楼诗稿》，闺秀吴尚熹撰。"
④关于吴升福的生年，李育中和卢叔度两位曾经见过《吴氏族谱》的老先生说法相同。
⑤见《佛山忠义乡志》卷十三《选举志二·仕宦》。

按：尚志生五子：长子同福和三子应福均早殇；次子升福，即趼人父；四子炽福，直隶巡检①，"幼居京邸，长乃筮仕直隶，需次津门。……戊寅秋卒②"。["戊寅"疑"庚寅"（1890年）之误。原文："戊寅秋，叔父见背，是冬得赴，以辛卯二月附轮北上，挈两弟持丧南来……"又，《趼廛诗删剩·课弟》诗注云："得先叔讣后始往天津香河之赤毛庄携之来沪……"庚寅秋亡，旋即北上，翌年正是"辛卯"（1891年）。]遗二孤——君宜、瑞棠；五子保福，江苏候补通判③，后仕湖北宜昌，丙申（1896年）七月卒④，无后。

1867年（同治六年　丁卯）二岁。

是岁，崇厚在天津设机器制造局。

英商成立中国航业公司。

李伯元生。

是年初，随父母奉丧南归，居佛山故宅。自此，便与其母定居佛山，在佛山度过他的幼年和少年时期。

李葭荣《我佛山人传》："工部公卒于官，巡检公奉丧以归，君犹襁褓。"

1868年（同治七年　戊辰）三岁。

日本明治维新。

1月（丁卯十二月），赖文光走扬州瓦窑铺，被俘，死。东捻灭。

---

① 见《佛山忠义乡志》卷十三《选举志二·仕宦》。
② 见《趼廛诗删剩·清明日偕瑞棠弟展君宜大弟墓，用辛卯都中寻先兄墓韵》诗小序。
③ 见《佛山忠义乡志》卷十三《选举志二·仕宦》。
④ 《趼廛诗删剩》中有《七月十九夜，接家季父电，诏赴彝陵省疾，即夜成行，戚友知己都不及走告，赋此留别》诗。又见《我佛山人笔记四种》卷一《趼廛随笔·孝女墓》及卷三《中国侦探三十四案·东湖冤妇案》。

8月，张宗禹于山东黄河、运河、徒骇河之间陷入重围，被歼。西捻灭。

1869年（同治八年 己巳）四岁。

1月和6月，四川酉阳、贵州遵义先后爆发反洋教斗争。

章炳麟生（1月12日——戊辰十一月三十日）。

1870年（同治九年 庚午）五岁。

6月，天津教案发生。

是岁，李鸿章扩充天津机器制造局。

1871年（同治十年 辛未）六岁。

巴黎爆发无产阶级革命，建立巴黎公社。

7月，沙俄侵占我国新疆伊犁，野蛮屠杀当地居民。

1872年（同治十一年 壬申）七岁。

4月，坚持十八年的贵州苗民起义，至此失败。

夏，李鸿章在上海创办轮船招商局，官督商办。

8月，清政府首次派学童赴美留学。

秋，侨商陈启源在广东南海县创办继昌隆缫丝厂，中国民族资本主义近代工业开始出现。

黄世仲生。　曾朴生。

1873年（同治十二年 癸酉）八岁。

6月，延续十八年的云南回民起义最后失败。

11月，斗争十二年的陕甘回民起义至此失败。

是岁，梁启超生。　周桂笙生。

约由此年起，从冯竹昆塾师受业。

吴趼人《趼廛笔记·复苏》："童时[按：《谷梁传·昭十九年》："'羁贯成童'，注：'成童，八岁以上。'"]，从蒙师冯竹昆先生读书，与同学潘若祖甚相得。……"

吴趼人评《自由结婚》（周桂笙译）："……犹忆吾束发[按：古代男孩成童，将头发束成一髻。因用以代指成童。]授书时，蒙师教我读，字未曾识也，而师年老多咳病，吾退塾时，殊不复忆字之能识与否，而必作伛偻状以学蒙师之咳。……"

吴趼人《劫余灰》第一回："……还记得我从小读书时，曾经读过《中庸》……"

1874年（同治十三年 甲戌）九岁。

5月，日本派兵侵略我国台湾；10月，中日议定《北京专约》，清政府赔银五十万两。

1875年（光绪元年 乙亥）十岁。

同治帝载淳死，载湉继位，改元光绪；慈禧太后垂帘听政。
陈天华生。

1876年（光绪二年 丙子）十一岁。

4月，李鸿章奏派武弁赴德学习军械技术。
夏，坚持二十年云南的彝民起义失败。
9月，英国强订《中英烟台条约》。
是岁，英商怡和洋行建淞沪铁路成，旋由中国收购拆毁。
包天笑生。

1877年（光绪三年 丁丑）十二岁。

1月（丙子十二月），李鸿章等奏派福建船政学堂学生分赴英、法等国学习制造、驾驶之术。

是岁,丁宝桢在成都设四川机器局。

秋瑾生。

1878年(光绪四年 戊寅)十三岁。

是岁,左宗棠在兰州设机器织呢局。李鸿章在唐山成立开平矿务局。约于此年前后入佛山书院[①]肄业。曾学绘画。恶宋儒之学。

吴趼人《趼廛笔记·生魂》:"吾乡佛山书院,与海防同知署衡宇相望。肄业生偶于院中设坛扶鸾……"

吴趼人评《自由结婚》(周桂笙译):"……吾少年曾学为画矣,六法未谙,东涂西抹,不能成一幅,而笔研狼藉,朱粉满案,且及于唇面之间,种种画师之丑态毕呈,甚且过之。家人见之而笑,始矍然而自惭也。"

李葭荣《我佛山人传》:"君恶宋儒之学,于朱氏熹尤多所诟病。……"

我佛山人《近十年之怪现状》自序:"吾人幼而读书,长而入世,而所读之书,终不能达于用。……"

4月11日(三月初九日),随族老去花县扫墓。

吴趼人《趼廛笔记·记戊寅风灾》:"光绪戊寅,三月初九日,余从族老泛扁舟,至花县扫墓。……"

[①]《佛山忠义乡志》卷五《教育志》:"佛山书院,在丰宁铺衙旁大街,原为汾江义学,后改称书院。嘉庆七年,同知杨楷移建于此……光绪间,陈梅坪先生为主讲,时人才最盛,内外肄业者二百余人……及门多显达之士,如三水梁士诒、新会梁启超等其著者也。"光绪三十年,改为佛山学堂。民国六年,改为南海县立第一师范讲习所。民国十年,又改为南海县立第三高等小学校。今为佛山市第三中学。

1879年（光绪五年　己卯）十四岁。

　　3月，日本侵占琉球，改为冲绳县。
　　9月、11月，上海英商耶松船厂工人和祥生船厂工人先后罢工。
　　12月，福建延平发生反教会斗争。

1880年（光绪六年　庚辰）十五岁。

　　李鸿章于天津设电报总局，又设水师学堂。

1881年（光绪七年　辛巳）十六岁。

　　2月，沙俄逼签《中俄伊犁条约》和《陆路通商章程》。
　　6月，吴大澂在吉林设立机器局。
　　是岁，英商创办上海自来水公司。
　　中国自建最早的铁路——唐山至胥各庄运煤铁路完工。
　　黄佐卿在上海设立公和永缫丝厂。

1882年（光绪八年　壬午）十七岁。

　　5月，法国侵占越南河内。
　　7月，朝鲜发生"壬午兵变"。
　　是岁，英商在上海设上海电气公司。
　　　　李鸿章奏请在上海设机器织布局。　　李松云在上海设均昌机器船厂。　　广州商人合股设造纸厂。　　徐鸿复等于上海集股设同文书局。
　　10月，父亡。至宁波，收殓奠祭，扶柩回乡。家境益窘。
　　　　吴趼人《趼廛笔记·神签》："光绪壬午八月，得先君书，诏赴宁波省疾。时余年甫十七。……以十九日（9月30日）登舟展轮……至二十九日（10月10日）乃抵吴淞。"待转至宁波，父已亡故。

李葭荣《我佛山人传》:"君早岁食贫,岸然自异,无寒酸卑琐之气。……"

1883年(光绪九年 癸未)十八岁。

6月,祝大椿在上海设立源昌机器五金厂。

12月,法军进攻驻守越南的清军,中法战争爆发。

为生活所迫,离家赴沪谋事。先投靠同乡江裕昌茶庄①,旋佣书江南制造局②。

包天笑《吴趼人的身世》:"吴趼人……原来他是二十岁左右就到了上海,曾到江南制造局翻译馆工作……"(载1960年10月23日香港《文汇报》)〔按:包天笑在1906年便已与吴趼人相熟稔。〕

吴趼人《还我魂灵记》:"吾生而精神壮足,未弱冠,即出与海内士大夫周旋。"(载《汉口中西报》庚戌六月十六日〔1910年7月22日〕)〔按:这里说明他未满二十岁便已离家到社会上与各界人士应酬。据记载,吴趼人二十岁以前离家,一是去宁波料理父丧,一是至上海谋生。观此行文,当指后者而非前者。理由如下。〕

---

①据李育中先生云,江裕昌茶庄为广东著名岁绅江孔殷之父(佛山人)所开,在上海是一个信誉卓著的老字号,进出的人很多,像个南海同乡会。吴趼人以世交相好和有一点亲戚的关系,在这里暂时栖身吃口闲饭。(见《吴趼人生平及其著作》,载《岭南文史》1984年第1期)

②江南机器制造总局,简称"江南制造总局""江南制造局""上海机器局""上海制造局"。是清政府经营的新式军用企业之一,由曾国藩、李鸿章在上海创办。最初由李鸿章委派江海关道丁日昌(粤人)督察筹划,又委知府冯焌光(南海人)、沈保靖等主理,用了许多广东人在里面办事。地点先在虹口,后迁至沪南黄浦江右岸高昌庙,不断扩充,成为清政府规模最大的军事企业。其中除了机器厂、铸铜铁厂、轮船厂、枪厂、炮厂、火药厂、炼钢厂等生产工厂和公务厅等管理部门外,还设有一个翻译馆和附属的广东方言馆。吴趼人最初在制造局里当抄写员,类似练习生,后来因他有点绘画的基础,便叫他入图画房当绘图员。

吴趼人《二十年目睹之怪现状》第二十二回自评①："……回想甲申、乙酉间之上海社会，如在目前。"（见《新小说》杂志第17号）［按：甲申、乙酉，即1884年（19岁）、1885年（20岁）。此时吴趼人已在上海。］

吴趼人《趼廛笔记·星命》："吴少澜挟星命之术游上海，名动士大夫间。曾推先叔母造……至光绪九年癸未，叔母年二十七岁。既除夕，辞岁喧笑，殊无病状。迩时且较往岁丰腴，举家窃喜，谓术士之言妄矣。至新岁初六夕，陡得暴病，初七辰刻卒。检历书，则初八日立春也。可不谓神验乎。"［按：光绪九年癸未，即1883年，吴趼人十八岁。从此记载看，这年的年底，吴趼人已在上海。］

吴趼人《文鹿季父春闱报罢南旋过申，赋此送归岭南，并寄介叔王季父京都》诗云："……几人下第感刘蕡②，且喜英风侍海滨。惭愧阿咸③游沪渎，十年驰逐亦风尘。（委父赐楹帖，撰句云：沪海风流怀小阮，京华驰逐怅刘蕡。）"（《趼廛诗删剩》，见《月月小说》第5号）［按：文鹿即吴荃选。其叔吴尚廉于光绪辛丑之腊撰《吴氏四画传》云："名荃选，字颂明，号文鹿……光绪己丑恩科，与余同榜举人，拣选知县。"光绪己丑，即光绪十五年，公元1889年。清朝科举制度规定：子、午、

---

①《二十年目睹之怪现状》每回后附载的评语，原未署名。丙辰（民国五年）正月新小说社石印本伪署"李伯元评点"。细读评语，实为吴趼人自作。理由是：一、评语多为作者自述经历之言，如第二十六回"壬寅、癸卯间，游武昌"，第一〇八回"曾倩画师为作《赤屯得弟图》"和"当时返棹，道出荆门，曾纪以一律云……"等均是；二、在《二十年目睹之怪现状》第一回《楔子》中，作者明确交代，这部书的评语是死里逃生写的；而死里逃生，则与九死一生一样，是作者的影子。

②"刘蕡"，唐代昌平人。字去华。文宗大和二年，应贤良对策，极言宦官祸国，考官嗟服，而畏中官，不敢录取。物论喧然不平之。登科人李郃曰："刘蕡不第，我辈登科，实厚颜矣！"令狐楚、牛僧儒表授秘书郎，为宦官所诬，贬死。

③"阿咸"，晋代阮籍之侄阮咸，有才名，世称小阮，又因而称侄曰阿咸。

卯、酉年秋试诸生于省城，曰乡试，考中者称举人；辰、戌、丑、未年春试举人于京师，曰会试，考中者称贡士。若乡试有恩科，则次年亦举行会试，称会试恩科。据此，则文鹿在庚寅（光绪十六年，即1890年）便可参加会试恩科（吴尚廉就在这次考中进士）。但上诗所谓春闱不第，显然不是指这一次。因为若是这一次，则据"惭愧阿咸游沪渎，十年驰逐亦风尘"推算，吴趼人当在1880年（十五岁）便已到了上海；而事实上，据《趼廛笔记·神签》记载，他在十七岁父亡以前还没有到过上海。下一次是壬辰正科（光绪十八年，即1892年）的会试。这一次文鹿仍然没有考中，所以他在给吴趼人的楹帖中有"京华驰逐怅刘蕡"的感慨。而吴趼人从1883年起，到此时则正是在上海生活了前后搭十个年头。]

吴沃尧《新庵谐译初编·序》："余旅沪二十年，得友一人焉，则周子是也。"（见《新庵谐译初编》，光绪二十九年孟夏，上海清华书局印行）［按：《序》文末署"光绪癸卯暮春之初"，即1903年4月初撰。盖由此前推二十年，则正是1883年。］

按：关于吴趼人到上海谋生的时间，历来众说纷纭。今据多种材料会考，吴趼人1883年底已在上海，似无可疑义。他1882年10月中旬至宁波料理父丧，后由水道运柩回粤，颇费时日；归家再发丧举哀，设灵奠祭（清制：士庶人丧礼："一月殡，三月葬"），事罢必将逾年。并且，根据中国的传统习惯，那时，如无特殊事故，一般接近旧历年底都不再出远门（能很快回家过年的短期出门例外）；出远门，常常要过了新年（指阴历）正月十五日上元节（近八月者则过八月十五日团圆节）。因而，吴趼人1882年办完父丧，当年即去上海谋生，事属难信。

《二十年目睹之怪现状》是吴趼人的一部带有自传性质的作品，书中的九死一生是作者的影子（吴趼人《近十年之怪现状》第一回云："那九死一生，姓余，名嗣傀［"余自称"之谐音］，表字有声……"），写他经历的事情，有一定的真实性。现将其中第二回的一段摘录于下，以做参考：

一路问到我父亲的店里，那知我父亲已经先一个时辰咽了气了。……哭过一场……料理后事……伯父吩咐我回去守制读礼……在上海……足足耽搁了四个月。到了年底，方才扶着灵柩，趁了轮船回家乡去。即日择日安葬。过了残冬，新年初四、五日，我伯父便动身回南京去了。我母子二人，在家中过了半年……我母亲道："别的事情，且不必说，只是此刻没有钱用……我想你已经出过一回门，今年又长了一岁了……你在外面，也觑个机会，谋个事，终不能一辈子在家里坐着吃呀。"我听了母亲的话，便凑了些盘缠，附了轮船，先到了上海。

这里，除了把父亲的官所写成商店，宁波改为杭州，叔父换作伯父外，其他由省疾而料理丧事的经过，与《趼廛笔记》等书中的记载大体上是一致的，不过在时间上写得更为具体而已。

据此，则吴趼人当于1883年秋季到上海谋生。

1884年（光绪十年　甲申）十九岁。

8月，法军相继攻袭台湾基隆和福建马尾水师，清政府下诏对法宣战。全国人民掀起抗法民族斗争的热潮。

在江南制造局当抄写员。

李葭荣《我佛山人传》："……佣书江南制造军械局，月得值八金。"

胡寄尘《我佛山人遗事》："……初来上海，佣书于制造局，月得值仅八金。"（《黛痕剑影录》，1914年3月，上海广益书局出版）

张乙庐《吴趼人逸事》："吴氏初为上海制造局写生，束脩甚微，时有怀才不遇之叹。……"

1885年（光绪十一年 乙酉）二十岁。

6月，清政府妥协投降，与法国订立屈辱的《中法越南条约》。

是岁，邹容生。

继续在江南制造局工作，业余学习为文。

吴趼人《吴趼人哭》："回忆少年时虚负岁月，未尝学问，如处尘雾之中；及欲学时，又为衣食所累。……"

杜阶平《书吴趼人》："吴趼人先生……弱冠始搦管学为文，偶从旧书坊买得归熙甫文集半部，读之爱不忍释，遂肆力于古文。寝馈三年，而业大进。"（见《小说月报》八卷一号《谈屑》，1917年1月25日，上海商务印书馆印行）

1886年（光绪十二年 丙戌）二十一岁。

英国吞并缅甸。

全国各族人民反对外国教会侵略的斗争风起云涌。

张之洞在广州设缫丝局。杨宗濂等在天津合资设自来水公司。

李鸿章在天津筹建武备学堂。

《天津时报》创刊。

1887年（光绪十三年 丁亥）二十二岁。

英、美传教士在上海成立同文书会，后改名广学会。

张之洞在广州设机铸制钱局，开广东水师学堂。李鸿章在天津设宝津局，用机器造币。严信厚在宁波设通久源轧花厂。

1888年（光绪十四年　戊子）二十三岁。

3月，西太后挪用巨额海军经费修造颐和园。

12月，康有为第一次上书清帝，请求变法，未达。

是岁，李鸿章聘英国技师造津沽铁路。　张之洞在广州筹设官办织布局，建枪炮厂。　官商合办贵州制铁厂。

约于此年前后，学习新技艺，自制一长二尺许小火轮，能在黄浦江上自动往返，驶行数里外。

　　李葭荣《我佛山人传》："……在制造军械局时，尝自运机心，构二尺许轮船，驶行数里外，能自往复。"

　　又，胡寄尘《我佛山人遗事》："君多巧思，在制造局时，尝自运机心，制一小轮船，仅二尺许，能往还数十里，见者称为奇器。"

　　按：吴趼人后将此事，改头换面，写进小说《二十年目睹之怪现状》第二十九回中。

1889年（光绪十五年　己丑）二十四岁。

3月，慈禧太后"归政"，光绪帝"亲政"。

7月，各国社会主义者于巴黎举行代表大会，成立第二国际，通过以每年五月一日为"国际工人节日"（劳动节）。

是岁，张之洞在广州筹建官办炼铁厂；奏造芦汉铁路。

1890年（光绪十六年　庚寅）二十五岁。

3月，中英签订《藏印条约》。

8月，四川大足爆发反洋教斗争；江南制造总局工人反对延长工时，举行罢工。

是岁，张之洞兴建汉阳制铁局（后称汉阳铁厂），又设湖北枪炮厂（后称汉阳兵工厂）。

秋，仲父炽福卒。

吴趼人《清明日偕瑞棠弟展君宜大弟墓，用辛卯都中寻先兄墓韵》诗序："戊（庚）寅秋，叔父见背……"

1891年（光绪十七年　辛卯）二十六岁。

全国掀起反洋教斗争的怒潮，遍及十九个省区。

康有为在广州长兴里万木草堂设馆讲学。第一部关于变法维新的重要理论著作《新学伪经考》刻板刊行。

官商合办的上海华新纺织新局开工。

3月，北入京都，寻先兄墓。道经天津，访友水师营。至香河之赤毛庄，挈两堂弟持丧南归。课瑞棠弟读书，使君宜弟肄艺于沪南制造局。

李葭荣《我佛山人传》："……闻仲父客死于燕，电白季父取进止。三请不报，逾月得书曰：'所居穷官，兄弟既析爨，虽死何与我。'则大戚。乞哀于主会计者假数月佣直，袯被北行。至则诸姬皆以财逸，又雏处窶人间。君拊心自疚，拯以俱南。君有兄幼殇，瘗都门义冢。巡检公尝诏君：'异日能归其骨者，殆惟汝是。'至是榛莽没碣，不复能辨，为诗志悼，恻人心脾。"

吴趼人《吴趼人哭》："辛卯入都……"

吴趼人《趼廛笔记·金龙四大王》："辛卯入都，道出天津，访友于水师营。……"

吴趼人《课弟》诗夹注云："余与弟素未相见，得先叔讣后始往天津香河之赤毛庄携之来沪。"

吴趼人《清明日偕瑞棠弟展君宜大弟墓，用辛卯都中寻先兄墓韵》诗序："以辛卯二月附轮北上，挈两弟持丧南来，课瑞棠读书，君宜则使肄艺于沪南制造局。"（按：关于吴趼人北上携两堂弟南归事，后改天津为山东，写入小说《二十年目睹之怪现状》第一百七回中。)

《将入都与君宜大弟剪烛话别时宿河西务》《都中寻先兄墓不得》及《课弟》诗作于此时。

1893年(光绪十八年　壬辰)二十七岁。

沙俄违约强占中国萨雷阔勒岭以西领土二万多平方公里。

康有为开始撰写另一部宣传维新变法的重要理论著作《孔子改制考》。

《文鹿季父春闱报罢南旋过申，赋此送归岭南，并寄介叔王季父京都》诗作于是年。

1893年(光绪十九年　癸巳)二十八岁。

张之洞筹建之湖北纺织四局开织。

《新闻报》在上海创刊。

1894年(光绪二十年　甲午)二十九岁。

3月，签订《中美华工条约》。

8月，中日战争爆发。

8月，堂弟君宜殇。

9月，官督商办之上海华盛纺织总厂开工。

11月，孙中山在檀香山建立兴中会。

是年，朱鸿度在上海设立裕源纱厂。　中国民族资本创办的近代工矿企业已达一百余家，中国近代工业工人约有九万余人。

继续在上海江南制造局工作，时已为图画房绘图员。

吴趼人《趼廛笔记·地毛黑米》："光绪甲午，上海地生毛，时余寓西门外……制造局图画房旁，一丛最盛……"

吴趼人《清明日偕瑞棠弟展君宜大弟墓，用辛卯都中寻先兄墓韵》诗序："甲午秋,君宜以微疾误于药石,遂致不起,于八月一日(8月31日)先我而死。"

1895年（光绪二十一年　乙未）三十岁。

4月,清政府与日本签订丧权辱国的《马关条约》。

5月,康有为联合全国十八省入京会试举人一千三百余人签名上书,要求"拒和""迁都""练兵""变法"——史称"公车上书"。

继而,康有为又写《上清帝第三书》和《上清帝第四书》,强调变法之必要。

7月,康有为与其弟子梁启超等在北京创办《中外纪闻》;8月,与文廷式等在京组织"强学会",宣传西学,鼓吹变法。

是年初,孙中山回国,设兴中会总部于香港;10月,于广州发动第一次武装起义,事泄,失败。

中俄订立《四厘借款合同》,向俄、法借款四亿法郎,偿付对日赔款。

严复《天演论》译成。　　上海成立天足会。

作《清明日偕瑞棠弟展君宜大弟墓,用辛卯都中寻先兄墓韵》诗。

1896年（光绪二十二年　丙申）三十一岁。

1月,康有为等在上海出版《强学报》,8月,梁启超等在上海创刊《时务报》,大力宣传变法维新,抨击顽固派的因循守旧。

是岁,李鸿章赴俄参加尼古拉二世加冕礼,受贿签订《中俄密约》。沙俄势力进一步侵入我东北。

为付日赔款,清政府订立《英德借款详细章程》,借款一千六百万英镑。

春,在沪,游江湾。

秋,奔宜昌季父之丧。

吴趼人《趼廛笔记·孝女墓》："吾粤人之旅沪者,有江湾照宝塔之说,妇女辈酷信之。丙申春,家人辈相率往,翩与同行，姑随之。……秋，七月，家季父以电信来，诏赴宜昌省疾。途次，即得讣。……"

又，《中国侦探案·东湖冤妇案》评："丙申七月，余奔季父之丧，至宜昌。……"（见《我佛山人笔记四种》卷三，民国四年瑞华书局出版）

《七月十九日夜，接家季父电，诏赴彝陵省疾，即夜成行，戚友知己都不及走告，赋此留别》，与《阻舟汉上》诗，作于此时。

1897年（光绪二十三年　丁酉）三十二岁。

2月，商务印书馆在上海创设。　康广仁等在澳门出版《知新报》，宣传资产阶级改良主义思想。

4月，江标、唐才常等在长沙创办《湘学新报》（后改名《湘学报》），着重介绍西方科学文化知识，宣传变法维新。

9月，游苏州。

吴趼人《食品小识》："……今秋薄游吴门，中秋之夕，适在旅舍，对月闷坐。……数日后，随友人游虎丘，往返步行，凡三十里……"（丁酉仲冬）

此年起，进入办小报生涯：11月，襄《字林沪报》，后继办《采风报》《奇新报》《寓言报》等，至1902年止。

吴趼人《趼廛笔记·说虎》："昔襄《字林沪报》时，恒以笔来求售……"

又，《我佛山人札记小说·说虎》："光绪丁酉，襄《沪报》[1]笔政，客挟笔来求售，为余言此事。"

《我佛山人笔记四种》卷二《趼廛续笔·义犬》同上。

---

[1]《沪报》，即《字林沪报》。《消闲报》，系《字林沪报》副刊，创刊于1897年11月24日（十一月一日）；后转与《同文沪报》，改名《同文消闲报》；至1901年，（光绪二十七年）又复改原名；1903年（光绪二十九年）再改为《消闲录》。

吴趼人《趼廛剩墨·集四书句》："丁酉秋冬之间，襄《字林沪报》笔政……"

又，吴趼人《吴趼人哭》："吴趼人初襄《消闲报》，继办《采风报》，又办《奇新报》……至壬寅二月，辞《寓言》主人而归……回思五六年中，主持各小报笔政，实为我进步之大阻力。"

是后，改写诗为作文。

吴趼人《趼廛诗删剩》序："丁酉以后，惯作大刀阔斧之文；有韵之言，几成绝响。"

10月，严复、夏曾佑等在天津创办《国闻报》，介绍西方资产阶级学术思想，宣传维新变法。

11月，德军寻衅强占胶州湾。

12月，帝俄舰队强占旅顺、大连。

12月，为南洋华兴公司出品的"燕窝糖精"写广告文章《食品小识》（见陈无我编《老上海三十年见闻录》二九《饭袋酒囊》，戊辰〔1928年〕四月，大东书局出版。标题由编者改为《我佛山人和燕窝糖精》）。

约于是年冬始，作《趼艺外编》，陆续载沪上诸报。

吴趼人《趼艺外编·序》："丁酉、戊戌间，闭户养疴，无所事事。时朝廷方议变法，士大夫奔走相告，顾盼动容。久已不欲出外酬应，日惟取阅报纸，藉知外事。暇则自课一篇，遣此长日，积久成帙，自署为《趼艺外编》。……"

按：《趼艺外编》于光绪壬寅（1902年）莫春上海书局石印出版，改名为《政治维新要言》。首载《序》一篇，署"光绪辛丑嘉平月南海吴沃尧趼人氏识于海上趼廛"。全书分上下两卷，共六十篇，为"经国济民"类论著。其首篇《保民》谓："天子诏百官，各举所知，应经济科。将举六事以试士，首重内政……"《清史记事本末》载：光绪"二十四年春正月，……设经济特科，从贵州学政严修奏请也。特科教以六事，曰内政，曰外交，曰理财,曰经武,曰格物,曰考工。由三品以上京官及督抚学政各举所知,咨送总署,会同礼部奏请,试以策论,名曰经济特科。"

盖此文写于1898年初无疑。

1898年(光绪二十四年　戊戌)三十三岁。

1月,康有为在北京组织粤学会,展开变法活动,呈送《上清帝第五书》《上清帝第六书》《上清帝第七书》并《日本变政考》《俄彼得变政记》,请求光绪帝速行变法。

3月,清政府再次向英、德集团续借"英德洋款"一千六百万英镑。清政府被迫订立《中德胶澳租界条约》,山东成为德国的势力范围。李鸿章二次受贿,与俄签订《旅大租地条约》,东北成为沙俄的势力范围。

谭嗣同等在长沙创办《湘报》,以"开风气,拓见闻"为宗旨,宣传维新变法。

4月,法国强占广州湾。康有为等在北京成立"保国会"。日本迫清政府声明福建为其特定之势力范围。

6月9日,英帝迫签《展拓香港界址专条》,强占九龙半岛。

6月,办《采风报》[①]。

丘菽园《挥麈拾遗》(1901年)卷五:"……有《采风报》,其主笔,南海吴趼人布衣。"

紫英评《新庵谐译》:"先是,吾友刘志沂通守,接办上海《采风报》馆,聘南海吴趼人先生总司笔政。至庚子春、夏间,创议附送译本小说……"(见《月月小说》第5号《杂录·说小说》栏)

是月,《海上名妓四大金刚奇书》(前后集各五十回)完稿,署名"抽丝主人"。7月由上海书局出版,石印巾箱本,四册,附绘图。

[①]《采风报》,创刊于光绪二十四年(1898年)五月。

《海上名妓四大金刚奇书》作者题识："采访数年，经营半载，始克成书。……光绪戊戌仲夏之春。"

　　谢高《抽丝主人即吴趼人》："……《海上名妓四大金刚奇书》还是他早期的试笔，里面原没什么含蓄，无非游戏文章，随便写写的，所以用了笔名刊行（他与家叔为《楚报》同事，又系至友，故知其事甚详）。"（1937年1月21日《辛报》）

　7月，英帝迫签《订租威海卫专条》，强占威海卫。　诏立京师大学堂，改各省书院为学校。

　9月20日，袁世凯向荣禄告密，出卖维新派。

　21日，慈禧太后再出"训政"，光绪帝被禁瀛台，戊戌政变发生。

　28日，谭嗣同、杨锐、林旭、刘光第、康广仁、杨深秀——戊戌六君子被杀。随即查禁学会，取缔新政，变法彻底失败。

　11月，光绪帝下"明定国是"诏，宣布变法维新。

　12月，梁启超等在日本横滨创刊《清议报》，宣传变法维新，鼓吹政治改良，反对后党，拥戴光绪复辟。

1899年（光绪二十五年 己亥）三十四岁。

　3月，山东义和团朱红灯起义。

　7月，康有为与李福基等在加拿大组织保皇会。

　9月，美国国务卿海约翰提出对华"门户开放"政策。

　11月，清政府被迫与法国签订《广州湾租界条约》。

　继续在沪主持《采风报》笔政。

　秋，与周桂笙相识，渐为至交。

　　吴沃尧《新庵谐译初编·序》："周子桂笙，余之爱友亦余之畏友也。……己亥之秋，因彭君伴渔介绍，余方识之，交久而弥笃，始爱之，继敬之，终且畏之，余亦不自知其何为而然也。"

　　周桂笙《新庵谐译初编·序》："吴君为南海荷屋中丞之曾

孙，家学渊源，文名籍甚。生有奇气，素负大志。与余交最莫逆，尝谓人曰：得识周某，不负我旅沪二十年矣。尝历主海上各日报笔政，慨然以启发民智为己任。然其议论宗旨，喜用谐词，以嬉笑怒骂发为文章，盖谓庄语不如谐词之易入也。"（《新庵谐译初编》，光绪二十九年孟夏上海清华书局印行）

游苏州、无锡等地。

  吴趼人《趼廛笔记·地毛黑米》："己亥，苏州、无锡等处……余曾亲见之。"

1900年（光绪二十六年 庚子）三十五岁。

1月，资产阶级革命派最早的报纸——《中国日报》在香港创刊。

2月，清政府再次通令各省悬赏十万两，严拿康、梁，并命毁其著作。

春，义和团主力由山东转向直隶，进入京、津。

4月，郑贯一等在日本横滨创办《开智录》半月刊，鼓吹自由平等思想，反对保皇。

6月，英、法等八国联军攻陷大沽口，8月入北京，四出焚杀淫掠。慈禧挟光绪西逃。

8月，"自立军"前军在安徽大通起事，失败，秦力山避地日本；汉口"自立军"机关被破获，唐才常、林圭等二十余人被杀。

是月，沙俄派侵略军十七万七千余人，抢占我国东北三省。

9月，清廷下令各地镇压义和团。

10月，兴中会郑士良率三合会会党于惠州起义，败；史坚如在广州响应惠州起义，炸两广总督衙门，被捕，死。

居沪。

  吴趼人《趼廛笔记·昼晦》："庚子三月初十，天既明……俄而雷声大作……昏若黑夜。"

  又，《趼廛笔记·上海灾异记》："前纪地毛、昼晦二则，余亲见之于上海者也。"

《趼廛笔记·挽联》:"庚子夏,上海妓者陆素娟死。房县戢元丞为之开追悼会。有以挽联属者,为之句云:'此情与我何干,也来哭哭;只为怜卿薄命,同是惺惺'……"

办《奇新报》约在此年。

回家乡一次。

吴趼人《趼廛笔记·盗跖踞文庙》:"……庚子返里,佩伯从兄为余言。"

《致消闲社主人函》约写于此年前后(文见陈无我编《老上海三十年见闻录》十四《耆旧遗风·吴趼人不甘腰斩》条)。

1901年(光绪二十七年 辛丑)三十六岁。

1月,慈禧太后在西安发布"变法上谕",宣称"维新"。

2月,沙俄向清政府驻俄公使杨儒提出书面约款十二条,企图全面剥夺我对东北的主权。

3月,上海等地爱国人士两次集会张园,反对"俄约"。

3月24日,参加上海各界爱国人士在张园举行的第二次反对"俄约"大会,并作演说。

《中外日报》(1901年3月25日)《纪第二次绅商集议拒俄约事》:"昨日,本埠绅商闻俄约迫初六、七(3月25、26日)签押,午后二点钟,再集张氏味莼园会议,到者约近千人……至四点时,同人次第演说者几十余起。先由孙君仲瑜代同人演说集议宗旨,次吴趼人,次……"

《中外日报》(1901年3月26日)《吴君沃尧演说》:"……诸君亦知俄约若成,我等子孙之苦有甚于饥寒冻馁者乎?吾盖恐此约一成,则各国均持利益均沾之说以挟我,则波兰、印度、土耳其之覆辙即在目前矣。……我等同志或竟联一拒俄会以拒之。

非谓有兵力足以拒之也，非谓有势力足以拒之也，合大众之热力以为拒力，庶几收众志成城之效，共勉卧薪尝胆之心，纵使不足以拒强俄，亦使他国闻之，知我中国之民心尚在耳。"

5月，秦力山、沈翔云等在日本东京创刊《国民报》，鼓吹革命排满。

8月，清政府命改科举，废八股，试中国政治史事论。

9月，清政府与十一国公使签订《辛丑条约》。清廷命各省选派留学生。

10月，慈禧太后自西安启程回京。

10月，办《寓言报》[①]。

  吴趼人《吴趼人哭》："……辛丑九月，又办《寓言报》。"

  紫英评《新庵谐译》："……至第二卷中所载诸篇，大抵为《寓言报》而译者。当时《寓言报》为吴门悦庵主人沈君习之之业，笔政亦吴君趼人所主也。"

1902年（光绪二十八年　壬寅）三十七岁。

2月，梁启超在日本横滨创刊《新民丛报》，继续宣传改良主义。随着革命形势的发展，日渐成为鼓吹立宪、反对革命的刊物。

3月，辞《寓言报》主笔职，归家。办小报生涯至此结束。

  吴趼人《吴趼人哭》："……至壬寅二月，辞《寓言》主人而归，闭门谢客，瞑然僵卧。"

4月，赴鄂编《汉口日报》。

  紫英评《新庵谐译》："……会壬寅春，吴君应《汉口日报》之聘……"

  吴趼人《趼廛诗删剩》自序："壬寅春，与蒋子子才共事汉皋……"

  吴趼人《趼廛笔记·挽联》："壬寅游汉口……"

  《二十年目睹之怪现状》第二十六回作者自评："壬寅、癸

[①]《寓言报》创刊于1901年（光绪二十七年），停刊于1903年（光绪二十九年）后。

卯间，游武昌……"

11月，陈天华等湖南留日学生在东京创办《游学译编》，介绍西方资产阶级的社会、政治学说及其革命历史，宣传民主革命和民族独立。

是年，梁启超在《新小说》杂志① 上发表宣传君主立宪的《新中国未来记》；羽衣女士（罗普）发表反对专制，鼓吹革命的《东欧女豪杰》。

是年，《吴趼人哭》五十七则出版。

此作表现了作者对社会现实的不满，而以诙诡之言出之。

1903年（光绪二十九年　癸卯）三十八岁。

1月，兴中会谢缵泰等与洪全福（洪秀全从侄）联络会党，谋于广州起义，事泄，失败。

湖北留日学生在东京创刊《湖北学生界》（后改名《汉声》）；随之，《浙江潮》《直说》《江苏》等各省留学生创办的革命刊物相继出版。

4月，沙俄背约拒从我国东北撤兵，寓沪各界爱国人士在张园召开拒俄大会，通电反俄。留日学生组织"拒俄义勇队"。

5月，邹容著《革命军》在上海出版。章太炎撰《驳康有为论革命书》，对改良派展开针锋相对的斗争。

6月，《苏报》发表章太炎《序〈革命军〉》，刊录章太炎《驳康有为论革命书》主要部分。随即，"苏报案"发生：报馆被封，章太炎被捕下狱，邹容愤然投案。

8月，章士钊等在上海创刊《国民日日报》，揭露清朝反动统治，宣传革命。

12月，《中国白话报》在上海创刊。

---

① 《新小说》，月刊，编辑兼发行者署赵毓林，实为梁启超所主持。光绪二十八年十月十五日（1902年11月14日）在日本横滨创刊，由新小说社发行。光绪三十一年元月（1905年2月）开始的第十三号（第二年第一号）迁上海编辑，由广智书局发行。光绪三十一年十二月（1906年1月）后停刊。共出二十四号。

秋至冬，陈天华著《猛回头》《警世钟》在东京相继出版，号召救亡图存，学习西方资本主义制度，推翻清朝专制统治，影响很大。

是年起，资产阶级革命派与改良派两军对垒的局面比较显著地形成。

是年，李伯元所著《官场现形记》，分编由世界繁华报馆印行。南亭亭长（李伯元）著《文明小史》《活地狱》，忧患余生（连梦青）著《邻女语》，蘧园（欧阳巨源）著《负曝闲谈》，洪都百炼生（刘鹗）撰《老残游记》等揭露晚清政府腐败、社会黑暗的作品，在《绣像小说》杂志①上陆续发表。托名"犹太遗民万古恨著，震旦女士自由花译"的《自由结婚》、署"汉国厌世者著，冷情女史述"的《洗耻记》等鼓吹资产阶级革命的小说，由自由社出版和在日本印行。

4月初，在《汉口日报》任职，为周桂笙《新庵谐译初编》作《序》。

吴趼人《新庵谐译初编·序》："……此编成，问序于余，不敢以不敏谢责……光绪癸卯暮春之初，南海吴沃尧拜手序于汉皋。"

季夏，侍郎曾慕陶荐应经济特科②，不赴。

陈伯熙《上海轶事大观》："南海吴趼人征君沃尧……岁癸卯，膺经济特科之荐，夷然不赴。"（《上海轶事大观》，1919年6月上海泰东图书局出版）

李葭荣《我佛山人传》："先是，湘乡曾慕陶侍郎饫耳君名，

---

①《绣像小说》，半月刊，李伯元主编。光绪二十九年五月初一日（1903年5月27日）在上海创刊，商务印书馆发行。共出七十二期。原刊第1—12期标明出版时间，其余各期均无出刊年月，过去学术界根据创刊时间，按半月刊共七十二期推算，定光绪三十二年三月十五日（1906年4月8日）为终刊时间。近有同志对此说法提出异议。待考。

②《清史稿》卷一百九《选举》四："光绪二十七年，皇太后诏举经济特科，命各部、院堂官及各省督、抚、学政保荐，有志虑忠纯、规模阔远、学问淹通、洞达中外时务者，悉心延揽。……二十九年，政务处议定考试之制……取一等袁嘉谷……等九人，二等冯善征……等十八人。"又，《清史记事本末》卷六十九《复诏变法》。"六月，予考取经济特科，一等袁嘉谷等九名，二等冯善征等十八名，升叙有差。"

疏荐君经济，辟应特科。知交咸就君称幸。君夷然不屑曰：'与物亡竞，将焉用是？吾生有涯，姑舍之以图自适。'遂不就征。特科揭晓，乃以楷法品第人材，于世无所轻重，奔竞之徒，相率觖望，人始多君远识。"

是年起，致力于小说。

吴趼人《近十年之怪现状·序》："……落拓极而牢骚起，抑郁发而叱咤生，穷愁著书，宁自我始！夫呵风云，撼山岳，夺魂魄，泣鬼神，此雄夫之文也，吾病不能。至若志虫鱼，评月露，写幽恨，寄缠绵，此儿女之文也，吾又不屑。然而愤世嫉俗之念，积而愈深，即砭愚订顽之心，久而弥切，始学为嬉笑怒骂之文，窃自侪于谲谏之列。……爱我者谓零金碎玉，散置可惜；断简残编，掇拾匪易：盍为连缀之文，使见者知所宝贵，得者便于收藏，亦可藉是而多作一日之遗留乎！于是，始学为章回小说，计自癸卯始业……"

在10月5日（八月十五日）出版的《新小说》杂志第8期上发表：

《痛史》（书名上标"历史小说"，下署"我佛山人"）第一、二、三回。

《二十年目睹之怪现状》（书名上标"社会小说"，下署"我佛山人"。有眉批和总评）第一、第二回。

《电术奇谈》（一名《催眠术》。书名上标"写情小说"，下署"日本菊池幽芳氏元著，东莞方庆周译述，我佛山人衍义，知新主人评点"。）第一、第二回。

《新笑史》（刊于"杂录"栏。署名"我佛山人"）

十一则：《推广朝廷名器》《两个制造局总办》《另外一个崇明镇》《郭宝昌挥李秉衡》《梁鼎芬蒙蔽张之洞》《梁鼎芬被窘》《对联三则》《问官奇话》《德寿笑话》。

讽刺了官吏之昏庸无知、贪婪残暴和绅董之恃势横行、营私舞弊，揭露了官场的欺上瞒下、互相倾轧，反映了当时社会政治的黑暗腐败。

约于此岁冬，东游日本①。

周桂笙《新庵笔记》卷三《新庵随笔》上《吴趼人》："趼人先生及余，皆尝任横滨《新小说》社译著事，自沪邮稿，虽后先东渡日本，然别有所营，非事著书也。"（《新庵笔记》，民国三年八月上海古今图书局出版）

1904年（光绪三十年　甲辰）三十九岁。

1月，孙中山在《檀山新报》上发表《驳保皇报书》，批驳保皇党谬论。

宣传男女平等和爱国精神的《女子世界》在上海创刊。

2月，日俄战争在中国东北爆发。

是月，黄兴、宋教仁等在长沙正式成立华兴会。

8月，英国侵略军攻陷西藏拉萨。

10月，华兴会黄兴等谋于湖南起义，事泄失败。

冬，龚宝铨、蔡元培等在上海成立光复会。

是岁，广州农民起义达到高潮，控制数十州县。

蔡元培等主编的《警钟日报》（初名《俄事警闻》）在上海创刊，着重揭露、抨击帝国主义侵凌我国的罪行。

秋，得虚怯之症。

《趼廛笔记·红痧》："趼人氏曰：甲辰秋，余得虚怯之症，闻声则惊。叩诸医生，云：'服天王补心丹，至一年可愈。'厌其久，就诊于陈仲篪。仲篪，西医也。投以药，十四日，愈矣。"

冬，游山东②。

---

① 魏绍昌编《吴趼人研究资料·鲁迅之吴沃尧传略笺注》注九："……吴趼人赴日究竟所营何事，未见记载。据其堂弟吴植三在1962年说，趼人在沪曾助理广智书局业务，此去与《新小说》社联系出版发行事项有关。"

② 魏绍昌编《吴趼人研究资料》第五页："据其生前友人钱芥尘在1962年见告，吴趼人当时是去就任黄河河工局职事的，但因不惯官场生活，只呆了三个月就回上海了。"

吴趼人《趼廛笔记·狐言》:"甲辰冬,游济南,识清远刘祖乾……"

又,《趼廛剩墨·龙》:"甲辰,余游济南……"(见《月月小说》第7号)

又,《趼廛笔记·龙鳞》《我佛山人札记小说·狐言》:"甲辰,游济南……"

又,《我佛山人札记小说·厉鬼吞人案》:"甲辰游山左,暇时辄与二三老人曝背檐下,琐琐谈故事,莫不详且尽,因取日记簿,随所闻而记之。……及返沪,屡思编次之为一小册……"

又,《我佛山人札记小说·朱真人故居》:"甲辰游山左,寓青岛将十日……"

杜阶平《书吴趼人》:"年四十,浪迹燕齐。既郁郁不得志,乃纵酒自放。"(见《小说月报》8卷1号,1917年1月25日上海商务印书馆印行)〔按:此云"年四十",以成数言。〕

在8月6日(六月二十五日)出版(补印发行)的《新小说》第9号上发表:

《痛史》第四、五、六回。

《二十年目睹之怪现状》第三回。

《电术奇谈》第三、四回。

评《毒蛇圈》(法国鲍福著 上海知新室主人译)第三、四、五回(每回有眉批和总评。署名"趼廛主人")

在9月4日(七月二十五日)出版(补印发行)的《新小说》第10号上发表:

《痛史》第七、八回。

《二十年目睹之怪现状》第四、五、六回。

《电术奇谈》第五、六回。

《新笑林广记》(刊于"杂录"栏。署名"我佛山人")七则:《新小说》《圣人不利于国》《排满党之实行政策》《误蒙学》《家字》《问看书》《皇会》。

着重嘲笑了官吏对上逢迎、谄媚的丑态，也表现了作者在帝国主义步步进逼下对祖国命运的担忧。

在10月23日（九月十五日）出版（补印发行）的《新小说》第11号上发表：

《痛史》第九、十回。

《二十年目睹之怪现状》第七、八、九回。

《电术奇谈》第七、八、九回。

评《毒蛇圈》第六、七回（每回有眉批和总评）。

在12月1日（十月二十五日）出版（补印发行）的《新小说》第12号上发表：

《痛史》第十一、十二回。

《二十年目睹之怪现状》第十、十一、十二回。

《电术奇谈》第十、十一、十二回。

《九命奇冤》（书名上标"社会小说"，下署"岭南将叟重编"。偶有几回末附评语）第一、二回。

评《毒蛇圈》第八、九回（每回有眉批和总评）。

1905年（光绪三十一年　乙巳）四十岁。

1月，俄国第一次资产阶级民主革命爆发。

1月，沙俄侵犯新疆的伊犁、喀什喀尔和蒙古各地。

2月，邓实主编的《国粹学报》在上海创刊。

3月，上海《警钟日报》被封。

4月，邹容瘐死上海西牢。

5月，军机处命查禁《浙江潮》《新民丛报》《新小说》等书刊。

是月，以美国拒改原定（已期满）排斥、苛虐华工之约，上海、广州及沿海各大商埠纷起反美运动，抵制美货。

6月，宋教仁等在日本东京创办《二十世纪之支那》杂志，宣传反清革命。

8月，中国同盟会在日本东京正式成立，推孙中山为总理。

9月，清政府诏废科举。革命党人吴樾在北京车站向清政府派遣出洋考察的五大臣投掷炸弹，数人轻伤，本人死难。

11月，同盟会机关报——《民报》（由《二十世纪之支那》改名）在东京正式发行。

12月，陈天华在东京参加抗议日本政府《取缔清韩留日学生规则》的斗争，愤而投海自杀。

至本年止，中国民族资本主义企业已达二百余家，资本额三千余万元[①]。

是年，描写工商界生活的《市声》（署名"姬文"）和反对迷信的《扫迷帚》（署名"壮者"）、《玉佛缘》（署名"嘿生"）在《绣像小说》上陆续发表。黄世仲揭露晚清社会腐败的《廿载繁华梦》和歌颂太平天国革命的《洪秀全演义》、陈天华充满革命激情的《狮子吼》分别在《时事画报》《有所谓报》和《民报》上开始连载。曾朴的《孽海花》前20回，也由小说林社分初集二集出版。

3月28日（二月十二日），女铮铮生[②]。

春，受聘去汉口任美商英文《楚报》新辟的中文版编辑。

7月，辞汉口《楚报》之职归沪，参加反美华工禁约运动。

光绪三十三年二月十五日（1907年3月28日）出版的《月月小说》第六号《本社撰述员附白》："启者，仆自前岁六月（按：光绪三十一年六月，即1905年7月），由汉返沪后，久已不预

[①] 根据陈真、姚洛合编《中国近代工业史资料》第一辑第三八——四五页所载《辛亥革命前民族资本创办的工厂》统计。
[②] 据李葭荣《我佛山人传》云，吴趼人辛时，其女"甫六龄"，则其女应生于1905年。趼人女名铮铮，后适广东三水县卢玉麟，居上海虹口，生一子（卢锡彪）、一女（卢锦云）。据卢锦云说，她母亲生于二月十二日（阴历），病故于1971年1月4日（阴历庚戌十二月八日）。

闻报界之事。……南海吴趼人白。"

吴趼人评周桂笙《新庵译屑·演说》："乙巳六月以后，抵制美约事起，各社会之演说者无虚日。试往聆之，则今日之演说于此者，明日复演说于彼，屡易其地，而词无二致。"

吴趼人《致曾少卿书》："仆此次辞汉口《楚报》之席以归，亦为实行抵制起见。返沪后，调查各埠之踊跃情形，不胜感佩。……初六日，人镜学社茶会，承社中同人不以仆不文，邀仆演说。仆言此次日俄之战，日本一战、再战，挫挞强俄，遂享地球上最大之名誉。今吾中国之抵制美约，亦一无形之战也，使战而胜，名誉当不亚于日本，我国人宜努力为之。……"（民任社辑《中国抵制禁约记》，1905年出版）

李葭荣《我佛山人传》："华工禁约之争，君方主汉报笔政。汉报，实美人所营业。君念侨民颠沛，若婴焚溺，遽谢居停，遄归海上，与爱侨人士，共筹抵制。君能言善语，所至演坛，皆大哄曰：'吴君来！'君每一发语，必庄谐杂出，能瞵见人心理，不爽毫发；听者舞蹈歌泣，诸态皆备。职是佣于美商，踵君引去者，不可更仆。其以血诚感人，类是者甚繁。"

7月8日（六月六日），出席上海"人镜学社"茶会，作抵制美约演说。

7月15日（六月十三日），致抵制美约首义者曾少卿书。

（继而有第二、第三书。）

7月20日（六月十八日），列席上海商学会为抵制美约事召开的特别大会。

7月22日（六月二十日），为抵制美约事致上海商务总会书。

7月23日（六月二十一日），出席上海各报关行会议，作抵制美约演说。

8月1日（七月一日），出席宁波商学界为抵制美约事召开的特别大会。

8月6日（七月六日），出席沪学会召开的抵制美约大会，并作演说。

8月31日（八月二日），出席上海公忠演说会举行的抵制美约大会，并作演说。

9月8日（八月十日），出席上海环球中国学生会召开的抵制美约特别大会，并作演说①。

在1月6日（甲辰十二月一日）出版的《绣像小说》第41期上发表：

《瞎骗奇闻》（书名上标"迷信小说"，署名茧叟。每回前有两幅绣像）第一、二回。

在1月20日（十二月十五日）出版的《绣像小说》第42期上发表：

《瞎骗奇闻》第三、四回。

在2月4日（正月初一日）出版的《绣像小说》第43期上发表：

《瞎骗奇闻》第五回。

在2月18日（正月十五日）出版的《绣像小说》第44期上发表：

《瞎骗奇闻》第六回。

在2月（元月）出版的《新小说》第13号（第2年第1号）上发表：

《痛史》第十三、十四回。

《二十年目睹之怪现状》第十三、十四回。

《九命奇冤》第三、四、五回。

《电术奇谈》第十三、十四回。

评《毒蛇圈》第十、十一回（有眉批和总评）。

在3月6日（二月一日）出版的《绣像小说》第45期上发表：

《瞎骗奇闻》第七回。

在3月20日（二月十五日）出版的《绣像小说》第46期上发表：

《瞎骗奇闻》第八回。

按：《瞎骗奇闻》至此载完。小说集中揭露了迷信的危害。

在3月（二月）出版的《新小说》第14号（第2年第2号）上发表：

《二十年目睹之怪现状》第十五、十六、十七回。

---

① 以上关于吴趼人参加反美爱国运动的活动，参考日本中岛利郎编《咿哑》第20期《吴趼人特集2》载林健司《吴趼人和反华工禁约运动》一文谱入。

《九命奇冤》第六、七、八、九回。

《电术奇谈》第十五、十六、十七回。

评《毒蛇圈》第十四回（有眉批，无总评）。（按：第十二、十三回无评。）

在4月（三月）出版的《新小说》第15号（第2年第3号）上发表：

《二十年目睹之怪现状》第十八、十九、二十回。

《九命奇冤》第十、十一、十二、十三回。

《电术奇谈》第十八、十九、二十回。

在5月（四月）出版的《新小说》第16号（第2年第4号）上发表：

《九命奇冤》第十四、十五、十六、十七回。

《电术奇谈》第二十一、二十二回。

在6月（五月）出版的《新小说》第17号（第2年第5号）上发表：

《痛史》第十五回。

《二十年目睹之怪现状》第二十一、二十二、二十三回。

《九命奇冤》第十八、十九、二十回。

《电术奇谈》第二十三回。

评《毒蛇圈》第十八回（有眉批和总评）。（按：上期刊第十五、十六、十七回无评。）

《新笑林广记》七则：《骂畜生》《和尚宜蓄发辫》《汉官威仪》《绝鸦片妙法》《帽子不要摆在头上》《刚毅第二》《两袖清风》。

鞭挞了残酷敲剥人民的贪官污吏，反映了人民对鸦片吸食者的深恶痛绝，讽刺了社会上的某些不良风尚。

在7月（六月）出版的《新小说》第18号（第2年第6号）上发表：

《痛史》第十六回。

《二十年目睹之怪现状》第二十四、二十五、二十六回。

《九命奇冤》第二十一、二十二、二十三回。

《电术奇谈》第二十四回。

（按：《电术奇谈》，写英人喜仲达与林凤美的爱情波折。原译六回，吴氏衍为二十四回，至此全部载完。光绪三十一年八月（1905年9月），新小说社出版单行本，书名上改题"奇情小说"。）

评《毒蛇圈》第十九回（有眉批和总评）。

在8月（七月）出版的《新小说》第19号（第2年第7号）上发表：

《二十年目睹之怪现状》第二十七、二十八、二十九回。

《九命奇冤》第二十四、二十五、二十六回。

评《毒蛇圈》第二十回（有眉批、总评）。

《小说丛话》（刊于"附录"栏。署名"趼"）四则，说明小说富有潜移默化的教育作用，并对当时穿凿附会地评论小说的风气表示不满。

在9月（八月）出版的《新小说》第20号（第2年第8号）上发表：

《痛史》第十七、十八、十九回。

《二十年目睹之怪现状》第三十、三十一、三十二回。

《九命奇冤》第二十七、二十八回。

评《知新室新译丛》（周桂笙译述）六则（署名"检尘子"）：《顽童》《伞》《演说》《吸烟》《以鳄为戏》（《新庵笔记》中改为《豢鳄》《鱼溺》）。

又，9月19日（八月二十一日）出版的《南方报》第28号开始连载《新石头记》①（标"社会小说"，署"老少年撰"）。

《月月小说》第6号《本社撰述员附白》："仆自前岁六月由汉返沪后，久已不预闻报界之事。虽《南方报》前载《新石头记》小说为仆手笔，而于小说栏外从未著一字，未预一言。且除《新石头记》外，虽小说亦未登过日报。……南海吴趼人白。"

按：《新石头记》，作者按照自己的世界观，借宝玉下山后的见闻，反映当时社会的面貌；借宝玉之游历"文明境"，写其

---

① 小说自光绪三十一年八月二十一日（1905年9月19日）《南方报》第28号附张开始连载，至十二月（1906年1月）第148号，刊出十三回而辍。光绪三十四年（1908年）十月，由上海改良小说社出版单行本，分订四卷八册。因每回附有绘图，故题名《绘图新石头记》。

所理想的科学世界；借宝玉回国后的言论，述其对于政治改革的主张。故吴氏自诩为"兼理想、科学、社会、政治而有之"的小说（《近十年之怪现状·序》）。《忏玉楼丛书提要》（稿本）编者谓："是书从译本《回头看》等书脱胎，与《红楼》无涉。作者为卖文家，欲其书出版风行，故《红楼》之名，以取悦于流俗。然少年读之，可以油然生爱国自强之心，固非毫无价值者。"

在10月（九月）出版的《新小说》第21号（第2年第9号）上发表：

《痛史》第二十、二十一回

《二十年目睹之怪现状》第三十三、三十四、三十五、三十六回。

《九命奇冤》第二十九、三十回。

评《毒蛇圈》第二十一回（有眉批、总评）。

在11月（十月）出版的《新小说》第22号（第2年第10号）上发表：

《痛史》第二十二、二十三回。

《二十年目睹之怪现状》第三十七、三十八、三十九回。

《九命奇冤》第三十一、三十二回。

《新笑林广记》（刊于"杂录"栏。署名"我佛山人"）八则：《祖家》《会计当而已矣》《旗色》《神号鬼哭》《小牛小马》《咬文嚼字》《羽毛》《短嘲》。

揭露了当时崇洋媚外之风；对国家的危亡深表忧虑；尽情嘲笑了科举之士；反映了一般知识分子的窘迫生活。其中《咬文嚼字》一篇，则写其本人当时的生活："我佛山人，终日营营，以卖文为业。或劝'稍节劳'，时方饭，乃指案上曰：'吾亦欲节劳，无奈为了这个！'……"

评《知新室新译丛》一则：《食子》。

在12月（十一月）出版的《新小说》第23号（第2年第11号）上发表：

《痛史》第二十四、二十五回。

《二十年目睹之怪现状》第四十、四十一、四十二回。

《九命奇冤》第三十三、三十四回。

评《毒蛇圈》第二十二回（有眉批、总评）。

评《知新室新译丛》六则：《律师》《鹊能艺树》《禽名》《窃案》《以术愚狮》《重修旧好》。

《新笑史》十一则：《陈宝渠》《亨利》《牙牌数》二则、《犬车》《两个杜联》《皮鞭试帖诗》《一字千金》《咏张松诗》《视亡国为应有之事》《避讳》。有力地讽刺了统治者的昏庸老朽、贪生怕死和辱国求荣的可耻行径，揭露了他们寡廉鲜耻、苦心钻营的丑恶嘴脸。

1906年（光绪三十二年 丙午）四十一岁。

2月，南昌教案发生。

4月，《民报》第3号发行号外，以《民报与新民丛报辩驳之纲领》为题，列举《民报》与《新民丛报》根本分歧的十二个问题。自第4号起，分类辩驳。

9月，清政府宣布"预备立宪"。

12月，在湘赣哥老会和同盟会员策动下，萍乡、浏阳、醴陵举行武装起义，败。

是月，张謇、汤寿潜等联合江苏、浙江、福建三省士绅在上海成立预备立宪公会。随之，湖北宪政筹备会、湖南宪政公会、广东自治会等相继成立。

是年，李伯元瘵卒。

11月1日（九月十五日），《月月小说》杂志在上海创刊，任总撰述。

李葭荣《我佛山人传》："光绪乙巳（按："乙巳"误，应为"丙午"），休宁汪君维甫创刊《月月小说》于上海，以改良风俗，慕君名，聘君主持撰述，并聘上海周君桂笙主持译述。撰译之文，君及周君什居六七，间亦资购名稿，体例精严，辞华斐美，风行海内外。"

汪维甫（又作"惟父"）《我佛山人笔记四种·序》："南海吴趼人先生以小说名于世，每有撰述，无不倾动一时。余于清光绪丙午、丁未之际,创刊《月月小说》,延先生主笔政。……"(《我佛山人笔记四种》,中华民国四年,瑞华书局印行。)

《月月小说》第二号封底《本社紧要广告》:"启者,本社所聘总撰述南海吴趼人先生,总译述上海周桂笙先生,皆现今小说界、翻译界中上上人物,文名籍甚,卓然巨子。曩者日本横滨《新小说》报中所刊名著,大半皆出二君之手,阅者莫不欢迎。兹横滨《新小说》业已停刊……《月月小说》社总理庆祺谨告。"

按:《月月小说》,1906年11月1日(光绪三十二年九月十五日)创刊,延吴趼人为总撰述、周桂笙为总译述。每月出一期。至第8号(1907年5月26日——光绪三十三年四月十五日)停刊。1907年10月7日(光绪三十三年九月一日)复刊出第9号。从此以后,该刊由沈济宣主办,许伏民任总编辑;吴趼人和周桂笙不再任编辑职务,但仍被聘为特约撰述人。直至1909年1月(光绪三十四年十二月)停刊,共出24号。

《月月小说》第12号邯郸道人吕粹声《跋》:"汪子惟父,继横滨《新小说》之后,创办《月月小说》报。海内风行,有目共鉴,惜未周稔而辍。沈君济宣,以小说关系于改良社会,爰为赓续。冷泉伏民操选政,仍延我佛山人、知新室主综事撰译。更聘冷血、天笑、天僇诸巨手,佐其纂述。觥觥大著,炳炳文章,丁未重九之前,又发现于大千世界。……"

又,樱花庵主秦琴缦卿《月月小说报·祝辞》:"丙午九月春申之浦……乃《月月小说》于焉出现也。其总撰述者,为我佛山人;总译述者,为知新室主人。丁未九月,济宣赓续其事,冷泉伏民总司编辑,复延冷血、天笑分任著译。……"(见《月月小说》第10号)

在1月(乙巳十二月)出版的《新小说》第24号(第2年第12号)上发表:

《痛史》第二十六、二十七回。

《二十年目睹之怪现状》第四十三、四十四、四十五回。

《九命奇冤》第三十五、三十六回。

评《毒蛇圈》第二十三回（眉批和总评）。

按：《新小说》至此停刊。吴氏于该刊所载之小说：《九命奇冤》全部完。该书根据安和先生撰《警富新书》小说改编，揭露了清朝吏治的腐败和封建迷信的祸害；写作上运用倒叙的手法，显然是受了西方小说的影响。同年，上海广智书局出版单行本。《痛史》未完，宣统三年（1911年）上海广智书局出版单行本。小说具强烈爱国主义思想，痛斥了以贾似道为代表的卖国求荣、觍颜事敌之徒，热烈歌颂了文天祥等不惜牺牲、抗敌救国的民族英雄。《二十年目睹之怪现状》，未完，后续至108回，陆续由上海广智书局分卷出版单行本，至宣统二年十二月（1911年1月）出全。是书以官场为重点，从政治、军事、外交等各个方面暴露和谴责了晚清从上到下整个统治机构的窳败和社会的黑暗。在当时产生很大的影响。

在3月9日（二月十五日）出版的《绣像小说》第70期上发表：

《活地狱》（署名"茧叟"）第四十回。［按：《活地狱》第四十回前为李伯元所作，第四十三回以后由茂苑惜秋生（欧阳巨源）赓续。］

在3月25日（三月一日）出版的《绣像小说》第71期上发表：

《活地狱》第四十一、四十二回。

按：《活地狱》，集中描述晚清官吏差役的横行无忌、敲诈勒索和监狱中暗无天日、惨不忍睹的情景。吴趼人中续三回至此完，写县吏之栽赃诬害和用刑之惨毒残酷。

4月（三月），《中国侦探案》三十四则［其中十八则末附"野史氏"（作者本人）评语］，由上海广智书局出版，署"南海吴趼人述"。

按：是书前有《凡例》和《弁言》，说明为"塞崇拜外人者之口"而辑。故事根据"故老传闻"或"近人笔记"改编，如同古"公案"短篇小说。虽偶有无谓之作，要亦反映中国人民智慧，于"改良吾国社会"并非无益。

9月（八月），小说《糊涂世界》（十二回，未完①。署名"茧叟"）由上海世界繁华报馆出版单行本。

按：此作与《二十年目睹之怪现状》同一类型，要在揭露晚清官场及社会之"卑污苟贱"。

是月，《胡宝玉》（一名《三十年来上海北里之怪历史》，署"老上海撰"）由上海乐群书局出版。

《月月小说》第5号"说小说"栏，新厂评《胡宝玉》："《胡宝玉》，一名《三十年上海北里之怪历史》。此书于丙午初冬出版，颇风行一时，大有洛阳纸贵之概。……"

吴趼人《近十年之怪现状·序》："……已脱稿者，如……《胡宝玉》（单行本），皆社会小说也。……"

按：作者和当时的广告都把《胡宝玉》列为"社会小说"，其实它只是一部写上海妓院生活的笔记而已。

10月（九月）②，《恨海》十回（有眉批。标"写情小说"，署名"南海吴趼人"），由上海广智书局出版。

按：小说描写两对青年情人的离散，侧面反映了庚子事变之混乱，颇为时人所推崇。

在11月1日（九月十五日）出版的《月月小说》第1号上发表：

《月月小说·序》。

强调小说的教育作用，指出不论写什么小说以及如何写法，"务使导之以入于道德范围之内"，挽回当时的浇风薄俗。

《历史小说总序》。

说明写历史小说的目的，是将寓"旌善惩恶之意"的历史，

---

① 该作原载李伯元主编之《世界繁华报》。据阿英同志所见，"报上至少发表到十九回"（《晚清文艺报刊述略》）。上海世界繁华报馆出版单行本，仅收十二回，每回一卷，线装六册，标"光绪丙午年中秋月出版胡涂世界上卷"。

② 原书标"光绪三十二年九月三十日初版"，实该年九月无三十日（最后一天为二十九日）。

通过"易于引人入胜"的小说来教育读者。

《两晋演义·序》。

批评以前的历史小说,谓除《三国演义》外,或失于"蹈虚附会",或失于"简略无味";提出"撰历史小说者,当以发明正史事实为宗旨,以借古鉴今为诱导",要"寓教育于闲谈",对改良社会有裨益。

《两晋演义》(书名上标"历史小说",下注"稿本",署"我佛山人撰"。有眉批、夹注和回末总评)第一、第二回。

点定"写情小说"《情中情》(侠心女史译述)第一、第二章。

《庆祝立宪》(短篇小说。题下署"趼")。

《俏皮话》(刊"杂录"栏)八则:《序》《虫类嘉名》《畜生别号》《背心》《指甲》《田鸡能言》《苍蝇被逐》《野鸡》《海狗》。

评《新庵译萃》(上海知新室主人即周桂笙译述)三则(署名"检尘子",后在《新庵笔记》中改为"趼人氏"。下同):《戒骂会》《张翁轶事》《牙医》。

在11月30日(十月十五日)出版的《月月小说》第2号上发表:

《两晋演义》第三、四、五回。

点定《情中情》(侠心女史译述)第三、第四章。

《预备立宪》(题上标"短篇小说",下署"偈")。

评新作《讥弹·送往迎来之学生》(刊"杂录"栏,署名"偈")。

《俏皮话》(刊"杂录"栏,署"趼人")八则:《螳蛹为害》《乌龟雅名》《猪讲天理》《狗懂官场》《地方》《地棍》《猫辞职》《狼施威》。

评《新庵译萃》二则:《天生奇谈》《世界最长之须》。

在12月30日(十一月十五日)出版的《月月小说》第3号上发表:

《罗春驭〈月月小说·叙〉趼人氏附识》。

《李伯元传》（署名"吴沃尧"）。

《两晋演义》第六、七、八、九回。

《大改革》（题上标"短篇小说"，下署"趼"）。

嘲讽晚清统治者"大改革"徒有其名，"大改革"不过是表面上改换几个名目，实际上一律照旧。周桂笙评曰："怅怀时局，无限伤心。该诡之文耶，忧时之作也。吾展读一过，欲别贶以嘉名曰'立宪镜'。"

《义盗记》（题上标"短篇小说"，下署"趼"）。

赞扬一盗之仁义道德。篇终作者自评曰："呜呼！叔季之世，道德沦亡，富贵热中，朋友道丧，以吾所见，盖多多矣。如此盗者，吾尝求之于士大夫中而不可得，不图于绿林豪客中见之。……"

《俏皮话》八则：《膝》《面》《蛇》《鸡》《龙》《虎》《论蛆》《腌龙》。

评《新庵译萃》一则：《逃学受绐》。

1907年（光绪三十三年 丁未）四十二岁。

7月，日本与沙俄订立第一次"日俄密约"，划分在我国东北地区的势力范围。

1月，秋瑾在上海创办《中国女报》。

2月，康有为改保皇会为国民宪政会。

3至5月，江苏、浙江、安徽、广东等省不少州县发生"抢米"风潮，广东钦州（今属广西）、廉州人民举行抗捐起义。

5月，同盟会发动潮州黄冈起义，败。

6月，同盟会发动惠州七女湖起义，败。

7月，徐锡麟击杀安徽巡抚恩铭，起义安庆，事败死难。秋瑾在绍兴被捕，就义。

8月，《新民丛报》停刊。改良派在与革命派论战中遭到严重挫败。

9月，同盟会员王和顺起义于钦州王光山，败。清政府决定在中央设立资政院。

10月，梁启超等在日本东京组织政闻社。清政府命各省设咨议局。

11月，江苏、浙江、安徽发生收回筑路权的群众爱国运动。

12月，孙中山、黄兴等在镇南关起义，旋撤离。

是年，曾朴在《小说林》月刊上发表《孽海花》第二十一——二十五回。

秋以前，仍编《月月小说》，并积极从事于小说创作。

吴趼人评周桂笙《新庵译萃·十年不寐之奇病》："……盖余年来从事撰述小说，而苦所居近市。白日喧闹，不便构思，往往于夜间从事，通宵达旦。日间则蒙头大睡，所谓俾昼作夜也。故曾撰一联以自嘲云：'瞎说胡诌当著作，鼾呼高卧忘光阴。'虽然，自是以后，吾盖无消遣行乐之时矣。近来日间更苦有编辑之役，辄不得睡，而夜来功课，势难荒废。乃改为中夜即起，酉戌之间即睡，而劳顿更甚，休息之时更少。……"（见《月月小说》第5号，1907年2月出版）

冬，办居沪粤人广志小学。

吴趼人《新庵译屑·序》："……去冬，同乡君子组织旅沪广志小学校成，交推余主持其事。于是，日与二三同事，研究教育之道，舍学校而外，几无复涉足之处。……戊申（1908年）仲秋。"

李葭荣《我佛山人传》："……粤人之旅沪者数万众，亦数万心。团结之地曰广肇公所，治所事者曰董事。董事皆昏耄气衰，粗犷无学之流，尸居其间，又互为汲引，不由众举。二三小人，辄傀儡诸董事，无益乡人，或滋病焉。君论公所事，往往大愤，且曰：'粤人踪迹满五洲，相视罔不亲恳；居沪粤人，得彼此若秦越，此公所之罪也。'因谋于卢君伟昌、郭君健霄及余，立两广同乡会。复闵乡人子弟无教，开广志两等小学，隶同乡会。君手定学程，聘丹徒名士杜君纯长教务。卢君岁以私财输学；有教育之志者，咸慨然捐金补助：广志得至今存。甲班且毕业，惟同乡会未及君之亡而离散。"

《上海县续志》卷十："广志小学原名广东旅学，在租界武昌路同德里。光绪三十四年正月，广东人卢杰、吴沃尧、鲍瞻旷、郭翔等集捐创办，改革后停办。"（《上海县续志》，民国七年修）

在1月28日（丙午十二月十五日）出版的《月月小说》第4号上发表：

《两晋演义》第十、十一、十二回。

《黑籍冤魂》（题上标："短篇小说"，下署"趼"）。（反映吸食鸦片的祸害。）

《俏皮话》十则：《借用长生》《捐躯报国》《误字》《送匾奇谈》《乌龟与蟹》《凤凰孔雀》《鹧鸪杜鹃》《蜘蛛被骗》《虾蟆感恩》《大字名片》。

《趼廛诗删剩》（下署"南海吴沃尧趼人著，仪陇蒋庚骙紫侪选"）八题：

首有自序云："年少无知，有作辄存，一览便增汗颜矣。十年以来，删汰旧作，仅存二三。……然而少年之状况，转藉此以得不忘焉，故录存之。……"

《柳絮》九首、《蒲沟道中大风》《将入都与君宜大弟剪烛话别时宿河西务》《都中寻先兄墓不得》《行路难》《课弟》《江头伫望晓兰妹归舟不至》《熏被》。

评《新庵译萃》三则：《俄国人瑞》《小不可大算》《废物变成戏物》。

是月，上海广智书局出版《二十年目睹之怪现状》第四册——丁卷（第四十六回至第五十五回）和第五册——戊卷（第五十六回至第六十五回）[①]。

[①] 第一册——甲卷，第一回至第十五回，1906年3月（光绪三十二年二月）出版；第二册——乙卷，第十六回至第三十回，1906年5月（光绪三十二年四月）出版；第三册——丙卷，第三十一回至第四十五回，1906年10月（光绪三十二年九月）出版。

在2月27日（正月十五日）出版的《月月小说》第5号上发表：

《两晋演义》第十三、十四、十五回。

点定《情中情》（侠心女史译述）第五章。

《立宪万岁》（题上标"短篇小说"，下注"滑稽"，署名"趼"）。

按：前载之《庆祝立宪》《预备立宪》与此篇共为一组，对当时清廷的假立宪作了无情的揭露与嘲讽。

《平步青云》（题上标"短篇小说"，下注"笑柄"，署名"趼"）。（尽情嘲讽了晚清官吏趋势媚上之丑恶无耻行为。）

《快升官》（题上标"短篇小说"，下注"记事"，署名"趼"。）（揭露晚清官吏卖友求升的卑鄙行径。）

《俏皮话》七则：《红顶花翎》《平升三级》《赏穿黄马褂》《活画乌龟形》《财帛星君》《观音菩萨》《文殊菩萨》。《讥弹》四则（署名"趼"）：《恭贺新禧》《恭喜发财》《升官图》《状元筹》。（抨击了庸俗无聊的时风世俗。）

《趼廛诗删剩》二十一题：《夜坐抒感》《送别》《柬祝龄从兄延禧》《之杭州登舟口号》《上马》《同人分咏除夕，分得"宫禁""小儿""旅舍""新婚"四题，录存"宫禁"一章》《元旦试笔》《何必》《虞姬》《无题》《无事》《以西洋摄影法摄得小像笑容可掬戏题此章》《文鹿季父春闱报罢，南旋过申，赋此送归岭南，并寄介叔王季父京都》《赠鲁朴人宗泰》《秋日分题分得孤雁》《闺中杂咏》《倚琴楼诗》十首存四、《把芳室诗》十首存四、《消寒杂咏分得雪影》《赠湘南某姬》《凭阑》。

评《新庵译萃》三则：《画师》《主笔牢骚》《十年不寐之奇病》。

在3月28日（二月十五日）出版的《月月小说》第6号上发表：

《两晋演义》第十六、十七、十八回。

《上海游骖录》（书名上标"社会小说"，下署"趼"。每回有眉批，篇终有《著者附识》）第一、二、三回。

评《新庵译萃》一则：《忽得忽失》。

评《新庵随笔》一则：《禁烟当先制药》（趼人氏眉批）。

在4月27日（三月十五日）出版的《月月小说》第7号上发表：

《两晋演义》第十九、二十回。

《上海游骖录》第四、五、六、七回。

《贾凫西鼓词·序》（署名"趼人氏"）。

表现了作者对现实社会的不满以及由此而产生的厌世思想。

《趼廛剩墨》（书名上标"札记小说"，下署"南海吴沃尧趼人"）六则：《盗被骗》《嗅瘾》《龙》《巧对》《小塌饼》《逸囚》。

《俏皮话》七则：《臀宜受罪》《人种》二则、《手足错乱》《民权之现象》《思想之自由》《虾蟆操兵》。

《趼廛诗删剩》八题：《清明日偕瑞棠弟展君宜大弟墓，用辛卯都中寻先兄墓韵》《刘吉甫婚词，明亲迎楂溪，余为执柯也》《七月十九夜，接家季父电，诏赴彝陵省疾，即夜成行，戚友知己都不及走告，赋此留别》《阻舟汉上》《眺黄鹤楼故址》《舟过晴川阁》《鹦鹉洲吊祢正平》《虎牙滩》。

按：《趼廛诗删剩》载至此完。吴氏之诗，一般言之，不如小说。邱菽园《挥麈拾遗》谓其"跌宕自喜，如见其人"，庶几近之。除《月月小说》所载三十七题和后面《政艺通报》所载四题外，现知前期之作尚有《潄芳斋诗选》（《字林沪报》本）所收《游仙诗》三十首和《步韵落花诗》二十首；后期之作有童补萝辑《湖海同声集》卷一所收《游黄鹤楼故址》（二首）、《秦淮杂感》（三首）、《吴门怀古》和《己酉七月谒五人墓有感》四题。又，陈无我编《老上海三十年见闻录》中收有《余自二十五岁后改号茧人，去岁复易茧作趼，音本同也，乃近日友人每书为研，口占二十八字辨之》一题；魏绍昌编《吴趼人研究资料》载有《红豆词》

《冬木老人赐画,赋此呈谢并请削正》诗作者手迹和《读匋帅步祷得雨诗,恭和一首》诗题;《文艺俱乐部》[①]第一卷第二号《文苑·诗录》栏载《秦淮柳枝词》八首(署名"茧叟")。

评《新庵译萃》一则:《世界中之赌国》。

《附告》(复大武书。未署"趼人附启")。

在5月26日(四月十五日)出版的《月月小说》第8号上发表:

《两晋演义》第二十一回。

《上海游骖录》第八、九、十回。

按:《上海游骖录》至此载完。小说既同情人民,揭露了晚清统治的残酷与黑暗,又反对革命,诬蔑革命者,极力宣扬"恢复我固有之道德"以"改良社会"的迂腐主张。但面对现实,黑暗茫茫,作者终于悲观失望,最后走向了"厌世主义"的道路。

《曾芳四传奇》(署"我佛山人填词,仪陇山农评点"):第一出:《标目》;第二出:《诞美》。

《黄勋伯传》(刊"特载"栏,署名"趼")。(述黄一生大略。着重表彰其徒手搏贼,身负数十创、至死而不释的"义勇"行为。)

《查功课》(题上标"短篇小说",下署"趼")。(揭露晚清统治者害怕群众,以"查功课"为名,深夜闯进学堂查抄《民报》的卑劣行径。)

《说小说·杂说》(署名"趼")。(谓《水浒传》是"忧时愤世"之作,《镜花缘》是"理想""科学"小说,《金瓶梅》《肉蒲团》是"惩淫"之书。)

《讥弹》二则:《助赈谈》《医说》。

[①]《文艺俱乐部》,1912年9月1日(民国元年九月一日)创刊,在上海出版。半月刊。由文艺俱乐部发行,扣虱谈虎客(韩文举)及孤愤生主编。第一卷第二号,1912年9月16日(民国元年九月十六日)出版。

按：此作未署名，但根据其所表现的思想、风格和《医说》中所说的"余所居为租界乍浦路"①，可确定为吴趼人之作。

《主笔房之字纸篓》（刊"杂录"栏）七则：《某观察》《利权外溢》《阎王筹款》《海盗剌史》《黠吏》《金脸盆》《中国之守备》。

按：此作不署名，然根据其所表现的思想、风格，特别是吴趼人当时在《月月小说》社担任总撰述、总编辑的职务，可以判定为吴氏之作。

《四海神交集·识》（署名"趼人氏"）。

评《新庵译萃》一则：《欧洲糖市》。

在8月23日（丁未七月望日）出版的《政艺通报》②第6年第13号"附录"栏发表：《秋望有感》（四首）、《李晓暾罢归与余唱酬感均崇替听赠三绝》（三首）、《宜章白沙院斋闻笛》（一首）、《沪上颐园看月》（一首）。（以上均署名"茧叟"）

按：该刊第14号"附录"栏载有李晓暾《无题和茧叟》诗。

在10月7日（九月一日）出版的《月月小说》第9号上发表：

《两晋演义》第二十二回。

《曾芳四传奇》：第三出：《劝娇》。

按：该剧谱流氓曾芳四诱骗女学生邓七妹卒罗法网事。至此未完而辍。

《趼廛剩墨》四则：《方言》《瘐驰》《蝇钻》《诈贿被侮》。

在11月20日（十月十五日）出版的《月月小说》第10号

---

①1907年10月7日（九月一日）出版的《月月小说》第9号载有通信广告云："吴趼人仍为本社总撰述，惟现不住馆，如有来往信件，请径寄乍浦路多寿里吴宅。"此所言住址，正与文内之说相符。

②《政艺通报》，1902年2月（光绪二十八年正月）创刊，在上海出版。半月刊。政艺通报馆发行，邓安（秋枚）主编。1908年（光绪三十四年戊申）改为月刊，至3月17日（戊申二月望日）第7年第2号停刊。

上发表：

《两晋演义》第二十三回。

按：小说未完，至此而辍，后未续。所写"以《通鉴》为线索，以《晋书》《十六国春秋》为材料，一归于正，而沃以意味"。（见《两晋演义·序》）

《劫余灰》（书名上标"苦情小说"，下署"我佛山人"。有眉批）第一、二、三回。

《人镜学社鬼哭传》（题上标"短篇小说"，下署"南海吴趼人挥涕撰"）。（以愤激之情，痛诋了上海绅商忘美"华工禁约"之辱，对到沪的美兵部大臣达孚特无耻诏媚的丑行。）

评《新庵译萃》一则：《孰不愿富》。

在11月29日（十月二十四日）出版的《竞立社小说月报》第2期上发表：

《剖心记》（书名上标"法律小说"，下署"我佛山人著，亚东破佛评"）凡例和第一、二回。

按：小说未完，因该报停刊而辍笔。后撮其崖略，写成《山阳巨案》，载《我佛山人札记小说》中。

在12月19日（十一月十五日）出版的《月月小说》第11号上发表：

《云南野乘》（书名上标"历史小说"，下署"趼"。有眉批）第一回。

《发财秘诀》（一名《黄奴外史》。书名上标"社会小说"，下署"趼人"。每回有眉批和总评）第一、二、三、四回。

《劫余灰》第四回。

《邬烈士殉路》（书名上标"时事新剧"，下署"怫"）第一折：先殉。

《趼廛剩墨》四则：《对联》《集四书句》《借对》《复苏》。

1908年（光绪三十四年　戊申）四十三岁。

3月，黄兴于钦州起义，败。

4月，黄明堂于河口起义，败。

秋，革命派的新加坡《中兴日报》与保皇派的《南洋总汇报》论战日趋激烈。孙中山亲自领导批判改良主义的斗争。

11月，光绪帝、慈禧太后死；溥仪继位，载沣为摄政王。

是月，熊成基在安庆起义，败。

是年，黄世仲所著痛诋康有为的小说《大马扁》（十六回）完成。

2月，广志小学开学。日从事于学务，并继续创作小说。

在1月18日（丁未十二月十五日）出版的《月月小说》第12号上发表：

《云南野乘》第二回。

《发财秘诀》第五、第六回。

《无理取闹之西游记》（题名上标"滑稽小说"，下署"我佛山人"）。（影射鞭挞了卖国害民的晚清统治者和贪婪凶恶的外国侵略者。）

《邬烈士殉路》第二折：《追悼》。

按：此剧原拟写十折（见《月月小说》第11号《剧目预告》），但至此而辍，后未再续。作品以强烈的爱国主义感情，歌颂了为收回路权而殉国的邬钢烈士，痛斥了"麻木不仁"的清朝政府和"禽兽居心"的卖国贼子。号召全国同胞"协力共济"，为维护祖国领土主权的完整而"誓死抵拒"。

《趼廛剩墨》三则：《主权已复乎国家已亡乎》《瓶水解毒》《桂琬节孝记》。

按：《趼廛剩墨》至此载完，共十七则，主要是讽刺祸国殃民的晚清统治者，也有些无谓的"奇闻轶事"。

《俏皮话》二十二则：《日疑》《空中楼阁》《猫虎问答》

《赤白不分》《肝脾涉讼》《金鱼》《银鱼》《驴辩》《守财虏之子》《外国人不分皂白》《蠹鱼》《蚊》《骨气》《松鼠》《鸦鹰问答》《脚权》《蛇叫蚓行》《蛾蝶结果》《铜讼》《木嘲》《轿夫之言》《孔雀篡凤》。

在2月8日（正月七日）出版的《月月小说》第13号上发表：

《发财秘诀》第七、第八回。

《劫余灰》第五、第六回。

《光绪万年》（题上标"理想、科学、寓言、讥讽、诙谐小说"，下注"短篇"，署名"我佛山人"）。

按：小说揭露晚清统治者"立宪"是一场骗局，谓这种黑暗局面要等一万年后地球受一次重大撞击、南北易位之后才会改变。

《俏皮话》八则：《误入紫光阁》《辱国》《不开眼》《强出头》《徒负虚名》《民主国举总统之例》《狗》《猫》。

在3月（二月）出版的《月月小说》第14号上发表：

《云南野乘》第三回。

按：小说记云南史事，为使人读了"知古人开辟的艰难，就不容今人割弃的容易"。原拟"自庄蹻开辟滇池"起，写"至云南最近之情形"，但仅成三回，后未再续。

评知新室主（周桂笙）译《自由结婚》（署名"趼人氏"）。（评曰："余与译者论时事，每格格不相入，盖译者主输入新文明，余则主恢复旧道德也。……"这是吴氏的重要思想之一。）

《发财秘诀》第九、第十回。

按：小说至此载完。作者以"发指眦裂"的愤怒，痛诋了汉奸买办为着个人发财，不惜为虎作伥，出卖国家民族利益的无耻行径以及中国官僚的昏聩无能。

《俏皮话》十二则：《手足》《代吃饭代睡觉》《只好让他趁风头》《居然有天眼》《不少分寸》《记壁虎》《獬豸》《记

鼠》《记狗》《角先生》《引经据典》《关痛痒不关痛痒》。

在4月（三月）出版的《月月小说》第15号上发表：

《劫余灰》第七、第八回。

《俏皮话》十则：《聪明互用》《蛇象相争》《吃马》《性命没了钱还可以到手》《空心大老官》《无毒不丈夫》《龙》《虎》《羊》《榆钱》。

在5月（四月）出版的《月月小说》第16号上发表：

《劫余灰》第九回。

俏皮话七则：《纨扇》《变形》《论像》《洋狗》《水虫》《牛的儿子》《蛇着甲》。

在6月（五月）出版的《月月小说》第17号上发表：

《劫余灰》第十回。

在7月（六月）出版的《月月小说》第18号上发表：

《劫余灰》第十一回。

《俏皮话》六则：《孔子叹气》《开门揖盗》《骨气》《蛇想做官》《羽毛颂》《水火争》。

在8月（七月）出版的《月月小说》第19号上发表：

《劫余灰》第十二回。

《俏皮话》七则：《涕泪不怕痛》《蛆》《虫族世界》《走兽世界》《火石》《水晶》《黄白》。

在9月（八月）出版的《月月小说》第20号上发表：

《劫余灰》第十三回。

《俏皮话》七则：《团体》《放生》《送死》《作俑》《山神土地》《雌雄地》《投生》。

按：《俏皮话》至此载完，共一百二十七则。作品把晚清统治者比作蛆虫蚊蝇、蛇鼠猪狗，揭露了他们各种各样的丑恶嘴脸，反映了当时政治、军事、外交方面的腐败情形，对专横跋扈的后党和懦弱无能的皇帝进行了辛辣的讽刺，对社会上那些蝇营狗苟之夫、趋炎附势之徒、图财害人之辈也做了无情的暴露和鞭笞。

是月，为周桂笙编《新庵译屑》并作《序》。

《序》曰："戊申八月，桂笙以此卷来，嘱为编次……"

按：周桂笙载《新小说》和《月月小说》上的《知新室新译丛》和《新庵译萃》《新庵随笔》，有吴趼人评语者三十一则。是月汇编《新庵译屑》时又增评《俭德》《最古律法》《摩根》《免冠礼》之二4则，共三十五则。

在10月（九月）出版的《月月小说》第21号上发表：

《劫余灰》第十四回。

在12月（十一月）出版的《月月小说》第23号上发表：

《劫余灰》第十五回。

1909年（宣统元年　己酉）四十四岁。

12月，各省士绅要求速开国会，于上海组成国会请愿同志会。

是年，各省群众反抗斗争达一百三十多次。

刘鹗卒于新疆。

黄世仲所著以袁世凯为主干，暴露晚清官僚政治生活的《宦海升沉录》（一名《袁世凯》）由香港实报馆出版。

在1月（戊申十二月）出版的《月月小说》第24号上发表：

《劫余灰》第十六回。

按：《劫余灰》至此载完。小说写一对青年情人，经过种种波折，最后团聚的故事。从中透露了晚清社会的黑暗和华工生活的悲苦。

春，作《近十年之怪现状》。

吴趼人《近十年之怪现状·序》："……惟《二十年目睹之怪现状》一书……已达八十回，余二十回，稿虽脱而尚待讨论也。春日初长，雨窗偶暇，检阅稿末，不结之结。二十年之事迹已终，念后乎此二十年之怪状，其甚于前二十年者，何可胜记。既有前作，胡勿赓续？此念才起，即觉魑魅魍魉满布目前，牛鬼蛇神纷扰脑际；入诸记载，当成大观。于是略采近十年见闻之怪剧，支配先后，分别弃取，变易笔法（前书系自记体，此易为传体），厘定显晦，日课如干字，以与喜读我书者，再结一翰墨因缘。"

按：小说二十回，未完。先发表于当年的《中外日报》，次年时务书馆出版单行本。书名改为《绘图最近社会龌龊史》，标"社会小说"，署"我佛山人"。是《二十年目睹之怪现状》的续篇。

4月10日（闰二月二十日），撰《筠清馆法帖·序》。

是月，作《冬木老人画册·题跋》。

5月4日（三月十五日）上海广智书局出版《二十年目睹之怪现状》第六册——己卷（第六十六回至第八十回）。

是年，禁其女缠足，使入天足会，谓"宁终生不嫁，亦不缠足！"[①]

10月15日（九月二日），在上海《民吁日报》发表短篇小说《中雷奇鬼记》。

按：据文末记者云，此盖为抵制洋货事，窘于压制，不能竟其志而发。

本年7月后至次年去世前，曾游南京。

周桂笙《新庵随笔》卷四《六朝金粪》："端方总督两江时，穷奢极欲……解任之日，载与俱北，珍藏府中。……吴门悦庵主人沈习之先生敬学，尝任端方秘书。吴趼人先生一日赴宁造访，悦庵觞之于秦淮画舫。……此趼人、悦庵亲为余言之。……"

按：端方由两江调任直隶为此年6月28日（五月十一日）。吴趼人"赴宁造访"沈习之，当在此后。

[①] 据吴趼人的外孙女卢锦云给笔者的信说，她小时候常听她母亲吴铮铮讲，按照中国封建社会的传统习惯，她母亲五岁时（1909年）便要缠足，但是她的外祖父坚决禁止这种野蛮行为，说宁愿自己的女儿不出嫁（因为那时女子不缠足是被认为"大逆不道"的事，且无人愿娶），也不缠足！不久，他便让他的女儿加入了天足会，保全了她的天足。

1910年（宣统二年　庚戌）四十五岁。

8月，日本正式吞并朝鲜。

1月，熊成基于哈尔滨谋刺载洵不成，被逮，死难。

2月，倪映典在广州策动新军起义，败。　光复会在东京成立总部，推章炳麟、陶成章为正副会长。

3月，汪兆铭等谋刺摄政王未成，被捕入狱。

6月，山东莱阳数万群众发动抗税斗争。

11月，清廷将九年预备立宪期限缩减为五年。

是年，湖南、湖北、江西、安徽、江苏、广西、广东、云南、浙江、河南、直隶等省爆发"抢米"风潮和抗捐抗税斗争达二百九十多次。

在3月25日（二月十五日）至6月20日（五月十四日）出版的《舆论时事报》上连续刊载《我佛山人札记小说》五十六则（后上海扫叶山房出版单行本时收五十五则，少《假妖》一则）。

按：此作记"趣闻轶事"，虽偶有揭露官僚昏庸、吏役作歹之篇，但多荒诞不经之说及颂扬妇女节烈等糟粕。

在5月18日（四月初十日）出版的《广益丛报》第232号（第8年第8期）上发表：

《东鲁灵光跋》（载"短品"栏。署名"南海吴沃尧趼人"）。①

7月（六月），为上海中法大药房做广告文章《还我魂灵记》，刊于沪、汉等地报纸上。

9月18日（八月十五日），上海广智书局出版《二十年目睹之怪现状》第七册——庚卷（第八十一回至第九十四回）②。

---

① 《广益丛报》，1903年4月（光绪二十九年三月）创刊，在重庆出版。旬刊。由广益丛报馆编辑及发行。为清末综合性刊物之一。停刊时间未详。《中国近代期刊篇目汇录》收至287号（1912年1月28日出版）。

② 《二十年目睹之怪现状》第八册——辛卷（第九十五回至第一百八回），于1911年1月（宣统二年十二月）出版。

自春至秋,作《我佛山人滑稽谈》一百七十二则。

按:从此作第二十一篇《吴牛喘月》中"时庚戌暮春,苦雨匝月",第三十一篇《别字》中"三月二十七日立夏"、第一百四十三篇《世态炎凉》中"八月初,忽大凉"、第一百四十九篇《大潮已经来了》中"到了今日八月十五"和第一百七十篇《又骂了自己了》中"吴趼人日课《滑稽谈》一则",知其作于是年春至秋。

此作载于当年《舆论时事报》上。1915年(民国四年)上海扫叶山房出版单行本,石印,二册,有云间颠公(雷瑨)序。作品与前之《俏皮话》同一类型,把官场比作妓院,官吏拟为强盗、衣冠禽兽和吸人血的臭虫,对他们的贪污受贿、敲诈勒索、崇洋媚外和吃喝嫖赌等等荒淫无耻的生活,乃至清廷骗人的什么"改革""立宪""国会""议员",以及黑暗社会的种种恶俗和不正之风,都做了无情的揭露和讽刺。

自夏至秋末去世,作"奇情小说"《情变》。

按:小说原拟写《楔子》一回,正文十回。自当年6月22日(五月十六日)起,在《舆论时事报》上连载。刊至七回余(八回未完),因作者病故而辍。

据《楔子》所言,最后两回是:"感侠义交情订昆弟,逞淫威变故起夫妻";"祭法场秦白凤殉情,抚遗孤何彩鸾守节"。小说写一对青年情人的悲剧,具有一定反封建的积极意义。

10月21日(九月十九日),从乍浦路多寿里迁至涨宁路鸿安里新居。亲友相集庆贺,宴饮谈笑甚欢①。

---

① 魏绍昌编《吴趼人研究资料·鲁迅之吴沃尧传略笺注》十五云:据吴趼人女儿吴铮铮回忆其母所谈,"九月十九日这一天,方从乍浦路多寿里迁到海宁路鸿安里新居,上午进宅后,亲友相集来贺,席间趼人饮酒谈笑甚欢。但这次迁居,颇为劳累。晚宴方散,其妻劝其早歇,不料甫上床,喘疾发作,延医急救,已经无效了。"

当夜，喘疾发作，卒于沪寓。

　　李葭荣《我佛山人传》："……乃竟以喘疾，是年九月十九日卒于上海旅寓……君取冯氏①，笃于伉俪。得丈夫子一，早殇，女子子一，甫六龄。卒之日，家无余财。杜君治其丧，而朋旧各以赙至。匝月，于君所创立广志学堂集会追悼，远近与吊者数百人，心丧之士，亦数百人，竞述君行谊，相与歔欷雪涕。……"

　　周桂笙《新庵笔记》卷四《六朝金粪》："……曾几何时，趼人于庚戌九月十九日，遽作古人。……"

　　杜阶平《书吴趼人》："……死时……检其衣袋，仅余小洋四角云。"（见《小说月报》八卷一号《谈屑》，1917年1月25日上海商务印书馆出版）

次年1月（庚戌十二月），上海广智书局出版《趼廛笔记》单行本，共七十三则，为拾其遗稿刊布者。

　　按：后（民国四年）汪维甫编印《我佛山人笔记四种》中之《趼廛随笔》与《趼廛续笔》诸篇，均从此书和《我佛山人札记小说》中选录。此作记"异闻逸事"，多怪诞不经之说；述亲身经历见闻，亦意义不大；偶有揭露晚清统治者昏庸、无知之篇，如《金龙四大王》《制煤油》等，已写入《二十年目睹之怪现状》中。但对了解吴趼人的生活经历和思想，有一定的参考价值。

附：1914年冬日，上海胡德编印的《沪谚》一书中收录吴趼人作《沪上百多谈》一文，写作年月及原载出处均不详。

（原载中山大学中文系编《中国近代文学研究》第2辑［1985年9月广东人民出版社出版］、第3辑［1985年12月中山大学出版社出版］；后经作者修订，附载于《我佛山人文集》第8卷，1989年5月花城出版社出版。本编据修订版收录。）

---

①冯氏，名宝裕，生于1871年，卒于1944年。

吴趼人传略稿

[日本] 中岛利郎 著 王维 译

一、前　言

　　以"我佛山人"笔名而闻名的清末代表性小说家吴趼人，与清末其他小说家一样，有关他的生平履历及创作活动的情况，人们是并不十分了解的。甚至时至今日，有关这方面值得考察的资料，仍然处于不充分的状态。在这些资料中，李葭荣[①]的《小说家吴趼人传》，可说是有关吴趼人生平及为人等可窥一斑且至今稍作过归纳整理的一篇传记，它为我们提供了极为珍贵的资料。李氏所著这篇吴趼人传记，据阿英《晚清小说史》所说，最初发表在《天铎报》[②]上，而该报现已十分罕见，只有《清朝野史大观》（卷十一）、《清代

---

　　①关于李葭荣生平的详细情况，还不清楚，有人说他就是广东高州府信宜县（今广州西南250公里）人李怀霜。当吴趼人在上海创立两广同乡会（旅沪广东人会馆）时，他是倾力协助的友人之一。见《东方杂志》载《周封大夫墓志铭》。
　　②据戈公振的《中国报学史》所说，此报是在上海发行的日报，"提倡民族主义，鼓吹排满"。

逸闻》等辑佚书才可见到此传。① 这类辑佚书中还有孔另境辑录的《中国小说史料》，其中收录了周桂笙的《新庵笔记》②、魏如晦（阿英）的《清末四大小说家》等，然而它们对于吴趼人的生平及创作活动情况，也只是片段性的记载或传说。本文的目的，是在以上基本资料的基础上，加上其他书中散见的有关资料，以及前辈学者的研究成果，来尽可能勾勒出吴趼人的生平大略。然而以上的这些资料仍然是极为有限的，尽管敝人极力加以综合，吴趼人生平经历的空白部分依然大量存在，更因敝人能力有限，所以即使经过整理，也只能窥见吴趼人生平的大概而已。

二、出身及其家谱

吴趼人本名沃尧，字小允，又字茧人，因某种缘故（后述），而改字趼人。趼人与笔名我佛山人，最为世人所熟知。③ 趼人原籍

---

① 此外，还见于《小说世界》第13卷第20期（未见）和范烟桥《中国小说史》的引录。

② 周桂笙的《新庵笔记》，不局限于吴趼人的生平资料，从现在看到的片断记载来看，我想它也是研究清末其他作家不可或缺的书。然而非常遗憾的是，此书现在究竟藏在何处，不得而知。周桂笙其人，是吴趼人应休宁汪维甫之聘担任《月月小说》总撰述时，一并被聘为总译述的人物。他以新庵、知新室主人等笔名，在《月月小说》上发表了译作虚无党小说、侦探小说等多种。据杨世骥《晚清文学史话》（《说文月刊》第2卷第2期，1940年5月）说，在周桂笙之子周壬林的上海寓所，藏有不少有关清末文学的资料。此外，魏如晦的《清末四大小说家》（据中野美代子说，此文原载《小说月报》，但该报未见此文）也提到了《新庵笔记》。

③ 据张泰谷重编《笔名引得》（1971年台湾文海出版社出版）所载，吴趼人的笔名有"吴趼人、茧人、茧叟、我佛山人、岭南将叟、小允、趼、趼廛、茧闾、鹰叟、偈、佛、迪斋、老上海、息影庐主、中国老少年、抽丝主人"等等。上述笔名中凡画有横线者，在现在所能见到的吴趼人作品中，尚未见有使用之例。

广东南海县，生于1866年（同治五年）。①据其友人李葭荣所著不太完全的《小说家吴趼人传》（以下简称《趼人传》）记载：其父允吉曾任浙江候补巡检；祖父莘畬是工部员外郎；母刘氏为宣化府怀来县人氏，是趼人祖父莘畬之妾刘氏兄弟刘某的女儿。②趼人的曾祖父吴荣光是嘉庆、道光年间的高官，官至湖南巡抚兼湖广总督。以上的家族谱系如图1所示（因与后面的叙述有关，根据《趼人传》的记载，谱系图中补充了趼人一支之外的亲族）。

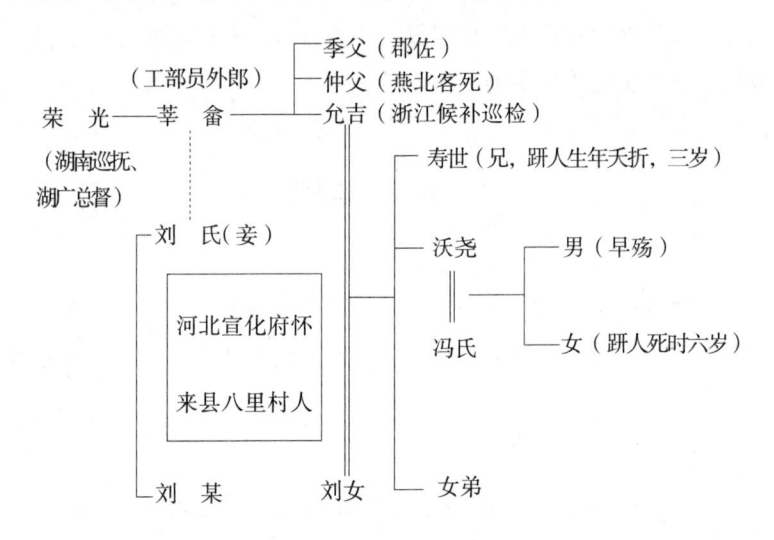

```
                              ┌─季父（郡佐）
              （工部员外郎）  ├─仲父（燕北客死）
荣 光──莘 畬─┬──────────────┴─允吉（浙江候补巡检）
（湖南巡抚、  │                 ┌─寿世（兄，趼人生年夭折，三岁）
 湖广总督）   │                 │                ┌─男（早殇）
             │                 ├─沃尧────────┤
             └─刘 氏（妾）    │   ‖            └─女（趼人死时六岁）
               ┌──────────┐   ├─冯 氏
               │河北宣化府怀│   │
               │来县八里村人│   └─女弟
               └──────────┘
                    │
                   刘 某      刘女       
```

图1　趼人家族谱系图

吴荣光（1773—1843），字伯荣，号荷屋、石云山人等。嘉庆四年（1799）进士。由翰林院翰林，历官江南道监察御史、刑部江

---

①据鲁迅《中国小说史略》等传统的通行说法，吴趼人生于1867年。这里是据刘世德《吴沃尧的生卒年》（初载1957年9月1日《光明日报》"文学遗产"，后又收入1959年人民文学出版社出版的《明清小说研究论文集》）一文考证的结论。

②关于娶刘氏的原委，在《趼人传》中有这样的记载："工部公（莘畬）得如夫人氏刘者而贤之，顾谓家人：'吾子取必刘。'寻为巡检公取于怀来县八里村刘氏，如夫人兄弟之子也。"

西司员外郎、贵州布政使等，官至湖南巡抚兼湖广总督。他精通金石掌故之学，在海内赢得了"荷屋先生"的尊称。此外，他还是一位擅长诗文的文人，以《历代名人年谱》《石云山人诗稿》《吾学录》《绿伽南馆诗集》等著作而闻名于世。他的生平事迹，在《清史列传》（卷三十八）、《国朝耆献类徵》《清代学者像传》《续修南海县志》（卷十三）等书中均有详细记载。

以上关于至趼人曾祖父为止的家庭谱系的依据是李氏《趼人传》的记载。现在要说的吴趼人原籍，则主要根据《佛山忠义乡志》[①]（以下简称《佛山志》）关于广东南海县佛山的记载，我将据此对佛山吴氏家族作一稍为详细的叙述。

佛山的吴氏，原本出于江苏省的延陵，明末才移居广东南海县的佛山，此后因世代仕宦辈出，而成为名门世家。据《佛山志》卷九"氏族志"所载，吴氏家庭出任官职的有：吴如祈（举人）曾任某县知县；清代吴玮（贡生）曾任湖广黔阳县知县，吴承悫曾任户部江南司郎中，吴承信（贡生）曾任户部广西司主事，吴廷招（举人）曾任国子监学正，吴树运曾任两浙盐运司经历。此后至嘉庆四年，如前所述，趼人的曾祖父吴荣光成为佛山吴氏首位进士，且累官至湖南巡抚兼湖广总督。此外，荣光的胞弟吴弥光（举人）曾任詹事府主簿，族弟吴林光（进士）曾任江西铅山县知县。至光绪末，佛山吴氏出过四位进士、九位举人，从而成为当地的名门望族。

据以上《趼人传》和《佛山志》，可知吴趼人出身于祖上有吴荣光这样的高官家庭，其家庭又是佛山的望族吴氏的一支。

然而，从有关资料来看，却使我们产生了一个疑问，即吴荣光果真是吴趼人的真正祖先吗？图2是根据《佛山志》卷十五"艺文

[①] 汪宗准等修、冼宝榦等纂《佛山忠义乡志》19卷首1卷，民国十五年刊本。从明代至清末有关佛山的地理、风物、人物、文苑等，此书各卷都有详细的记载。此书藏京都大学人文研究所。

志"所收吴荣光撰《五世同堂呈》制作的吴荣光家族谱系。

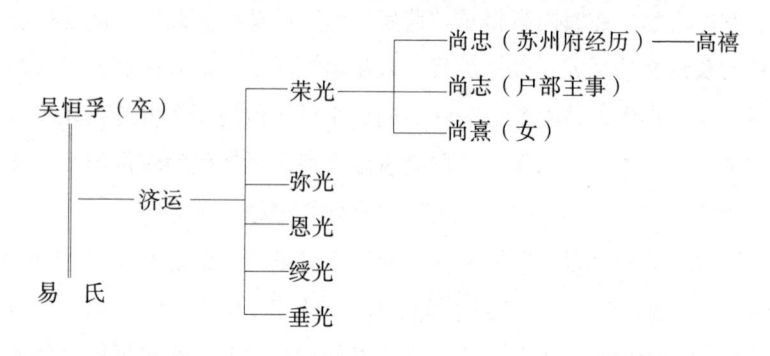

```
                                  ┌─ 尚忠（苏州府经历）──高禧
                         ┌─ 荣光 ─┼─ 尚志（户部主事）
                         │        └─ 尚熹（女）
                         │
吴恒孚（卒）─┐           ├─ 弥光
            ├─ 济运 ─────┤
            │           ├─ 恩光
            │           │
易　氏 ─────┘           ├─ 绥光
                         │
                         └─ 垂光
```

图2　根据嘉庆二十年吴荣光《五世同堂呈》制作的自家家族谱系图

　　这篇《五世同堂呈》，是吴荣光任刑部江西司员外郎期间，于嘉庆二十年（1815）所写的奏本，文中叙明了自家是年成为五世同堂的情况。在这篇奏本中，吴荣光对自家的家族谱系做了如下的叙述：

　　　　荣光之祖母易氏，现年八十七岁。……荣光之父名济运，为廪贡生候选教谕。济运生有荣光兄弟五人：长子荣光，次子弥光，三子恩光，四子绥光，五子垂光。荣光又生有二子：长子尚忠，次子尚志。今嘉庆二十年正月，吾子尚忠又生子高禧。至此，已成五世同堂矣。（译者按：本段引文仅据日文翻译，未见原作《五世同堂呈》。）

　　从这段引文和图2所示，再加上其他资料，可知吴荣光的祖父是吴恒孚，当时已经亡故，而作为一世祖母易氏已八十七岁；二世是父亲吴济运；三世有吴荣光等兄弟五人；四世是吴荣光的两个儿子尚忠、尚志（在这篇《呈》中未提及以闺秀画家而闻名的女儿尚熹之名，为了叙述的方便，根据其他资料，在图2中予以补充）；五世是尚忠之子高禧。可见根据这篇《呈》的记载，荣光之子只有尚忠、尚志二人，而并无上述《趼人传》所说荣光之子、趼人祖父

| 70 |

吴荁畬的名字。此《呈》上奏的当年,吴荣光年仅四十二岁左右。如果荁畬是在荣光上奏"五世同堂"之后所生,那么在荣光去世后修订的《续修南海县志》卷十三"列传"《吴荣光传》中也应该有所记载,而事实上却没有记载;而且作为荣光之子的苏州府经历尚忠及户部主事尚志的名下,也没有"荁畬"字号的记载;何况假定荁畬出生于这两位胞兄之后,按照辈分,其名字也不应当没有"尚"字(关于这一点,"尚熹"的名字就是明证)。因此,荁畬为尚忠、尚志之后的同胞兄弟的可能性极小。进而言之,既然"荁畬"这一名字看不出与尚忠、尚志同一辈分,而《趼人传》在介绍了荣光的别号之后,又顺次介绍了荁畬、允吉,那么荁畬、允吉当然也就是别号了。如果这一推论不错的话,那么在《趼人传》中所说有血缘关系的趼人曾祖父荣光、祖父荁畬,就不可能不在《五世同堂呈》《南海县志》中加以说明的,然而也没有说明。此外,在后来的《佛山志》中,与吴氏家庭谱系有关的卷九"氏族志"、卷十三"选举志"、卷十四"人物志"等卷,也只有荣光及其子尚忠、尚志的名字,而未见荁畬及其子允吉的名字出现。《佛山志》编纂于民国初期,其中录载的人物是从明代至清代光绪末年佛山出身的忠义之士,上自进士出身的高官,下至比贡生更低的官吏,莫不兼收并蓄,总共有三大卷。也就是说,只要是南海佛山原籍出身的各级官吏,都囊括了进去。那么作为工部员外郎的荁畬、浙江候补巡检的允吉父子,当然不可能被遗漏掉的。

  从前面《趼人传》与《佛山志》记载的比较中不禁使人产生疑问:吴趼人的曾祖父到底是不是著名人物吴荣光?吴趼人是否出身于佛山名门望族?这种疑问,主要是以上两种资料对吴趼人的曾祖父荣光、祖父荁畬的记载不一致而产生的。如果允许大胆推断的话,那么我认为吴荁畬的原籍不可能是南海县佛山;换言之,有理由认为吴荁畬的"吴氏"与佛山的"吴氏"不存在任何关系。① 当然，如果这种推断不错的话，不言而喻，这对作为孙子辈的吴趼人肯定会有巨大影响的。不过，因为现在尚未找到确凿的证据，所以吴趼人的出身、家庭谱系究竟如何，还存在诸多不明确之处，只能存疑而已。②

三、从幼年时期到上海阶段

如上所述，由于吴趼人的出身、家系存在不明之点，所以有关他幼年、少年时期的情况，也就完全缺乏确切的资料，更难以弄明白了。

---

①现在所能看到的吴趼人自撰的资料（其实对这些资料也须进一步考证），尽管他谈到其曾祖父吴荣光做过高官，但具体情况从未说过。此外，也找不到吴趼人自述出身于佛山的资料，仅见于"我佛山人"这个笔名中有"佛山"二字，这是否暗示其家谱中有某些不明之点呢？关于"我佛山人"这个笔名，《趼人传》和不少文学史，都说因吴趼人自幼住在佛山，故号"我佛山人"，这一点都很一致；换言之，吴趼人之所以取此别号的理由是"趼人的祖先卜居于佛山"（"其先卜居佛山"）。值得注意的是，不仅《趼人传》的作者李葭荣如此说，而且吴趼人的其他友人也如此说，可见这种说法是有较高可信性的。实际上，文学史和其他著作中有关吴趼人的生平部分，全都是根据李氏的《我佛山人传》写成的。然而我认为其中有以讹传讹之处，因为该传根本没有吴趼人"居于佛山"之说，只说他是"广东南海县人"，并没有说他是佛山人。至于吴趼人的笔名"我佛山人"，既可以读为"我佛／山人"（即所谓"○○山人"式的笔名），也可以读为"我／佛山／人"（我是佛山的人）。对于这类文字游戏的玩艺，有什么值得重视的呢？如此说来，吴趼人虽然是吴荣光之子革翁的儿子，但与佛山的吴氏毫无关系。因此，我想"我佛山人"只是一个笔名，不可能以此来暗示自己的出身地（完全没有超出想象的范围）。

编者按：中岛利郎认为"我佛山人"这个笔名不足以证明吴趼人为佛山人，恰好是重复了清末时的一则笑话。可参阅吴趼人《致消闲社主函》（见陈无我著《老上海三十年见闻录》第十四《耆旧遗闻・吴趼人不甘腰折》，1928年4月大东书局出版）、孙玉声《退醒庐笔记・吴趼人》（1925年11月上海图书馆出版）、清瓅《我佛山人轶事》（载1929年5月5日《申报》）、包天笑《吴趼人的身世》（载1960年10月23日香港《文汇报》）。

②编者按：中岛利郎先生对吴趼人是否佛山吴荣光之后代提出了疑问，并以很大篇幅加以论述。盖因不知"革翁"乃是尚志之号也。请参阅本编所收李育中《吴趼人生平及其著作》、王俊年《吴趼人年谱》。

据《趼人传》所载，吴趼人之祖父莘畲作为工部员外郎，长期住在北京。其父允吉则以浙江候补巡检的身份，在北京侍奉其祖父。吴趼人即诞生于此时。[1]当时的吴趼人一家，上有祖父、父亲和母亲刘氏及兄长（其妹后来才出生，参见图1）。兄名寿世，但在趼人的记忆中，只是从长辈口中得知，其兄聪慧过人，可惜在趼人出生那年就夭折了：

先兄寿世，生于同治癸亥（1863）。甫三岁，日识数十字，进退揖让如成人。乡先辈多以神童目之。岁丙寅，沃尧坠地，先兄夭亡。先君子哭之恸，葬之京邸广东义园。时将南归，乃立碣墓侧……

（《都中寻先兄墓不得》序）[2]

这里所谓"时将南归"，是指继趼人之兄寿世夭折之后，祖父莘畲又不幸卒于官，父允吉于是奉丧回归故里。而祖父之死，较兄长之死约迟二三年时间。其时趼人"犹襁褓，逾数岁"[3]（《趼人传》）。又据《趼人传》所记，趼人祖父莘畲卒后，父允吉才出任浙江巡检之职。至于祖父卒后趼人一家的生活景况如何，现存资料均未言及，不得而知。在这方面的新资料发现之前，就不能排除趼人父在职时的生活是相当富裕的可能性，至少不可能十分贫困。

然而，从趼人十七岁时，家庭境况开始发生了变化。

---

[1] 关于吴趼人的诞生地，在《趼人传》中有"诞君（趼人）分宜故第"之句。所谓"分宜"，据《清史稿》"地理志"等所记，乃江西省袁州府的一个属县。分宜既然是江西省的一个县，吴趼人怎么会出生于该地？这是个疑问。

编者按：这里的"分宜"非地名，乃人名之代称也；盖指明代奸臣严嵩，以其为江西分宜人，故称。"分宜故第"是指严嵩在北京的旧居（具体地址说法不一，尚待考证），可知吴趼人生于北京。（可参阅本编所收王俊年《吴趼人年谱》注[1]。）

[2] 见《月月小说》第4号《趼廛诗删剩》。

[3] 编者按：中岛利郎先生对引文有断句之误，原文应是"工部公卒于官，巡检公奉丧南归，君犹襁褓。逾数岁，巡检公莅仁浙中，亦卒于官……"可见"逾数岁"是指趼人父"卒于官"也。

光绪壬年（1882）八月，得先君书，诏赴宁波省疾。时余年甫十七。

（《趼廛笔记·神签》）①

　　趼人之父在宁波官任上病倒后，就将自己的后事托付给最小的兄弟，不久就与趼人的祖父一样，死在官任上了。然而趼人的季父是一个相当薄情的人，他给趼人一家造成许多不幸。从此，趼人上有寡母，又有弱妹，为了奉母抚妹，不得不开始了艰苦的生活。总而言之，为了维持一家人的生计，趼人从事过种种职业，从而观察到社会上形形色色的现状，并学到了各种立身的技能。关于这一点，在李葭荣的《趼人传》中有所记载：他"富有材艺，自金石篆刻以至江湖食力之伎，亡所不能，亦亡所不精"。然而，他虽然只是靠技艺自立于社会的普通人，却决不卑躬屈膝。李葭荣在《趼人传》中同样指出了这一点：

　　君早岁食贫，岸然自异，无寒酸卑琐之气。

　　君生负盛气，有激辄奋，顾能善处骨肉以暨朋侪之交相爱者。

　　鲁迅对吴趼人的评价是"性强毅，不欲下于人"②；韧庵对他的评价是："其性格刚毅，举止豪放"③；李葭荣在《趼人传》中也赞誉他"岸然自异，生负盛气"。可见吴趼人的性格傲岸不逊，与一般人不能相容。他对宋儒之学，尤其是朱熹的理学，始终坚持己见，深恶痛绝。天下之士莫不竞相追名逐利，争赴科举考试；他却终其一生，坚决摈弃八股文，以致终生不遇。这种态度，也反映了他性格的强烈色彩。然而他的性格也有相反的一面：对于骨肉之亲，他能关怀备至；对于真正朋友，他能肝胆相照。当他远离故土，只

---

①未见原本，引文见刘世德《吴沃尧的生卒年》。

②《中国小说史略》第二十八篇《清末之谴责小说》，此说是据周桂笙的《新庵笔记》。

③《刻画社会怪现状驰誉的吴趼人》，收入1963年11月香港上海书局刊《中国历代小说家》。

身前往上海的江南制造军械局以笔谋生时,他的这种性格也就得以充分表现,从而传为佳话。

闻仲父客死于燕,电白季父(即前述趼人之父临终前托以后事之人)取进止,三请不报。逾月得书曰:"所居穷官,兄弟既析爨,虽死何与我?"则大戚,乞哀于主会计者假数月佣直,袱被北行。至则诸姬皆以财逸,双雏处窭人间。君捌心自疲,拯以俱南。①

由此足以看出其性格的一个侧面。此外,他虽身处穷困潦倒之中,依然竭力奉养母亲,并且先为其妹择婿出嫁,然后才自己娶妻生子,这同样是他的这种性格的反映。他为生活所迫,于二十六岁时到了上海,进江南制造军械局求职谋生。

四、笔耕生涯

吴趼人的笔耕生涯最早开始于二十岁时。当时他偶尔从旧书店购得了自己喜爱的明代归有光(字熙甫)的文集,一经阅读便爱不释手,于是倾全力于古文。趼人对古文显示出的极大兴趣,大概主要出于他对八股文作为猎取功名工具的一种厌恶和反对。经过了大约三年时间废寝忘食的艰苦磨炼,他的文章终于取得了长足的进步,尤其爱好小说家言。②

不过吴趼人所写格调高雅的文章,大约在他二十五六岁到了上海江南制造军械局以抄写为职业时,才得正式发表。最初他用的笔

---

① 见《趼人传》;吴趼人在《趼廛诗删剩》(《月月小说》第7号)中也略述了此事的经过,并在《二十年目睹之怪现状》第一〇八回中插叙了这件事。
② 据杜阶平的《谈屑》《小说月报》第8卷第1号,民国六年一月)。

名是"茧人",到后来才改为"趼人"①,主要在上海各新闻报纸上发表短文②。然而仅向各报社投稿发表短文是难以养家糊口的,所以他的创作活动,仅限于他在江南制造军械局的工余时间。从此时起,到他博得文誉的十年间,他在上海这个大都会的生活经验,无疑给了他一个文学修业的大好机会。后来使他一举成名的、描写广泛的《二十年目睹之怪现状》,以及其他三十余种小说、寓言、笑话、花柳界见闻记、诗作等丰富多彩的创作活动,都是以他在大上海的见闻和经验为素材的③。此外,由于吴趼人长期生活在上海,不仅使他看到了中国逐渐半殖民地化的积弱现状,以及招至国家积弱的腐败官吏的横行霸道,而且使他认识到了教育民众的必要性,因为他们竟然对国家的危亡无动于衷,一无所知,沉湎于"啜茗听平逆武功"之类的评书之中。于是通过开通民智以复兴中国的想法,便在吴趼人的思想中产生了。

1902 年(光绪二十八年,趼人 36 岁),梁启超在日本横滨创办《新小说》杂志,并在创刊号上发表了《论小说与群治之关系》一文,其中写道:

> 欲新一国之民,不可不先新一国之小说。故欲新道德,必新小说;欲新宗教,必新小说;欲新政治,必新小说;欲新风俗,必新小说;欲新学艺,必新小说;乃至欲新人心、欲新人格,必新小说。何以故?以小说有不可思议之力支配人道故。

这位改良派梁启超的小说功用论及对中国人民和中国社会的开

---

① 按:趼人元字茧人。某女士为画扇,误署茧仁。趼人曰:'僵蚕(蚕死即变硬,故称)我矣!'亟易为趼人。盖'茧''趼'音同也。"(孔另镜辑《中国小说史料》[1957年古典文学出版社出版]收《新庵笔记》)。

② 这时发表的短文几乎全部散佚,但在吴趼人去世后,却出版了汇辑其短文、杂文的小册子,即《趼廛笔记》《我佛山人札记小说》(见汪维甫《我佛山人笔记》序),其中所收本时期的作品大概占相当数量。

③ 关于吴趼人的著作,我在《野草》第 20 号(1977 年 8 月,中国文艺研究会)上发表了不很完全的《吴趼人著作目录(初稿)》。

智论,在吴趼人的心中产生了极大共鸣。在他看来,这正是唤起民众,促使正处于亡国危机的半殖民地中国走向光明未来的一剂良药。于是在梁启超的影响之下,吴趼人开始探索开通民智、启蒙人民的方法。

下走学植谫陋,每思补救,而苦无善法。隐几假寐,闻窗外喁喁,窃听之,舆夫二人,对谈三国史事也。虽附会无稽者十之五六,而正史事略亦十得三四焉。蹶然起曰:道在是矣,此演义之功也。盖小说家言,兴趣浓厚,易于引人入胜也。[①]
此后,至1903(光绪二十九年),作为吴趼人处女作发表的《痛史》,就是运用这种方法创作的作品。[②]《痛史》二十七回,大多取材于《宋史》,部分出于虚构。作品描写了众多的历史人物及其事迹,因其运用了演义的方法,故为广大读者所喜闻乐见。

南宋末年,由于常受北方元军的侵袭,面临亡国的危局。南宋在昏君度宗的统治下,国内一片混乱。奸相贾似道乘机独揽朝政,

[①] 这里引自《月月小说》第1号(1906年)所载《两晋演义》卷首所附《历史小说总序》。该序发表于吴趼人写作历史小说《痛史》三年之后,但如其篇名所显示的那样,它显然代表了吴趼人对历史小说总的看法;也就是说,他的《痛史》虽与该序相隔三年,也是遵循该序的观点写成的,只有这样考虑,才能更深地理解《痛史》。(现在所见上海文化出版社出版的《痛史》等,在卷首已附上了《总序》。)

[②] 阿英的《晚清小说史》称:"《痛史》发表于《新小说》,始一卷三期(一九〇二),终二卷十二期(一九〇六),共刊二十七回,未完。"但原版《新小说》1卷3期(加利福尼亚大学藏本的复印件)上却未见载有此书。而且《新小说》的1卷1期和2期(笔者虽未见到这两期《新小说》,却由《新民丛报》第22期所登《新小说》广告而知其内容)也未见有《痛史》。可见《痛史》的发表当在《新小说》的第4期以后,也就是1903年,即光绪二十九年五月以后,较阿英所说晚一年有余。我相信这种推论是不错的。详情参见拙著《吴趼人著作目录》中《痛史》条(《野草》第20号)。

编者按:阿英的《晚清小说史》确实有误,但中岛利郎的推测也不准确。实际情况是:《痛史》刊于《新小说》第8—13号、17—18号、20—24号(光绪二十九年八月十五日至光绪三十一年十二月,公元1903年10月5日至1906年1月)。

暴虐误国，与力主光复宋室的忠臣文天祥势不两立。吴趼人描写贾似道在元军南侵中，身为南宋宰相，却里通外国，卖国求荣，显然是意在言外，借古讽今，以揭露和讽刺清末的官吏和买办，乘列强对中国鲸吞蚕食之机，大肆贪赃枉法，敲诈勒索，横行霸道，大发国难之财。与此同时，吴趼人还以其凌厉的笔锋，对异族侵略者予以挞伐。相反地，他把光复宋朝的重任寄托在文天祥身上。从艺术上说，吴趼人显然采用了对比手法：他以狡猾奸诈的贾似道作为恶人的代表，以一心光复宋室江山的文天祥作为善人的代表，精心编织出一个劝善惩恶的故事。它反映了古往今来民众共同的、永远不变的愿望。这种愿望，在历来的演义中得到了充分的体现。但吴趼人之所以写历史演义，却不仅是劝善惩恶，而且把它作为一种启蒙的手段，其目的是使人民了解国家面临的危机。然而这种尝试不能说是成功的。后来他在《月月小说》杂志上又发表过同样的历史演义，如《两晋演义》《云南野乘》，其用意与上述《痛史》完全一样，然而因为效果未必尽如人意（我想吴趼人也从自己的创作中意识到，用这种办法来唤醒民众，不一定起多大作用，从而产生了挫折感。①），所以全都没有写完，半途而废了。

然而吴趼人并没有因此而灰心丧气，继《痛史》在《新小说》上发表之后，接连在该刊连载《二十年目睹之怪现状》《九命奇冤》，接着又在《绣像小说》第21期（光绪三十年十二月）至46期（光绪三十一年二月）上发表了《瞎骗奇闻》八回，又出版了《恨海》

---

① 关于未完成的原因，我同意麦登美江氏在《吴趼人》（载《野草》第12号）一文中的观点："作为教育人民的手段而撰写的历史小说《两晋演义》《云南野乘》以及从1903年开始撰写的《痛史》，全都中断了。究其原因，是不是因为吴趼人丧失了教育人民的满腔热情所致呢？阿英说'《两晋演义》也是因《月月小说》停刊而中断'。我认为《月月小说》的停刊不能作为这些小说中断的理由，相反地，《月月小说》的停刊也许倒是与吴趼人的悲观厌世大有关系呢！因此，由于《月月小说》的停刊而导致《两晋演义》中断的结论是不能成立的。"

（光绪三十二年广智书局出版）和《糊涂世界》（光绪三十二年上海繁华报馆出版）等小说，并且陆续发表了《新笑史》《新笑林广记》（均载《新小说》）等笑话。

《二十年目睹之怪现状》一百零八回，是吴趼人根据自己的见闻和经验，对清末二十年间中国社会的怪现状进行揭露和讽刺的一部小说，而吴趼人也因此一举成名。然而正因为这部小说写的是作者的亲身感受，是难以掩盖的中国的惨状，从而使他开通民智、复兴中国的希望受到了打击，以致陷入了悲观厌世的境地（我想这也是《痛史》等未写完的原因）。李氏的《趼人传》说：

《怪现状》盖低徊身世之作，根据昭然，读者滋感喟；描写情伪，犹鉴之于物，所过着景。君厌世之思，大率萌蘗于是。余尝持此质君，君曰："予知我，虽然，救世之情竭，而后厌世之念生，殆非苟然。"

1903年《痛史》发表前后，吴趼人还满怀着以作品开通民智、振兴中国的激情，到1906年(光绪三十二年)《二十年目睹之怪现状》完成之时（仅过了三年），已经变得悲观失望，熄灭了希望之光。对于这一点，吴趼人是应该受到责备的。

《糊涂世界》十二回，是与《怪现状》宗旨相同的作品。

《九命奇冤》三十六回、《瞎骗奇闻》八回，都是描写中国的传统迷信的荒谬及阴森可怖的作品，把它们归入开通民智的小说行列也未尝不可。特别是《九命奇冤》所描写的迷信"风水"现象，更是中国根深蒂固的荒谬顽症，不知坑害了多少人，作品借中国传统公案予以揭露，显然颇有益处。

《恨海》十回，是以庚子事变为背景，描写青年男女在社会动乱中的悲欢离合故事。

《新笑史》《新笑林广记》是不折不扣的笑话，它们表现了"性强毅，不欲下于人"的吴趼人性格的另一面。据韧庵说，吴趼人生性诙谐滑稽，闲谈中往往夹杂玩笑。因此在朋友聚会的场合，只要有他在场,气氛就会十分活跃,他的每一句话都会让人捧腹大笑。而且在吴趼人看来,笑话在社会生活中也具有重要作用。他知道格调不高的笑话,总是扎根于社会现实,因此他试图在现实中寻找素材,加以改良。① 也就是说,他认为笑话与小说一样,也可以作为讽刺社会、开通民智的工具。

1904年,吴趼人已是名闻遐迩,应聘担任了汉口《楚报》②的主编。由于近年来美国不断排斥、虐待华工,进而发展到用条约形式来加以限制,③ 因此中国爆发了抵制美货运动,很快发展为全国性的反美运动。然而这场运动的结果,却因当时政府的软弱态度,运动组织者内部的意见分歧,以及汉奸的暗中破坏,终于失败了。吴趼人对这次运动的态度是积极的,他从中看到了中国未来的希望。何况《楚报》恰好是美国人开办的,因而毅然辞去了主编的职务,满怀热情地投身于这场运动。当时他曾给运动的领导人曾少卿写信,从中可以看到他对这场运动是多么热心。

> 仆辞汉口《楚报》之席以归,亦为实行抵制起见。返沪后,调查各埠之踊跃情形,不胜感佩。然非公提倡之力不及此……窃谓宜布告各埠同志,将此次抵制情形,演成白话。并申明此事与旅华美人毫不干涉,我等倘遇美人,当格外优待,以表我中国人之豁达大度。不过不用其货,不受其佣,以抵制其禁工之约耳。……然我中国商家之资本,又不得不曲为顾全……窃谓宜开一大会,邀集各商,调查其以前所定之美货,一一由商会挂号,更查现存

---

① 《刻画社会怪现状驰誉的吴趼人》,收入1963年11月香港上海书局刊《中国历代小说家》。
② 戈公振《中国报学史》第三章《外报创始时期》云:"汉口,Central China Post(原名《楚报》),发刊于一九〇四年,英人所创办。"
③ 关于反美华工禁约运动概况以及与此有关的文献,在阿英的《晚清小说史》第五章及《反美华工禁约文学集》(1960年中华书局出版)中有详细记载。

之美货，亦一一登录……①

由上可见吴趼人对于这场运动的热心支持。而且直到运动失败后，他的爱国热情依然不减。因此后来当美国国防大臣来到上海，而当地绅商竟然举行盛大欢迎会时，吴趼人不禁大怒，遂写了《人镜学社鬼哭传》（《月月小说》第10号，1907年）。这篇小说描写当反美禁约运动初期，人镜学社社员冯夏威担心这场运动可能半途而废，遂毅然自杀，以激励同志。时隔不久，当初参加这场运动的绅商竟然忘记了这场悲剧，对美国国防大臣笑脸相迎。因此吴趼人在作品中表示了强烈的愤慨。这场运动的失败，以及后来类似事情的不断出现，使吴趼人痛感拯救中国是何等艰难，从而加深了他的绝望情绪和厌世思想。此外，同样以这场运动为题材的作品，还有《劫余灰》十六回（《月月小说》第10号至第24号）。而且有人说，大约在这场运动之后，吴趼人曾游历过日本，但详细情况不太清楚。②

1906年（光绪三十二年），吴趼人再度回到上海。此时休宁人汪维甫创办了以"改良风俗"为宗旨的《月月小说》，聘请吴趼人任总撰述，与吴趼人有二十年交谊的周桂笙任总译述。从此，吴趼人再度以这个杂志为舞台，发表了《两晋演义》《云南野乘》《发财秘诀》《上海游骖录》《劫余灰》等小说，以及数十种短篇小说和杂文类作品。然而由于上述运动的失败以及其他挫折等原因，致使他越来越悲观厌世，再也看不到他当年在《新小说》上发表的那类充满朝气的作品了，所能看到的只有《两晋演义》和《劫余灰》之类的作品。他在1907年（光绪三十三年）《月月小说》上发表的《上海游骖录》中有以下一段文字：

---

① 《致曾少卿书》（收入《反美华工禁约文学集》卷五）。
② 在《上海游骖录》的结尾有撰写《日本游骖录》的预告，如果这一点确定的话，那么我想吴趼人来日本游览之说肯定是事实。但是有人说他在撰写《痛史》期间游历过日本，还有人说他是游历其他地方，所以现在对此还弄不清楚。

我从前也极热心公益之事，终日奔走不遑。后来仔细一看，社会中千奇百怪的形状，说之不尽，凭你什么人，终是弄不好的。凡是创议办一件公益事的，内中必生出无数的阻力，弄到后来，不痛不痒的就算完结了。我看得这种事多了，所以顿然生了个厌世的思想。

1908 年（光绪三十四年），《月月小说》停刊。在此前后，吴趼人对当时旅沪广东人团体"广肇公所"董事们的腐败非常愤怒，遂与同省人卢杰、郭翔、李葭荣等人于武昌路开设新的会馆"两广同乡会"；另外又聘丹徒杜纯长教务，于同乡会下设广志小学堂，吴趼人倾全力以经营。① 然而他的经营尚未走上轨道，两年后的 1910 年（宣统二年）秋，他就丢下《二十年目睹之怪现状》《情变》的遗作及爱妻冯氏、年仅 6 岁的小女，客死于上海。吴趼人去世时，口袋里仅有小银元两角。

吴趼人的坟墓原在上海广肇山庄，后来被人们遗忘了，直到最近才重新被发现。②

（本篇日文本原载日本《清末小说研究》第 1 号，1977年 10 月 1 日出版。编者特请中国社会科学院哲学研究所研究员王维先生译为中文，收入本编。）

---

① 民国七年上海南园刊《上海县续志》卷十"学校"中有如下记载："广志小学，原名广东旅学，在租界武昌路（同）德里。光绪三十四年正月，广东人卢杰、吴沃尧、鲍瞻旷、郭翔等集捐创办，改革后停办。"
②《晚清小说家吴趼人墓在宝山发现》（《光明日报》1962 年 9 月 7 日）。

吴趼人生平及其著作

李育中

一

晚清时期，中国有四大小说家，吴趼人是其中一个，声名且远达国外，人们公认他的代表作是《二十年目睹之怪现状》。吴已死去七十多年，除初死时有同乡知友李怀霜在上海《天铎报》（同盟会报刊）写有二千字左右的短传之外，未闻再有其他较详细的传记，本文根据多番调查所得，试做一个生平述略。

吴名沃尧，本名宝震[①]，初字小允，继字茧人，随以同音改作趼人，因以字行，笔名又称我佛山人。他本是广东南海县佛山镇人，但出生于北京宣武门外的分宜故第，这所谓"分宜故第"，是指自他祖父吴尚志（1804—1863）做京官时长期定居下来的明大奸臣严嵩的旧居，那是北京有名的凶宅，并不是个好地方。趼人的母亲姓刘，与祖母是同一外家的，有表亲关系，是直隶（今河北省）怀来县八里村人。

[①] 佛山吴氏族人家谱上所载名，笔者曾获见之。

吴趼人出生在1866年5月29日，以前鲁迅和阿英都错置于1867年。据吴诗《都中寻先兄墓不得》诗前小序说："岁丙寅，沃尧坠地，先兄夭亡。"①此丙寅即同治五年，正好是1866年。

吴的老家在佛山是个望族，地点在镇内的观音铺，名叫田心里大树堂。这大树堂是他曾祖父吴荣光创建，因堂前有两棵特别巨大的槐树得名，是一个占地十多亩的庄园，据说内里有大小七十间房屋，全盛时可住二百人，聚族而居已有百多年，是佛山镇内有名大宅之一。这大宅与名书画家黎二樵（简）的秋官坊接邻，与佛山著名的祖庙（今为佛山博物馆的祖庙公园）亦靠近，由于市区开辟，吴宅今已不存，得路名为锦华路。

这个巨家大宅累世亦官亦商，田地一向不多，其中最有名的人物是吴荣光（1773—1843）。他号荷屋，虽然官至巡抚（一省之长），手头并不见得富裕，在世时一面锐意收罗金石书画，但一面又不得不忍痛割卖好些出去（清宗室成亲王便买过他不少精品）。荣光为官较少劣迹，主要以擅书法及金石书画收藏与赏鉴出名，书法曾被康有为评作清代广东第一人。

吴荣光有二子一女，长子尚忠，以监生当过常州通判（六品）；次子尚志，以监生当过工部员外郎（五品）；女尚熹，是一位女流名画家，以父名荷屋，她取号小荷，颇饶有父风。

吴荣光次子尚志，字任卿，号莘畬，生子五人，长子同福和第三子应福均早殇，留下第二子升福，第四子炽福，第五子保福。趼人的父亲便是升福，字允祺，号允吉，以监生得任江苏补用巡检（从九品），督办浙江柴桥镇茶厘事务，终于浙江差次，得年四十二岁（1841—1882）。

---

① 吴诗三十七题八十二首，辑登于1906年及1907年自编之《月月小说》，分五期登完，《都中寻先兄墓不得》八首，乃1891年所作，小序一百六十七字，具道兄弟关系及家庭境况。

趼人有一个哥哥名寿世（谱名宝文），据趼人说，他大哥"生于同治癸亥（1863），甫三岁，日识数十字，进退揖让如成人，乡先辈多以神童目之。岁丙寅（1866），沃尧坠地，先兄夭亡"（《都中寻先兄墓不得》诗八首小序）。之外还有一个妹妹晓兰。

吴荣光晚年以六十八岁致仕家居，正碰上英国侵略者进犯广州和佛山，他以当地父老绅耆资格，出来领导佛山官绅捐资办团练，铸炮筑栅，准备固守抵抗，以应援广州省城，这是吴家第一回大遭遇，出过大气力。其次是他的儿孙碰上1860年的英法联军入京，焚掠圆明园等地，吃过大苦头，那时吴趼人的祖父以工部员外郎被议，正避居老妻的外家宣化。趼人的父亲则留在北京城内看家，并守住他的母亲（趼人祖母）的灵。凶残野蛮的外国侵略军，打进北京城是胡作非为的，连停在家里的棺木也不放过，曾遭刺劈，这把趼人父亲刺激得成了痴病，这一笔国仇家恨，趼人记得很深。趼人是一个血性男儿，早就忧时愤世，他的爱国情绪很高是有原因的。

由于祖父是趼人出世前三年死的，因停棺在京已久，他父亲便于趼人尚在襁褓时就举家扶棺回南办理丧葬，这一年是1867年初。这样，趼人还未晓得走路时便回到佛山的老家来了。

这时的吴家，由于官做得越来越小，功名也不振，没有什么恒产，许多人连吃饭也成问题。吴荣光祖父有八个儿子，父亲也有十个儿子，因此房数很多，荣光父亲是七房，而荣光本身是大子，这一房人到吴趼人却因无后嗣而结束了。其他七房人也零零落落，有一些人散开，多数当了城市贫民，其中有糊灯笼、卖鱼、卖废纸的，也有穷无所依，入了救济院的，我于三十年代初都曾一一访问过。

二

趼人一家回到佛山之后，做父亲的除了办理双亲的丧葬，还为新添的儿子——趼人，照老习惯，去下栅老祠堂"开灯"。过了些时，趼人父亲因谋食养家关系，便不得不只身离开妻儿重行北上，去继续做他的小官吏，再度挣扎。家里母子二人，不久又添了一个妹妹晓兰，家境四壁萧条，生活是不太好过的。虽族大，人口多，熟人不少，但已各奔前程，自顾不暇，难得有守望相助的好处了。人情冷暖，互相倾轧，趼人自小是有目击和体会的，《二十年目睹之怪现状》写九死一生的故乡亲族状况，正复相似。

既然是个书香世家，总要去入塾读书的，第一个启蒙师是冯竹昆，吴趼人颇念念不忘，还有一位童年亲密同学潘若祖，亦深有印象。据其亲友和邻人传说，趼人自小便很聪明伶俐，而且生性又好动，求知欲亦强，常好与顽童游耍，打得头破血流的事也有，为人虽调皮捣蛋，但功课仍然很好，成绩常常引起长辈的注意。

大约十三岁便去佛山书院求学，这所书院在佛山丰宁铺衙旁大街（今佛山第三中学），是那时佛山的最高学府，在名学者陈梅坪（瀚）举人主持之下，教出许多有名的学生，像梁启超、梁士诒、黄小配都曾经一度在那里求过学。

由于父亲只是一位"从九品"的起码小官吏，家境既经崩落，仕途又多崎岖，处处受打击，寄钱回家是不会多的。趼人年纪长大，因想像祖父和父亲得个"监生"也做不到，要捐他一个也没有闲钱，故青少年时的吴趼人心里就明白，要向功名发展是没有希望的，加上他不喜欢八股，只略懂一些词章之学，经学亦无心得。

吴家有一个传统，家人喜欢作诗，出过一些诗集。诗作得好不好，另作别论。画也有许多人会画，现还存有一本《四传画集》，是把家族间能画的四代人都放在一起。散文方面的传统，是尊重清代桐城派的方苞，诗则但写性灵，不问唐宋。趼人自己表示过："余生平于诗文，喜性灵语，而恶雕饰；于联句亦然。"其友信宜李怀霜（葭荣）也说过他"文宗桐城，浅而离俗，以叙述胜；诗词不务工而能巧。"[①]邱菽园则称道他的诗能"跌宕自喜"。[②]

趼人是一个受正规教育不多的杂学家，诗书之外，不好读史，所以他后来最喜欢历史小说。他比先辈们有更多一点文学修养，那便是学多了一些民间文学。地方掌故与木鱼书等，他都很熟悉；儒释佛道都懂得一些；但伦理道德标准，则完全宗奉儒家学说。西学虽有些涉猎，也有些吸收，但不大量，也不深入。到后来还有倒退。

他在书院学习的黄金时代中，忽然于十六七岁时被中断了，因他父亲突然死在浙江宁波任上。趼人是1882年旧历8月在佛山得到父亲病重的消息，他便筹措旅费赶忙只身于8月19日登上往上海的火轮船，经过十日海程才到上海，再转到宁波时（《二十年目睹之怪现状》写作杭州），父亲早已断了气，来不及诀别，便成了一个无父的孤儿。

如此路途迢迢，把一副棺木运回佛山，这就考验了他的办事能力，同时也如何折磨着他的情感了。好容易办过丧事之后，一家人的生计又要重新安排，这担子便落在这独子身上。这少年几乎已成人了，刚刚十六足岁，既然出过门，再不容许困守家门了，于是他便重到上海找出路。

19世纪八十年代初的上海，人口连华界已发展到二三十万，城市繁荣正蒸蒸日上，比香港还要热闹，还要洋化。由于广东人较早晓得些"洋务"，做买办或经商的人也较多，"广帮"是很有势

[①]《我佛山人传》为广东信宜人南社诗人李葭荣（怀霜）所作，登1910年冬间之上海《天铎报》，后又收入1913年广益书局之《虞初近志》，胡寄尘编。
[②]邱菽园《挥麈拾遗》卷五，1901年版，评及吴诗，谓"跌宕自喜，如见其人"。

力的,其中大型的江南制造局,就是先由广东南海人主持,用了许多广东人。还有一家江裕昌茶庄,也是佛山姓江的人开的,人面很熟,生意做得很活。趼人于是把心一横,要去上海冒险,凭着还有乡谊与世交的关系,加上还有一位三叔也在上海。

去上海是哪一年呢?许多人捉摸不定,鲁迅和阿英说他二十多岁才去上海,肯定是错的,说他二十岁去上海也不对。他曾说过是十七岁离开广东的。

他去上海的年份不是1883年底就是1884年初,最迟不会超过1884年。理由可以从吴趼人本身去找,特别从他各种文字中去找,《趼廛笔记》有几处说他1884年已在上海了,这一年正好是《点石斋画报》出版,他躬与其盛,他津津乐道有一个长须人及大肥女的事。另外证以1903年他为好友周桂笙《新庵谐译》写序,自述到上海已经二十年。周的自序也转述吴语:"得识周某,不负我旅沪二十年矣。"

按他计算习惯,说识周桂笙已经十年,即是说从1899至1908年。①那么,1903年所说的"旅沪二十年",无疑是指从1884年起算。又据《趼廛笔记》中《星命》一题,吴自述其叔母在上海癸未除夕"辞岁喧笑,殊无病状……新岁初六夕,徒得暴病,初七辰刻卒"。此癸未除夕是指1884年2月以后的事。从上边纪述看来,吴于是年初(指公历)已身在上海可无疑问,并且不排除有可能更早三数月抵沪,那便在1883年下半年了,其时正是十七岁左右。

还有一个更大的理由,可以证实他是在1884年左右已到了上海的,他那代表作不是叫作《二十年目睹之怪现状》吗?是书酝酿于19世纪末,初拟取名《人间魍魉传》,到1903年开始写时,才改名《二十年目睹之怪现状》的,这二十年正好是他在上海的阅历,

---

① 《新庵译屑》吴趼人1908年所作之序,内谓识周君已十年,李传谓相识二十年,不确。

不多也不少，第二十二回自写之评语有说："回想甲申乙酉之上海社会，如在目前。"

如果最迟是1884年初（即癸未除夕或稍前）到上海，虚岁是十八，实岁不过是十七岁。要注意从癸未除夕或稍前算年龄，与当时公历已跨入新的年份是大有不同的，一般人不大注意这一界限。他之所以如此年轻到上海，无非因为生计所迫，而且上海这一条路不久之前他也到过，上海这新洋场对这位年轻人很有诱惑力，一切都正在发酵似的。

据上海工部局人口调查，在趼人到达上海前后，租界里的居民只要十二万多一些（此数可能缩小），如若跟佛山镇的居民数比较还不及，但不同处一个是新兴的城市，一个是停滞与行将没落的旧镇。前者有西方帝国主义者巧取豪夺在经营，人口的发展，经济的畸形上升，正在加快速度。何况除了租界，四周边的华界也是人口密集的，太平天国时期的战争更促使上海人口集中。

虽说是第二次来到上海，但很多方面仍很陌生，年纪轻、经验少，一下子跌入这个万花缭乱的都会，中西杂陈，新旧交汇，耳目真是应接不暇。他以一个破落户子弟身份，有肯交结下层人物的习惯。加上为人聪明灵活，很快便同初落脚的江裕昌茶庄人员相好，并得到多种帮助。

江裕昌茶庄在上海已是一个信誉卓著的老字号，长江各埠还有分店，是广东南海同乡办的，店主人是广东著名劣绅江孔殷的父亲，这是个世袭生意，向来交通官府很有势力，江孔殷后来还考上进士入了翰林。江裕昌茶庄在上海像个南海同乡会似的，进进出出的人很多，来的还有些官场人物，下僚佐杂也颇有一些，店主人是好放官债的，更具吸引力。吴趼人以世交相好和有一点亲戚的关系，在这里暂时栖身吃口闲饭是问题不大的。不久，他便在江南制造局军械库找到一个小小职位，也捧起官办制造业的饭碗了。

这个制造局是很有来历的，在中国近代工业史上占有一个显著的地位，19世纪六十年代初，中国官方急于要一批枪炮去镇压太平军。1862年曾经在上海招过英法兵匠设过小型制炮局，隔两年江苏巡抚李鸿章留心外洋军械，看上海道丁日昌（粤人）讲求制器，于是在上海集资四万两，购得虹口洋人机器铁厂一座，改称江南制造局，委知府冯光焌（南海人）、沈保靖等主理。实际只是一个铁厂。刚好那时容闳（亦粤人）从外洋购到机器回来，曾国藩命令合为一局，专造枪炮。后来还能制造火轮船，这便成为中国首屈一指的大军工厂了。地点最初在虹口，1887年迁至沪南黄浦江右岸高昌庙，1888年已设有汽炉厂、机体厂、热铁厂、洋枪楼、木工厂、铸钢铁厂、火箭厂、库房、机房、煤房、文案房、工务厅、中外工匠居室，房屋颇多。后来发展到占地四百亩以上，还增加有船坞与码头。1887年起还附设一间学馆，聘英美教士翻译工艺书。据康有为自言，他上京考试道经上海时，曾购来自读和送人的书凡三千多册。综计制造局开办以来，三十年间被购书总额，不过一万一千余册，而其一人所购，竟达四分之一以上，所言可能有夸张，但这种书籍对康有为这一类改良派思想确有影响。这个制造局除有一个翻译馆之外，还附设一个广方言馆，培养过许多翻译与外交人才。

这个局的全衔是"江南机器制造局"，但习惯叫上海制造局，到1890年全局制造人员已有两千以上。吴趼人在那里任职较久，最初在军械局里当抄写，类似练习生，后来因为他有点绘画技能的家学，便叫他入图画房当绘图员。立定脚跟之后，他还把自己一个堂弟安置在里边当学徒。以吴趼人这样一个旧书香子弟处在这样的环境，一方面看透了洋务派办新工业的有名无实，腐败透顶；一方面也不能不学一些新鲜的技艺。公事余闲，他曾仿造一条二尺长的小火轮，能够放到黄浦江上，行驶到数里以外，自动驶返。对于外文，他也略识几个英文，可惜那时所还能译的书，包括早期广学会在内，大多是工艺实学的，无法看到西洋哲学和文学，大家对整个西方资本主义社会，仍是很不了解的，吴趼人也是如此。

1890年，时年廿五岁。得知在天津做官（巡检小官）的二叔（炽福），已经逝世，此时还有一位三叔（保福）正在南京做候补官，他便发电与写信请三叔出主意。这个三叔只晓得钻营升官发财，所谋又不大顺手，更为冷漠寡情了，三次急电都不答复。等过了一个月之后，才迟迟寄来一信，说自己是个穷官，兄弟之间既已分居析产，彼此各奔前程，各管各的生活。如今他死了，关我甚事？

吴趼人想不到父亲既已早死，所留下的只有两个亲叔叔，如今一个死了，局面正需收拾，责任便全落到自己身上。八年前父亲客死宁波的时候，临死嘱托这个亲弟弟办理后事，还存下几千块钱都被他吞掉。这个情况，在《二十年目睹之怪现状》中虽非原原本本照抄，但大致已保留了一个轮廓。

事情迁延了三个月左右，到次年二月才能打点北上，一因三叔的阻拦和撒手不理，二因筹措盘缠有困难，这时在制造局月薪只有八两银，还要养妻子和母亲，平时已难于对付，一旦有些意外，真是束手无策。后来经过许多周折，才向局里借得三两月薪，勉强成行。赶到天津赤屯，二叔的小老婆不见了，稍为好的东西都被卷走了，却留下两个孤苦无依的小孩，十分狼狈。叔叔这时死已半年，孩子没有人照顾也有半年，被人放在贫民窟里，几乎成了叫花子。看到这种情景，只好埋怨自己来得太迟。后来写成《课弟》一诗：

惭愧先知觉后知，不才如我敢云师，

寒窗滋味谁攻苦，世泽渊源待护持。

庐墓远违宜读礼，池塘曾梦听吹篪，

遗徽本有诗书在，努力吾家作白眉。

第五句有注——"时先叔父母，均寄厝天津。"第六句注——

"余与弟素未相见,得先叔讣告后,始至天津香河之赤屯庄,携之来沪。"能见到这两个小弟弟,真是一喜一忧,他把事情经过写入《二十年目睹之怪现状》,还请过画师作《赤屯得弟图》,这些都可见他是很笃于亲情的。

到天津不久,又转往北京,这是二十六年前他的诞生地,他唯一的夙愿,是实践当时父亲对他说过:"等这孩子长大,便可以把哥哥带返故乡的泥土了。"他在北京摸到"广东义园",但荒烟蔓草,任怎样也寻不到庐墓,找守园的老头子问,他也无法解决。叔父死去既有延搁之罪,现在连哥哥的骸骨也无法找到了,心情这时很难过,便成诗八首记痛,其中两首是这样:

平原荒草自青青,暗祝英魂尚有灵,
漫向泉台悲冷落,多君替我待椿庭。

无多血泪尽成灰,欲把痴心叩夜台,
他日家园奠杯酒,孤魂能否赋归来。

诗非趼人所长,却可见他当时的心境与性情。这两堂弟,一名君宜,一名瑞棠,都带回上海,大的安置在制造局学艺,小的便叫他入学读书。不幸这位君宜在三年学艺将成时,竟于1894年病死,留下那个后来瞎了眼睛,虽后趼人而死,却已没有什么作为了,空费了趼人一番栽培的心血。

自己的妹妹晓兰,这时已嫁给一个苏州人,他是在上海当店员的,生活初时还过得去,人品也好,这亲事是吴趼人秉母亲意主持的。不久母亲也去就养婿家,后来生齿日繁,妹夫家也不好过了,又把母亲接回来。因为已经食贫惯了,扶养亲人的职责他是不肯轻卸的。

在制造局任职多年,里面千奇百怪,样样都有,已是司空见惯,正是一个官场的缩影,他不避嫌怨,已将一部分事迹写入《二十年目睹之怪现状》里，例如第二十九至三十回，"送出洋强盗读西书，卖轮船局员造私货；""试开车保民船下水，误纪年制造局编书。"

总办不懂工艺，一味依靠洋人来造船，中国工人提了意见反被奚落，结果新船不会转弯，行走也特别慢，当堂出了丑。由于这个官僚机构是大汉奸曾国藩创办的，连他的字和号也忌讳，这个局的总办李勉林又是曾国藩的女婿，通是这样的裙带特殊关系。

创办时的总办是冯竹儒（焌光），他还认真；守成是郑玉轩（藻如），其余就平常得很了，到现在这一位，更是万事都不管，天天只在家里念佛，这样公事如何办得好。小说所写与作者经历是相一致的，如果说夸张，恐怕作者已留有余地，已十分忠厚了。倘使要写成一本书，这制造局一个单位便够资料丰富的，可惜作者不这样做，反而把网撒得太开了。中国的谴责小说与同期美国的"耙粪小说"终究有所不同。

作者谈他们的译书，举《四裔编年表》闹笑话为例，其实这些书有好有坏，计已译出一百七十种以上，不能一概而论。又如局里也养了一些有名的人才，如李善兰、华蘅芳、徐寿等，都是中国畴人传里出色的人物。另外第六十一至六十三回也写了许多制造局的内幕，这些都是应该暴露与鞭挞的。

三

上海之有现代报纸，始自《上海新报》（1862），那是外国人办的；最有名的《申报》，1872年创刊，也是外国人办的。一般是大报，至于小报到1897年才有出现，在报业上又开创了一个新境界。文人们因而活跃得多了，从此便产生了几个知名的人物，其中一个是李伯元，一个是吴趼人。这两人是好朋友，互相支持，互相影响，因而便乘时产生了许多讽刺小品文以及许多谴责式的章回小说。

他们是怎样办起小报来的呢？这得先有半殖民地都市生活的社会基础，它是和封建地方生活结合起来而孕育的，反映出当时上海的买办阶级新旧商人、新旧官僚、洋场才子和新兴小市民的生活趣味。与此同时，在小报中也可以见到对社会黑暗的揭露和控诉，抨击了帝国主义及其代理人的官僚买办。这些小报当然是消闲性的，内容有更大篇幅谈风花雪月，出妓女的"花榜"，反映秦楼楚馆怎样开筵的热闹，扯三话四，为后来黄色小报开辟了道路。

李伯元是个开拓者，他初时在一份大报《指南报》工作，不一年便单独办起一份新型的《游戏报》，时间是光绪二十三年（1897）六月廿四。每日即五千字，自称"以诙谐之笔，写游戏之文，遣词必新，命题皆偶；上自列邦政治，下逮风土人情，文则论辩，传记……人则士农工贾，强弱老幼……旁及神仙鬼怪之事，莫不描摹尽致，寓意劝惩，无义不搜，有体皆备……。"

这里的小报，先后出有《消闲报》《游戏报》《采风报》《繁华报》《笑林报》《奇新报》《寓言报》等。与李伯元有关的是《游戏报》与《繁华报》，与吴趼人有关的是《消闲报》《采风报》《奇新报》与《寓言报》。

李伯元办《游戏报》没多久，便引起吴趼人的注意，他也笔头有点痒了，于是开始投稿，把满肚皮不合时宜，尽情倾诉，他之所谓"大刀阔斧之文"，便从兹开始了。英雄识英雄，惺惺惜惺惺，两人很快相识而订生死之交，携手同走一条道路。在小报里吴常别署为"我佛山人"，这个署名颇大行其道，可说得上妇孺皆知。

1898年6月新出一份小报叫《采风报》，全由吴主持，据为无风不采，但不采文绉绉之酸风，立意则在佯狂讽世。标题用偶语如章回小说，笑话也混作新闻来处理。内容与形式同《游戏报》无大差别，同样开花榜，同样开贪官污吏的玩笑。不久发生戊戌政变，吴如一般进步知识分子那样对康梁表示同情，但他却巧于讽刺，故意提出捉拿康有为、梁启超题目，征求读者答案，结果答案各式各样，有意胡闹，给清廷一个侧面打击。

那时候吴新得医生彭伴渔介绍认识一位文友周桂笙，此人给他助力很大，并使这份小小的《采风报》增加了一些新鲜的东西，那便是泰西小品和故事的翻译。这种新文风也对趼人有影响。

这个周桂笙（1873—1926），上海人，字莘庵、又作新庵，笔名"知新室主人"和"无歝羡斋主"等。他曾就读上海中法学堂，是中国介绍西洋文学的早期翻译者。1899年在报上有译品登出，1903年出过一部《新庵谐译初编》，吴趼人在汉口特别为他写序，称周为爱友与畏友，序文还说"余旅居上海，忝为时流假以颜色，许襄日报笔政，周子辄为赞助焉。……周子洵洵儒者，无严词，无道貌，而余甚畏之……余旅沪二十年，得友一人焉，则周子是也"。

后来吴趼人还说在挚友中，周氏不能诗，同乡李怀霜不能饮为恨。他倒能诗能饮。

吴氏自言：因写报章文字，自1897年以后文风便大变了。1897年以前只是写些诗词，很少跟人见面，1897年以后写游戏小品文为多。这些讽刺小品文，出集有《吴趼人哭》《俏皮话》《新笑史》《新笑林广记》等。廿五岁开始有茧人之名，早在1900年改趼人（有实物可证）。

他的长篇小说开始于《二十年目睹之怪现状》，最初登于梁启超在日本编的《新小说》第八期，时为1903年9月，登至《新小说》1906年1月停刊，仅连载至第四十五回，后由上海广智书局陆续出版单行本，出至八册才出完，这是他的影响很大的成名之作。此后长篇中篇一发不能自休。计有《痛史》廿七回，未完；《电术奇谈》廿四回；《九命奇冤》卅六回；《瞎骗奇闻》八回；《新石头记》四十四回；《胡涂世界》十二回；《恨海》十回；《两晋演义》

廿三回，未完；《上海游骖录》十回；《劫余灰》十六回；《发财秘诀》十回；《云南野乘》三回，未完；《最近社会龌龊史》廿回；《情变》八回，未完，成为绝笔。以上小说十余种，有社会小说、历史小说与爱情小说等，题材是广泛的，读者也是多的，所起影响颇大。《恨海》且曾拍过电影和上过舞台，感人是深的。此外他还写了十多篇短篇小说。使用笔名还有茧叟、茧翁、检尘子、抽丝主人、野史氏、老上海、中国老少年等，而以我佛山人和吴趼人名最流行，有时只署一个字：趼，偈，怫等。

到了1901年吴趼人与李伯元都已甚有文名，有力者想推荐两人去参加经济特科考试，两个人对清朝廷有所不满，都拒绝了，这很得到舆论称许，誉之为"征君"。

1901年李伯元转办《世界繁华报》，业务更见发达，劲头十足，趼人亦有文章赞助。同时新出一份《寓言报》，版式与《繁华报》相类，主编人是李芷汀，吴趼人、周桂笙亦参加撰译，在上边登过许多精彩寓言。趼人也是近代文学史上一位出色的寓言家，在今天看来，所登的寓言还有许多值得保留的，特别是写水族的鱼类，与俄国谢德林，有异曲同工之妙。

不知是因为《消闲报》改组，不愿为新的报主日本人服务或别的原因，他于1903年春便离沪转往汉口，在《汉口日报》工作。他不似李伯元那样留恋上海，也不似李伯元那么纵情声色，他自律是比较严肃的。

趼人在汉口一年左右，便去过山东，又到过日本，其间曾浪游了一年多。1905年春再又回到汉口，在美国人办的《楚报》任职，短短三几个月，一听到美国禁制华工，激起全国反对，上海尤其激烈，他便愤而辞职。回到上海参加一场巨大的反美爱国运动，他到处写文演说，很受群众欢迎。这一年他将四十岁，热情磅礴，这是他生命史上最辉煌的一年。

中国反美爱国运动一爆发，只两个月的短短时间，南北各地纷纷响应，除了上海是运动的一个中心之外，广州也是一个中心。这个反美爱国运动是中国民族资产阶级倡导的，上海主持人是商务总会会长曾少卿（铸），新旧知识分子和工人都有参加，这是中国近代史上第一次对外大规模的"杯葛"运动，从五月到十月愈演愈烈，把美帝吓得慌了手脚，只好利用中国反动朝廷来制止中国人民的爱国活动。

那时期吴趼人写过好些反美作品，现还留下他给曾少卿的三封信，保留在曾少卿自印的《山钟集》内。曾是上海闽帮商人领袖，以利害关系，主持反美，颇见慷慨激昂。但待到人民一起来，商民们便怕了，分裂了，最后还是妥协了。吴趼人在这过程中始终主张只反美政府之禁约，不反美国人民，须从抵制美货着手，并且不再供职受雇于美国人，造成国民外交形势，通过谈判解决问题，这些措施都是合理可行的。但照顾太多，存在不切实际的幻想，还未能从人民最根本的利益出发，阵脚还是不稳固的。起初他还有点害怕人民，怕再来一次义和团暴动。在人镜学社的演讲也不过空言鼓舞而已，在先，他没有估计到资产阶级是这么软弱的，连曾少卿也是虎头蛇尾。

反美爱国运动越发展，吴的认识也不断提高，这见于致曾第二封信中，明白提出仕商学生出洋者居少数，工人则实居多数，合全国之群力不仅为争少数，重在争多数工人之利益。这一点认识是难能可贵的，见识在一般知识分子之上。

第三封信则主张"抵制之举，坚持不变，必能达到目的，惟恐无恒心耳。愚意联络内地亦一大要着，此时虽有函电相通，竟不如专人前往运动之为愈。"这些建议都是好的。到后来虽然有些人已动摇后退了，他还是继续前进，并无一点退缩（阿英对此评价不全面，只从第一信立论）。

这个如火如荼的反美爱国运动,只支持了五个多月,华南方面虽表现得不错,但群众基础确实很薄弱,后来美帝联合他国来反击时,清廷便抵挡不住,民族资产阶级也无可奈何了。运动虽告平伏下来,但对于中国人民爱国情绪的发扬,政治上的继续觉醒,认清时局的症结,并作为一次练兵,都很有好处。

吴趼人在反美运动中写下长篇小说《劫余灰》登在《月月小说》,自署为"苦情小说",写出洋卖猪仔的情况,控诉在美的悲惨待遇,悲剧气氛很浓。这部小说以作者文学修养丰富,创作态度严肃,而很受读者的欢迎,很能达到宣传反美爱国的目的。

过了两年时间,美国防部长来到上海,当地绅商改变以前抵制态度,竟大开欢迎会,表现出投降屈服丑态。吴趼人看到这般情形,心里十分悲愤,因此写了一个短篇小说《人镜学社鬼哭传》,登在1907年《月月小说》第十号。并署"南海吴趼人挥泪撰"。这小说的背景是写上海人镜学社(反美团体之一)社员冯夏威,他是广东籍归侨,当反美拒约运动开始时,便写下遗书,以自杀在美国领事馆门前来激励国人反抗到底。如今落得这种局面,对照很为强烈,吴趼人的挥泪愤慨是有缘由的。

吴趼人虽然能够在运动上坚持到底,但孤掌难鸣,他并没有明白运动的本质与运动去向,他与广大的群众和中国革命的主流,还是有隔膜的。此后他那入世的积极热情便转向消沉了。

四

1907年到1910年是他的晚年,起先参加办广东同乡会的高初两等小学,想切切实实从教育方面入手,希图对国家民族的危难有多少帮助。

他还是继续写小说,主要登在《月月小说》上。另外还为一份《南方报》撰写的理想小说《新石头记》,这一小说有可能是受美国一本性质相近的《回顾》所影响,都是预测未来社会的面貌,寄托着作者的愿望的。

　　那篇《上海游骖录》,据跋文说:"今日之社会,岌岌可危,固非急图恢复我固有之道德,不足以维持之。非徒言输入文明即可以改良革新者也。愚见所及,因以小说一体畅言之。"作者一向主张庄事以谐语出之,不主张道学家似的说理和教训(平时他反对朱熹的理学),但写到这一本小说时,却一反他的原则,忍不住要显露他那以旧道德救世的用心了。

　　他那种国粹主义永远行不通,文学史上的托尔斯泰最后写出的《复活》,叫高尔基很生厌,尽管他的批判揭露很有力,但艺术光芒却减弱了。吴趼人更是一种小焉者,他的艺术理论与艺术规律是抵触的,他发了议论,却叫人"勿作厌世话看,是作一把眼泪看"。他与刘鹗虽然思想不相同,也不是"老新党",但所说的伤心话却差不多,结果对保皇或革命都无好感,只有悲观下去。

　　晚年的吴趼人政治思想,不属君主立宪派,亦不属于同盟会的革命派,两方面他都有朋友,但没有明白倾向哪一边,这大抵对任何政治运动都有一点厌恶吧。从历来他所写的东西来看,他痛恨过洋务派,也憎厌过立宪派。实质上他仍是属于改良派范畴,带上很浓厚的国粹色彩。只在写作方法上吸收过一些外国的艺术结构和特殊表现手法,有时也口头说说,愿意新旧合流,中西并蓄。

　　1910年春天他已开始患病,早有怔忡症,平常饮酒过多,心肺都不好,有气喘病。卖文生活又紧张,起居没有规律,死前还是大写文章,不这样便无法养活这个家。到同年旧历9月19日(公历10月21日),那天刚搬入新居,跟贺客饮了一点酒,当晚便因气喘缺氧而急救不及了。死年是得春四十四,得秋四十五。他生于

1866年旧历4月16日（公历5月29日），照中国习惯可称终年四十五，实在四十四岁又四个多月。

遗孀是南海同乡冯宝裕（1871—1944），子早殇，还有一女吴铮铮，时只六岁，到1962年还在上海，那时身边有一个儿子卢赐彪，算是吴趼人的仅有后人了。

他的一生，是穷困的，死后他的口袋只有两块钱左右。丧事的完成，只好靠熟人捐助。追悼会有几百人参加。好在他的文名未泯，他的代表作《二十年目睹之怪现状》和《恨海》，这几十年间还能一再印行，尚有不少读者。

（原载《岭南文史》1984年第1期；后收入华南师大近代文学研究室编《中国近代文学评林》第2辑，1986年7月广东高等教育出版社出版。本编据《中国近代文学评林》本收录。）

吴趼人到上海年份考

叶 易

晚清著名小说家吴趼人一生的大部分时间，是在上海度过的；他的三十余种小说，绝大部分是在上海创作的，像《二十年目睹之怪现状》等名著中所描绘的各种社会丑态怪状，大多数也取材于麇集在上海的官僚名士、洋奴买办。可见，广东籍的吴趼人与上海有着密切的关系。可是记述他在上海早期情况的资料很少，研究者对这段重要历史也在好些方面没有考查清楚，例如他究竟何时来到上海，就是一个有待认真查考的问题。

趼人死后，他的朋友们曾为他写过一些传记、行状之类的文章，均很简略，没有写明他到上海的确切时间。即使是写得较早、较详细的李葭荣发表在一九一〇年十月《天铎报》上的《我佛山人传》，也只是说："君早岁食贫，岸然自异，无寒酸卑琐之气。佣书江南制造军械局，月得直八金。"以后的一些回忆文章叙其经历的，都没有超出此文的记述。

鲁迅写于一九二〇年的《中国小说史略》最早指出他"年二十余至上海，常为日报撰文，皆小品"，也只是指出个大约的年份，并没有说明出自何据。此后，一些有影响的学术著作，都沿用此说，似乎成了定论。

近来，随着研究的进展，又有了新的论断。

吴泰昌为阿英修订《晚清小说史》，已修正了阿英"年二十余至上海"的前说，断定吴趼人"年十八至上海，常为日报撰文"。已肯定了年份，但未说明依据。

魏绍昌在《鲁迅之吴沃尧传略笺注》中说："据《趼廛笔记》中《星命》条，吴趼人自述其叔母在上海寓所癸未除夕时，'辞岁喧笑，殊无病状'，至'新岁初六夕，陡得暴病，初七辰刻卒'。癸未是一八八三年，据此吴趼人十八岁已在上海。又据其友包天笑文也说'他是二十岁左右就到了上海'。所以吴趼人到上海应在二十岁以前，约十七八岁之时。"他虽已说明依据，但未肯定年份。

以我所查到的一些有限的资料推算，吴趼人到上海是在他十七岁时，即一八八二年下半年。先看吴趼人自述：

《还我魂灵记》："吾生而精神壮足，未弱冠，即出与海内士大夫周旋，历壮，处境艰窘，仅以笔墨谋生活。"可见他不到二十岁即走上社会做事。那么究竟是二十岁之前的哪一年呢？

魏绍昌据上述《星命》条指出"吴趼人十八岁已在上海"，但他并不是肯定他十八岁到的上海。他认为趼人到上海的时间还要早些，所以推测为"约十七八岁之时"。这推断是对的，但到底是十七岁，还是十八岁呢？

再看趼人的《趼廛笔记》："光绪壬午八月得先君书，诏赴宁波省疾，时余年十七。"光绪壬午是一八八二年，这年的八月（阴历）他去宁波看望病重的父亲，不久就转至上海。所以我认为趼人到上海的时间应在一八八二年下半年，当时十七岁。

这还可从趼人为周桂笙的《新庵谐译初编》所写的一篇序来证实："周子桂笙，余之爱友亦余之畏友也。余旅居上海，忝承时流假以颜色。"又说："余旅沪二十年，得友一人焉，则周子是也。"后具："光绪癸卯暮春之初，南海吴沃尧拜手序于汉皋。"按光绪癸卯春即一九〇三年春，趼人从一八八二年冬到上海至一九〇三年春写此序文时，正好是二十足年，因此说"余旅沪二十年"，而一八八二年正是趼人十七岁。

再看他的作品：

对《二十年目睹之怪现状》，论者都认为是"盖低徊身世之作"。此书以九死一生在二十年间的所见所闻为线索，贯穿了近二百个故事。在第二回里交代所以叫九死一生的原因时说过，"只因我出来应世的二十年中，回头想来，所遇见的只有三种东西⋯⋯"。当然不能说九死一生就是趼人，但确有趼人的身影。他自己也说："惟《二十年目睹之怪现状》一书，⋯⋯皆二十年前所亲见亲闻者"（《近十年之怪现状》自序）。我们知道，这部小说写于一九〇二年，九死一生说的已"出来应世二十年"，那么他就是在一八八二年出来"应世"的，这与我们上面推算趼人是于一八八二年十七岁时来上海正相符合。

又《海上名妓四大金刚奇书》九十九回说："且说当时上海有一个抽丝主人，他本是广西人氏，先世也是巨官，世代书香的人家。谁料中间遭过一次兵燹，因此渐渐的凌夷了。这抽丝主人，少年便有志四方，不乐家居。十七岁上，便负了书剑，出了广南，北游京师⋯⋯方才兴尽而回，流寓上海，郁郁不得志，只靠笔墨来糊口⋯⋯。"这里，趼人写进了自己的家世和经历。他的好友周桂笙的儿子周壬林等人也指出，抽丝主人即吴趼人。趼人原名茧人，抽丝主人是从"茧"字衍化而来的。（见一九三七年一月二十一日上海《辛报》、二月二十三日上海《晶报》）。所以抽丝主人自陈"十七岁上，便负了书剑"出来工作，这也与我在上面的推算符合。

（录自《复旦学报》1983 年第 2 期）

吴趼人与《汉口日报》

——对新发现的一组吴趼人材料的探讨

王立兴

晚清著名小说家吴趼人，曾于1902年至1903年受《汉口日报》之聘，由上海去汉口参加编报工作。由于文献资料缺乏，学术界对他这一年多时间的活动知之甚少，无法作具体的探讨，致使吴趼人的研究留下了一段空白。国内外一些研究吴趼人生平的重要论述，像李育中的《吴趼人生平及其著作》、王俊年的《吴趼人年谱》、中岛利郎的《吴趼人传略稿》等，[①]对吴氏在《汉口日报》这段时间的活动，或语焉不详，或略而不论，这不能不是吴趼人研究中的一个缺憾。1988年10月，笔者在检索《苏报》时，意外发现了一组吴趼人这方面的材料。材料分别载于《苏报》1903年6月4日（光绪二十九年五月初九日）、6月7日（五月十二日）、6月12日（五月十七日）、6月16日（五月二十一日）、6月17日（五月二十二日）、6月21日（五月二十六日）、6月24日（五月二十九日）和7月4日（闰五月初十日），较完整地介绍了《汉口日报》开办的经过及吴趼人的编报活动。其中尤以6月21日在"要

[①] 李文载《岭南文史》1984年第1期；王文载《中国近代文学研究》第2、3辑，1985年9月、12月出版；中岛文载日本《清末小说研究》第1号，1977年10月1日版。

件"栏中刊载的《已亡〈汉口日报〉之主笔吴沃尧致武昌知府梁鼎芬书》，弥足珍贵。这封公开信是吴趼人辞去《汉口日报》主笔时写的，具体记录了他这一时期的思想行迹。

本文试根据这组材料，并结合当时有关的人物和事件，就吴趼人在《汉口日报》时期的活动，作一初步探讨。

一

吴趼人于1902年3月辞去上海《寓言报》主笔。[①]4月，即"应《汉口日报》之聘，[②]赴鄂参加报纸的筹组工作。《汉口日报》是中英合资经营的报纸，除英方商人投股外，中方股东计有黄邦俊（候补知府，曾任湖北将弁学堂管理）、[③]张赓飏（字尧臣，候补知府）、杨公辅、程鹄云以及招商电报两局庄、施两总办。报馆聘吴趼人、沈敬学二人为主笔。沈敬学，字习之，号悦庵主人，江苏吴县人，擅长书法，为趼人挚友。1901年在上海办《寓言报》，聘趼人主持笔政。1909年应趼人之请，曾为趼人曾祖吴荣光珍藏的《筠清馆法贴》题跋。趼人1910年10月去世时，他以饼金相助，附寄挽诗云："语不惊人死不辞，卖文海上病难支，李南亭后吴南海，容易伤生笔一枝。伯道无儿志未抒，衔悲寡鹄复何如，佛山晴翠浓如昔，谁访筠清馆里书。"哀悼老友，情见乎辞。[④]当时与吴趼人在《汉

---

① 吴趼人《吴趼人哭》："至壬寅二月，辞《寓言》主人而归。"
② 见紫英评《新庵谐译》，载《月月小说》第5号，1907年2月出版。按：紫英，姓刘，曾任湖北大冶煤矿铁道局总办，为周桂笙之友，对吴趼人的行迹亦相当熟悉。参见《月月小说》第3号，1906年12月版。
③ 吴天任《梁节庵先生年谱》第162页，台北艺文印书馆1979年版。
④ 魏绍昌《吴趼人研究资料》第22—23页、335—336页、342—344页，上海古籍出版社1980年版。

口日报》共事的，还有蒋子才。①子才，一名紫侪，字庚縡，号仪陇山农，四川仪陇人，他曾编选趼人诗作成《趼廛诗删剩》，又为趼人写的《曾芳四传奇》进行过评点，②可见二人关系之亲密。所以趼人在沈、蒋二人的协助下，是想借《汉口日报》有一番作为的。

《汉口日报》经过一段时间筹划后，于1902年秋间开馆见报。在吴、沈二人的主持下，该报始终坚持进步的办报宗旨，内容上能发扬清议，立论严正，针砭时弊，揭露官场的腐败黑暗；文风上以意趣并重。该报得到知识界的称许，销路也颇畅。但是对该报这种顺应时代潮流的做法，官府却畏如水火，忌恨有加。像武昌知府梁鼎芬、湖北警察局总办金鼎、候补道王元常等即是。这伙官吏因自己的劣迹丑行屡遭该报的抨击讥讽，便怀恨在心，处心积虑地要把该报置之于死地。当时湖北巡抚兼署湖广总督端方，受到章太炎《訄书》和《湖北学生界》等革命书刊的击刺，慑于迅猛发展的革命形势，也加紧了对学校和舆论宣传阵地的控制。端方对《汉口日报》极端不满，认为它"大不利于"清王朝统治，他也早已怀有干预之心。于是端方和梁鼎芬等一拍即合，窥伺时机，准备向《汉口日报》开刀。

1903年4月，拒俄、拒法浪潮波及湖北，梁鼎芬极力阻挠各学堂学生参加这一爱国运动，竟然说："就使以东三省送给俄人，以广西送给法人，尔等亦不必干预。"③甚至悬牌开除参加拒俄演说的学生。对梁的这种行为，《汉口日报》于5月14日（四月十八日）载文予以抨击。梁更加恼羞成怒，他终于撕下了伪善面具，导演出一场将《汉口日报》收归官办的丑剧。

---

①吴趼人《趼廛诗删剩·自序》："壬寅春，与蒋子才共事汉皋……"。
②《趼廛诗删剩》刊于《月月小说》第4、5、7号；《曾芳四传奇》及评点刊于《月月小说》第8、9号。
③《苏报》1903年5月19日。

关于《汉口日报》改归官办的经过，《苏报》6月12日的一则报道做了详细披露，现摘录如下：

本年四月十八日（按：即1903年5月14日），因梁阻各学堂议俄约，该报（按：指《汉口日报》）力诋之，梁恼羞成怒，遂发电告张之洞（按：张时为商务大臣），令托驻京英公使禁之，张复公使不允所请。梁不得已，乞怜于端方为之设法，端笑曰："节安已成众矢之的矣，鄙人何能为之受过哉。"梁曰："不必大人得罪人，但借重大人压力，饬令张赓飏将该馆买归官办耳。"端曰："任凭足下做去，告之张守，就说我的意思如此。"梁急往拜张，动之以利害。张本系常州钱店一伙计，夤缘赵凤昌在鄂充当厘局司事，舞弊获利，捐同知，保知府，平日识字不多，其开报馆也固非开民智，不过闻人云报馆觅钱最丰耳。及闻梁以万金购其资本，已乐不可支，且有端方之命立委优缺，更喜出望外，遂言于同股之黄、杨、庄、施、程诸君，而退其资本。于初一日停报，且刊于报端，曰整顿，曰改章，以掩外人耳目。主笔吴君则拂然而去，沈仍蝉联。以后办法、宗旨务须和平，每日论说、新闻均先一日呈之武昌府裁定，然后登出；凡紧要新闻概不准录。不过记官场升迁调补及某官过境、某官病故、某官寿诞嫁娶而已。刻已定于初九日出报，虽未之见，然腐败不问可知，其销路尤非以压力不可。噫，异矣。

在这之后，《苏报》又陆续作了一些报道，进一步披露了其中的内幕和事态的发展。一、《汉口日报》改归官办，官方不惜耗费巨资，除还清股东资本及代认亏空，实去银一万一千两。又因英商从中为难，官方为消除阻力，除退还洋股外，复加四千元作为酬谢。（6月16日）二、这次改归官办，一切筹划均由王元常主之。为了酬劳有功之臣，梁鼎芬特面求藩司委王元常代理随州知州优缺。（6月17日；7月4日）三、该报自5月27日（五月初一日）改归官办后，吴趼人即愤然辞去主笔职务，并写了给梁鼎芬的公开信，宣告了自己的立场和态度。（6月21日）四、该报官办后不到一个月，沈敬学也为经理所辞退。为了进一步控制报纸的舆论，端方批示由梁鼎芬"暂代"报馆主笔。在梁的把持下，每日以会试闱墨及两湖书院课艺刊录报端，报纸"销场极滞"。（6月24日）

端方、梁鼎芬以高压、阴谋手段将《汉口日报》改归官办，排斥吴、沈等进步报人，根本改变了报纸的性质和办报方向，使报纸完全丧失了新闻自由、舆论监督之价值，这对报界无疑是一个重大事件。当时《苏报》专门发了"论说"，向报界敲响警钟，并对端方、梁鼎芬的仇报行为予以迎头痛击，显示出捍卫新闻独立性的鲜明立场。① 在这场斗争中，作为主持《汉口日报》笔政的中坚人物吴趼人，究竟采取何种态度呢？刊载于《苏报》上的他的这封公开信，做出了圆满的回答。

二

《苏报》6月21日所载吴趼人给梁鼎芬的公开信，题目标以《已亡〈汉口日报〉之主笔吴沃尧致武昌知府梁鼎芬书》，"已亡"者，已逃也。用"已亡"二字，明显含有贬义。同日，该报"舆论商榷"栏中，还以本馆名义写了《告已亡〈汉口日报〉记者》一文，对此信提出责难，说它"乃若以乞怜梁鼎芬者"。批评吴趼人"先既捐弃其言论之自由甘归腐败，迁就股东以取容当道，则该记者早已失记者之资格"。既以"贪缘馆地为宗旨，则又何曾能解报馆一毫之义。……今忽得梁鼎芬之一垂青盼，则其狂喜为何如"。该文甚而说：信中设为"四疑"，是为了逃避清议；表明在上海也是园与

---

① 《苏报》1903年6月4日"论说"《论报界》。

梁鼎芬"曾通姓氏，确为旧交"，是为了"他日之联合可以对天下而无愧"。究竟如何看待吴趼人的这封信和《苏报》记者的批评，我们需要做一些具体辨析。

吴趼人此信是写给武昌知府梁鼎芬的，因此有必要先将梁鼎芬情况做一番介绍。

梁鼎芬（1859—1919），字星海，号节庵，广东番禺人，光绪六年（1880）进士，授翰林院编修。中法战争时，因上疏弹劾北洋大臣李鸿章，降五级调用，从此获"直言"名声。张之洞任两广、两江、湖广总督时，先后被聘为广州广雅书院、南京钟山书院、武昌两湖书院山长，并参与其幕府，成为张之洞的得力帮手。戊戌变法时，梁鼎芬视谭嗣同、唐才堂、樊锥诸人为"妖贼"，指斥康、梁"形同光棍，心同叛逆①，"并秉承张之洞旨意，通过《时务报》经理汪康年，暗中进行干预和遥控，使报纸逐步沦为洋务派喉舌。汪康年将《时务报》改为《昌言报》时，他曾任总董②。章太炎在湖北主持《正学报》笔政时，因赞同康、梁主张，他即告章"心术不正，时有欺主犯上之辞，不宜重用"。迫章离鄂。③1901年，梁鼎芬恢复翰林院编修原衔，不久被任为武昌府知府，兼署武昌盐法道；他还兼任学务处总提调和新军参谋所、执法所提调，创办省城警察局，几乎"握湖北全省文武政治权""文武教育权"；并创办《湖北学报》，以"激扬忠爱，开通智慧，振兴实学"相标榜，④又进而掌握了全省的言论之权。这一时期，梁炙手可热，人称"小之洞"。"凡鄂中差缺均以梁主持，虽藩臬司莫可如何。官场赠以'管理升迁调补说合通省厘金'头衔"。⑤梁平时装作一副"极中极正"

---

① 吴天任《梁节庵先生年谱》第132—133页，台北艺文印书馆1979年版。
② 方汉奇《中国近代报刊史》第115—121页，山西人民出版社1983年版。
③ 汤志钧《章太炎年谱长编》卷2，第65页。
④《湖北学报例言》。
⑤《苏报》1903年5月21日。

的样子，但行为卑污，表里不一。当时曾有人编了《湖北官场竹枝词》，对他的纳贿揽权行为和伪君子面目进行嘲讽。①1903年拒俄、拒法运动中，梁因镇压爱国学生有功，擢升安襄郧荆道。为此，湖北革命学生编了《梁鼎芬》一书痛加抨击，此书广告称他是"臣奸大憨"，是"政学界"一大蟊贼，为吾党之公敌"。②这一年6月，《苏报》案发生，梁又和张之洞、端方插手干预，并派金鼎去上海与租界当局交涉，企图把章、邹引渡到手。③此后，梁又被任为湖北按察使，署布政使，始终仇视革命，忠于清王朝。辛亥革命后，成为清朝遗老，民国五年（1916年）做了废帝溥仪的师傅，直至老死。④至于梁鼎芬与吴趼人在上海也是园会面的时间，大约是1889年底。这一年梁鼎芬曾短期寓于也是园，⑤吴此时正在上海佣书于江南制造局，作为广东同乡，可能于此时"一通姓氏"。

对梁鼎芬其人其行，吴趼人是没有好感的。在他主持《汉口日报》笔政时，就曾以诙谐之笔，谲谏之言，多次对梁的"德政"进行讥刺针砭，为此梁十分嫉恨。馆主也有所忌惮，以后对吴所为论说之稍涉忌讳者皆屏而不录，吴也做了必要的妥协和让步。但他并没有放弃报纸的义务和责任，当爱国学生参加拒俄运动一旦受到梁压制时，他就振笔直言，在报纸上予以诋斥。梁立即将《汉口日报》收归官办，并假惺惺地称"馆中主笔均当蝉联"。吴对梁的伪善面目早有认识，他毅然辞去报馆主笔，并写了这封公开信，将梁破坏《汉口日报》之阴谋大白于天下。

这封信以事实为依据，用层层剥笋的方式，首先对梁鼎芬破坏

---

① 《警钟日报》1904年11月5日。
② 《警钟日报》1904年11月20日。
③ 见《金鼎致梁鼎芬书》，载《近代史资料》1956年第3期。
④ 以上材料除注明外，均见《清史稿·梁鼎芬传》及清史编委会编《清代人物传稿》下编第3卷《梁鼎芬》，辽宁人民出版社1987年版。
⑤ 吴天任《梁节庵先生年谱》第78—79页。

《汉口日报》的真实动机和目的作了揭露。吴趼人指出，梁以一知府握湖北全省政治、教育、言论大权，但仍不知餍足，如今又虎视眈眈于《汉口日报》。尽管《汉口日报》在内外压力下，已捐弃其言论之自由而日见腐败，但梁仍耿耿于怀，必欲竭其狮子搏兔之力，收归官办。其目的，不过"借以取媚于夫己氏云尔"。夫己氏，犹言某甲，①这里当指端方。吴趼人讥刺梁的"才大若海，学贯中西"，不过是守数千年词章考据之学、耳食一二西学而已，实际并不知报馆之义务与责任。梁将报馆改归官办，其志亦不在办报，只是欲使报纸就于自己的势力范围。因此他断言：此后之《汉口日报》必将更加腐败，湖北全省不过又将多设一"书办总会"而已。

吴趼人在信中对梁破坏《汉口日报》的种种卑劣手段也做了无情揭露。梁是以釜底抽薪的办法，先暗中运动，去其洋股，然后以突然袭击的方式，宣布报纸官办。对此，吴愤怒地指责道：梁事前绝无商量攘取，一文未见即可视为己物，这种举动形同"强赊硬欠"，无异于衙役、营兵强买民物者，是完全违法的。吴揭穿了这个阴谋，并请馆主以停报相抵制，才迫使梁偿还了原来股本。

至于梁鼎芬要馆中主笔继续蝉联事，吴趼人早已洞察其奸。他在信中故设为"四疑"，对梁反复诘难。这四点质疑欲贬先褒，欲抑先扬，绵里藏针，谈言微中，既炫扬了自己的文章气节，又戳穿了梁的伪善面目，确实收到了一石二鸟的效果。最后吴以决绝的态度表示：尽管自己和梁"谊属桑梓"，"在上海也是园一通姓氏"；尽管自己有寒素之虑，失馆之忧，但也决不为梁的手段"所提挈、舞弄"。"浩然归志，不可复遏"。他的庄严决心，是任何力量也遏制不了的。后来的事实证明，吴趼人的这个决心是完全正确的。果不其然，就在吴离开《汉口日报》不久，梁就撕下假面具，将另

---

① 《左传·文公十四年》："齐公子元不顺懿公之为政也，终不曰公，曰夫己氏。"夫己氏，犹言某甲，因不欲明指其人。

一主笔沈敬学辞退，由自己取而代之。这一点，也进一步证实了吴信中的远见卓识。

吴趼人此信，是声讨梁鼎芬的一篇檄文，也是他辞去《汉口日报》主笔后向舆论界乃至整个社会发出的一篇严正告白。信中事实清楚，说理透辟，光明磊落，掷地有声，显示了一个普通的新闻记者为了捍卫报纸的宗旨，维护个人的尊严，不为权势所迫，不为私利所屈的鲜明立场和高尚人格。此信的内容和精神，无疑是值得肯定和赞许的。

剖析了吴趼人此信，再来考察《苏报》记者的批评，就会发现批评并不符合信的实际内容。第一，从信中丝毫看不出作者有对梁鼎芬"乞怜"之意，更看不到作者的"狂喜"之情。第二，吴在主持《汉口日报》期间，确实作了一些让步和妥协，这和他当时的处境有关。他对捐弃言论之自由、日见报纸之腐败是不满的，内心是痛苦的。一方面他希冀馆主能有所改良，一方面他并没有放弃办报的宗旨和主笔的责任，他仍能行使手中的权力，使报纸发挥作用。至于吴信中说的："家本寒素，橐笔四方以糊其口，固无一日可失馆者。"这是作者真诚的坦露，是一种大实话，本是无可指责的。第三，所谓吴日后与梁"联合"的问题，那更是主观妄断。事实是，吴不仅在《汉口日报》期间没有和梁握手言欢，在此后的年代里也没有和梁"联合"过，相反的，他倒是在自己的作品中对梁不断进行鞭挞和嘲笑。他的《新笑史》就有三则笑话以梁为题材，①《梁鼎芬被窘》一则记录了梁压制学生参加拒俄运动时受窘的情景。小说《二十年目睹之怪现状》中，作者也两次写到梁。②一次写他中了翰林后到福建去打把式，结果出了丑，遭到闽广总督的责骂。以后他又上折子参李中堂，把一个翰林也丢掉了，他却把"降五级调用"

---

① 《新小说》第 8 号，1903 年 10 月 5 日版。
② 吴趼人《二十年目睹之怪现状》第 24 回，第 101—102 回。

牌子竖在门口，闹那狂士派头，自鸣得意。另一次把他的姓名改成温月江，实隐射梁星海，因温对凉（梁），月对星，江对海。写他是个目空一切的臭货，人们赠他个徽号叫梁顶粪（梁鼎芬谐音）。写法未免恶谑，但激愤之情，鄙夷之态，表露无遗。以上材料可以证实《苏报》记者对吴趼人的批评失之主观偏执。

当然也须看到，这一时期的《苏报》正在日趋革命化，它为了捍卫自己办报的宗旨，正在与守旧派的《申报》、拥护"新政"的《新闻报》、保皇派的《中外日报》进行"报战"；它与改归官办的《汉口日报》所进行的报战，也是其中的一部分。它这时发表的《论〈中外日报〉》《论湖南官报之腐败》《论报界》《读〈新闻报〉自箴篇》等文，[1]都表现了鲜明的立场。公正地说，《苏报》为捍卫报纸的言论自由，抨击各种腐旧报纸，是无可非议的；但因此连及吴趼人，故为激烈之词，则是不应有的失误。

三

对吴趼人来说，1903年是其生活道路的一个重大转折点，这一年他由报人成为职业小说家。当然吴趼人走上小说创作的道路，是由多种因素促成的，但契机则是他在《汉口日报》的这段遭遇。

吴趼人于1883年赴上海谋生，不久就在江南制造局谋到个小职员位置，先后任抄写生、绘图员，束脩甚微。从18岁到31岁，一干就是十多年，趼人常有怀才不遇之叹。这一时期，他开始搦管为文，致力于古文写作，经过几年的刻苦磨炼，技业上进步很快。[2]1897年李伯元在上海创办了新型小报《游戏报》，以诙谐之

---

[1] 四文分别见《苏报》1903年5月18日，5月26日，6月4日，6月30日。
[2] 杜阶平《书吴趼人》，见《吴趼人研究资料》第21—22页。

笔写游戏之文,引起了趼人的兴趣,于是开始投稿,并很快与李伯元相识,结为知交。不久趼人即离开江南制造局,开始了办小报生涯。从这一年11月起至1902年3月的五六年间,他先后主持了《消闲报》①《采风报》《奇新报》《寓言报》等小报笔政,从此"惯作大刀阔斧之文"。②这些小报当然是消闲性的,也不乏风花雪月的内容,但趼人也时常用诙谐之笔以讽世,对官场的腐败和社会的黑暗有所讥刺。趼人在上海的这两段生活,前后共达二十年,这正是内忧外患频仍不断的二十年,他生活在上海这个各种力量矛盾斗争最为剧烈的聚光点上,耳闻、目睹、亲历了很多怪怪奇奇的事情,对官场、商场、洋场以及社会上各色人物都有了较深的了解,这些都为他日后的小说创作积蓄了丰富素材;加之他长期从事小报耕耘,写作技巧日臻成熟,语言风格也自具特色,这也为他的小说创作奠定了良好基础。

　　1902年初,吴趼人应聘去《汉口日报》之前,思想已起了较大变化。这时他对小报生涯已感厌倦。这年3月,他辞去了《寓言报》主笔,在家闭门谢客,对往日进行反思。他这时写的小品文《吴趼人哭》五十七则,③以诙谐之辞,倾诉天下可哭之事,既发泄了对现实社会的不满,也表达了新的追求。他接受资产阶级自由平等之说,服膺进化论,反对闭塞守旧,要求进步革新,认为"无开化无进步不能维新";他肯定民权,主张开民智,兴女学;他希望能出洋游历,以"开眼界添阅历";他严于解剖自我,说"自己固无进步","今已三十七岁,目光才及一寸,无论讲新学,谈掌故,均不如人";他反悔往日说:"回思五六年中,主持各小报笔政,

---

　　①《消闲报》系《字林沪报》副刊,创刊于1897年11月24日(光绪二十三年十一月初一日)。
　　②吴趼人《趼廛诗删剩·自序》。
　　③《吴趼人研究资料》第266—275页。

实为我进步之大阻力；五六年光阴虚掷于此。"可见趼人此时心理处于失衡状态，他在进行全面反省，以寻求新的出路，实现自己的人生价值。他为"中国一分子"，他真诚地希望能为国家社会多做些奉献。什么才是实现自己理想的最佳方案呢，趼人这时献身小说创作的念头已逐步酝酿成熟，并得到了友人的赞勉，希望其"以开化为宗旨"。只是在他"行将著书"时，因受《汉口日报》之聘，才暂时放弃了这一次尝试。

《汉口日报》的实践和挫折，《苏报》同行的过分责难，对吴趼人的刺激颇大，使他又一次陷入困境。如何重新进行自我设计，一年前的念头重又涌现。趼人是个能主动掌握自己命运的人，他"性强毅"，"不可羁勒"，"岸傲自异，不苟合于流俗"，[①]再加上多血质的气质，感情特别丰富，"负盛气，有激则奋"。[②]那种受制于人，忙于应付的报人生活当然不合于他的本性，而自由驰骋、任性发挥自己才华的小说创作才是他理想的归宿。因此他毅然踏上了职业小说家的道路，从1903年6月自汉口返沪后，便大力投入小说创作，社会小说、历史小说、写情小说、笑话小说[③]等齐头并进，并于这一年10月5日在梁启超主办的《新小说》杂志第8号上同时发表了《二十年目睹之怪现状》第一、二回，《痛史》第一、二、三回，《电术奇谈》第一、二回，《新笑史》十一则。从此趼人不断推出小说新作，一发而不可收。几年后，他在《最近社会龌龊史·自序》中，回顾了这段创作生活：

> 落拓极而牢骚起，抑郁发而叱咤生，穷愁著书，宁自我始。……然而愤世嫉俗之念，积而愈深，即砭愚订顽之心，久

[①] 分别见周桂笙《吴趼人》、清瘦《我佛山人轶事》、胡寄尘《我佛山人遗事》，《吴趼人研究资料》第16—19页、28—29页。
[②] 李葭荣《我佛山人传》，《吴趼人研究资料》第10—15页。
[③] 吴趼人在《新笑林广记自序》中，曾将自己创作的这类笑话称为"笑话小说"。

而弥切，始学为嬉笑怒骂之文，窃自侪于谲谏之列，犹幸文章知己，海内有人，一纸既出，则传钞传诵者，虽经年累月，犹不以陈腐割爱，于是乎始信文字之有神也。爱我者谓零金碎玉，散置可惜，断简残编，掇拾匪易，盍为连缀之文，使见者知所宝贵，得者便于收藏，亦可藉是而多作一日之遗留乎！于是始学为章回小说，计自癸卯始业……

癸卯，即1903年。这段序文清楚揭示了他在这一年开始从事小说创作的原因。

当然吴趼人于1903年之所以由报人转向小说创作，除上述直接原因外，还有两点原因：其一，是梁启超倡导"小说界革命"的影响。梁启超顺应时代潮流，在1902年冬正式提出"小说界革命"号召后，很快就得到了文艺界的响应，形成了一个小说创作热潮。近代一些作家的有影响的小说，如李伯元的《官场现形记》《文明小史》《活地狱》，蘧园（欧阳巨源）的《负曝闲谈》，忧患余生（连梦青）的《邻女语》，刘鹗的《老残游记》，麒麟（金松岑）的《孽海花》前二回（为曾朴《孽海花》所本），震旦女士自由花的《自由结婚》，冷情女史的《洗耻记》等，都是于1903年开始创作的。吴趼人对梁启超的小说改良主张十分赞赏，[①]决心以小说为武器砭愚订顽，开通民智。他将作品率先投寄给《新小说》杂志发表。其二，是李伯元创作道路的影响。趼人于1897年结识李伯元后，从此成为至交，趼人对李的学行文章一直非常钦佩。1901年朝廷开经济特科，湘乡曾慕陶侍郎疏荐伯元应试，伯元辞不就征，遭到了守旧官员的弹劾。伯元从此肆力于小说，而以开智谲谏为宗旨。他的每一小说问世，莫不受到世人的欢迎，因此竟以小说著称。[②]无独有偶，1903年7月，朝廷又开经济特科，又是曾慕陶推荐了吴趼人，

[①]见吴趼人《月月小说序》。
[②]见吴趼人《李伯元传》。

趼人以伯元为榜样,也"夷然不赴",[①]遂致力于小说创作。看来李伯元所走的创作道路,对吴趼人确起了导向作用。

1988年除夕脱稿

[①] 陈伯熙《上海轶事大观》,见《吴趼人研究资料》第22—23页。

附：

吴趼人在《汉口日报》时期材料四种

一、已亡《汉口日报》之主笔吴沃尧致武昌知府梁鼎芬书

某启。星海太守足下：窃闻诸人言办事之手段，每每加人一等，昔尝疑之，今乃信然。

公以一知府握湖北全省文武政治权，握湖北全省文武教育权，督抚降心，两司屏息，自余百官无足论矣。公意犹以为未足，复创刊《湖北学报》，从此言论之权又在公掌握中。公才大若海，学贯中西，自非如是不足以表公；然而公亦足以自豪矣，奈何复眈眈于腐败之汉口报馆？

为汉口日报馆主者以慑于夫己氏之故，凡仆所为论说之稍涉忌讳者，皆屏而勿录，而后日见腐败，盖将取容于夫己氏，不得不然，仆实非之，以宗旨虽殊，情谊犹笃，姑留此席，以冀改良耳。不期捐弃其言论之自由，甘归于腐败，犹不足以见容于公辈，必竭其狮子搏兔之力，拔其洋旗，收归官办，公岂果欲自完满其言论之权哉，夫亦借以取媚于夫己氏云尔。公之才之学自命固属不凡，然以仆观之，凡守数千年辞藻考据之学，耳食一二西学之皮毛者，必不能解报馆之义务与夫报馆之责任。故吾敢知，从此以后，《汉口日报》并从前之腐败而无之，不过多设一湖北全省之书办总会而已。

虽然，公青云中人，办报本是外行，不必引以责公；公之此举，其志亦不在办报，尤不必引以责公。公既作吏矣，法律自当知之，吾闻衙役、营兵之强买民物者谓之骚扰，骚扰者有应得之罪。今公之施于《汉口日报》之手段，不动声色，暗中运动，去其洋股，使就于势力范围之内，然后突如其来曰：从五月初一起当归官办。夫汉口日报馆挹注未尝乏资，办事未尝乏人，何必他人横来干预；主者又并未召盘，更何必他人代为接办。事前更绝无商量攘取，即是仆不敏，不如此等举动与衙役、营兵之强买民物者有以异乎，无以异乎，公其有以教我。公于五月初一日使张尧臣来言，虽归官办，而不改报名，不必停报，就即日起即算接手云云。阖馆之人闻是言者，莫不手足无措，而又莫奈公何，坐而待亡，愁叹欲绝。天下岂有一文未见即可视为己物者，虽三尺童子犹不得不疑为强赊硬欠，此非仆之故以小人测公也。幸仆言于主者，请即停报，敬待后命，然后得以股本来交易以去。使当日果如公命，仍前出报，含糊交代，则今日之股本如何，仆未敢知也。

虽然此公于《汉口日报》馆主者之交涉，与仆无与，姑不喋喋。请言事之涉于仆者。仆家本寒素，橐笔四方以糊其口，固无一日可失馆者。张尧臣又传公言，谓馆中主笔均当蝉联。草茅下士得公一垂青盼，自当感激无地，然窃为公计，则不能无所疑焉。公文章彪炳，教育广被，门下才识之士岂止车载斗量，何至挽留此言自由、言平等、诬罔不淑之人，此不能无疑者一；公平日以中正自命，犹记公此次申饬会议拒俄之学生，有言曰：我与宫保兼帅亦不守旧，亦不维新，守着一个极中极正的道理做法。举此而知公为极中极正之人，何至于纡尊降贵，下引此斯文败类不顾廉耻之辈为伍，此不能无疑者二；人生所重者气节耳，凡具有气节者必与一事相终始，相存亡。仆昔就馆沪地，曾四易其主，而仍蝉联，然此乃前主者不支，乞后主者为继，故仍为之供奔走耳。至若前主者之产为他人所强占，而仍就之，是何殊于失节之妇，败降之将。公气节凛然，何至欲人之失节败降而为己用，此不能无疑者三；仆笔墨鲁拙，虽不能自达其意，然就《汉口日报》以来，每撰为论说以颂扬公之德政，自侪于谲谏之列，窃自信为谈言微中。齐侯小白能用射钩之管仲，此等度量千古不再觏，岂于公复见之，此不能无疑者四。仆与公谊属桑梓，又在上海也是园一通姓氏，夫岂贵人未忘，加此青盼，抑或目为才士，故作挽留耶。然而寻尺之义，窃尚明喻，不敢以寒素为虑，不敢以失馆为忧，不欲为公之手段所提挈舞弄。浩然归志，不可复遏，更敢据前此一面之缘，引为故旧。用质此疑，并献狂瞽，未尽欲言。某再拜。

原载《苏报》1903年6月21日"要件"栏

二、告已亡《汉口日报》记者

本馆记者

《汉口日报》与梁鼎芬之交涉，不必有识者而可辨其曲直。虽该报抵抗之力不甚健全，而人犹将谅其苦心，而望其所以重张旗鼓之道。盖于报界想稍占有资格者，无不与官场立于反对之点。梁鼎芬之干涉自在意中，该报足以支配梁鼎芬之干涉，亦自铁中铮铮，而留报界一纪念。今读该报记者与梁鼎芬之书，一似甘拜梁鼎芬下风，绝不顾惜该报之名誉，不打而自招，以乞怜长官也者。呜呼，是亦不可以已耶！

是书也，乃该记者与梁鼎芬个人之交涉，昏暮之情，与人何与，而必以此书到处宣告，乃若以乞怜梁鼎芬者，间接以乞怜同业界，而觅一枝栖。咄！该记者果何如是之狼狈也耶。据该记者之所言，亦似颇解报馆之义务也者，而何独不解股东与记者之权限。先既捐弃其言论之自由，甘归腐败，迁就股东，以取容当道，则该记者早已失记者之资格，而不值一哂。嘻，彼自言之，笑彼本橐笔糊口无一日可失馆者，彼以贪职馆地为宗旨，则又何曾能解报馆一毫之义务。夫天下糊口之术亦多矣，或为钞胥，或为书室，而何必腼居新闻记者之一席。且今日之糊口犹前日之糊口也，今忽得梁鼎芬之一垂青盼，则此狂喜为何如。然稳如梁鼎芬之干涉手段必有甚于前者之股东，而馆易主，而我蝉联，又恐难逃清议之口，故设为四疑以解释之，且表明在上海也是园曾通姓氏，确为旧交，则他日之联合可以对天下而无愧。该记者之设心其殆如是乎，非吾之所敢知也。

原载《苏报》1903年6月21日"舆论商榷"栏

三、论报界

报馆之为物用，自文明之眼窥之，当视如国会议院之一部分；自野蛮之眼窥之，或视如叛徒逆党之一部分，或视如茶前酒后之一部分，其所视各随其野蛮程度以为差。夫报馆者，与社会为转移者也，今日报馆之价值，吾不敢评其如何，而社会中欲寻一报馆之位置，殆不可得，则将酿造一完全严重之良报，吾知其难，吾知其难。

虽然，以社会之进步为报馆之进步，非报馆之性质也。报馆之性质乃移人，而非移于人者也；乃监督人，而非监督于人者也。惟有此性质，是必出其强硬之手段，运其灵敏之思想，无所曲徇，无所瞻顾，对于政府为唯一之政监，对于国民为唯一之向道，然后可以少搏其价值，而有国民议会之倾向。

吾国报馆之无价值久矣，迁就于官场，迁就于商贾，迁就于新旧党之间，下之迁就于荡子狎客；而稍有不用其迁就者，必生出种种之反对，反对尤甚莫如官场，以其性质本不伦。而今日又报界黑暗、官场婪戾之时代。

官场之遥制报馆不始今日，官场之兼领报馆则始今日。两湖、南洋阅报诸君果何辜。

官场之兼领报馆既出世，官场之封禁报馆亦必出世，势不两立可断言也。吾故为同业之《汉口日报》哀。（见本日"时事要闻"）

《汉口日报》发行之趣，怠亦为通人之称许，而竟不容于端方与梁鼎芬。端方乃满人之稍达时变者，其种族思想一击刺于章枚叔之《訄书》，再击刺于《湖北学生界》，故立意掣志士之所趋，冀作百川之障；其汉口之日报稍有价值，端方视之即大不利也，不得不用抵制之术。梁鼎芬与之狼狈为奸，其机关之官报不足以勒鄂人也，抵制之不行乃出于封禁。端方、梁鼎芬之技止此矣。

呜呼，当今之仇报者何止端方、梁鼎芬二人也。凡事经一冲突，必多一涨进，天演之例也，今报界而得此警象，吾同业者其视之当何如？然自戊戌以来，风信频惊，目的迷乱，萌芽之摧折亦既几度矣，岂报界中无一天演之健将耶。阘茸之流吾亦不之责，吾将大索天下之所谓健将者，相与鏖战公敌，以放一线光明于昏天黑地之中。凡一果必有无数因，岂国会议院之价值可以得之傥来者耶。

原载《苏报》1903年6月4日"论说"栏

四、关于《汉口日报》收归官办的报道

［端方阻报］《汉口日报》自出版以来，持论严正，销数颇旺。兹因官场所忌，已于本月初二日骤然停止，未识该馆主能否力图恢复也。（访稿）

原载《苏报》1903年6月4日"时事要闻"栏

[新报发现]前记武昌府梁鼎芬因汉口日报馆屡次讥讽，羞恼成怒，特筹款将该馆购归官办，大约不日即可定议改章，故报章于初二日停止。惟现有圣公会中人拟另开《江汉采风报》，又将奈何。

原载《苏报》1903年6月7日"时事要闻"栏

[详记汉报改归官办事]汉口日报馆于去年秋间开办，馆东系黄邦俊、张赓飚、杨公辅、程鹄云及招商、电报两局总办，主笔者为吴沃尧、沈学敬（按：应为沈敬学），平日尚能主持清议，官场多因畏而撼之，警察局总办金鼎、武昌府梁鼎芬尤有切骨之痛。本年四月十八日，因梁阻各学堂议俄约，该报力诋之，梁羞恼成怒，遂发电告张之洞，令托驻京英公使禁之，张复公使不允所请。梁不得已，乞怜于端方为之设法，端笑曰："节安已成众矢之的矣，鄙人何能为之受过哉。"梁曰："不必大人得罪人，但借重大人压力，饬令张赓飚将该馆买归官办耳。"端曰："任凭足下做去，告之张守，就说我的意思如此。"梁急往拜张，动人以利害。张本系常州钱店一伙计，夤缘赵凤昌在鄂充当厘局司事，舞弊获利，捐同知，保知府，平日识字不多，其开报馆也固非开民智，不过闻人云报馆觅钱最丰耳。及闻梁以万金购其资本，已乐不可支，且有端方之命立委优缺，更喜出望外，遂言于同股之黄、杨、庄、施、程诸君，而退其资本。于初一日停报，且刊于报端，曰整顿，曰改革，以掩外人耳目。主笔吴君则拂然而去，沈仍蝉联。以后办法、宗旨务须和平，每日论说、新闻均先一日呈之武昌府裁定，然后登出；凡紧要新闻概不准录。不过记官场升迁调补及某官过境、某官病故、某官寿诞嫁娶而已。刻已定于初九日出报，虽未之见，然腐败不问可知，其销路尤非以压力不可。噫，异矣。

原载《苏报》1903年6月12日"时事要闻"栏

［鄂事汇志］《汉口日报》改归官办已两志前报，闻除还股东资本及代认亏空实去一万一千两，而出面之英商又从中为难，复以四千元为谢，始帖然无阻。该报出已数日，精神大减，新闻均极庸腐且歌功颂德，殆所谓保全积弊者也。

原载《苏报》1903年6月16日"时事要闻"栏

［鄂事汇志］汉口日报馆改归官办，筹划一切均系候补直州王元常。王兄为多年盘踞要津、奏调湖北差遣之广东候补道王秉恩。元常办竹木厘局，该报屡载其舞弊情节，故恨之甚切。此次改为官办，均由王主之。梁鼎芬德元常，无以为报，于十四日面求藩司，委王元常代理随州知州优缺，以示酬谢。现已见明文矣。

原载《苏报》1903年6月17日"时事要闻"栏；另该报本年7月4日"新闻界"栏亦以"得缺手段"为题刊载相同内容。

［武昌近闻］官办《汉口日报》主笔之沈敬学，现已为经理辞退。梁星海当具禀抚辕，请端抚札委主笔一员，端批以"节安暂代"四字，梁无可如何，每日以会试闱墨及两湖书院课艺刊录报端塞责，故销场极滞。按端颇不以汉报改官办为然，有讥诮梁之意。

原载《苏报》1903年6月24日"时事要闻"栏

（录自作者著《中国近代文学考论》，1992年11月南京大学出版社出版。）

李、吴两墓得失记（节录）

魏绍昌

一

六十年代初，我因编集李伯元和吴趼人的资料，曾前后发现了他们两人的坟墓。查访吴墓的经过较为曲折，找到时感到意外的惊喜。当时报纸上发过消息，阿英知道了也很高兴，给我的来信中还问起李伯元墓有无下落。但我找到李伯元墓已在一九六六年春天，原想等待阿英下次南来时，我可以陪同他一起去踏看这两位晚清著名谴责小说家的长眠之地，而这也正是他对我表示过的愿望。可是当年的春天刚过去，紧接着是火热灼人的夏天，阿英从此停笔十年，直到粉碎"四人帮"后的次年，他自己也做了古人了，他这个愿望当然没有实现，但即使还活着的我们，要去再看一看这两人的坟墓，也不可能了！因为它已经不复存在了，此后再也见不到了！这使我回想起十多年以前站在两人墓前的情景，恍惚还在眼前。

二

　　吴趼人逝世时,他的好友沈敬学有挽诗云:"语不惊人死不辞,卖文海上病难支。李南亭后吴南海,容易伤身笔一枝。伯道无儿志未行,衔悲寡鹄复何如。佛山青翠浓如昔,谁访笃清馆里书。"吴趼人身后景况萧条,只遗一妻一女,女仅六岁,多亏他的朋友们为他料理后事。至于他的遗体葬于何处,并无文字记载,检阅民国初年编纂的《上海县续志》,卷二十一《游寓传》中虽有他的小传,也没有记明葬处。从他久居上海、家境贫困这两点情况来看,估计他并未还返原籍。上海师范学院的徐恭时先生和我的看法相同,我们便分头去访问了几位在沪的佛山市人士,都未获要领。老徐还去信查询了佛山市的有关单位,也没有回音。我们想到佛山旧属肇庆府,而广东省广州、肇庆两府的旅沪同乡,故世后未迁返原籍的都葬于上海的广肇山庄。于是在一九六二年八月间,我们抱着万一的希望去到市郊宝山县大场共和新路与场中路之交的广肇山庄。第一次见到的管理人员是一位新调来的青年,对山庄的情况还不太熟悉,我们既非家属,又提不出具体的线索,他实在无法回答我们的要求。第二次再去,找到了一位姓蔡的老工人,他说这里的山庄是在民国建立的,清代的山庄设在市内新闸区大王庙后,清末又迁至闸北区车袋角,抗战后车袋角坟地换了主人,改筑公路,当时有一批无主自迁的坟墓也集中到了这里,他带领我们到山庄西首去察看了从车袋角迁来的坟区,那里有南海旅沪同乡会于一九四八年九月立石的一大块总碑,碑文上记着"民国三十年(一九四一)车袋角基地易主,迁蒌狼藉,于时寇焰方张,救死不暇,旅沪乡人相与集款,舁遗骨编名比次,更为划地丛瘗于沪北大场广肇山庄之西偏,树之碑曰南海先友公墓。"我们又去翻阅该坟区的墓葬名册,经过逐册

| 126 |

页的查看，总算给我们找出来了。

吴墓就写在普通坟墓南海先友公墓名册第一册（共三册）中，名册是表格式，有九项名目："字区"写"南海南字"，"号码"写"二四五八"，"区别"写"佛山"，"姓名"写"吴趼人"，"存年"写"四十五"，"死亡日期"写"民廿、九、廿一"，"安葬日期""家属""迁葬或运人"三项空着未写。这里写的籍贯和卒时年龄完全同吴趼人的符合，姓名写错了一个字，"趼"字原较生僻，在吴趼人生前已常被人误写成"研"字，吴趼人自己写过一首诗来辩正这件事。诗前小序云："余自二十五岁后，改号茧人，去岁后易茧作趼，音本同也。乃近日友人每书为研，口占二十八字辨之。"诗曰："姓字从来自有真，不曾顽石证前身。古端经手无多日，底事频呼作研人。"他当然想不到死后在自己的墓上还要再错一次，而且刻在石上。吴趼人死于宣统二年九月十九日，即公元一九一〇年十月二十一日，而从车袋角原墓迁葬至此则在民国三十年，所以"民廿、九、廿一"这个日子既不是他的死亡日期，也不是他的第二次下葬日期，那么究竟是什么日子呢？还是老蔡的解答较为合理，他说这里所葬的都是骨骸，粤俗素有死亡若干年后由家属检骨重葬的风俗，因此可能是改葬骨骸的日期，我们认为在没有查明更确实的原因之前，可以同意这样的说法。根据名册上的"字区""号码"，最后我们在一条小河边沿上找到了吴墓，它杂在数千骨骸的墓葬丛中，编号排次，穴位狭仄，所立石碑粗劣简陋，幸有野生小树一枝将石碑遮掩，以致上面的字迹未因日久为风雨剥蚀，犹清晰可辨。中书"佛山吴趼人之墓"，右书墓号"南字二四五八号"，左书"民廿、九、廿一"，与名册所记全同。我们找到之后，便提请上海市文管会注意保护，当时文管会曾派员前去复查勘定，并拍摄了照片。九月一日上海《新民晚报》发表报道，北京《光明日报》和广州《羊城晚报》随即加以转载。不久之后，我们还找到了吴趼人的女儿吴铮铮,她同爱人卢玉麟住在上海虹口区横滨桥的一家烟纸店楼上。她说父母都葬在广肇山庄,她还执有公墓的单据,因她当时实在无力迁葬,一切便由同乡会去安排处理了。

十多年之后的现在,我又来到了共和新路与场中路之交,这里已经没有广肇山庄,那块南海先友公墓的大石碑也不见了。我想找一条小河,也没找到。这里再也没有坟墓,只有新建的几排职工宿舍。我想找人问问,继而一想这是多此一举,因为出现这样的情况原在我的意料之中。

(原载《钟山》1979年第4期;后收入作者《晚清四大小说家》,1993年7月台湾商务印书馆股份有限公司出版。本编据《晚清四大小说家》本收录。原文共四节,节录其一、二两节。)

第二辑

五十年来中国之文学（节录）

胡　适

吴沃尧，字趼人，是广东南海的佛山人，故自称"我佛山人"。当梁启超在日本创办《新小说》时，吴沃尧的《二十年目睹之怪现状》（以下省称《怪现状》）的第一部分就在《新小说》上发表。那个时候，——光绪癸卯甲辰（一九〇三——四）——大家已渐渐的承认小说的重要，故梁启超办了《新小说》杂志，商务印书馆也办了一个《绣像小说》杂志，不久又有《小说林》出现。文人创作小说也渐渐的多了。《怪现状》，《文明小史》，《老残游记》，《孽海花》……都是这个时代出来的。《怪现状》也是一部讽刺小说，内容也是批评家庭社会的黑幕。但吴沃尧曾经受过西洋小说的影响，故不甘心做那没有结构的杂凑小说。他的小说都有点布局，都有点组织。这是他胜过同时一班作家之处。《怪现状》的体例还是散漫的，还含有无数短篇故事；但全书有个"我"做主人，用这个"我"的事迹做布局纲领，一切短篇故事都变成了"我"二十年中看见或听见的怪现状。即此一端，便与《官场现形记》《文明小史》不同了。

但《怪现状》还是《儒林外史》的产儿；有许多故事还是勉强穿插进去的。后来吴沃尧做小说的技术进步了，他的《恨海》与《九命奇冤》便都成了有结构有布局的新体小说。《恨海》写的是婚姻问题。一个广东的京官陈戟临有两个儿子：大的伯和，聘定同居张家的女儿棣华；小的仲蔼，聘定同居王家的女儿娟娟。后来拳匪之乱，陈戟临一家被杀；伯和因护送张氏母女出京，中途冲散；仲蔼逃难出京。伯和在路上发了一笔横财，就狂嫖阔赌，吃上了鸦片烟，后来沦落做了叫花子。张家把他访着，领回家养活；伯和不肯戒烟，负气出门，仍病死在一个小烟馆里。棣华为他守了多少年，落得这个下场；伯和死后，棣华就出家做尼姑去了。仲蔼到南方，访寻王家，竟不知下落；他立志不娶，等候娟娟，后来在席上遇见娟娟，原来他已做了妓女了。这两层悲剧的下场，在中国小说里颇不易得。但此书叙事颇简单，描写也不很用气力，也不能算是全德的小说。

《九命奇冤》可算是中国近代的一部全德的小说。他用百余年前广东一件大命案做布局，始终写此一案，很有精彩。书中也写迷信，也写官吏贪污，也写人情险诈；但这些东西都成了全书的有机部分，全不是勉强拉进来借题骂人的。讽刺小说的短处在于太露，太浅薄；专采骂人材料，不加组织，使人看多了觉得可厌。《九命奇冤》便完全脱去了恶套；他把讽刺的动机压下去，做了附属的材料；然而那些附属的讽刺的材料在那个大情节之中，能使看的人觉得格外真实，格外动人。例如《官场现形记》卷四卷五写藩台的兄弟三荷包代哥哥卖缺，写的何尝不好？但是看书的人看过了只像看了报纸的一段新闻一样，觉得好笑，并不觉得动人。《九命奇冤》第二十回写黄知县的太太和舅老爷收梁家的贿赂一节，一样是滑稽的写法，但在那八条人命的大案里，这种得贿买放的事便觉得格外动人，格外可恶。

《九命奇冤》受了西洋小说的影响，这是无可疑的。开卷第一回便写凌家强盗攻打梁家，放火杀人。这一段事本应该在第十六回里，著者却从第十六回直提到第一回去，使我们先看了这件烧杀八命的大案，然后从头叙述案子的前因后果。这种倒装的叙述，一定是西洋小说的影响。但这还是小节；最大的影响是在布局的谨严与统一。中国的小说是从"演义"出来的。演义往往用史事做间架，

| 132 |

这一朝代的事"演"完了，他的平话也收场了。《三国》《东周》一类的书是最严格的演义。后来作法进步了，不肯受史事的严格限制，故有杜撰的演义出现。《水浒》便是一例。但这一类的小说，也还是没有布局的；可以插入一段打大名府，也可以插入一段打青州；可以添一段破界牌关，也可以添一段破诛仙阵；可以添一段捉花蝴蝶，也可以再添一段捉白菊花，……割去了，仍可成书；拉长了，可至无穷。这是演义体的结构上的缺乏。《儒林外史》虽开一种新体，但仍是没有结构的；从山东汶上县说到南京，从夏总甲说到丁言志，说到杜慎卿，已忘了娄公子；说到凤四老爹，已忘了张铁臂了。后来这一派的小说，也没有一部有结构布置的。所以这一千年的小说里，差不多都是没有布局的。内中比较出色的，如《金瓶梅》，如《红楼梦》，虽然拿一家的历史做布局，不致十分散漫。但结构仍旧是很松的；今年偷一个潘五儿，明年偷一个王六儿；这里开一个菊花诗社，那里开一个秋海棠诗社；今回老太太做生日，下回薛姑娘做生日，……翻来覆去，实在有点讨厌。《怪现状》想用《红楼梦》的间架来支配《官场现形记》的材料，故那个主人"我"跑来跑去，到南京就见着听着南京的许多故事，到上海便见着听着上海的许多故事，到广东便见着听着广东的许多故事。其实这都是很松的组织，很勉强的支配，很不自然的布局。《九命奇冤》便不同了。他用中国讽刺小说的技术来写家庭与官场，用中国北方强盗小说的技术来写强盗与强盗的军师，但他又用西洋侦探小说的布局来做一个总结构。繁文一概削尽，枝叶一齐扫光，只剩这一个大命案的起落因果做一个中心题目。有了这个统一的结构，又没有勉强的穿插，故看的人的兴趣自然能自始至终不致厌倦。故《九命奇冤》在技术一方面要算最完备的一部小说了。

（录自《胡适文存》第二集第二卷，1924年11月上海亚东图书馆版。）

吴趼人

阿 英

吴沃尧（一八六七——一九一〇），字小允，又字茧人，一作趼人，别署茧阁，或趼廛，又署迪斋，广东南海人；因生长于佛山镇，又以我佛山人自号。性倜傥豪放，不可羁勒。年二十余，至上海，为日报撰文。后又客居山东，远游日本。梁启超刊《新小说》（一九〇三），趼人始作长篇，为其干部作家，同时发表《二十年目睹之怪现状》《痛史》《电术奇谈》三种。又在李伯元主编的《绣像小说》上写稿。光绪三十二年（一九〇六），与新庵周桂笙创办《月月小说》于上海，发行二十四期，发愤作历史长篇，无所成。又一年，主办广志小学，尽力学务，所作遂不多。宣统二年（一九一〇）九月卒。友人李怀霜为之传，《新庵笔记》亦曾详叙其生平。据新庵言，趼人小说，有三十余种，惜无详目，又多用假名，即有疑者，亦难断定。兹就所知，列目于次，年月可考者附及：

《痛史》二十七回（一九〇三—六）

《二十年目睹之怪现状》一〇八回（一九〇三—九，单本一九〇七—九）

《电术奇谈》二十四回（一九〇三—五）

《瞎骗奇闻》八回（一九〇四）

《恨海》十回（一九〇五）

《新石头记》四十回（一九〇五—六）

《九命奇冤》三十六回（一九〇六—？）

《糊涂世界》十二回（一九〇六）

《两晋演义》二十三回（一九〇六—八）

《盗侦探》二十二回（一九〇六—八）

《上海游骖录》十回（一九〇七）

《劫余灰》十六回（一九〇七—八）

《发财秘诀》十回（一九〇七—八）

《云南野乘》三回（一九〇七—八）

《最近社会龌龊史》二十回（即《近十年之怪现状》，一九一〇）

《还我灵魂记》（见《新庵笔记》）

《趼人十三种》（一九〇六—八）

《胡宝玉》（一九〇六）

《中国侦探案》（一九〇六）

就所得者已有小说二十余种，此外尚有《我佛山人札记小说》四卷、《滑稽谈》一卷，以及未印单本的诗歌、传奇和随笔。小说中，以《二十年目睹之怪现状》《痛史》《恨海》《九命奇冤》《劫余灰》《上海游骖录》六种为最重要。又有《趼廛笔记》《我佛山人笔记四种》等。

《二十年目睹之怪现状》为吴趼人最知名之作，首十数回刊《新小说》，后由广智书局印单本，分八卷。此书以署名九死一生的"我"作线索，写其在二十年中所见所闻的怪现状种种，特以一"我"贯串之使成长篇。涉及的范围甚为广阔，官师仕商，皆著于录，其目的盖在谴责人类中的"蛇虫鼠蚁，豺狼虎豹，魑魅魍魉"。描写最好的部分，是摹画知识分子的丑态，如上海的"洋场才子"，苏州

| 135 |

的"画师"是竭力想模拟《儒林外史》者。最见作者聪明处,是把九死一生放在官家的清客、为其出面经商的地位,使他既能了解官方,因至各地开创商业得涉足中国,而各方面的怪现状,便很自然地得到依附。《最近社会龌龊史》内容相似,惟已不用"我"作中心,写述细腻,惟终不及前书,末一回,我很怀疑系他人续完,不然,故事既未终结,又何致自写上"著书的吴趼人先生也归天去了"哩。

吴趼人反对"媚外",痛恨"汉奸"的程度,比李伯元更为激烈。庚子事变以后作《痛史》,盖不为无因。《痛史》是一部历史小说,以文天祥为中心的南宋史。对贾似道一班人,攻击得不遗余力,一望而知是借过去的史实,发泄他衷心的愤慨,惜未写完,否则,其价值当在《二十年目睹之怪现状》之上。写文天祥很成功。嗣后他又写了一部《发财秘诀》,专门攻击"买办",但不大好,他自己也说是最坏的一部,原因是他提起笔来就痛恨,便写不好。《中国侦探案》序言里,一样的攻击"洋奴"。

《九命奇冤》是演述雍正朝的一桩命案,是他在艺术上最成功的一部。胡适《五十年来中国之文学》论此书云:"《九命奇冤》可算是中国近代的一部全德的小说。他用百余年前广东一件大命案做布局,始终写此一案,很为精彩。书中也写迷信,也写官吏贪污,也写人情险诈;但这些东西都成了全书的有机部分,全不是勉强拉进来借题骂人的。《九命奇冤》把讽刺的动机压下去,做了附属的材料,然而那些附属的讽刺的材料,在那个大情节之中,能使看的人觉得格外真实,格外动人。"颇足说明此书在文学上的价值。大概吴趼人在写作方法上,能得到比李伯元更好的成果,就在这些地方,他受了不少的外国小说的影响。《两晋演义》,是趼人历史小说的第三种,也未写完,写惠帝贾后,都相当的好。

《上海游骖录》写得不高明,分三期刊于《月月小说》。但要正面的窥见吴趼人的政治思想,这是重要的一部。他反对伪革命党,反对名士，反对官僚军人危害民众。起始两回写民众的灾难还不差。除政论以外，可以看到一些当时上海著作界的情形。又有《瞎骗奇闻》一种，刊《绣像小说》，也是一部社会小说，其要旨是反对迷信，写迷信之害，足以使人倾家荡产，毁灭一生。《发财秘诀》也可属于这一类。《新石头记》八册，初发表于《指南报》，也是《二十年目睹之怪现状》一类的作品，假贾宝玉的行止，演出一串目击耳闻的怪现状，庚子的北京一段最有意义，湖北的暴政描写也不差。

有写情小说两种，曰《恨海》，曰《劫余灰》。《恨海》最知名，以庚子事变作背景，写一个女性张棣华的颠沛流离，及因恋爱的失败，终至入尼庵剃度。情节甚悲惨，摆不脱拥护封建道德。有结构，有描写，不愧佳构。而庚子事变期，自北而南的一路情形，写得很详细。在庚子事变的小说中，此书与《邻女语》《京华碧血录》，可称三大杰作。《劫余灰》写家庭惨变，一个女子被叔父拐卖，经过许多的苦难，历二三十年，始克与其未婚夫重行聚首。情节之苦，胜过《恨海》，其价值则远不如。作者对《恨海》也颇自诩，曾写一短文于《月月小说》以自赞，称此书乃十日作成。

趼人又曾取外国小说重行演述，有二种，《电术奇谈》最知名，刊《新小说》。又别为《盗侦探》，印入《月月小说》。又《中国侦探案》一册，取中国历史上的奇案演述而成，不见佳。《糊涂世界》有《繁华报》馆本。《云南野乘》刊《月月小说》，仅成三回即中辍。《胡宝玉》是以妓女胡宝玉为中心，写上海北里状况的。《还我灵魂记》已失传，原因详载《新庵笔记》和《小说旧闻钞》。

趼人所作短篇，揭载《月月小说》者凡十三种，后由群学社辑成单行本。就我所知，趼人曾为李伯元续《活地狱》三回，为一独立故事，共十四种。其目有：《黑籍冤魂》《立宪万岁》《平步青云》《快升官》《查功课》《鬼哭传》《光绪万年》。但大都为札记形式，在艺术上无特殊成就。诗歌一卷，有故小说家诗选本。趼人创作方面的情形，大体如是。

趼人创作哲学的基点，可藉《恨海》引言以竟之。他说："我说那与生俱来的情，是说先天种在心里，将来长大，没有一处用不着，但看他如何施展罢了。对于君国施展起来便是忠，对于父母施展起来便是孝，对于子女施展起来便是慈，对于朋友施展起来便是义，可见忠孝大节，无不是从情字生出来的。"他的一切著作的写成，大都是从这一基点出发，而以"拥护旧道德"为其终结目的。他的热情，比之李伯元为丰富，故其愤慨也更甚，他的讽刺谩骂，较李伯元为更不留余地。

（本文原系《清末四大小说》一文中的一节，作者署名魏如晦，原载《小说月报》第12期〔1941年10月1日〕；后收入作者著《小说三谈》，1979年8月上海古籍出版社出版。本编据《小说三谈》本收录。）

吴沃尧论

任访秋

一

吴沃尧（一八六六——一九一〇）字小允，又字趼人，广东南海县人。因他家住佛山镇，所以笔名"我佛山人"。出身于官僚家庭，曾祖荣光曾任湖南巡抚，研精金石，嘉道间海内号为收藏家。祖莘畲，工部员外郎。父允吉，浙江候补巡检。趼人幼年即丧父，家道中落。十七八岁时去上海，最初佣书江南制造军械局，月薪仅八金。后来为上海各报写文，从光绪二十三年（一八九七）到二十七年（一九〇一），五、六年间，主编过多种小报，如《消闲报》（即《字林沪报》副刊）、《采风报》《奇新报》《寓言报》等。光绪二十八年（一九〇二），曾应《汉口日报》之聘，为该报编辑，至次年春辞职返沪。

一九〇二年十月，梁启超在日本横滨刊行《新小说》杂志，趼人开始向该刊投稿，其长篇小说《二十年目睹之怪现状》《痛史》《电术奇谈》《九命奇冤》等，都曾在该刊上发表过部分章节或全文，于是名声大噪。

光绪三〇年冬（一九〇四），曾去山东，仅三个月即又返沪。据说这次赴鲁是担任河工职务，因不习惯官场生活，所以离职。在这个时期，他还去过日本，旅日的目的和时间都待考。一九〇五年春，任美商英文《楚报》中文版编辑，因反美华工禁约运动在全国范围内热烈开展，趼人激于爱国义愤，毅然辞职回到上海。不久即主编《月月小说》，在上边发表了长篇小说《劫余灰》《发财秘诀》《上海游骖录》《两晋演义》《云南野乘》等。此时在沪广东同乡创办的广志小学，也请趼人主持该校校务。后又发表《近十年之怪现状》《情变》等。一九一〇年九月十九日，因迁居劳累过度，喘疾突发，遂以不起，终年四十五岁。（李葭荣《我佛山人传》、魏绍昌《鲁迅之吴沃尧传略笺注》，均见《吴趼人研究资料》）

二

吴沃尧是一个受儒家思想束缚很深的人。他虽然生在晚清，但似乎对维新派几个思想家如康有为、梁启超、谭嗣同、严复等的著作和翻译，都未深入系统地研究过，更不要说以后革命派如孙中山、章太炎和邹容等人的著作了。所以说他的思想应该说是同洋务派曾国藩、李鸿章、张之洞等人是完全一致的。当然这一些人，都是清廷的军阀与官僚，是死心塌地地拥护清廷政权的，而趼人却是比较纯洁的文人和书生，尤其与他们不同的是具有一腔爱国的热忱。据胡寄尘《我佛山人遗事》载：

> 一九〇五年五月间，禁约事起，东南人士奋起与争，君亦拂衣谢居停，去汉之沪，到岸迎者百余人，旋乃力谋抵制之策，登坛演说，庄谐并陈，闻者时而歌，时而泣，不自知其然也。（《黛痕剑影录》）

不过，吴沃尧虽有一腔爱国热忱，但不肯接受新思想，所以他的报国方案，就只有因袭中国儒者的老一套，即提倡旧道德。他不仅使这种思想见之于议论文字，并在所著小说中塑造出具有旧道德的典型人物。他在《上海游骖录》自跋中说：

> 以仆之眼观于今日之社会，诚岌岌可危，固非急图恢复我国固有之道德，不足以维持之，非徒言输入文明，即可以改良改新者也。（《月月小说》第八号）

而在《恨海》中，他就塑造了一个节妇和孝女的张棣华的形象，和一个孝子并义夫的陈仲蔼的形象。所以鲁迅在《中国小说史略》中说：

> 至于本旨，则缘藉笔墨为生，故如周桂笙（《新庵笔记》三）言，亦'因地，因人，因时，各有变态'，但其大要，则在'主张恢复旧道德'（《新庵译丛》评语）云。（第二十八篇《清末之谴责小说》）

吴沃尧完全不了解他这种企图的后果，因为这和他的救国愿望恰恰是背道而驰的。他在自己的著作中把崇洋媚外的人，骂得狗血喷头，说他们：

> 样样都要说外国好，外国人放的屁都是香的，中国的孔圣人倒是迂腐。外国的狗都是好的，中国的英雄倒是鄙夫。（《情变·楔子》）

由于他为中国封建阶段思想所束缚，对西方的民主与科学思想，一概加以排斥，所以就产生了许多极其糊涂的观念。他痛恶当时中国官场的腐败与黑暗，但他不了解这正是清王朝的反动统治所造成的；他痛恶人们的崇洋媚外、唯利是图、道德堕落，但他不了解这正是清朝统治者在帝国主义的侵略下已成为洋人的奴仆所造成的。当然，他也不可能理解救亡图存的根本问题，在于推翻清王朝的统治，建立一个民主共和国。

由于这种思想的主使，所以吴沃尧认识不到革命党人的斗争精神，甚至歪曲、丑化和攻击反清志士。尤其是徐锡麟刺杀恩铭，被清政府剖心致祭一事，遭到当时舆论界的谴责，可是吴沃尧却是完全站在清廷一边，并为这种暴行辩护，真可谓反动透顶了！请看他是怎么说的：

> 这位恩中丞被徐锡麟刺死了，恩中丞手下的人拿了已经抵罪的徐锡麟，来剖心致祭。但是社会上的人都说是野蛮，野蛮，依在下说起来，野蛮不野蛮，我是分辨他不出来。剖心致祭，虽然没有这条法律，然而反躬自问，譬如此刻出了一个大有造于中国的英雄，眼看着强国强种，文明进化，一切种种都是他提倡的，他又能设法实行，一旦被刺客杀了，只怕社会诸公，也未尝不想拿这刺客剖心致祭呢！若权力办得到，也未尝不想实行剖心致祭呢。（《剖心记》第一回）

这简直是颠倒黑白，思想野蛮狠毒至极。

从这里，我们可以看出，一个作家如果站在旧势力的立场上，任你有怎么美好的愿望，但由于世界观的反动，必然要发表出一些极其荒谬的言论，成为不光彩的拉历史倒退的角色。晚清的小说作家李伯元、刘铁云和吴沃尧，都是这类人物。他们的创作尽管揭露了现实中的一些黑暗面，但他们又都是仇视革命党的人，他们的立足点基本上还是封建阶级的立场。他们面对黑暗腐朽的现实，补天不成，看不到社会的前途，最后终于走上了消极颓唐、厌世主义的道路，这是完全合乎他们自身发展的逻辑的。

吴沃尧由于对西方文学抱着轻蔑的看法，所以他的文学观，还是脱离不了儒家传统的观点，轻视作家，轻视小说。尽管他本人是从事小说创作的。

首先他认为经邦济世，乃是知识分子应该致力的，而立言，乃是不足道的。他说：

> 吾人幼而读书，长而入世，而所读之书，终不能达于用，

不得已，乃思立言以自表，抑亦大可哀已！（《最近社会龌龊史·自序》）

接着他认为立言应该有关于性命同经济之学，而从事小说写作，乃系雕虫小技，不足道的。他说：

况乎所谓言者，于理学则无关于性命，于实学则无补于经济，技仅雕虫，谈恣扪虱，俯仰人前，不自颜汗。呜呼，是岂吾读书识字之初心也哉！（《最近社会龌龊史·自序》）

他的这种看法，与梁启超的《论小说与群治之关系》中的论点，是大相径庭的。为什么会有如此之差距？原因就是他对西方的文学及文学观太隔膜的缘故。

吴沃尧是一个国粹派，对西方文明不了解，但却凭个人的主观，任意攻击，好像只要是向西方学习，没有不是错误的，没有不是崇拜外人的表现。

当然，那时确有一些买办、西崽是这样，但不能把所有主张向西方学习的知识分子的言论，都一概加以排斥。下边是他对中国文学中，采用西方标点符号的恶毒攻击。他说：

吾尝言吾国文字，实可以豪于五洲万国，以吾国之文字大备，为他国所不及也。彼外人文词中间用符号者，其文词不备之故也。如疑问之词，吾国有'欤''耶''哉''乎'等字，一施于词句之间，读者自了然于心目，文字之高深者，且可置之而勿用。今之士夫，为译本者，必舍我国本有之文词不之用，故作为一'？'以代之。又如赞叹之词，须靡曼其声者，如'呜呼''噫''嘻''善夫''悲夫'之类，读者皆得一见而知之，即使之于一词句之间者，亦自有其神理之可见；而译者亦必舍而勿用，遂乃使'！''！！''！！！'等不可解之怪物，纵横满纸，甚至于非译本之中，亦假用之，以为不若是，不足以见其长也者。吾怒吾目视之，而眦为之裂，吾切吾齿恨之，而牙为之磨，吾抚剑而斫之，而不及其头颅，吾拔吾矢而射之，而不及其嗓咽，吾欲不视此辈，而吾目不肯盲，吾欲不听此辈，而吾耳不肯聋，吾欲不遇此辈，而吾之魂灵不肯死。吾奈之何！吾奈之何！（《最近社会龌龊史·自序》）

这种深恶痛绝的悻悻之色，溢于言表，以视五四时期反对白话的林琴南，恐怕是有过之而无不及的。这种谬种流传，直到三十年代的林公铎，在大学讲坛上，仍袭吴沃尧的衣钵，对标点符号还是那样喋喋不休地大张挞伐。

三

吴沃尧是晚清时期的一个多产作家，平生所写的完成和未完成的小说近十几部。至于其代表作，则为《二十年目睹之怪现状》《痛史》和《恨海》，现略做论述于后。

一、《二十年目睹之怪现状》是吴沃尧的精心之作。据他自己讲："部分百回，都凡五十万言，借一人为总机捩，写社会种种怪状，皆二十年前所亲见亲闻者，惨淡经营，历七年而犹未尽杀青，……"（《最近社会龌龊史自序》）所谓一人为总机捩，就是书中的"我"，又名"九死一生"，写自己二十年中所看到与所听到的社会上的各种怪现状。第二回中又说明自己所以起名叫"九死一生"的原因道：

只因我出来应世的二十年中，回头想来所遇见的只有三种东西：第一种是蛇、虫、鼠、蚁；第二种是豺、狼、虎、豹；第三种是魑、魅、魍、魉。二十年之久，在此中过来，未曾被第一种所蚀，未曾被第二种所啖，未曾被第三种所攫，居然都被我躲避了过去，还不算是九死一生么？

这三种东西，可以说几乎包罗了当时社会上的各色人等。第一种人乃是普通人中的坏人,这种人专搞损人利己的事,你碰上这种人,在金钱上总要受到一些剥削与损失,所以把这种人比作蛇、虫、鼠、蚁。作者用一个"蚀"字,说明他们的危害并不算是太厉害。至于第二种则是政治上的一些当权者,中国古代就有"苛政猛于虎"的比喻。中国晚清的当政者,上至老佛爷,下至地方官,没有不是仗着自己的权势,想尽办法,搜刮人民,以致使人民日不聊生的。他们喝人血,食人肉,不是豺、狼、虎、豹,又是什么呢!至于第三种,就是那些善于用阴险狡诈的手段,来陷害人的东西,使你受其害而还不知害你者是谁,这不正是那些魑、魅、魍、魉么!

在19世纪末,中国已沦为半封建半殖民地,帝国主义的侵略已深入中国腹地,清王朝在屡次战败后,对列强已是唯唯诺诺、俯首听命,成为他们在中国的代理人。而中国人民已成为帝国主义的奴才的奴隶。政府是卖官鬻爵,贿赂公行,人们则尔诈我虞,互相吞噬。人与人的关系是金钱的关系,是利害的关系。正如九十九回中卜士仁给他侄孙卜通讲的"至于官是拿钱捐来的,钱多官就大点,钱少官就小点,你要做大官小官,只要问你钱有多少。"在这种情况下,没有官的要用钱来捐官,有了官的,要想升官,同时又怕丢掉了官。于是为达目的,不择手段,除用金钱贿买以外,还要用美人计。像让自己的妻子为制台按摩的候补道,把自己的寡媳送给制台做姨太太的苟观察,真可谓"行止龌龊,无耻之尤"。然而正是这样的人,能够官运亨通,扶摇直上。相反的像那廉洁自持,不肯随俗浮沉的蔡侣笙,虽有一定的才学,只有穷途潦倒,在城隍庙做拆字的生涯。后来由于"我"的推荐,成为制台的幕僚,接着又做过几任知县,但因替人民做好事,在严重灾荒,饿殍载道的情况下,开仓赈灾民,结果被参,不但丢了官,并且把所有家产赔上还不够还官债。所以作者借"我"来总结当时的官不能做的理由道:"我敢说一句话,这个官竟不是人做的。头一件先要学会卑污苟贱,才可以求得差使。又要把良心搁过一边,放出那杀人不见血的手段,才弄得着钱。"

吴沃尧这部作品受《儒林外史》的影响至深,最突出的如对科举制度的揭露,四十二回吴继之同"我"讲:科场中种种舞弊的伎俩,真是千奇百怪,层出不穷。有偷题目出去的,有传递文字进去的,有换卷的。至于用钱向主考通关节,那更是经常的现象。如小说中所说的吴继之,作了阅卷官,他分到的考卷,可以让一个没有功名的朋友"我"帮他阅。这样马马虎虎、应付差事,那么所选拔出的人才究竟是什么样的人,就可想而知了。书中的"我"是鄙视科第的,他同自己的母亲为此事争辩,他认为为了图名而当好的官,并不怎么光荣。为了发财,还不如经商较为可靠。这反映出科举制度到了晚清,的确已到了末路,势非取消不可了。

其次是对上海的斗方名士的揭露。在三十三回中写一个洋行买办唐玉生为附庸风雅,于是起了个别号,叫"啸庐居士",画了一幅《啸庐吟诗图》,请许多所谓名士题诗,于是竟闻名一时。他毫不惭愧,并自鸣得意地说:"做大名家,也极容易。像我小弟,倘使不知自爱,不过是终身一个买办罢了。自从结交了几位名士,画了那《啸庐吟诗图》,请人题咏,那题咏的诗词,都送在报馆里登在报上。此刻那一个不知道区区的小名。从此出来交结个朋友,也便宜些。"说罢哈哈大笑。这位买办不过是有几个钱,他为了要出名,便结交那班自命为居士、诗人的一些人,让他们为自己捧场。而这班甘愿为他捧场的都是些什么名士,也就不问可知了。

第三是表扬义侠的作风。《儒林外史》中写凤四老爷之于万中书,马二先生之于蘧公孙,庄绍光之于卢信侯,都是能急人之急、脱人于厄的。《怪现状》中写"我"也多少具有这样的豪侠作风。即如他为了救黎景翼的弟媳于火坑,而不惜为她奔走。并在奔走的过程中,认识了蔡侣笙,晓得蔡是一个品德耿直廉介的书生,于是就设法托吴继之推荐给当时的制台做幕僚，而拨他于穷困之中。作者在三十三回的回目中称之为："真义侠，拯人出火坑。"

由于《外史》是专写儒林的，而《怪现状》是写中国当时都市中现实生活的，所以涉及面比较广阔。同时又由于时代不同，社会现实有着巨大变化，作者的世界观与创作意图也大不相同，所以后者无论从思想、内容，以及艺术成就，比诸《外史》都不免大为逊色。

二、《痛史》是属于讲史一类的小说，最早发表在梁启超的《新小说》杂志中，共二十七回，未完。内容主要写宰相贾似道欺君误国，文天祥一班忠义之士的艰苦努力。其意图在写中华亡于异族的悲剧，用以借古讽今，揭露抨击晚清中国士大夫在几次与列强战争中，所表现的昏庸误国，与向敌人屈膝投降的可耻行为，借以唤起人们的爱国思想。

阿英非常赞赏他这部作品，说它"是对鸦片战争到八国联军几十年事件愤慨的总发泄，总暴露。所以他又借谢枋得的口道：'你看元兵势力虽大，倘使我中国守土之臣，都有三分气节，大众竭力御敌，我看元兵未必便能到此。都是这一班忘廉丧耻，所以才肯卖国求荣，元兵乘势而来，才至如此。'这些所在，是没有一处不表示着弦外之音。所憾的是他的认识太笼统，没有把异族统治者与人民加以区别。"（《晚清小说史》第十二章）

但我觉得阿英要求吴沃尧把异族统治者与人民加以区别，这个要求未免有点过分，因为当时的知识分子，是不可能有这种认识的。况且吴沃尧在当时是反对民主革命而提倡忠君爱国的。他曾抨击那时的人只知称赞华盛顿和拿破仑，而不知称道岳武穆与文天祥。其目的是要人们放弃民主革命，而效忠于清王朝。但他忘记了在清王朝的统治下，汉民族早已成为奴隶（其中极少数成为奴才）。吴沃尧只看到当时有帝国主义的入侵，而不懂得国内也存在着尖锐的民族矛盾与阶级矛盾。清廷当时提出"宁赠友邦，不予家奴"口号。

如果不进行革命，让清廷统治下去，那才非亡于帝国主义不可。所以说吴沃尧的爱国主义，乃是一种盲目的爱国主义，他反对排满，反对革命，使他终于陷入了反动的泥坑。

三、《恨海》这部小说发表于一九〇五年，当时曾风靡一时，有人把它和李伯元的《文明小史》、曾孟朴的《孽海花》及刘鹗的《老残游记》称为中国近著小说的四大杰作（蒋瑞藻《小说考证》引《侗生丛话》）。吴沃尧对他这部作品，也极自负，他说：

> 作小说令人喜易，令人悲难。令人笑易，令人哭难。吾前著《恨海》，仅十日而脱稿，未尝自审一过，即持以付广智书局。出版后，偶阅之，至悲惨处，辄自堕泪，亦不解当时何以下笔也。能为其难，窃用自喜。（《杂说五》，《月月小说》八期）

此书于一九三一年曾被改编拍成电影，一九四七年，柯灵还把它改编成剧本，足证其入人心之深，影响之大了。

书中写陈伯和和张棣华，陈仲蔼和王娟娟，在庚子事变中，两对未婚夫妻的悲剧。前一对，男的陈伯和，后来堕落为洋场的乞儿小偷，最后终于病死。其妻张棣华，因而看破红尘，遁入空门。至于另一对，王娟娟因其父死后，家道中落，到上海沦为妓女，其未婚夫陈仲蔼，在乱离中曾随两宫到西安，议和后，到上海访问娟娟，杳无消息。后来不意在妓馆里遇到娟娟，娟娟一见到他，马上就跑掉了。仲蔼感到他父母在大乱中惨死，哥哥又病死在上海，未婚妻又沦为妓女，于是悲痛消极，披发入山，不知所终。作者在本书开卷第一回中说：

> 人之有情，系与生俱来，未解人事以前，便有了情。……那与生俱来的情，是说先天种在心里，将来长大，没有一处不着这个情字，但看他如何施展罢了。对于君国施展起来便是忠，对于父母施展起来便是孝，对于子女施展起来便是慈，对于朋友施展起来便是义。可见忠孝大节，无不是从情字生出来的。

作者把这部书叫作"写情小说",而作为他的理想人物,体现了他的情的标准的第一个人便是张棣华,第二人便是陈仲蔼。这两人一主一辅。

吴沃尧当时看到清政府的腐败,同人心的奸诈,特别是士大夫那种寡廉鲜耻,人格卑污的情况,他找不到振兴国家、拯救危亡的办法,只有从封建地主阶级的思想武库中去寻找药方,于是便找到了管子的话:"礼义廉耻,国之四维。四维不张,国乃灭亡。"他便认为中国闹到这步田地,完全是由于道德沦丧的结果。他还在《上海游骖录》中借书里的人物李若愚的话说"我所说的改良社会,是要首先提倡道德。……要道德普及,是改良社会第一要义。"在这样的思想指导下,于是就塑造出了张棣华和陈仲蔼这两个典型人物,一个是孝女节妇的典型,一个是孝子义夫的典型。

从这里可以看出,吴沃尧并没有把当时黑暗的现实和中国有被列强瓜分危险的情况,看成是由于异族的统治、封建制度以及帝国主义的侵略所造成的,而认为是德育的不普及,封建道德沦亡的结果。这样当然也就谈不上排满、反帝了,所以也就更用不着进行革命了。

尤其需要指出的,吴沃尧对男女婚姻问题,完全是封建地主阶级的老观点。他通过张棣华、陈仲蔼这两个人对待婚姻的态度,说明他卫护的乃是"父母之命,媒妁之言"的陈规旧俗。他对当时的男女双方从恋爱到结婚的自由婚姻,是极端反对的。他通过书中陈仲蔼的话,来抨击反对包办婚姻的《红楼梦》说:

幸而世人不善学宝玉,不过用情不当,变了痴魔。若是善学宝玉,那非礼越分之事,便要充塞天地了。后人每每指称《红楼梦》是诲淫导淫之书,其实一个淫字,何足以尽《红楼梦》之罪。(第八回)

吴沃尧那种凛然岸然的卫道面孔,完全暴露出来了。倘若说十七八世纪出现了像蒲松龄、曹雪芹等人的婚姻观，提倡自由恋爱与婚姻的自主是进步的，那么到了二十世纪，还出现了吴沃尧（同时期的林纾在他的《畏庐漫录》中所表现的婚姻观点和吴完全是一致的）这种维护"父母之命，媒妁之言"的婚姻观，就不能不说是反动的了。

四

统观以上对吴沃尧三部代表作的分析，可知吴沃尧是一个有正义感，同侠义心肠的人。他对现实政治的黑暗、帝国主义的侵略，以及社会上人心的奸诈，世风的浇漓，是深恶而痛绝的。他有强烈的爱国主义思想，他要借他的笔来揭露并抨击现实中种种怪现状，从而希望对之加以改革。

但是值得惋惜的，是他虽然以改良主义自命，但他对维新派的一些思想家的论著和译著中所提倡的科学与民主并不真正理解，至于以后革命派的论著，他更是一概反对，因而他的世界观，是陈腐的，直至后来，发展到越来越反动的地步。由此可见，一个知识分子对改革不合理的现实，只抱有善良的动机，是远远不够的，必须要解放思想，研究代表时代潮流的先进理论，并以此来指导自己的行动，而绝不是抱残守缺，故步自封。

（原载《河南师大学报》1981年第6期；后收入作者著《中国近代文学作家论》，1984年3月河南人民出版社出版。本编据《中国近代文学作家论》本收录。）

中西合璧的拼盘

——吴趼人政治思想初探

胡冠莹

吴趼人（1866—1910）生长在一个大动荡的年代。第二次鸦片战争、中法战争、甲午战争、八国联军的入侵给中国人民带来的深重灾难，戊戌变法失败后清王朝的颓败腐朽他都耳闻目睹。他和一切有爱国心的中国知识分子一样，渴求寻找到一条救国救民的道路。

当时很多人到外国去留学考察。吴趼人"见人自备资斧出洋游历，我无此力量，坐看他人开眼界添阅历"而仰天长叹（《吴趼人哭》）。他后来曾东渡日本，但时间短暂（1903年冬—1904年），却从未到过欧美。然而他精通英文，又生活在上海、北京、广州、天津、武汉等大都市，在上海办过报纸，并在江南制造局工作过，还在汉口美商办的英文《楚报》的中文版做过编辑，他对当时已渗入中国的西方科学技术和资本主义政治文化还是比较了解的。于是他就根据自己对中国固有传统文化的认识和对西方（包括日本）政治、科技、文化的理解而设计出一个救国救民的理想蓝图：在物质上要学习西方先进的科学技术，"认真办起海防、边防"（《二十年目睹之怪现状》第22回）；在政治上反对"野蛮专制"，实行"文明专制"（《新石头记》第26回）；在精神上"恢复我固有之道德"

(《上海游骖录》自跋)。

多才多艺的吴趼人在江南制造局工作时"尝自运机心,构二尺许轮船,驶行数里外,能自往复"(李葭荣《我佛山人传》)。根据他自己的社会实践以及他对西方物质文明的了解,他曾设想中国将来应当是科学技术高度发达的现代化强国。在《新石头记》中,这种思想体现得最具体、最生动。

他描绘了这样一个"文明境界":天上有飞车(《新石头记》第37回),地下有隧车(同上第34回),水中有猎艇(同上第29回),就如同现代的飞机、地铁、潜艇一般,人们借助它们可以方便交通、征服自然、抵御外侮。人们还学会了控制气候,能够酿雪、酿雨、人工放晴,免除了旱涝之灾(《新石头记》第32回)。人们吃的食物是用化学方法提炼出来的符合中西医理营养丰富的液体(《新石头记》第23回),打起仗来,只需带个插有小管的皮袋,饿时一吸便得,即方便,又耐久(同上第37回)。

怎样才能使科学技术发达、国防力量强大呢?吴趼人认为必须"讲究实学"(《二十年目睹之怪现状》第22回)。在《二十年目睹之怪现状》中,他通过王伯述议论批评那些只会读旧书"饮酒赋诗"的"名士",指出让这些人当了官是办不成任何事情的,青年人要利国利民必须读《富国策》(《二十年目睹之怪现状》第22回)。在《吴趼人哭》中他批判了那种只求读书做官,不讲实际效益的传统观念:"子弟入塾读书,父兄每诏之曰:'好用功,他日中举人,点翰林也。'为之师者亦然。曾不闻有勉子弟以读书明理,学业致用者。"嘲讽了那些"非讲宋儒理学即讲金石考据,甚或为八股专家;其有自命为名士者,则又满纸风云月露,各执一艺,此外不知更有何物"的只会钻故纸堆或只会吟风弄月而于国于民无补的旧式知识分子。同时,他也看不起那些"徒知学其语言文字,便庞然自大,绝不解考求专门之学"的"攻西学之子弟"。他认为应当努力学习西方先进的科学技术专业知识，用以加强中国的现代化国防力量，"中国还有可望"（《二十年目睹之怪现状》第 22 回）。

他的这些想法无疑是针对当时中国落后挨打、国将不国的现状提出来的，是符合时代潮流的。

在政治上，吴趼人对封建专制、君主立宪、共和制度都有异议，他幻想一种由君主施仁政于百姓的"文明专制"制度。

这在《新石头记》中表现得最为清楚。吴趼人通过"老少年"与贾宝玉的对话，表达了自己的政治主张："世界上行的三个政体，是专制、立宪、共和。……那专制是没有人赞成的了，……现在我们的意思，倒看着共和是最野蛮的办法。其中分了无限的党派，互相冲突。那政府是无头鬼一般，只看那党派盛的，便符合着他的意思去办事。有一天那党派衰了，政府的方针，也跟着改了。……就是立宪政体，也不免有党派，虽然立了上、下议院，然而那选举权、被选举权的限制，隐隐地把一个贵族政体，改了富家政体。那百姓便闹得富者愈富，贫者愈贫。""至于专制，只有一个政府，高高在上，重重压下，各处地方官，虽要做好官，也不能做了。所以野蛮专制，有百害没有一利"（《新石头记》第二十六回）。从这篇宏议当中，我们可以看出吴趼人不但对封建专制而且对资产阶级的君主立宪、多党共和制的弊端是有着清醒的认识的，在短篇小说《立宪万岁》中，他讽刺清王朝搞的假立宪只不过是"改换两个官名"罢了，"此外不再更动，诸天神佛，一律照旧供职"，根本用不着担心会"用夷变夏"。

那么吴趼人所倡导的"文明专制"又是怎样的呢？在《新石头记》中，"老少年"描述说：国家政权要全部"纳还皇帝"（第 26 回），皇帝与官员都要遵照《大学》上说的"民之所好，好之，民之可恶，恶之"办事，与老百姓同好恶、共命运，于是国家便"民康物阜，夜不闭户，路不拾遗"（同上），字典上将"把'贼''盗''奸''偷窃'等字删去", "从京中刑部衙门起,及各区的行政官、警察官,一齐删除了,衙门都改了仓库"(同上)。吴趼人幻想建立一个既无刑事犯罪也没有专政机关的富足、文明的理想社会,这就是"文明专制"。

怎样才能实现"文明专制"呢? 吴趼人也通过"老少年"的口宣扬:先要通过立宪来进行过渡,因为"未曾达到文明的时候,似乎还是立宪较专制好些。地方虽有恶绅,却未必个个都是恶绅,议员又不是一个人,还可以望利害参半,逐渐改良"(《新石头记》第26回);在这个过渡阶段施行"强迫教育",达到"德育普及","德育普及,宪政可废",真正到达"文明专制"的境界。为什么"德育普及"会有那么重大的作用呢?"老少年"认为:"那一个官不是百姓做的?他做百姓的时候,已经饱受了德育,做了官,那里有不好之理?百姓有了这个好政府,也就乐得安居乐业,各人自去研究他的专门学问了,何苦又时时忙着要上议院议事呢!"(《新石头记》第26回)那么德育的内容又是什么呢?"老少年"说就是"孔道",即"孔子之道"(同上第28回)。在"文明境界""无论贵贱老少,没有一个不是循理的人。那孝悌忠信礼义廉耻,人人烂熟胸中"(同上)。

吴趼人设计了这样一条通往理想社会的道路:立宪(通过议员参政废止"野蛮专制","逐步改良")——→普及德育(君臣百姓人人学习孔子之道)——→

  文明专制皇帝

  大臣与百姓同好恶,

  建立"好政府"

  百姓——潜心钻研专门学问物阜民康,

  无刑事犯罪,

  无专政机构。

也就是说，应当通过政治上的改良，再施以相应的教育措施，提高从皇帝到百姓的道德修养，从而达到政治清明和物质的极大丰富。

从这里可以看出，吴趼人是集中国传统文化与西方（包括日本）政治制度之大成才构想出这样一种"文明专制"的模式的。

对于资产阶级的民主与法制，吴趼人是持肯定态度的。在《二十年目睹之怪现状》中，他曾做过生动的描述：一个乡下人误把一头牛放进上海静安寺路一个外国人的庭院，牛损坏了花草，外国人叫来了巡捕。巡捕将乡下人解送公堂，华官马上把他枷了，判在静安寺路一带游街示众，一个月后又重责三百大板才释放。那外国人看到乡下人游街示众的惨状，便去公堂申斥那个华官："岂有此理！我因为他不小心，放走那只牛，糟蹋我两棵花，送到你们案下，原不过请你们申斥他两句，警戒他下次小心点，大不了罚他几角洋钱就了不得了。谁料你为了这点小事，把他这般凌辱起来！所以我来请你赶紧把他放了！"华官对洋人"惟命是听，如奉圣旨一般"。为了讨好洋人，他放了那乡下人，并"叫一名差役，押着那乡下人到那外国人家里去叩谢"。洋人叫乡下人去控告那个滥施刑罚的华官，"乡下人吐了吐舌头道：'他是个老爷，我们怎么敢告他！'外国人道：'若照我们西例，他办冤枉了你，可以去上控的；并且你是个清白良民，他把那办地痞流氓的刑法来办你，便是损了你的名誉，还可以叫他赔钱呢。'"然而那乡下人终于理解不了洋人说的在法律面前人人平等的观念，他念了一声佛说："老爷都好告的么！""那外国人见他着实可怜，倒不忍起来，给了他两块洋钱"把他打发走了（第76回）。通过这段描写，吴趼人肯定了西方的法制比起清政府的专制来要文明、民主、平等得多。在《吴趼人哭》中，他也曾为"某使臣致外务部书，以平等自由为邪说"而悲愤不已。从这些描写与议论当中，我们都可以看出吴趼人对资产阶级的民主、平等、自由等等政治口号及资产阶级法制是不无推崇的，但是他同时又剖析了资产阶级民主的致命缺陷,他看出议会中的各个党派只代表若干个"富人集团"的利益,并不代表贫苦民众,于是他便苦思冥想,设计出一个在中国传统道德观念指导下的、皇权与民权和谐统一的"文明专制"的国家。

吴趼人认为在中国古老的传统观念中,早就存在着民权思想。他援引了《尚书》的"天视自我民视,天听自我民听"和《孟子》的"民为贵,社稷次之,君为轻","三代之得天下,得其民也"等等,说明"民权"思想古已有之,只不过"当日有其义而未著其名耳"(《吴趼人哭》)。他揶揄那"目民权为邪说"的"伧夫",说他们"不敢言此说倡于孟子,不敢毅然以孟子之有此说遂逐之出圣庙,摈诸四夷而不与中国同"(同上),将西方的民权思想溯源于中国古代的亚圣孟子。

诚然,中国古代先哲们具有民主思想不容否认,但它与西方的民权思想毕竟产生于不同的时代,不同的社会环境,不同的文化传统,将西方民权思想的倡导者认定为中国的孟子,实际上是将资产阶级的先进观念改造成为中国固有的"国粹"。这也表明吴趼人是用中国传统的儒家观念去审视并认同西方的现代政治观念的,最终也没能跳出"中学为体,西学为用"的窠臼。也正因为这样,他所构想的理想社会才会是以"孔道"为指导的、君臣百姓同好恶的"文明专制"。这无疑是不可能实现的空想。

吴趼人把孔孟之道,把中国传统的道德看得那么重要,那么神妙,它既应当成为百姓的行为规范,也可以成为帝王的治国之本,只要大家都按照它办事,帝王就不会再去压迫百姓,百姓也可以无须专政机关的管束便各司其职,各尽其责,不再违法乱纪,无怪乎吴趼人一生都在为"恢复我固有之道德"(《上海游骖录》自跋)而呼吁了。

"恢复我固有之道德"才是吴趼人救国救民之道的核心。

那么，这"固有之道德"是怎么产生的呢？吴趼人认为它起源于人情，是人情施于不同对象的体现；而人情则是天生的，即"人之有情，系与生俱来"（《恨海》篇首）。

吴趼人说："那与生俱来的情，是说先天种在心里，将来长大没有一处用不着这个情字，但看他如何施展罢了。对于君国施展起来便是忠，对于父母施展起来便是孝，对于子女施展起来便是慈，对于朋友施展起来便是义。可见忠孝大节，无不是从'情'字生出来的。"（同上）按照吴趼人的解释，忠孝慈义等传统道德都是由"情"派生出来的，而这种善良的"情"又是从娘胎里就带来的，并且是人人都具备的。这与孟子的"性善"说是完全一致的。《孟子·告子上》说："恻隐之心，人皆有之；羞恶之心，人皆有之；恭敬之心，人皆有之；是非之心，人皆有之。恻隐之心，仁也；羞恶之心，义也；恭敬之心，礼也；是非之心，智也。仁义礼智，非由外铄我也，我固有之也……"孟子认为各种美德都是人所固有的，他们产生于善良的本心，绝不是外界施加于人的。

吴趼人对中国固有之道德的解释，显然继承了古代儒家思想民主性的精华，却摈弃了其森严的等级观念，这可能与他接受了西方的人文主义思想不无关系，这种解释尽管是唯心主义的，但对晚清的黑暗统治与腐败的社会风气不能不是一种冲击。

对于晚清社会道德的沦丧与世风的堕落，吴趼人曾做过深刻揭露。他在《发财秘诀》第一回中曾说："风气，风气，什么叫风气？……据小子看来，只有一个'利'字，便是风气，而且除'利'字以外，更无所谓风气者。"他清醒地认识到这种唯利是图的风气来自"通商"，即指帝国主义对中国的经济侵略。他说："道光二十一年，大学士两广总督琦善，割广东之香港地方与英人义律，是为中国割地与欧洲之始，亦即为通商发达之始"，从此"广东得风气之先"然后此风弥漫全国（同上）。在《二十年目睹之怪现状》的开头，吴趼人写道:"上海地方,为商贾麇集之区,中外杂处,人烟稠密,轮舶往来,百货输转。……于是乎把六十年前的一片芦苇滩头,变成了中国第一个热闹所在。……还有许多骗局、拐局、赌局,一切稀奇古怪,梦想不到的事,都在上海出现,于是乎又把六十年前民风淳朴的地方,变了个轻浮险诈的逋逃薮。"这些正是鸦片战争以来我国东南沿海日益殖民地化的写照,从中也可以反映出,道德的沦丧与社会的腐败是密切相关的,民风由"淳朴"而变为"轻浮险诈",正是殖民地化的结果。这种认识是非常精辟的。

然而,吴趼人并未从这种正确认识的基础上再前进一步,其后,他在《自由结婚》评语中,却把道德沦丧的罪归咎于"中古贱儒"与"晚近之士",他说:"中古贱儒,附会圣经,著书立说,偏重臣子之节,而专制之毒愈结而愈深;晚近士者,偏重功利之学,道德一涂,置焉而弗讲,逐渐沦丧。"按照吴趼人的分析,"中古贱儒"和"晚近之士"都不知诱导人们去全面发展善良的本性:一个只强调臣对君的忠,而没有要求对臣民要仁;另一个只强调功利而忽视了道德,致使专制主义愈演愈烈,唯利是图之风遍布全国,而导致道德"逐渐沦丧"。把道德沦丧只归咎于没有进行全面的道德教育与宣传,而忽视了社会生活、经济状况、政治制度的作用,这使他又一次堕入唯心主义的泥坑。

正是从这种唯心主义的道德观出发,他才构想出这么一幅美丽的蓝图:普及德育,使君臣百姓同好恶,人人烂熟孝悌忠义礼义廉耻信条,于是便可以国泰民安。人们只知奉献而不计较功利,个个安居乐业,没有犯罪也不需要专政机器,就是对入侵之敌也施行仁政,绝不杀戮。在《新石头记》第38回中,子掌曾谈到打起仗来应当对敌兵撒"蒙汗药水",只将他们"活捉过来,不伤一命"。

然而现实是无情的,中国固有的孔孟之道并不能阻挡随着帝国主义的军舰与商品一起涌来的功利观念;中国帝王虽极力宣扬儒学,却并不会对百姓施行仁政；帝国主义也绝不会等到每个中国人都达到道德的自我完善便停止入侵，更不会对中国人民只撒点"蒙汗药水"而不使用洋枪洋炮。吴趼人只不过做了一个美丽的梦。然而在谭嗣同等六君子血染菜市口，八国联军的机关枪遍扫北京城之后，还去做这样迂腐的梦，就实在让人感到滑稽了。

这不禁使人联想起与他差不多同时的俄国的列夫·托尔斯泰。"对社会的欺诈和虚伪作了非常有力的、直率的和真诚的抗议"的"天才艺术家"托尔斯泰，他的救世良方却是"实行道德上的自我完成"。（列宁：《列夫·托尔斯泰是俄国革命的镜子》）吴趼人的救国救民之路与托尔斯泰的济世良方是多么相似！吴趼人那幅把科学技术的进步、国家的繁荣富强、政治的清明民主都寄托在"恢复我固有之道德"的基础之上的理想蓝图，不过是个中西合璧的拼盘，一部不和弦的多重奏。这是吴趼人的悲剧，也是他同代的许多优秀知识分子的悲剧。

（录自《广西师范学院学报》1989年第1期）

苦难的心灵历程

——吴趼人与晚清社会

张　强

内容提要：当封建末世的丧钟已经敲响的时候，一个饱经忧患的知识分子密切地关心着苦难中国的现实。他曾入上海江南制造局，接受洋务思想，批判宋代理学；他曾办报、写小说，与维新改良派趋于一致；他激烈地批判清廷"预备立宪"的骗局，却又不接受资产阶级革命派主张。

近代中国民族的危机，伴随着每一次屈辱条约的签订，都催促着近代知识分子的觉醒，其忧患意识的深化，则使中国近代知识分子以不同的姿态、不同的方式探求中国未来的道路。因此，这一时期无疑是造就思想的年代，也是中国历史上思想最活跃的年代，中西文化的撞击与整合使中国近代的文化精英们有可能在困惑中发表见解并进行社会实践，吴趼人短暂的一生便带有这一时代的鲜明特征。

一

1840年鸦片战争以后,中华民族陷入了前所未有的危机,忧患意识笼罩着整个中国,除了顽固守旧派依旧认为祖宗之法不可变以外,朝野内外都在不同程度上意识到中国政治的危机,尽管这是被动的,但它毕竟标志着中国第一次具有了危机感。

1866年吴趼人诞生之际,正是洋务派打出"中学为体,西学为用"的旗帜之时,其声势浩大的洋务运动第一次全面地给中国社会带来了资本主义大生产的因素。尽管洋务运动的倡导者们是为挽救封建王朝的危机而兴办新式工业的,但是,他们没有想到就此却培养了一批具有近代意识的文化人才。特别是郑观应、冯桂芬、薛福成等人对西方政体的介绍,给忧患中的中国知识分子带来了海洋意识。民族的危机感使他们逐步摈弃了闭关自守的落后保守心理,开始向世界求索富国强兵的道路。自鸦片战争以来,要求改革中国积弱的现状就成了中国近代知识分子关心的重大社会课题,采用什么样的方案医治病入膏肓的中国社会,则困扰着中国近代知识分子的心灵。

在其苦难心灵的跋涉中,光绪九年(1883),年仅18岁的吴趼人来到了上海。据吴趼人自己说,到上海谋生是因"衣食所累"(《吴趼人哭》),当然我们不否认有这一层因素,但我以为更重要的还是年轻的吴趼人另有图谋,否则,他用不着从遥远的广东佛山孤身一人跑到上海谋生。更何况,出生官宦家庭的吴趼人虽家道中落但绝不至于无法糊口度日。在带有自传性质的《二十年目睹之怪现状》中,我们看到吴趼人的家庭虽曾有丧父的巨变,但还是有一定的家产的。再者,如果仅仅是为了谋生,吴趼人完全可以在佛山或到香港就近找一差事,因为自租让香港后,香港成了经商的理想场所，其作品《发财秘诀》中所描述的区丙由卖玻璃料泡玩具而陡发巨财，完全可以视为当时的真实情况。倘若一定要远行，则可以去北京，因为那儿不但是他的出生地，而且其外祖父一家为直隶宣化人，就是说，到北京谋生对于吴趼人来说应远胜于上海。很显然，到上海的目的不单单是为了谋生。那又是为什么呢？这里我们有必要做进一步的探讨。

吴趼人在《近十年之怪现状·自序》中追忆往事时说："吾人幼而读书，长而入世，而所读之书，终不能达于用。"可以想象"幼而读书"的内容是"四书""五经"，"长而入世"应指只身一人到上海"谋生"，"所读之书，终不能达于用"，既是对昔日所学沉痛的检讨，也显露出到上海的目的是为了求取于社会有用之学。因为"恶宋儒之学，于朱氏熹尤多所诟病。"[①] 所以，他带着充实自己的目的来到上海。

即使说到上海纯属偶然，但是，吴趼人在江南制造局呆了长达十年之久的时间，本身就说明了吴趼人来上海入江南制造局另有所图。否则，天地之大，他用不着为"月得直八金"[②] 微薄的经济收入而安心于江南制造局。因此，入江南制造局的唯一合理解释，只能是吴趼人企图寻找一条"达于用"的道路。"自运机心，构二尺许轮船，驶行数里外，能自往复。……斗室之中，位置彝鼎图书，井井有序。"[③] 吴趼人选择上海而不选择其他，这与鸦片战争以来上海成为中国第一大经济都市有关。随着西方资本主义的入侵，上海不但成了中国近代工业的重要基地，而且成了各种思想最活跃的场所。纵观天下形势，在当时的中国，洋务运动无疑是最激动人心的运动，

---

① 李葭荣《我佛山传》。
② 李葭荣《我佛山传》。
③ 李葭荣《我佛山传》。

在一定的程度上,它给死气沉沉的中国带来了一些希望。对于初入世的吴趼人来说,入江南制造局,无疑是他"所读之书,终不能达于用"遗憾心理的补偿。因此,我们不能简单地认为吴趼人到上海的目的是谋生,而应该把它视作是吴趼人选择未来生活道路的第一步。而这一步的迈开也说明了"中学为体,西学为用"为吴趼人后来提出关心中国前途和命运的方案打下了坚实的思想基础。

"中学为体,西学为用"的思想对吴趼人的影响是巨大的。"回忆少年时虚负岁月,未尝学问,如处尘雾之中。"① 这是在自我反省。"子弟入塾读书,父兄每诏之曰:'好用功,他日中举,点翰林也。'为之师者亦然。曾不闻有勉子弟以读书明理,学业致用者。"② 这是吴趼人进一步以切身体会警告世人,提出死读书、读死书于社会无益的观点。因为这样的原因,他对科举制度极为反感。这点我们从《二十年目睹之怪现状》中九死一生(以作者为原型塑造的形象)对科举的态度即可看出。明清两代的科举制把宋代的理学奉为经典,极端推崇朱熹。与此同时,一些先进的思想家们也纷纷指出理学害人杀人的血腥事实。在这样大的文化背景下,接受了洋务思想的吴趼人也很自然地对理学展开了批判,他指出讲"宋儒理学"者"自命为名士",然"此外不知更有何物"。③ 由于理学禁锢人的思想不但于社会无益,反而有害,因此在他的历史小说《痛史》中,吴趼人借书中人物之口沉痛地写道:秦桧卖国人人知道,朱熹倡导理学以言论误国,虽比卖国还毒,却无人知道。(第十五回)石破天惊之语,足见其对宋代理学的认识不菅同时代的思想家。

必须指出的是,吴趼人虽集中火力批判宋代理学,但他却推崇孔子创立的儒家学说,只是认为宋儒建立的新儒学——理学歪曲了

---

① 吴趼人《吴趼人哭》。
② 吴趼人《吴趼人哭》。
③ 吴趼人《吴趼人哭》。

孔学,把经世致用的儒学引向了邪途。他指出朱熹提倡的"正心、诚意、天理、人欲"是不切实际的空谈,他打比方辛辣地讽刺道:

> 人家饿得要死了,问他讨一碗饭来吃,他却只说吃饭不是这般容易的,你要先耕起来,耪起来,播起种子来,等它成了秧,又要分秧起来,成熟了,收割起来,晒干了,还要打去糠秕,方才成米,然后劈柴生火下锅做饭,才能够吃呢。你想这饿到要死的人,听了这话,能依他不能吧?我也知道这是从根本做起的话,然而也要先拿出饭来等这个将近饿死的人先吃饱了,然后再教他,并且告诉他若照此办法,就永远不会再饿了。那时人家才乐从呀!没有一点建树,没有一点功业,一味徒托空言,并且还要故陈高义,叫人家听了去,却做不来。他就骂人家是小人,以显得他是君子;偏又享了盛名,收了无数的门生,播扬他的毒焰。①

其愤激之情是显而易见的。

从吴趼人思想发展的脉络来看,他反对宋代理学的实质在于,生于封建末世的吴趼人主张积极地入世进取。因为这样的原因,他不但反对空谈误国的宋代理学,也反对一切消极遁世的学说。他说:"佛老二氏以邪说愚民,本不久即可灭绝。宋儒乃举孔子以敌之,使其愈教愈炽,居然并孔子而称为三教。"②其言语之中虽不乏激越之辞,但亦可见吴趼人对中国前途和命运的关心。这样,我们对吴趼人只身一人到上海,入江南制造局长达十年之久一事便可理解了。因为在吴趼人看来,西方的科学技术是实学,倘若正确将其置于孔学之下,中国重新强盛起来是有希望的。可见,吴趼人所以接受的"中学为体,西学为用"的洋务思想对宋代理学的批判,是为了拂去掩盖在孔子儒学上的尘埃。

---

① 吴趼人《痛史》第十五回。
② 吴趼人《吴趼人哭》。

二

  吴趼人离开江南制造局,可能是在光绪二十一年(1895)的春天。吴趼人在《趼廛笔记·地毛黑米》中云:"光绪甲午(1894),上海地生毛,时余寓西门外……制造局画图房旁,一丛最盛……"可知1894年吴趼人亦在江南制造局。玩味语意,"地毛黑米"应指是年的秋天。当时,中日甲午战争正进行到关键时刻,吴趼人似乎对中方的失败已有所预感。大概是出于对清政府于1895年4月17日签订丧权辱国的《马关条约》的愤慨,对洋务运动的绝望,吴趼人告别了工作长达十年之久的江南制造局。有必要指出的是,离开江南制造局不能简单地视为吴趼人与洋务运动的告别,而是其继续探索中国前途和命运的思想转变标志。

  早在19世纪的60年代,一批有见识的知识分子如郑观应、冯桂芬、薛福成等,在从事洋务运动的同时,就提出了维新思想。中法战争后,康有为光大其思想精髓,写下了重要理论著作《新学伪经考》《孔子改制考》,使维新变法思想深入人心。特别是中日甲午战争以后,民族危机进一步加重,中国面临着被瓜分的危险,康有为不失时机地联合十八省入京会试举人一千三百余人上书要求变法,并迅速组织强学会,在北京、上海创办了《中外纪闻》《强学报》和《时务报》,大力宣传维新变法,从而使朝野内外掀起要求维新变法的浪潮,在这种情况下,吴趼人的思想发生转变则是必然的了。

  离开江南制造局以后,吴趼人于"光绪丁酉(1897),襄沪报笔政",[1]进入办小报的生涯。这其间吴趼人"尝历主海上各日报笔政,慨然以启发民智为己任",[2]他自称为"中国一分子",[3]

---

[1] 吴趼人《我佛山人札记小说·说虎》。
[2] 周桂笙《新庵谐译初编·序》。
[3] 吴趼人《吴趼人哭》。

密切地关注着中国时局的变化和发展。在思想上,吴趼人将维新派引为同调,如早期的维新思想家们曾在对顽固守旧派批判的同时,对洋务派只知因袭西学的皮毛表示不满。吴趼人亦云:"攻西学之子弟,徒知学其语言文字,便庞然自大,绝不解考求专门之学;且习气之深,无出其右。吴趼人哭。"① 在思想上与维新改良派趋于一致,还表现在吴趼人接受了达尔文进化论的影响,他将学术视为改造中国社会的利器,"闭户谢客,纠将著书,……以开化为宗旨"。② 在加速对中国前途和命运的思考中,他发出了"尝默念中国无开化无进步不能维新之故,大约总因读书人太少"③ 的感慨。他希望能出国游历进行考察,然囊中羞涩,因此为"坐看他人开眼界添阅历"④ 而感到悲哀。

吴趼人关心着中国政治风云的变幻,同时也在选择着自己的生活道路。壬寅年(1902)二月,他重新省视自离开江南制造局和走上办小报的历程,感到办小报(以吟风弄月逗人一乐的趣味性报纸)无聊,有悖于自己的初衷。他这样忏悔道:

初裹《消闲报》,继办《采风报》,又办《奇新报》,辛丑(1901)九月又办《寓言报》,至壬寅(1902)二月辞寓言主人而归,闭门谢客,瞑然僵卧。回思五六年中,主持各小报笔政,实为我进步之大阻力;五六年光阴遂虚掷于此。吴趼人哭。(悔之晚矣,焉能不哭。)⑤

这是一番痛苦的回忆。很显然,吴趼人急于否定过去的我,希望得到"进步",这一"进步"无疑是指直接参与到社会改良的行列中。事实上,对此吴趼人早已身体力行,如1901年的3月上海爱国

---

① 吴趼人《吴趼人哭》。
② 吴趼人《吴趼人哭》。
③ 吴趼人《吴趼人哭》。
④ 吴趼人《吴趼人哭》。
⑤ 吴趼人《吴趼人哭》。

人士集会张园反对"俄约"时,吴趼人曾发表了题为《吴君沃尧演说》,他慷慨陈词道:"诸君亦知俄约若成,我等子孙之苦有甚于饥寒冻馁者乎!吾盖恐此约一成,则各国均持利益均沾之说以挟我,则波兰、印度、土耳其之覆辙即在日前矣。……我等同志或竟联一拒俄会以拒之。非谓有兵力足以拒之也,非谓有势力足以拒之也,合大众之热力以为拒力,庶几收众志成城之效,共勉卧薪尝胆之心,纵使不足以拒强俄,亦使他国闻知,知我中国之民心尚在耳。"[1]这种焦虑不安激荡在一个近代知识分子忧患的心灵。

1902年以后的吴趼人,以新的姿态投入了社会改良之中。同年春天,吴趼人赴湖北汉口编《汉口日报》[2],从此告别了编无聊小报的生涯。1903年以后,吴趼人的小说《痛史》《二十年目睹之怪现状》等陆续在《新小说》上连载,从此,吴趼人的小说创作一发不可收。必须指出的是,吴趼人从事小说创作不是为了逃避现实而是为了更积极地投入到火热的现实斗争中去。造成这一情况的原因无疑与梁启超1902年提出"小说界革命"的口号,把小说与维新改良、与开民智、新民德,进行文化思想启蒙有关,与把小说作为"新政治"的利器有关。因此他说:"吾感乎饮冰子(梁启超)《小说与群治之关系》之说出,提倡改良小说。"又说:"吾人丁此道德沦亡之时会,亦思所以挽此浇风耶?则当自小说始。"[3]因为这样的原因,他的小说始终是针对中国的现实而发的。在暴露和批判晚清社会方面,吴趼人与同时代的小说家相比,他的小说无疑是全面而深刻的。如他的《二十年目睹之怪现状》《近十年之怪现状》在暴露晚清社会的丑恶方面,不但为他赢得了巨大的声誉,而且也代表着同时代人在这方面批判的最高水平。又如他的《发财秘

---

[1] 《中外日报》1901年3月26日。
[2] 紫英评《新谐译》。
[3] 《月月小说·序》,《月月小说》第1号,光绪32年9月。

诀》则可谓是中国近代描绘买办阶层龌龊史的第一部力作。再如他的小说在批判封建社会末世的罪恶,揭露西方列强对中国的政治讹诈、经济侵略的同时,亦不忘对中国的未来进行设计(详后)。即使是历史小说,他也借古鉴今,借写历史为现实服务。总之,接受资产阶级维新派的主张的吴趼人在以小说为武器,实践着他要求维新改良的政治主张。

  吴趼人在竭力鼓吹资产阶级维新改良的政治主张的同时,吴趼人也将一只手打向了资产阶级革命派。如在《上海游骖录》这部作品中,他反对资产阶级革命派的观点是显而易见的。这里我们有必要为吴趼人辩解几句。从吴趼人的本身愿望来看,他始终是抱着入世进取精神的,但由于他同那个社会那个阶级的千丝万缕的关系,所以他的入世进取只能是有限度的,其目的是为了"补天"而不是要革命。因此,在思想上他可以接受洋务思想,进而接受康有为、梁启超等维新改良的思想,但绝不愿接受资产阶级革命派的思想,所以,他主张对社会进行有限度改良,反对进行资产阶级的暴力革命也就理所当然的了。再加上一场大的革命来临总是鱼龙混杂,其中不乏有过激的举动,囿于传统,他看到的肯定不是资产阶级暴力革命的主流,而是抓住偏激的举动不放。这样一来,他把自己推向与资产阶级革命派对立的位置就很自然了。这是悲剧呢?还是喜剧呢?一个努力探索中国前途和命运的知识分子,一个想努力走在时代前列的人在新形势下落伍了,被淘汰了。这是值得我们深思的问题。尽管如此,我们还是可以看到一个不甘寂寞的心灵对苦难中国的关心。

三

  如果说自离开江南制造局到1905年间的吴趼人是维新改良派

的鼓吹者的话，那么从1906年下半年起，他的思想显然又发生了变化。

迫于形势，清政府于1905年9月宣布准备实行"新政"，并派出载泽、端方、徐世昌等五大臣赴日本及欧美各国考察，并于次年9月1日正式颁布"预备仿行宪政"的上谕。消息传来，资产阶级维新改良派欢喜若狂，闻风而动。1906年张謇、汤寿潜等在上海组织了"预备立宪公会"，1907年康有为将保皇党改组为"中华帝国宪政会"，梁启超等亦在日本东京建立"政闻社"。一句话，资产阶级维新改良派对此充满了幻想，甚至认为他们为之奋斗了好多年的维新改良就在眼前。面对这复杂的政治形势，资产阶级革命派坚决揭露清廷玩弄的骗人把戏，他们以《民报》等为阵地，与维新改良派就民主立宪还是君主立宪等问题展开了激烈的辩论，资产阶级革命派们无情地揭露"预备立宪"的伪善性和欺骗性。事实上也证明了资产阶级革命派的正确。如当梁启超在《政闻社宣言书》中向清廷保证："政闻社所执之方法，当以秩序之行动，为正当之要求，其对于皇室绝无干犯尊严之心，其对于国家绝无紊乱治安之举"① 时，他没有想到1908年以后当他们邀请各省立宪人代表去北京向清廷请愿立宪时，清廷借口政闻社内有梁启超等"悖逆要犯"，下令查禁，及时给立宪派予以打击。

对清廷预备立宪的骗人把戏，吴趼人似乎看得十分清楚，从1906年下半年到1908年上半年之间，他一改过去习惯于写中长篇小说的做法，在《月月小说》上连续发表系列性的短篇小说，揭露和批判清廷预备立宪改革的欺骗性。如吴趼人在写完《庆祝立宪》之后，他意味深长地写道："自七月十三日奉预备立宪之旨以来，各埠庆祝之举，函电相告，要皆立宪问题，而非预备立宪问题，下

---

① 《辛亥革命》第4册，第115页。

走窃有疑焉。适《月月小说》出版,爰托为小说家言,而一罄之。未竟之意,当俟下册。干犯诸君,死罪死罪!著者附识。"①应该说这是很有见地的,它无疑是给维新改良派迎面泼了一盆冷水。"未竟之意,当俟下册",时隔一月,他又发表了《预备立宪》,他别开生面地写一大烟鬼去访深得立宪之法的志士,为防"下午之烟瘾,不能不预备",故先饱吸一顿鸦片后,又身藏一包"鸦片原料制成之药品"前往讨教预备立宪之法,更绝的是那个"数月以来,以预备立宪之故,筋疲力尽"的志士亦是大烟鬼。那个大烟鬼躺在烟榻上吸足了鸦片后对预备立宪的看法竟是买彩票,"心中作中头彩之希望",以便"购置田产,经营事业",当选议员。所以,吴趼人在小说写完后愤然记下"预备立宪,预备立宪,而国人之见解乃如此,乃如此!若此者,虽未必能代表吾国人之全体,然而已可见一斑矣。……此虽诙诡之设词,吾言之欲哭矣。著者识。"②又隔一月,他发表了《大改革》,写一抽大烟、赌钱、逛妓院的废物在朋友的劝告下进行改革。即在抽大烟时掺入人参滋补品,让赌馆换上钱庄的招牌,称妓女为老婆。由此吴趼人深刻地揭露了立宪改革是换汤不换药的虚伪本质。所以,他在小说的批语中沉痛地写道:"怅怀时局,无限伤心。诙诡之文耶?忧时之作也。吾展读一过,欲别贶以嘉名,曰《立宪镜》。"③原来,他是要惊起世人,不要对预备立宪头脑发热,《大改革》就是一面镜子。

值得注意的是,《庆祝立宪》《预备立宪》和《大改革》三篇都发表于1906年,其时,正是维新改良派对立宪改革寄予厚望的时候,也是资产阶级革命派奋力抨击预备立宪欺骗性的时候,吴趼人以小说为武器,积极干预现实,应该说他对预备立宪的本质看得

---

① 《月月小说·序》,《月月小说》第1号,光绪32年9月。
② 《月月小说》第2号,光绪32年10月版。
③ 《月月小说》第3号,光绪32年11月版。

远比维新改良派清楚，他完全去掉了幻想。也可以看到从这一时期起，吴趼人思想上已起了变化，似乎他开始同维新改良派分道扬镳了。在批判预备立宪方面，吴趼人是有力的，从某种意义上来讲，其批判的猛烈程度并不比资产阶级革命派差，而且他的批判是诉诸形象，其批判更有独到之处。继1906年以后，吴趼人又创作了《立宪万岁》《平步青云》《光绪万年》等短篇小说，继续揭露和讽刺预备立宪的欺骗性。遗憾的是，当他与维新改良派分道扬镳的时候，没能向前迈出一大步，而是站到了资产阶级革命派对立面。

  对维新改良派的失望，使吴趼人在思想上陷入了苦恼。所以他在攻击资产阶级革命派的小说《上海游骖录》的第一回中写道："我近来抱了一个厌世主义，也不暇辨其谁是谁非。"这实在是太痛苦了，但是，吴趼人却不能自拔。然而，吴趼人毕竟是吴趼人，思想上的苦恼只是说明"他嘴里说的是厌世话，一举一动行的是厌世派，须知他那一副热泪，没有地方去洒，都阁落落，阁落落，流到自家肚子里去呢！"① 这里我们必须注意到，吴趼人所说的"一副热泪"是指他对维新改良派的失望，是他倡导的"恢复我固有之道德"理想的幻灭，即"早见于三代而大昌于孟子"的"民权主义"的幻灭，即他在《新石头记》中倡导的文明专制国的幻灭。然而这"流到自家肚子里"的热泪又不能不流，在与维新改良派发生严重分歧以后，他依旧以关心祖国前途和命运的姿态继续驰骋文坛，如他的剧本《邬烈士殉路》，高度赞扬了为维护国家路权反对清廷媚洋而殉路的邬钢。甚至在他临死的前一年还念念不忘他的理想乌托邦，自称"兼理想科学社会政治而有之者，则为《新石头记》。"②

  这里有必要指出一下，吴趼人与维新改良派的严重分歧虽然是在1906年，是在发表系列批判预备立宪小说之时，但是，这种不

---

① 《上海游骖录》第一回。
② 《近十年之怪现状·序》。

赞成立宪的思想，在1905年就已完成，进而推之，在1902年发表的《吴趼人哭》中已露端倪。1905年9月发表的《新石头记》第二十六回中，作者直接以"闲挑灯主宾谈政体"为回目，借书中人物意味深长地谈论了专制、立宪和共和三种政体形式，极有意味的是，这三种政体形式正是二十世纪初人们争论中国未来政体形式的焦点，在这里，吴趼人毫不犹豫地赞赏了专制政体。在如何建立专制政体的问题上，吴趼人借书中人物之口一厢情愿地提出重教育，教育之中又偏重德育的方案，认为只有教育普及，才能科学进步，而科学进步又必须以恢复孔孟传统道德为基础。这样看来，吴趼人提出的专制政体似乎毫无积极意义，在一定程度上维护着封建社会的统治，甚至使他后来批判预备立宪的思想光辉大大打折扣。但应该看到，吴趼人倡导建立的专制政体实际上已具有了资产阶级的民主意识，如他倡导的"民权主义"就是明证。还应注意到，它并不排除对西方先进的科学技术的吸收。

由于吴趼人的思想极为复杂，如果我们不能将其生平经历及思想变化过程放到当时的时代背景下进行全面瓣考察，很可能得出吴趼人思想反动落后的结论。其实，当封建末世的丧钟已经敲响的时候，一个饱经忧患的知识分子密切地关心着苦难中国的现实，以他赤诚的胸怀热爱着自己的祖国，希望医治她病入膏肓的肌体，难道不值得肯定吗？尽管囿于个人的见识，他的许多见解被证明是错误的，但是，他所走过的路，恰恰说明了一个伟大的心灵在艰难跋涉中的犹豫彷徨，似曾给人希望的火花，又是多么令人惋惜。

（录自《北方论丛》1993年第1期）

吴趼人的小说论

黄 霖

在晚清的一批名小说家中，比较注意理论批评的首推吴趼人。一九〇三年，他就为《新小说》的《小说丛话》专栏撰稿。一九〇六年与周桂笙等在上海创办《月月小说》后，又撰写了《月月小说序》《历史小说总序》《杂说》等专论。此外，在他所著的小说及其序跋、评语中，也发表了不少有关的见解。因此，吴趼人不仅仅只是作为"四大谴责小说家"之一受到人们的注重，而且也应该在晚清小说理论批评史上占有重要的一席。

吴趼人在政治上倾向于改良派。他的小说创作和小说理论是明显地受到了梁启超等人的影响。但是，他比之梁启超毕竟是晚了一辈。当他正式跻身于小说界时，威武悲壮的戊戌变法早已成了过去的历史。改良派遭到了沉重的政治打击之后，虽然梦寐以求东山再起，但事实上已没有力量卷土重来。在新的革命形势面前，他们抱残守缺，停步不前，迷信君主立宪，逐步向保守、反动方面转化，早年那种奋不顾身、慷慨救国的精神也正在慢慢地被消极颓唐、无可奈何的情绪所代替。吴趼人的小说理论及创作就打上了这种烙印。他虽然早在一九〇二年就宣称自己著书是"以开化为宗旨"而向往"维新"（《吴趼人哭》），热烈响应梁启超在《变法通议》中所说的小说要揭露"官途丑态、试场恶趣、鸦片顽癖、缠足虐刑"等社会脓疮,但是,他反对暴力革命,甚至连梁启超所谈的"变革"的勇气也明显缺乏,只是一味强调小说为"德育"的工具,用道德来救国了。同时,吴趼人所说的"道德"又不是梁启超等鼓吹的"新道德",而是指我国"固有的道德",所谓"小说家之伟功"就在于"陈说忠孝节义",使读者"遂暗受其教育,风俗亦因之以良也"。(《小说丛话》)吴趼人小说理论的这一特点,突出地反映在他的《月月小说序》中。

《月月小说序》发表在一九〇六年《月月小说》创刊号卷首。这篇文章,正面叙述了吴趼人小说理论中的主要观点,作为这家杂志的编辑宗旨。它的中心,就是鼓吹"借小说之趣味之感情,为德育之一助"。根据这一观点,他首先尖锐地批评了小说界革命以来大量的"新著新译"无助于社会改良:

> 今夫汗万牛充万栋之新著新译之小说,其能关系群治之意者,吾不敢谓必无,然而怪诞支离之著作,佶屈聱牙之译本,吾盖数见不鲜矣!凡如是者,他人读之不知谓之何,以吾观之,殊未足以动吾之感情也。于所谓群治之关系,杳乎其不相涉也,然而彼且嚣嚣然自鸣曰:"吾将改良社会也,吾将佐群治之进化也。"随声附和而自忘其真,抑何可笑也。

在他看来,于此世风浇漓、道德沦丧之土,要改良社会,佐群治之进化,作家就必须以"审慎"的态度,考虑到社会效果,"使读吾之小说者记一善事焉,吾使之也;记一恶事焉,亦吾使之也",不论写历史小说、社会小说、家庭小说、科幻小说,乃至写情小说,都必须"轨于正道","务使导之以入于道德范围之内"。只有这样,小说才能"为社会尽一分之义务"。关于这一点,他不久在《上海游骖录跋》中进一步有所说明:"以仆之眼观于今日之社会,诚岌岌可危,固非急图恢复我固有之道德,不足以维持之,非徒言输入文明,即可以改良革新者也。意见所及,因以小说体一畅言之。"于此可见,吴趼人的小说理论与梁启超等有所不同,他的核心就是主张小说为"恢复我固有之道德"服务。这种思想贯穿在他关于社会小说、写情小说和历史小说的论述中。

在维新思想的影响下,清末产生了一批企图广泛地描写社会生活,揭露社会黑暗,反映社会问题的小说,其中以李伯元的《官场现形记》、吴趼人的《二十年目睹之怪现状》、刘鹗的《老残游记》、曾朴的《孽海花》最为著名。吴趼人除了《二十年目睹之怪现状》外,又创作了《瞎骗奇闻》《近十年之怪现状》《上海游骖录》《发财秘诀》《胡宝玉》等,描绘了当时社会的种种阴暗污浊的现象。显然,吴趼人是一个创作这类在小说史上具有某些新特点的社会小说的能手。因而,关于他对这类社会小说的理论和看法就首先应该引起我们的重视。

这类社会小说的特点,吴趼人在《二十年目睹之怪现状》的《楔子》中指出:"里面所叙的事,千奇百怪,看得又惊又怕。"这种"千奇百怪"的事,不是古代传奇或神魔小说的怪异,而是"社会种种怪状"(《近十年之怪现状自叙》),"如铸鼎象物,丑态毕呈"(《二十年目睹之怪现状》)七十三回评语)都是揭露当今社会中的丑恶现象的。其中不少是作者所亲历。在《二十年目睹之怪现状》的评语中他就一再指出:"回想甲申乙酉间之上海社会,如在目前"(第二十二回),"形容上海名士,阅者必当疑为过于刻薄,不知皆当日实情也"(《二十年目睹之怪现状》三十五回评语)。社会小说所描绘的现实社会的实情,又不如古代世情小说那样线条比较单一,内容比较狭窄,而是广泛地暴露了社会的上下左右,"千奇百怪",头绪纷繁,容量颇大。它虽然比较着重暴露"官场皆强盗"(《二十年目睹之怪现状》第二十四回评语),但也不尽然。他在《二十年目睹之怪现状》第十五回眉批上就说要将"上中下三等社会一齐写尽"。在第九回评语中也指出:"一路写来,多是官场丑态,至此忽插入骚人墨客,怨女痴男,可见无处无怪现状之可记也。"因此,吴趼人实际上指出了这种社会小说在内容上是具有多方面地暴露现实怪状的鲜明特点。

在艺术表现方面,吴趼人也点出了社会小说的若干特色。第一,重在客观描摹。社会小说主要是揭露时弊,暴露现状,就必然注意从现实生活中汲取素材,直接加以描绘,吴趼人一再强调他写的《二十年目睹之怪现状》是"二十年前所亲见亲闻者"(《近十年之怪现状自叙》)、"皆实事非凭空构造者"(《二十年目睹之怪现状》第三十四回评语),就是说明了这类小说具有极强的客观真实性。在某种意义上说,它就是生活的记录。这正如有人指出的:在《二十年目睹之怪现状》中,"当代名人如张文襄、张彪、盛杏荪及其继室,聂仲芳及其夫人、太夫人,曾惠敏、邵友濂、梁鼎芬、文廷式、铁良、卫汝贵、洪述祖等,苛细绎之,不难按图而索也。"(《小说考证》引无名氏《缺名笔记》)当然,这种记录还是有文艺性的。这种文艺性主要就表现在将客观生活中的人和事进行细致的描摹。他说:"盖章回体例,其擅长处在于描摹"(《发财秘诀跋》),这种描摹的特征就是:"绘影绘声,神情毕现,无殊抉此辈之心肝而表暴之。指陈弊窦处竟是一面显微镜。"(《二十年目睹之怪现状》第十四回评)的确,《二十年目睹之怪现状》等优秀的社会小说犹如一面观看清末社会脓疮的显微镜,它们在客观地、真实地揭露社会黑暗方面是独具光彩的。

第二,文具嬉笑怒骂。吴趼人在《月月小说序》《李宝嘉传》《近十年之怪现状自叙》等文中,多次指出他和李伯元所写的社会小说是具有嬉笑怒骂的特征。所谓嬉笑怒骂,就是讽刺与谴责兼而有之。他自己认为,《二十年目睹之怪现状》"绝类《儒林外史》"(《二十年目睹之怪现状》第三十七回评)。的确,清末社会小说与《儒林外史》有许多相似之处,但它们之间毕竟不同。其不同之处不仅在清末的社会小说所描写的内容更为广泛、复杂,而且在表现形式上不像《儒林外史》那样寓辛辣的讽刺于冷静的刻画之中,显得比较含蓄;而是更直接嘲笑、谴责甚至禁不住加以怒骂,表现得比较直率。这正如吴趼人在《发财秘诀跋》中所说的:下笔时"每欲有所描摹,则怒眦为之先裂",一种疾恶如仇的强烈感情,往往使他不能冷静下来。这样,讽刺、嘲笑、谴责、怒骂熔为一炉,虽比之《儒林外史》来"辞气浮露",但不失为清末社会小说的一种特色。

第三,注意迂回曲折。小说创作具体的表现手法很多,金人瑞在《第五才子书读法》中就总结了不少"文法",而吴趼人特别注意小说创作中使用伏笔、倒叙等手法,使文章曲折多变,引起读者的悬念,以增强艺术效果。例如《二十年目睹之怪现状》第四回写苟观察待客礼贤下士的情景,而至结尾处却又逗出他并不是礼贤下士就戛然而止。对此,吴趼人评道:"阅者且休阅下回,试掩卷思之,毕竟是何缘故?任是百思,当亦不得其解,此现状之所以为怪也。"到第五回读者急欲读个究竟,而第五回评道:"上回礼贤下士一节,此回偏不便表明,令读者捉摸不定。"关于这种表现手法,吴趼人曾多次指出道:"令人急欲追求,却又霎时勒住,诡秘如是,不怕阅者纳闷邪!"(《二十年目睹之怪现状》第十四回评)"此书迂回曲折,不肯骤以真相示人,读者其宁心以俟之"(《二十年目睹之怪现状》第十六回评)。吴趼人何以特别注重这种迂回曲折的表现手法?这是因为清末社会小说与我国小说杂志可以说是同时的产物,当这些小说在杂志上连载时,为了在时间间断的情况下牢牢地吸引住读者,就不得不注意这种表现手法了。

第四,善于"颊上添毫"。吴趼人在《二十年目睹之怪现状》第十二回、第四十六回中,曾就小说刻画人物的特点作评语道:"写苟才如画,有颊上添毫之妙,令读者如见其人"。"笔墨又能传神,写来如颊上添毫,近人撰《官场现形记》,恐不及此神采也。"这就点出了他使人物形象达到"传神"境地,主要是靠"颊上添毫"的笔法。"颊上添毫"的典故原指顾恺之画画:"尝图裴楷像,颊上加三毛,观者觉神明殊胜。"(《晋书·顾恺之传》)这里实际上指简笔勾挑或者稍作渲染富有特征性的细部,而使整个形象神情全活,栩栩如生。当时的社会小说写人物,一般都并不采用工笔细描、重彩浓墨,而往往用不多的笔墨抓住一二细节、言行,以求击中其要害,突出其特征。这种笔法固然难以刻画复杂性格,使形象血肉饱满,有时甚至有漫画化的弊端,但它能在有限的篇幅内,一下子使人物的神情毕现,洋相出尽,既突出了人物的性格,又达到了谴责的目的,故也不失为一种艺术的表现手法。

当然,清末社会小说还有其他一些艺术特点,但吴趼人所注意到的这些是从自己的创作甘苦中总结出来的,比起后来一般人用《儒林外史》等小说的框框来衡量清末社会小说,显然中肯得多了。

对于清末社会小说产生的原因,吴趼人曾经用传统的"穷愁著书"说来予以解释:

> 吾人幼而读书,长而入世,而所读之书,终不能用,不得已,乃思立言以自表,抑亦大可哀已。……虽然,落拓极而牢骚起,抑郁发而叱咤生,穷愁著书,宁自我始?夫呵风云,撼山岳,夺魂魄,泣鬼神,此雄夫之文也,吾病不能。至若志虫鱼,评月露,写幽恨,寄缠绵,此儿女之文也,吾又不屑。然而愤世嫉俗之念,积而愈深,即砭愚订顽之心,久而弥切,始学为嬉笑怒骂之文,窃自侪于谲谏之列。(《近十年之怪现状自叙》)

他还用同样的观点说明李宝嘉也是"夙抱大志,俯仰不凡,怀匡救之才,而耻于趋附,故当世无知者,遂以痛哭流涕之笔,写嬉笑怒骂之文。"(《李宝嘉传》)这当然是从作家的角度上来解释的。然而,一个"怀匡救之才"的作家之所以走向"穷愁著书"的道路，应该说是有其深刻的社会原因的。对此，吴趼人是有一定认识的。他在《二十年目睹之怪现状》中借小说的人物说："我出来应世的二十年中，回头想来，所遇见的只有三种东西：第一种是蛇虫鼠蚁；第二种是豺狼虎豹；第三种是魑魅魍魉。"生活中的这些亲见亲闻的怪状，就是他创作的素材和形象的雏形。因而，当他提笔创作时，"此念才起，即觉魑魅魍魉，布满目前，牛鬼蛇神，纷扰脑际，入诸记载，当成大观。"（《〈近十年之怪现状〉自叙》）与此同时，他也多次谈到了当时黑暗的现实激起了他们用小说创作来匡时救世改良社会的热情："恶夫仕途之鬼蜮百出也，撰为《官场现形记》；慨夫社会之同流合污，不知进化也，撰为《中国现在记》。"清末腐朽黑暗的现实就为社会小说提供了无穷的创作素材和为作家激发了巨大的创作热情，吴趼人对此的认识基本上是清楚的，因此，他对梁启超所说的"欲新风俗必新小说"，过分地强调小说的作用，以致颠倒了小说与社会的关系很不以为然，就在《小说丛话》中针锋相对地提出了"社会与小说，实相为因果"的论点，这不能不说是有见地的。

吴趼人在以最大的心力关注社会小说的同时，又重视"写情小说"。他在创作《恨海》的第一回中说：

> 我提起笔来，要叙一段故事，未下笔之先，先把这件事从头至尾，想了一遍。这段故事叙将出来，可以叫得做"写情小说"。我素常立过一个议论，说人之有情，系与生俱来。未解人事以前，便有了情。大抵婴儿一啼一笑，都是情，并不是那俗人说的情窦初开那个情字。要知俗人说的情，单知道儿女私情是情，我说那与生俱来的情，是说先天种在心里，将来长大，没有一处用不着这个情字，但看他如何施展罢了。对于君国施展起来便是忠，对于父母施展起来便是孝，对于子女施展起来便是慈，对于朋友施展起来便是义。可见忠孝大节，无不是从情字生出来的。至于这

儿女之情,只可叫作痴。更有那不必用情,不应用情,他却浪用其情的,那个只可叫作魔。还有一说,前人说的,那守节之妇,心如槁木死灰,如枯井之无澜,绝不动情的了。我说并不然,他那绝不动情之处,正是第一情长之处。俗人但知儿女之情是情,未免把这个情字看得太轻了。并且有许多写情小说,竟然不是写情,是在那里写魔,还要说是写情,真是笔端罪过。

很清楚,他对"写情小说"的解释,是针对当时社会上开始泛滥的描写庸俗的"儿女私情"的所谓写"痴"写"魔"小说的。《劫余灰》开头就这样道:"情情,写情,写情,这一个情字岂是容易写得出,写得完的么。……即如近来小说家所言,艳情、爱情、哀情、侠情之类,也不一而足,据我看来,却是痴情最多。"他又借《劫余灰》中的人物批评这类小说道:"可笑世人论情,抛弃一切广大世界,独于男女爱悦之间用一个情字。却谁知论情不当却变了论淫。还有一种能舍却淫字而论情的,却还不能脱离一个欲字,不知淫固然是情的恶孽,欲字便也是情的野狐禅。"在这里,他又加眉批:"此写情小说也。而此数语却骂尽了一切写情小说。"(《月月小说》第十八号)

吴趼人在痛骂社会上流行的爱情小说时,在理论上提出了补救的办法:一是从情的量来看,写情小说必须从儿女私情扩大到人类的普遍感情。在他看来,喜怒哀乐、忠孝慈义无不是"情"的表现,都应该写。二是从情的质来论,所写之情不能逾越一般的"固有的道德"。这在《杂说》中说得比《恨海》的开头更直截了当:

作小说令人喜易,令人悲难,令人笑易,令人哭难。吾前著《恨海》,仅十日而脱稿。未尝自审一过,即持以付广智书局,出版后偶取阅之,至悲惨处,辄自堕泪,亦不解当时何以下笔也。能为其难,窃用自喜。然其中之言论理想,大都皆陈腐常谈,殊无新趣,良用自歉。所幸全书虽是写情,犹未脱道德范围,或不致为大君子所唾弃耳。

这就说明了吴趼人自己认为《恨海》这部写情小说是成功的。它能使人读了动情,以致"辄自堕泪"。但它的成功并不在于"论理想"时有什么"新趣",引进什么西方的新文明,更不在于导淫导欲,重在描写"情窦初开的那个情字",而是由于所写的情皆"未脱道德范围"。这就充分暴露了吴趼人写情小说的理论完全是建筑在用道德来改良社会的思想之上的,是有严重的封建色彩的。而其理论基础,则是先天的人性论。因为他认为,这种"情"是"与生俱来"、"先天种在心里"的,无处不在,无时不在:

> 上自碧落之下,下自黄泉之上,无非一个大傀儡场,这牵动傀儡的总线索,便是一个情字。大而至于古圣人民胞物与、己饥己溺之心,小至于一事一物之嗜好,无非在一个情字范围之内。(《劫余灰》卷首)

总之,吴趼人的写情小说理论,与金松岑《论写情小说于新社会之关系》相比,显然更为丰富,再加上他的创作实践,所以影响也更大。但究其本质,都不出封建道德的牢笼,甚至在某种意义上说,比之冯梦龙的"情教"说来,是一种倒退。正因为他们在反对风行的爱情小说时是在政治上并不代表进步的倾向,在理论上又提不出新鲜的东西,所以,尽管他的《恨海》《劫余灰》等创作实践还在写情之中衬托着一些较大的社会内容,但在事实上根本无法阻止写痴写魔小说的发展。相反,在他的写情小说的影响下,不久就在新的社会条件下形成了一股"写情小说"的狂澜,产生了"鸳鸯蝴蝶派"。

吴趼人既是清末社会小说的名作家、写情小说的标榜者,又是当时最积极的历史小说的编撰者。他除创作《痛史》《九命奇冤》《两晋演义》《云南野乘》外,又在《月月小说》第一号上发表了《历史小说总序》《两晋演义序》等理论文字,受到了人们的重视。其实,他在同期杂志上发表的《月月小说序》中一段论述历史小说的话首先应该引起我们的注意：

> ……吾人丁此道德沦亡之时会，亦思所以挽此浇风耶？则当自小说始。是故吾发大誓愿，将遍撰译历史小说，以为教科之助。历史云者，非徒记其事实之谓也，旌善惩恶之意实寓焉。旧史之繁重，读之固不易矣，而新辑教科书，又适嫌其略。吾于是欲持此小说，窃分教员一席焉。他日吾穷十年累百月而幸得杀青也，读者不终岁而可以毕业；即吾今日之月出如干页也，读者亦收月有记忆之功。是则吾不敢以雕虫小技妄自菲薄者也。

这里十分清楚地讲明了编写历史小说的目的就是要旌善惩恶，移风易俗，改良社会，而决不能以雕虫小技妄自菲薄。吴趼人认为，小说本身与群治之关系非常密切，能对社会产生巨大的作用，而历史又是维新派素来认为启迪民心的重要工具："年来吾国上下竞言变法，百度维新，教授之术亦采法列强，教科之书日新月异，历史实居其一。"（《历史小说总序》）因此，这位从事小说创作以来，"改良社会之心，无一息敢自已"的吴趼人，就自然十分强调创作历史小说了。他自己在《痛史》《两晋演义》中写南宋的偏安，两晋的混乱，实际上就是针对晚清列强侵略、宫廷矛盾的政治局面的。这正如《两晋演义序》含蓄地指出自己创作《痛史》是"别有所感"。而在《两晋演义》的评语中更是直接地点明了创作历史小说与当前改良社会之间的关系。例如第十九回写道：

> 镇南大将军刘弘进曰：诸藩王皆天潢贵胄，与朝廷忧戚相关，理宜共奖王室，徒以彼此争权争势，遂至自起兵衅，互相残杀，方今刘渊称王，李雄据蜀，鲜卑乌桓，出没无常，不思同心协力，共御外侮，而徒为此无谓之争，恐非国家之福也。以其愚见，不若遣使至东海王处，相与言和，有些互相战争之兵力，移至以讨匈奴，奠天下于太平，端在此举矣。

于此，吴趼人自己批道："数语可为今日之药石。"接着，于刘弘写表申奏朝廷,求惠帝降诏,令各藩族和处,又批道:"此表亦今日之药石也。"可见,他主张写历史小说就要成为"今日之药石"。当然,吴趼人主观上想医国而开的这种药方,在客观上与日益发展的革命形势相抵触的,故并不能治国而只能误国。这是由他日趋落后的政治立场所决定的。

在论述历史小说的艺术特点时,吴趼人继承了传统的批评方法,首先将历史小说同历史著作进行比较,他的《历史小说总序》开始就指出史书有六弊:

> 绪端复杂,难于记忆,一也。文字深邃,不有笺注,苟非通才,遽难句读,二也。卷帙浩繁,望而生畏,三也。精神有限,岁月几何,穷年龁龁,卒业无期,四也。童蒙受学,仅授大略,采其粗范,遗其趣味,使自幼视之,已同嚼蜡,五也。人至通才,年已逾冠,虽欲补习,苦无时晷,六也。有此六端,吾将见此册籍之徒存而已也。

与史书不同,他指出历史小说具有以下特点:

> 盖小说家言,兴味浓厚,易于引人入胜也。是故等是魏、蜀、吴故事,而陈寿《三国志》读之者寡,至如《三国演义》,则自士夫迄于舆台,盖靡不手一篇者矣。

这种比较,自从庸愚子的《三国志通俗演义序》以来多有论述,吴趼人的论点比起前人虽无多少新意,但却比较完备。稍有不同的是,他更强调历史小说的"趣味""兴味"了。

吴趼人注意历史小说的趣味性,但同时强调要有真实性。他认为以往的历史小说,不是附会过多,乱人耳目,就是失于简略,殊乏意味,甚至既简略无味,又蹈虚附会,使人读之,愚而益愚。在《两晋演义序》中,他尖锐地批评了以往历史小说的这种缺点:

> 吾尝默记之,自《春秋列国》,以迄《英烈传》《铁冠图》,除《列国》外,其附会者当居百分之九九。甚至借一古人之姓名,

以为一书之主脑,除此主脑姓名之外,无一非附会者,如《征东传》之写薛仁贵,《万花楼》之写狄青是也。至于《封神榜》之以神怪之谈,而借历史为依附者,更无论矣。夫小说虽小道,穷亦同为文字,同供流传者,其内容乃如是,纵不惧重诬古人,岂亦不畏贻误来者耶?等而上之者,如《东西汉》《东西晋》等书,似较以上云云者略善点;顾又失于简略,殊乏意味,而复不能免蹈虚附会矣,而仍不免失于简略无味,人亦何贵有此小说也?人亦何乐读此小说也?

因此,他主张写历史小说当使历史真实性与艺术趣味性相统一。长期以来,就历史小说究竟是传真还是贵虚的问题争论不休,吴趼人兼顾两者而有自己的见解。他既将"历史小说以为教科之助",当然首先就强调必须忠于"历史真相",主张历史小说"当以发明正史事实为宗旨",确定"小说附正史以驰"的原则。他的《两晋演义》就是"以《通鉴》为线索,以《晋书》《十六国春秋》为材料,一归于正"。但是,他是一个小说家,十分重视小说的艺术特点,不但认为可以做必要的次序颠倒等文字加工,而且也不绝对排斥"蹈虚附会"等艺术处理。因为只有这样才能使小说富有艺术趣味,使读者读来兴味浓厚,真正起到"正史藉小说为先导"的目的。然而吴趼人也看到真实与虚构之间毕竟有矛盾。历史小说家要处理好这对矛盾是十分困难的,有时两者实在是无法统一的。这时,他认为作为小说艺术本身来看,还是必须使小说成为小说,当以趣味第一;但同时,可借助眉批加以指出历史的真相,使读者不致惑乱。这就是吴趼人的历史小说论的主要观点,它可以说是对传统的历史小说理论中争论贵真还是贵虚的一个小结。吴趼人的这个见解,集中见于《两晋演义》第一回的回评:

  作小说难,作历史小说尤难。作历史小说而欲不失历史之真相尤难。作历史小说不失其真相,而欲其有趣味,尤难之又难。其叙事处或稍有参差先后者，取顺笔势，不得已也。或略加附会，以为点染，亦不得已也。他日当于逐处加以眉批指出之，庶可略借趣味以佐阅者，复指出之，使不为所惑也。

另外，吴趼人将历史小说同其他类型的小说进行了比较。他认为："小说虽一家言，要其门类颇复杂，余亦不能枚举，要而言之，奇正两端而已。"他所擅长的社会小说之类就是"奇言"，其特点是"谲谏"，用"谐词"。而历史小说是"正言"，其特点是"正规"，用"庄语"。这实际上就是说明历史小说主要是通过正面的描述，而不用反面的讽刺，这也可以说是吴趼人对历史小说的一点特殊的认识。

吴趼人作为一个小说家，当然十分注意探讨当时风行的社会小说、写情小说及历史小说的创作理论，而可贵的是他也并不放松借鉴、研究古代和外国的小说创作理论。在《小说丛话》中，他曾经以谦逊的口吻谈到自己攻读中外小说的情况：

> 吾尝自谓平生最好读小说，然自束发至今，二十年来所读中国小说，合笔记、演义、传奇、弹词、一切记之，亦不过二百余种，近时新译新著小说，亦百余种。外国小说，吾只通英法二国之文，他国未及知也。统计自购及与友人交换者，所见亦不过三百余种。所读美国小说，亦不下二百种。其余短篇之散见诸杂志日报中者，亦数百种。盖都不过千有余种耳。

这笔小说数字，在当时看来是十分可观的。正因为吴趼人看得多，见识广，所以"评骘优劣，判别高下"起来比较平允、公正。这首先反映在对我国古典小说的评价上。当时，评论我国古典小说有两股风：一股是梁启超刮的全盘否定风。他骂"中土小说""不出诲盗诲淫两论"，为"吾中国群治腐败之总根源"。另一股为侠人等在《小说丛话》中刮的古人现代化风。他们用资产阶级的观点来解释《红楼梦》为政治小说，《水浒》为倡民主民权，《聊斋》为排外主义等等。吴趼人在两股风中，巍然独立，头脑清醒，他在

《杂说》中说:

> 吾人生于今日,当世界交通之会,所见所闻,自较前人为广。吾每见今人动辄指谪前人为谫陋者,是未尝设身处地,为前人一设想耳。风会转移,与时俱进,后生小子,其见识或较老人为多,此非后生者之具有特别聪明也,老人不幸未生于此时会也。……今之动辄喜訾议古人者,吾未闻其自訾襁褓时之无用,抑又何也?

他这里所谈的"设身处地,为前人一设想",实际上就是要求批评家不要以现代的标准来訾议古人,而应历史地、客观地做出评价。与轻率地否定古人的态度相反的是将古代作品的主题思想现代化,因此他接着批评道:

> 轻议古人固非是,动辄牵引古人之理想,以阑入今日之理想,亦非是也。吾于今人之论小说,每一见之。如《水浒传》,志盗之书也,而今人每每称其提倡平等主义。吾恐施耐庵当日,断断不能作此理想。不过彼叙此一百八人,聚义梁山泊,恰似一平等社会之现状耳。吾曾反复读之,意其为愤世之作。……《水浒传》者,一部贪官污吏传之别裁也。……吾虽雅不欲援古人之理想,以阑入今日之理想,然持此意以读《水浒传》,则谓《水浒传》为今日官吏之龟鉴也亦宜。

"不欲援古人之理想,以阑入今日之理想",是实事求是地评价古代作品另一种表现。很清楚,用今日之思想苛求古人,就会觉得古代作品一无是处;用今日之思想迎合古人,则会觉得古代作品都似今人。这一左一右,表现形式不同而其实质都是脱离历史实际的主观唯心主义的批评态度。吴趼人反对这两种错误倾向,比较实事求是,因此能对我国古代的小说做出较为客观的评价,他就认为"吾国小说,劣者固多,佳者也不少",对《三国演义》《水浒传》《红楼梦》《儒林外史》等名著的肯定且不必多论,就是对《镜花缘》，他也认为是一部"理想小说，亦可谓之科学小说"，《金瓶梅》等，也非淫书，乃是"惩淫之作"。当然，这些具体评价并不全面，但在当时说来还是比较实际的。

由于他对我国古典小说具有一定的认识，且对西方小说也注意阅读，所以他在比较中外小说的艺术特点与成败得失时虽然受到梁启超等在轻率地否定我国古典小说的同时无限赞美欧美小说的影响，但并不完全盲从。他在《小说丛话》中虽然谈到"中国小说不如外国（此外国专指欧美中之文明者而言，以下仿此）之处"五点，但分析比较冷静，结论一般也比较符合实际情况，例如他首先指出："外国小说中，无论一极下流之人，而举动一切，身分自在，总不失其国民之资格。中国小说，欲著一人之恶，则酣畅淋漓，不留余地，一种卑鄙龌龊之状态，虽鼠窃狗盗所不肯为者，而学士大夫，转安之若素。此岂小说家描写逼真之过欤？"这对我国多数小说中缺乏现实主义的漫画化的人物描写是具有一定的针砭意义的。接着他指责我国古代小说中大书"辱骂之辞""秽亵之语"，不重社会公德、缺乏精美插画也不无道理。总之，在当时情况下，他的中外小说的比较观也是比较平实稳健的。

综上所述，吴趼人作为一个具有多方面才能的多产的小说作家，其小说理论也是相当丰富和颇具特色的。他头脑里的根深蒂固的封建道德和改良主义的政治态度，的确使他的理论蒙上了一层灰淡的色彩，但是，不满晚清社会的黑暗和注意创作经验的积累，毕竟使他能结合当时的创作实际，发表了不少独到的精辟的见解。毫无疑问，吴趼人的小说理论对于我们今天正确评价当时的"小说界革命"和他的小说创作，都是颇有意义的。因此，这笔遗产值得我们重视。

（录自《明清小说研究》第3辑，1986年4月中国文联出版公司出版。）

晚清小说中的情节结构类型

[捷克] M.D. 维林吉诺娃
（Milena Dolezelova-Velingevova）[①]
[台湾] 谢碧霞译

从结构来诠释中国小说，尤其是来诠释晚清小说，中国"插话式的"（episodic）小说情节构造，不啻一项重大的挑战，历来学者专家时常指出，传统的情节不过是由一群衔接松懈的故事组合而成，毫无章法脉络可寻，因此，以结构而言，可说是最薄弱又最乏艺术巧思的一环，[②] 或又云"情节之脚色众多，头绪繁杂，是西方

[①] Milena Dolezelova-Velingevova，捷克科学院东方研究所哲学博士，现执教于加拿大多伦多大学，为中国文学教授。作有沈复、鲁迅、郭沫若以及晚清文学等有关的研究论文，并与人合著 Ballad of The Hidden Dragon（1971）一书《刘知远诸宫调》）。——原注

[②] "插话式"情节的"基本"构造，通常被认为是所谓中国传统小说无论在通盘的艺术性上、或是意识上皆劣于西洋小说所表现的一环。这种批评论调，首先是在二十、三十年代由胡适、陈独秀、钱玄同、茅盾等批评家和作家指出；参阅赵家璧《中国新文学大系》（上海，一九三五）第一集、茅盾《话匣子》（上海，一九三四），页一七七——一八四。由于五四运动时期的作家对于西洋文学所知有限——大致局限于十九世纪的小说——故此种论调的产生不足为怪。但是，其后许久，在西方尚有不少的汉学家仍持此意见；参阅 John L.Bishop，"Some Linitations of Chinese Fiction"，Far Eastern Quarterly, No.15（1956），pp.239—49；夏志清，《中国古典小说》（New York, London, 1968）序言。

读者最感困扰的一端"，有碍于他们对中国小说的了解。① 西方读者纵然不是完全被小说所述的无数事件弄得一头雾水，那么必也难以在小说人物群中寻出一个方向；这些人物时隐时现，若断若续，只在那些与他们先前的行动似乎毫无关联的事件中，才又再度冒出，实在令读者百思不得其解。

最近有一些研究论文指出：中国小说的情节结构，其实比历来咸信的没有规律要严谨得多；而且其情节有如西洋小说，皆受某些特定的组织原则所支配，而呈现出小说的统一体貌。② 不过，有关晚清小说的研究，仍有进一步探讨的必要。对于晚清小说情节构造的了解，目前大部分仍然局限于一九二〇年代鲁迅、胡适的研究，③其后附和响应的有阿英等其他学者，④ 其见解都是初步而概略性的。除了鲁迅赞为"结构工巧"而为胡适所疑的《孽海花》之外，⑤ 大家咸认组织松懈是晚清小说其他三部巨著的显著特色（译者按：指《官场现形记》《二十年目睹之怪现状》和《老残游记》）。

根据鲁迅、胡适，以及其他的学者看法，李宝嘉的《官场现形记》是由许多随意连缀衔接的故事组成，因此，可说是以十八世纪吴敬梓

---

① Bishop,"Limitations", p.242.

② Lucien Miller, Mask of Fiction in Dream of the Red Chamber, Myth, Mimeris, and Persona（Tucson, Arizona, 1975）; Andvew H.Plaks, Archetype and Allegory in the Dream of the Red Chamber（Princeton, 1976）; Andrew H.Plaks ed, Chinese Narrative, Critical and Theoretical Essays（princeton, 1977）.

③ 鲁迅，《中国小说史略》（北京，一九二三年、一九二四年），见杨宪益和 Gladys Yang 英文译本 A Brief History of chinese Fiction（peking, 1959），pp·372-88；胡适，《五十年来中国之文学》，收于《胡适文存》二集（台北，一九五三年再版），页一八〇——二六一。

④ 阿英，《晚清小说史》（上海，一九三七）；吴小如，《晚清侠义小说和谴责小说》，见《文艺学习》第八期(一九五五)，页二三——二五；大村益夫，《中国の清末社会小说》，见《东洋文学研究》第十二期（一九六四）页一七——廿八、第十四期（一九六六）页一——十六、第十五期（一九六七）页五十——六四。

⑤ 鲁迅，《中国小说史略》，页三八五；胡适，《再寄陈独秀答钱玄同》，见《胡适文存》一集（台北，一九六八年再版），页三九。

的小说《儒林外史》为蓝本，因袭而成。① 吴沃尧的《二十年目睹之怪现状》，则在情节结构的概念上，显现出某一程度的进展，胡适认为这是受到了西洋小说的影响。小说里零星纷乱的事件（episodes），乃是由第一人称的主角，或是经由实际体验，或是透过耳闻目睹，来穿针引线，贯串成文。② Michael Wai-mai Lau 亦持相类的意见，他认为"串演叙事者及旁听者的主角，提供了一个观事的焦点，其经历制造出一松散的结构，一百多个故事乃游刃其间，写实细腻，而小说中的人物和环境，则经常在故事与故事之间穿梭变化。"③

然而鲁迅和胡适显然亦感觉到：光是主角上场，对于情节的统一性并无多大助益，因为鲁迅认为《二十年目睹之怪现状》大体仍然是以《官场现形记》的风格写成，而胡适则以为此小说可视为《儒林外史》的后裔。④ 历来咸认《二十年目睹之怪现状》的材料缺乏组织，丝毫未见艺术性的精心巧思，⑤ 直到最近才有 V·I·Semanov 其人向这种广为流传的意见提出挑衅。Semanov 氏的说法是：《二十年目睹之怪现状》的复杂组织，实乃其艺术成就之一，而且把这种结构章法比喻成"一条锁链，铁丝（即中心人物）交织缠错，以增强其力量"。⑥

至于刘鹗的小说《老残游记》，也是在"以西方的小说概念衡

---

① 鲁迅，《中国小说史略》，页三七五；胡适，《五十年来中国之文学》，页二三四。

② 胡适，《五十年来中国之文学》，页二三七。

③ Michael Wai-mai Lau, "Wu Wo-yao (1866—1910): A Writer of Fiction of the Late Ching Period", 博士论文（未出版），Harvard, 1968, p.95.

④ 鲁迅，《中国小说史略》，页三七八；胡适，《五十年来中国之文学》，页二三八。

⑤ 杨家骆，《中国文学百科全书》第二集（台北，一九六七年再版），页二〇；吴小如《读〈二十年目睹之怪现状〉杂记》，见《中国古典小说评论集》（北京，一九五七），页一九六；大村益夫，《中国の清末社会小说》，见《东洋文学研究》第十四期，页一——六；Wu Wo-yao, Vignettes from the Late Chíng: Bizarre Happenings Eye-witnessed over two Decades tr.Shin Shun Liu（Hong Kong, 1975），p xvi.

⑥ Vladmir I.Semanov, Evoljucija Kitajskogo ramana（Moskva1970），p.238

量"的情况下，被认定为一部情节及主题都缺乏统一性的小说。H·Shadick 道及"此书统一的感觉乃是由作者对于人、事恒久不衰的兴起、其品行的正直刚毅，以及幽默感之中而生"。① 夏志清则认为书中缺乏上述后者的统一性，根本是有意而为，他指出：作者"对于前人以情节为中心的小说颇感不满，而意欲含括较高层次、较复杂的统一性，以与自己对中国直言不讳的个人观点相共鸣。"②

这种对晚清小说情节结构了解的贫乏，对于晚清小说意义的体会，自然不免肤浅空洞，或是导致主观的价值判断。由于小说中尚未能够理出统一性的情节或主题，因此学者专家常就书中零星角色的说辞，或是以单独的事件为基础，取舍无据，以偏概全。无怪乎一些晚清小说家（尤其是吴沃尧和李宝嘉），往往被人定型为健于闲谈，其文字足供谈笑之资，其成就仅止于社会批评而已。

本论文将透过"连缀"（stringing）的类型原则以及语意分析（semantic analysis），来说明晚清小说中的三种情节结构形式，而与历来所谓诸此小说缺乏结构与主题的统一性之观念挑战。世人如能由此分析而对晚清小说的意义产生较清晰明确的了解，诚所至盼。

"连缀"与中国小说

"插话式"的情节结构，向来被认为是中国小说与西洋小说分野的最大特色。这种观念似乎是源自将两种互不相容的本质——中

---

① 胡适在其《老残游记序》中建立批评方法。此文写于一九二五年，收于《胡适文存》三集（台北，一九五三再版），页五二九——五五三。Haroed Shadick 附和这种意见，见其"Tianslator's Introduction"to The Travels of Lao Ts'an. （Ithaca, New York, 1952）, p.xxi.

② 夏志清，"The Travels of Lao Ts'an: An Exploration of its Art and Meaning", Tsing Hua Journal of Chinese Studies, new series 7:2（1969）, p.40.

国传统小说与十九、二十世纪的西洋小说——作了谬误的比较而产生。如此比较的结果，必定只呈现出其中的歧义，故强调出中国小说的"局限性"。

中国小说与西洋小说要做比较的研究，只有在给予中国小说一公平的处理原则之下，才会开花结果。十九世纪之前的欧洲小说，颇有许多与中国小说"散漫"的体例相类。苏俄的形式主义学家 Viktor Sklovkij，在其一九二五年出版的先驱之作《散文理论》（O teorii prozy）当中，所取材料主要即是此段时期的小说，企图找出隐伏的结构，是为种种外表看似毫无关联事件的基础。[1]Sklovskij 的分析虽然不成系统，但是其结论的某些部分，颇可作为分析晚清小说情节结构的试金石。

Sklovskij 氏讨论的基本情节结构类型之一，名为"连缀"（nanizyvanie）。他说："在这种构造类型之中，各成一单元的短篇故事主题（motif）接二连三地出现，因主要行动角色（acting characters）的统一而贯穿全书的布局。"[2]Sklovskij 氏引述了一些童话故事（fairytales）、《奥德塞》（Odyssey）、辛巴达（Sinbad）的历险事迹、阿普里斯（Apuleius）的《金驴》（Golden Ass）、以及"恶棍小说"（the picaresquenovel），以为此种型式的例证。他特别指出，在这些叙事文体中，有不少是以游历与追求前程或寻找伴侣结合，以为"连缀"的张本。

Skovskij 氏的"连缀"类型，如以较系统化的方式重新组合，则可分出四类叙事事件：

（一）"主角故事"的事件支配情节结构，且扮演"穿针引线人"（string，或作"串线"）的角色，将所有其他叙事成分组合起来。

（二）因为结构上的类似，"次要角色的故事"与第一主角结

---

[1] Viktor sklovskij, Oteorii prozy（Moskva, 1929）.
[2] I bid., p.87.

| 192 |

合（彼此以对比或是照镜般的对称等等相辅相成），融入整体的情节结构之中——相当于下面要讨论的事件之情节结构。

（三）由其他角色导引出来的"逸闻"（anecdotes，或作"奇闻"）形成一链锁，环绕在情节主脉的四周。逸闻只能在一个或极少数的事件中出现，而事件的行动角色与逸闻息息相关。主角扮演旁观者的角色，或是叙事者发话的对象。逸闻是"别人的"故事，由主角搜集而穿插在自己故事发展的过程中。除了本身自成一单元、彼此无关（与其他逸闻及主要故事相较而言）之外，这些逸闻与情节的次要脉络颇为类似。这就可以解释它们为何能够现成地发挥"非行动"（non-action，或作"静态"）的作用，尤其是在表现社会背景方面。

（四）除了行动之外，小说也就哲学、社会与道德的主题，提出各种思想和见解。在某些小说之中，这些自成一单元的事件，由典型的说教角色左右（如和尚、客栈老板等）。这种"静态的素材"，多少呈现出一"纯文学的"形式（例如深饶哲思的对话），再以此形式融入情节结构中。

总而言之，连缀式结构的小说乃是由四种层面组成：主要角色的故事——"串线"；次要角色（可有可无）的故事，与主要角色的故事平行发展；自成单元的逸闻事件；以纯文学形式展现的静态素材（最后两项主要是由"穿针引线人"〔"串线"〕提挈在一起）。

依照捷克结构主义学家 Jan Mukayosvsky 的说法，Slovskij 对于情节结构的"形式"（formal）概念，应该再配合其"语意"组织，予以考虑补充。情节结构"不再是构筑之事（各部分的比例和衔接），而是作品在语意方面的组织之事"；是"一组方式，以描述文学作品为一语意的整体"。[①] 换言之，必须从这些连缀式情节的事件，

[①] Jan Mukarovsky, "A Note on the Czech Translation of sklovskij's Theory of Prose" in The Word and Verbat Art Selected Essays by Jan Mukayovsky, tr.and ed.John Buybank and Peter Steiner（Nev Haven and L.ondon,1977），p.138.

来判断它们在意义上是否具有共通性，而决定其结构。如果诸事件可以归纳出语意的普遍统一性，则小说的首尾一贯，不止有赖于连缀的方式，亦且仰仗于事件中比较深奥的语意统一性。

连缀式结构的小说

在我们所研讨的晚清小说之中，连缀式的组织章法，颇有例证可寻；《二十年目睹之怪现状》《老残游记》《孽海花》，以及《九尾龟》，皆可划归为此类型之个中代表。在此我们将以《二十年目睹之怪现状》为对象，作一详尽的分析，以说明这部作品形式与语意的统一性。（其余三部小说在本书后部皆有专文讨论。译者按：即本文作者所编之 The Chinese Novel at the Turn of the Century，暂译《晚清小说研究论文集》。）

清末之际，《二十年目睹之怪现状》风行一时，然而对于吴沃尧的这部杰作，其后的批评家评价不一。鲁迅严斥《二十年目睹之怪现状》，因为"……感人之力顿微，终不过连篇'话柄'，仅足供闲散者谈笑之资而已"。[1] 胡适则如同先前所述，因主角衔接贯串的优点，给予此书较高的评价。[2] 后来在五十、六十年代，中国与日本的批评家，或是力捧《二十年目睹之怪现状》为忠贞爱国、反封建、反帝国主义的小说，[3] 或是为其小中产阶级改革主义及颂

---

[1] 鲁迅，《中国小说史略》，页三七九。
[2] 胡适，《五十年来中国之文学》，页二三七。
[3] 阿英，《关于〈二十年目睹之怪现状〉》，见《文艺学习》（一九五七），页六一九。阿英重估一九三七年《晚清小说史》对《二十年目睹之怪现状》的评价，较诸先前，他认为此小说富有较多的爱国情操和谴责意识。大村益夫在《中国の清末社会小说》亦导致相同的结论，见《东洋文学研究》第十四期，页一——六。

扬往昔而震惊不已。① 某些学者亦指出,由于这部小说混合不一的性质,如欲就其意识形态的特质作一清晰明确的评价,委实是困难重重。② 到目前为止,曾对《二十年目睹之怪现状》作专题研究的西方论文仅有两篇:Michael Lau 认为其旨趣乃是在"教育并恢复传统的社会价值"③,而 V.I.Semanov 则固守那些中国学者的意见,声称《二十年目睹之怪现状》"侧重于暴露晚清的政治空前窳败,以及半殖民地社会形成后社会道德风尚的严重堕落。"④

对于吴沃尧的小说,观点之所以众说纷纭,乃是在于对小说整体结构的分析不够周密彻底的缘故。⑤ 这部小说给人一种印象,以为是一堆各成一体、闲杂拉扯的逸闻,勉强为"九死一生"其人拼凑而成。毕竟这部小说的写作,前后横亘八年之久(一九〇三——一九一〇),而且零零星星为不同的出版商所印行。⑥ 吴沃尧颇因经济拮据,写作仓促,声名狼藉。

但是,我们可以证明,《二十年目睹之怪现状》表面看来毫无章法,而情节结构也若断若续,不过是一种表象而已。其情节结构

---

① 王俊年,《怎么看待〈二十年目睹之怪现状〉》,见一九六五年四月十八日《光明日报》。
② 复旦大学所辑,《中国近代文学史稿》(北京,一九六〇),页二五一——六一;吴小如,《读〈二十年目睹之怪现状〉杂记》,页一八三——九一。
③ Lau,"Wu Wo-yao",p.162
④ Semanov,Evoljucija,p.227. 他引自北京大学所辑,《中国文学史》第四集(北京,一九五九),页三〇七。
⑤ Lau 和 Semanov 的分析含有许多珍贵的意见,是《二十年目睹之怪现状》最彻底、最有系统的研究。不过,Lau 氏忽略了主角故事与事件之间的关系,而 Semanov 氏则是引个别人物和小说的片断来证他的言论。
⑥ 《二十年目睹之怪现状》是一九〇三年开始在日本横滨《新小说》杂志上连载的。一九〇五年刊至前四十五回,杂志即告停办。一九〇六年,广智书局分五册出版此四十五回及其后的三十回。底下的五回,亦即第七十六至八十回,大致是写于一九〇六年。一九〇九年有六册问世,包括两部分,即第七十六至八十回与第八十一回至八十七回。一九一〇年,第七册和第八册出版,包括有最后的二十一回,即第八十八回至一百零八回。所以到一九一〇年时,此小说已有一百零八回问世,分为八册出版。这些资料取材自 Lau 氏的"Wu Wo-yao",附录 A。

| 195 |

实由四层面组成,如上所述,即第一主角——"九死一生";第二主角,即旗人苟才;将中国社会形貌表露无遗的一些逸闻;以及几个"正面"人物之间非行动的言论,他们批评现状,且建议一些解决中国问题的办法。①

第一主角的故事有两个层次。第一个是,主角是个活动的人物,与他自己的故事情节密切相关——跟他伯父之间暗地的冲突。全书一百零八回,这个层次集中在篇幅甚少的十回中,不过却是均匀地分配在小说的起首、中间及末尾,为全书制造出一个高潮发展、颇具戏剧性的过程。②

在第二个层次里,主角则发挥"穿针引线人"的作用,以耳闻目睹者的身份,把第二主角的故事、一连串的逸闻,以及非行动的言论,全部串联起来。由于其特殊的性质,这个层次贯穿小说全书。小说刚开始时,此一层次表现在年轻天真的主角身上:因为好奇心的驱使,他企图去寻找原因,以解释一些对他而言离奇古怪,然对时代来说,典型寻常的事件;后来又因主角身为生意合伙人的职业关系(译者按:原为"a fuel company",意谓燃料公司,然而其字号似以办客货、流通有无为主),到中国各地四处游历而表现。

主角自己的情节——与其伯父的冲突——可说是小说整体形式和语意组织的原始类型。

小说刚开始时,主角本人和他的母亲都认为伯父是最值得依赖的亲戚,因为他是主角方甫弃世父亲的大哥,依照儒家的伦常观念,他顺理成章地成为这个家庭的主宰。在张罗开吊事宜时,伯父看来是个心肠热切的亲戚,且为家境富裕的显宦。主角的母亲毫不犹豫

---

① 所用版本为张友鹤注释、人民文学出版社发行(北京,一九五九)。
② 此三部分包括有第二、十、十一、十二回,第十八、五十回,以及第六十四、八十、八十二和一百零八回。只有那些含有情节作用的才予计算,至于那些插入主题以延宕消息的章回则不予考虑。

地听从他的建议，将其亡夫所遗留的大宗钱财托他代管。

但是，在一连串由主角本身及其近亲好友暴露的事件之中，证据累积起来，原来他不止向这一个家庭欺诈讹骗，且与其亲外甥女（已与他人有婚姻之盟）有不清不白的关系。主角与其亲戚之间的痛苦经验，甚至展延到伯父死后，他奔赴吊丧，伯父一家所谈唯有金钱，且在一夜之间把他行囊资斧剽窃一空。

由此大纲已可看出，主角自身的故事具有一认知过程（acognitive process）的特征，即认知的故事（an epistemic story）；[1] 从"错误的信念"（a false belief）出发，在事件发展的过程中，主角获知其伯父人品、地位、行为等的"真相"（a true knowledge）。事实上，这个故事本身是个变相的公案小说（侦探小说），因为主角逐渐知晓原先隐藏的面貌。形式上，主角的故事乃是根据一众所周知的公案故事原则组织而成，也就是"卖关子"（delayed information）的原则。主角伯父的真实面目，实是逐步暴露出来的，因而真相揭露时的刺激与张力，也就大大地增强。"卖关子"的原则，因分割主角故事成段落而实现；个别的段落为一连串的逸闻（"他人"的故事）所隔开。最后真相的揭露则又为多重障碍所阻（伯父拒绝见主角、离城、假装生病等等），这些障碍是主角必须克服才能跟伯父见面的。

主角本身的故事是此小说的轴心，其语意基础（认识的转化）是为情节之其他层面语意结构的蓝本。如此，则《二十年目睹之怪现状》的前后一贯，不只由其事件的组织所赋予，且与其奠定诸此经验的语意基础之统一性，有相当大的关系。认知过程把小说的所

---

[1] 有关认知故事的概念，参阅 Lubomir Dalezel, "Narrative Semantics", PTL:A Journal for Descriptive poetics and Theory of Literature I（1976）, pp.129-51, 以及 Lubomir Dolezel, "Narrative Wolds" in L.Matezka od., sound, Singn and Meaning, Quinquagenary of the prague Lingoistic Circle（Arm Arbor, MiChigan, 1976）.pp.542-52.

有事件连贯起来:"过去二十年目睹之怪现状"的真实性,逐渐地展露于主角的面前。

《二十年目睹之怪现状》的次要情节以旗人苟才为中心,其故事比其他任何逸闻都长而详尽。苟才之于主角,具有衬托的作用。有关苟才故事的段落,集中于小说的前端、中段、与末尾,与主角故事的段落分布情形相同。①

在第四回里,我们首次接触到正在送客的苟才,而主角——此刻尚未知晓苟才的身份——在远处观察。这个年轻人主要是因苟才奢华绚丽的服饰而引起注意,字里行间对其服饰描述得极为细腻。这种详尽的描绘(其他人物的外表刻画,或是付诸阙如,或是浅淡稀疏,作风大相径庭),在此关头十分重要,因为这种光鲜的外表导致年轻天真的主角产生错觉,以为此陌生人不是达官,必为显要。

事实上,苟才正濒临一贫如洗的困境边缘,虽有官阶,但无实缺,由于他乍临当地,故饰以豪富之貌,极尽能事去贪缘权贵,以谋差使,将来这些权贵自不免有若干好处。然而所有这一切以及苟才卑鄙龌龊的人格,都是后来才逐渐地为主角所发觉,不是经由自己的观察,就是透过别人的帮助。

这个"陌生人"的真实个性,首先是由主角的一个朋友暗示给他知道。他说出此人之名,苟才——与中文的一个咒骂语汇同音(狗才)。后来,当他的朋友直接以往昔某贫穷却又做作的旗人为喻时,主角对于真相才渐生了解。但是,苟才之令人胆寒的品格,主要却是由他自己的言行举止中暴露出来的。由于苟才极度无耻,到处钻营附会,最后终于得到一个颇有油水的差使;但是他贪得无厌,又时时以谋取更有利可图的肥缺为念,终致做出骇人听闻之举。他触犯了儒家寡妇不准再醮的伦常法则,把他新寡的媳妇——具花容月

---

① 第四、五、六、七、十一、十二回/第四十四、六十三、六十七回/第八十七至九十回、第九十三至九十六回、第一百零一回、第一百零三至一百零六回。

貌之姿的少妇——赠与总督为妾，希冀换取一肥缺。这点他如愿以偿。最后，苟才为其少子毒杀而身亡。但是后来主角得知，谋杀者的动机并非是制裁其父干犯风纪的行径，而是因苟才拒绝把他自己的一个美妾送给他，所以他必去除其父而后快。

如此可见，苟才的故事与主角的故事相同，都是基于同一的语意基础。主角从观察苟才的生涯之中，经历了与他个人和伯父冲突雷同的认知过程。原先他以为是受人尊敬、有钱有势的苟才，最后露出了野兽的真面目，不只吞噬了自家人，也吞噬了官场上的其他人。

"卖关子"此一原则，在苟才的故事中，比在主角的故事里，运用起来得心应手。苟才个性的逐步揭露，制造了一种张力，而两个较漫长的事件（苟才的出卖媳妇及苟才的遭人谋害）本身即是小规模的公案故事模式。第一个案子，作者有意不让读者知悉苟才意欲出卖女孩的计划。首先苟才只与其妻窃窃耳语，后来又告诉他的一个同谋者，可是无论是哪一种情况，作者皆不曾明告读者苟才的企图；只有在第三个场合中，亦即苟才与被牺牲的女孩直接面对时，计划才全盘托出。谋杀苟才的事件，则亦步亦趋于中国传统的公案小说情节模式。主角先是被告知谋杀者的姓名身份，以及他如何进行谋杀的计划，但是直至故事接近尾声时，其犯罪动机才宣露出来。

主角的故事与次要的情节虽是由同一语意模式组织而成，但后者并非前者一成不变的翻版。次要情节的重要性乃是在于与主角的故事作一对照。从两个故事所呈现的气氛中，最能看出这种对照。主角故事主要的气氛是悲剧性的、平静的，与遭受迫害的主角之默从不抵抗和正直高洁十分协调；至于构成苟才故事的事件则时常带有喜剧性，滑稽诙谐，与苟才粗鄙的性格相得益彰。

此二情节排比之下，亦传达出清晰的道德旨趣。主角的故事是关于一个成为受害者的正面人物，次要故事的主人翁则是一个反面人物，屡次犯出颇类似迫害主角之人的罪行。最后他被毁灭掉，并不是因为他的罪孽非行而受惩，而是假另一个恶棍之手而死亡。经常为名利财色，你争我夺，一个歹人被另一歹人所消灭。因此，这两个情节的相互排比即构成了此小说悲剧性的主要来源之一，因为道德观念的一百八十度大逆转而蕴生。

小说的第三个层面由一串叙述日常生活芝麻小事的逸闻所组成。这些逸闻，或是立即叙述出来，或是间歇零星运出，拼嵌出社会环境的风貌，而主要的两个故事即沉隐其间。形式上来说，这些逸闻是因主角自己的观察，或是旁人的转述，而与主角产生关联。但是，与两个主要故事不同的是，这些逸闻的作用并非是揭露其中个别人物的假面具。这些逸闻中的人物其实是代表中国家庭成员或中国社会各阶层的类型：商贾、官僚、兵卒、半瓶醋的知识分子、以及娼妓等等。

这种主题的歧义性再度为认知的语意结构所统一。这些逸闻皆具同一模式，首先是主角目睹一桩事件或是耳闻某些闲话，之后他发现事件的背景，而知真相与当初所见所闻完全是背道而驰。现举两个例子讨论如下。

在第六十八回中，主角到天津的水师营去拜访一个朋友。当他看到军营悬灯结彩、大表惊异时，他的朋友告以此乃为欢迎河神四大王而设。主角好奇心大起，于是跟随他的朋友同到演武厅去，红顶蓝顶、花翎蓝翎的各级武官，已是箭袍马褂佩刀，全副武装，聚集在一起迎接四大王。主角欲一探究竟，就朝供桌走去，才发现人人畏敬的河神不过是一条小小花蛇而已，他居然捏住蛇尾提将起来，使得旁观者又惊又怖。

另一个分述于第三十二、三十九和四十五回的逸闻，则是关于某黎景翼者，与主角是世交，来向主角借钱，以为其弟料理丧葬之用。主角以为黎的所作所为，符合儒家伦常孝悌之谊，所以就把所需款项借给他。可是后来主角从一邻居口中得知黎氏之弟死亡的真相；原来黎怂恿其父逼迫弟弟自杀，理由是弟弟有断袖之癖，对家庭而言是奇耻大辱，然而他真正的目标是要夺取弟媳妇陪嫁过来的几口皮箱。当他打开箱笼发觉其中毫无可贵之物时，他恼羞成怒而把弟媳妇卖到妓院去。黎景翼的故事于第三十九回又再出现，此时主角听到黎已变卖所有、逃逸无踪。在第四十五回里，主角再度遇见黎，这回黎衣衫褴褛，和尚装扮出现。和尚向主角借钱，主角以为黎业已改过迁善，就施舍一些给他。后来主角才听说黎根本已沦为剽窃偷盗、调戏妇女、无所不为的恶徒，僧衣不过是其掩饰之资。

从社会生活的各层面中，主角观察到一些鸡零狗碎的琐事，因而视野大开、广增见识，可是其认知过程的结果则与其自身的故事、或旁衬者的故事一般悲惨。这种重复相同语意类型的特色——三个层面中的故事皆以此为基础——更加强了《二十年目睹之怪现状》的批判意味，但是语意模型的表现各呈其貌，则使得小说免于堕入单调乏味之境。

如前所述，这些逸闻的触角深入中国人生活的各个角落，表现出各种各样的气氛。以一回的篇幅即叙述完毕的短篇奇闻，其收场通常是喜剧性的；在数回之中分段叙述的长篇奇闻，则其结局比较有可能是悲剧性的。揭露关键消息方式的不同，更增加了二者之间的歧义。

在短小的奇闻中（如上述第一个例子），故事依照传统按年代次序的方式展开，而以急转直下、出乎意料的结果得其效果。然而在较长的奇闻中，所谓"卖关子"的原则，则以较复杂的手法来运用。首先主角只被晓以一单独的事实，由于消息不完整，因而导致错误的结论。故事里被省略掉的必要枝节，稍后才展露出来。谜团的各部分以合乎逻辑的顺序聚合之后，则能达成惊奇的效果。由于在许多奇闻当中，被省略的部分往往是过去发生的事件，奇闻的结局因而常与时间的倒置合而为一。这种技巧在中国传统小说里并不寻常，是为吴沃尧卓越之处，后来又在拟公案小说《九命奇冤》中发挥得淋漓尽致。诚如 Gilbert Fong 在本书中所言（译者按：指 Gilbert Fong，"Time in Nine Murders: Western influence and domestic tradition"一文，暂译为《〈九命奇冤〉的时间问题：西洋影响与中国传统》），这种技巧作者极可能是采自中国传统的公案小说和说话文体。然而无论其技巧源自何处，其戏剧性的特质颇有助于小说的引人入胜。

第四个也就是最后一个层面，是由非行动的言论所构成。在《二十年目睹之怪现状》中，此层面以长篇大论的教诲之辞为基础，纯粹由通常遭受迫害的正面人物表达，如王伯述，一开缺官员，后来转为书贩客人，如另一个失意的官员蔡侣笙，如主角的寡姊（译者按：实为主角的堂姊），以及主角的朋友文述农和吴继之。主角本身也参与了这些讨论，但他只扮演听众的角色，时而打破砂锅问到底地向他的同伴提出问题。

正如前面三种层面，认知过程主宰了这些叙事成分的组织方式。主角经历一认知过程，由无知转为真知；然而这种认知过程所产生的最后结果，则与前述三种层面有极显著的差异。在所有的行动层面（动态层面）中，认知过程引领主角去发现原似正面的某人（或某事）之反面性质；在非行动局面（静态层面）中，原先似是反面的则转有正面价值。

第二十二回主角与王伯述的谈论，即是一个好例证。他们讨论到中国今昔读书和教育所扮演的角色，王伯述因某所谓"名士"的李玉轩之无耻行径大表震怒，先是悲愤中国自招毁灭的局势，因为传统的读书方法只会使读书人做官的成为"书毒头"（书呆子），根本不能办事。他声称，过去中国优秀的文化可使入侵的五胡同化，中国现在则无法适应类似的西洋侵略，因为读书方式已经落伍了。但是，正如他在后头讨论中解释给作者的，他并不反对读书，他之所以立意贩书，正因为他相信读书的力量，正因为他有志要唤醒大众，而当前要务就是去读那些适应新局面、新环境的书籍，亦即有实用价值的书籍。这样读书，中国才会强大，中国才会有光明的前途。

类似的语意结构也运用在第二十一回之主角姊姊与其他亲戚的讨论对话。姊姊第一次到上海，想要离开客栈四处游览，但是无论是主角、主角的母亲，以及他的婶娘（译者按：即堂姊之母），都群起反对，因为儒家的伦理道德不容许年轻寡妇出去抛头露面。这种态度引出了主角姊姊的长篇大论，畅谈中国家庭和社会里女人地位的看法。她认为后人对儒家经典的诠释有误，对男人较为偏颇。她指出，事实上经书颇有推广女人教育之意，以及女人参与社会生活的权利。

这些例证所显示的由反面态度逆转成正面态度，是静态层面之所以较其他三动态层面为"乐观"的原因。这也可以看出，为什么这极少数几个担当讨论之职的角色是小说中唯一的"正面"人物。为了要超然保持其正面身份，这些深思熟虑的人物就不参与实际的行动；他们的言论通常是他们在小说发展中的唯一参与，也是他们对小说本身意义的唯一贡献。

这种对《二十年目睹之怪现状》四种层面的分析，可以说明大家所认为的其情节结构混乱无章，其实只是表象而已。较仔细深入地去探讨之后，证明了《二十年目睹之怪现状》的情节结构虽是相当复杂，但首尾一贯、井然有序。读者只有在认清这种首尾一贯的原则之后——这些原则使小说各部分互有关联，才能真正了解小说的意义。值得再三强调的是：所有叙述的事件、静态的谈论与"穿针引线人"（实历的主角）之间的关系，构成了此首尾一贯形式原则的基础。

此外，如同前面所述，这种首尾一贯的形式尚有一更重要的语意因素：小说中所有的故事皆是基于同一语意形式。它们都是认知的故事，求取真知的故事。同时，这种共有的语意基础，其表现的风貌则呈相当的变化，因为性格的歧义、不同的社会阶层、以及声口的差别，而有各种的表现，所以认知过程亦饶富趣味。作者获取真知的过程，展现在他个人的生活以及他身为所处环境一分子的经验之中，最后则是他与那些教诲性人物的知性接触。

三种动态层面揭露出《二十年目睹之怪现状》悲剧性、令人震惊的真实面貌。无论主角当初所相信的是什么——道德、孝悌、忠信，儒家伦理观念的所有价值——最后都呈现出虚妄的真面目。一旦脱掉假面具之后，所有人性价值的堕落一暴无遗。主角由无知的相信到痛苦的认清，这种认知过程导出小说"谴责"而悲观消极的旨趣。

静态事件中所提出的一些深思熟虑则孕育着一点希望：价值的危机只是暂时性的。中国社会必须对传统的价值观重新作全盘的检讨。在做适当的诠释及顺应时代的危机之后，这些加入西洋的实用知识而发扬光大的价值观，或许可以帮助中国渡过难关，并且提供新的伦理基础。

循环式的小说

连缀式的情节结构可用作发展情节类型的出发点，小说情节的其他形式皆可由中而生。需要强调的是，这种理论上的起源，与对于特殊形式起源与发展的历史探讨颇有二致。由结构的角度来把不同的情节分类，类型可作为一方便的工具，但是对于这些形式的"历史"则毫不闻问。连缀式的情节结构可变化成两种可能的方式：一是形成循环式的小说（此节讨论），一是形成单一的情节的小说（下节讨论）。

如果将主要角色的故事从小说中剔除，则其情节就会缺少一"穿针引线人"，亦即其形式上的统一原则，因此其平行发展的次要情节亦得删除。如此一来，一个限于逸闻层面与静态的谈论层面之情节结构即应运而生。我们可以假定，非行动的事件必会在程度（质）及出现次数（量）上大事增加，然而小说的结构就会被动态的逸闻所主宰。因为若非如此，则其形式与其说是小说，倒不如说是以故事类的例子为证的散文集。

既然具有统一作用的主角将会不存，则此种型式的小说必将缺乏前后一贯的行动。为了分别此类小说与一套短篇故事的不同，必然得加入一种新的统一原则。显而易见的，这种原则必须是语意的原则，以类似于前述连缀式小说之统一性语意原则的方式运行其中。

李宝嘉的小说《官场现形记》，其语意的统一主要是在于其中所有逸闻和相随而生的反映因素之组织，读者可以从中对中国官场的社会阶层得到全面且有系统的印象。由这个角度来说，《官场现形记》很清楚地反映出中国古典小说《儒林外史》的痕迹。但是，在更深入的探讨之后（见本书 Holoch 氏的详细分析——译者按：即"A Novel of Setting：The Bureaucrats"，《一部背景小说：〈官场现形记〉》），《官场现形记》在其语意组织方面，也展现出较深的层次。所有个别事件皆系循环周期而组织，每一个循环周期只含括特定的一群人物或是一小组的现场（场所），而表现出世纪之交有关官场生活和活动的特别主题。作者彻底深入地描绘出官场的形形色色，依此方式组织出一个个的循环周期，以系统分明地表达出对于中国情势的观点。这些循环周期及其处理方式既然代表主要的情节成分，这种形式的小说即可称为"循环式的小说"。

依据 Holoch 氏的分析，《官场现形记》具有十个循环周期。前面两个循环周期的重点是概略地介绍官场的主要两方面：征聘、关系、晋升等的内在问题（第一个循环周期），以及外部的问题——处理外国人及中国社会洋化部门的问题（第二个循环周期）。底下六个循环周期（三至八）是小说的骨干，"首先详细铺叙各个层次官僚的习性（三、四、五），之后探讨此系统的内在需求（六、七、八）"。最后两个循环系统则做一总结："整个政府是个上行下效、勒索敲诈的组织，官吏们比明目张胆的盗贼好不了多少，除非是外国人起而相助，百姓完全无能与之对抗"（第九个循环周期）。然而整个系统逐渐地在瓦解，因为"官僚之间弥漫着买卖风气，根本不以国家为前提，反从公众立场转向一己之利，在跟外国人的关系上，政府实际上是把中国当成一宗物资，掌管着它的出售"（第十个循环周期）。

由此可知，特别的行动与人物在其个别性上并无重大意义。他们不过是"例证"而已，不过是中国官僚制度中首尾一致的复杂故事之插曲而已。其统一的原则在于将相同的一连串事件依主题组织起来，成为循环周期，安排条理分明的循环周期。这些循环周期不仅逐渐揭开社会环境的真相，而且导致特定的结论。其开场白和收尾辞更有力地烘托出其旨意。

单一情节的小说

我们把主角故事从上说中剔除，就导出循环式小说的情节结构。连缀式情节结构的第二种转化，则保存有主角的故事，但不赋予它穿针引线的作用。主要故事不再是别人故事的总集，而是由自身发展出结局。因此即可能产生两种发展状况：第一，主要故事（以及可有可无的次要故事）会变得更首尾一贯，亦可赋予主角较细腻的心理刻画；第二，逸闻与非行动的静态事件出现的频率将会显著地减少。结果是一个简单一致的故事及与之有关可能发生的次要事件将会主宰小说的情节。这种形式即称为单一情节的小说。

吴沃尧较不为人所知、但在结构上自有其重要意义的小说《恨海》，即是晚清小说中单一情节的个中翘楚。其类型的独特性光从其外表的特色即可看出：此小说的篇幅较诸连缀式或循环式小说都简短得多，其活动角色的数量也显著地减少。

小说很清楚地解释其历史背景是设在烽火弥漫的一九〇〇年，亦即义和团拳乱之际。把这个时代背景完全融入故事的结构之中，乃是小说主要的原动力（actantos）之一。两对青年男女在北京一起生活长大，生长在官宦商贾的富有家庭中。一九〇〇年，他们奉父母之命而有婚姻之盟，但是这种家庭的和乐幸福并不能够持久。八国联军进侵北京、义和团起事时，这些订了婚的男女与其父母在一片混乱中流离失散。其中的一个女孩和她的爹娘离开北京，前往苏州，她的未婚夫及其父母则留在北京，当他们遭义和团杀害后，他就离开北京，转往内地，以谋求一官半职。他企图寻找他那在苏州失踪了的未婚妻，但是徒劳而无功。第二个女孩则和未婚夫及自己的母亲一道离开北京，但是他们被义和团拆散，无从寻觅对方，母亲因旅途劳顿而亡。

在小说将近尾声时，这些有婚姻之盟的男女找是找到了，但是他们发觉根本无法结合为夫妻。那个先是与父母一起离开北京的女孩，她的未婚夫因缘凑巧在上海某一妓院找到了她。虽然他们彼此依然认得，但并未相互招呼。女孩藏躲于内室之中，而那年轻男子则抛弃一身所有，前往深山潜隐。第二个女孩的未婚夫在一鸦片户里被她的父亲发现；他已沦为宵小窃贼，生活在上海的黑暗社会层中。然而他还是被邀往女家，女孩也把他当作未来的夫婿看待。但他逃逸无踪，很快地即因鸦片烟瘾过深而身亡。女孩则决意削发为尼。

这两个故事显然是基于主要角色的彼此对称，因而形成照镜般的对称性。在第一个故事里，女孩死灭（精神的），而她的未婚夫则遁为隐者；在第二个故事里，男孩死灭（精神与肉体），而女孩则潜迹尼庵。两个故事相互重叠，而以一众所周知的情节构造技巧连结起来，也就是主要角色皆环绕一个家庭而活动。

　　小说的第二个方面——与其主题有关——也是同样重要。集中心力于爱情主题（主要的男女之情加上父母、子女之情），是朝心理小说发展的主要特征。较深入地探讨和描述，亦指往相同的方向（见 Michael Egan 的论文，页一六五——一七六。译者按：即"Characterization in Sea of Woe"，暂译为《〈恨海〉中的性格描述》）。同时，个人乃是置身于历史的自然力之中，历史以一具体的社会事件为形式，挑起了恶人的角色，蹂躏了人类个体的未来幸福。虽然受害者毅然起而反抗（他们长久的相互找寻是其明证），但是他们终究还是被彻底地摧毁。个人因社会环境的邪恶势力而遭受惨痛的失败和打击，这种悲剧性的主题开了现代中国文学中许多故事的先河。

结　　论

　　晚清小说的情节结构类型对于中国小说的研究，无论是一般性的，或是个别性的，皆有助益。

　　就一般性的情况而言，我们的类型显示出所分析的晚清小说都是依据特定的统一原则组构而成。在这一方面，我们的类型与最近学者专家分析的中国古典小说所得结果颇为类似，而且再度证明，所谓混乱组织的章法是为中国传统小说的典型特色，此一概念实应放弃。

　　我们将 Sklovskij 氏研究十八世纪之前欧洲小说的成果运用在晚清小说上，其结果显示出中国的叙事体与其他文化中产生的叙事体,其情节结构实有相通之处。这一点——通常是被排斥或是尚未作充分的强调——或可在中国叙事体的研究上,另外产生深具意义的结果。如果世界其他每一种文化中萌生的叙事体一般,中国小说亦有其特殊之处,但是,这些特色只有在比较研究的骨架中,才能确切地彰显出来,才能表露出叙事体的共同特质,才能显示出文化的特殊性,实乃共同典型所产生的种种变异。

至于个别的情况,晚清小说的情节类型揭露出三种创新性,指出现在是作者而非传统的审美原则,主宰其小说的最终形式。

第一、情节结构的原则有显著的变化,正如浦安迪氏(Andrew Plaks)[1]及Robert Hegel氏[2]极具说服力地指出的,传统小说的情节经常是根据阴阳五行或是循环性的"复合周律"(mutiple periodicity)[3]而成其类型,中国传统的哲学思想与世界观亦以此为基础。本书Peter Li的论文(译者按:指"The Dramatic structure of Neihaihua",(暂译《〈孽海花〉的戏剧性结构》)指出:《孽海花》的情节亦是隐伏于佛教报应和阴阳五行——兴亡轮回、生生不息——的概念中,在一段绚烂璀璨之后,中国与其他所有代表中国的人群——如小说中的主要角色,终不免遭受报应,因其罪行而衰亡。

然而其他分析研究的小说显示出,其情节模式则能脱离传统的阴阳五行概念,多种变化的情节结构取代了一般模式,这表示作者在迄今令人费解、毫无关联的众事件中,企图寻找出合乎逻辑、有因果关系而且进化的相关性。《官场现形记》的情节结构,乃是由

---

[1] Plaks, Archetype and Allegory, 以及他的论文 "Alleyory in Hsi-yu chi and Hung-lou meng" and "Towards a Crtical Theory of Chinese Narrative" in Plaks ed., Chinese Narrative, pp.163-202, 309-12.

[2] Robert G. Hegel, "Sui T'ang yen-yi and the Aesthetics of the Seventeenth-Cen-tury Suchou Elite", in Plaks ed., Chinese Narrative, pp.124-59.

[3] Plaks, Archetype and allegory, 第三章。

循环周期组织而成，依照中国社会各阶级的关系系统而排列。连缀式情节结构的小说惊人地普遍，此显示出作者对面临空前的历史发展之个人命运，兴趣逐渐增浓；较诸传统小说的主角，这些主角现在有较广泛深入的流动性，他们现在可前往中国各处，而且他们在欺瞒世人的社会规范幕后，揭露出人们的真面目，把外表似是毫无关联的个别事件之间所隐藏的关系暴露出来（如《二十年目睹之怪现状》《老残游记》《九尾龟》）。然而如果他们盲目无知，对这些残酷无情介入他们个人生活的历史新局面毫无准备的话，则他们虽与泰山压顶的社会力量相搏斗，其结果也必将徒然，而且终致毁灭（如《恨海》）。

第二、情节结构类型帮助揭开了一种可说是主要晚清小说的典型故事。其语意模式可以简化成"邪恶总是击败善良"以及"小巫斗不过大巫"，其中"邪恶"或以人物、或以历史为代表。这种语意模式与儒家的伦理道德自然产生极尖锐的冲突，与黑夜过后黎明必将来临的信念亦有极大的矛盾。不可避免的，在上面分析的这些主要小说中，必须会产生消极性，甚或悲剧性，尤以主要角色的理念与结尾的收场最能表达这种性质。

晚清小说中的主要角色总是注定要失败，此乃中国现代小说中主角为败北者、牺牲者的滥觞。在《孽海花》里，主角的毁灭与其不道德行为乃是必然的因果关系；可是在其他小说中，主角之所以不能成功，并不是因为个人的无能、不道德，或是命定如此，而是因为社会的力量总是强过个人。主角的失败或者是主角一生悲剧性的结束，乃是故事的终点，此与中国传统小说中妥协或是"打气"（morale-lifting）的收场，以及"新一代豪侠、浪子、读书人的再生，以不断消长变迁的循环来接续传统"，① 大相径庭。传统的长篇叙

---

① Plaks, "Toward a critical Theory", p.339.

事体具有一种倾向,就是早在书中文字尚未结束之前,即已达到高潮——或者合理的结束点;[1] 晚清小说则与此不同,通常是在最后几回当中,才以悲剧性的结尾创造其高潮。

第三、在情节结构方面,类型显示出另一项明显的变化,亦即小说幅度急遽地缩短,以及单一情节的出现。因而产生较精简的结构组织,人物角色的数量亦减少,如《恨海》。如果我们假定此种情节结构形式乃是步所谓才子佳人小说的后尘,事实并不为过,才子佳人小说以未婚青年男女屡生波折的爱情为主题,故其篇幅往往较其他传统小说简短。但,由于《恨海》并不局限于描绘男女恋人的"浪漫"关系,故与此类多愁善感的才子佳人故事有极显著的分野。其贡献主要是书中人物心理历程的发展,使得故事臣属于性格特征的描述;另外一项贡献是在于历史的介述,取代了传统故事中各种较次要的障碍,成为对爱情致命的威胁。这种变化在中国的文学土壤中种下了一粒种子,后来中国读者能够接纳十九世纪的欧洲短篇小说,以及一九一〇年代中国现代短篇小说的出现,一九二〇年代则成为主要的文学形式,皆是种子的开花和结果。

(原载林明德编《晚清小说研究》,1988年3月台湾联经出版有限公司出版;又收入王继权、周榕芳编《台湾·香港·海外学者论中国近代小说》,1991年10月百花洲文艺出版社出版。本编据王、周选编本收录。)

---

[1] Ibid., p.338.

读《二十年目睹之怪现状》札记

吴小如

我从前年就发过宏愿，想就《二十年目睹之怪现状》的作者吴沃尧的生平、思想及其作品作较全面而细致的探讨。近一年来工作头绪日多，研究吴沃尧的材料又十分缺乏，这个雄心壮志只好俟诸异日。但有些意见和材料又不忍轻易抛弃，于是写成这篇"札记"。应该说明，这里所提出的问题只限于个别的几点而非全面的论列，有的问题虽牵涉到我国整个古典小说的传统，却又苦于无力做系统的阐述，只是个人点滴的看法而已。因此在行文和论证方面，也就不求组织的谨严和体系的完整。实在这连一篇论文的雏形也够不上，只能称之为"札记"云尔。

一、试就《怪现状》论吴沃尧的反帝思想

比较系统而准确地论述吴氏生平和著作的应该说是始于鲁迅的《中国小说史略》。阿英的《晚清小说史》记载得也够详明而简当。此二书极通行，本文毋庸转引。近来蒋瑞藻的《小说考证》和孔另境的《中国小说史料》又已重新印行，里面所摘录的有关作者生平

的零星事迹也不难找到,这里也都从略。只有阿英同志在《晚清小说史》中提到的李怀霜所作的《我佛山人传》(原载《天铎报》,"我佛山人"是吴氏的笔名),至今尚未见有人把全文重新发表,似乎是一缺憾。

吴沃尧一生虽只活了四十多岁(一八六七——一九一〇),他所著的小说却不下三十种,从数量来看是很可观的。但比较杰出的力作还得推《二十年目睹之怪现状》。照阿英同志的分析,此书有下面这几个特点:一、"所记极为广泛",其内容"涉及范围之广,远过同时作家,且旁及医卜星相,三教九流,是亦可见实为趼人(吴沃尧的别名)经验丰富之果"(引文见《晚清小说史》第二章,作家出版社一九五五年印)。二、作者成功地描写了当时的"智识阶级"的特色和"洋场才子"的卑污恶劣。三、"干线布绪精当,结构上似优胜于李伯元"(阿英语,见《晚清小说史》)。但我却以为此书之重要乃在于它比较全面而明晰地反映了吴沃尧的对当时社会的具体看法,是我们研究吴氏思想的主要依据。同时也应该承认,此书也确是一部带有浓厚的自传性色彩的作品,用阿英同志的话讲,书中主人公"九死一生"的性格简直就是"趼人的影子"。然则我们如果想了解吴氏的生平,这部书也自然是必需参考的读物了。的确,我们在这部长达一百〇八回的作品中是能看出作者自己的人格和思想的。

鲁迅说:"相传吴沃尧性强毅,不欲下于人,遂坎坷没世,故其言殊慨然。"(《中国小说史略》第二十八篇)阿英在《晚清小说史》中引李怀霜的话:"生负盛气,有激辄愤。"都能说明吴氏是个明辨是非、有正义感的人。在《怪现状》里所出现的正面的知识分子形象如吴继之、蔡侣笙、王端甫、王伯述、文述农以及九死一生本人,都或多或少带一些愤世疾邪的侠情义骨,恐怕在这些人物的性格里面都渗入了吴沃尧自己的个性和气质。在动乱的年代里,一个有血性的人很可能成为爱国者。据《晚清小说史》引李怀霜批评《怪现状》的话：

> 《怪现状》盖低回身世之作，根据昭然，读者滋感喟。描画情伪，犹鉴于物，所过着影。君厌世之思，大率萌蘖于是。余尝持此质君，君曰："子知我。虽然，救世之情竭，而后厌世之念生，殆非苟然。"

可知吴沃尧最初的抱负是希望"救世"。当时中国是半封建半殖民地社会，在社会上具体给封建王朝和帝国主义者服务、并向人民行使统治权的是各级大小官僚及其爪牙，和帝国主义者派遣来的外国人以及中国的买办阶级——所谓洋奴走狗和洋场才子。被他们迫害、凌辱的当然是中国人民，主要是下层的劳动人民（如农民和城市体力劳动者），其次则是小市民和一般知识分子。吴沃尧在《怪现状》中谴责、讽刺的矛头恰好对准了官僚和买办，而其所肯定、同情的却大抵是劳动人民和小市民。对于知识分子，作者表扬那些有骨气、有见识、不肯同流合污的人物；而对"洋场才子"和专门蝇营狗苟的"士大夫"则揭露斥责不遗余力。这可以初步说明此书的倾向性。而作者的"救世"，也显然是从爱国者的立场出发的。当然我们并不讳言，吴沃尧的爱国思想不免含有狭隘的民族主义成分在内，但他在反帝这一方面，确乎屡次表示出他是以一个被压迫、被侮辱的中国人民的身份来向帝国主义者抗议的。《怪现状》第十回，作者写租界巡捕仗洋人势力挟嫌报怨，把一个守备关进了巡捕房。而令人可恼又可怜的却是当时中外会审公堂上的"华官"。作者在故事结束时是这样描写的：

> 这会审公堂的华官，虽然担着个会审的名目，其实犹如木偶一般，见了外国人，就害怕的了不得，生怕得罪了外国人，外国人告诉了上司，撤了差，磕碎了饭碗。所以平日问案，外国人说什么就是什么。这巡捕是外国人用的，他平日见了，也

要带三分惧怕，何况这回巡捕做了原告，自然不问青红皂白，要惩办被告了。

可见在半殖民地社会里，中国人民的生命财产全无丝毫保障。巡捕欺人还是小事，等到封建统治者真正遇到国家生死存亡的关头，自然要丧权辱国，摇尾俯首乞怜于殖民主义者了。作者在第十四回写兵轮自沉的事，后面又紧接着在第十五、十六回中屡次提及中法战争一败涂地的经过，都充分说明帝国主义者侵略我们的狰狞面目和清王朝官吏的阘茸怯懦，贻误戎机。作者甚至把最后的责任明显地归结为"政府"（指清政府）应该"担个不是"（第十六回），尽管他的提法非常委婉，然而胆识已是不凡了。

值得注意的是《怪现状》第二十二回。作者明确地提到帝国主义国家对中国的垂涎和作为殖民地以后的惨状。他借王伯述的口说道：

……外国人久有一句话说：中国将来一定不能自立，他们各国要来把中国瓜分了的。你想被他们瓜分了之后，莫说是饮酒赋诗，只怕连屁，他也不许你放一个呢！

然后又接着说：

现在的世界，不能死守着中国的古籍做榜样的了。你不过看了廿四史上，五胡大闹时，他们到了中国，都变成中国样子，归了中国教化；就是清朝，也不是中国人，然而入关三百年来，一律都归了中国教化了。甚至此刻的旗人，有许多并不懂得满洲话的了，所以大家都相忘了。此刻外国人灭人的国，还是这样吗？此时还没有瓜分，他已经遍地的设立教堂，传起教来，他倒想先把他的教传遍了中国呢！那么瓜分以后的情形，你就可想了。

这说明列强虎视眈眈的凶恶面貌是如何激起当时爱国者如吴沃尧这样的人的愤慨。吴氏在这一回书里还说："我们年纪大的，已是末路的人，没用的了；所望你们英年的人，巴巴的学好，中国还可有望。总而言之：中国不是亡了，便是强起来；不强起来，便亡了；断不会有神没气的，就这样永远存在那里的。"足见他所说的"救世"是有具体的内容的——最远大的目标就是把希望寄托在下一代身上，使中国强起来。这一希望，在中国共产党解放全国之后，毕竟实现了。

另外，吴氏对于当时社会上一般人对帝国主义者的自卑、媚外心理是深恶痛绝的，这正是作者强烈地仇视殖民主义思想的具体表现。《怪现状》第二十四回里吴继之说：

……那班洋行买办，他们向来都是羡慕外国人的，无论什么都说是外国人好，甚至于外国人放个屁，也是香的。说起中国来，是没有一样好的，甚至连孔夫子也是个迂儒。……

第三十回里又用外国工程师不及中国技术人员懂得业务的故事从反面来说明这个道理，证明媚外自卑适足以误国自辱。这种思想，我们在吴氏所著的文言小说《中国侦探三十四案》的"弁言"中可以得到极明确而生动的印证：

吾怪夫今之崇拜外人者，外人之矢橛为馨香，我国之芝兰为臭恶；外人之涕唾为精华，我国之血肉为糟粕；外人之贱役为神圣，我国之前哲为迂腐。任举一外人，皆尊严不可侵犯；我国之人，虽父师亦为赘疣。准是而并我国数千年之经史册籍，一切国粹，皆推倒之，必以翻译外人之文字为金科玉律。……

在这段话的下面，他表示坚决反对用新式标点如"？""！"之类，而以为"吾国文字，实可以豪于五洲万国"，并且激昂慷慨地说道：

吾怒吾目视之，而皆为之裂；吾切吾齿恨之，而牙为之磨；吾抚吾剑而斫之，而不及其头颅；吾拔吾矢而射之，而不及其嗓咽。吾欲不视此辈，而吾目不肯盲；吾欲不听此辈，而吾耳不肯聋；吾欲不遇此辈，而吾之魂灵不肯死！吾奈之何，吾奈之何！

这种顽固的口气非常像"五四"时代文化革命者所反对的国粹主义派，然而我们却认为吴氏的思想远远胜过国粹主义派的冬烘腐朽之徒；尤其要强调说明的是：故步自封的国粹主义者是绝对不配拿吴氏作为借口的。因为吴氏对西方文化既未全盘否定，而对封建社会中所产生的种种事物也从未全盘接受。比如对于吸鸦片，他在《怪现状》里就曾正面提出应该禁止。对于作八股文，作者也极其反对。这一些我们后面还要谈到。现在再举前书"弁言"中的两段话来说明他对西方文化的态度：

孔子曰："三人行，必有我师焉。"以人遇人且如是，况以国遇国乎？万国交通，梯航琛赆，累绎所及，以为我资，舍短从长，吾未敢以为非也。沾沾之儒，动自称为上国，而鄙夷外人——吾嘉其志矣，而未敢韪其言也。大抵政教风俗，可以从同者，正不妨较彼我之短长以取资之。若夫政教风俗，迥乎不同者，亦必舍己从人，何异强方为圆，强黑为白，毋乃不可乎！然而自互市以来，吾盖有所见矣。所见惟何？曰：崇拜外人也。无知之氓，市井之辈，无论矣；乃至士君子亦如是。果为吾所短而彼所长者，无论矣，而于无所短长者亦如是。甚至舍吾之长，而崇拜其所短，此吾之不得不为之一恸者也。……虽然，就吾所言，彼族之果有长于我者，又何尝不可崇拜也！

吾友周子桂生，通英法文，能为辗转翻译。尝语余曰："吾润笔之所入，皆举以购欧美之书，将择其善者而译之，以饷吾国，然而千百中不得一焉。吾深悔浪掷此金钱也。非西籍之不尽善也，其性质不合于吾国人也。"呜呼，今之译书者，何不皆周子若！

可见吴氏对西方文化并未一笔抹杀，也没有一味以"天朝大国"自居,只是反对媚外自卑的盲目崇拜而已。在前一段话里所说的"无知之氓,市井之辈",并非泛指所有的广大人民,而是指"买办、细崽、舆人、厨役"。"弁言"中说:

> 买办也,细崽也,舆人也,厨役也,彼仰其鼻息于外人,一食一息,皆外人之所赐也。彼之崇拜外人,不得不尔也。……

吴氏把一切被外国人奴役的劳动人民都算作买办一流人物,这当然不正确;但他反对仰外国人鼻息,反对一切衣食都惟外国人是赖,却从末一段话中明显地看出来。至于主张"取长舍短"吸取西方文化,一定要求其适合我国具体性质,即使在今天,这种提法也还有借鉴的必要。我们似乎不能只就其反对标点符号或强调爱护祖国文化的见解就封他为古旧冬烘的国粹主义者,因为在辛亥革命以前,他的思想和作品对旧民主主义革命毕竟是起了一定的作用的。

二、试就《怪现状》论吴沃尧的反封建思想及其消极情绪的根源

应该承认,《二十年目睹之怪现状》在反封建一方面起了更大的作用。我在《中国小说讲话》第五讲中曾说:《怪现状》在反封建方面,通过种种家庭间的丑剧来说明宗法制度、伦常关系的总崩溃,如写哥哥欺负死去了的弟弟的孤儿寡妇,公公逼儿媳去给总督当姨太太,儿子与人合谋害死父亲以及孙子虐待祖父等等。地主阶级的大家庭一向是靠着封建道德秩序和宗法制度来维系的,大家庭内幕种种丑恶现象的被揭露,自然意味着封建社会的基层组织已在土崩瓦解。这对于当时人民了解封建社会的解体过程,是起了启示作用的。而作者对宗法制度和旧礼教的罪恶进行了猛烈的抨击和赤裸裸的暴露,对推翻旧社会更起了一定的推动作用。作者除揭露了

地主阶级大家庭间的种种丑剧外,还从官场、商业界、文教界以及典型的半殖民地的社会底层来揭露旧社会的黑暗、腐朽、堕落、丑恶,使读者通过作品获得了比较全面的认识。这一切都是《怪现状》成功的地方。

应该指出,在吴沃尧的思想中,并非彻底反对整个封建社会的体系和根本制度;他只是根据一些事实的现象和一些局部问题表示反对并提出抗议,尽管他的反对意见相当的新颖和大胆。比如对妇女问题,吴氏就借书中主人公九死一生的族姊发表过一系列在当时看来已是非常激进的见解。她认为女子不妨"抛头露面",反对"内言不出于阃,外言不入于阃"的教条,用强有力的理由来驳斥"女子无才便是德"的谬论,甚至说婆媳不睦的根源"总是婆婆不是的居多"。这种论断在当时确是会"令人吃惊"的(见《怪现状》初印本眉批,广智书局宣统三年第六版)。又如对禁吸鸦片问题,作者主张"不妨拿出强硬手段",必得"通国一齐禁了"才能解决问题(第十三回)。对于作八股,作者也极尽嘲笑之能事(书中屡见,着重地谈此问题则见第四十二回),并认为"八股不是枪炮,不能仗着他强国的"(第二十四回)。然而作者的立场,却仍旧站在维护封建传统道德这一方面。正如作者的朋友周桂生所说,吴氏的作品大抵都是为了"主张恢复旧道德"(鲁迅《中国小说史略》引《新庵译丛》评语)而作。比如作者主张妇女应受教育,而所举的书籍却不外《女四书》之类。对于禁绝鸦片的手段,也无非是"抽他的吃烟税""注了烟册""另外编成一份烟户,凡系烟户的人,非但不准他考试出仕,并且不准他做大行商店,……"(第十三回)等等治标不治本的办法,而且作者自己还慨叹着说:"论禁烟一节,自是痛快,惜乎办不到耳。前途犹可冀乎?跂予望之。"(第十三回末总评,见初印本)足见在积极性建议的后面,已含着一种无可奈何的神情了。又如作者所表扬的官吏,也只是那个明哲保身、洁身自好的吴继之；所同情的知识分子，也只是那个爱民如子而终不免革职严追的蔡侣笙；他对于政治制度和官场中的根本问题，都丝毫不曾触及。作者所歌颂的家庭，仍旧是"父子有恩""和睦相处"的大家庭；理想的家长，也无非是知情义的吴继之的母亲和通大体的叶伯芬的老太太（第二十六回和第九十一回）。在全书中，作者对丑恶的现实不但缺乏正面斗争的勇气，甚至充满了逃避退缩的阴暗情绪。这一切，都表明吴氏思想中的根本局限性。

说到这里，《怪现状》之所以触处流露出消极厌世的情绪，就不难理解了。由于吴沃尧具有强烈的爱国思想和救世热忱，所以他对当时社会中的"蛇鼠虫蚁""豺狼虎豹""魑魅魍魉"是异常憎恨、深恶痛绝的。由于当时资本主义的新思潮和旧民主主义革命的巨浪已在国内澎湃起伏，吴氏对于社会上个别现象和个别问题自然会产生一些新见解，甚至这些见解是非常卓越、大胆的；然而由于吴氏对封建社会的根本秩序和传统的道德观念采取保守、承认和愿意停留在现阶段的态度，他总希望维护某些原有的东西或采取复古的办法来解决现存的矛盾，因此他的作品中就充满了改良、修正的色彩。他不懂得必须使社会起了根本变革才能挽救濒于危亡的国势而一味主张"恢复旧道德"，这就只能成为思想上的开倒车。然而他理想中的旧道德对于封建社会的新危机并无丝毫裨益，在他心目中再也无法看到光明新生的出路，因此他感到极大的矛盾，终于"救世之情竭而后厌世之念生"，在很多冷酷无情的现实面前，吴氏表现了相当严重的软弱无力。在走投无路的思想矛盾中，他认为自己是"死里逃生""九死一生"，把生活的动力看成只是侥幸苟且保全，既耻于与黑暗势力妥协，又摆脱不了黑暗势力的根本桎梏，这当然就产生了阴暗悲哀的感伤情绪了。这是吴氏自己的悲剧，也是许多谴责小说所共有的特点；不过这一特点在《怪现状》里表现得格外明显突出罢了。

三、试论《儒林外史》式的题材与结构并略谈《怪现状》的缺点

"五四"以来的小说史专家都把晚清谴责小说归入《儒林外史》一类,其理由有三:一、谴责小说的内容显然是受《儒林外史》的影响,以讽刺揭露为主;二、谴责小说和《儒林外史》一样,都以真人真事做题材;三、谴责小说的结构都用"连环短篇"的形式,直接承继(或毋宁说因袭)了《儒林外史》。

但鲁迅在《中国小说史略》中却给《儒林外史》和后来的谴责小说做出远不相侔的评价。他称《儒林外史》为讽刺小说,并且说:"是后亦少有以公心讽世之书如《儒林外史》者。"而在谈谴责小说时,他说:

> 光绪庚子(一九〇〇年)后,谴责小说之出特盛。……揭发伏藏,显其弊恶,而于时政,严加纠弹,或更扩充,并及风俗。虽命意在于匡世,似与讽刺小说同伦,而辞气浮露,笔无藏锋,甚且过甚其辞,以合时人嗜好,则其度量技术之相去亦远矣,故别谓之谴责小说。

同时,鲁迅更具体地批评到《二十年目睹之怪现状》,说此书"惜描写失之张皇,时或伤于溢恶,言违真实,则感人之力顿微,终不过连篇'话柄',仅足供闲散者谈笑之资而已"。这里实际牵涉到好几方面:第一,是作者的态度和立场问题。第二,是题材问题。第三,是艺术手法的优劣问题,包括人物形象塑造得是否完整和笔墨是否含蓄经济。当然这三方面又是互有密切关联的。

话要说得远些。我国的小说起源于神话、传说,这不必细表。但神话、传说也是历史的源头。在唐宋以前,亦即市民文艺正式形成以前,历史和小说的确很难严格区分。在《左传》《国语》《国

策》《史记》《说苑》《汉书》以及后来的《资治通鉴》里面，都有很多鲜明生动的人物形象、精彩的故事和伟大的场面；尽管我们今天不把它们看成小说，但其表现方法实与小说并无太多的出入。另外，有很多所谓"野史"如《穆天子传》《西京杂记》以及六朝以来的志怪之作，在今天是应该划入小说领域里去的，但它们的作者在写这些作品时却像史官记载史实一样，只是在一丝不苟、无所假借地"振笔直书"。特别像《世说新语》一类的作品，简直就无法把它肯定地归入小说还是归入历史。直到唐朝人写传奇小说，才"有意为之"，然而历史的影响并未脱掉，其中始终贯穿着史官写历史的那种"寓褒贬、别善恶"的态度（当然有程度上的不同）。这个传统的影响在市人小说中似乎不大，但在文人的创作中就往往非常明显地保存着；特别是清代的几个伟大的小说家，更是发展了这个传统。像蒲松龄写《聊斋志异》，吴敬梓写《儒林外史》，曹雪芹写《红楼梦》，都用了很多的"春秋笔法"，即所谓"微言大义""皮里阳秋"。（这是个客观存在，读者一看便知。）因为他们都是用了史官（当然这里所说的史官是有倾向于人民的立场的良史如司马迁之类）写历史时所秉持的那种明辨是非的、严正的"公心"来写小说的。这是一方面。

另一方面，"小说"既是"野史"，那么，把现实社会中所产生的一些具体的真人真事无所增损地依实记录下来，应该是我国写小说的一个基本的创作方法。当然，创作方法是可以（而且也必须）提高的，所以我们的古代小说作家也并非不懂概括、集中、典型化等等这些较高级的表现手法。这就牵涉到题材问题。一般地说，我们的古典小说在题材方面都是有真人真事做蓝本的。有的用了真事而讳言真人，这是因为在阶级社会中，如果把真名实姓都公开了自不免有违碍，只好取其事而讳其人，写成小说。有的则是直书真人的姓名而捏造故事，借小说的形式来攻讦仇人或进行诬蔑，这从唐朝人的《周秦行纪》就已开此风气了。不论是用真人或真事做题材，都必须是在小说与历史确有其血肉相连的关系这一前提下才产生的。这是中国古典小说一种特定的情况。我们今天评论《儒林外史》，说吴敬梓用的是"史笔"，就是这个道理。甚至连过去的"红学家"那种穿凿附会地给《红楼梦》作索隐工作，也是有其历史根源和客观依据的，只是他们的立场、观点、方法不对头罢了。但小说毕竟不同于历史（而且愈到后来两者的畛域也就分得愈清楚），正如绘画之不同于摄影。照着具体的人和事不折不扣地依样画葫芦究竟不是小说，至少不是好的小说，所以《红楼梦》中的贾宝玉也绝对不是曹雪芹生平的翻版。

然而中国古典小说以具体的真人真事为依据、或径自取材于作者自我的所闻所见而不大有所加工改造，则是客观存在的事实。《儒林外史》就是很标准的例子。我们无法不承认杜少卿和杜慎卿就是吴敬梓和吴青然的"影子"，而用"马纯上"来影射"冯粹中"，用"牛布衣"来暗指"朱草衣"，又是显而易见的手法。尽管如此，仍旧无害于《儒林外史》的伟大。这就是第三方面的问题了——艺术手法的优劣问题。

谴责小说之所以不及讽刺小说，《怪现状》之所以不及《儒林外史》，这三方面的缺点都有。我们先从吴沃尧的态度和立场方面来检查。前面说过，《怪现状》作者有一颗愤世疾邪的心，是个希望救世的爱国者。但他对社会的黑暗、丑恶太憎恨了，简直控制不住自己的感情，只图舒愤懑泄牢骚而做了一泻无遗的尽情揭露。由于主观爱憎的泛滥无归，就影响了作品的质量，造成了"溢恶失实"的过火局面。盖所谓"公心"也者，除了作者有比较正确的爱憎倾向之外，还得有恰如其分的"良史"风度和明辨是非的分析能力。吴沃尧之不如吴敬梓，就是由于他不够客观，不够冷静，不够深入，不够严肃，因此他只有浅薄的谴责而缺乏深刻的讽刺。还有，作者的立场模糊（甚至说立场反动）、思想矛盾也是使作品的感染力不够强烈的原因之一。正由于作者在思想、立场上模糊动摇，所以他不能很好地把握到客观事物的本质，只能就事物的表面现象做一些叙述。为了在这种叙述中加进作者自己疾恶如仇的情感，同时又不能抓住事物的本质打中要害，作者便只有力求在现象的描绘方面做过多而夸大的渲染来达到泄愤的目的。这样一来，表面上好像刻画得淋漓尽致，其实却因为对事物缺乏根本的理解，只能形成浮光掠影的冷嘲热骂。这就使读者一眼就可觑破作者所要表达的全部内容，再也不发生那种"谏果回甘"的滋味了。何况《怪现状》本是在刊物上连载的通俗读物，为了迎合半封建半殖民地小市民阶层读者的口味，作者自不免有迁就徇俗之处，这就更无法使作品能自始至终保持均衡稳定的艺术水平了。

再有，吴沃尧对题材的处理也大不及吴敬梓。吴敬梓在取真人真事为作品蓝本的时候并非没有经过选择。第一，在《儒林外史》里，吴敬梓所写的人和事基本上都是为其全书的主题服务的。第二，《儒林外史》中的人和事绝大部分是作者本人生活中最熟悉的。比如《儒林外史》里就根本没有"大观园"里的或"天子脚下"的人物，这正是吴敬梓忠于艺术的地方，因为他没有曹雪芹的身世也没有到过北京。第三，吴敬梓对素材有割爱的勇气。《儒林外史》中的人物形象和故事情节几乎全是"特写镜头"式的，即使他写杜少卿也绝对不连篇累牍，钜细不遗。这就使得《儒林外史》具备了主题集中、人物形象饱满、笔墨精悍的优点。至于吴沃尧对于题材，则未免细大不捐，包罗万象，有很多并非作者很熟悉的材料，只是为了猎奇凑趣，也都一股脑儿塞进作品里去。这样一来，很多并不能说明问题、也不能为作者所要表达的主旨服务的冗材赘料，也都被作者网罗在书内，形成驳杂不纯、珠玉与泥沙混在一堆的情况。于是一部以反帝、反封建为主题的作品竟不免成为供读者茶余酒后消遣的"话柄",以致大大损害了全书的价值。这也正是谴责小说终于不能同《儒林外史》那样的讽刺小说媲美的主要原因。

最后,我们再谈一下《二十年目睹之怪现状》的结构。还是先看一下《儒林外史》的结构。有人认为《外史》的结构不好,说是太散漫了,可长可短,不成间架。其实不然。第一,把很多短篇的情节场面串成长篇而为一定的主题服务,这是吴敬梓很了不起的创造。第二,《儒林外史》中每一情节的安排联系,都是经过一番匠心考虑的,不过这里不能一一分析。第三,《儒林外史》的首尾前后的布局皆有其必然的道理,绝对不是偶然东拼西凑起来的产物。等到晚清的谴责小说,就没有如此谨严了。像《官场现形记》,在从甲情节过渡到乙情节的地方,往往非常勉强,确乎有可长可短之嫌,而且有的材料也都是"话柄",可有可无,甚至有了反而多余。吴沃尧在这一点上是比较在行的,他把主人公"九死一生"和几个骨干人物如吴继之、文述农以及几个否定的主要对象——苟才和"九死一生"的伯父——先固定下来,又把做生意的由盛而衰作为主要线索。这就使全书首尾贯串,有了起伏照映,而不至于使全局涣散零乱,也不致信笔所之大跑野马。其最大的毛病还是由于题材上的庞杂造成的:有些材料显然是被硬塞了进去,致使有些故事与故事之间的情节毫无必然联系,严重地损害了布局的谨严和集中。所以读者在读此书时,往往随处有"告一段落"的感觉,而在读《儒林外史》时,却给人以一气呵成的印象,这就是两者之间的优劣所在了。

当然,《二十年目睹之怪现状》的艺术水平还是相当高的,这里不过是求全责备之意。试一检《晚清小说史》,我们就可以看到当时问世的小说,在数量上是非常大的,就连吴氏本人也还写了不下三十种;但是未被时间淘汰的作品却屈指可数,《怪现状》也是巍然长存的作品之一,足见它不论在思想水平或艺术成就方面都有独到之处。惟本文既是札记性质,也就恕不全面论列了。

附记一

读《我佛山人笔记四种》，发现有两条材料是孔另境《中国小说史料》所未列入的，现在附记在这里。至《果报》一则，《史料》已载，无须转引了。

辛卯入都，道出天津，访友于水师营。见营兵肃队奏军乐，乐止，寂然无哗。问："何故？"曰："供金龙四大王也。大王昨日来，今供于演武厅。"问："可观乎？"曰："可。第宜肃穆尔。"导至厅，厅外立披执者七八人，植立屏息，目不少瞬，若木偶然。登厅则黄幔高悬，爇巨烛二，香焚炉中。掀幔以进，得方几一，上设漆盘，盘中一小蛇踞焉。审之，无异常蛇；惟其首方，如蕲州产。以其盘屈故，不辨其修短，细才如指耳。乘友不备，捉其尾。将提起之，方及半，友大惊，力掣余肘，乃置。迨一脱手，而盘屈如故矣。时李文忠督直隶，委员来拈香，神辄附于营卒，数其无礼。文忠闻之，乃亲至谢过云。此真百索而不可解者。——《趼廛随笔》《金龙四大王》条——

……以吾所见，堂堂显宦之子，明明以嫖死，以色痨死，且死于通都大邑众目昭彰之下，犹得以殉母闻于朝，特旨宣付史馆，列入孝子传者矣，遑论乡曲小人也哉……——《趼廛续笔》《某富室子》条——

前一则即《二十年目睹之怪现状》第六十八回前半"笑荒唐戏提大王尾"的本事，后一则即指的是《怪现状》中第八十五、八十六两回所写的陈稚农。另外，蒋瑞藻《小说考证》所引的《缺名笔记》云：

我佛山人吴沃尧《二十年目睹之怪现状》，实近日说部中一杰作，不在南亭亭长《官场现形记》下也。书中影托人名，凡著者亲属知友，则非深悉其身世者莫辨。当代名人如张文襄、张彪、盛杏荪及其继室、聂仲芳及其夫人（即曾文正之女）、太夫人、曾惠敏、邵友濂、梁鼎芬、文廷式、铁良、卫汝贵、洪述祖等，苟细绎之，不难按图而索也。

张文襄（即张之洞）和张彪当是第八十二回中所写的侯中丞和侯虎，聂仲芳即第九十回、九十一回中所写的叶伯芬，曾惠敏（即曾纪泽）当然就是书中所写的那位叶伯芬的大舅爷了。而梁鼎芬和文廷式，就是第一百〇一、一百〇二回里面写的温月江和武香楼。至于卫汝贵，疑即第八十三回里的叶军门（这个叶军门也可能指的是叶志超，卫、叶当时皆败于日本），第六十六回中的侯翱初，则据《海上花列传》知为当时上海文人袁翔父。至九死一生之确为吴沃尧本人写照，单从广智书局出版的此书初印本眉批和总批里就能明显地看得出来。兹摘录本书第一百〇八回末批语如下：

上回之觅弟（按，事见第一〇七回，叙九死一生到山东沂水县赤屯庄觅弟经过）为著者生平第一快意事，曾倩画师为作"赤屯得弟图"，旋以迁徙流离，不知失落何所。……

此回之治丧（按，指第一〇八回九死一生到宜昌奔其伯父之丧的经过），为著者生平第一懊恼事。当时返榇，道出荆门，曾纪以一律云："此身原似未归魂，匝月羁留滋泪痕。犹子穷途礼多缺，旁人讲语色难扪。而今真抱无涯戚，往事翻成不白冤。回首彝陵何处是，一天风雨出荆门。"为录于此，以见此虽小说（原书误作"语"），顾不尽空中楼阁也。

不仅指出九死一生与著者之为一而二、二而一，且保存了一首吴氏的律诗。从前有人替《孽海花》作人名索隐，我以为晚清小说可作索隐者甚多，这些一面使读者知道本事与创作之间的关系，一面也可供研究近代史的人作为参考。如果把《怪现状》和《官场现形记》也大致索隐一番，也许还不算是浪费时间和精力的事吧。而且目前如果不作，再过若干年，说不定就没有人能作了。

附记二

写完《札记》，检读一九五七年一月号《文艺学习》，才发现阿英同志已重新论述过《怪现状》了。且喜拙论与阿英同志的看法大致相同，使自己多少增加了几分自信。特别是阿英同志文中所引的一段"捏粉人"的故事，确能说明吴氏这个人果然是有浓厚的爱国思想的。我这篇《札记》姑且附于骥尾，算做阿英同志那篇论文的补充和注脚可也。

一九五七年九月写于北京西郊

（录自《中国古典小说评论集》，1957年12月北京出版社出版。）

从《九命奇冤》的表现特色看它在文学史上的地位

王俊年

《九命奇冤》是中国近代的一部优秀小说。如果真正用"形象的图画"和"思想性与艺术性相统一"的标准和要求来衡量,那么它在吴趼人一生写过的十八部长篇小说(有的没有完成)中可以说是最好的一部,至少也不应在《二十年目睹之怪现状》之下。

《九命奇冤》最初发表于《新小说》杂志第十二至二十四号(光绪三十年十月至次年十二月)。它写的是清朝雍正年间,广东番禺县梁、凌两家因"风水"起祸,造成九命冤案,大打官司的故事。

关于强徒纵火,烧死梁天来家八口的大命案,在国史上原是一件真事。① 最早把这件事情写成小说的是安和先生,② 题名为《警富新书》,现仅存敏斋居士《序》的嘉庆己巳(十四年)本,共四十回,约七万来字。此书写得十分拙劣。

吴趼人的《九命奇冤》是根据《警富新书》改编而成的。但他

---

① 罗尔纲《〈九命奇冤〉的本事》《〈九命奇冤〉凶犯穿腮七档案之发现》,载天津《益世报·史学》1936年8月16日和12月6日。

② 安和先生,据李育中《最初写梁天来的小说家》文谓即与书中主角同乡、同时代的钟铁桥。详见1979年广东人民出版社出版的《随笔》第1集第185页。

只是撷取了它的故事,而对作品则进行了彻底的改造。这"彻底改造",包括思想内容和艺术形式两个方面。

在思想内容方面。吴趼人根据晚清官场愈益腐败的现实,把原作劝人安分守己、乐天知命的主题改为揭发贪官污吏之横行,暴露清朝统治的黑暗。《九命奇冤》第一回说:

> 这件事出在本朝雍正年间。这位雍正皇帝,据故老相传,是一位英明神武的皇帝。于国计民生上,十分用心;惩治那暴官污吏,也十分严厉;并且又明见万里,无奸不烛。至今说起来,大家都说雍正朝的吏治是顶好的。然而这个故事,后来闹成一个极大案子,却是贪官污吏,布满广东,弄到天日无光,无异黑暗地狱;却不迟不早,恰恰出在那雍正六七年时候,岂不又是一件奇事?

"吏治顶好"的雍正朝竟发生了这样的大命案;出了这样的大命案而从县到府到臬司到巡抚衙门长期得不到平反:这皇帝的"英明神武"岂非虚假?"清明盛世"尚且如此,其他不清明的时代更当何如?……这是作者的画龙点睛之笔!

《九命奇冤》在具体描写中更加突出了官吏的贪鄙残酷和清朝统治的腐败黑暗。如写黄千总"看见了一个铜钱,就笑得眼睛都没缝了","只要送上他几两银子,他便叫你做老子都肯的了"。他才得了凌贵兴二十两银子的贿赂,便装肚疼,说乏力,一路上"按辔徐行",有意放走了这批白日抢劫的强徒。而这在《警富新书》里,只"黄公提兵至北沙捕捉""而凌贼已远遁矣"一笔了事。在吴趼人的笔下,清代社会是那样污秽混浊:贫苦人张凤因为"生性戆直,好管人闲事",致连"佣工"也当不成,只能去要饭;后由于拒绝坏人收买,仗义为梁家冤案作证,竟被官府毒刑夹死。施智伯有才有智,深通刑律,但面对着贪赃枉法的官吏也无可奈何,最后气得吐血身亡。而恶霸凌贵兴因为有钱,从县到省,官衙简直像自己开的一样，为所欲为，如鱼得水。

　　爵兴叫喜来道："……你到了南雄，先取一万，送与刘千总……"贵兴见一一都调拨停当，便问爵兴道："不知南雄一路，是用甚么法子去处置他？"爵兴道："我托刘千总到关上去打点，见了天来时，便将他扣住，硬说他私带军火，就近把他送给地方官，再到衙门里打点些，把他问成一个死罪，岂不是干净么？"贵兴道："他并未带得军火，怎样好诬他呢？"爵兴道："贤侄好老实！刘千总那汛地上，哪里不弄出几斤火药、几枝火枪来？预先装好箱子，贴了梁天来记号，存在关上，他走过时，胡乱栽到他行李旁边，饶他满身是嘴，也辩不来！"……这样的社会，这样的官府，何等的可怕！

　　吴趼人的这些描写，就使《九命奇冤》的思想性，具有新的高度。

　　在表现形式方面，《九命奇冤》有着更多的特色。吴趼人一方面继承了中国古典小说的传统，另方面也借鉴了外国小说的手法。它既是中国章回话本小说的体裁，又采取了西方侦探小说的结构，并明显地加强了人物内心世界的描写；它用《儒林外史》的讽刺手法写官场而没有晚清"谴责小说"的流弊，效法侠义小说的"平话习气"写恶霸强盗而不落生搬模仿的痕迹。

　　光绪后期，随着资产阶级改良主义运动的蓬勃发展，西方文化源源输入，外国小说也大量传译。它们从思想内容到写作方法，对当时的智识界、文艺界产生很大影响，对吴趼人也不例外。他不仅点、评过侠心女士译述的写情小说《情中情》和周桂笙翻译的侦探小说《毒蛇圈》等许多作品，而且改写过日本菊池幽芳著的《电术奇谈》。侦探小说的最大特点，除了情节的曲折离奇，便是结构的严密。它环环紧扣，起伏跌宕，引人入胜。而人物的心理描写，则是写情小说的重要特色之一。

　　胡适曾经说过："《九命奇冤》可算是中国近代的一部全德的

小说。《九命奇冤》受了西洋小说的影响……最大的影响是在布局的谨严与统一。"① 所谓"全德"的说法虽然不甚妥当，但这部作品在结构上确有自己的特点。《九命奇冤》继承了中国章回体小说的体制，同时又借鉴了外国小说的布局。全书三十六回，自始至终写此一案，其他写贿买乡科、迷信风水、侵扰抢劫、吵嘴殴打、官吏贪污、人情险诈……都紧紧地围绕着这个大命案，成为全书的有机部分。又运用西方小说常用的倒叙手法，把本来应该在第十六回中出现的凌贵兴率盗火攻梁家的事，提前到第一回里，使读者一开头先莫名其妙地看到一个紧张、嘈杂、惊心动魄的放火杀人的场面，然后再从头一幕一幕地揭示出它的前因后果。而冤情的申雪，又时顺时逆，数起数落。如命案发生，黄知县认真勘验，严问地保，狠责栅夫，立即签差捉拿贵兴。读者满以为这下便能审清冤情，惩罚坏人，谁知忽然插进黄太太一场大闹，受了一千两黄金的贿，冤案不了了之；经过府衙、臬司的再挫三挫，梁天来拦舆递呈，萧抚院连夜传人，务要"亲自提审"，天来不胜欢喜，以为此仇必报，贵兴指日便可偿命，不料萧中丞突患"肝病"，"卧床"久久"不起"，冤案石沉大海；又经种种周折，终于遇到了一位严厉清正的孔总督，强徒一网就擒，结案定罪"处决"，大家正为梁家舒一口气，却又横生波澜——孔制台被一道圣旨调走，凌贵兴等又行贿得释：真是结构严密，情节紧张，波澜起伏，曲折动人。

《儒林外史》的优点，主要是其文"戚而能谐，婉而多讽"；刻画伪妄，搭击习俗，"则无一贬词，而情伪毕露"。晚清的"谴责小说"虽然都是学《儒林外史》的，但"辞气浮露，笔无藏锋"；② 描写社会弊恶，常常张大其词；讽刺官场腐败，又近乎谩骂，所以缺乏感人的力量，降低了文艺的价值。《九命奇冤》却成功地运用

---

① 见《胡适文存》2集卷2。
② 引文见鲁迅《中国小说史略》。

了《儒林外史》的讽刺技巧，脱去了"谴责小说"的种种弊病。它隐含不露，藏意深刻奥妙，而用语婉转诙谐。作者对于所讽刺的对象，加以典型的概括，客观的描绘，让他们通过自己的行动和说话去表现各人灵魂的丑恶，而不做主观的说明，或借他人之口"谩骂"。仿佛作者只是冷眼旁观，闲闲写去，但读来却真实生动，如在目前。且看第二十回写殷孺人挟制黄知县受贿买放一节：

……殷孺人忙问道："……老爷！你为甚放着送上门的金子都不要？是甚么道理？难道你穷的还不怕么？"黄知县道："他这个公行贿赂的，我哪里好胡乱受他？我又没有审过，知道他们谁曲谁直。倘使受了他的，做出那纵盗殃民的事情，便怎样呢？……"殷孺人道："呸！不说你没福，说甚么纵盗殃民！你既然说没有审过，哪里就知道是纵盗殃民呢？……"殷孺人忽的一下翻了脸，对黄知县道："……姓梁的所告，既然是个读书人，你怎么就说到纵盗殃民起来？你没有发迹的时候，也是个读书人，难道那时候你也是强盗么？"黄知县跌脚道："唉！你怎么这样糊涂？……"殷孺人道："我不糊涂，你才糊涂呢！你也是个读书人，你纠合过强盗么？你可曾认识过一个半个强盗么？我只当你读书明理，惺惺惜惺惺，谁和你倒拿同自己一般的人，当做强盗，还说我糊涂呢！……你要疑心到读书人是强盗，你为甚不疑心你自己也是强盗？这件事明明是姓凌的受了冤枉。明天坐堂，先把姓凌的出脱了……这八百两金子，你不受我就受了！夫妻们好也这一遭，不好也这一遭……"

黄知县竟是一筹莫展，完全屈从，最后把个八条人命的大案子颠倒黑白地处理了事。在这一回书中，殷孺人的撒泼、搅理，黄知县的惧内、无能，舅老爷的不学无术、放刁要赖，都现身纸上，声态并作。看着觉得滑稽可笑，但又觉得十分可恶。

在"谴责小说"中，官吏都生来就坏；他们的伎俩，又小异大同。《九命奇冤》则不同。同样的受贿沉冤，情形颇不一样：黄知县"为人颇觉慈祥，办事也还认真"，地保李义失职，当场便打一千板子；收到梁家状子，马上签差提人；凌家托人打点，他说"我不贪那意外之财"。但是在蛮横泼悍的太太的威逼下，终于失教丧心，干下了自己不愿干的事情。广州府刘太守是一任鲍师爷的欺蒙摆布；而鲍师爷呢，只因用了凌家六千银子，不得不"从权做一遭儿"。如果说黄知县是个懦弱无能之徒，刘太守是个昏聩颠顸之辈，那么焦按察却是个贪婪残忍的酷吏。他不落痕迹地收了二万银子贿赂，在堂上把个唯一的见证人张凤活活夹死——为凶犯灭口毁证，还口口声声地说："本司所到之处，政简刑清。"至于巡抚、总督，官做得大了，更少顾忌，且经验丰富，真所谓"老马识途""驾轻就熟"，不用费劲，就能把事情办妥：官司还没有打到巡抚衙门，凌贵兴"就拿了一挂伽楠朝珠，一座珊瑚顶子，还有两样甚么东西，做了贽见，送过门生帖子。"所以萧中丞收到梁家呈词，便"气得肝气大发，躺在床上"，并且"这肝气病，一时不肯就好"，于是，"一切公事，由得各位师爷"以及他的表弟李丰"上下其手"；新任总督杨大人呢，在赴广州的半路上就已受了姓凌的"千金之礼"，所以梁天来在码头拦舆递禀，他瞧都不瞧，便"在轿里掷了下来"！

作者在写这些贪官污吏时，既没有过甚其辞，张大其事，也没有直接插嘴声色俱厉地申斥他们，或者借书中人物之口激昂慷慨地谴责他们；相反，有时似乎倒在为他们"开脱"，如写黄知县受贿是为太太所迫，鲍师爷受贿时踌躇半天等等，但读来却觉得格外真切动人。对于萧中丞的包庇凌贵兴，写得更是隐隐约约，但稍一注意，就能看出他的"肝气大发"是装病沉冤；因此，他刚收到状子时的那种"气得要死，……马上就要行牌府县，亲自提审"云云，也就"情伪毕露"了！

清代的侠义小说，大都写"清官"带领侠客"除暴安良"的事。这些小说中，如《三侠五义》及其续书等较好的作品，在艺术上"绘声状物，甚有平话习气"。①这"平话习气"，主要指语言通俗明快，情节生动引人，风格粗豪脱略，通过人物的具体行动和他们之间的矛盾冲突来揭示人物的性格，并间或衬以世态，杂以诙谐。《九命奇冤》很受这种小说的影响。它不做静止的描写，也很少平板的叙述，而是从人物的行动中进行形象的描绘，甚至可以说立体的雕刻，所以书中的人物富有凸透感。例如第八回易行听了恶霸凌贵兴的指使打了梁天来几个巴掌，被妻子郑氏拉去梁家请罪，梁母凌氏见了很受感动一段描写：

　　（凌氏对郑氏）道："嫂嫂！你夫妻今天这一来，却增了我多少光彩！"郑氏道："不来告帮求借就好了，还说增光彩呢！"凌氏道："光彩不在贫富上，只在道理上。嫂嫂不要谈这个，我也不是为你今天来对我跪了，我就喜欢，说有了光彩。最替我增光的，是——"说到这里，伸出一个大拇指来道："有了你这么一个明白贤慧的弟媳妇——"又移过那大拇指来，对着易行道："又有了他这么一个勇于悔过的好兄弟，非但我脸上有光彩，连我凌家门里也有了光彩呢！总不惹人家说是凌家没有一个不是糊涂强盗！"说罢，呵呵大笑——他却嘴里虽是笑，眼泪却落个不止；到后来竟是笑不成功，哭出来了；又呛一口，咳嗽起来。……

短短两百多字，凌老太太的声音笑貌以及复杂的内心世界，都栩栩如生地呈现在读者面前。其他如第一回写众强徒火攻石室，第十回写凌贵兴夜惊何氏尸，第十五回写众强盗"堂前设誓"，第二十回写殷孺人大闹黄知县等等，也都绘影绘声，如见其人。

---

① 引文见鲁迅《中国小说史略》。

吴趼人对于医卜星相等江湖术士和烟鬼、赌棍等社会渣滓的生活颇为熟悉，所以他描写这些人物的形象尤为生动逼真：

> 只见屋内摆着一个课坛，上面坐着一人，头戴瓜皮小帽，身穿蓝布长衫，外面罩着一件天青羽毛对襟马褂，颈上还围着一条玉蓝绫子儿硬领，黑黑儿，瘦瘦儿，一张尖脸，嘴唇上留着两撇金黄色的八字胡子，鼻子上架着一个玳瑁边黄铜脚的老花眼镜，左手拿着一枝三尺来长的竹旱烟管，嘴里吸着，鼻子里一阵一阵的烟喷出来。右手拿着一柄白纸面黄竹骨的摺叠扇，半开半合，似摇不摇的，身体在那里晃着。隔着那眼镜上的两片水晶，看见他那一双三角眼睛，一闪一闪的，乍开乍闭。贵兴向前拱手道："先生请了！"马半仙听见招呼，连忙呵了一呵腰，左手放下烟管，把鼻子上的眼镜除了一除，嘴里也说："请了，请了。"一面说着，也向贵兴打量一番，打量过了，心中早有了主意……贵兴便将生辰八字，一一告之。半仙戴上眼镜，提起笔写了出来，起了四柱，侧着头，看了一会，又轮着指头掐了一会，放下笔来，除下了眼镜，捋了捋胡须，打了一声咳嗽，双眼望着贵兴道："贵造是一个富贵双全的八字……"（第二回）

可以看出，《九命奇冤》中这种对于强盗、强盗的"军师"以及泼皮无赖等等的描写，是从武侠小说甚或演义小说中学来的，但经过吴趼人的手写在这里，却觉得分外贴切新鲜。

在这里，有一点值得注意的地方，即作者加强了对人物的肖像描写——对于人物的容貌、衣着、姿态、声调等外形特征的描写，通过这些描写来表现人物的性格。在中国古典小说中，对于人物的外形特征的描写是不大讲究的，几乎可以说是形成了脸谱化和类型化的俗套子。如"脸如锅底，眼若铜铃"，或"面若傅粉，唇若涂脂"，或"沉鱼落雁之容，闭花羞月之貌"等等。在《儒林外史》

中，两个主要人物周进和范进也都是"花白胡子",戴一顶毡帽;所不同的,仅一个是"黑瘦面皮",一个是"面黄肌瘦",一个的毡帽是"旧",一个的毡帽是"破"而已!《红楼梦》的作者也没有着意于人物的外形描写。他或者省略,或者采用中国画里写意的手法,稍作点染,甚至未脱中国古小说中的陈套,如写贾宝玉"面若中秋之月,色如春晓之花……越显得面如敷粉,唇若施脂"之类。到《九命奇冤》才有了这样比较细致的人物外形描写(虽然这种描写还属于开始阶段,还不够精细和深刻)。人物的外形描写包括静态和动态两个方面。如果说《九命奇冤》中对于像区爵兴、林大有等强盗和殷成等赌棍那样着重显示人物的精神世界的动态描写,更多是从中国古典小说的传统手法(行动描写)脱化而来,那么,对于如马半仙那样比较细致地勾画他的相貌以增加人物形象的鲜明性的静态描写,则主要是接受了外国小说的影响。

由于作者致力艺术形象的描绘,《九命奇冤》中的不少人物在一定程度上都有自己的性格特点。如梁天来之忠厚懦弱,凌贵兴之浑瞀邪恶,凌氏之善良,张凤之义侠,区爵兴之刁钻诡诈,凌宗孔之卑污贪鄙,都能给读者留下一个较深的印象;至于胡搅蛮缠的泼妇黄太太,也不比《水浒传》中无理取闹的泼皮牛二逊色。

上面已经说过,我国古典小说的一个显著特征,是通过人物本身的行动来展开故事情节,显示思想性格;它们很少内心描写,有则也很简短,并且都和情节的发展、人物的行动紧密结合在一起,不像许多外国小说那样常常有着大段大段的纯心理描写——"内心独白"。比如《水浒传》中鲁智深三拳打死镇关西后,"寻思道:'俺只指望痛打这厮一顿,不想三拳真个打死了他。洒家须吃官司,又没人送饭,不如及早撒开。'拔步便走。"这一简短的鲁智深内心活动的描写是交代他"拔步便走"的原因;而鲁智深一走,才有"大闹五台山"等一系列故事情节的展开。但即便这样简短的心理

| 237 |

描写，在作品中也实在是凤毛麟角。《红楼梦》在这方面大大前进了一步，它采取了较多的心理描写，来揭示人物的精神面貌和内心秘密；但是，这毕竟没有成为作品的显著特色。

《九命奇冤》中的心理描写，比它以前的小说有了更大的发展，它已经成为作品的一个明显的特色。具体表现在：心理描写的文字在全书中的比重显著增加；不仅用在主人公或几个主要人物身上，而且普遍地用于各种人物身上；人物本身的内心独白与作者概括叙述人物的内心活动并用，而以前者为主，后者为辅；人物的内心独白，既不像中国的古典小说那样简略，也不像许多外国小说那样冗长。例如第四回凌贵兴"盼乡榜焦心似沸"，先写他到了放榜那天如何与族叔商量开列菜单，预备酒席，查看黄历，定庆贺日子；又高兴得连晚饭也吃不下，把新买来的京靴试了又试，叫妻子预备赏报子赏钱……初更以后，正吃酒时，忽然怔了一怔，想到"此刻已经写榜了，不知可曾写到'凌贵兴'三字"，担心"万一不中，如何是好？……"但当他听了族叔说马半仙算的命"没有不灵的"话以后，又"不觉哈哈大笑起来……"接着写他如何"听得门外面一声锣响，人声嘈杂"，以为是报子到了而心中大喜，又随着"那人声锣声"地慢慢去远而"一阵心乱如麻"，想到"头一次下场，就中了，只怕没有这等容易……"但又转念："不管马半仙算的命灵不灵，一万三千银子的关节，早就买定了，哪有不中之理！"忽又想道："关节上的几个字"，虽然"已经嵌了上去，但似乎勉强些，万一王大人看不出来，岂不坏了事？……万一别人破题上头，也无意中弄上了这几个字……岂不是误了我的事！"想到这里，"不由的汗流浃背起来，坐不住，走到床上去躺下"，但一会又起来漫不经心地走着，自己安慰自己，肯定"那关节上的几个字"，只有自己知道，别人决不会也恰恰用了它；可是接着又回念："天下事也难说，万一果然有这等巧事，那就怎么样呢？"他侧耳听到外面已打三更而唉声叹气，想到这次如果"不去下场"，此刻反倒"安安稳稳的睡觉了"。又想到，如果真的中了，"明日穿了衣帽去拜老师，簪花赴鹿鸣宴"，那是何等开心的事……待听到人声再起，继而渐又远去，他决心"不等了"，走到内室，"和衣睡下"；可是怎么也睡不着，不到一刻工夫，又站起来，走到外面，"对着那残酒默默的出神"，认为天已五更了，再不会有什么希望。可是，当宗孔提起写榜从第六名写起，最后才写前五名时，他又转忧为喜，想入非非，决心再等下去……直到天色发白，门外叫卖"新科解元试录"！他才低头长叹，完全绝望，不由得全身发起抖来……这段描写，把凌贵兴这个纨绔子弟热衷功名，盼望乡考捷报的那种百转千回，坐立不安，时喜时忧，时惊时疑，时悔时恨……的细微复杂的内心活动，表现得淋漓尽致；从而从一个侧面，有力地揭示了他庸俗、邪僻的性格特点。刻画封建士子醉心科举功名最好的《儒林外史》，应该说也没有这样出色的描写。这段心理描写，共有两千多字，由于作者不是孤立地、静止地描写，而是通过人物的内心独白与人物的行动紧密结合或穿插在人物的行动中进行描写，所以真实、生动，趣味盎然，毫无冗长乏味之感。又如第十八回：

　　……一席话听得贵兴目定口呆，宗孔摩拳擦掌，爵兴搓手顿足。他三个人，却有三般心事：贵兴为的是白费精神，白耗银钱，未曾杀得他一个，不胜懊恼；宗孔是一不做二不休，道："他既未死，何妨今夜再去结果了他？"爵兴是想到他家男子未死，闹下这场大事，他一定不肯干休，过两天不知他如何告法，这场讼事，很有得纠缠呢。

短短不到一百五十个字，写出了三个恶棍在听到梁天来未被烧死、并已向县里报案的消息后不同的精神面貌和内心活动。如果说前例是用人物内心独白的形式表现，那么这里纯由作者作概括的叙述。下面再看人物内心独白和作者概括叙述同时并用的例子：

当钦差未到以前，李丰就打听得两个钦差，一个是原审这案的孔制台，一个又是自己叔父。这位叔父是锋芒刺骨的一位风厉先生，京里的权贵，见了他也惧怕三分，如何敢去行贿？思量不如赶紧回去，告诉贵兴，叫他出海逃走罢。想定了，便收拾行李，准备动身。忽然又想起："贵兴是可以逃走的，但是我呢？——当日我也曾代他经过几回手，彻底根究起来，恐怕终不能免，难道我也跟他逃走么？若是不走呢，闹到头上来时，少不免要担点处分，并且恼了我叔父，以后要谋一个馆地也难了；若竟跟他走了，我所犯的罪，总不至于死，何苦离乡撇井的走到外国去呢！"想到这里，不觉呆了。忽又回想："贵兴虽说是个读书人，其实他的行径，犹如市井无赖的一般。他闹了这个重案，本来是神人共愤，天地不容的。我莫若拿了他的贿赂，到叔父那里去出首，将来就是问到当初我曾经过手的一节，我此时已经先行出首了，自然可以免罪，也可以讨好叔父。"又想道："这种办法，未免对不住贵兴。"因此又踌躇着，独自一个人，心口商量了半天。到底顾全了贵兴，便误了自己，只好对不住也做一次的了。决定了主意，就仍在客寓守候。等到一天，钦差到了，他便走到行辕求见。……

首尾两头是作者概括叙述，中间是人物内心独白，有详有略，简洁而又具体，把李丰出首前那种隐微激烈的思想斗争过程成功地揭示了出来。这样，不但深刻地表现了这个拉纤耍奸、趋炎附势的市侩的性格特征，而且使读者感到这个人物有血有肉，增加了作品的艺术魅力。

晚清"谴责小说"的重要缺点之一是描写上的千篇一律，缺少变化。《九命奇冤》的作者则独具匠心，每一次控告，写来都不一样，使读者毫无重复呆板之感。吴趼人的这种"匠心"，不是表现在一两处地方，而是贯穿在整部作品之中。如第十六回写众强徒夜袭梁天来家,从区爵兴发令分兵八路出发,到正面火攻石室,到最后各路完成任务向爵兴交令,前后各自照应,穿插一丝不混。三路正面进攻者发令时简单一提,攻击时详细描写;五路侧面堵截官军者正面一笔不写,只在"复命"时说出各人的执行情况。而"复命"又是先后不一,详略有异;"战事"的发展,有的与事前的预想大体一致,有的略有出入,有的则完全出乎意外。第二十九回"爵兴再点将"——派五路人马去截杀梁天来,写法与前又各不同。这回算无遗策,布置色色周到,真为梁天来捏一把汗;可结果却着着落空,天来竟安全度岭到京城告御状成功,众强徒反落了个死路一条。

诚然,《九命奇冤》并非是一部完美无缺的小说。在思想上,吴趼人不仅保留了原作告御状成功,冤案得到昭雪,坏人一体治罪的光明结局,而且满怀深情地加强了对孔大鹏、李时枚、陈枭台(化名苏沛之)的描写,更加突出和美化了这三个大清官的形象;另外,他竭力渲染、歌颂易行之妻(郑氏)、贵兴之妹(桂仙)等正面人物,也往往是从封建道德上着眼的。这些,都表现了作者改良主义政治思想和旧的道德观念的局限。在艺术上,人物的个性刻画还不很鲜明,甚至有些人物的性格前后不够一致。如第三十一回写区爵兴向苏沛之谈他到南雄的真实目的,不符合他一贯的性格特点——区爵兴是个老奸巨猾、鉴貌辨色的"军师",他怎么肯贸然向一个素不相识的人吐露真情?他有着性命交关的大事在身,又哪里能轻易随便醉酒?至于反映生活的深度和广度,以及创造典型形象等艺术上所达到的总的成就,当然更不能与《红楼梦》《三国演义》《水浒传》《儒林外史》等中国第一流的小说相比。

但是,《九命奇冤》尽管存在着这些缺点和问题,它在中国近代小说中毕竟是一部不可多得的作品,并且它在中国文学承前启后的历史发展中占有一席重要的地位。《九命奇冤》在思想内容上摒弃了中国古典小说中不同程度地存在的宣扬"忠义",散布神道迷信、因果报应，鼓吹天意宿命等等消极成分，并和当时的《官场现形记》《二十年目睹之怪现状》等"社会小说"一样，对现实社会的封建统治核心——阶级压迫的机器——官场进行集中的、全面的、直接的抨击，以及它在结构、人物的外形描写、人物的心理描写等艺术手法方面的革新与进步，这在中国资产阶级走上历史舞台，鼓吹科学民主，呼喊变法维新，进行社会革命的历史行程中具有时代的意义。同时，《九命奇冤》的这些"新变"，也是它在从中国古典小说走向现代小说的过程中所建立的历史的功绩。

一九八一年八月二十日于北京

（录自《社会科学战线》1982年第2期）

论《恨海》中的人物塑造

[加拿大] 迈克尔·伊根[①] 著　　赵鑫虎　译

这本论文选的宗旨是披露中国小说在晚清时期所经历的许多变化。对一本单一小说的一个方面进行详细的考查，必定有助于体现正在发生中的转变。为了这个目的研究人物，触及了小说如此多的面，势必能达到尽善臻美。在1906年出版的、而被吴沃尧忽视了的、但很重要的和创新的小说《恨海》中对于人物和人物塑造的探索，将对显示在世纪交替时期前后中国小说的进展大有助益。

《恨海》具有一个单一的情节结构；换句话说，它具有一个贯穿全文的单一的连续性故事，而且人物的倾向性小而稳定，这同它们的情节和次情节的多样化，以及以大量的人物登场等特点的传统的中国的叙述方式区别开来。《恨海》焦点集中的人物寥寥无几，而且有意让读者注视他们，以免因迅速发生的场景变化而分心，或者，记住一群昙花一现的人物以争相吸引人们的注意力。这样一来，这一部单一情节的小说在情节的叙述展开中，着重突出了某种狭窄的人物塑造方式。

读者和人物之间的亲密关系至为重要，因为《恨海》关心人物

---

① 迈克尔·伊根（Michael Egan）曾获加拿大多伦多大学博士学位。

超过了关心事件。它的情节依赖动态的和心理上的人物塑造超过了依赖行动。书中的主角们,以及主角与主角之间的关系,随着情节的发展而不断变化。这一点使得《恨海》在其铺叙方法上和它先期的小说相比,有了显著的不同,而这也为中国小说的创作指出了新的方向。

读者从第一回开始得到的第一个暗示是,与其说这是一部关于行为事件的小说,倒不如说它是一部关于塑造人物灵魂的小说。这个介绍部分的作用,犹如在更传统的虚构小说里的一个序言:

> 我提起笔来,要叙一段故事。未下笔之先,先把这件事从头至尾想了一遍。这段故事叙将出来,可以叫得做写情小说。我素常立过一个议论,说人之有情,系与生俱来,未解人事以前,便有了情。大抵婴儿一啼一笑都是情,并不是那俗人说的"情窦初开"那个"情"字。要知俗人说的情,单知道儿女私情是情;我说那与生俱来的情,是说先天种在心里,将来长大没有一处用不着这个"情"字。但看他如何施展罢了。对于君国施展起来便是忠,对于父母施展起来便是孝,对于子女施展起来便是慈,对于朋友施展起来便是义。可见忠孝大节无不是从"情"字生出来的。至于这儿女之情只可叫做痴;更有那不必用情,不应用情,他却浪用其情的,那个只可叫做魔。还有一说,前人说的那守节之妇——心如槁木死灰,如枯井之无澜,绝不动情的了,我说并不然,他那绝不动情之处,正是第一情长之处。俗人但知儿女之情是情,未免把这个"情"字看的太轻了。并且有许多写情小说,竟然不是写情,是在那里写魔;写了魔还要说是写情,真是笔端罪过。我今叙这一段故事,虽未便先叙明是写哪一种情,却是断不犯这写魔的罪过。要知端

详,且观正传。①

从以上所言可以看出,作者的旨趣跟一般小说家在引子里一方面表白自己扬善斥非之旨,而另一方面又不免淫声浪语充斥于字里行间的那种陈套是迥然不同的。作者在这里把人的情明显地区分为不同的若干类,而且特别指明一点:《恨海》中所标榜之情,绝不是传统的所谓剑侠情侣中的那种虚夸的"情",也不是淫秽小说中描述的那种下流的"情"。关于寡妇们的章节提醒读者,对爱情的过于轻率必将带来悲伤。这些信号暗示着小说的重点将落在"情"上,而不是落在行动上。

故事涉及两个主要人物:一个是男青年伯和,他的行动或多或少地代表了传统的一套,而他的遭遇形成了更深的心理情节所依托的媒介;而他的未婚妻棣华,书中对她的叙述是更加时新的,她的思想状态被定向于叙述之中,而且,在小说始末中都经受了感情上的扰乱。②

在故事的开端,以传统的方式介绍了伯和与棣华。然而,同许多传统的小说相反,书中没有对于形体的描写;只写出了他们的姓名和年龄。减少对外部特征的注意是同其它晚清小说,尤其是同吴沃尧和李宝嘉写的那些小说中的人物介绍是一致的。最初对伯和的叙述是由他未来的岳母张太太提供的,当时她和她的丈夫商量将女儿棣华嫁给伯和的打算,叙述的中心是伯和的精神品质:

> 祥儿的举动,倒比他兄弟活泼得多。常听说,读书也是他聪明。至于和气不和气,这句话更可以不必说,此刻都是小孩子见识,懂得什么?③

---

① 吴沃尧:《恨海》。
② 《恨海》的故事梗概在米列娜·多莱热洛瓦—维林吉诺娃的文章《情节结构类型学》中作了介绍。
③ 吴沃尧:《恨海》。

书中直率地告诉读者关于伯和的个性特点（活泼和聪明），他曾经从传统的关于外部特征的描写做过推断，然而那些外部特征本身尚未被提出来。

有鉴于此，在故事开始所提出的资料，概述了在受传统约束条件下的主角。一个紧要的场面被草草地设计出来了，而且在此场面内部存在着一个属于熟识的线型的老套人物。

第六回描写了伯和因一群义和团员的抢劫而同未婚妻离散，被赶到一个客栈里安顿下来，以便等待棣华们的到来。当大批义和团员到达这个客栈时，他已溜之乎也，几乎全部忘掉了对爱人的思念。他回头望去，只见那个客栈已被付之一炬，只想到也许其他旅客仍被困在里面吧。

这是一段小小的插曲，其本身并无多大意义，可是它是为预告伯和品质更加堕落服务的。后来，他被一个外国兵击伤，躲在一间无人住的已被废弃的房子里，这间房子显然归一个富有的药店老板所有。几周后，他被一个外国军官发现，他伪称是逃亡的房主人的用人，而且出于忠诚，冒着个人生命危险，留下来保护主人的财产。军官为奴仆如此忠于主人而深受感动，允许伯和取走店里全部动产，运到上海去，以便保护主人的合法利益。伯和当然赞成——这个令人钦佩的青年，曾经像一个胆小鬼，而今却变成了一个骗子。

伯和的进一步堕落是由未来的岳父张先生说出来的，他在棣华再三地请求下曾经寻找过伯和。在此，吴沃尧违背了传统的小说直线时序设计，而是运用了一种时序倒装法——和他在一些其它小说里一样使用了同一种手法。张鹤亭此人，对叙事人的意见来说，成了一个多余的中间人；这就使故事更为生动透彻，正如现在他用伪装奴仆的方法来表达一样，富有浓厚的人情味。

张所讲的消息说，他曾在上海的一个鸦片贩子那里遇到过伯和。在去上海的船上，伯和结交了一个名叫辛述坏的枣贩子。就是这个枣贩子将伯和引入了迷津。伯和因那笔不义之财而变坏，又被大城市的花花世界所诱惑，浪迹于上海的地下社会，吃鸦片上了瘾。后来，他又被一个名叫金如玉的妓女欺骗，罄其所有，席卷而遁，使他穷极潦倒，求助无门，终于沦为一个乞丐。

叙事人在正文中重述到恋人们的故事。棣华之父将伯和请到家里，规劝他戒掉烟土。伯和虽然也努力了一阵子，并搬到张家来住，但是，他的打算落了空；他又回到了街上。伯和最后死在医院里，当时有棣华陪伴他：

> （棣华）三步两步走近榻前去看。只见伯和双颊绯红，额黄唇白，已是有出气没进气的了。棣华哭道："陈郎！你看看奴是谁来？"伯和微睁双眼道："姊姊！我负你！"说罢，那身子慢慢的凉了，两颊的红也退了，竟自"呜呼哀哉"了。[①]

我们终于在小说结尾处得到了对伯和的一种直接的外部的人物塑造方式，同时，这也就向我们指出，穷途末路的、潦倒而亡的伯和在临终前是个什么样子，而当故事开始时，他这个人一度曾经是一个那么美好的人物形象。在对外部事物的直接描绘中，这是一个创新：与其说是在情节的结尾，不如说是在情节的开端；这是一种写实的，代之以理想化的描写；而且最重要的是，与其说它是用来描绘动态性格的，毋宁说它是用来描绘主角的静态性格的。伯和心理上的堕落和肉体上的堕落一样，作者对此描述的功夫也已达到娴熟无比了。给我们留下的形象是彻底地更改了我们对他作为一个逗人喜爱的、聪明的、甚至是合时宜的、快乐的年轻人这样一个在小说开始时就有的概念。

伯和的动态性格首先仍然表现在他的肉体堕落上，而不是表现在他必须经受的心理变化上。他的所作所为比他的所思所想更为重

[①] 吴沃尧：《恨海》。

要。伯和的思想是经常流露的,但是,由于他的主要作用在于为情节提供行动,所以,那些思想几乎常常局限于非常具体的场面以内。关于做什么,他必然弄不清楚,或者,在一定的环境里如何前进也觉迷惘,但他不感苦闷,也不去作哲理的探究。当伯和的思想受到压力时,读者可以洞察到他的内心。但是,关于伯和如何思念棣华,或者,关于他如何因堕落而受苦,并未由心灵的独白泄露出来。在他避开义和团团员们的追击之后,彷徨着不知去到何方时,伯和暗想:

> 拳匪恨的是洋人,我只要离了此地,到内地去,或者可以无事。但是到了内地,他们来时,从何处找我呢?不如径到西沽大车店里住下,他们来时,必要经过,可以相见。[①]

由此我们可以看出伯和是精明的,但一定会在别的场合得到对他的个性的更深入的了解。

《恨海》中另一个主要人物棣华也是动态的,但她的性格是以十分不同于伯和的方式变化的。《恨海》一书也可以说是关于棣华如何因伯和的失足而被摧垮的故事。失去了棣华一方,伯和的受苦受难便失去了意义。棣华对伯和的爱情是她个性中唯一不变的东西。她被悲伤摧垮了,而她在小说结尾处十分不同于在小说开始处作为一个无忧无虑的少女的她。伯和的堕落推动了故事情节的开展,而棣华的反应乃是《恨海》的焦点所在。

两个人物中棣华是更现代的:对她的描述更多的是心理上的。介绍她的方法比介绍伯和的更加老练。她作为一个十分普通的姑娘、一个传统教养的产儿被介绍给读者:

> 棣华便不读书,只跟着白氏学做女红,慢慢便把读过的《女诫》《女儿经》都丢荒了,只记得个大意,把词句都忘了。[②]

[①] 吴沃尧:《恨海》。

[②] 同上。

原本看来，她是一个被动型的、不公开暴露感情的、屈从于父母之命、一切听从未婚夫安排的妇女典型。但当伯和离开她的时候，她被迫掌握自己的生活，并且做出自己的决定。她必须照料母亲，还要寻访伯和，她不像伯和，显出她具有丰富的感情生活，而且，她能够从她的感情上表现出直接的和值得赞美的风度。她寻访伯和是被一个梦所激发。这个梦告诉她伯和对她有何等意义。她自己振作起来，摆脱了悲观失望。棣华是讨人喜欢的，不像开始时似乎是那种传统的老式女性似的。当然，作者用以展示这位女性所采用的种种形式，较之那些用以叙述伯和的形式更为时新。这种时新是由在正文中所使用的种种形式设计来表示的，这和用故事发展线索中的感情内容一样地进行表示。

在一部传统的小说或叙述正文中，叙事人的论述和书中人物论述的交替部分互相对照，并且被清楚地描绘出来了。在晚清时期，标点符号的使用是最不规则的，在两种论述之间的区别是用上下文表示的。使用不同的代名词，出现会话用的小品词，一个句子可以分成几个子句的一种变换等等。① "在传统的文章里，叙事人的论述将无痕迹地披露讲话人和他的组织控制，同时，在人物的论述中，讲话人和他的控制就会感到没有任何拘束。"② 正文中叙事人的部分被不偏不倚地提出来，而以人物的言语被清楚地区别开来。人物的言语被明白地叙述，而在提示上是毫不含糊的，它和在会话上一样，或明白地标志着内心的独白，或自言自语。

在近代文学的演变中，一个重要的结构上的变化，即在叙事人的论述和人物的论述之间的明显界线也已经弄模糊了。为了给予作

---

① Z. 斯卢普斯基和 J. 卡洛斯可瓦：《在现代中国小说中类型学分析的若干问题》，载于雅罗斯拉夫·普实克教授编《中国文学史研究》（巴黎，1976 年），143—153 页。

② 卢博米尔·多莱扎尔（Lubomir Dolezel）：《捷克文学中的叙述方式》（多伦多，1973 年）17 页。

| 249 |

者更多叙述的可能性,两个被忽视的因素之间的对立或已成了中立化。"其结果是一个过渡地带已经趋向明朗,象征性的……由于或多或少地逐次出现含糊的段落。关于这种含糊的最重要的设计,就是所谓象征性的论述。"①

当使用了象征性的论述而不是直接论述时,正文连接了叙事人的论述和人物的论述的迄今为止分离的动词特征和语义特征。作为一个结果,读者不一定知道他是从何处得到消息的:是从假设的被动的叙事人处呢,还是从一个人物的主动思想处得到的。象征性的论述含糊地代表读者的态度、观点和评价;或者,人物的称呼;或者,读者的问题,似乎还是叙事人论述的部分。因此,在一部近代的小说里,现实可以被更替,读者必须仔细检查,观察是否他的感觉就是叙事人的论述,是否他的感性就是叙事人论述的客观"事实",或者,乃是对一个人物的主观臆想。

在《恨海》中,对象征性论述的使用还不是充分发展或熟练的,但是,存在着叙事人的正文和人物的正文之间界线模糊不清的种种表象。② 这种中立化是不平衡的;它在描绘成对的人物伯和与棣华时不是同等地表现的。当涉及伯和的正文时,叙事人的论述和人物的论述之间的区别往往是清楚的。接着的典型段落是描写伯和、棣华及其母亲从北京的逃亡。逃难途中挤满了难民,而他们的车夫拒绝再往前走:

> 伯和听得,便出来问怎么样了。那车夫道:"不必问怎么样,总而言之,这买卖我不干了。算还了我车价,我回去了。"

---

① 卢博米尔·多莱扎尔(Lubomir Dolezel):《捷克文学中的叙述方式》(多伦多,1973年)18页。

② 对现代中国小说中的象征性论述尚未作过系统的研究。然而,它在茅盾的小说《子夜》中的出现,是由J·普实克在《对中国文学中小说的几点意见》(载于M·保罗·德米艾维尔编《中国问题研究文集》(巴黎,1966年),218页上指出的。

伯和问这一个车夫道:"你呢?"车夫道:"他不干由他不干去。只是你们四个人同坐了我的车,只有一个牲口,那里拉得动?早知道要长行,应该弄一辆双套车才是。"①

谁讲的和在什么时候讲的都交代得很明白,当逃避义和团之时刚巧是伯和心理上思考之时,这都被清楚地点明。但当正文描写棣华时,在叙事人的和人物的论述之间的线成了模糊不清的,而读者被蒙在鼓里,往往直到最后时刻,连这个段落是否是叙事人的还是人物的正文部分都不晓得。这个效果是用在标志人物论述的关键词的使用上的一个转换来达到的。

《恨海》像传统的叙述一样,使用关键词以标志直接的论述。在缺少标点的情况下,诸如"说"或"道"那类词用来标志言语。在《恨海》里的内心独白是以诸如"暗想""心中暗想""回想""想罢"和一般的"想"那样的关键词开头的。这类关键词可以在前面引用,也可以在一段思想之后引用。

在描写伯和的期待和棣华的期待段落中如何使用关键词之间还存在着区别。当时作这类思索的人是伯和,那些子句几乎都一成不变地在分段之前,而且预先做好标记。但棣华常有开始时没有内心独白的任何线索,从人物的论述到叙事人的论述的更替突如其来,况且没有预告。接着的章节描述同伯和离别之后的棣华,当时她思考着自己的命运和一个难民一样。这段章节以那象征性论述的过渡性质而闻名。要注意语法上的人称和动词时态的突然转变,也要涉及棣华的暂时的和空间的地位,以及她对形势的主观评价:

他今年才十八岁,便遭了这流离之苦,将来前程万里,正未可知;说不得夫荣妻贵,我倒信了他的福了。②

读者不了解哪种思想是棣华的,哪种思想是叙事人的。在小说

---

① 吴沃尧:《恨海》。
② 同上。

里相似的段落司空见惯。棣华多次的内心独白,而且将修辞的技巧和问题编织进正文中去,而指向棣华主动的语义全都归结为观点上的显著转变。小说的叙述得出了正在从棣华的观点传送过去的印象。这是为了使她的心理状态比伯和的心理状态成为情节的一个更为实质的部分。正文指明了她的敏感性,也披露了她的感情状态,同时,伯和的思想大都是同世俗的实际事物有关的。这是一个文字的和语义的文体同内容一起变化的实例。①

小说中最动人的场面之一是第五回里棣华的梦境。吴沃尧在此处熟练地运用了以一个梦来模糊现实与想象之间界线的传统设计。然而,吴使用了新的文体上的技术以增强一种旧的设计,确实致使事实和幻象模糊不清。在文中可看到一种关于文体和内容的全面掺和:

(棣华)便在白氏身边睡下,一心一意去想念伯和,不知他今夜又宿在哪里?这等乱离之际,不知可曾遇了强暴?又不知可曾安抵天津?……那心中忽喜忽悲,说不尽的心事。

正欲睡去,只见五姐儿来说道:"恭喜小姐,你家陈少爷到了!"棣华听说,连忙起来问:"在那里?"五姐儿道:"在外面,就来了。我同小姐去看来。"棣华便起身同五姐儿走到门外一望,原来是一条康庄大道,那逃难的车马络绎不绝,那里有个伯和在内?正自仔细辨认时,五姐儿指着前面道:"小姐你看,那边不是陈少爷么?"棣华顺着所指处望去,果然伯和跨了一辆车沿,笑容可掬的过来。暗想:车里面还有甚人?他还是跨着车沿呢!回眼一看,那赶车的正是出京所用、今天早起回了他的那个车夫。不觉暗暗欢喜道:原来是他代我们寻

---

① 在引文符号中介绍伯和的思想比棣华的那些思想往往更为封闭,由此把这些思想进一步从正文的其余部分和从读者的感觉里分开,也是值得花精力的,但要了解是否这些引文符号的消除是打破在叙事人论述和人物论述之间僵硬障碍的一个早期形式上的记号,或者是在晚清时期对西方的标点符号介绍进中国文章中的一种无规律的用法的结果,是困难的。

着的。因便高声道:"伯和贤弟!"叫了两声,那辆车子从自己身边经过,伯和却只做听不见,车夫赶着牲口,径投南道上去了。棣华不觉十分悲苦,暗想:他一定是怪我一向避嫌,不肯和他说话,因此恼了我了。又不好意思过于呼唤,拿着手帕在那里拭泪。忽听得旁边有人说道:"好忍心!姊姊一向不理我。"回头看时,不见了五姐儿,却是伯和站在那里,不觉转悲为喜。正欲说话,那过往的车子内,忽有一匹牲口走近自己身边嘶叫起来,不觉吓了一跳。猛回头看时,只见眼前漆黑,不见了伯和,那牲口还在那里嘶叫。宁神一想,原来还睡在炕上,炕几上的灯已经灭了,那伙客人骑来的驴子拴在院子里,在那里嘶叫。才知道是做梦。①

由此可见,叙述技巧成了非常时髦的、富于弹性的和不稳固的。当涉及棣华时,对她的描绘主要是心理上的。伯和的存在主要是为《恨海》的情节提供具体的行动,而专用于他的人物论述是相当地直率和坦白的。

《恨海》在使用更多的小人物这一点上也颇有趣。围绕着两个次要人物——娟娟姑娘和伯和的弟弟仲蔼,也构成了一个次要情节。在小说开头,这一对是未婚夫妻。姑娘的双亲由于政治和社会的动荡已逃离北京,而她和父母一起走了。仲蔼留在北京直到他的父母被义和团员杀死之后才离京去另觅前程。两个人物一直脱离中心舞台直到临近小说的尾声。正当伯和去世以前,仲蔼正静悄悄地向棣华和她的父亲走近。但是,直到丧事过后好些时光,他还没有与娟娟重逢。他暗想,自己数年来守身如玉,现在不如同朋友一块儿去逛逛妓院。天哪!其中的一个妓女竟是那个在第一回后销声匿迹的娟娟。这个场面已经逼近突降法和夸大刺激法的边缘,他俩彼此已

---

① 吴沃尧:《恨海》。

认出,但都未出声。这幅小小的插图就是小说中最后场面。

  次要情节是很简明的,唯有第一回和最后一回里仲蔼和娟娟双双出现。显然,次要情节的存在决非是为了它本身之故,而是为了提高我们对两个主要人物伯和与棣华的重视而已。他们两对的爱情都遭到了相似的悲剧结局。头一对,男子遇到了坏的结局,而另一对则是妇女遇到了坏的结局。次要情节为主要故事提供了镜子般的、讽刺性的对应物,这是由于次要人物同主角们的对照非常成功。所以,次要情节在小说的最终结尾处有它的收场,在伯和的丧事场面以后,这是使我们确信的最后一点证据:生活的确必然是一片"恨海"。

  仲蔼的出现俨然是他兄长伯和的翻版,甚而是在同一个句子里介绍的:

    夫人李氏,所生二子:大的名祥,表字伯和;小的名端,表字仲蔼。①

  再一次没有形体的描写,只是在棣华之母谈论伯和时一起谈论了仲蔼;我们知道他的品质同伯和一样,而在小说开始时已经十七岁了。②叙述的焦点间或落在他身上,但他的最重要的作用,乃是作为一面镜子,在他的映像中,我们可以看到在故事结尾处所反映的其他人物。

  另一个次要人物娟娟描述得很少。结果是她毕竟是一个在《恨海》中已经定了型的仅有的重要人物。其名娟娟乃是美丽的意思,这是较为模糊的启迪,而她是得到形体描写的唯一的人,尽管描写得简单,如在小说开端:

    娟娟仍旧上学,同着读书。她生得眉清目秀,齿白唇红。③

  这段描写和她欢快、爱笑的事实同她后来悲惨的命运相对照。

---

① 吴沃克:《恨海》。
② 同上。
③ 同上。

在这一点上,她与伯和类似。她是一个定型人物,其中对她的形体描述用来暗示个性。她大约处于成为一个静态人物和一个动态人物之间的中途位置上。在刚开始时她的命运是以定了型的方式暗示的,尽管遭遇把她带到与她原来完全不同的状况中去了。她对她变化了的地位的反映没有描绘出来,因此,情节的种种要求使得这样的一种描写成为多余的和渐减的。

两个次要人物的作用在于用它为两个主要人物提供对立面的方式丰富主要情节。他们的功能只在于起到一个对照的作用,本身并无什么独立价值可言。

还有,两个辅助人物也值得一提。这就是棣华的母亲和商贩辛述坏,后者对伯和的影响极坏。尽管书中对她的母亲的描写落笔不多,然而,她对情节的重要性同给予她的空间总量比较是不相称的;不是因为她参与了情节(辅助人物的传统作用)的直线发展,而是由于她起了棣华的一个陪衬的作用。母亲的在场,增强了棣华去克服她的悲观情绪,并且,在试图努力获致她自己命运的好转中产生更积极的作用。由于辛述坏来自上海社会底层,他是不罕有的。这类人物在较传统的小说中通常扮演配角。对辛本来应该写得更好一些,他对伯和施加了道德上的影响,纵使这一影响极坏。他就这样成为传统的乞丐形式之上的一个样板,并且表示了一个新的意愿,即对如何成为一个很窄的人物阶层得出一个更圆满的处理办法。

总之,《恨海》是在晚清小说中对人物和人物塑造方面变化的实例。在《恨海》里的革新对虚构小说在中国的发展是有贡献的。在同西方小说的采取的过程相平行的对于爱和情的更深入的心理描写中做了这些发展。吴沃尧有意要计划写一部关于感情和心理的小说;在序言中他表示了关于探索他的人物的感觉这一意向。同时,小说没有披露吴沃尧用夸张的方式谈到的关于情的一切形式,它的确把关于伯和与棣华的爱情的简短的小故事讲得很好。它也许可以被看作是中国心理小说的发端吧。其中的人物随之发生了变化，而且深化了情节。

严格地说，对立在以前已经是事实，它以陈套的人物塑造指定情节中许多事件的模式。主角们演得很得体，反派角色耍尽阴谋，而恋人们必定已经憔悴，彼此为对方去死。一旦人物被树立起来，情节只能在一定范围内发展。正如埃德温·米尔（Edwin Muir）曾经指出过的，这些与其说是行动的小说或人物的小说，毋宁说是心理的小说。

然而，《恨海》的情节是关于它的主角们的人物塑造的过程。如果他们没有变化和发展，就会没有情节。反之，情节的全部行动唯有一个宗旨：以深切地感动读者的方法去改变恋人们的关系。当《红楼梦》在很大程度上依靠心理描述的同时，它可以声称，贾宝玉基本上是贯穿整部小说始终而保留下来的同一个人。在《金瓶梅》的人物中也体现了相同点。在《恨海》里，伯和已经被生活、环境和他本人个性中的缺陷改变了。这部小说的情节是在他的人物中变化的故事，以及他们对棣华施加的影响。从前，人物已经决定了情节；由于是第一次，情节也决定人物。而且，情节由爱情障碍的故事组成，乃是中国文学中的一件新事物。在一种非常时新的方法上，自由和因果关系在《恨海》中是极为重要的。《恨海》的社会现实是晚清虚构小说的典型；当它同"情"和心理现实的主题联系起来时，对于《恨海》应当倾听像巴金和郁达夫那样的作家们的意见。

（录自复旦大学中文系近代文学研究室编《中国近代文学研究》（1），1991年10月百花洲文艺出版社出版。）

《上海游骖录》

——吴趼人之政治思想

阿　英

在吴趼人所写的小说之中，《上海游骖录》可说是失败的一种，也是最足以代表他自己思想的一种。谈吴趼人小说的人，很少提到这部书，我想，除掉"不经见"的理由外，大概就是因为他的写作技术的失败。这部小说，最初分期发表在《月月小说》上，宣统元年七月才印成单行本，收作群学社刊印的《说部丛书》第二十五种。全书分作十回，回目是：

第一回　恣毒焰官兵诬革命　效忠忱老仆劝逃生
第二回　家散人亡思投革命党　乘风破浪初逢留学生
第三回　论党人乡老微言　阅新书通儒正误
第四回　喜慰三生得逢志士　横陈一榻纵论新书
第五回　论窑工失败识由　来谈保险利害权得失
第六回　屠牖民巷中交女友　辜望延涉足入花丛
第七回　革命党即席现奇形　李若愚开诚抒正论
第八回　程小姐挥拳打浪子　李若愚掉舌战儇儿
第九回　论时局再鏖舌战　妒同类力进谗言
第十回　因米贵牵连谈立宪　急避祸匆促进东洋

从主人公辜望延被逼离开湖南，写到他再被逼离开上海。作者本来还有续下去的意思，成一本《日本游骖录》，结果是并没有做得出来。他写作这一部小说的动机，在书后的跋文里说得很清楚："以仆之眼，观于今日之社会，诚岌岌可危，固非急图恢复我固有之道德，不足以维持之，非徒言输入文明，即可以改良革新者也。意见所及，因以小说体一畅言之。"这部小说，是具体的反映了他对于社会改造的意见，他的人生哲学。故在研究作者思想方面说，《上海游骖录》一书，是比他的其他著作，更为重要的。我们可以先看他是怎样的开场：

轰轰轰，萍湘乱，醴陵乱。考诸舆论曰："此饥民，此无告穷民。"闻诸官府曰："此乱民，此革命党。"又闻诸主持清议者曰："此官逼民变。"此三说者，各持一义，我不能辨其谁是谁非。况且我近来抱了一个厌世主义，也不暇辨其谁是谁非。只因这一番乱事，在这乱地之内，逼出一个顽固守旧的寒酸秀才来，闹出了多少笑话，足以供我作小说好材料。并且这些材料，又足以助起我的厌世主义，所以我乐得记他出来。唉！看官！这厌世主义，究竟是热心人抱的，还是冷心人抱的呢？我也不必多辨。我还记得古人有两句诗，说道："科头箕踞长松下，冷眼看他世上人。"后来金匮金圣叹先生批评道："此非冷极语，是热极语也。"可谓把古人心事，直抉出来。照此看去，可见凡抱厌世主义的人，都是极热心的人。他嘴里说的是厌世话，一举一动行的是厌世派，须知他那一副热泪，没有地方去洒，都阁落落阁落落流到自家肚子里去呢！我愿看我这部小说诸君，勿作厌世话看，只作一把热眼泪看。

合这后跋前引来看，作者写作这部小说的态度，已经是很明白了。他是一个厌世主义者，但他所以然走向厌世，是因为对社会感到失望。他自己说："我从前也极热心公益之事，终日奔走不遑。后来仔细一看，社会中千奇百怪的形状，说之不尽，凭你什么人，终是弄不好的。凡创议办一件公益事的，内中必生出无数的阻力，弄到后来，不痛不痒的，就算完结了。我看这种事多了，所以顿生了个厌世的思想。"他苦恼得把自己的眼泪向肚里流。他不想说话，他又忍不住不说，结果是写出这部《上海游骖录》，来一泄他自己的愤慨，来发表藏在他深心里对社会改进的热望。在外表看来，他是最冷的，实质上他是最热的，他如此的替自己辩解。

《上海游骖录》里反映的作者愤慨与希望，是些什么呢？简单地说，他不满意清廷的实施，不满意"官逼民变"的种种行动；同样的，他也不满意于革命党，觉得这一班人是不能成大事的。他觉得要改进中国，只有如他自己所想的去办。他藉书中的人物李若愚的口，说出了许多意见，主要的是：

> 我所说的改良社会，是要首先提倡道德，务要使德育普及，人人有了个道德心，则社会不改良；并非要扭转一切习惯，处处要舍己从人的。
>
> 德育普及，是改良社会第一要义。至于一切习惯，都是道德沦亡之后，才有这等坏性质。所以我说要德育普及，是改良社会第一要义。至于一切习惯，东西异俗，尽可各从其便。若一定要舍己从人，反可以崇拜外人之心。况且举动一切，都是形式上的问题，与道德毫无干涉的。
>
> 我主张德育普及，并不是死守旧学，正是要望道德昌明之后，不为外界动摇，然后输入文明，方可有利无害的意思。（第八回）

这是吴趼人所开出的救治中国的方案，这是怎样的一种唯心的迂腐的主张！但他自己是很以这种主张为是，而希望"海内小说家"来"相与讨论"。他强调自己的主张，反对革命；《上海游骖录》主要的，就是要暴露"党人的丑态"，从文学上为清廷出力，来镇压那时期的革命。所以，在他笔下出现的党人，都是些行为极卑劣的，专门打野鸡，骗钱，五十金就可以出卖主义的人物，姑不论其会不会有这种现象，但作者的恶意是可知的。他主张镇压，并且很具体的一再提出如此的办法来：

> 这里头政府也担着一个不是，把海外的侨民视同膜外，任从人家虐待，永远不想保护。于是那谈革命的人，便乘机蛊惑，说现在政府无用，必须建设了新政府，便可以如何如何保护侨民。所以侨民便信了。此刻各处搜捕革命党，也不问真的假的，胡乱诬人，其实，这等胡闹，越闹越激的民心思变。倒是急与各国订约，把保护侨民一事，视为重大事件，倒是正本清源的办法。（第七回）

又一次发表这种主张的时候，他并自己做结道："所以我说尽力保护侨民，可以消除革命的风潮。"（第八回）在当时一班腐朽之中，吴趼人的办法，可以说是比较进步的。他知道革命活动的基础建立在海外，便想用"釜底抽薪"的方法，从华侨方面来着手，当然更强调于他之所谓政治改良。而在国内呢，他的办法，是除正当的逮捕外，就是尽量诬蔑造谣。他恶意的指出革命的动机是：

> ……到了近年以来，东西交通，输进的新学问不少，而且又多了洋务一派人，看得中国古学不甚重了，便有一两个名士，想到从此以后，不能以旧学问骄人了。无奈肚子里却没有一些新学问，看了两部译本书，见有些什么种族之说，于是异想天开，倡为革命逐满之说，装做了那疯疯颠颠的样子，动辄骂人家做奴隶，以逞其骄人之素志。据我看来，还是名士的变形罢了。可有一层，他的文章却做得好，足以动人，所以就有这一班随声附和的了。（第七回）

讲革命，在他看来，不过是一班新名士要达其"骄人的素志"而已。至于"种族革命"的口号，他认为一样是不对的："讲到种族革命一层，我以为只以颜色为别。你看白人，他们自己未尝无龃龉，未尝无战争，及至对于黄人之问题一起，他们便互相联络来对待我。我们黄人，又岂可以自相离异，与人以隙呢？"（第九回）他是企图以这样的理由，来打击"种族革命"的口号，在民众间所起的影响。并且有时是更进一步的，藉"与人以隙"为理由，反对中国革命：

> 但是讲到革命一事，谈何容易！以现在而论，有断断乎不能讲革命的两个道理。第一，是时势不对。大凡甲与乙挑战，必要丙之地位，没有人干预，甲乙两个，方能各放出真本领，真力量，见个高下。若是丙地位上有一个人要来干预，不是助甲，便是助乙，这就无从见我的真本领，真力量了，何况丙地位上又不止一个人呢！此时各处都有教堂，通商口岸又多，一旦我国内有事，外人便要以保护教堂，保护产业为名，起而干预。他到了一处，便派兵镇守，竖起他的国旗，无论你谁胜谁败，这片地位算占领定了，这不是鹬蚌相持，渔人得利么？（第六回）

从帝国主义干涉的一点上说，他也是反对革清廷的命。他同意于说清廷的腐败，但认为这决不是革命所能解决，必得从"德育"方面下手。只有"改良"，不要"革命"，更不要革清廷的命，这是吴趼人的最基本的一贯的主张。他曾经用一个警喻，来说明自己的理想：

> 譬如我这房子，是住宅房子，一家老少，都这样住惯的了，此刻因为他倾圮了，要翻造，然而也得要照住宅房子的样式改起来，方才合用，总不能改一所门口向天的房子，也不能改一所没有门口的房子。这且不必说。住宅房子，总不能改作庙宇，庙宇总不能改作厕所，厕所总不能改作衙门，衙门总不能改作店铺。总而言之，是各有各用，亦即是各有各习惯的缘故，不能一说改，便胡乱都可以改的。（第八回）

吴趼人对于辛亥革命的意见，到这里，大体是已经清晰了。他是一个反对新学,反对革命,对尽量输入西洋文化,对着帝国主义势力颤抖的人。他的思想,是十足封建的,比《老残游记》的作者刘铁云更落后。不过,他在封建社会中,还算比较清明正直的,因此,他也不满意于清廷的许多设施,如乱行拘捕,残害民众之类。本书自第四回以后,一直攻击革命到底。前三回则尽量地写出官方的残暴,他们可以自由地把一个善良的百姓当作革命党来处置,与可以无法无天的很自由地去烧掉一个村子,到处抢劫,强奸妇女,任意搜括。他对这样的暴行,在书的开始,就予以辛辣的讽刺,说是:"看他那勇往直前之概,若移在甲申甲午两年去用了,只怕中国早已文明了。怎奈那两年他不用,直到这回(指对民众)才用出来。"(第一回)而认定在官方是绝对的没有道理可讲。他借为辜望延牺牲了的老仆的口说:

> 现在不是讲道理的世界,那督抚大吏,倘使他讲了道理,他的功名就不保了。是个讲道理的人,他也不等做到督抚,便参革了。并且认真是讲道理的人,就给他一个督抚,他也断不肯做。你若要对大人先生讲道理,还不如去对豺狼虎豹讲呢!

(第一回)

这愤慨也是显而易见的,"要对大人先生讲道理,还不如去对豺狼虎豹讲",其痛恨的程度,可说是已经到了很高度。然而他并不肯想,是这个统治根本要不得,只是以"人心太坏"作为理由。他又借望延邻舍的对话,更进一步的发泄他的愤慨道:

> 一个道:"他们做官的人,杀人放火都没有罪的,真是便宜事。"一个恨恨的道:"□□的官,强盗罢咧。"一个道:"遇到强盗,还可以到衙门里去告;遇了他们这一班瘟元帅,还没有地方好告他呢!真是奉旨的强盗!"(第二回)

在当时那样的暴政之下,民间是如何的被残害,即此可知。"奉旨的强盗",这是多么愤激的语言。可是官吏是只知道升官的,只知道诬陷小民，作他升官的阶梯，"一把京城琉璃厂所卖的七星剑"可以作为罪证，可以把预作好的罪证"会匪的票布"，带到你家来。这是何等的暗无天日！吴趼人在这些地方，却又把他们也是写得连猪狗都不如！

《上海游骖录》所反映的作者思想体系如此，他的任何著作中都不曾有过这样清晰的他自己的面影。这篇真是他的一部政论，这政论，毫无疑问，是反动的。所以，我们要考察清末的"反革命文学"，这倒是一部很重要的文献。

这部小说所写的故事很简单。军队开到湖南的一个村子，各处骚扰，儒生辜望延说了一句："他们当兵的自有兵权，岂能骚扰百姓，难道没有军令的么？"于是便被捕捉，派作革命党。老家人辜忠，设法叫了两个妓女，把守兵弄醉，放走了望延，第二天辜忠就被杀了，全村也遭了洗劫。辜望延愤慨至极，逃到上海，要投革命党，遇着了与革命党颇有来往的李若愚。这李若愚所代表的，就是吴趼人自己。因此，他认识了四个党人，这些党人都是些色鬼、烟鬼，打秋风者，招摇撞骗，无所不为，使他很失望。在这个时候，故乡又来了信，说要通缉他，他无可奈何，又东走日本。书写到他离开上海，便完结了。

书的前几回，写得很不差，不愧是名家手笔。但一半以后却愈写愈坏，到简直不成其为小说的程度，而且范围拉得很广阔。如第五回"论窑工"，"谈保险"，在社会经济史上，虽不能不说是好材料，但就全部小说讲，这一回尽是衍文，前既不关，后也不连。最后三回，更只有政论的对话，说不上什么"艺术"。所以，把《上海游骖录》作为小说来看，这是吴趼人一部失败之作；作为吴趼人的思想研究的资料，是一部不能缺少的著作。

（录自《人间世》第32期［1935年7月20日］）

《吴趼人传》和《趼人十三种》

吴小如

近来读了两种有关吴趼人的资料：一种是李葭荣（字怀霜）写的《小说家吴趼人传》，另一种是吴趼人本人的短篇小说结集——《趼人十三种》。

《吴趼人传》对于研究吴氏的生平、思想和作品相当重要，阿英的《晚清小说史》和北大中文系五五级同学集体编写的《中国小说史稿》都引用过它，但原文迄今未重新发表。今据传文所记，有以下几点值得注意：

一、吴趼人的曾祖是清代大官僚吴荣光。吴荣光镇压过瑶族起义，官做到湖南巡抚。吴趼人虽接受资产阶级改良主义思想，对清王朝表示了很多不满，但他始终站在维护封建统治阶级利益的立场看问题。这和他的家庭出身显然有关系。吴荣光又是个金石收藏家，对诗文、历史都有些研究，这对吴趼人的文化教养也会发生影响。

二、吴趼人的父辈亲支有弟兄三人，家庭矛盾很大。从传文的记载可以印证《二十年目睹之状现状》（以下简称《怪现状》）中所描写的九死一生的种种家庭变故，实际上都有作者自己的生活经历作蓝本。但小说的情节却并非作者生活实况的翻版，可见有些人动辄以历史真实或生活真实与艺术真实完全等同起来（如风行一时的关于《红楼梦》的"自传说"以及各种"自传说"的变种），并用来考证小说的取材真伪，是非常错误的。

三、吴趼人有一定的爱国思想，在参加反华工禁约运动中表现得比较好。但他也有很顽固的国粹思想和比较狭隘的乡土观念。

四、传文中对吴氏的道德品质和处世态度有较详细的描述，足资参考。

五、吴趼人对清王朝的谴责和揭露并不彻底，特别是在《怪现状》里自始至终流露出相当浓厚的消极厌世思想。这在《吴趼人传》中可以找到很确切的证明：

> 《怪现状》盖低徊身世之作，根据昭然，读者滋感喟。描画情伪，犹鉴之于物，所过著景（着影）。君（指吴趼人）厌世之思，大率萌蘖于是。余尝持此以质君，君曰："子知我！虽然，救世之情竭，而后厌世之念生，殆非苟然。"闻者惜之。

这正是一个封建知识分子在尖锐的社会矛盾中看不到出路的真实反映。《中国小说史稿》强调地批判了这一点，是正确的。但游国恩先生等编写的《中国文学史》在评价《怪现状》时却对这方面略而未及，似嫌不足。

《趼人十三种》是1910年（清宣统二年）夏历三月由上海群学社出版的，下距吴氏逝世不过半年。这本书实际上是从《月月小说》上抽出来的十三种作品的合订本，包括作者零星发表的短篇小说（这是主要部分）以及笔记、诗稿等。《中国小说史稿》曾说：

> 吴趼人的短篇小说不多，合刊登在《月月小说》上，后集为《趼人十三种》，大都是失败之作。……吴趼人的短篇小说，都是1906年写的，对于了解后期的思想非常重要。

这话基本上是正确的。不过从这本集子里几篇主要作品来看，觉得吴氏在当时写短篇小说，还有一定的针对性。

光绪末年，以慈禧太后为代表的统治集团为了欺骗中国人民，曾搞了一场"预备立宪"的鬼把戏。尽管吴趼人站在维护清王朝的立场，也看穿了这场骗局的底里，对这"立宪"表示了怀疑，并加以嘲讽。书中主要的几篇像《光绪万年》《无理取闹之西游记》《立宪万岁》《庆祝立宪》和《大改革》等，都是针对当时的假立宪进行的口诛笔伐。如《光绪万年》一开头，作者就说：

> 自从光绪三十二年七月十三日，诏天下臣民预备立宪，于是在朝者旅进旅退，撙让相语曰：立宪立宪！在野者昼眠夕寐，引颈以望曰：立宪立宪！在朝者对于在野者，曰封、锁、拿、打、递、解、杀，立宪立宪；在野者对于在朝者，曰跪、伏、怕、受压制、逃避、入外籍、挂洋旗，立宪立宪。如是者年复一年，以达于光绪万年。

又如在《立宪万岁》中，作者把清王朝统治者比作玉皇大帝，把许多顽固的腐败官僚比作一群畜生。故事的结尾是这样写的：一群畜生从报纸上看到朝廷改定官制、预备立宪的消息，政府发布诏令，添设了陆军、海军、法、度支、民政、外务、邮传、学、农、商等部，然后说明："诸仙卿议定，此外不再更动，诸天神佛，一律照旧供职。"这条消息最后说：

> 今晨入奏，玉帝已经允准。……故今日散朝时，通明殿上，一片欢呼之声，皆曰立宪万岁，立宪万岁！

这群畜生"围观既毕"，"犅"（一种兽名）笑曰：原来改换两个官名，就叫作立宪！""龟"却说："不然！他这是头一着下手，以后还不知如何呢！"作者紧接着写道：

> 犅曰："你不看'此外不再更动，诸天神佛，一律照旧供职'一句么！据此看来，我们的饭碗是不必多虑的了。"群畜闻言，不觉一齐大喜，亦同声高呼"立宪万岁，立宪万岁"！

这和作者写的《俏皮话》《新笑史》等都是同一机杼，利用寓言的形式对清末腐朽的政局进行了嘲讽和谴责。这充分说明封建统治势力已经垮台，即使像吴趼人这样的人也不能隐忍不言了。

但是，这种嘲讽和谴责看似犀利，却不深刻；虽然痛快淋漓，总觉得是泄愤的漫骂而非强有力的鞭挞。何况作者对君主立宪制度确实存在幻想，认为只要真正"实行立宪"，"大地山河"就会"变态"（见《光绪万年》），这种想法在1900年以后，已经是落后的了。

《十三种》里面写得比较成功的，是题为《查功课》的一篇速写。这个短篇利用西洋小说的形式，通过对话和漫画式笔触，写出清政府的督学夤夜以查功课为名，跑到学堂里搜查《民报》，结果一无所获的场面。而《民报》乃是同盟会的机关报。这个故事反映了当时的青年知识分子渴望接受进步道理的心情，也写出封建统治阶级在暴风雨前夕的张皇失措。

此外，在《义盗记》中，反映了作者对资本主义社会制度的迷信，妄想设置了警察就会消弭了"盗贼"，暴露了作者思想中非常落后的一面。还有一篇《桂琬节孝记》（收在本书的《趼廛剩墨》内），竟大肆宣扬封建贞节思想，连早于吴趼人一个半世纪的吴敬梓的思想水平都不如，则更是一无足取的封建糟粕了。

　　小如按：此文约作于六十年代"文革"前夕，七十年代末略作修改，收入《读书丛札》（香港中华书局版），后北大出版社出修订本时又删去。

（录自作者著《读书丛札》，1982年1月香港中华书局出版。收录时由作者加了按语。）

试论吴趼人的短篇小说

陈子平

假如以今天的标准来衡量评估吴趼人的短篇小说，我们可以轻而易举地得出这样的结论：其思想是矛盾落后的，其艺术是粗糙肤浅的。然而，在中国小说史上，吴趼人的短篇小说毕竟是历史不可或缺的一环。透过其矛盾落后的粗糙肤浅的表面，以历史的眼光去考察和审视，我们可以探寻到其历史发展的内在逻辑，并真正把握吴趼人短篇小说的思想性和艺术性的实质。

一

吴趼人的十篇短篇小说的主题主要集中在这样四个方面：1. 对清廷"立宪"骗局的揭露；2. 对官场黑暗的批判；3. 维护封建的旧道德；4. 对洋人侵略的痛恨和对外来文化的拒斥。这四个方面，吴趼人所表现出的思想倾向和价值取向，有其积极的一面，但矛盾落后的一面也是显而易见的。

《庆祝立宪》（1906年10月）、《预备立宪》（1906年11月）、《大改革》（1906年12月）、《立宪万岁》（1907年2月）、《光绪万年》（1908年2月）等都是取材于晚清反动统治者玩弄的"立宪"骗局这个敏感的政治问题。作者对假"立宪"的揭露批判是及时的、有力的。《庆祝立宪》借"莽夫"的口把批判的锋芒直指"预备仿行宪政"谕旨："目前规制未备，民智未开，不能立即实行宪政。"《预备立宪》则淋漓尽致地解剖了一个鸦片烟鬼欲借"立宪"之机，达到自己当议员或推选自己的亲友当议员，从而能最大限度地满足自己私欲的阴暗和丑恶嘴脸。作者在"附训"中说："预备立宪，预备立宪，而国人之见解乃如此，乃如此。若此者，虽未必能代表吾国人之全体，然而已可见一斑矣。抑吾又思之，若此者，已可谓之有知识之人矣。其与此事相隔一万重隔膜者，犹不知几许人也。此虽诙诡之设词，吾言之欲哭矣！"作者对"立宪"命运的忧患意识溢于言表。

如果说，《庆祝立宪》《预备立宪》只是从侧面去揭露清廷玩弄"立宪"骗局的鬼把戏，那么《大改革》《立宪万岁》则从正面揭露了清廷假"立宪"的实质：换汤不换药。在《大改革》这篇小说中，作者悲叹道："我这篇《大改革》是欢欢喜喜作的么？不然也，我一面作，一面气恼，一面落泪，一面冷笑，一面叹气。"一个陷在嫖、赌、吹中的几十年的"浪子"，居然一夜之间"回头"，接受朋友的忠告来了一场"大改革"：由原来单单抽鸦片烟，改为把鸦片混在滋补品中一起抽，从前吃二两，如今吃二两五钱；由四处游荡赌博，改为固定在一家名为"有进庄"里赌；由到处逛妓寮改为在一个妓寮的门外贴上公馆条子，把四五年的老相好改称老婆。作者的批判锋芒毕露，难怪他的朋友周桂笙在篇后"评语"中写道："枨怀时局，无限伤心，诙诡之文耶？忧时之作也。吾展读一过，欲别赐以嘉名，曰立宪镜。"《立宪万岁》则描摹了一幅天庭"立宪"图，实则是清廷"立宪"漫画化的讽刺。作者在篇中借特的口说："原来改换两个官员，就叫立宪。"

然而，吴趼人对"立宪"骗局的揭露毕竟是立足于这样的基础上的：实行真正的"立宪"就能拯救灾难深重的中国。《庆祝立宪》《预备立宪》《大改革》《立宪万岁》对"立宪"骗局的批判揭露，最终只是为了达到作者在《光绪万年》中所倾注全力美化的立宪盛世的到来服务的。作者满怀欣喜地写道："噫噫！旧说胜矣，其竟验矣，今日已为光绪万年矣。"在作者的内心天平上，对真正"立宪"成功的虔诚向往和坚定不移的信念与对假"立宪"的深恶痛绝的愤怒和批驳，占有同样的砝码。为了尽情地讴歌真"立宪"的至善至美这一心造的幻影，作者极力把"立宪"以外的诸如革命等一切改造中国的手段喻之为"扫帚星"，极尽夸张之能事，肆意地描摹它的危害和可怕。而"光绪万年"所谓"真"立宪成功的良辰美景作者又做了最大限度的渲染：

启键出户，见道路平坦洁净，大非昔比。行人熙来攘往，皆有自由之乐，非复从前之踢天蹐地矣；修洁整齐，非复从前之囚首垢面矣；轩昂冠冕，非复从前之垂头丧气矣；精神焕发，非复从前之如醉如梦矣。噫！异哉，何崇朝之间，人物与大地俱变耶？是不可解，是不可不急求其解。走叩戚友，戚友大笑曰："子日言天文，而不知人事，舍近求远，果何为哉？不知宪法已组织完备，今日已实行立宪耶！"

应该说，作者对清朝的反动统治的本质是缺乏认识的。他对"立宪"骗局的揭露所流露出的落后的矛盾心态，正是由于他对清朝最高统治者抱有幻想，他的思想还停留在改良主义的水平上。

吴趼人的短篇小说中对官场黑暗的批判是同他的长篇《二十年目睹之怪现状》等一脉相承的。《平步青云》（1907年2月）漫画般地描写了一位清朝官员为了"平步青云"而把上司送给他的一个洋瓷溺器"捧到桌子上，藏在紫檀龛里，香花灯烛供养起来"，使之也"平步青云"起来。作者不惜笔墨，让这位官员的丑恶嘴脸得到了极度夸张的展示:"我们做官的人,上司便是父母,父母赏的东西,怎敢怠慢。……我每天起来,洗过了脸,便先到这里,恭恭敬敬作三个揖。我见了它,就犹如见了上司一般。"但这样肆意渲染地对官场的揭露批判,并不意味着作者对封建官场黑暗的本质有着正确的认识。在《快升官》(1907年2月)中,作者虽然也揭露了封建官场升官的一大秘诀;然而,作者却把惩罚官场黑暗的希望寄托在封建的王法上。朱某弃"仁义"而出卖朋友赵某,以致升官发财,最终只是恶有恶报,仇有仇报,落得个人头落地,恰好和赵某同样的下场。作者因果报应的思想是显而易见的。

吴趼人对封建官场黑暗的揭露批判所呈现的心态也是落后矛盾的。一方面他对封建官场的黑暗深恶痛绝,另一方面却又把希望寄托在最高统治者所制定的王法和因果报应这一虚幻的人间铁律上。这落后的矛盾心态也与作者的改良主义思想密切相关。

吴趼人在《上海游骖录》自跋中说:"以仆之眼观于今日之社会,诚岌岌可危,因非急图恢复我国固有之道德,不足以维持之,非徒言输入文明,即可以改良改新者也。"(《月月小说》第八号)像历代深受儒家思想束缚的中国传统的士大夫一样,吴趼人是始终站在维护封建旧道德的立场上的。在《义盗记》(1906年12月)中,作者着力塑造了一个虚假的"义盗"形象。这一个杀人抢劫、无恶不作的强盗,竟然集仁义孝道于一身,宁死不卖兄弟以求富贵,临刑前还跪拜于堂下,向母亲忏悔自己的"不肖"。更为离奇的是,这个将被砍头的强盗竟深明大义,为国家民众利益着想,以自己所盗来的赃物千金,呈于官,高瞻远瞩地向县官建议:"倡设警察,警察严,则盗自匿迹,无须辑捕矣。"作者想借这个虚假的"义盗","以愧今之士大夫",反映出作者思想中迂腐落后的一面。作者在篇后"评语"中还煞有介事地叹曰:"呜呼!叔季之世,道德沦亡,富贵热中,朋友道丧,以吾所见,盖多多矣。如此盗者,吾尝求之于士大夫中而不可得，不图于绿林豪客中见之，天壤间其犹有人乎？道德其犹未尽亡乎？何以草莽中崛出此义侠而明之人也。"这欲盖弥彰的悲叹，恰恰典型地流露出作者为了极力维护封建旧道德而不惜自慰自安、自欺欺人的落后的矛盾心态。

有着国仇家恨的吴趼人（参见李育中《吴趼人生平及其创作》，《中国近代文学评林》第2辑，第61页），对帝国主义的侵略是咬牙切齿的。当美帝国主义疯狂虐待在美华工的时候，吴趼人"拂衣谢居停，去汉之沪，到岸迎者百余人，旋乃力谋抵制之策，登坛演说，庄谐并陈，闻者时而歌，时而泣，不自知其然也。"（据胡寄尘《我佛山人遗事》，见《黛痕剑影录》）当"反华工禁约运动"失败以后，上海绅商尽弃前耻，大开欢迎美国兵部大臣达乎特时，吴趼人挥泪撰写了短篇小说《人镜学社鬼哭传》（1907年11月），对洋奴的卖国嘴脸作了淋漓尽致的揭露批判。然而，吴趼人的一腔爱国热忱不过是建立在传统的封建旧道德的基础上的。因而，他在对帝国主义的侵略满腔悲愤的同时，又认不清它们的反动本质。在《黑籍冤魂》（1907年1月）的"引子"中，作者以一段虚构的神怪故事，有意无意地抹杀了帝国主义侵略中国的反动本性，小说在"引子"中所呈现出的题旨是有害的，甚至是反动的。同时，吴趼人对外来文化也是一概予以拒斥的。"欧美文化，被于吾国，男女平等，同享人权。先王授受不亲之教，久成粪土，故出女子捧觚以娱宾也，可谓识时务矣！"从《人镜学社鬼哭传》这一段讥讽中，我们可以略见一斑。

归纳吴趼人思想的矛盾落后的一面并不困难。困难的是我们如何从历史发展历程中找到其内在的逻辑。在近代文学史上，面对历史新旧交替的大动荡所产生的落后的矛盾心态决不只吴趼人一个，晚清其他杰出的小说家如李伯元、刘鹗、曾朴等也属此类。这说明这种吴趼人式的落后的矛盾心态决不是偶然的现象，而是有其历史的必然性。

在中国近代史上，面对外敌入侵，外来文化猛烈撞击中国传统文化，社会急剧动荡，中国传统的知识者呈现出五种矛盾心态：

1. 偏激的矛盾心态。以康有为、梁启超为代表。康梁起初以极端的反传统的面目出现，对西方文化也一度表示了极大的推崇和宽容。然而最终还是回到了极端地维护传统的道路上来。这促使他们打圆圈的轴心，恰恰是中国的传统文化心理。

2. 保守的矛盾心态。以林纾为代表。林纾向来固守在中国传统的文化营垒里营构自己的精神家园，从未跨出传统文化营垒半步。他对西洋文学名著的介绍，只不过是为"我注六经"地弘扬传统的中国文化服务的。对西洋文化的道听途说和一知半解，使他更坚定了对传统文化顶礼膜拜的信心。因而，当"五四"新文化运动兴起时，他流露出极端的不满和愤恨。这与其说是他疯狂反扑、极端反动，倒不如说是他一向保守的矛盾心态的真诚流露。

3. 苦闷的矛盾心态。以王国维为代表。在近代，只有王国维才真正向现代人跨出了第一步。他深受西洋文化的影响，对西洋文化做了尽可能的吸收。然而，传统文化心理积淀的沉重包袱又压得他喘不过气来。王国维的苦闷，是一个开始步入现代门槛的中国知识者的苦闷。

4. 软弱的矛盾心态。以严复为代表，严复是一个执着地向西方寻求真理的人，在理智上，他是尊崇西方文化的。然而，情感的因素又制约了他对西方文化的正确估价，理智随之变得软弱了。因而，对中国传统文化的极力维护，又毫不令人吃惊地集于其身。

5. 落后的矛盾心态，以近代文学史上的几位杰出的小说家为代表，诸如吴趼人、李伯元、刘鹗、曾朴等。他们对西方文化知之甚少，然而，凭着作家对历史和现实所特有的敏感，他们又有强烈的改良社会的意识。但传统的封建旧道德又制约着他们对反动统治者的认识。因而，他们所流露出的心态与时代相比往往是落后的。

五种心态（矛盾是其内核）的划分，只是硬行切割。其实，它们往往交织在一起，很难分清，我们只想以此说明，孤立地谈论吴趼人的思想矛盾落后是没有多大意义的，只有从中国知识分子面对中西文化的大碰撞所呈现的心路历程这个角度，我们才能真正把握到吴趼人短篇小说中所呈现的落后的矛盾心态。这种落后的矛盾心态，决不只是个人的偶然现象，而是一种历史心态的缩影。

二

吴趼人的短篇小说的艺术性相对于中国传统小说有其独创的一面。首先，他的短篇小说不再仅仅是对神鬼妖怪的想象描摹，而是现实生活的再现。中国传统小说（短篇小说）是六朝志怪小说的延续和发展，很少有现实生活的直接描摹。作家往往以对妖魔古怪世间的想象夸张间接地影射现实生活。吴趼人的短篇小说没有完全摆脱志怪小说的窠臼。但毕竟已越出"雷池"一步。《庆祝立宪》《预备立宪》《快升官》等都是现实生活的直接描摹。

其次，叙述模式开始尝试突破传统的短篇小说的束缚。传统的短篇小说叙述模式往往是采用第三人称，人物只是被动地被叙述，作者处于无所不知的地位，很少转换叙述角度。吴趼人的短篇小说开始尝试新的叙述模式。《预备立宪》《大改革》都用第一人称，"我"成了全篇叙述的一个角度。而在《黑籍冤魂》中第三人称和第一人称并用，叙述角度的转换运用还是比较成功的。

再次，结构方式的创新。中国传统的短篇小说的结构方式呆板单一，往往追求线形的时间顺序结构，故事有头有尾，人物有始有终。即使带有倒叙、插叙，也不影响整篇的顺序结构。吴趼人的短篇小说开始尝试多种方式的结构。《庆祝立宪》只是以"莽夫"的演说为中心来安排情节，长篇的演说代替了冗长的故事来龙去脉的交代。《查功课》只抓住了一个特写镜头来反映清政府对学生接受新思想的迫害，结构方式是新颖的、独特的。

然而，吴趼人短篇小说的艺术性毕竟是粗糙的，肤浅的。我们可以简单地概括如下：

1. 虚构的主观随意性。吴趼人短篇小说的故事情节，往往为了达到所要表达的主旨，不惜牺牲艺术的真实性，而主观随意的编造。这种主观随意性的虚构，往往与作者对传统艺术的因袭模仿紧密联系在一起。《义盗记》的艺术情节显然是从蒲松龄的《聊斋志异》模仿沿袭而来。作者为了达到维护封建旧道德的目的，虚构了一个"盗中有道"的故事，"以愧今之士大夫"。但对传统艺术的套用和模仿，主观随意不近情理的虚构，损害了作品的艺术创造。《黑籍冤魂》所套用的传统小说的"引子"更是极大地损害了全篇的主旨。作者为了沿袭传统的艺术结构，不惜"甘冒不韪"，以一段有意无意地为帝国主义的鸦片侵略开脱罪责的虚构故事来求得传统艺术的圆满。这当然反映了作者世界观的局限，但也不能忽视传统艺术的因袭重负也是其中的重要媒介。

2. 描写的夸张失实。鲁迅先生在《中国小说史略》中曾说吴趼人的短篇小说《二十年目睹之怪现状》："惜描写失之张皇，时或伤于溢恶，言违真实，则感人之力顿微，终不过连篇'话柄'，仅足供闲散者谈笑之资而已。"批评是中肯的，切中其弊的。这段话用来批评吴趼人的短篇小说也是适用的。在《大改革》中，作者为了使主旨达到影射清廷"立宪"骗局的需要，从而使之成为"立宪镜"，对"浪子"嫖、赌、吹和"大改革"的夸张失实的描写，多少损害了其艺术的真实性，流露出为讽刺而讽刺的浅露。《平步青云》中，作者为了揭露官场的黑暗，借一个洋瓷溺器大做文章，也多少流露出作者的小说艺术夸张失实的一面。

3. 议论过多。吴趼人的短篇小说几乎每篇都充斥着作者的议论,这些议论多少能起到结构故事的作用,但毕竟不是艺术的真正的有机组成部分,而是作者外加的,更多的是为了说教。因而,大大削弱了小说艺术的魅力。《庆祝立宪》几乎是通篇的"莽夫"议论,《黑籍冤魂》的前后议论,《人镜学社鬼哭传》中的议论,等等,都不能不说是小说艺术的败笔。

4. 结构的不完整。这在几篇具有独创性的小说中表现得尤为明显。《庆祝立宪》只以"莽夫"演说为中心,艺术结构的不完整自不待言。《查功课》只是以对话组织情节,而情节只不过是一个小片段,艺术结构也是欠完整的。

5. 重事不重人。吴趼人的短篇小说重笔落在故事情节的叙述上,几乎完全忽略了人物形象的刻画。像《预备立宪》中的"某人",《大改革》中的"朋友",《快升官》中的"朱某"等,都可以成为很好的人物形象或典型。然而,作者为了追求故事情节的曲折动人,却只把他们安插到故事中,使人物成了故事的附庸,而忽略他们的性格、心理刻划。因而,吴趼人短篇小说中的人物性格不够鲜明,也是毫不足怪的。

站在今天的高度,我们可以不加思索地罗列出吴趼人短篇小说艺术的肤浅粗糙。然而,从文学发展史的角度看,我们却无法轻易地指责其艺术的低劣。吴趼人短篇小说艺术独创和不足恰恰是艺术发展历程中必经的一环。

中国近代文学是真正处于承上启下的历史阶段的文字。传统的文学艺术受到外来全新的文学艺术的冲击,传统艺术面临蜕旧变新的转换。一方面,传统艺术在顽强地制约着文学艺术的变革;另一方面,外来的文学艺术的强大冲击波在强烈震颤着传统文学艺术的营垒。于是,新的文学艺术的发展在两面夹击中艰难地前行。全盘西化和全盘传统化都同样不可能。因而，艺术的独创与艺术粗糙肤浅必然结合在一起，这是蜕旧变新的转变过程的必然，也是历史局限的结果。一代文学艺术家无法超越历史的樊篱，去做跨历史的工作，正如我们无法跨越当今时代去从事未来历史所赋予下一代的工作。这决不是懒惰的遁词，而是历史的铁律。当吴趼人的短篇小说艺术同时呈现出独创的一面和肤浅粗糙的另一面的时候，这毕竟是中国小说发展史上的一个标志，我们可以贬低它，但却无法否定它。只要它历史地真实地记录了一代文学艺术发展的轨迹。我们就无法抹去它的印痕。

不是吗？当"五四"新文学兴起的时候，人们或许要对吴趼人等近代小说家嗤之以鼻，然而新文学却还得在他们的基础上才能迈出新的步伐。他们尽管可以表面无视近代小说家的存在，然而真正的艺术发展的内在轮胎还得在近代的起点上运行向前，中国新文学的发展正是在继承基础上的创新。这继承不仅表现在融化吸引外来文学艺术的营养，也表现在汲取中国传统文学艺术的精华。而中国近代文学恰恰处于吸收外来文学艺术与继承传统文学艺术的交汇处，要是新文学首先也是最便利的需要继承消化的。从鲁迅先生的《狂人日记》《头发的故事》，我们可以看到"莽夫"演说的影子和吴趼人在《大改革》中对"立宪"骗局批判揭露的蛛丝马迹。从新文学艺术中所不时流露出的不足，我们也可以看到吴趼人短篇小说艺术不足的痕迹。这些都昭示着文学艺术发展的连贯性。

因此，我们同样可以说，吴趼人短篇小说艺术的肤浅和粗糙也是特定的文学历史阶段的不足的缩影。

（录自《苏州大学学报》1991年第1期）

关于我佛山人的笔记小说五种

卢叔度

笔记小说是我国传统的文学样式，而有别于一般随笔、札记、杂志、琐谈、笔谈等等。笔记小说，是指以人物为中心，铺写故事而较有情节结构的笔记而言。就其渊源来说，可以追溯到韩非子的《说林》、汉魏六朝的志怪小说和轶事小说。到了唐宋而盛极一时，产生了不少优秀的作品。明清的笔记小说，亦曾风靡一时，名目繁多，题材也很广泛，几乎涉及社会生活各个领域。虽然其中也有不少优秀的作品，但从总的来说，佳作不多，思想和艺术都很少能超越前人的水平。

我佛山人也写过几本笔记小说——《中国侦探案》《趼廛剩墨》《我佛山人札记小说》《趼廛笔记》和《上海三十年艳迹》等。这些作品的内容相当复杂，其中一小部分属于杂录、琐谈、札记、随笔，不能称为笔记小说的。但大多数篇章，是以人物为中心，故事情节也比较完整，故统名之曰笔记小说。这几本笔记小说，无论思想内容，还是艺术技巧，都比不上作者的短篇小说，而且封建说教成分相当浓厚，我们在阅读时要加以鉴别，应当批判地对待这些篇什。但其中也有一些针对时弊，讽刺现实，描写比较生动，具有一定社会意义的作品。

《中国侦探案》凡三十四则，其中十八则未附作者"评语"，合订一册。原署"述者南海吴趼人"。光绪三十二年三月（1906年4月）上海广智书局出版。正文前有作者写的《凡例》和《弁言》，《弁言》末署"中国老少年"。"评语"原署"野史氏曰"，后改署"趼人氏曰"。汪维甫编的《我佛山人笔记四种》卷三所收的《中国侦探三十四案》即此书的录，篇目和内容完全相同，只有个别字句略有差异。

作者在《弁言》中说："乃近日所译侦探案，不知凡几，充塞坊间，而犹有不足以应购求者之虑。"这是当时翻译小说的实际情况。阿英说："与吴趼人合作的周桂笙（新庵），是这一类译作能手，而当时译家，与侦探小说不发生关系的，到后来简直可以说是没有。如果说当时翻译小说有千种，翻译侦探要占五百部以上。"（《晚清小说史·翻译小说》）我佛山人认为这些侦探小说的译本，大都不能动人的感情，其内容与我国政教风俗绝不相关，"以此种小说，而曰欲借以改良吾之社会，吾未见其可也"。因此作者"不得不急辑此中国侦探案"，"以塞崇拜外人者之口也"。

此书取材于近人笔记和故老传闻，作者沿用传统的笔记形式进行再创作，所写多是诈骗案情和奸杀案情，只有几篇是写离奇公案和封建习俗纠纷的。故事题材都是陈旧的，不但没有赋予新意，而且满纸都为封建道德的尘垢所污染，故思想内容显得非常苍白。表现手法也不高明，平铺直叙，缺乏感人的魅力。例如：《审张七》，写道光初年山东农民起义军的首领张七被捕，"而张七不自承为张七，承审者易十余员，皆不得实"。后来被胡鉴僧大令出诡计骗醉张七自承为张七，谳遂定。作者对胡鉴僧大令钦佩不已，称之为"能吏"。这个故事传说，歪曲了农民起义军首领的形象，为封建官僚歌功颂德。这个故事传说虽非作者本人所编造，但作者与这个故事传说的编造者的思想感情却是相通的，最能暴露作者思想中保守落后的一面。然而有些篇章或多或少地反映社会生活某些方面的矛盾，揭露昏官、惯官、糊涂官所造成的冤假错案，误杀无辜良民，如《自行侦探》《蝎毒》等，在今天看来还有一定的社会意义。

《趼廛剩墨》凡十七则。书名上有"札记小说"字样，原署"南海吴沃尧趼人撰"。最初发表于《月月小说》第一年第七号（光绪三十三年三月，1907年4月）、第九号（光绪三十三年九月，1907年10月）、第十一号（光绪三十三年十一月，1907年12月）和第十二号（光绪三十三年十二月，1908年1月）。尚未结集，后被收入《趼人十三种》。其中《龙》一则，重见于《趼廛笔记》，改名《龙鳞》，内容基本相同，惟字句颇有出入。

《趼廛剩墨》大都取材于现实生活，记述一些奇闻轶事，从总的倾向来看，没有多大的社会意义。甚至如《桂琬节孝记》，是一篇毫不足取的封建糟粕，写年青寡妇桂琬，矢誓以死殉夫。后因母疾归宁省视，一天午夜，桂琬"焚香告天，请以身代母"，便饮刃自杀。作者大肆宣扬封建节孝思想，说桂琬"一死而节孝兼备，抑亦奇女子矣"！但其中也有几篇是谴责之作：如《蝇钻》讽刺钻营向上爬的小人，《诈贿被侮》揭露官府差役敲诈老百姓。在《集四书句》中，骂晚清王朝的大小官员是民贼，是俗吏，是一群胁肩诌笑、般乐怠傲、放辟邪侈、无所不至的斗筲小人。又如在《借对》中，直斥权臣李鸿章是汉奸，是禽兽。《借对》写道：

> 尝谓对偶文字，为吾国独有之妙制。盖他国皆多双音以上之字，惟吾国一字一音，然后得此整齐之什也。然文章一道，进化无已，于正对之外，又有所谓借对者，字面则字字工整，字义则相去极远，此惟别具巧思者能之，笨拙者不能也。以余所闻，如"树已半空何用斧"，对"果然一点不相干"。又"杨三已死无苏丑"，对"李二先生是汉奸"。皆巧不可阶。相传

上一联为南皮张相国所属。下一联则京师人士因昆剧丑脚杨三，以科诨著于时，一旦死去，故撰为出联求对。所属联不知何人手笔，盖指李文忠而言，则未免有伤忠厚矣……余曾拈奥相"梅特涅"三字，以对吾国伯相"李鸿章"，盖妙在"特"为兽名也。

……

对联巧合，无右于都门者，如"宰相合肥天下瘦，司农常熟世间荒"之类，皆出于翰苑手笔。

……

《趼廛笔记》凡七十三则，其中二十七则末附作者"评语"，合订一册。原署"南海吴沃尧趼人"。宣统二年十二月（1911年1月）上海广智书局出版。其中四十九则，后被收入汪维甫编的《我佛山人笔记四种》卷一，名之曰《趼廛随笔》，有两则题名略有改易：《失烟》改作《烟鬼》，《鼋食鸭》改作《鼋怪》。有些篇章的字句与《趼廛笔记》略有不同。

《趼廛笔记》的内容包罗很杂，约有三分之一的篇幅是写怪异故事的，没有什么意义。作者往往借题发挥，在篇末"评语"中宣扬封建道德，捍卫名教，反对新学，表现了作者保守落后的一面。但作者毕竟是一个爱国的知识分子，有时激于爱国的热情，对卖国求荣的汉奸败类却加以谴责，如在《伥鬼》"评语"中说："虎毒不食子，伥其毒于虎哉？虽然彼伥而既鬼矣，失其本性，又何足怪。吾独怪夫今之伥而人者，引虎入境，脔割其膏腴，吮食其血肉，恬不为怪，且欣欣然自以为得计。若是者，殆人其面目，而鬼其肺肠者矣。"对丧权辱国、昏聩无能的疆吏也给予辛辣的讽刺（《叶中堂乐府三章》）。在《纪痛》中，写咸丰十年（1860）英法联军陷北京，侵略军到处烧杀淫掠，"而一日之间，火烧数处，海淀民居，已无完土"。文笔相当生动，一片恐怖残暴的场面，跃然纸上，作者怀着愤恨的心情，控诉英法联军的罪行。

其次写迷信习俗的篇章也不少，大都是失败之作。作者往日在《瞎骗奇闻》中所表现的那种反迷信反宿命的思想，早已消失了。反而说扶鸾"不敢尽拟为子虚也"（《扶鸾》），神签"不可谓非验也"（《神签》），卜筮"则不得谓之非验矣"（《覆射》），人的生魂也可以被神鬼招引等等，说明作者完全走向反迷信运动的反面。

作者的世界观是非常复杂的，充满着矛盾，进步的因素和反动的因素常常交织在一起，表现在对农民起义首领的态度上最为明显。如在《宋江解填词》中，歌颂宋江是"义胆包天，忠肝盖地"的英雄，一百零八条好汉，在芦叶滩头，蓼花汀畔，"只待金鸡消息"。在《玉臂金莲》中，却诬蔑张献忠是凶残的杀人王，说"张献忠陷襄阳，捉男子断其手，女子断其足，分积如皋，号积手处曰玉臂峰，积足处曰金莲峰。"

作者憎恨晚清王朝的文武官员，却不减当年，在《南海剧盗》"评语"中，指斥晚清王朝的大小官员是一群强盗，而且比强盗更可恶，"此盗而衣冠者，已就刑矣；彼衣冠而盗者，举世皆是，而独逃于显戮，其亦有愧于此盗也欤！"在《盗跖踞文庙》"评语"中也说："天下之文庙多矣，其不为盗跖所享者，盖寡矣。"然在正文中却把矛头指向林少穆，"若此庙自林少穆主祭之后，先师从未来享，盗跖乃从而踞之耳。问踞之者何必盗跖？曰：祭之者盗跖，享者自盗跖耳，又何足奇。"这是作者的糊涂观念的反映。总之，在《趼廛笔记》中进步的和反动的互为掺杂，我们在阅读时应当持批判的态度来对待这些作品。

《我佛山人札记小说》五十六则，原载宣统二年（1910）二月十五日至五月十四日之《舆论时事报》（据魏绍昌编《吴趼人研究资料》）。民国十一年（1922）上海扫叶山房出版石印本，厘为四卷，分订二册。收五十五则，缺《假妖》一则。署名"南海吴趼人先生著"。书前有云间颠公《序》［按：民国四年（1915）上海扫叶山房出版的《滑稽谈》已刊有此《序》。——笔者］。民国十五年（1926）仲夏上海扫叶山房出版铅印本，一册，陈益标点，并刊有新《序》。其中二十八则，最早被收入《我佛山人笔记四种》卷二，名之曰《趼廛续笔》，有十四则题名略有改易：《土中人》改作《土中之宋人》，《区新》改作《粤盗区新》，《狐言》改作《狐能言》，《说虎》改作《义犬》，《捕蛇者》改作《蛇人》，《李侍郎轶事》改作《李若农》，《狐医》改作《说狐》，《张秀才》改作《大胆秀才》，《旌表节妇》改作《某富室子》，《张玉姑》改作《玉姑》，《厉鬼吞人案》改作《巨鬼吞人案》，《宋芷湾先生轶事》改作《宋芷湾轶事》，《縈烈女》改作《烈女》，《某酒楼》改作《金陵某甲》。

《我佛山人札记小说》涉及的范围比较广泛，有怪诞不经的异闻，有科场轶史的记录，有文人画家的轶事，有才子佳人的传奇，有为夫殉节的愚妇，有智勇双全的女人，有残杀人民的酷吏，有民族良心的匠人，有奸杀凶杀的案情，有丧心病狂的豪绅，有民间传说的材料，有山川名胜的记述，也有反映文字狱的记载，其中也有一些杂志、琐谈的篇什。

这部《札记小说》涉及的范围虽然比较广泛，题材多种多样，其中也有一些具有认识价值的篇章；但从总的倾向来说，思想内容显得非常贫乏，大都是失败之作。这是由于作者后期思想趋于消沉，保守思想在作者头脑中占了上风，谴责黑暗现实的激情也跟着消失了，因而使他的作品充满着宣扬封建道德、言命、言数、言朕兆的消极因素。严格地说，很少具有一定的社会意义的作品。甚至作者站在反动的立场，借嘉庆年间山阳县令谋杀即墨县令一案为题材，写了一篇《山阳巨案》，为晚清政府残酷杀害革命党人徐锡麟辩护，作者说:"徐锡麟案出后,恩铭家人,取徐心以祭恩,一时哗传为野蛮,吾不敢不知其为野蛮,为非野蛮也。设有人焉,其君父或兄弟妻孥,为人所戕害,试问彼为臣为子为兄弟为家主者,其有剖心复仇之思想否也?窃谓指此为野蛮,不过仅就法律上言而已。就人情而论,必不能断为野蛮也。大抵持此说者,误以闯献之徒之举动为比例,故执而不化耳。凡论天下事,必当设身处地,行吾心之所安,然后能得其平。不然,高持文明之论,为人情上之专制,吾恐终有妨于所谓文明者也。睿庙于山阳一案,特诏解李祥于李毓昌墓前行刑,并令摘心致祭,迨所谓王道不外人情者耶。世有指吾此说为顽固者,吾固自甘,且甚不愿与公等共进于文明也。"这充分暴露了作者仇视革命党人的反动面目,应当严肃地加以批判。

《上海三十年艳迹》凡二十五则,原载汪维甫编的《我佛山人笔记四种》卷四。其内容与《胡宝玉》一书基本相同,所异者繁简和编次而已,故可视为《胡宝玉》一书的节本。有人认为《上海三十年艳迹》和《胡宝玉》都不是我佛山人的作品,出自另一人之手笔。乃汪维甫倩人修改《胡宝玉》而成(据《吴趼人研究资料》引稗史氏《我佛山人之赝品》)。此说不可信,始录以备考而已。

《上海三十年艳迹》的内容,写的是曲院勾栏纸醉金迷的娼优生活,上海三十年来的杂事琐闻,也有记录。这不过是作者"偶弄笔墨,聊遣绮怀而已。"(鲁迅先生语)谈不上有什么文学价值。作为研究我佛山人后期思想的参考资料,还是一本比较重要的书。描写封建官僚的腐化堕落,富商巨贾的醉生梦死,无聊文人的寻欢作乐,狎客妓女的互相欺骗,写得也比较具体而酣畅,反映了当时上海社会生活的一个阴暗面,提供了研究十九世纪末二十世纪初上海社会现实的一些历史素材,还具有一定的认识价值。而且作者在行文中有时对大官贵人的腐化生活流露出不满的情绪,并给予讽刺。如在《李巧玲》中,描写太平军的叛将李长寿临老入花丛,给妓女李巧玲玩之于股掌之上，这个混世魔王，"揭竿起事之狂焰，至是无可施；攻城略地之诡谋，至是无可展；冲锋陷阵之勇气，至是无可用；反戈相向之狡诈，至是无可逞"。李巧玲"以一弱女子而能使恣睢暴戾之徒，无所施其技"。如这些比较健康的因素，在《三十年艳迹》中可惜太少，大都是消极无聊的东西。我们在阅读时要提高警惕，不要在精神上为秽浊的思想感情所污染。

最后略谈一谈《我佛山人笔记四种》，此书是休宁汪庆祺维甫编辑，署名南海吴趼人著。民国四年（1915），上海瑞华书局印行，石印本，厘为四卷，分订四册。卷一曰《趼廛随笔》，卷二曰《趼廛续笔》，卷三曰《中国侦探三十四案》，卷四曰《上海三十年艳迹》。书前有民国四年（1915）三月汪维甫《序》：

> 南海吴趼人先生，以小说名于世，每有撰述，无不倾动一时。余于清光绪丙午、丁未之际，创刊《月月小说》，延先生主笔政，此报颇有名，后未几先生即归道山，报亦停刊。先生著述以《二十年目睹之怪现状》一书为最著，固妇孺能道之。其他零星文字，散逸不收。市上有拾其遗稿为之刊布者，曰《趼廛笔记》，曰《我佛山人札记小说》约数种，或自报纸采录，或且杂以伪作，要非先生所乐为刊布者也。此四种者，为余当日所检拾，虽非先生手编，然皆经先生斟酌改削者也。藏之余箧中久，今取以较他本，详略各殊，字句亦异，是不可不刊布以飨读者，亦以慰先生。刊既成，序其缘起如此。民国四年三月休宁汪维甫序。

汪维甫是《月月小说》的创办人，我佛山人被聘为《月月小说》的总撰述，汪维甫以当事人的资格，追述我佛山人与《月月小说》的一些情况，以情理度之，当属可信。然就汪维甫这篇序文看来，有些记述却与事实不符。例如说："余于清光绪丙午、丁未之际，创刊《月月小说》，延先生主笔政，此报颇有名，后未几先生即归道山，报亦停刊。"令读者骤然看来，好像《月月小说》是因为我佛山人之死而致停刊的。其实《月月小说》于光绪三十四年（1908）十二月停刊，这时我佛山人还健在人间，直至宣统二年（1910）九月才逝世。而且我佛山人从《月月小说》第一年第九号（光绪三十三年九月，1907年10月）起已不担任总撰述的职务了。由此可证汪维甫的记述是错误的。

（录自作者辑校《我佛山人短篇小说集》，1984年9月花城出版社出版。文末略有删节。）

《俏皮话》前言

卢叔度

"笑话"和"寓言",是中国古代文学里早已出现过的文学样式。我们从周秦诸子的作品中,已经可以看到一些有关"笑话"和"寓言"的零星篇什,后来逐渐发展成为独特的文学样式而有专书出现,便显得更加发达了。这两种独特的文学样式与其他的文学作品一样,在中国文学发展的过程中,是不断地发展着,不断地丰富起来的。作为揭露统治阶级的罪恶,作为讽刺丑恶的社会现实,"笑话"和"寓言"在本质上没有什么区别,在社会生活斗争中,都发挥过一定程度的战斗作用。

"笑话"的描写对象,绝大多数是真人真事,作者往往把这些真人真事的本质发掘出来,通过这种简短的文学样式,创造出具有典型性格的艺术形象;在中国历代"笑话"里,产生过不少具有高度艺术性含有深刻社会意义的作品。"寓言"的描写对象,就不一定是人物,常常以其他动物或其他东西来担当作品的重要角色,用比喻的表现方法,反映一定的社会生活和讽刺人世间的丑恶事态;在中国历代"寓言"里,也产生过不少具有高度艺术性为广大人民所喜闻乐见的作品。这些优秀的"笑话"和"寓言",是我们古典文学的宝贵财富。

吴趼人直接受了中国古代的"笑话"和"寓言"的影响，并承继了这种讽刺艺术的优良传统，使他的"笑话"和"寓言"，在中国近代讽刺文学中，作为反帝反封建的思想武器，发挥过一定程度的匕首投枪作用。他的"笑话"，以《新笑林广记》和《新笑史》为代表，他的"寓言"，以《俏皮话》为代表。这几部作品，无论从内容上或形式上看来，都具有现实主义讽刺文学的基本特征，我们认为是中国近代比较优秀的"笑话"和"寓言"。

吴趼人对"笑话"小说在社会生活中的重要作用，有了相当的认识，并批判过那些庸俗的、猥亵的、低级趣味的作品，"非独无益于阅者，且适足为导淫之渐"。因此，他便主张改良"笑话"小说，利用"笑话"小说来表现新的思想感情，扩大"笑话"小说在社会生活中的影响，为当时的现实斗争服务。吴趼人写"笑话"小说的动机和目的，也是为了现实斗争的需要，而从事创作实践的。他说：

迩日学者，深悟小说具改良社会之能力，于是竞言小说。

窃谓文字一道，其所以入人者，壮词不如谐语，故笑话小说尚焉。吾国笑话小说，亦颇不鲜；然类皆陈陈相因，无甚新意识、新趣味。……非独无益于阅者，且适足为导淫之渐。思有以改良之，作《新笑林广记》。

吴趼人生长在中国近代民族斗争和阶级斗争最残酷的年代里，这正是古老的中国从封建社会转化为半封建半殖民地社会的时代，也正是一个极端黑暗和腐朽透顶的时代。他清楚地看见了晚清王朝的昏聩无能、苟且偷安、丧权辱国，把中国民族的命运推到岌岌可危的境地；封建官僚的残暴专横、贪污腐化、卑鄙糊涂，造成晚清政治无边的黑暗，迫使广大人民陷落苦难的深渊。这些丑恶的现象，激起了吴趼人极度不满。因此，吴趼人的《新笑林广记》和《新笑史》的讽刺对象，主要集中在官僚们的身上，我们完全可以理解的。

一八九四年的中日战争，腐败不堪的海陆军，却"不战师先溃，仓皇去若飞"，"元戎甘割地，上将竟投戈"。随着军事的惨败，国贼们更急于屈服求和，最初派张樵野（张荫桓）任全权大臣，赴日本商订卖国和约。但全国人民却主张继续抗战，坚决反对议和，认为"我君可欺，我民不可欺；我官可玩，我民不可玩"。因而对张樵野这次出任全权大臣，赴日本议和，表示非常不满。吴趼人在《咏张松诗》这篇"笑话"里，借三国时张松出卖西川，出卖他原来的主子刘璋的故事，来讽刺张樵野为出卖祖国的民族败类。《咏张松诗》写道：

中日战事，既有厌兵意，张樵野尚书，被命赴日议和使节，驻沪日，上海《新闻报》新闻栏内，忽登一《咏张松诗》云：'形容古怪气昂藏，不信斯人总姓张；挈得西川图一幅，插标东出卖刘璋。'……

中日战争的结果，由于上层封建统治者的奴隶思想，对外屈膝投降，在政治外交上一贯采取失败主义的政策，以致遭受到惨痛的失败，订立了屈辱的《马关条约》。全国人民对这次丧权辱国的惨败，都感到异常的愤慨。吴趼人对这次可耻的历史事件，也同样感到异常的愤慨，因而及时地把它反映到"笑话"里。作者对李鸿章、翁同龢、孙毓汶、刘坤一、卫汝贵等国贼群奸，都给予无情的鞭挞，表现了一定程度的爱国主义精神。《一字千金》写道：

中日之役，卫达三以失机伏法，刘忠诚拥兵榆关不敢出。京师士夫，制为小说回目一，曰："卫达三呼冤赴菜市，刘坤一托病卧榆关。"忠诚闻而憎之，且恐流布禁内，将于清誉有损也。商于幕友，友曰："是易事，当为公改正之，然须酬我三千金也。"忠诚允之。即改曰："卫达三呼冤赴菜市，刘坤一拚命出榆关。"忠诚大喜，即命刊印数千，使人赍至京师，四处传布。而如约酬幕友，时军中传为一字千金。

"按：彼时京内外，所传回目联句，如'翁孙割地，父子欺天'等，不可胜纪。而独以'宰相合肥天下瘦，司农常熟世间荒'一联，尤为脍炙人口。"

一九〇〇年的义和团运动，是中国人民反抗帝国主义的运动，充分表现出中国人民反帝爱国的伟大精神。吴趼人由于历史的局限性和思想的局限性，他不但对这一运动没有正确的认识，甚至他在《二十年目睹之怪现状》里，对这一运动做了错误的理解和歪曲的描述。我们从他的"笑话"里，也可以看到有关义和团的反映，他对义和团的态度，虽然没有明显的表现，可是他已认识到促成庚子战祸的主要原因，是"圣朝崇忍辱"，是昏聩无能的封建官僚所招来的灾难。他在《皮鞭试帖诗》这篇"笑话"里，生动地刻画出一个贪生怕死懦怯无能的昏官形象。当八国联军攻陷北京的时候，这个昏官便抱头鼠窜，结果逃也逃不掉，却给联军掳去，用皮鞭抽打，受尽了侮辱，这个昏官的形象在当时是具有普遍意义的。作者并以沉痛的心情期望着国人，应以昏官被联军侮辱这件事情，引为鉴戒，振奋起来抵抗帝国主义的侵略。《皮鞭试帖诗》写道：

庚子联军入京，擒顺天府尹李昭炜去，以皮鞭挞之数百，都人士赋皮鞭八韵，诗云：

望望军容盛，如潮敌队联；
师兄刀法乱，京兆命丝悬。
猥伏肩头缩，豚奔足底穿；
偷生才得所，积祸又飞砖。
特地金盔入，无端竹片传，
一官难恐吓，两手已拘挛。
着背直芒刺，留痕等索弦；
圣朝崇忍辱，多士式皮鞭。

晚清王朝的国贼群奸，甘心做帝国主义的臣仆和奴才，但中国人民并没有被帝国主义征服，也没有被帝国主义吓倒，相反地，更加强了中国人民反帝反封建的斗争意志。自从甲午中日战争以后，汉奸李鸿章遍游欧美各国，进行了一连串的卖国活动。一八九六年李鸿章亲自与沙俄签订过出卖祖国的《中俄密约》，到了一九〇〇年八国联军侵略中国的时候，沙俄便借口出兵占领了东三省，因而引起一九〇四年的日俄战争。在日俄战争还没有爆发的前一年（一九〇三），《中俄密约》被揭发出来，激起了中国广大人民的愤怒。首先起来抗议的，是中国留学日本的学生，接着，湖北各地的学生也纷纷起来响应。学生的爱国运动，在封建统治者的眼中看来，当然认为是胡闹的，也绝对不会容许的。可是，当时的学生爱国运动，却搞得这班奴才们手足无措，狼狈不堪。吴趼人把这些现象及时地反映到"笑话"里，给这班奴才们来一个当头棒喝。《梁鼎芬被窘》写道：

癸卯三四月间，《中俄密约》事发，日本留学生会议编义勇队拒俄。事闻于内地，湖北各学生亦停课会议，于四月十七日两湖书院及自强、武备各生集于武昌三佛阁前空场内，演说利害。

梁鼎芬时署武昌盐法道，适乘舆呵殿而过，在舆中自脱其冠，置扶手板上面，架铜边大眼镜，就眼镜中见此情形，喝令停舆，问何事？从者告以学生会议东三省事。梁怒曰：'叫他们不要胡闹，快回学堂去！'众学生闻之，齐声一哄。舆夫大骇，疑学生之将来殴也，舁之狂奔，冠坠舆外，仆从错乱，不复成列，梁亦大错愕。道经都司署，急降舆避入，都司见之，亦大惊随后。诸人喘定后，大索本官不得。一时鄂中人传为笑柄。

以上所举的例子，有力地谴责了晚清王朝以及国贼群奸出卖祖国的罪恶行为。此外，还有许多讽刺官僚的篇章。例如：《刚毅第二》揭露贪官酷吏对人民的敲剥，同时也反映了人民对他们的痛恨。《对联三则》中的第二则，暴露各州县乡镇公局的黑暗和腐败，虽然美其名为"公局"，其实是地主阶级直接压迫人民和剥削人民的工具。《两个杜联》讽刺上层封建统治者的昏庸老朽。《德寿笑话》嘲笑封建官僚的愚昧无知。《另外一个崇明岛》反映官僚们的互相倾轧，官僚集团的内部矛盾。《牙牌数》其二揭露出一个候补道员终日惶惶、苦心钻营、迂腐迷信的臭腐灵魂。

《新笑林广记》和《新笑史》的题材，绝大多数是当时官僚们的笑话和丑史，由于作者具有丰富的生活体验和敏锐的正义感，因而作者在描写讽刺对象时，能够描画出否定人物的丑恶面目，以及反映了各种丑恶的社会现象。作者所写的每一个"笑话"，都以简洁的笔墨，勾画出"笑话"的轮廓，往往也运用一些简短的对话来表现人物的性格，揭示人物的心理状态，从真人真事的基础上，适当地运用夸张的手法，刻画出各色各样的丑恶嘴脸。鲜明地向读者指出，这些丑恶的现象是现实生活中的渣滓，我们应该反对的，我们应该把它毁灭。

吴趼人在语音文字运用上，除了笔记、诗歌和一两篇短篇小说是采用文言文外，其他许多作品都是采用语体文为表现工具。我们知道，当时的语体文已经十分流行，甚至有些报刊用语体文来标榜，吸引读者的注意，如《中国白话报》《杭州白话报》等等。然而，吴趼人的《新笑林广记》和《新笑史》却抛弃了语体文，采用文言文，还常常引用一些典故夹杂在"笑话"里，如"鲁阳挥戈"之类，因此加重了读者在阅读时的困难。我们虽然不能否认这是一个缺陷，可是，并不因为表现工具是文言文，而大大地损害了作品的内容。作者所运用的文言文是比较浅近的，词句也相当流畅自然，没有艰深难懂的毛病，基本上能够做到简洁明快。其中有些对话，作者为了保持人物的神情，往往也运用一些口语，使人物的性格更为突出。

我们必须指出，《新笑林广记》和《新笑史》虽然狠狠地讽刺了某些具有普遍意义的丑恶人物，如李鸿章、翁同龢、卫达三、刘坤一、张樵野、李昭炜、刘康侯、贾桢、德寿等等。但缺乏典型人物的创造,作者所描绘的形象,大抵都是一些比较肤浅的粉本,没有深刻地揭示出人物的内心世界和彻底地反映出客观现实的本质。其次,作者偏重于故事的叙述,便忽视了艺术的创造,只为"笑话"而笑语。正如鲁迅先生批评他的《二十年目睹之怪现状》一样,也大有"连篇话柄"之嫌,因而不能不削弱了作品的感人力量。

尽管《新笑林广记》和《新笑史》还存在着许多缺点,但从总的倾向来说,我们应该加以肯定的。作者讽刺之火那么强烈,爱憎那么分明,狠狠地谴责了晚清王朝以及国贼群奸对帝国主义屈膝投降的叛国行为,揭露了各色各样的封建官僚的丑恶面貌,在一定程度上反映了当时人民对封建统治者的愤恨感情。因此我们认为《新笑林广记》和《新笑史》,仍不失为中国近代比较好的"笑话"小说。

我们在前面已经说过,吴趼人的《俏皮话》,是中国近代一部比较出色的"寓言"。他继承了中国古代"寓言"的优良传统,发挥了"寓言"的讽刺作用,有力地撕破了封建统治者的画皮,揭露出他们各色各样的丑恶面目,对各种不合理的人情世态,也给予辛辣的讽刺,使他的"寓言"成为真实地反映生活的作品,具有一定程度的人民性。因而在当时曾发生过很大的影响,为广大读者所爱好。据作者自己说:

> 余生平喜为诡诞之言,广座间宾客杂沓,……及纵谈,余偶发言,众辄为捧腹,亦不自解吾言之何以可笑也。语已,辄录之……凡报纸之以谐谑为宗旨者,即以付之。报出,粤、港、南洋各报,恒多采录,甚至上海各小报,亦采及之。年来倦于此事,然偶读新出各种小报,所录者犹多余旧作。楮墨之神欤?抑亦文章之知己也。……

吴趼人一生的境遇是非常困顿的,曾浪迹大江南北,接触到多方面的社会生活,并直接参加过当时的社会运动,和中下层人物有着比较密切的联系,深切地感受到民族的危机、社会的黑暗和人民的痛苦，使他对黑暗社会充满着反抗精神。吴趼人从社会生活各方面抽取出来的题材，熔铸在他天才的想象中，编成各种不同的带有浓厚趣味的故事情节，以飞禽走兽、龟鳖虫鱼、牛鬼蛇神等形象，来担当作品中的重要角色，巧妙地透过了极浓厚的浪漫主义色彩，把当时的丑恶现实反映出来，而具有一定程度的政治暴露性，这是吴趼人《俏皮话》中最主要的部分。

《俏皮话》的笔锋，首先针对着大小官员，进行辛辣的讽刺。什么是官？在作者的眼中看来是非常明确的，无非是一群吸吮民脂民膏的"尸蛆"。这群"尸蛆"是臭腐不堪的官僚机构的产物，成千上万的大小官员，凭着大权在握，便贪赃枉法，胡作乱为，害得老百姓受苦受难。作者在《论蛆》这篇"寓言"中，鲜明地反映出当时的广大人民对这群大小官员的共同看法：

> 冥王无事，率领判官鬼卒等，游行野外，见粪坑之蛆，蠕蠕然动，命判官记之，曰："他日当令此辈速生人道也。"判官依言，记于簿上。又前行见棺中尸蛆，冥王亦命判官记之，曰："此物当永堕泥犁地狱。"判官问曰："同是蛆也，何以赏罚之不同如是？"冥王曰："粪蛆有人弃我取之义，廉士也，故当令往生人道。若尸蛆则专吃人之脂膏血肉者，使之为人，倘被其做了官，阳间的百姓，岂不受其大害么？"判官叹曰："怪不得近来阳间百姓受苦，原来前一回有一群尸蛆，逃到阳间去的。"

我们知道，"官"在当时可以公开买卖的，而且定为一种制度，所谓"捐纳"就是一个很好的例证。按照官位品级的高低，明订价格来买卖，晚清政府也视为一宗正项的收入，我们由此可以想见晚清王朝的官僚机构的腐朽情形。作者在《轿夫之言》中明白地指出：

> 某大人以捐纳致通显。初捐佐杂，既而渐次捐升至道员，俄而得记名，俄而补缺，俄而升官，俄而捐花翎，俄而加头品顶戴，历任至封疆，无非借孔方之力为之。……

"官"固然要靠"孔方之力为之",但为了升官发财,还要学会一套钻营的本领,这种风气在当时官场中已成为司空见惯的现象,人们并没有觉得奇怪。吴趼人以《走兽世界》来比喻当时的官场,以蛇鼠行为反映出官僚们的钻营伎俩,这样描写是十分正确的。在《猫虎问答》中,最后猫对虎感叹地说:

> 世上非无鼠,鼠且甚多。无奈近来一班鼠辈,极会钻营,一个个都钻营到拥居高位,护卫极严,叫我如何敢去吃他!

又在另一篇"寓言"《走兽世界》中,猫对其他走兽说:"吾闻京师为钻营的总会,想鼠辈必多。"有力地戳穿了官僚机构大本营的臭腐脓包。同样的主题,作者在《蛇想做官》中,创造了具有普遍意义的蛇的形象,以极其经济的笔墨,揭露出封建官僚的丑恶灵魂。

> 玄武上帝座下,龟蛇二将,相聚闲谈。蛇曰:"我甚想捐一功名去做官。"龟笑曰:"看你那副尊容,是个尖头把戏,看你那身子,就犹如光棍一般,如何做得官?不如学我缩头安分点罢。"蛇曰:"你有所不知,你看如今世上,做官的那一个不是光棍出身?至于尖头把戏,更不用说了。倘使不是尖头把戏,顶子如何钻得红?差缺如何钻得优?我要钻起来,比他们总强点。且待我捐了功名,钻了路子,刮着地皮,再来学你缩头的法子未迟。"

吴趼人看见了这群大小官员蛇鼠一窝,以及残民以逞的罪恶行为,而抑制不住愤怒的感情,便用最尖刻的语言,责骂他们为野鸡、乌龟、狗官和瘟官。例如:冥王对野鸡说:"既如此,我交代世人将这些二品衔的官,也叫他做野鸡官,给你一点面子罢。"(《野鸡》)鲫鱼也毫无忌惮地对乌龟说:"有了你这种臣,怪不得皇帝在那里倒运。"(《乌龟雅名》)狗能够做官,这是不会令人相信的,可是在当时有许多狗的确做了官,而且自鸣得意地对别人说:"汝岂不闻近来人言,每每说什么狗官狗官么。"(《平升三级》)

猪本来是最蠢不过的东西，但它还懂得一点"天理之常"，有一只猪对别的猪说："你不见世界上的瘟官，百姓日日望他死，他却偏不死么。"（《猪讲天理》）从此我们可以看出作者对当时的大小官员痛恨到什么程度。

吴趼人的"寓言"也生动地反映了当时军事外交的腐朽情况。在《辱国》里面，以龟、鳖、鼋、鼍等动物形象，描写出丧师辱国的军事将领，这些无用的东西，从外表上看来，"身带重甲，以为披坚者自可执锐"，可是，碰到敌人的时候，便缩头曳尾，狼狈逃走，以至全师大败。在《活画乌龟形》里面，辛辣地讽刺了懦怯无能的外交官员，外国人放了一个屁，便吓得跑回来了。在《洋狗》里面，作者更尖刻地指斥当时的外交官员，根本就不懂得什么是外交，简直是洋狗，只会吃外国人的粪便而已。

吴趼人是一个充满着反抗精神的讽刺作家，生活在极端专制的时代里，他并不害怕以文字贾祸，而勇敢地把讽刺的锋芒，针对着最高的封建统治者——皇帝和后党，指出了后党的专横和皇帝的无能。在《畜生别号》中，以猪的形象来比喻顽固党（后党）。在《财帛星君》中，反映出顽固党（后党）的专横跋扈，群小弄权，闹得皇帝"徒拥虚名高位"，真的变成了一个"孤家寡人"了。这种描写是相当真实的。作者在《龙》这篇"寓言"中，居然大胆地讽刺皇帝为杂种：

> 龙之为物，有角有爪则类兽，有鳞则类鱼，能飞又类鸟，而乃居然贵为鳞虫之长。论者遂感慨系之曰："不图世人乃指此杂种东西为贵物，且举比喻天子，不亦谬乎？"

吴趼人的《俏皮话》还以最大的篇幅去暴露不合理的人情世态。作者首先从现实生活的基础上，运用夸张的艺术手法，具体地反映出剥削阶级的基本特征。在《性命没了钱还可以到手》里，描写一个富家翁，自以为全家都买了人寿保险，便不怕火烛了；有人质问他这是什么道理。他说:"我已保了人寿险,纵然烧煞,我没了性命,那赔款钱总可以到手也,怕他甚么?"作者在这里把剥削阶级那种要财不要命的特性,赤裸裸地揭露出来。在《守财虏之子》里,同样地以尖锐的笔锋,描写出剥削阶级的贪婪与无知:

> 守财虏生一子,既长成,犹不使出门一步,盖恐其浪用也。故其子虽已弱冠,犹不辨牝牡,而吝啬乃有父风。一日,所畜猫,忽生小猫数头,子见之,诧为异事。问人曰:"猫何故而能生子?"人笑告之曰:"此雌猫也,配以雄猫,自能生小猫矣。"子默然久之。一日,持洋钱问父曰:"此洋钱不知是雌的,还是雄的?"父曰:"洋钱有何雌雄之别?"子叹曰:"真是可惜,倘洋钱亦有雌雄之别,一一代配合之,所生小洋钱,正不知几许也。"

在《苍蝇被逐》里,作者用"高洁之士"和"逐臭之夫"做了鲜明的对比,有力地嘲笑了品德败坏的小人。在《狗》里,以狗的形象描画出势利小人逢迎谄媚的丑态;同时,以凶残的豹的形象揭露出剥削阶级吃人的本质;最后牛对狗说:"汝自不通世故,岂不闻近来世上,愈是有钱之辈,愈要吃人耶!"强烈地指出在对抗性的社会里,"其实不过是安排给阔人享用的人肉的筵宴"。人们生活在人吃人的旧社会里,随时随地都有被吃的危险。尤其是统治阶级的内部,人与人的关系更为微妙,他们彼此之间纯以利害相结合,根本就没有什么真情实义可言。他们为了争权夺利,便互相倾轧,不惜用阴谋诡计来陷害别人,不惜用别人的血来洗自己的手,不惜用恶毒的手段使别人置于死地而后已。这种丑恶的现象,吴趼人也把它反映到"寓言"里,揭露出这些人物的险恶面貌。如《蜘蛛被骗》真实地描写了这种情形:

> 飞蛾误投蛛网,蜘蛛趋前欲食之,飞蛾竭力腾扑,不得脱。蜘蛛笑曰:"好风,好风。"蛾见蜘蛛说话,因乘间哀之曰:"请

勿伤我！我将别寻一肥壮者以供子之大嚼，可乎？"蜘蛛信之，遂任其摆脱而去。蛾得脱飞去，途遇一蜂，蛾因谓之曰："前面有极好之香花，盍往采之；若欲去，吾将为若导也。"蜂大喜，从之。飞近蛛网，蛾遥指曰："前去即是，毋烦我再引矣。"蜂果奋勇直前，遂罹网罗之苦。蛾遥谓蛛曰："此我所以报子者也。"蛛即趋前欲擒蜂而啖之，蜂出其尻针，尽力刺蛛，蛛痛极，遥骂蛾曰："你这小妖魔，起先扇小扇子来骗我，骗的我信了，你却引这么一个恶毒的东西来害我。"

在人吃人的社会里，善良的人民是永远找不到保护的，而且受尽了人间的欺侮和残害。作者对这些善良的人民所遭受的悲惨命运，寄予深厚的同情，对黑暗的社会现实，表现无限的愤慨。在《无毒不丈夫》中，大蒜、辣椒、生姜、苦瓜及其他蔬菜，都被人吃得怕了，他们为着保全自己的生命，便起来抗议。最后众蔬菜感慨地说："原来如今世界，非具有狠毒之性者，不足以自存，无怪夫俗谚有'无毒不丈夫'之说矣。"

吴趼人在《二十年目睹之怪现状》中，活生生地描绘出一群"斗方名士"和"洋场才子"的画像。作者把这些胸无点墨而冒充博雅、肤浅鄙陋而故示高明、饮酒赋诗而佯狂装痴的无耻文人的卑污行径，淋漓尽致地揭露出来，给予尖锐的讽刺。吴趼人在《俏皮话》中，也以同样的笔触，绘画出某些文人的阴暗的面影。例如：《骨气》中的金鱼，"文彩斓斑，仪表不俗"，但灵魂深处是非常肮脏的，好像一个读书种子，却没有骨气，倒不如一个臭王八。《蠹鱼》和《虫族世界》中，都是以蠹鱼的形象来描写腐儒的无用。"蠹鱼蚀书满腹，庞然自大"，自命为天下的通儒，无奈食而不化，一窍不通，当然更谈不上什么"修齐治平之道"了。而昆虫皇帝却偏偏要"亲拔蠹鱼，置于政府"，以至弄得政府腐败，国势不振，因而不胜叹息地说："吾初见蠹鱼，出没于书堆之中，以为是饱有学问的，不期试以政事，竟与那吃屎的一般。"又如《驴辩》，有力地嘲笑了脱离生活实践而妄自尊大的知识分子，这篇"寓言"最后写道："然则秀才们，看得两卷书，何以便要说：秀才不出门，能知天下事？"

以上对《俏皮话》的思想内容作了简单的论述，下面再来谈一谈它的艺术特点。

我们知道，比喻或象征的表现方法，是"寓言"的基本特征。吴趼人善于运用这种表现方法，来反映社会生活和描写现实人生。作者最喜欢用动物的形象，来担当作品的重要角色，巧妙地把各种各样的人物性格熔铸在动物的形象中和虚构的故事中来表现。例如以上所举的：用尸蛆吸食死人的血肉，来讽刺剥削人民的贪官污吏；用蛇、鼠的行为，反映出官场中钻营逢迎的丑恶现象；用乌龟的形象，来描写丧师辱国的军事将领和怯懦投降的外交官员；用苍蝇和狗的行径，来形容逐臭之夫和势利小人；用蠹鱼蚀书满腹，来嘲笑食而不化的腐儒；用蜘蛛被骗的故事，反映出统治阶级的互相倾轧。这些动物的形象在作品中活动着，已经赋予与现实生活中的人一样的生活和思想，但基本上还保持着各种动物所具有的特性。因此，作者在《俏皮话》中所创造出来的形象，很少生吞活剥和牵强扭捏的毛病，给人们的印象是鲜明的，而具有一定程度的艺术魅力。

吴趼人的"寓言"，很少说教和训诫的意味，作者的笔锋，饱含着激愤的感情，辛辣地讽刺丑恶的现实人生，而又含有丰富的趣味性和幽默性，使读者读起来产生一种严肃而又轻松的感觉。我们在《俏皮话》中，也很少看见烦琐的描写和冗长的叙述，也没有抽象的议论。作者常常运用简短的对话，来描画形象的性格。通过接近现实生活而又带有浓厚浪漫主义色彩的故事情节，鲜明地把作品的主题思想表现出来。有些篇章，还采取精悍的笔记体裁，最后只用几句简单的说话来表明题旨，使读者容易感受到作者所要讽刺的对象。如《龙》这篇寓言是用下面这两句说话来结束的："不图世人乃指此杂种东西为贵物,且举以喻天子。"我们便不难理解,作者是以轻蔑的口吻,来讽刺皇帝为杂种。

《俏皮话》的故事,大部分是作者从现实生活的基础上进行想象和虚构出来的,这种想象和虚构出来的故事本身,就带有几分真实性,因此给人们的印象并没有虚伪的感觉。例如在"寓言"中所描述的飞蛾误投蛛网、蠹鱼食书满腹、狗碰着金钱豹、羊被狼扑食等现象,我们在日常生活中常常可以看见或可能发生的事情,而且作者通过这些虚构的故事,在一定程度上反映了真实的社会生活。吴趼人在其他作品中,常常运用夸张的手法,来刻画人物,使人物的性格更为突出。作者在《俏皮话》中也同样的运用这种手法来描写人物。如守财虏之子,心眼里只看见洋钱,弱冠犹不辨牝牡,这样描写未免有点过分的夸张,却把剥削阶级贪婪的根性更鲜明地表现出来。

最后,我们必须指出,吴趼人对封建统治阶级和不合理的社会现象是非常痛恨的,作者在《俏皮话》中,无情地讽刺了一些丑恶的人物和不合理的人情世态,对于应该否定的予以否定了。可是,由于作者世界观的限制,对政治认识不够深刻,批判精神便表现得很不彻底。作者所批判的只是一些零碎的社会现象,而没有更深刻地揭露出产生这些丑恶现象的社会本质。因此,作者所描写的形象便不够完整,典型性不够强,大大地削弱了作品对读者的感染力量。尽管《俏皮话》还存在着以上这些比较严重的缺点,但并不因此而否定了它的成就和价值。作者富于反抗精神,暴露了黑暗的社会现实,对丑恶的事物进行了尖锐的讽刺,使他的作品具有一定程度的人民性,因此我们还是应该加以肯定的。

(录自作者辑注《俏皮话》,1958年2月广东人民出版社出版,1981年重印,文末略有删节。此书附录吴趼人的《新笑林广记》和《新笑史》,故卢文出论及之。)

一篇新发现的吴趼人佚作

颜廷亮

最近，在翻检《民吁日报》的时候，笔者无意中发现己酉年九月初二日（公元1909年10月15日）该报载有一篇"我佛山人投稿"的短作，标题为《短篇小说中雷奇鬼记》。

"我佛山人"当为吴趼人。但经查，有关吴趼人作品的著录，均未提及此作；王俊年新撰《吴趼人年谱》（《中国近代文学研究》第2、3期），亦未提及；卢叔度先生新编《我佛山人短篇小说集》（花城出版社1984年9月版），可算是收集吴趼人短篇小说最齐备的了，同样未见收录。因而，如果投稿者确是吴趼人，则此作就实属一篇新发现的吴趼人佚作了。

那么，投稿者是否确是吴趼人呢？据知，在当时的文坛上，并无第二个以"我佛山人"为号的作家。如果投稿者不是吴趼人，那就必然是假冒"我佛山人"投稿。然而，我认为假冒是不大可能的。

首先，吴趼人是鼎鼎大名的大小说家，当时正生活在上海。《民吁日报》作为当时一家倾动朝野的著名报纸，吴趼人是一定会注意到的，当有用他的大号作为署名的作品发表时，即使本人未看到，也会有人告诉他，而且该报编者也会通知他。在这种情况下，如果此作不是他所写,而是出于他人假冒,他会无动于衷吗?当然不会。然而,我们却没有发现吴趼人出来说明情况,澄清是非。

其次,《民吁日报》的编者们,均系沪上文坛的活跃人物,对吴趼人自然是熟悉的。吴趼人1910年10月21日(庚戌年九月十九日)去世后,基本上由《民吁日报》原班人马创刊的《民立报》在10月28日刊有以《小说家逝世》为题的一则消息。它对于研究吴趼人来说,自然是重要的,但却似乎还没有谁提到过。兹酌加标点,录之如下:

> 本埠武昌路公立广志两等小学校校长暨两广同乡会会长、南海吴趼人征君沃尧,为荷屋中丞荣光曾孙。家学渊源、著述綦富。尝究心经世之学,而淡于荣利。国家开经济特科,有诏征之,不起。旅沪二十年,历充各报记者。继以为庄论危辞不如谐语之易入也,乃肆力于小说,穷思极想,抠心呕血,成书数十种。复创设广志学校,造就旅沪同乡子弟,苦心孤诣,竭蹶支持,数年来成才颇众,而君之心力交瘁矣。患咳嗽气喘症,久治罔效,遂于九月十九日子时谢世,年仅四十有八。征君交游遍天下,想闻噩耗,靡不浑泪哀悼也!

此一消息表明,《民吁日报》诸人对吴趼人不会是知之甚少的;如果短作的投稿人并非吴趼人而是他人假冒,他们是不可能发现不了的。然而,我们却没有发现《民吁日报》诸人当时或后来讲过短作系他人假冒吴趼人大号而发表的话。

最后,此一短作的后面,有一段《民吁日报》加的按语,全文如下:

> 记者按:此盖为□□□货事,窘于压制,不能竟其志而发也。其曰"心之所贵,唯其坚也",吾深有取于斯言。(标点系笔者酌加)

这里的"□□□货事",当为"抵制日货事"。理由是:《民吁报》是一份出版时间不长即被禁止的报纸。在短短的不到50天的时间中，该报最为突出的内容是反对和揭露其时的日本政府所执行的侵华政策以及在此政策指导下的对华举措，如所谓"满州协约"，如伊藤博文之中国行，等等。伊藤博文被刺后，该报更以极多篇幅陆续进行报道，还一再发表文章和文学作品对刺杀伊藤博文的朝鲜志士安重根加以赞扬。清朝政府之禁止该报，据史料记载，正是由于日本驻沪领事就该报的上述政治倾向向上海当局提出抗议所致。《中雷奇鬼记》正是在该报坚持这种政治倾向的情况下，在1909年10月15日头版上发表的。因而，其创作动机，必与当时的中日关系有关。如再进一步查阅《民吁日报》，那就更可以看到，《中雷奇鬼记》的创作，必与当时的抵制日货运动有关。该报从创办之日即1909年10月3日，一直到《中雷奇鬼记》发表的头两天即1909年10月13日，曾多次发表有关抵制日货方面的消息和言论，如《抵制日货之烟消火灭》（10月3日）、《东报论抵制日货事之誓言》（10月4日）、有关清朝政府就各省学生提倡抵制日货咨学部文的专电（10月4日）、《东省又有抵制某货事出现》（10月6日）、《解除抵制日货之善后》（10月8日）、《日本人之误认》（10月9日）、《天津抵制外货之热潮》（10月11日）、《请看日本排中国货》（10月12日）、《营商抵制满铁会社》（10月13日）；甚至在《中雷奇鬼记》见报之当天，《民吁日报》还发表了题为《宁垣抵制口货之暗潮》的报道。这种情况清楚地说明，所谓"此盖为□□□货事"，确实应是"此为抵制日货事"。

（录自《宁夏社会科学》1987年第4期，选入本书时作者做了修改。）

吴趼人的两篇佚文

魏绍昌

吴趼人所作的《食品小识》和《沪上百多谈》两篇文章，当初在什么报刊什么时候发表过，已无从查考，我是从民国时期他人编辑的两本书里找出来的。

《食品小识》收在一九二八年四月大东书局出版的《老上海三十年见闻录》一书中，标题已由编者陈无我改为《我佛山人和燕窝糖精》，现仍恢复原题。文末作者自署写于丁酉仲冬，即光绪二十三（1897）年，正当吴趼人三十二岁的时候，并从此文可知这一年的秋天吴趼人曾去苏州旅游。《食品小识》为赞扬当时上海华兴公司出品的燕窝糖精而作，显然与他晚年为宣传上海中法药房的艾罗补脑汁的《还我魂灵记》一文，无独有偶，同样都是为商家鼓吹药品的文章。据吴趼人好友周桂笙的《新庵笔记》所述，吴趼人因写《还我魂灵记》颇受当时有些人的责难，在吴一九一〇年去世时有一副挽联云："百战文坛真福将，十年前死是完人。"前一句算是肯定了吴趼人在晚清文学上的功绩，后一句就是对吴应药房老板写了这样一篇广告性质的文章，表示了无穷的遗憾。其实这位有"洁癖"的挽联作者，当初没有读到《食品小识》，如果他知道吴在壮年时期已写过这样的文章，那么吴趼人即使早死十年，也算不得"完人"了。周桂笙反对挽联作者的意见，替吴趼人鸣不平，谓"古之人有为文谀墓以致重金者，今人独不可以谀药耶？"此言果然不虚，我们翻开唐代大文学家韩愈的文集，不是可以读到许多篇专为同代人写作的墓志铭吗？而且这些墓主不一定是韩愈的至亲好友，反而多数是因慕名而来求索的素不相识者。看来韩愈也像后世的许多学者或书法家那样，订有公开代写诗文的鬻字润例，只要奉呈相当的酬金，可以有求必应的。所以此类应酬文章，自古以来早有惯例，我们何必对吴趼人特别苛求。当然，韩愈并没有为坏人谀墓，那么吴趼人所称颂的燕窝糖精和艾罗补脑汁，也只是两种补药，吃了纵然无益，却是决不会害人的。

《沪上百多谈》收在一九一四年冬日上海胡德编印的《沪谚》一书中，该书出版处不详，有光纸线装铅印本，分上下卷。全书汇集了前人今人之上海俗语、谚诗及沪上风俗谈等文字，取材于当初的报纸杂志和口头传说。《沪上百多谈》刊于下卷第二十五至二十七页，署名将吴趼人之"趼"字误作"研"字，这是惯见的错误，不足为奇，写作年月及原载出处均未标明。但通观全文，无论从所取题材或文字风格来考察，出自吴趼人的手笔，乃是毫无疑问的。这位晚清小说家平时随身携带笔记小本，习惯于收集记录随见随闻的写作素材。由于他久居上海，对于当地各地各方面的社会情况，尤为熟悉重视。吴趼人曾自称"老上海"，在一九〇六年编印过《胡宝玉》（又名《三十年来上海北里怪历史》）一书，全书通过当代名妓胡宝玉的身世经历，充分反映了在她前后三十年间上海优倡生活的面面观，书末还附载了《上海洋场陈迹一览表》和《上海已佚各报考》，也是对研究旧上海颇有参考价值的历史资料。这篇《沪上百多谈》，吴趼人将自己在上海的观察所得，加以排比集中，虽然作者由于所处的历史条件和主观上的局限性，有些情况只是局部的表面现象，不能据此透视到社会的真实面貌。但我们可以从作者所罗列的这许多的"多"中，捉摸到十九世纪末期半封建半殖民地上海社会形形色色的众生相，它由点到面，各行各业，三教九流，五花八门，几乎应有尽有，使我们好比在欣赏一幅十里洋场的风俗人情画。而且这些所谓"多"，既是旧上海的特殊情况，又带有一定的普遍意义，我们读起来感到具体而又生动，从中可以获得对那个典型时代环境里许多形象化的感性知识。

（录自中山大学中文系编《中国近代文学研究》第3辑，1985年12月中山大学出版社出版，文末原附吴趼人《食品小识》《沪上百多谈》二文，因《吴趼人全集》已收录，这里删去。）

新见吴趼人《政治维新要言》及其他

张　纯

一

吴趼人（1866—1910）名沃尧，字小允，广东南海县佛山镇人。与李伯元、刘鹗、曾朴并为清末四大谴责小说家。吴趼人以《二十年目睹之怪现状》名，在此之前，他虽"好舞文弄墨并常为报章写稿，依之为生"，但"那时写的多是报屁股式的小品谐文"。发表以后随手放置，以至他的朋友，甚至他自己也记不起来了。所以，目前我们见到的有关吴趼人的资料以庚子（1900）年以后为多，其中以癸卯（1903）年至庚戌（1910）年期间尤甚，而对于吴趼人庚子（1900）年以前的资料竟无人提及。学术界也鲜少对吴趼人早期思想研究的论文。这次在南京图书馆发现的吴趼人时论旧著《政治维新要言》，对于吴趼人早期思想研究，尤其对他在戊戌变法维新运动期间的思想研究，无疑提供了珍贵的资料。

《政治维新要言》（又名《趼呓外编》），光绪壬寅（1902）年春上海书局石印本，署"南海趼人吴沃尧撰"，小本，版框高

12.5厘米，宽8厘米，卷首有吴趼人亲笔写真版《序言》一篇。分为上、下两册，双面十六行，行三十七字，两册总计五十五页，全书凡六万六千三百字。魏绍昌《吴趼人研究资料》、中岛利郎《吴趼人传略稿》、王俊年《吴趼人年谱》及国内外其他学者均未提及。

《政治维新要言》卷首有自序一篇，原文如下：

  丁酉（1897）、戊戌（1898）间，闭户养疴，无所事事。时朝廷方议变法，士大夫奔走相告，顾盼动容。久已不欲出外酬应，日惟取阅报纸，藉知外事。暇则自课一篇，遣此长日，积久成帙，自署为《趼呓外编》。盖当有《内编》一帙，专辩理性之学者，然尚未成书也。未几，《外编》稿失去，遍觅不得。今冬陈君铜书过从，偶谈及此书，始知已为书肆取付石印。爰自为检校一遍，书此记云。夫以咋呓之言，出以问世，亦徒滋余之惭惶耳。

光绪辛丑嘉平月南海吴沃尧趼人氏识于海上趼廛

  根据吴的《序言》，这部书写于光绪二十三年（1897）至光绪二十四年（1898）间。当时，清朝政府正因中英鸦片战争及中日甲午海战失利，急欲效法日本明治维新的办法变法图强。一时朝野士夫顾盼动容，欣喜若狂。吴趼人虽在家闭门养疴，但仍然每天取阅报纸、杂志，注意各种言论，静观这次变法维新运动的进展情况。同时，他还以维新变法为题，每天作文一篇，着人送至上海各报登载。未几，维新事败。吴趼人极力搜罗沪上各报，寻找自己在维新变法运动期间发表的文字，计得五十八篇，分别军政、将略、团练、水师等名目，编辑成册，取史为《趼呓外编》。另将一些专辩理性的文章编辑一册，取名叫《趼呓内编》（如今《趼呓内编》也藏于南京图书馆，出版时间较《外编》为晚）。

  《政治维新要言》的目次，上册（卷一）为：保民、制度、说刑、说法、教仕、孚信、议院、游历、治河、略分、成见、交涉、

| 308 |

开矿、律师、出洋、定例、国用、节用、征书、厘金、铸银、自强、圜法、邮政、公司、洋税、专利、劝农、酒税。下册（卷二）为：军政、将略、团练、水师、陆军、火器、炮台、专权、观战、渔团、间谍、储才、译书、考工、制造、购料、验货、包工、学生、用人、私造、报销、格致、历数、管仲论、商鞅论、曾参论、刘晏论。

二

吴趼人在《政治维新要言》一书中，一方面对戊戌变法期间"天子幡然变计、独振乾纲，与天下臣民共图富强之业"的维新之举顾盼动容；另一方面，他也对当时中国政令不明，民失其养，地方有司不知保民及一大批守旧官吏"辄以祖宗成法不可或违为词"（《制度》）阻挠改革，表现出强烈的不满。他认为"法无古今，弊生则宜政（改）；法无中西，善在则可师"（《说法》）。守旧诸臣"拥厚禄、秉国钧、保禄固位，因循误国、苟且迁延、植党既深、去之非易"（《制度》），实乃维新变法之大障碍，必须剔除之。几千年以来，"帝者立国创为制度，以为政治之纲，为子孙之法，世世相守，莫敢或违"（《制度》），以至于我中华虽"抚有四百兆，生齿之繁甲于环球各国、而民穷财竭至于此极"（《保民》）。所以，吴趼人认为，虽然"恪守者，事之常"，然而"权变者，时之势也"，今当变法之始，以"保民为先，以改制度为先"（《制度》）。在政治上主张效法西方的政治民主化制度，实行君主立宪。经济上主张以商立国，发展民族资本主义工业。

吴趼人是戊戌变法前后极力主张学习西方并对中国的实际问题提出一整套改革方案的思想家。他认为，中国当时在政治体制上面临的最大问题一是皇上专权，地方有司不知保民，二是外来势力的入侵。他注意到了西方资本主义国家及日本明治维新以后的发展情况，建议政府设立议院、襄理国政，以分皇权。"权分于下，而国脉固，可以收集思广益之效"（《议院》），"院之设莫急于今日，凡风气未开，民智之未成及大公之未布，民隐之未通，皆无议院以通达之故也"。吴趼人认为，中国只有实行君主立宪，走西方资本主义国家的政治民主化的道路，才能够富强起来。他提出改革吏治、废除"于国体、吏治两有所损"的捐纳之例，建立起一套议院弹劾制度。同时，吴趼人还主张要消除"积二百余年而不破耗元神"的汉满成见，主张裁撤绿营及各地驻防，"兼有汉满缺各官均裁去其一，不论为满人、为汉人，量才授官，惟求称职"。如此，则民心愈固，自强之渐，此实寓焉。尽管要完全实现这些想法，在当时历史条件下还有很多困难，但可以看出，吴趼人所维护的正是当时的一部分新兴资产阶级的政治利益。当然，应当指出，吴趼人虽然对于腐朽的封建统治制度深表不满，主张走一条西方资本主义民主化的道路，但他并不主张从根本上革除封建制度，代之以一个全新的由资产阶级所掌握的政权，而对君主立宪制度津津乐道，这说明吴趼人还有着一定的妥协性。

为了发展民族资本主义经济，吴趼人一方面极力主张进行封建体制的改革，以适应新时代的要求，另一方面也主张积极学习西方先进的科学技术，为我所用。他的经济思想，包括以下几个方面的内容：

（一）以"保民"为出发点的经济改革思想。这是吴趼人经济改革思想中的最有特色的部分。他说："古者以农立国，故孟子言井田。今泰西诸邦以商立国，中国既与通市，而不知振兴商务，遂使漏卮巨万，岁岁输诸外洋，君子已知其失保民之道也。"（《保民》）今欲振兴商务，收回事权，"非分外洋之权不可，非专我固有之权不可"。吴趼人针对中国当时的情况，提出了一些改革方案，如开矿山、办公司、广征洋税、讲求专利之法，裁撤各地驿站、仿行日本邮政，加快铁路、公路建设，改漕运为路运、为海运，以节政府开支等等。吴趼人认为："夫所谓振兴商务者，非谓设一商务局，举一二员董即足以尽之也。初学者以引导之，鼓舞之；颠危者扶持之，力不达者资助之，盖泰西之商务，半由是兴也"。（《保民》）

为保护民族资本主义的利益，使国家金融不致受控于外洋，他认为有必要建立一套新的钱币制度，使中国货币成为可在国际上自由交换的硬通货。吴趼人主张大力开金矿，由政府负责引进西洋机器，严订章程，鼓铸金钱。其成色与外洋货币一律，铸成之后，既可以使其流布民间，以便商民之用，"亦可咨准外洋政府一体流通交易"（《圜法》）。

吴趼人以"保民"为出发点，主张在政府的干预下，对中国原有的经济发展模式进行改革，反映了当时新兴资产阶级要求创造客观条件，发展资本主义的意愿，这在封建的经济思想尚占统治地位的当时，有着一定的进步意义。

（二）藏富于民思想。古代的中国是以农业为立国之本。故管子曰："民贫则难治也，民富安乡重家。"具体的做法是使"民无所游食，民无所游食则必事农"。吴趼人言富民，与中国古代地主阶级的兴农抑商的主张完全相反。他认为"夫善谋国者，藏富于民，今五州之天下，商务之天下也。藏富于民，莫若商矣。中华商务之备甚矣"。所以必须大力发展商业，"专设重臣为监视"（《公司》）。"屯田兴，钱粮富，商族兴则税饷益增"（《国用》）。他认为，"民力厚、民财裕，如是虽欲国用之不足不得也"。

（三）积极学习西方的先进经验，建立起本民族的资本主义经济。他说："中国去欧洲之远，将及全球之半，故书不同文，政治异法、黄白异种，而制器尚象之术，体察民隐之道，与乎臻强致富之法，于中国皆有所求，苟欲仿其术，则非通其语言文字不可"（《译书》)。吴趼人认为，应当广译西洋书籍，以开拓民隐，更立学堂以教之商民，"选西国商务之书，译使读之，并鼓励天下有志之士，自备斧资，出国游历，考西洋诸国的制造工业，将择其善者而从之"。另外，吴趼人还主张修改不平等的关税条约，重征进口关税，注意保护民族资产阶级的利益，当局者"毋侵其利权，毋凌以官势"。如是，则可"夺外洋之利者也"(《国用》)。

吴趼人面对中日甲午战争失利后，"强邻逼处，民穷财匮"(《储才》)的局面，认为只有走一条自强的道路才能够救中国。"苟不自强，终不可以言交涉。"(《交涉》)吴趼人除了主张改革制度、振兴商务而外，还主张建立一支强大的海军、陆军，并仿行西德，建立全民义务兵制度，广储军事人才，走一条富国强兵的道路。购火器、设炮台、定期会操士兵，随时准备抵御外侵，办团练、建民团，保甲联民，以实现"上臻三代之治"的政治理想。

吴趼人的维新思想已经形成了一个完整的体系，维新方案涉及了社会改良的各个领域，在某些方面又有同当时的洋务派思想相接近的地方，如鼓吹"以中华古圣之教为体，以泰西学术为用"的主张。这些都反映了那个时期知识分子对救国真理的寻求和困惑。

1988年11月3日于希夷书斋

（录自《文献》1989年第3期）

关于《海上名妓四大金刚奇书》的两组资料

魏绍昌

《海上名妓四大金刚奇书》一百回，每回文字均较简短。一八九八（戊戌）年由上海书局石印巾箱本分订四册出版，署抽丝主人撰。《清史稿》的《艺文志补编》及阿英的《晚清小说目》，均题"我佛山人吴趼人著"；张静庐等辑《辛亥革命时期重要报刊作者笔名录》，亦将"抽丝主人"列为吴趼人笔名。可是这部长篇小说究竟是不是吴趼人的早期之作，至今仍有不同意见。在肯定与否定两个方面，我虽然倾向于前一方面，却也拿不出更多更硬的证据来，我只能提供下列两组有关的资料，供大家做进一步研究探讨的参考。

一组是发表在一九三七年一至四月间上海《辛报》与《晶报》两份小报上的。由于名妓赛金花刚在北平上一年的冬天去世，这时候社会上掀起一股争说赛金花的热潮，于是《辛报》自一九三七年元旦起刊出了一篇由曾迭供稿的《赛金花的神话》，那是从曾迭家藏的《海上名妓四大金刚奇书》内摘录出来的部分文字。一经发表，读者纷纷来信表示不满足于这样片段的介绍，报馆征得曾迭的同意，自一月十三日起便开始连载全书（刊毕前集五十回为止）。当报上刊至第八回时，一月二十一日报上发表了一篇谢高的文章，题目是《四大金刚奇书作者抽丝主人即吴趼人》，文内云：

> 我对于赛金花的事迹也相当的注意，但对于该书作者抽丝主人到底是谁的化名，尤很希望打破这谜。……前天晚上，偶和家叔谈起，一说到这个问题，便触动他老人家对往事的憧憬，他滔滔地告诉我一番掌故，历历如绘，现在约略写在下面，以飨读者。原来这书的作者就是已故小说家吴趼人先生，说出来读者恐也耳熟。他原名茧人，著书甚丰，脍炙人口的社会小说《二十年目睹之怪现状》是他的代表作。《海上四大金刚奇书》还是他早期的试笔，里面原没什么含蓄，无非游戏文章，随便写写的，所以用了笔名刊行。（他与家叔为《楚报》同事，又系至友，故知其事甚详。）

谢高的家叔不知何人，但一九〇二（壬寅）年吴趼人确在汉口《楚报》工作，其时《海上名妓四大金刚奇书》已经出版了四年。第二年（一九〇三）吴返回上海，便开始写作《二十年目睹之怪现状》。谢高揭开的这个谜底，也就是到目前为止，所能查见的第一次公开抽丝主人即吴趼人的文字记载。接着曾迭在二月五日《辛报》发表《吴趼人·抽丝主人·及其所著书》一文，表白自己的父亲就是晚清翻译家周桂笙（一八七三——一九三六），和吴趼人"是很好的朋友"。在周的《新庵笔记》中，也有记吴趼人原字茧人从易为趼人这么一条，可同"茧可抽丝"之说印证。曾迭原名周壬林，我在一九六二年见过，他告诉我：《海上名妓四大金刚奇书》本是他父亲遗留的藏书，后来他也记起父亲生前说过此书是好友吴趼人的早期作品。

可是当此书在《辛报》刊至四十回之际，二月二十二日《晶报》发表小读的《海上名妓四大金刚奇书著者》一文，提出异议，认为

"我佛山人是不会写四大金刚奇书这样的书的,我佛山人是不会写嫖客骂妓女出气的小说的,我佛山人的书是不会由青莲阁上小书贩托在手里兜卖的"。否认的口气十分坚决,却说不出任何理由来。曾迭当即在第二天(二月二十三日)的《晶报》回复了《为四大金刚奇书作者答小读君》一文,重申了自己与谢高两文的观点,指出小读的说法"未免太主观了,太武断了"。"希望小读君能够拿一些抽丝主人不是吴趼人的确实的证据出来。"

此后在三月七日、八日和四月二十三日、二十七日的《晶报》陆续发表小读的《为四大金刚奇书答曾迭君》和《与曾迭君商榷》之一之二的答辩文章,他还是拿不出证据来,只是断定这抽丝主人决不是吴趼人,抽丝这两个字,无非是卖弄他是满腹锦绣,或者是满腔情愫罢了,与茧字没甚关系"。而在《商榷》之一提出他见到世界繁华报馆一九○六(丙午)年出版的《糊涂世界》,署名茧叟,"此茧叟之笔墨,颇与《四大金刚奇书》类似,而与吴趼人所著各书之笔墨,完全不同"。在《商榷》之二提出《我佛山人笔记》所附《上海三十年艳迹》内,指明四大金刚是林黛玉、陆兰芳、张书玉、金小宝四人,将赛金花列为怪物,何以在《四大金刚奇书》中将傅钰莲(即赛金花)写成天神四大金刚之一的魔礼青下凡转胎,凭此一端,足见两书非一人所著。

我们知道,茧正是吴趼人的化名,《糊涂世界》确系吴趼人的笔墨,此乃事实;《上海三十年艳迹》是纪实体的笔记,《四大金刚奇书》则是神怪化了的小说,两种不同的写法并不能排除同出一人手笔的可能性,此乃常识;所以小读在《商榷》中提出的这两个反证,反而暴露了他本人的无知。

《我佛山人笔记》是吴趼人去世五年后,汪维甫于一九一五年编辑出版,书内所收《上海三十年艳迹》,原来是吴趼人署名老上海所撰《胡宝玉》(又名《三十年来上海北里怪历史》)一书,与

《糊涂世界》在同一年（一九〇六）出版。胡宝玉乃晚清上海名妓，此书以胡为主兼及四大金刚、李苹香、赛金花等名妓操皮肉生涯的异闻轶事。据此可见吴趼人对上海花界的历史掌故极为熟悉，他在写《胡宝玉》之前写过《海上名妓四大金刚奇书》，看来不是没有可能的。

何况吴趼人自一八九七（丁酉）至一九〇二（壬寅）的五、六年间，长期从事《消闲报》《采风报》《奇新报》《寓言报》等小报的编写工作，而当初小报的大量篇幅充斥着妓女的花边新闻，两者关系极为密切。如某些妓女去世，吴趼人曾亲书挽联吊唁。兹将《半月》杂志中《秋籁阁联话》所载吴趼人的三副挽妓联抄录如下。挽陆素娟：此情与我何干，也来哭哭；只为怜卿薄命，同是惺惺。换沈丽娟：我犹堕落人间，坠溷飘茵浑未卜；君已皈依净土，新愁旧恨总成空。挽花兰芬：冷雨凄风，无限相思寒食节；落花流水，可怜同是断肠人。又据郑逸梅来信告我，他在早年"于某杂志（不忆其名）摘录过吴趼人丧一所眷之校书某，撰一挽联云：夺我红颜天有意；埋他白骨地无情。"从这几副寄托他哀思的挽联，也可以窥见吴趼人同花界的交往是何等的亲密。

另一组资料是《海上名妓四大金刚奇书》出书当年在《采风报》刊登的两则出售广告。一则见于一八九八（戊戌）年七月十三日，标题是《绘图海上名妓四大金刚奇书出售》文云：

年来海上游客多指林黛玉、陆兰芬、金小宝、张书玉四妓为四大金刚，后又以金小宝不胜金刚之任，而以傅钰莲补之。此虽游戏笔墨，而冥冥中殆有定数存焉。抽丝主人探悉其来历，乃撰成四大金刚奇书，以供同好。将四妓之前因后果，历历绘出，令阅者如身入个中。至于悲欢离合之情形，因果报施之奇巧，尤足令人拍案称奇。兹特另加绘像，付诸石印，每部连套卖洋四角。所印无多，欲先睹为快者，速向上海四马路文宜书局购取可也。

又一则见于同年九月五日,标题是《续集海上名妓四大金刚奇书出售》,文云:

> 此书续集五十回系补初集之不足。所有姘识马夫、戏子,争锋吃醋等事,莫不描摹尽致。并于四大金刚之外,所有上海一切淫妓行状,尽皆罗致书中,亦皆历历如绘。虽一切情事为久居上海者所共知,而一经编辑成书,便觉有声有色。加以广徵实事,所有坠鞭公子,走马王孙,无赖流氓,拆梢打降,均采发陪衬,尤觉洋洋大观也。想诸君茶余酒后,无可消闲,定当先赌为快。惟所印无多,望速赐顾。专托上海四马路文宜书局代售。每部连套卖洋四角,初集连套仍售四角。抽丝主人启。

从上述两则出售广告中,得知此书分初集、续集两次出齐,其间相隔了两个月光景。书虽由文宜书局代售,书上则署上海书局出版。吴趼人的论著《趼呓外编》(又名《政治维新要言》),一九〇二(壬寅)年也由上海书局出版,也是一式一样的石印巾箱本,此中是否有所联系,也可供考虑。特别吴趼人编过《采风报》,一八九八年很可能正在他的任职期间。而续集广告是抽丝主人的告白,更值得注意。且问这篇作者启事,究竟像不像是吴趼人的笔墨呢?

江苏省社会科学院明清小说研究中心一九九〇年编印的《中国通俗小说总目提要》,收录了此书,第八〇六页附有故事提要及一百回回目。编者按语云:"综观全书,主要线索不十分清楚,人物的经历及出场先后也若隐若现,甚至有的还张冠李戴,胡乱安排,神人交替,文笔拙涩,可见作者的编撰水平极低,因颇疑'抽丝主人'不像是晚清小说大家的别号。而吴氏曾撰有《胡宝玉》一文,也是叙述四大金刚故事的,不可能同时另起炉灶,撰此一篇败笔文字。很可能这部《四大金刚奇书》倒是由吴氏《胡宝玉》衍化而来,因而作者一笔名为'抽丝主人',乃抽'茧人'作品《胡宝玉》之丝，造此一篇奇说，亦未可知。"

　　该书编者认为此书文笔拙劣，因而抱着不像吴趼人所作的存疑态度这是完全可以的。但说此书"乃抽'茧人'作品《胡宝玉》之丝，造成一篇奇说"，却是本末倒置。因为《海上名妓四大金刚奇书》的出书远在《胡宝玉》出版的八年以前，那么早已结成的"茧"，怎么能从远没有产生的"丝"里结出来呢？又据该书编者查见，一九〇〇（庚子）年曾出现此书的翻版，改名《海上秦楼楚馆冶游传》，且有秋墅道人的题署。嗣后远有改名《大闹秦楼楚馆演义》的翻版。然而这两个本子，我都没有见到过。

作于一九九一年十二月二十五日

　　（录自作者著《晚清四大小说家》，1993年7月台湾商务印书馆股份有限公司出版。）

第三辑

吴趼人著作系年

裴效维　编

凡　例

一、本编涉及清代范围的时间采用当时纪年法，以与著录对象的实际情况相一致；同时注以相应的公历纪年，以便于读者。入民国后则采用公历纪年。

二、本编以吴趼人已知全部著作的题目（书名或篇名）为著录对象，一种著作无论其是否一次出版或发表，均作一目处理。对于序跋类著作，则分两种情况处理：凡附属于本编已列目的著作，不再单独列目；否则便单独列目。

三、鉴于吴趼人的部分著作难以确定写作时间，本编按其著作的初次出版或发表时间加以系年；对于在报刊上连载的著作，则按其开始登载时间加以系年。同年出版或发表的著作，又按时间先后编次。

四、一目之下，大体著录如下内容：卷数和篇数（包括章回小说的回数）、类别（题目已显示者不著，原已标明者照录）、署名（照录原署名）、初版（包括初次发表）情况、序跋（原无者略）、批语和评语（原无者略）、重印情况（仅著录主要版本）、篇目（章回小说的回目除外）等。如能考知其写作时间，或有其他情况需要说明者，则特加按语。

五、本编中凡书名、篇名、刊名、报名一律加书名号，原署名、原标类及报刊专栏、引文等一律加引号，以免误会。

六、本编除公历年月日以及期刊的卷次、期次采用阿拉伯数字外，其他数字均用汉语写法。引文中的数字则保持原有写法。

七、本编反复出现的出版物，凡与吴趼人系年有关者，每次出现均详细著录其出版时间、出版单位（报刊除外）、卷次和期次（仅指期刊）；凡不影响吴趼人著作系年者，仅在首次出现时详细著录，重复出现者省略。

八、本编还有两个附录：附录一为"吴趼人未刊、初刊不详、真伪未定著作录"；附录二为"吴趼人著作辨伪"。均不按时间排列。

九、本编参考了部分吴趼人研究成果，为免烦琐，除必要者外，恕不一一注明，谨在此一并致谢。

吴趼人著作宏富而零散，且至今尚有诸多未被发现或真伪未辨之作，以区区之我而为其著作系年，难免自不量力之讥。诚愿献丑方家之前，寄望鸿篇于后。

光绪二十四年戊戌（1898）三十三岁

《食品小识》

食品广告。署名"南海吴趼人"。载本年二月一日（2月21日）上海《游戏报》第245号，连续登载四十余天。

陈无我著《老上海三十年见闻录》（1928年4月上海大东书局出版）下册《饭袋酒囊·我佛山人和燕窝糖精》篇有引录；魏绍昌《吴趼人的两篇佚文》（初载1985年12月中山大学出版社版《中国近代文学研究》第3期，复收入1993年7月台湾商务印书馆版魏著《晚清四大小说家》一书）也予附录；《我佛山人文集》（1989

年 5 月花城出版社出版）、《吴趼人全集》（1998 年北方文艺出版社出版）均予收录。

按一：《食品小识》文末署"丁酉仲冬南海吴趼人识"，可知写于光绪二十三年十一月（1897 年 12 月）。

按二：陈荣广（伯熙）著《老上海》（1919 年 6 月 15 日上海泰东图书局出版）第十一节"工商"类《药品之滥觞》："昔有外人初至上海，见报纸上药房广告多，遂予吾国以'病夫国'之徽号。溯其滥觞，盖在光绪戊戌前一年，时有孙镜湖者曾任微秩，与官场有所接触，乃异想天开，设京都同德堂药肆于沪上，其唯一之出品为燕窝糖精。利用广告政策，大登特登，称糖精之如何用燕窝提制，滋养力之如何有效，并假官场有名人物之称颂申谢。不数月，利市三倍，且定价极昂，每盒四元，购者亦深信其为燕窝精而称值焉。实质糖精而附以杂品，藉燕窝之名以欺人耳。"吴趼人的《食品小识》，正是孙镜湖借吴趼人之名，为其"燕窝糖精"所做的广告之一，无怪其"大登特登"了四十余天。

《海上名妓四大金刚奇书》（一〇〇回）

社会小说。署名"抽丝主人"。分前集两卷五十回，续集两卷五十回。本年季夏（农历六月，公历 7 月）上海书局刊行，石印巾箱本，四册。有作者《题识》和《序》，并附人物绘图。

又有更名为《海上秦楼楚馆冶游传》石印本，书签由秋墅道人题，署"光绪庚子"，出版单位、时间均不详；1937 年 1 月 13 日—3 月 6 日上海《辛报》转载前五十回，改署"吴趼人遗著，曾迭藏"；《吴趼人全集》予以收录。

按一：作者《题识》："采访数年，经营半载，始克成书。……光绪戊戌仲夏之吉抽丝主人谨识。"可知此书写于本年上半年。

按二：关于"抽丝主人"是否即吴趼人，只有一位署名"小读"

的人曾在三十年代提出过异议，但未提出任何有力证据；而多数学者则持肯定态度：上述《辛报》转载该书前五十回时，即署"吴趼人遗著，曾迭藏"，而曾迭乃吴趼人生前挚友周桂笙之子周壬林，他并发表《吴趼人·抽丝主人·及其所著书》(载1937年2月5日《辛报》)和《为〈四大金刚奇书〉答小读君》(载1937年2月23日《晶报》)两篇文章，说明"抽丝主人"为吴趼人的笔名之一，系从"茧人"一名变化而来，即"茧可抽丝"之义；谢高是吴趼人生前挚友、《楚报》同事的侄儿，他也发表了《〈四大金刚奇书〉作者抽丝主人即吴趼人》(载1937年1月21日《辛报》)一文；《清史稿·艺文志补编·子部·小说类》注"吴趼人撰"；阿英《晚清小说目》(见1954年8月上海文艺联合出版社版《晚清戏曲小说目》一书)注"我佛山人吴趼人著"；张静庐等辑《辛亥革命时期重要报刊作者笔名录》(载1962年10月中华书局版《文史》第1辑)，将"抽丝主人"列为吴沃尧的笔名之一；魏绍昌编《吴趼人研究资料》(1980年4月上海古籍出版社出版)，将此书列为吴趼人的作品之一。因此"抽丝主人"为吴趼人的笔名似乎可以肯定，那么《海上名妓四大金刚奇书》自然也可以肯定是吴趼人的作品了。

《〈绘图海上名妓四大金刚奇书〉出售》

出版广告。未署名。载本年五月二十五日(7月13日)《采风报》。

魏绍昌《关于〈海上名妓四大金刚奇书〉的两组资料》一文(收入1993年7月台湾商务印书馆版魏著《晚清四大小说家》一书)引录；《吴趼人全集》收录。

按：此文虽未署名，但多半为吴趼人所写。理由有二：其一，大约从本年五月(6月)起，吴趼人主持《采风报》笔政；其二，吴趼人在本年七月二十日(9月5日)的《采风报》上，以"抽丝主人"的笔名，刊登了《续集〈海上名妓四大金刚奇书〉出售》的广告。

《〈续集海上名妓四大金刚奇书〉出售》

出版广告。署"抽丝主人启"。载本年七月二十日（9月5日）《采风报》。

魏绍昌《关于〈海上名妓四大金刚奇书〉的两组资料》引录；《吴趼人全集》收录。

光绪二十七年辛丑（1901）三十六岁

《在上海绅商第二次拒俄约大会上的演说词》

原题《吴君沃尧演说》，载本年二月七日（3月27日）《中外日报》。

按：本年二月六日（3月25日）《中外日报》载《纪第二次绅商集议拒俄约事》："昨日，本埠绅商闻俄约迫初六、七签押，午后二点钟，再集张氏味莼园会议，到者约千人……至四点时，同人次第演说，凡十余起。先由孙君仲瑜代同人演说集议宗旨，次吴趼人……"可知吴趼人演说在二月五日（3月24日）下午。

光绪二十八年壬寅（1902）三十七岁

《趼呓外编》（二卷六〇篇，附录一篇）

杂论。署名"南海趼人吴沃尧"。本年暮春（农历三月，公历4月）上海书局出版，石印巾箱本，二册，改题《政治维新要言》。

卷首有作者《趼呓外编·序》，末署"光绪辛丑嘉平月南海吴沃尧趼人氏识于海上趼廛"。

《我佛山人文集》《吴趼人全集》均予收录。

篇目：

卷一：

《保民》　　　　　　　《制度》
《说刑》　　　　　　　《说法》
《教仕》　　　　　　　《孚信》
《议院》　　　　　　　《游历》
《治河》　　　　　　　《略分》
《成见》　　　　　　　《交涉》
《开矿》　　　　　　　《律师》
《出洋》　　　　　　　《定例》
《国用》　　　　　　　《节用》
《征书》　　　　　　　《厘金》
《铸银》　　　　　　　《自强》
《圜法》　　　　　　　《邮政》
《公司》　　　　　　　《洋税》
《专利》　　　　　　　《劝农》
《酒税》

卷二：

《军政》　　　　　　　《将略》
《团练》　　　　　　　《水师》
《陆军》　　　　　　　《火器》
《炮台》　　　　　　　《专权》
《观战》　　　　　　　《渔团》
《间谍》　　　　　　　《储才》
《译书》　　　　　　　《考工》
《制造》　　　　　　　《购料》
《验货》　　　　　　　《包工》
《学生》　　　　　　　《用人》
《私造》　　　　　　　《报销》
《弭兵》　　　　　　　《格致》
《历数》　　　　　　　《管仲论》
《商鞅论》　　　　　　(附录旧作:《驳袁子才〈论语解〉》)
《曹参论》　　　　　　《荆轲论》
《异端辨》　　　　　　《刘晏论》

按一：作者《跰跃外编·序》："丁酉、戊戌间，闭户养疴，无所事事。时朝廷方议变法，……日惟取阅报纸，藉知外事。暇则自课一篇，遣此长日，积之成帙，自署为《跰跃外编》。"可知此

| 326 |

书写于光绪二十三年（1897）至二十四年（1898）。

按二：《趼廛外编》卷一《制度》篇末夹注："曩曾作一《制度制》，兼论及此，今仍演其意存之。"《说刑》篇末夹注："此意曾演为论说，登诸《沪报》，今节存之。"又卷二《管仲论》篇末附录《驳袁子才〈论语解〉》，明确标为"附录旧作"。由此可见，《趼廛外编》中的部分作品，可能写于光绪二十三年（1897）之前，有的且在结集出版之前，曾经发表于《沪报》（即《字林沪报》）等报纸。

《吴趼人哭》（五八条）

小品文。作者不另署名。各条均无题目。本年据吴趼人手迹石印，巾箱本，一册。1937年3月13日—27日上海《辛报》转载，并增曾迭《引言》；魏绍昌编《吴趼人研究资料》《我佛山人文集》《吴趼人全集》均予收录。

按：《吴趼人哭》第二十五条："吴趼人……至壬寅二月辞《寓言（报）》主人而归"；第八条："吴趼人闭门谢客，行将著书"；第十六条："壬寅二月二十日《中外日报》载河南新闻一则云"；第四十四条："三月一日偕张翘松游龙华寺"。由此可知，《吴趼人哭》写于本年，当年即以手迹石印刊行。

光绪二十九年癸卯（1903）三十八岁

为周桂笙编《新庵谐译初编》并作《序》

《新庵谐译初编》，署"上海周树奎桂笙戏译，南海吴沃尧趼人氏编次"。本年孟夏（农历四月，公历5月）上海清华书局出版。上下两卷：上卷收《一千零一夜》《渔者》；下卷收《猫鼠成亲》等十五篇。

吴趼人《序》置于卷首，末署"光绪癸卯暮春之初，南海吴沃

| 327 |

尧拜手序于汉皋"。

按：吴趼人《序》："周子桂笙，余之爱友亦余之畏友也。余旅居上海，忝承时流假以颜色，许襄时报笔政，周子辄为赞助焉，此篇（编）盖即借以塞空白者也。既入报纸，则零断散失，不复成章，爰编次之，重付剞劂氏。"又紫英（蒋紫侪）《〈新庵谐译〉》（载《月月小说》第5号）："吾友上海周子桂笙所译《新庵谐译》，……其第一卷中之《一千零一夜》，即《亚拉伯夜谈录》也，……先是吾友刘志沂通守接办上海《采风报》馆，聘南海吴趼人先生总司笔政。至庚子春夏间，创议附送译本小说，刘君乃访得此本，请于周子，周子慨然以义务自任。……至第二卷中所载诸篇，大抵为《寓言报》而译者。当时《寓言报》为吴门悦庵主人沈君习之之业，笔政亦吴君趼人所主也。会壬寅春，吴君应《汉口日报》之聘，客居无俚，乃取此书，详加编次，且为文以序之。旋付上海清华书局，遂得公之于世云。"这里的一序一文，将此书的来龙去脉交代得十分清楚。只是既为"初编"，当有"续编"之计划，但吴趼人后来为周桂笙所编另一种译本，却题名为《新庵译屑》，未取《新庵谐译续编》之名。

《致梁鼎芬书》

作者自称"某"。原题《已亡〈汉口日报〉》之主笔吴沃尧致武昌知府梁鼎芬书》。载本年五月二十六日（6月21日）上海《苏报》"要件"栏。

王立兴《吴趼人与〈汉口日报〉——对新发现的一组吴趼人材料的探讨》（收入1992年11月南京大学出版社版王著《中国近代文学考论》一书）予以附录；《吴趼人全集》予以收录。

按：《汉口日报》创刊于光绪二十八年（1902）秋，为中英合资的民间报纸，聘吴趼人和沈敬学（字习之，号悦庵主人，江苏吴县人。光绪二十七年［1901］曾在上海创办《寓言报》，聘吴趼人任主笔）主持笔政。至本年三月（4月），全国爆发拒俄运动，湖北学生起而响应。因武昌知府梁鼎芬极力阻挠，《汉口日报》予以口诛笔伐。梁鼎芬恼羞成怒，依仗张之洞和端方之势，强行将《汉口日报》收归官办，下令该报于五月"初一日停报，且刊于报端，曰整顿，曰改革，以掩外人耳目。主笔吴君则怫然而去"（详见《〈汉报〉改官办事》，载本年五月二十六日［6月21日］上海《苏报》"时事要闻"栏），并写了这封致梁鼎芬的公开信。

《痛史》（二七回）

标"历史小说"。署名"我佛山人"。初载《新小说》第8—13号、第17号、第18号、第20—24号，本年八月十五日（10月5日）至光绪三十一年十二月（1906年1月）印行。尚未载完，随《新小说》停刊而中断。宣统三年（1911）上海广智书局出版单行本，仍为二十七回，遂成未完之作。

翻印本有：1938年11月上海风雨书屋"海角遗编"丛书本，残夫（阿英）主编，并加《跋》文；1956年5月上海文化出版社本，由章荅深校注，并增《前言》。又《中国近代小说大系》（1988年10月江西人民出版社出版）、《我佛山人文集》《吴趼人全集》均予收录。

《二十年目睹之怪现状》（一〇八回）

标"社会小说"。署名"我佛山人"。初载《新小说》第8—15号、17—24号，本年八月十五日（10月5日）至光绪三十一年十二月（1906年1月）刊行。载至第四十五回，随《新小说》停刊而中断。后由作者陆续续写，并由上海广智书局陆续以单行本出版，共计八卷：

甲卷，第一至十五回，光绪三十二年（1906）二月出版；

乙卷，第十六至三十回，同年三月出版；

丙卷，第三十一至四十五回，同年九月出版；

丁卷，第四十六至五十五回，同年十二月（1907年1月）出版；

戊卷，第五十六至六十五回，同年十二月（1907年月1月）出版；

己卷，第六十六至八十回，宣统元年（1909）三月出版；

庚卷，第八十一至九十四回，宣统二年（1910）八月出版；

辛卷，第九十五至一百〇八回，同年十二月（1911年1月）出版；

有眉批者共计七十九回，即第一至七十九回；有夹批者共计二十八回，即第八十一至一百〇八回；有回评者共计八十四回，即第三至七、九至四十三、四十五至六十六、六十八、六十九、七十三至七十六、八十三至八十五、八十七至八十九、九十一、九十五、九十六、九十八、一百〇二、一百〇八回；书末并有总评。

翻印本有：1916年正月新小说书社石印本，八卷八册，增石庵《序》及插图三十二幅，并伪署"李伯元评点"；1924年4月上海世界书局铅印本，四册；1926年9月上海世界书局铅印订正本，四册，由魏冰心标点，增沈勤庐《序》；1935年11月上海世界书局重排本，一册，改题《足本二十年目睹之怪现状》，并改沈勤庐《序》为《叙言》；1936年3月上海广益书局铅印本，二册，增桐庐主人《新序》；1959年7月人民文学出版社本，二册，由张友鹤校注，增简夷之（王应）《前言》。又《中国近代小说大系》《我佛山人文集》《吴趼人全集》均予收录。

按一：作者《近十年之怪现状·自序》："吾人幼而读书，长而入世，而所读之书终不能达于用。不得已，乃思立言以自表，抑亦大可哀已！……于是始学为章回小说，计自癸卯始业，以迄于今，垂七年矣。……惟《二十年目睹之怪现状》一书，部分百回，都凡五十万言……惨淡经营，历七年而犹未尽杀青。盖虽陆续付印，已达八十回，余二十回稿虽脱而尚待讨论也。"可见此书原拟写一百回，从光绪二十九年癸卯（1903）开始撰写，"历七年"，即至宣统元年己酉（1909），其八十回以后尚未定稿。又据此书庚卷出版于宣统二年庚戌八月（1910年9月），作者卒于本年九月十九日（10月21日），而辛卷直到本年十二月（1911年1月）才出版，而且增至一百〇八回，则证明大约此书在作者去世之前才最后定稿。那么可知此书的写作始于光绪二十九年癸卯（1903），终于宣统二年庚戌（1910），前后长达八年，而非一般所说七年。

按二：此书第二回开卷即云："阅者须知，自此以后之文，便是九死一生的手笔，与死里逃生的批评了。"实则，"九死一生"和"死里逃生"，都是吴趼人的化名；换言之，此书的眉批、夹批、回评、总评，都是作者所自为。为了证明这一点，试举五例。

例一：第十三回写江宁知府因烟瘾特深，每次见过总督大人，回家后"就同死了一般"，经家人用烟连"熏"带"喷"，才能活转过来。所加眉批云：

此一节，读者勿以为戏言也，实有其人，实有其事，不过不欲举其名耳。

若非作者自己，焉能知"实有其人，实有其事"？

例二：第三十二回有一条眉批云：

广东人每有吃西瓜皮者，其吃法：切片后以醋拌之。此种情形都能写到，或谓不知如何体会出来？不知作者当日实身历其境也。

这又暴露了加眉批者为广东人，非吴趼人而何？

例三：第五十一回有一条眉批云：

"么子"，湖北方言，什么也。作者每喜以方言形诸笔墨，教会别人不少，只可惜写不出声音来。

吴趼人曾两度在汉口主持《汉口日报》及《楚报》笔政，时间长达一年多，自然熟悉湖北方言。吴趼人也确实"喜以方言形诸笔墨"。因而足见这一眉批为其自为。

例四：第九十九回至一百回写宁波某杂货店学徒卜通，他从叔父卜士任那里学到了"不怕难为情"即做官的"诀窍"后,一路钻营,居然捞到了上海高昌庙巡防局的差使。一次因急于赴码头迎接某大员,贸然拦截搭车,不料车上坐的正是他的顶头上司——上海制造军械局总办大人,以致狼狈不堪。第一百回回评云:

  昔年晤余晋珊中丞,言任沪道时某甲附车事,犹吃吃笑不休,曰:"此伧亦可怜也。"忽借以缀于此,殊足以博一噱。

这则回评说得十分清楚,卜通拦截总办马车之事,原来是将上海道余晋珊所遇的一件实事移花接木而来的。这里显然是夫子自道,当然是吴趼人所写。

例五:第一百〇七回写九死一生得知叔父在山东沂水县汶河司巡检任上病故,留下两个七八岁的儿子,遂两次电告在江西宜昌为官的伯父,请求处置办法。不料等了半个多月,得到的回复竟然是:"自从汝祖父过后,我兄弟三人,久已分炊,东西南北,各自投奔,祸福自当,隆替无涉。汝叔父逝世,我不暇过问,汝欲如何便如何;以我之见,以不必多事为妙。"九死一生一气之下,只身前往山东,将寄居在沂水县赤村庄舅父家的两个堂弟——祥哥儿、魁哥儿带了回来。第一百〇八回则写九死一生刚办完叔父的后事,又接到伯父的噩耗,只得又赶到江西宜昌,为伯父治丧,结果生了一肚子气。第一百〇八回末评语云:

  上回之觅弟,为著者生平第一快事,曾倩画师为作《赤村得弟图》。旋以迁徙流离,不知失落何所。以满腹眼泪写之者,此事以快意起,仍以失意终也。惜乎全书于此杀青,不克窥其全豹也。

  此回之治丧,为著者生平第一懊恼事。当时返棹,道出荆门,曾纪以一律云:

  此身愿似未归魂,匝月羁留滋泪痕。

  犹子穷途礼多缺,旁人诽语舌难扪。

  而今真抱无涯戚,往事翻成不白冤。

回首彝陵何处是？一天风雨出荆门。

为录于此，以见此虽小说，顾不尽空中楼阁也。

此处，还有四条材料可作为有力的旁证：

材料之一：李葭荣《我佛山人传》：

闻仲父客死于燕，电白季父取进止，三请不报，逾月得书曰："所居穷官，兄弟既析爨，虽死何与我？"则大戚，乞哀于主会计者假数月佣直，袯被北行。至则诸姬皆以财逸，双雏处窭人间，君拊心自疚，拯以俱南。

材料之二：吴趼人《清明日偕瑞棠弟展君宜大弟墓，用辛卯都中寻先兄墓韵》诗序：

君宜、瑞棠两弟，二叔父遗孤也。叔父幼居京邸，长乃筮仕直隶，需次津门。沃尧幼居家园，长游申浦，于叔父之声音笑貌，曾未得一日之侍觐焉。戊寅（庚寅之误。——编者）秋，叔父见背。是冬得赴，以辛卯二月附轮北上，窭两弟持丧南来，课瑞棠弟读书，君宜则使肄艺于沪南制造局。余生无兄弟，对此殊自怡怡。甲午秋，君宜以微疾误于药石，遂致不起，八月一日先我而死。……

材料之三：吴趼人《中国侦探案·东湖冤妇案》评语：

丙申七月，余奔季父之丧，至宜昌。

材料之四：吴趼人《七月十九夜接家季父电，诏赴彝陵省疾，即夜成行，戚友知己都不及走告，赋此留别》（二首）：

犹子行匆促，故人行别离。

夜潮催梦去，孤月逐神驰。

不敢偶留恋，无端增怆悲。

片舲悄然发，良友几人知。

去去竟无言，言言更断魂。

> 乌私萦季父，骊唱动愁猿。
>
> 江上水声咽，渡头人语喧。
>
> 寸心多许事，此际不堪论。

可见《怪现状》第一百〇七回所写九死一生"觅弟"故事，与以上前两条材料几乎完全一样，只是将吴趼人换成了九死一生，将吴趼人叔父官直隶改为官山东，将吴趼人两堂弟君宜、瑞棠改为祥哥儿、魁哥儿罢了。而评语中所谓："此事以快意起，仍以失意终"，则显然是指吴趼人诗序中"甲午秋，君宜以微疾误于药石，遂致不起，八月一日先我而死"。至于后两条材料，则可与《怪现状》第一百〇八回所写九死一生赴宜昌"治丧"故事互为补充，只是《怪现状》将吴趼人的季父改为伯父罢了。

以上五例及四条材料，足可以证明《怪现状》的眉批、夹批、回评、总评均为吴趼人自为。

《电术奇谈》（二四回）

标"写情小说"。又名《催眠术》。署"日本菊池幽芳氏元著，东莞方庆周译述，我佛山人衍义；知新主人评点"。初载《新小说》第8—18号"杂录"栏，本年八月十五日（10月5日）至光绪三十一年六月（1905年7月）印行。光绪三十一年八月（1905年9月）上海广智书局出版单行本。

书末有作者《附记》。

各回均有知新主人（周桂笙）所加眉批；有回评者共计十九回，即第一至十二、十三至十七、二十一、二十三、二十四回，间或在回评之末署"知新主人评"。

翻印本有1923年3月上海世界书局本。又《我佛山人文集》《吴趼人全集》均予收录。

按：《电术奇谈》并非"日本菊池幽芳氏元著"，原作实为英国人所著（作者不详），菊池幽芳只是翻译者。菊池幽芳（1870—1947）为日本著名小说家，擅长于家庭小说，颇受日本妇女欢迎。其所译《电术奇谈》，最初连载于明治三十年（光绪二十三年，公元1897年）一月一日至三月二十五日《大阪每日新闻》，明治三十三年（光绪二十六年，公元1900年）大阪骎骎堂出版单行本。方庆周是广东东莞人，光绪二十三年（1897）自费赴日留学，入高等师范学校攻读，遂据菊池幽芳之日译本，再译为中文，但"仅得六回，且是文言"（吴趼人《电术奇谈·附记》，下引同此）。菊池幽芳为了适应日本读者的口味，将原作人名、地名（除英国、印度、伦敦、巴黎外）均改为日本式人名、地名。方庆周出于同样的原因，"凡人名皆改为中国习见之人名字眼，地名皆用中国地名"。吴趼人则以方庆周的译本为素材，"剖为二十四回，改用俗话，冀免翻译痕迹"；且为了"助阅者之兴味"，增加了不少"议论谐谑等"。由此可见，此书从英国原著到吴趼人的"衍义"，已是四易其手，面目全非，因而可视为吴趼人再创作的作品。

《新笑史》（一九题二二篇）

笑话。署名"我佛山人"。连载于本年八月十五日（10月5日）《新小说》第8号、光绪三十一年十一月（1905年12月）《新小说》第23号"杂录"栏。

卢叔度辑注《俏皮话》（广东人民出版社1958年2月初版，1981年8月重印）予以附录；《我佛山人文集》《吴趼人全集》均予收录。

篇目：

《推广朝廷名器》　　　　　《两个制造局总办》
《另外一个崇明镇》　　　　《郭宝昌挥李秉衡》
《梁鼎芬蒙蔽张之洞》　　　《梁鼎芬被窘》
《对联》（三则）　　　　　《问官奇话》

《德寿笑话》　　　　　《陈宝渠》
《亨利》　　　　　　　《牙牌数》（二则）
《犬车》　　　　　　　《两个杜联》
《皮鞭试帖诗》　　　　《一字千金》
《咏张松诗》　　　　　《视亡国为应有之事》
《避讳》

　　按：作者《近十年之怪现状·序》："吾人幼而读书，长而入世，而所读之书，终不能达于用。不得已，乃思立言以自表，抑亦大可哀已！……虽然，落拓极而牢骚起，抑郁发而叱咤生，穷愁著书，宁自我始！夫呵风云，撼山岳，夺魂魄，泣鬼神，此雄夫之文也，吾病不能。至若志虫鱼，评月露，写幽恨，寄缠绵，此儿女之文也，吾又不屑。然而愤世嫉俗之念，积而愈深，即砭愚订顽之心，久而弥切，始学为嬉笑怒骂之文，窃自侪于谲谏之列。犹幸文章知己，海内有人，一纸既出，则传钞传诵者，虽经年累月，犹不以陈腐割爱，于是乎始信文章之有神也。……于是始学为章回小说，计自癸卯始业……"可见吴趼人写"嬉笑怒骂"之笑话，早于写章回小说，即在癸卯（1903）以前已经开始写作。联系到吴趼人此前曾主持过数家报纸的笔政，因而《新笑史》中的部分作品，很可能在《新小说》上刊登之前，已在其他报纸上发表过。

光绪三十年甲辰（1904）三十九岁

评周桂笙译《毒蛇圈》

　　《毒蛇圈》二十三回，标"侦探小说"，署"法国鲍福原著，上海知新室主人译"。连载于《新小说》第8号、第9号、第11—14号、第16—19号、第21号、第23号、第24号，光绪二十九年八月十五日（1903年10月5日）至三十一年十二月（1906

年1月）印行。尚未载完，随《新小说》停刊而中断，未见续出。

吴趼人为此书所加眉批共计十八回一百六十六条，即第三回九条、第四回十五条、第五回十一条、第六和七回各六条、第八回三条、第九回十条、第十回八条、第十一回七条、第十四回三条、第十五回二条、第十六回一条、第十八回二十三条、第十九回十六条、第二十回十四条、第二十一回九条、第二十二回十四条、第二十三回九条；又为十五回书加有回评，即第三至十八回、第十八至二十三回，每回回评之末均署名"趼廛主人"。

《我佛山人文集》单收吴趼人《毒蛇圈》回评十五则；《吴趼人全集》则将《毒蛇圈》及吴趼人眉批、回评一并收入。

按一：《毒蛇圈》虽始载于光绪二十九年八月十五日（1903年10月5日）印行之《新小说》第8号，但吴趼人对此书加评始于第三回，载本年六月二十五日（8月6日）印行之《新小说》第9号，故系于此。

按二：吴趼人在第三回回评中云："译者与余最相得，偶作一文字，辄彼此商榷。此次译《毒蛇圈》，谆谆嘱加评语。第一、二回以匆匆付印故，未及应命，请自此回后为之。"可知吴趼人评《毒蛇圈》大约始于本年上半年，此后周桂笙陆续翻译，吴趼人也陆续加评，直至光绪三十一年十二月（1906年1月）《新小说》停刊为止。

《新笑林广记》（二二篇）

笑话。署名"我佛山人"。连载于《新小说》第10号、第17号、第22号"杂录"栏，本年七月二十五日（9月4日）至光绪三十一年十月（1905年11月）印行。

首冠作者自序（无序题），不署作序时间。

卢叔度辑注《俏皮话》予以附录；《我佛山人文集》《吴趼人全集》均予收录。

篇目：

《新小说》　　　　　　《"家"字》

《圣人不利于国》　　　《问看书》

《排满党实行政策》　　《皇会》

《误蒙学》　　　　　　《骂畜生》

《帽子不要摆在头上》　《和尚宜蓄发辫》

《刚毅第二》　　　　　《汉官威仪》

《两袖清风》　　　　　《绝鸦片妙法》

《祖家》　　　　　　　《小牛小马》

《会计当而已矣》　　　《咬文嚼字》

《旗色》　　　　　　　《羽毛》

《神号鬼哭》　　　　　《长短嘲》

按：《新笑林广记》第一篇《新小说》云："我国自《时务报》出，而丛报界始渐发达，《清议报》《新民丛报》继起。近年来如《江苏》杂志……等，亦皆各有特色。"考《江苏》杂志创刊于光绪二十九年四月初一日（1903年4月27日），则这篇《新小说》笑话只能写于此后。又第六篇《皇会》云："癸卯六月二十六日，津、沪两地士商举行万寿庆祝会，颇极一时之盛。……迄今年年为之，而名其会曰'皇会'。"癸卯即光绪二十九年，而又曰"迄今年年为之"，则这篇《皇会》笑话更只能写于光绪三十年六月二十六日（1904年8月1日）之后。由此可推知《新笑林广记》始作于光绪二十九年下半年或次年，断续写成。

《九命寄冤》（三六回）

标"社会小说"。署"岭南将叟重编"。初载《新小说》第12—14号，本年十月二十五日（12月1日）至光绪三十一年十二月（1906年1月）印行。光绪三十二年（1906）上海广智书局出版单行本，三册。

此书第七、八、十一、三十三回有回评，皆片言只语，当为作者偶一为之。

翻印本有：1925年9月上海世界书局本，三册，由魏冰心标点，并增《新序》一篇；1956年1月上海文化出版社本，一册；1986年10月天津古籍出版社本，一册。又《中国近代小说大系》《我佛山人文集》《吴趼人全集》均予收录。

按：此书系据嘉庆朝粤人安和先生所著小说《警富新书》（又名《七尸八命》）四十回重写而成。与原作相比，此书不但篇幅增加了四倍，而且在思想性和艺术性两方面都有极大提高，已经面目全非；换言之，吴趼人只是取原作的故事梗概，进行了全新的创作。因此完全应视为吴趼人的作品。

《瞎骗奇闻》（八回）

标"迷信小说"。署名"茧叟"。初载《绣像小说》第41—46期，本年十二月一日（1905年1月6日）至光绪三十一年二月十五日（1905年3月20日）印行。每回前均附绘图。光绪三十四年二月（1908年3月）上海商务印书馆出版单行本（与《经国美谈新戏》合订一册）。

阿英编《晚清文学丛钞·小说二卷》（1960年5月中华书局出版）、《中国近代小说大系》《我佛山人文集》《吴趼人全集》均予收录。

光绪三十一年乙巳（1905）四十岁

《小说丛话》（四则）

小说评论。署名"趼"。各则均无题目。载《新小说》第19号"附录"栏，本年七月（8月）印行。

阿英编《晚清文学丛钞·小说戏曲研究卷》（1960年3月中华书局出版）、《我佛山人文集》《吴趼人全集》均予收录。

按：《小说丛话》为连载于《新小说》的一个论述小说的专题，

作者很多，吴趼人只是其中的一位。

为周桂笙译《新庵译屑》加评、编辑、作序

《新庵译屑》，署"上海新庵主人译述"。光绪三十四年八月（1908年9月），吴趼人应译者周桂笙之请，为之编辑并作序。书分上下两卷，共收九十题九十四篇。首冠周桂笙《弁言》。但当时并未以单行本出版。吴趼人去世后，译者将其与自著《新庵随笔》合编为一书，总名《新庵笔记》，而仍保留《新庵译屑》和《新庵随笔》之名，前者为《新庵笔记》卷一、卷二，后者为卷三、卷四，于1914年8月由上海古今图书局出版，书前增山阴任堇1914年7月之《序》。

《新庵译屑》所收作品来自四个部分：①《知新室新译丛》，标"札记小说"，署"上海知新室主人译述"。初载《新小说》第20号、第22—24号，本年八月（9月）至十二月（1906年1月）印行。共计二十篇，全部入选《新庵译屑》。正文前原有周桂笙《弁言》，也移置《新庵译屑》卷首。②《新庵译萃》，标"札记小说"，译者署名"上海知新室主人""上海知新室主人周桂笙""周桂笙""新"等。初载《月月小说》第1—5号、第7号、第8号、第10号、第16号、第19号，光绪三十二年九月十五日（1906年11月1日）至三十四年七月（1908年3月）印行。共计六十七篇，入选《新庵译屑》者五十九篇。③《自由结婚》，标"札记小说"，署"上海知新室主人译述"。载《月月小说》第14号，光绪三十四年二月（1908年3月）印行。共计四篇，全部入选《新庵译屑》。④散作十题十一篇，除《俭德》一篇选自《新庵随笔》（载《月月小说》第3号）外，未见在报刊上发表。

在《新庵译屑》九十题九十四篇中，吴趼人加评者三十二篇（其中对《自由结婚》四篇加以合评，以一篇计）：卷上《顽童》《伞》《演说》《豢鳄》（"新小说"登载时名《以鳄为戏》）、《鱼溺》《食子》《律师》《鹊能艺树》《禽名》《窃案》《以术愚狮》《重修旧好》《戒骂会》《张翁轶事》《牙医》；卷下：《天生奇疾》《世界最长之须》《俭德》《最古律法》《逃学受绐》《俄国人瑞》《小不可算大》《废物变成戏物》《画师》《主笔牢骚》《十年不寐之奇病》《忽得忽失》《世界中之赌国》《孰不愿富》《自由结婚》《摩根》《免冠礼》之二。此外，原《新庵译萃》中有一篇《欧洲糖市》（载《月月小说》第8号），吴趼人也为之加评，而《新庵译屑》漏收。如此，则《新庵译屑》当为九十一题九十五篇，其中吴趼人加评者总计为三十三篇。至于吴趼人的署名，则在《新小说》和《月月小说》登载时署"检尘子"，而结集为《新庵译屑》时已改为"趼人氏"了。

《我佛山人文集》单收吴趼人三十三则评语；《吴趼人全集》连同周桂笙的三十三篇译作一并收录。

按一：《新庵译屑》虽正式出版于1914年，但作为组成部分之一的《知新室新译丛》却早在本年八月（9月）印行之《新小说》第20号上已开始刊登，而且本期所载《顽童》等六篇均有吴趼人的评语，故系于此。

按二：吴趼人的《新庵译屑·序》："戊申八月，桂笙以此卷来，嘱为编次。检阅一过，则皆桂笙以前所译，散见于各杂志者，至是汇为一编，意将不欲自负其移译之劳，藉是以问世者也。"末署"戊申仲秋南海吴沃尧趼人氏序"。可见吴趼人编辑《新庵译屑》并为之作序皆在光绪三十四年八月（1908年9月）。至于吴趼人为之加评的时间，则大约始于光绪三十一年八月（1905年9月）至三十四年八月（1908年9月），即《新小说》第20卷登载之前不久，至《新庵译屑》编成之时；因为有部分评语是在结集成书时才加写的。

《新石头记》（四○回）

标"社会小说"。署名"老少年"。初载本年八月二十一日（9月19日）至十二月（1906年1月）《南方报》附张第28号至148号，仅载十三回。光绪三十四年十月（1908年11月）上海改良小说社出版全本，题《绘图新石头记》，改标"理想小说"，作者改署"我佛山人"，分四卷八册，书前有人物画两幅，每回前均有绘图一幅。

《中国近代小说大系》《我佛山人文集》《吴趼人全集》均予收录。

按：吴趼人《本社撰述员附告》（载《月月小说》第6号）："……《南方报》前载《新石头记》小说为仆手笔。"可证"老少年"为吴趼人的另一笔名。

《致曾少卿书》（三通）

收入《中国抵制禁约记》，本年民任社出版；又收入苏绍炳编《山钟集》，光绪三十二年（1906年）觉觉社出版；又阿英编《反美华工禁约文学集》（1960年2月中华书局出版）、《我佛山人文集》《吴趼人全集》均予收录。

按：光绪三十三年二月十五日（1907年3月28日）印行之《月月小说》第6号所载吴趼人《本社撰述员附告》："仆自前岁六月由汉返沪。"又李葭荣《我佛山人传》："华工禁约之争，君方主汉报（按：指《楚报》）笔政。汉报实美人所营业，君念侨民颠沛，若婴焚溺，遽谢居停，遄归海上，与爱侨人士共筹抵制。"可知吴趼人于光绪三十一年六月（1905年7月）由汉口回到上海，投身于反美华工禁约运动。因而致曾少卿（此次运动的首领）三函当写于此时。

光绪三十二年丙午（1906）四十一岁

为李伯元续写《活地狱》（三回）

署名"茧叟"。李伯元写至第三十九回而病重，吴趼人为之续写第四十至四十二回。载《绣像小说》第70期、第71期，分别于本年二月十五日（3月9日）、三月一日（3月25日）印行。《吴趼人全集》予以收录。

按：茂苑惜秋生（欧阳巨源）又续写第四十三回，未完而辍。

《中国侦探案》（三四篇）

笔记小说。署名"南海吴趼人"。本年三月（4月）上海广智书局出版，一册。

首冠作者《凡例》《弁言》，《弁言》末署"光绪丙午孟春中国老少年识"。

此书十八篇附有作者（署名"野史氏"）评语（以下篇目之首加﹡者即是）。

汪庆祺（维甫）编《我佛山人笔记四种》（1915年上海瑞华书局石印出版）卷三《中国侦探三十四案》即为此书；卢叔度辑校《我佛山人短篇小说集》（1984年9月花城出版社出版）、《我佛山人文集》《吴趼人全集》均予收录。

篇目：

﹡《断布》　　　　　　　﹡《搭连袋》
﹡《东湖冤妇案》　　　　﹡《强奸辩》
﹡《钟䰄》　　　　　　　﹡《开棺验尸》
﹡《捏写假券案》　　　　﹡《诬控和尚》
﹡《假人命》　　　　　　﹡《盗尸案》
﹡《捕五房一鸡案》　　　﹡《控忤逆》
又一则　　　　　　　　　《打笆斗》
《晒"银"字》　　　　　《审张七》
《伪借券》　　　　　　　《德清冤妇案》
《左手杀人》　　　　　　《验镰刀》
《烧猪作证》　　　　　　《荆花毒》
﹡《慈溪冤女案》　　　　﹡《三夫一妻》
﹡《邻邑伸冤》　　　　　﹡《犍为冤妇案》

《货郎》　　　　　　　《自行侦探》
《蝎毒》　　　　　　　《清苑冤妇案》
＊《太原周生》　　　　＊《守贞》
《争坟案》　　　　　　《审树》

《糊涂世界》（一二回）

社会小说。署名"茧叟"。初载本年上海《世界繁华报》，至少登载十九卷（回）。同年中秋由该报馆出版单行本，线装六册，标"上卷"，仅收十二卷（回）；下卷未见。

首冠茂苑惜秋生（欧阳巨源）《序》，末署"丙午二月"。

阿英编《晚清文学钞丛·小说二卷》《中国近代小说大系》《我佛山人文集》《吴趼人全集》均予收录。

按：《世界繁华报》为吴趼人之友李伯元所创办，而欧阳巨源又是李伯元的助手，因而欧阳巨源《序》很可能写于《糊涂世界》在该报连载之前。该序既写于"丙午二月"，则可推知连载于本年年初。

《胡宝玉》

笔记。又名《三十年来上海北里之怪历史》。署名"老上海"。本年八月（9月）上海乐群书局出版。

书分八章，章下或分小节，末有附录。

第一章：《发端》

第二章：《胡宝玉以前之北里》

第三章：《胡宝玉以后之北里》：《杂记》《前二大怪物》《北里变迁之大略》《四大金刚》《杂记补》《后二大怪物》《淫物及人妖》《六花娘》《娼而优优而娼及女伶》《籛片之一斑》

第四章：《胡宝玉同时代之北里》：《陆氏母女》《慧眼之一斑》《痴情可怜》（附见杨月楼事略）、《强迫妓女守孝》《妓忽贞》《纳妓者其鉴哉》《李三三》《善审时势》（附见事物起源）

第五章：《上海游客豪侈之一斑》（附见笑枋一斑、北里憾事）

第六章：《胡宝玉本传》

第七章：《胡宝玉之比拟》：《与诸妓之比拟》《与诸鸨之比拟》《与群盗之比拟》《与神怪之比拟》

第八章：《结论》

附：《上海洋场陈迹一览表》《上海已佚各报考》

汪庆祺（维甫）编《我佛山人笔记四种》卷四《上海三十年艳迹》即为此书，只是改题书名外，又将原章节及附录统编为二十五篇，并在文字上稍作变动，似较原作更为眉目清楚。其目如次：

《李巧玲》　　　　　　《艳迹略纪》
《二怪物》　　　　　　《后二怪物》
《四大金刚小传》　　　《小林宝珠》
《九花娘》　　　　　　《六花娘》
《洪奶奶》　　　　　　《女伶》
《陆昭容》　　　　　　《金巧林》
《沈月春》　　　　　　《李佩兰》
《姚蓉初》　　　　　　《姚氏姊妹》
《李三三》　　　　　　《徐瑞兰、王佩兰》
《胡宝玉小传》　　　　《花丛事物起源》
《北里变迁之大略》　　《上海游客之豪侈》
《上海花丛之笑柄》　　《洋场陈迹一览表》
《上海已佚各报》

卢叔度辑校《我佛山人短篇小说集》《我佛山人文集》《吴趼人全集》均据《上海三十年艳迹》收录。

按：汪庆祺《我佛山人笔记四种·序》："南海吴趼人先生，以小说名于世……余于清光绪丙午、丁未之际创刊《月月小说》，延先生主笔政。……市上有拾其遗稿为之刊布者，曰《趼廛笔记》，曰《我佛山人札记小说》，约数种，或自报纸采录，或且杂以伪作，要非先生所乐为刊布者也。此四种者，为余当日所捡拾，虽非先生手编，然皆经先生斟酌改削者也。"汪庆祺与吴趼人既有交谊，又曾在《月月小说》共事，其"皆为先生斟酌改削"之言似乎可信，则《上海三十年艳迹》似可视为定本也。

《恨海》（一○回）

标"写情小说"。署名"南海吴趼人"。本年九月（10月）上海广智书局出版。每回皆有眉批。

翻印本有：1924年上海时还书局本，由许啸天标点；1926年上海世界书局本，由魏冰心标点并作序；1956年11月上海文化出版社本，有所删节。又阿英编《庚子事变文学集》（1959年5月中华书局出版）、《中国近代小说大系》《我佛山人文集》《吴趼人全集》均予收录。

按一：作者《说小说·杂说》（见《月月小说》第8号）："吾前著《恨海》，仅十日而脱稿，未尝自审一过，即持以付广智书局。"可知写于本年九月（10月）前不久。

按二：此书眉批未署名，似为作者所为。第八回有一条眉批云："据作者云，曾经气厥，一去时实系如此情景，故写得出也，可谓现身说法。"虽称"据作者云"，实为夫子自道。又同回另一条眉批云："中国电报局必用洋码，实所不解。是殆崇拜外人，甘忘根本使然。不便商民犹其次也。"这与吴趼人《趼廛剩墨》中《主权已复乎，主权已亡乎》所表现的思想完全一致。该文云："近日中国邮政局新建屋舍，榜门之华文曰'上海邮政总局'，西文则书

General Post Office 等字，译言为'国家邮政局'也，合华、洋文皆无中国名义。若内地局署，吾固一望而知为中国之局矣，以无他国杂居也。今乃在华、洋各国杂居之地，吾视之，乃大惑不解焉。岂中国之主权已复，上海为中国所有地，更无俟冠以国名，一如内地之各署乎？抑中国已亡，遂无中国之名义乎？"两处如此相似，不可能出于巧合，只能解释为《恨海》的眉批也出于吴趼人之手。

《月月小说·序》

小说理论文。不署名。载《月月小说》第 1 号（创刊号），本年九月十五日（11 月 1 日）印行。

阿英编《晚清文学丛钞·小说戏曲研究卷》（1960 年 3 月中华书局出版）、黄霖和韩同文辑《中国历代小说论著选》下编（1985 年 5 月江西人民出版社出版）、陈平原和夏晓虹编《二十世纪中国小说理论资料》第一卷（1989 年 3 月北京大学出版社出版）、《我佛山人文集》《吴趼人全集》均予收录。

按：阿英因此文原不署名，在其所编《晚清文学丛钞·小说戏曲研究卷》收录此文时，其作者标以"失名"。其实稍加注意，便不难看出此文的作者为吴趼人。譬如文内云："吾既欲将此小说以分教员之一席，则不敢不慎审以出之。历史小说而外，如社会小说、家庭小说及科学、冒险等，或奇言之，或正言之，务使导之以入于道德范围之内；即艳情小说一种，亦必轨于正道乃入选焉（后之投稿本社者，其注意之）。"这显然是以《月月小说》主笔的身份在阐述刻刊的宗旨，且观点与吴趼人的一贯主张完全一致。又如文内云："呜呼！吾有涯之生已过半矣。负此岁月，负此精神，不能为社会尽一份之义务，徒播弄此墨床笔架，为嬉笑怒骂之文章，以供谈笑之资料，毋亦揽须眉而一恸也夫！"这段话更与吴趼人四十岁前的情景吻合。因此学界早已一致认为此序为吴趼人所写了。

《历史小说总序》

小说理论文。文末署"光绪丙午八月南海吴沃尧趼人氏撰"。载《月月小说》第 1 号（创刊号），本年九月十五日（11 月 1 日）印行。

阿英编《晚清文学丛钞·小说戏曲研究卷》、陈平原和夏晓虹编《二十世纪中国小说理论资料》第一卷、《我佛山人文集》《吴趼人全集》均予收录。

《两晋演义》（二三回）

标"历史小说"，又注明为"稿本"。署名"我佛山人"。初载《月月小说》第 1—10 号，本年九月十五日（11 月 1 日）至光绪三十三年十月十五日（1907 年 11 月 20 日）印行。未完而辍。宣统二年三月（1910 年 4 月）上海群学社据《月月小说》抽印为单行本。

首冠《两晋演义·序》，末署"著者自序"。

有眉批者共计十五回，即第一至九回、第十四回、第十六至二十回；有回评者共计四回，即第一至第三回、第六回。

《中国近代小说大系》《我佛山人文集》《吴趼人全集》均予收录。

按一：作者在此书第二十回末附言："《两晋演义》随撰随刊，本未分卷。兹以此书卷帙过繁，若终不分卷，则书缝数码一气蝉联，不便装订，特分第一回至此为第一卷，第二十一回起，以每二十回为一卷，以便阅者将来拆订。伏维鉴之。"（见《月月小说》第 7 号）又《月月小说》第 10 号刊登该社"附告"云："本杂志所载《两晋演义》一书，系随撰随刊，全书计在百回以外，每期只刊一二回，徒使读者厌倦；若多载数回，又以限于篇幅，徒占他种小说地步。

同人再三商订，于本期之后不复刊载。当由撰者聚精会神，大加修饰，从速续撰，俟全书杀青后，再另出单行本，就正海内。惟阅者鉴之。"可见此书原计划十分宏大，只可惜后来并未续写，终成未完之作。

按二：此书的眉批和回评虽未署名，却可以肯定是吴趼人自为。关于这一点，第一回回评说得十分清楚："作小说难，作历史小说尤难，作历史小说而欲不失历史之真相尤难；作历史小说不失其真相，而欲其有趣味，尤难之又难。其叙事处或稍有参差先后者，取顺笔势，不得已也；或略加附会，以为点染，亦不得已也。他日当于逐处加以眉批指出之，庶可略借趣味以佐阅者；复指出之，使不为所惑也。"

点定侠心女史译《情中情》（五章）

标"写情小说"。署"侠心女史译述，我佛山人点定"（未署原著者）。载《月月小说》第 1 号、第 2 号、第 5 号，本年九月十五日（11 月 1 日）至光绪三十三年正月十五日（1907 年 2 月 27 日）印行。未完而辍。《吴趼人全集》予以收录。

按：所谓"点定"者，文字加工之谓也。

《庆祝立宪》

标"短篇小说"。署名"趼"。载《月月小说》第 1 号，本年九月十五日（11 月 1 日）印行。

宣统元年七月（1909 年 8 月）上海群学社出版之《趼人十三种》（又名《趼人丛谭》）、卢叔度辑校《我佛山人短篇小说集》《中国近代小说大系》《我佛山人文集》《吴趼人全集》均予收录。

按：作者篇末《附识》云："自七月十三日奉预备立宪之旨以来，各省庆祝之举，函电相告，要皆立宪问题，而非预备立宪问题，下走窃有疑焉。适《月月小说》出版，爰托为小说家言而一罄之。"可知本篇写于本年七月十三日（9月1日）之后，九月十五日（11月1日）之前。

《俏皮话》（一二六题一二七篇）

寓言兼笑话。署名"趼人"。初载《月月小说》第1—5号、第7号、第12—16号、第18—20号"杂录"栏，本年九月十五日（11月1日）至光绪三十四年八月（1908年9月）印行。宣统元年（1909）上海群学社出版单行本。

首冠作者自序（无序题），末署"趼人氏识"。

翻印本有卢叔度辑注本，1958年2月广东人民出版社出版（1981年8月重印），附录《新笑史》《新笑林广记》，并增《前言》。又《我佛山人文集》《吴趼人全集》均予收录。

篇目：

《畜生别号》　　　　《虫类嘉名》
《指甲》　　　　　　《背心》
《苍蝇被逐》　　　　《田鸡能言》
《海狗》　　　　　　《野鸡》
《蝗蝻为害》　　　　《乌龟雅名》
《猪讲天理》　　　　《狗懂官场》
《地方》　　　　　　《地棍》
《猫辞职》　　　　　《狼施威》
《膝》　　　　　　　《面》
《蛇》　　　　　　　《鸡》
《龙》　　　　　　　《虎》
《论蛆》　　　　　　《腌龙》
《借用长生》　　　　《捐躯报国》
《误国》　　　　　　《送匾奇谈》

《乌龟与蟹》
《鹧鸪杜鹃》
《虾蟆感恩》
《红顶花翎》
《赏穿黄马褂》
《财帛星君》
《文殊菩萨》
《人种》（二则）
《民权之现象》
《虾蟆操兵》
《空中楼阁》
《赤白不分》
《金鱼》
《驴辩》
《外国人不分皂白》
《蚊》
《松鼠》
《脚权》
《蛾蝶结果》
《木嘲》
《孔雀篡凤》
《辱国》
《强出头》
《民主国举总统之例》
《猫》
《代吃饭代睡觉》
《居然有天眼》
《记壁虎》
《记鼠》
《角先生》

《凤凰孔雀》
《蜘蛛被骗》
《大字名片》
《平升三级》
《活画乌龟形》
《观音菩萨》
《臀宜受罪》
《手足错乱》
《思想之自由》
《日疑》
《猫虎问答》
《肝脾涉讼》
《银鱼》
《守财虏之子》
《蠹鱼》
《骨气》
《鸦鹰问答》
《蛇教蚓行》
《铜讼》
《轿夫之言》
《误入紫光阁》
《不开眼》
《徒负虚名》
《狗》
《手足》
《只好让他趁风头》
《不少分寸》
《獬豸》
《记狗》
《引经据典》

| 351 |

《关痛痒不关痛痒》　　《聪明互用》
《蛇象相争》　　　　　《吃马》
《性命没了钱还可以到手》《空心大老官》
《无毒不丈夫》　　　　《龙》
《虎》　　　　　　　　《羊》
《榆钱》　　　　　　　《纨扇》
《变形》　　　　　　　《论象》
《洋狗》　　　　　　　《水虫》
《牛的儿子》　　　　　《蛇着甲》
《孔子叹气》　　　　　《开门揖盗》
《骨气》　　　　　　　《蛇想做官》
《羽毛讼》　　　　　　《水火争》
《涕泪不怕痛》　　　　《蛆》
《虫族世界》　　　　　《走兽世界》
《火石》　　　　　　　《水晶》
《黄白》　　　　　　　《团体》
《放生》　　　　　　　《送死》
《作俑》　　　　　　　《山神土地》
《雌雄风》　　　　　　《投生》

按：作者《俏皮话》自序："余生平喜为诡诙之言，广座间宾客杂沓，余至，必欢迎曰：'某至矣！'及纵谈，余偶发言，众辄为捧腹，亦不解吾言之何以可笑也。语已，辄录之，以付诸各日报，凡报纸之以谐谑为宗旨者，即以付之。报出，粤、港、南洋各报恒多采录，甚至上海各小报亦采及之。年来倦于此事，然偶读新出各种小报，所录者犹多余旧作。……然展转抄录，终在报章，散失不能成帙。香港近辑之《时谐新集》，虽间亦采及数条，亦仅得一二，非我面目，窃自以为憾。会月月小说社主人有《月月小说》之创，乃得请于主人，月以数则，附诸册末，庶可积久而成帙也。"可见此书大部分或全部作品为作者四十岁以前之作，曾在上海、广州、香港、南洋各种报纸上反复刊载,且有部分作品辑入香港之《时谐新集》《月月小说》所载则是经作者编辑整理(其中也可能有新作)后的定稿。

《预备立宪》

标"短篇小说"。署名"偈"。载《月月小说》第2号,本年十月十五日(11月30日)印行。

卢叔度辑校《我佛山人短篇小说集》《中国近代小说大系》《我佛山人文集》《吴趼人全集》均予收录。

按:《预备立宪》有云:"吾国国民,处于黑暗世界中五千余年,未曾得睹一线之光明,此阅者诸君所共知者也。讵于前此三个月之前,忽觇一异事,使吾人如瞽者之处于烈日之下,隔此一重厚膜,仿佛见膜外透出些微光明。其时为何?则七月十三日是也。"这里的"七月十三日",即清廷发出预备立宪诏旨之日。既说这一日已在"三个月之前",而此篇在十月十五日已发表,则可证写于本年十月(11月)上旬。

评周桂笙著《讥弹·送往迎来之学生》

《送往迎来之学生》署名"新",篇末评语署名"偈"。载《月月小说》第2号"杂录"栏,本年十月十五日(11月30日)印行。又见《新庵九种》(《月月小说》抽印本,不署出版单位及时间,可能是该社抽印)。

《我佛山人文集》单收吴趼人评语;《吴趼人全集》连同周文一并收录。

《李伯元传》

原无题目,只有传文。署名"吴沃尧"。载《月月小说》第3号,本年十一月十五日(12月30日)印行。传文配有李伯元肖像照。

《我佛山人文集》《吴趼人全集》均予收录。

按：传文末云："君生于同治丁卯四月十八日，卒于光绪丙午三月十四日。卒后逾七阅月，其后死友吴沃尧为之传。"可知此传写于本年十月（11月）。

为罗春驭《月月小说·叙》题《附识》

署名"趼人氏"。连同罗《叙》载于《月月小说》第3号，本年十一月十五日（12月30日）印行，皆为手迹石印。

《我佛山人文集》《吴趼人全集》均予收录。

按：吴趼人《附识》："罗君辀重，素未识荆，昨承邮赐此序，爰将原稿石印，以冠第三期《小说》，所以志雅谊也。"可知写于本期《月月小说》印行前不久。

《大改革》

标"短篇小说"。署名"趼"。载《月月小说》第3号，本年十一月十五日（12月30日）印行。

篇末有周桂笙（署名"新"）评语。

《趼人十三种》、卢叔度辑校《我佛山人短小说集》《中国近代小说大系》《我佛山人文集》《吴趼人全集》均予收录。

《义盗记》

标"短篇小说"。署名"趼"。载《月月小说》第3号，本年十一月十五日（12月30日）印行。

篇末有作者（署名"趼人氏"）自评。

《趼人十三种》、卢叔度辑校《我佛山人短篇小说集》《中国近代小说大系》《我佛山人文集》《吴趼人全集》均予收录。

《"说小说"征稿启》

原无题目,也无署名。载《月月小说》第3号"附录"栏,本年十一月十五日(12月30日)印行。

《吴趼人全集》收录。

按:该文云:"本社拟自第三期起,取新旧各种小说,逐一评质之,一绍介于阅者,命之曰'说小说'。海内诸君有关于小说之言论及小说之品评,务乞不吝金玉,投之本社,当酌量列入本门,俾读小说者藉资研究。本社幸甚。""说小说"为《月月小说》重要专栏之一,而吴趼人时为该刊总撰述并主持编务,因而此文当为其所写。

《黑籍冤魂》

标"短篇小说"。署名"趼"。载《月月小说》第4号,本年十二月十五日(1907年1月28日)印行。

《趼人十三种》、卢叔度辑校《我佛山人短篇小说集》《中国近代小说大系》《我佛山人文集》《吴趼人全集》均予收录。

按:本篇小说中提到清廷于"八月初三日"发出了戒烟"上谕",英国某善会一向反对本国贩卖鸦片到中国,便趁此机会,派人到中国来"考查戒烟情形",于"十月二十八日晚上八点钟"在上海"张园开会演说"。而本篇小说在十二月十五日已经发表,可知约写于十一月(12月)。

《趼廛诗删剩》(三七题八四首)

诗集。署"南海吴沃尧趼人著,仪陇蒋庚鬺紫侪选"。连载于《月月小说》第4号、第5号、第7号,本年十二月十五日(1907年1月28日)至光绪三十三年三月十五日(1907年4月27日)印行。

首冠作者自序(无序题),末署"趼人氏识"。

《趼人十三种》《我佛山人文集》《吴趼人全集》均予收录。

诗目:

《柳絮》(九首)

| 355 |

《蒲沟道中大风》

《将入都，与君宜大弟剪烛话别，时宿河西务》

《都中寻先兄墓不得》（八首，有序）

《行路难》（四首）

《课弟》（有注）

《江头伫望晓兰妹归舟不至》（四首）

《熏被》

《夜坐抒感》

《送别》

《柬祝龄从兄延禧》

《之杭州登舟口号》

《上马》

《同人分咏除夕，分得〈宫禁〉、〈小儿〉、〈旅舍〉、〈新婚〉四题，录存〈宫禁〉一章》

《元旦试笔》

《何必》

《虞姬》

《无题》（二首）

《无事》

《以西洋摄影法摄得小像，笑容可掬，戏题此章》

《文鹿季父春闱报罢，南旋过申，赋此送归岭南，并寄介叔王季父京都》（三首，有注）

《赠鲁朴人宗泰》

《秋日分题，分得〈孤雁〉》

《闺中杂咏》（六首，有序）

《倚琴楼诗》（十首存四）

《挹芬室诗》（十首存四）

《消寒杂咏，分得〈雪影〉》

《赠湘南某姬》（二首）

《凭阑》

《清明日偕瑞棠弟展君宜大弟墓，用辛卯都中寻先兄墓韵》（八首，有序）

《刘吉甫婚词，时亲迎槎溪，余为执柯也》（四首，有注）

《七月十九夜接家季父电，诏赴彝陵省疾，即夜成行，戚友知己都不及走告，赋此留别》（二首）

《阻舟汉上》

《眺黄鹤楼故址》（有注）

《舟过晴川阁》（有注）

《鹦鹉洲吊祢正平》

《虎牙滩》

按：作者《趼廛诗删剩》自序："年少无知，有作辄存，一览便增汗颜矣。十年以来，删汰旧作，仅存二三。敝帚自珍，言之可哂。丁酉以后，惯作大刀阔斧之文，有韵之言，几成绝响，偶复检视，俨如隔世。"可知此三十七题八十四首诗均作于丁酉（光绪二十三年，公元1897年）之前，即作者三十二岁之前。其中部分诗不难考出其写作时间，因为烦琐，不赘。而既称经过"删汰"，"仅存二三"，则原作当有三四百首。其中的大部分甚至全部，可能在成集前已零星发表于上海各报，可惜无法一一考出了。

光绪三十三年丁未（1907）四十二岁

《立宪万岁》

标"短篇小说"。题下注"滑稽"，副题为"吁嗟乎新政策"。署名"趼"。载《月月小说》第5号，本年正月十五日（2月27日）印行。

《趼人十三种》、卢叔度辑校《我佛山人短篇小说集》《中国近代小说大系》《我佛山人文集》《吴趼人全集》均予收录。

按：本篇当写于《黑籍冤魂》与《平步青云》之间，即上年十二月（1907年1月）。

《平步青云》

标"短篇小说"，题下注"笑枋"，副题为"阅者疑吾言乎？此物即在上海"。署名"趼"。载《月月小说》第5号，本年正月十五日（2月27日）印行。

《趼人十三种》、卢叔度辑校《我佛山人短篇小说集》《中国近代小说大系》《我佛山人文集》《吴趼人全集》均予收录。

按：《平步青云》开卷云："爆竹一声除旧，桃符万户更新，俗例往来贺岁，谓之拜年。我既在世俗之中，便未能免俗。"而本篇在正月十五日已经发表，可知其写于正月上旬。

《快升官》

标"短篇小说"，题下注"记事"，副题为"颂旧社会乎？警旧社会乎？"署名"趼"。载《月月小说》第5号，本年正月十五日（2月27日）印行。

《趼人十三种》、卢叔度辑校《我佛山人短篇小说集》《中国近代小说大系》《我佛山人文集》《吴趼人全集》均予收录。

按：《快升官》开卷云："《月月小说》出版之第五期，恰在乙未正月之内，是为新岁第一次出版，俗例新岁须作善颂善祷之词，作小说者无可颂祷，因借小说之标题为颂祷之词，曰《快升官》，以此一篇小说之内容，实是快升官也。"可见本篇也写于本年正月上旬。

《讥弹》（六篇）

杂文。前四篇署名"趼"，载《月月小说》第5号，本年正月十五日（2月27日）印行；后二篇不署名，载《月月小说》第8号，本年四月十五日（5月26日）印行。

《我佛山人文集》《吴趼人全集》均予收录。

篇目：

《恭贺新禧》　　　《恭喜发财》

《升官图》　　　　《状元筹》

《助赈谈》　　　　《医说》

按：《助赈谈》和《医说》在《月月小说》第8号刊登时不署名，而该刊抽印本《新庵九种》予以收录，即作为周桂笙著译"九种"之一《讥弹》中的两篇。这是错误的，它们的作者当为吴趼人。理由有二：其一，"讥弹"原是吴趼人主持《月月小说》第1—8号期间的专栏之一，而在该专栏发表文章的只有周桂笙（署名"新"或"新庵"）和吴趼人（署名"趼"）。而且还有一点值得注意：《月月小说》第1—4号，该专栏只有周桂笙的文章，便只题"讥弹"；而第5号该专栏分题"讥弹一""讥弹二"，便将周、吴二人的文章分别置于二题之下。由此可见，当二人在同一期该专栏发表文章时，便以"讥弹一""讥弹二"相区别。第8号的该专栏也不例外，也是分题"讥弹一""讥弹二"："讥弹一"专栏下是周桂笙（署名"新"）的文章，"讥弹二"专栏下即《助赈谈》和《医说》二文，却不署名。如果此二文为周桂笙所作，何必将"讥弹"一分为二？而该专栏既为周、吴二人所包办，此二文也不可能出自他人之手。因此它们的作者只能是吴趼人，只是忘记署名罢了。其二，《医说》中有云："余所居为租界乍浦路"。《月月小说》第9号载该社通信广告云："吴趼人仍为该社总撰述，惟现不住馆，如有来往信件，请径寄乍浦路多寿里吴宅。"更可证此二文的作者只能是吴趼人。

《上海游骖录》（一〇回）

标"社会小说"。目录署名"我佛山人"，正文前署名"趼"。

初载《月月小说》第6—8号，本年二月十五日（3月28日）至四月十五日（5月26日）印行。光绪三十四年七月（1908年8月）上海群学社出版单行本，署名"我佛山人"；宣统元年（1909）重印。

书末有《著者附识》。

除第九回外皆有眉批。

《中国近代小说大系》《我佛山人文集》《吴趼人全集》均予收录。

按：此书眉批虽不署名，却可以肯定是吴趼人为。证据有二：其一，全书只有二十四条眉批，却有十条是"焉得不厌世""那得不厌世"，与此书所表现的思想完全一致。其二，第八回有一条眉批云："以此事标题，却仅以一笔了之。非不能细写也，不欲以此等事污我笔墨也。"此乃吴趼人干脆以第一人称自批了。

评周桂笙著《新庵随笔·禁烟当先制药》

《禁烟当先制药》，署名"新庵"。吴趼人加有眉批，署"趼人氏注"。载《月月小说》第6号，本年二月十五日（3月28日）印行。后周桂笙将《新庵随笔》与《新庵译屑》合编为《新庵笔记》（1914年8月上海古今图书局出版），改《禁烟当先制药》为《禁烟不制药》，吴趼人的眉批也改置于篇末。

《我佛山人文集》《吴趼人全集》均予收录。

《本社撰述员附告》

署"南海吴趼人白"。载《月月小说》第6号，本年二月十五日（3月28日）印行。

《我佛山人文集》《吴趼人全集》均予收录。

《〈两晋演义〉分卷启》

原无标题，也不署名。载《月月小说》第7号，本年三月十五日（4月27日）印行。

《吴趼人全集》收录。

按：此《附告》载于《两晋演义》第二十回末。全文如次："《两晋演义》随撰随刊，本未分卷。兹以此书卷帙过繁，若终不分卷，则书缝数码一气蝉联，不便装订。特分第一回至此为第一卷；自二十一回起，以每二十回为一卷：以便阅者将来拆订。伏维鉴之。"这显然是《两晋演义》作者的口气，因而可视为吴趼人所写。

为《贾凫西鼓词》作序、加批

《贾凫西鼓词》，标"弹词小说"，署"木皮散人贾凫西著"。连载于《月月小说》第7号、第8号，分别于本年三月十五日（4月27日）、四月十五日（5月26日）印行。

首冠吴趼人（署名"趼人氏"）光绪丁未二月（1907年3月）《贾凫西鼓词·序》、统九骚人乾隆元年（1736）秋《序》（题《原序一》）、统九骚人乾隆二年（1737）七月二十七日《再序》（题《原序二》）；末附佚名《跋》、竹石主人同治戊辰（1868）闰月《附识》。

吴趼人（署名"趼"）加有眉批四条。

《吴趼人全集》连同《贾凫西鼓词》一并收录。

《趼廛剩墨》（一七篇）

标"札记小说"。署名"南海吴沃尧趼人"。连载于《月月小说》第7号、第9号、第11号、第12号，本年三月十五日（4月27日）至十二月十五日（1908年1月18日）印行。

本书《借对》篇末有署名"原"之附记四条。

《趼人十三种》、卢叔度辑校《我佛山人短篇小说集》《我佛山人文集》《吴趼人全集》均予收录。

361

篇目：

《盗被骗》　　　《嗅瘾》

《龙》　　　　　《巧对》

《小塌饼》　　　《逸囚》

《方言》　　　　《瘊驰》

《蝇钻》　　　　《诈贿被侮》

《对联》　　　　《集四书句》

《借对》　　　　《复苏》

《主权已复乎国家已亡乎》《瓶水解毒》

《桂琬节孝记》

按：署名"原"者生平不详，惟知别署"原广"（"广"同"庵"），浙江人，从《月月小说》第9号起，多有其作品发表，如《原庵赘语》（连载）、《原广笔记》《浙江三烈士殉路记略》《福禄寿财喜》《阿凤》等。文章多嬉笑怒骂，与吴趼人近似。

《附告》（复大武书）

署名"趼人"。载《月月小说》第7号，本年三月十五日（4月27日）印行。

《我佛山人文集》收录，改题《复大武短札》；《吴趼人全集》也收录，标题仍旧。

《曾芳四传奇》（三出）

署"我佛山人填词，仪陇山农评点"。连载于《月月小说》第5号、第9号，分别于本年四月十五日（5月26日）、九月一日（10月7日）印行。未完而辍。

每出末均有仪陇山农（蒋紫侪）评语，第二出并有其眉批。

《我佛山人文集》《吴趼人全集》均予收录。

出目：

第一出：《标目》

第二出：《涎美》

第三出：《劝娇》

《黄勋伯传》

署名"趼"。载《月月小说》第8号"特载"栏，本年四月十五日（5月26日）印行。

《我佛山人文集》《吴趼人全集》均予收录。

按：此《传》开卷云："光绪三十三年三月十六日，天未明，黄君勋伯死于贼。以是月之二十二日，即阳历耶氏纪元一千九百零七年五月四日举襄。"而本传在四月十五日已发表，可知写于本年三月二十二日（5月4日）至四月十五日（5月26日）之间。

《查功课》

标"短篇小说"。署名"趼"。载《月月小说》第8号，本年四月十五日（5月26日）印行。

《趼人十三种》、卢叔度辑校《我佛山人短篇小说集》《中国近代小说大系》《我佛山人文集》《吴趼人全集》均予收录。

《主笔房之字纸篓》（七篇）

标"杂录"。未署名。载《月月小说》第8号，本年四月十五日（5月26日）印行。

其中三篇末附评语，似为吴趼人自评。

《我佛山人文集》《吴趼人全集》均予收录。

篇目：

《某观察》《利权外溢》

《阎王筹款》《海盗刺史》

《黠吏》《金脸盆》

《中国之守备》

按：此作虽不署名，仍可定为吴趼人之作。理由有二：其一，吴趼人当时为《月月小说》总撰述，即"主笔"之别称；其二，各篇皆为嬉笑怒骂之文，与吴趼人的其他笑话、笔记完全一致。

《说小说·杂说》（五则）

标"杂录"，实为小说评论。各则皆无标题。署名"趼"。载《月月小说》第8号，本年四月十五日（5月26日）印行。

阿英编《晚清文学丛钞·小说戏曲研究卷》、陈平原和夏晓虹编《二十世纪中国小说理论资料》第一卷、《我佛山人文集》《吴趼人全集》均予收录。

《四海神交集·识》

署名"趼人氏"。载《月月小说》第8号"词章"栏，本年四月十五日（5月26日）印行。

《我佛山人文集》《吴趼人全集》均予收录。

《秋望有感》（四首）
《李晓暾罢归，与余唱酬，感均崇替，听赠三绝》
《宜章白沙院闻笛》
《沪上颐园看月》

以上四题皆为诗。均署名"茧叟"。载《政艺通报》第6年第13号"附录"栏《风雨鸡声集》内，本年七月十五日（8月23日）印行。

王俊年《吴趼人的十七首佚诗和一篇佚文》（载1996年8月

漓江出版社版《晚清民国文学研究集刊》第4辑）予以附录；《吴趼人全集》予以收录。

按：《政艺通报》为当时重要期刊之一，主编为邓实（秋枚），前后坚持了六年有余，每年又汇编为《政艺丛书》，非一般旋生旋灭杂志可比；且以上四题九首诗刊出时，吴趼人尚在世：因而不大可能假冒吴趼人之名。诸诗苍凉沉郁，似为吴趼人后期之作。

《劫余灰》（一六回）

标"苦情小说"。署名"我佛山人"。初载《月月小说》第10号、第11号、第13号、第15—21号、第23号、第24号，本年十月十五日（11月20日）至光绪三十四年十二月（1909年1月）印行。宣统元年（1909）上海广智书局出版单行本。

除第四、第六回外，各回均有眉批，但不署名。

宣统二年（1910）上海群学社翻印；阿英编《反美华工禁约文学集》（1960年2月中华书局出版）、《中国近代小说大系》《我佛山人文集》《吴趼人全集》均予收录。

按：眉批中多处提到广东民俗、方言。如第七回有一条眉批云："两粤风俗，以月之初二、十六二日杀鸡煮豚，以祀门神、财神，谓之'祃祭'，俗称曰'做祃'。'祃'字读如'牙'。"可证该书眉批为吴趼人自为。

《人镜学社鬼哭传》

标"短篇小说"。署"南海吴趼人挥涕撰"。载《月月小说》第10号，本年十月十五日（11月20日）印行。

《趼人十三种》、阿英编《反美华工禁约文学集》、卢叔度辑校《我佛山人短篇小说集》《中国近代小说大系》《我佛山人文集》《吴趼人全集》均予收录。

按：《人镜学社鬼哭传》开卷云："三十年秋九月，美利坚兵部大臣达孚特如菲律滨，过沪，沪之绅商迎之。"可证该篇写于本年九月（10月）至《月月小说》第10号印行之十月十五日（11月20日）之间。

《剖心记》（二回）

标"法律小说"。署"我佛山人著，亚东破佛评"。载《竞立社小说月报》第2期，本年十月二十四日（11月29日）印行。随该刊停刊而中断。

书前有《凡例》六条。

两回均有亚东破佛（姓彭名俞，《竞立社小说月报》总编译）的夹批。

《中国近代小说大系》《我佛山人文集》《吴趼人全集》均予收录。

按：吴趼人后将未完之《剖心记》缩写为《山阳巨案》，收入《我佛山人札记小说》。

《云南野乘》（三回）

标"历史小说"。署名"趼"。连载于《月月小说》第11号、第12号、第14号，本年十一月十五日（12月19日）至光绪三十四年二月（1908年3月）印行。未完而辍。

第一回末有作者《附白》。

各回皆有眉批，似为作者自批。

《中国近代小说大系》《我佛山人文集》《吴趼人全集》均予收录。

按：作者《附白》："此书……拟取自庄蹻开辟滇地，至云南最近之情形，尽列入书内。"考庄蹻入滇在楚顷襄王二十年（公元前279年），称滇王。至吴趼人本年写《云南野乘》，已近

| 366 |

二千二百年。可见该书原计划极其宏大，可惜仅成三回。

《发财秘诀》（一〇回）

标"社会小说"。一名《黄奴外史》。署名"趼人"。初载《月月小说》第11—14号，本年十一月十五日（12月19日）至光绪三十四年二月（1908年3月）印行。光绪三十四年（1908）上海群学社出版单行本，列入"说部丛书"。

各回均有眉批、回评，但不署名。

阿英编《晚清文学丛钞·小说二卷》《中国近代小说大系》《我佛山人文集》《吴趼人全集》均予收录。

按：眉批、回评虽不署名，仍可定为吴趼人自为。其第八回回评云："尝谓天道之说，不过为失意者无聊之谈助，世上惟有人事，无所谓天道也。然亦有不尽然者，一部《发财秘诀》所叙诸人，吾皆知之，默察其后嗣，则所谓天道者，若隐然得而见之，是亦一奇也。"除了作者，还有谁能知其实写人物后嗣如何呢？又第十回回评云："著者尝言，生平所著小说，以此篇为最劣。盖章回体例，其擅长处在于描摹，而此篇下笔时，每欲有所描摹，则怒眦为之先裂。故于篇首独写一区丙，篇末独写一雪眭，自（其）余诸人，概从简略，未尽描摹之技也。"所谓"著者尝言"，不过是假托罢了，实为夫子自道。

《邬烈士殉路》（二折）

标"时事新剧"。署名"佛"。连载于《月月小说》第11号、第12号，分别于本年十一月十五日（12月19日）、十二月十五日（1908年1月18日）印行。未完。

《我佛山人文集》《吴趼人全集》均予收录。

按：第一折末附《剧目预告》：

第一折：《先殉》

第二折：《追悼》

第三折：《后殉》

第四折：《协议》

第五折：《集款》

第六折：《幽会》

第七折：□□（未定）

第八折：□□（未定）

第九折：□□（未定）

第十折：《复权》

不知何故，仅载二折而辍。

《无理取闹之西游记》

目录标"诙谐小说"，正文题前标"滑稽小说"，副题为"涸辙鱼哀求援救，通臂猿大显神通"。署名"我佛山人"。载《月月小说》第12号，本年十二月十五日（1908年1月18日）印行。

《趼人十三种》、卢叔度辑校《我佛山人短篇小说集》《中国近代小说大系》《我佛山人文集》《吴趼人全集》均予收录。

光绪三十四年戊申（1908）四十三岁

《光绪万年》

目录标"理想、科学、寓言、讽刺、诙谐小说"；正文题上标"理想、科学、寓言、讥讽、诙谐小说"，题下标"短篇"。署名"我佛山人"。载《月月小说》第13号，本年正月七日（2月8日）印行。

《趼人十三种》、卢叔度辑校《我佛山人短篇小说集》《中国近代小说大系》《我佛山人文集》《吴趼人全集》均予收录。

宣统元年己酉（1909）四十四岁

《近十年之怪现状》（二〇回）

社会小说。署名不详。初载本年上海《中外日报》（起讫时间不详）。宣统二年九月（1910年10月）上海时务书馆出版单行本，并增绘图，改题《绘图最近社会龌龊史》，标"社会小说"，署名"我佛山人"。

首冠作者《序》。第十九回末有作者附记一则。

《晚清文学丛钞·小说二卷》《中国近代小说大系》《我佛山人文集》《吴趼人全集》均予收录。

按：作者《序》："……于是始学为章回小说，计自癸卯始业，以迄于今，垂七年矣。……惟《二十年目睹之怪现状》一书，……写社会种种怪状，皆二十年前所亲见亲闻者，惨淡经营，历七年而犹未尽杀青。……春日初长，雨窗偶暇，检阅稿末，不结之结。二十年之事迹已终，念后乎此二十年之怪状，其甚于前二十年者，何可胜记。既有前作，胡勿赓续？此念才起，即觉魑魅魍魉，布满目前，牛鬼蛇神，纷扰脑际，入诸记载，当成大观。于是略采近十年见闻之怪剧，……日课如干字，以与喜读吾书者，再结一翰墨因缘。"作者从"癸卯"（光绪二十九年，1903年）开始写章回小说，"七年"后的"初春"开始写《近十年之怪现状》，可知是年为宣统元年（1909），随写随在上海《中外日报》连载。

《游黄鹤楼故址》（二首）

《秦淮杂感》（三首）

《吴门怀古》

《己酉七月谒五人墓有感》

以上四题七首诗，均收入童闰（补萝）编《湖海同声集》，本年八月（9月）丰源印书局出版。《吴趼人全集》收录《己酉七月谒五人墓有感》。

按一：吴趼人《趼廛笔记·孝女墓》："丙申……秋七月，家季父以电信来，诏赴宜昌省疾，途次即得讣。"又《中国侦探案·东湖冤妇案》末附"野史氏曰"："丙申七月，余奔季父之丧，至宜昌。"此行并写有《眺望黄鹤楼故址》等多首诗。由此可知《游黄鹤楼故址》当写于光绪二十二年（1896）秋天。

按二：周桂笙《新庵笔记》卷四《新庵随笔》下《六朝金粪》："端方总督两江时，穷奢极欲……解任之日，载于俱北，珍藏府中。……吴门悦庵主人沈习之先生敬学尝任端方秘书，吴趼人先生一日赴宁造访，悦庵觞之于秦淮画舫。"考端方调离两江总督任为宣统元年五月十一日（1909年6月28日），而收有《秦淮杂感》诗的《湖海同声集》在本年八月（9月）已出版，由此可见吴趼人于本年夏天曾游南京，并写此《秦淮杂感》诗三首。

按三："五人墓"在苏州虎丘，乃明代天启六年（1626），苏州人民为抗议魏忠贤镇压东林党而暴动，颜佩韦、杨念如、马杰、沈扬、周文元五人慷慨赴义，时人为之公葬立碑。吴趼人的诗题既为《己酉七月谒五人墓有感》，可证其宣统元年七月（1909年8月）曾游苏州（很可能与其游南京为同一次），此诗及《吴门怀古》当写于此时。

《中霤奇鬼记》

标"短篇小说"。署"我佛山人投稿"。载本年九月初二日（10月15日）上海《民吁日报》。篇末有"记者按"语。

《我佛山人文集》《吴趼人全集》均予收录。

按：篇末"记者按"："此盖为□□□货事，窘于压制，不能竟其志而发也。"所谓"□□□货事",当为"抵制美货事",即指光绪三十一年（1905）反美华工禁约运动。

《筠清馆法帖·跋》

署名"南海吴沃尧"。载于本年十二月（1910年1月）上海文明书局石印《筠清馆法帖》拓本（版权页署"南海吴趼人收藏"）之末。

魏绍昌编《吴趼人研究资料》据石印本摄影收入；《我佛山人文集》《吴趼人全集》均予收录。

按：《筠清馆法帖》原为吴趼人曾祖吴荣光珍藏之晋、梁、唐、宋、元名家书法真迹，道光十年庚寅（1830）一并刻石，取名《筠清馆法帖》，并题诗两首曰："三十年来故纸钻，每从毡蜡校媸妍。如今手自供枕拓，月印千潭若个圆。""墨缘轮劫几昏朝，幸有灵光岿未凋。留得山阴书派在，六朝人数到元朝。"其拓本曾一度散佚，至宣统元年己酉闰二月（1909年4月），吴趼人才访得一帙，遂为之跋。《跋》尾署"宣统纪元闰二月二十日。"（1909年4月10日）

宣统二年庚戌（1910）四十五岁

《我佛山人札记小说》（五四题五六篇）

署名不详，初载本年二月十五日（3月25日）至五月十四日（6月20日）《舆论时事报》（据魏绍昌编《吴趼人研究资料》）。1922年上海扫叶山房出版石印单行本，厘为四卷，分订二册，署名"南海吴趼人先生著"，收五十四题五十五篇（漏收《假妖》一篇），增云间颠公（雷瑨）《序》（按：此序即1915年扫叶山房版《滑稽谈》之《序地播》，显为借用）；1926年仲夏（6月）扫叶山房又据石印本重排铅印本，一册，由陈益标点，既保留雷瑨《序》，复增陈益《新序》。

汪庆祺编《我佛山人笔记四种》卷二《趼廛续笔》二十八篇，即选自此书，其中十四篇改题了篇名。又卢叔度辑校《我佛山人短篇小说集》《我佛山人文集》《吴趼人全集》均据扫叶山房本收录，篇目（《趼廛续笔》选入者以＊为标记，改题者加括号说明）：

《卖豇豆者》　　　　　　　　《小儿语》
＊《土中人》（《土中之宋人》）　＊《区新》（《粤盗区新》）
＊《贩蜡客》　　　　　　　　＊《潘镜泉》
＊《狐言》（《狐能言》）　　　＊《奇女子》
《李乙》　　　　　　　　　　《炭中怪》
＊《说虎》（《义犬》）　　　　＊《捕蛇者》（《蛇人》）
＊《跛解元》　　　　　　　　《李侍郎轶事》（《李若农》）
＊《缪炳泰》　　　　　　　　《山阳巨案》
＊《狐医》（《说狐》）　　　　《富家儿》
＊《李善才》　　　　　　　　《息妄念法》
＊《张秀才》（《大胆秀才》）　＊《朱真人故居》
《李文忠》　　　　　　　　　《白云桥异事》
《宋宝祐丙辰题名录》　　　　＊《旌表节妇》（《某富室子》）
《刽子手》　　　　　　　　　＊《王孝子寻亲记》
《莱州府狱》　　　　　　　　＊《张玉姑》（《玉姑》）
《劳山零拾》　　　　　　　　＊《厉鬼吞人案》
　　　　　　　　　　　　　　（《巨鬼吞人案》）
《龙》　　　　　　　　　　　《尝鼎》
《六九》　　　　　　　　　　＊《某京卿》
＊《宋芷湾先生轶事》　　　　《改正十三经校勘记》
（《宋芷湾轶事》）
《盲烈》　　　　　　　　　　《捏粉人匠》
《谜讧》　　　　　　　　　　＊《高密疑案》

*《侠妓》　　　　　　　　*《縈烈女》(《烈女》)
*《霞云阁主人别传》　　　《刘玉书》
《南海某生》　　　　　　*《烈鹅》
*《某酒楼》(《金陵某甲》)　*《清远健妇》
《禁鸦片遗事》(三则)　　《徐次舟观察轶事》
《误累》

按：此书似为作者晚年陆续写成。其《厉鬼吞人案》《龙》均提到"甲辰游山左"，可知此二篇写于光绪三十年（1904）之后。又《宋宝丙辰题名录》云："自戊申以来，不揣谫陋，提倡经学国学，同类者多加齿冷焉，遂不禁感而出此。"更可知此篇写于光绪三十四年（1908）之后。又部分篇末有作者评语，但或标以"趼人氏曰"，或标以"按"，或径附于正文之末，体例不一，足见非成于一时。

《东鲁灵光·跋》

署名"南海吴沃尧趼人氏"。载《广益丛报》第232号（第8年第8期）"短评"栏，本年四月初十日（5月18日）印行。

王俊年《吴趼人的十七首佚诗和一篇佚文》予以附录；《我佛山人文集》《吴趼人全集》予以收录。

按：《跋》文末署"宣统庚戌仲春"，可知写于本年二月（3月）。

《还我魂灵记》（附《致黄楚九书》）

药品广告。署名"我佛山人"（《致黄楚九书》署名"吴沃尧"）。载宣统二年五月十四日（1910年6月20日）至二十三日（29日）上海《申报》，连登十天。一文一函并行排列，中印吴趼人半身照，末附《上海中法大药房启》，总题《大文豪家南海吴趼人君肖影并墨宝》（所谓"墨宝"，即指吴趼人《还我魂灵记》及《致黄楚九书》，但并非手迹，而是排印）。又载同年六月十六日（7月22日）《汉口中西报》第1493号，其版面格式与《申报》所载相同。

魏绍昌《"芋香印谱"和〈还我魂灵记〉》（收入作者著《晚清四大小说家》）全文转录并附有《汉口中西报》摄影；又魏绍昌编《吴趼人研究资料》《我佛山人文集》《吴趼人全集》均予收录。

按：《上海中法大药房启》："吴君贻书，并以所著之《还我魂灵记》及近日所摄肖影致谢，嘱勿登报，以避标榜。惟念吴君文章经济，卓绝一时，斯世仰望风采及钦慕其著述之人，不知凡几，何敢深秘。因重违其意，录附各报。"既称"录附各报"，则可能不只《申报》和《汉口中西报》登载过，《汉口中西报》也可能不只刊登一天（笔者未见《汉口中西报》，仅据魏绍昌一文介绍）。又该药房既借此文大做广告，自然急于发表，因而此文当写于本年夏天。

《滑稽谈》（一五四题一七二篇）

署名不详，初载本年《舆论时事报》（据魏绍昌编《吴趼人研究资料》。1915年上海扫叶山房出版石印单行本，二册，别题《我佛山人滑稽谈》，署名"我佛山人"，有云间颠公（雷瑨）《序》（按：此《序》后移作该社1922年版《我佛山人札记小说》之《序》），1926年扫叶山房又据石印本重排铅印本，一册，由陈益标点，既保留雷瑨《序》，复增无聊子《序》。

其中四篇末附评语，署名"趼"或"偈"，或不署名；两篇末附按语，不署名。均为作者自为。

《我佛山人文集》《吴趼人全集》均据扫叶山房本收录。

篇目（有评语、按语者加＊）：

《不必有用》　　　　　　　　《酒中三鬼》
《打滑头之弹子》　　　　　　《鸡有七德》
《挡耳光》　　　　　　　　　《〈淮南子〉校勘记》

《商界之见解》
《只要装扮得时髦》
《秦始皇学得蟹虫法》
《酒囊饭袋》
《武松打虎》
《天圆地方耶？天方地圆耶？》
《还是吃鸦片好》
《吴牛喘月》
《古人之无线电报》
《井井有条》
《可惜不做臭虫巡抚》
《老鼠也遭劫》
《说死话蒙住活人》
《是亦有祖师耶？》
《"休"字之别解》
《放屁不是这样放法》
《召祖》
《没有儿子》
《罗汉》
《也是书画专家》
《子承父业》
《无药可医卿相寿》
《甚似忧时君子》
《红丸案》
《花旦》
《高车所以防抢帽》
《只怕死也无益》
《符箓世界》
《贫人多子之原因》
《旅馆大王》

《鸦片鬼开欢迎会》
《哈雷彗星是张文襄》
《外交人才》
《洋装》
《四马路之猫行将饿煞矣》
《拾金》
《官派》
《该死该死》
《鹿死谁手》
《惩赌》
《臭虫遭劫》
《电报诊脉》
《别字》
《好大运动力》
《吃羊肉》
《八仙庆寿》
《打样》
《五脏俱全》
《也是一问答》
《女子不如鸡》
《天然材料》
《骑坐反常》
《敲冰煮茗》
《读别字》
*《冬暖夏凉》
*《验收兵船》
《亦是一个问题》
《未免有屈警官了》
《戴蓝眼镜者一笑》
《轻身》

375

《苏州人曰"缠格哉"》
*《敬告实业家》
《做铁甲船材料》
《聪明互用》
《不共戴天》
*《误鼠》
《司非所司》
《叫车》
《茶醉》
《鼻穷于术》
《无本生利》
《其不文明与中国等》
《四不像》
《百像图》（按缺第十五"像"）
《破碎不完之西游》
《先河之导》
《资政院人物》
《返老还童》
《红豆腐汤》
《太迟太早》
《喜镶金牙者其听之》
《乡老查功课》
《作壁上观》
*《鼠辈之言》
《岂所以便贫民耶？》
《读别一个字》
《一生不醉》
《臭虫大少爷》
《互问贵姓》
《世界是一家大药店》

《买路钱》
《欢迎会》
《涓滴归公》
《叔齐远遁》
《断章取义》
*《五洲大同之声音》
《此人之将死其言如何？》
《宪眷》
《苹果疮》
《特别徽章》
《也算糟蹋外国人》
《病容》
《上海酷暑八景》
《破缺不完之水浒》
《四只脚》
《剪发问题》（九则）
《转贫为富》
《二之与两》
《国会请愿之目的可达》
《冥王之言》
《三皇五帝》
《暮夜金钱》
《应了一句苏州骂人语》
《姓到〈千字文〉上》
《穷鬼终穷》
《还有一片瓦》
《自外生成》
《自治会缺点之现象》
《奇称》
《铁面》

《剪发与亡国之关系》　《别有见解之韩人》
《会议阻止剪发》　　　《发辫之价值》
《也是引经据典》　　　《谐对》
《商量买棺材》　　　　《穿拷布》
《世态炎凉》　　　　　《随缘乐助》
《太夫子》　　　　　　《引经据典》
《虚题实做》　　　　　《忌讳闹成笑话》
《大潮已经来了》　　　《题小照诗》
《召租》（五则）　　　《不怕他不来做我儿子》
《近视》　　　　　　　《保护商务》
《医穷妙术》　　　　　《改革之比例》
《室人别解》　　　　　《寓言》（七则）
《骂自己》　　　　　　《又骂了自己了》
《听讼》　　　　　　　《凑寿礼》

按一：云间颠公（雷瑨）《序》："南海吴趼人先生，……偶尔游戏，皆奇思俊语，不落恒蹊。犹忆曩岁卖文沪渎，得订交于先生，承时以逸事谐文见示，登载报牍，遐尔欢迎。……惜甫及中年，修文遽赴，海内文人，识与不识，无不悲之。迄今四五年，宿草半荒，遗文在箧，黄垆余恨，今古同情。暇日特为整齐排比，付之剞劂，以公同好。"可见雷瑨既与吴趼人有交谊，又是《滑稽谈》在《舆论时事报》上发表时的经手人，并保存着其原稿，于是在吴趼人去世四五年后，为之编辑成书，冠以《序》文，交由扫叶山房石印出版。

按二：从《滑稽谈》部分作品所透露的时间来看，此书写于本年春至秋。譬如：第十篇《秦始皇学得蟹虫法》："天气渐热，蟹虫复出。"第二十一篇《吴牛喘月》："吴趼人咳喘经年，或作或辍而不瘥。一日，又喘甚，……时庚戌暮春，苦雨匝月。"第二十七篇《可惜不做臭虫巡抚》："入今年来，各处都闹饥荒。"第三十篇《说死话蒙住活人》："前日英皇电讣至。"第三十一

《别字》:"你不信,翻开历本看看,今年可是三月二十七日立夏?"第九十三篇《百像图》:"吴趼人日课《滑稽谈》。"第一百二十篇《应了一句苏州骂人语》:"婚嫁每于春冬行之,大约以新郎新妇拜堂时例穿棉衣,故于春冬为宜;若在夏秋之间,天气炎热,殊多不便也。即日正午盛热时,过某街,见一家锣鼓喧闹,丝竹迭奏,驻足观之,则一对新郎新妇正行交拜礼也,身御棉衣……汗流如泻矣。"第一百四十三篇《世态炎凉》:"今年天气无定。八月初,忽大凉,……讵不数日,天气忽然闷热,……"第一百五十三篇《大潮已经来了》:"今年天文家测得八月十八日潮水大涨。"第一百七十篇《又骂了自己了》:"吴趼人日课《滑稽谈》一则。"可知此书不仅写于本年春至秋,且各篇大致按写作时间编排。

《情变》(八回)

标"奇情小说"。署名"趼人"。连载于本年五月十六日(6月22日)至九月(10月)《舆论时事报》。未完。首冠《楔子》,末附《舆论时事报》按语。

《晚清文学丛钞·小说二卷》《中国近代小说大系》《我佛山人文集》《吴趼人全集》均予收录。

按:此书原拟十回,至不足八回,作者于本年九月十九日(10月21日)骤然去世,遂为绝笔。从其《楔子》中可知末两回之回目:

第九回　感义侠交情订昆弟　逞淫威变故起夫妻
第十回　祭法场秦白凤殉情　抚遗孤何彩鸾守节

《趼廛笔记》(七一题七三篇)

署名"南海吴沃尧趼人"。本年十二月(1911年1月)上海广智书局出版,一册。

其中二十七篇末附评语,署名"趼人氏"。

| 378 |

汪庆祺（维甫）编《我佛山人笔记四种》卷一《趼廛随笔》四十九篇，即选自此书，其中有两篇改题了篇名。又《我佛山人短篇小说集》《我佛山人文集》《吴趼人全集》均予收录。

篇目（《趼廛随笔》选入者以＊为标记，改题者加括号说明）

《复苏》　　　　　　　　《狐言》
＊《失烟》（《烟鬼》）　　《神签》
＊《红痧》　　　　　　　　《扶鸾》
《射覆》　　　　　　　　《入土不死》
＊《盗跖踞文库》　　　　＊《宋江解填词》
＊《水浒三十六人赞》　　　《挽联》
＊《地毛黑米》　　　　　＊《绍兴女》
＊《记戊寅风灾》　　　　＊《龙鳞》
《昼晦》　　　　　　　　《蛇人》
＊《蜈蚣毒》　　　　　　＊《鬼求医》
＊《猴酒》　　　　　　　＊《叶中堂乐府三章》
＊《轻身法》　　　　　　＊《生魂》
＊《绿米》　　　　　　　＊《周师傅》
＊《凤冤》　　　　　　　＊《董杏芬》
＊《神医》　　　　　　　＊《南海剧盗》
《上海灾异记》　　　　　《卜地》
＊《鼋食鸭》（《鼋怪》）　＊《猫妖》
《星命》　　　　　　　　《行尸》
＊《秦中令》　　　　　　＊《绛桃》
《闲章》　　　　　　　　＊《顾绣》
《说虎》　　　　　　　　《纪痛》
＊《区仙》　　　　　　　　《一文钱》
《伍绍荣》　　　　　　　＊《金龙四大王》
＊《黄道婆祠》　　　　　＊《伥鬼》
＊《假祟》　　　　　　　＊《虎媪》
＊《西湖主》　　　　　　＊《西湖水》

《伥鬼王》　　　　　　*《孝女墓》
*《烈女亭》　　　　　　*《例哭》
《改籍》　　　　　　　《制煤油》
《科场大果报》　　　　《谣言》（二则）
*《果报》　　　　　　　《某太史》
*《又一则》　　　　　　*《五海》
*《记李某复仇事》　　　*《刘华东》
*《讼棍斗法》　　　　　*《戴隔壁帽》
*《玉臂金莲》　　　　　*《外族侵凌》
*《虞美人诗》　　　　　*《广陵蒋生》

按：汪庆祺（维甫）《我佛山人笔记四种·序》："市上有拾其遗稿为之刊布者，曰《趼廛笔记》，……或自报纸采录。"考《趼廛笔记》所写内容，盖皆作者一生之见闻。其中《狐言》提到"甲辰冬，游济南"，则此篇当为光绪三十年（1904）以后所写。因而汪庆祺所谓"自报纸采录"之说大体可信。

1912年　卒后二年

《秦淮柳枝词》（八首）

诗。署名"茧叟"。载《文艺俱乐部》第1年第2号，本年9月16日印行。

王俊年《吴趼人的十七首佚诗和一篇佚文》予以附录；《吴趼人全集》予以收录。

按：吴趼人于宣统元年（1909）夏曾游南京，并写有《秦淮杂感》诗，则《秦淮柳枝词》也当写于此时（参见《秦淮杂感》诗按语）。

附录一

吴趼人未刊、初刊不详、真伪未定著作录

《沪上百多谈》

小品文。署名"吴研(趼)人",收入1914年冬胡德编《沪谚》(出版单位和出版时间均不详)下卷。魏绍昌《吴趼人的两篇佚文》(载1985年12月中山大学出版社版《中国近代文学研究》第3期)予以附录;《我佛山人文集》《吴趼人全集》均据魏文附录收入。

《致消闲社主函》

见陈无我著《老上海三十年见闻录》(1928年4月上海大东书局出版)上册"耆旧遗风"类《吴趼人不甘腰斩》篇引录。《我佛山人文集》《吴趼人全集》均据此收录。

按:陈无我在引录此函前云:"名小说家吴趼人,滑稽玩世,风趣独绝。某年曾致消闲社主一函云。"所谓"消闲社主",当指《消闲报》老板。而《消闲报》原为《字林沪报》副刊,创刊于光绪二十三年十一月一日(1897年11月24日);后并于《同文沪报》,遂改名《同文消闲报》;至光绪二十七年(1901)恢复原名。又吴趼人《函》中称:"窃念仆之于花(莺莺),曾无片语揄扬,惟前襄《采风报》时,采风主人偶开花榜,花(莺莺)亦幸厕榜中,仆代作赠诗。"考吴趼人襄《采风报》约在光绪二十四年五月(1898

年6月)至二十六年(1900)。由此可推知,此《函》大约写于光绪二十六年(1900)下半年至次年之间。

《吴荣光手书立轴跋》

署名"吴沃尧"。吴荣光手书立轴及吴趼人题跋原藏周壬林(吴趼人生前挚友周桂笙之子)处,魏绍昌编《吴趼人研究资料》据真迹摄影收入;《我佛山人文集》《吴趼人全集》均据魏编本收录。

按:《跋》末署"光绪丁未四月吴沃尧谨志",可知写于光绪三十三年四月(1907年5月)。

《冬木老人画册跋》

未刊。抄稿原件藏上海图书馆。跋尾署"宣统纪元四年,南海吴沃尧谨跋",可知写于1909年5月。

按:承蒙魏绍昌先生寄示,得以收入《吴趼人全集》。

《游仙诗》(三〇首)
《步韵落花诗》(二〇首)

维摩《杂谈吴趼人的感时诗》(魏绍昌编《吴趼人研究资料》转录自1940年代某报)云:"趼人诗,除此一帙(按指《趼廛诗删剩》)外,散见于其他杂集中者,亦时有所见。""前期诗作,《漱芳斋诗选》(《字林沪报》本)曾收《游仙诗》(三十首)》《步韵落花诗》(二十首)"。该文仅引录《游仙诗》二首。《吴趼人全集》据此收录。

按:《漱芳斋诗选》未见。它既可能是《字林沪报》馆出版的单行本,也可能是该报副刊《消闲报》上的一个专栏。吴趼人大约于光绪二十三年(1897)下半年至次年上半年主《字林沪报》副刊《消闲报》笔政,这两组诗当写于此时或此前;并极有可能是吴趼人在《消闲报》上开设"漱芳斋诗选"专栏,刊登他人投稿及己作,犹如他后来主持《月月小说》时开设"四海神交集"专栏一样。

《余自二十五岁改号茧人,去岁复易"茧"作"趼",音本同也。乃近日友人每书为"研",口占二十八字辨之》

诗。见陈无我著《老上海三十年见闻录》引录。《吴趼人全集》予以收录。

按一:原诗曰:"姓字从来自有真,不曾顽石证前生。古端经手无多日,底事频呼作研人?"吴趼人《吴趼人哭》卷首云:"吴趼人原号茧人,一日求人书画,增款书作'茧仁',趼人大惊曰:'茧中之一仁,死且僵矣!'急易作'趼'字,仍音茧。因多误作'研'者,便记于此。"又周桂笙《新庵随笔上·吴趼人》(见1914年7月上海古今图书局版《新庵笔记》卷三)云:"按趼人原字茧人,某女士为画扇,误署'茧仁',趼人嗟曰:'僵蚕我也!'亟易为趼人,盖'趼''茧'音同也。"据此,以及吴趼人生性滑稽,此诗当为吴趼人所写。

按二:作者于光绪二十三年(1897)至次年所写之《趼呓外编》,已署"南海趼人吴沃尧撰";光绪二十四年二月一日(1898年2月21日)发表之《食品小识》,其文末也署"丁酉仲冬南海吴趼人识"。可知最晚在光绪二十三年(1897)冬已用"趼人"这一名号。那么此诗不应晚于光绪二十四年(1898)。李育中先生说"早在1900年改趼人(有实物可证)"(《吴趼人生平及其著作》,载《岭南文史》1984年第1期),但所说"实物"只能证明这一名号的使用不晚于1900年,却不能证明不早于1900年。

《嘲革命党》

诗。编者拟题。见雷瑨(君曜)《文苑滑稽谈》(1914年6

月上海扫叶山房出版）卷四《滑稽诗话》引录。《吴趼人全集》收录。

按：雷文云："南海吴趼人君以小说名家，诙诡玩世，不可方物。尝与友人言：革命党之至沪者，虽无腰缠十万，而所谓运动费，大率丰赡。一入福州路，则未有不倾囊以尽者，运动之宗旨，遂委诸无何有之乡。因戏以诗嘲之云：'娘子军降革命军，绝无形迹弭妖氛。可怜一例闲脂粉，谁向金闺代策勋？'"此诗真假难定，从吴趼人对革命派的一贯态度来看，并非不可能写这类诗，不过只能写于其晚年。

《宜昌奔季父丧归，道出荆门，纪以一律》

编者拟题。见吴趼人《二十年目睹之怪现状》第一百零八回回评引录。《吴趼人全集》收录。

按一：吴趼人在回评中云："此回之治丧，为著者生平第一懊恼事，当时返棹，道出荆门，曾纪以一律云：'此身原似未归魂，匝月羁留滋泪痕。犹子穷途礼多缺，旁人诽语舌难扪。而今真抱无涯戚，往事翻成不白冤。回首彝陵何处是？一天风雨出荆门。'"既称此诗乃《二十年目睹之怪现状》的"著者"所写，当然是吴趼人的作品了。

按二：吴趼人至宜昌奔季父丧在光绪二十二年丙申七月（1896年8月）（参见《游黄鹤楼故址》诗按语），可知这首律诗写于此时。

《题某君小照诗》

编者拟题。见吴趼人《滑稽谈·题小照诗》引录。《吴趼人全集》据此收录。

按：《题小照诗》云："某君游西湖，展苏小墓，就墓前摄了一影。吴趼人见之，为题一诗曰：'多情尚友到千秋，无奈埋香剩一丘。得与美人作翁仲，纵侪顽石也风流。'"文中既称"吴趼人见"摄影而题诗，当然是吴趼人的作品。又《滑稽谈》写于宣统二年（1910）春至秋，则此诗也当作于这一时期。

《咏西洋镜》

诗。编者拟题。见吴趼人《吴趼人哭》第五十一条引录。《吴趼人全集》据此收录。

按：其文曰："昔年曾作咏物诗，中有咏西洋镜一首云：'方寸中藏境界宽，蜃楼海市化千端。怪他虽具江山胜，只许旁人隔膜看。'"既称此诗为"昔年"所作，而《吴趼人哭》写于光绪二十八年（1902），并在同年出版（参见《吴趼人哭》条），可见此诗写于这一年之前。

《端阳新乐府》（四首）

署"吴趼人佚作"。载光绪三十二年（1906）杭州《游戏世界》第4期（该刊原无出版月日）。《吴趼人全集》收录一首。

按：笔者未见原刊，仅见祝均宙、黄培玮辑录《中国近代文艺报刊概览》（二）（收入《中国近代文学大系》第30卷"史料索引集"之二，1996年7月上海书店出版）之介绍，并转录其中的一首。其诗曰："小姐慌，小姐慌，可怜小姐徒慌张。从前大少不可见，望穿秋水心彷徨。本家娘娘出冷语，令奴闻之徒悲伤。吁嗟大少胡不来？令奴满心焦急无商量。"此诗内容无聊，格调低下，文字浅薄，不像是吴趼人的作品。但刊出时吴趼人尚在世，且《游戏世界》的编者寅半生曾在该刊发表《小说闲评》系列文章，其中对《电术奇谈》《恨海》也有评论，颇有见地，则其人又非无聊文人，对吴趼人似也了解，不至于张冠李戴，冒名招徕。如此则此诗的真伪一时难定，有待进一步考证。

《挽陆素娟联》

编者拟题。见吴趼人《趼廛笔记·挽联》引录。《吴趼人全集》据此收录。

按一：《挽联》云："庚子夏，上海妓者陆素娟死，房县戢元丞为之开追悼会，有以挽联属者，为之句云：'此情与我何干，也来哭哭；只为怜卿薄命，同是惺惺。'"可知此联写于光绪二十六年（1900）。

按二：孙玉声《退醒庐笔记》（1925年11月上海图书馆出版）卷下《吴趼人》篇云："犹记前清光绪某岁陆素娟校书病殁，有客在海国春开追悼会，广征挽言。吴赠以联云：'斯情与我何干，也来哭哭；只为怜卿薄命，同此惺惺。'"可见孙玉声误记两字。

《挽谢鑫生联》

编者拟题。见吴趼人《趼廛笔记·挽联》引录。《吴趼人全集》据此收录。

按：《挽联》云："壬寅游汉口，因吴县沈习之，识谢鑫生，仅一面。鑫生旋卒，讣至，挽以联曰：'与公仅一面缘，竟成千古；累我洒两行泪，望断九泉。'"可知此联写于光绪二十八年（1902）。

《自辨别号诗》（断句）

编者拟题。见张乙庐《吴趼人逸事》（载1923年1月26日《小说日报》第54号）。《吴趼人全集》据此收录。

按：《吴趼人逸事》云："吴氏……初取春蚕作茧自缚之义，自字茧人。……氏跛一足，改今名，盖取《庄子》'百舍重趼而不敢息'之义也。'趼'字左旁从足，而其友寓书，时有误书'妍人'或'研人'者，氏颇以为苦，尝作诗六章自白，有'偷向妆台揽镜照，阿侬原不是奸人'句。"大概也是吴趼人三十岁出头时的作品，可惜张乙庐未将其"六章"诗全记下来。至于说吴趼人因"跛一足"才改此号，别处不见记载，只好存疑。

《挽某校书联》

编者拟题。见魏绍昌《关于〈海上名妓四大金刚奇书〉的两组资料》（1993年7月台湾商务印书馆版魏著《晚清四大小说家》）转述郑逸梅函。《吴趼人全集》据此收录。

按：魏文云："又据郑逸梅来信告我，他在早年'于某杂志（不忆其名）摘录过吴趼人丧一所眷之校书某，撰一挽联云："夺我红颜天有意；埋他白骨地无情。"'"郑逸梅既称"摘录"自某杂志，当属可信。

《和〈红豆词〉》

诗。编者拟题。署名"南海吴沃尧趼人氏"。手迹藏上海博物馆，魏绍昌编《吴趼人研究资料》据手迹摄影收入。《吴趼人全集》据魏编本收录。

按一：诗末有吴趼人题跋云："兰史先生《红豆词》原唱，盖为银屏校书所作者也。一时海内骚人墨士，无论识与不识，多有和作。仆时客海上，于先生为神交，因作此章和之，邮达典签，藉博一粲。先生不以为不文，以素笺来，嘱书一过，将付装池，久未应命。庚子秋九，以事返粤，道出香江，得图良晤，先生复伸前嘱，草此塞责，殊不值方家一哂也。南海吴沃尧趼人氏识。"名下并盖印章两方（无法辨认印文）。可知此诗于光绪二十六年庚子（1900）之前作于上海，至庚子年复亲书于香港。

按二：吴趼人题跋中所称"兰史先生"，即潘飞声（1858—1934），字兰史，号剑士，广东番禺人（与吴趼人为同乡）。曾随使游欧洲，并在德国柏林大学讲授文学。回国后被举经济特科，不应，寓居上海。与柳亚子等交谊甚深，遂入南社。工诗、文、词、书法，著作甚宏，如《说剑堂集》《说剑堂外集》《说剑堂诗》《说剑堂词》《在山泉诗话》等。郑逸梅《南社丛谈》（1981年2月上海人民出版社出版）有传，传中有云："他曾一度侨寓香港，有洪银屏女史离港赴沪，他饯之于襟海楼，当场以红豆为题，作诗惜别。先后得五十余人题赠，如吴趼人、丘菽园、冒鹤亭、陈蝶仙等，合装一册，名《红豆图咏》。"这一段话可与吴趼人的题跋互相印证，并可知吴诗曾收入《红豆图咏》。

《冬木老人赐画，赋此呈谢，并请削正》（四首）

诗。署"趼人吴沃尧呈稿"。手迹藏上海图书馆，魏绍昌编《吴趼人研究资料》据手迹摄影收入。《吴趼人全集》据魏编本收录。

按：此诗之四有云："曾从画里窥颜色，须发如银望若仙。"又吴趼人宣统元年四月（1909年5月）所写《冬木老人画册跋》有云："此时为俨之兄示以索题者，余虽素未识老人，而拜观诗画，亦不禁穆然神往。俨之为余言，老人今年八十余，所作画犹一笔不苟。"两相印证，可知吴趼人为《冬木老人画册》题跋后，冬木老人即以画册致谢，吴趼人又以此诗回谢。则此诗当写于宣统元年四月（1909年5月）之后。

《读帅步祷得雨诗，恭和一首》

未刊。署名"吴沃尧"。抄稿原件藏上海图书馆。

按一：承蒙魏绍昌先生以抄稿复印件寄示，得以收入《吴趼人全集》。原抄稿共有五首诗，吴趼人一首排在末尾，其他四首依次为樊山《四月望日，匋帅步祷得雨，喜赋》、匋斋《元晴日久，与樊山方伯步祷得雨，方伯以诗见贺，奉酬一律》、樊山《雨后，帅有诗见奖,是日适宴客于絜漪园,即席次韵》、悦庵《读帅步祷得雨诗,恭和一首》。可见它们是一组唱和诗。考樊山为樊增祥(1846—1931)之号,光绪三十四年六月(1908年7月)任江宁布政使(据《光绪朝东华录》),故称"方伯"。匋斋为端方(1861—1911)之号,光绪三十二年七月(1906年8月)至宣统元年五月(1909年6月)再任两江总督(据《光绪朝东华录》《清史稿·德宗本纪》),故称匋帅"。悦庵为吴趼人挚友沈敬学(1867—1911)之号,字习之,"端方总督两江时,……尝任端方秘书"(周桂笙《新庵随笔·六朝金粪》)。由此可知樊增祥、端方、沈敬学三人四诗当写于宣统元年四月下半月。

按二:吴趼人《筠清馆法帖·跋》:"稿脱,苦书劣,不敢下笔,挟之走金陵,属于老友沈习之,乞代书焉。宣统纪元闰二月二十日南海吴沃尧谨志于上海寓斋。"又周桂笙《新庵随笔·六朝金粪》:"端方总督两江时,穷奢极欲,……解任之日,载于俱北,珍藏府中(按指金石书画)。……吴门悦庵主人沈习之先生敬学尝任端方秘书,吴趼人先生一日赴宁造访,悦庵觞之于秦淮画舫。"可见吴趼人于宣统元年二月下旬已有赴南京之意,但直到端方于同年五月解任后才成行。由此可推知,《读匋帅步祷得雨诗,恭和一首》当写于本年夏天的南京。

《白话西厢记》(一二回)

署名"吴趼人"。吴趼人生前未刊,至1921年10月始由上海国家图书馆出版,一册。首冠陈干青《识语》、陈东阜(又称"东阜仲子")民国十年(1921)中秋之夕《序》;并附随园(袁枚)、曲园(俞樾)《西厢记》评语,金圣叹、杨鹤汀等人考评文字。1987年9月花城出版社重印(与《新石头记》合订一册),由沈露霞校点,增魏绍昌《新序》;《我佛山人文集》《吴趼人全集》

均予收录。

按：此书是否为吴趼人的作品，魏绍昌与王俊年的看法截然相反：魏持肯定意见，除以《新序》论证外，又发表了《从〈白话西厢记〉的质疑说到〈白话牡丹亭〉的发现》一文（载《海南师范学院学报》1989年第4期）；王持否定意见，发表了《"吴趼人著〈白话西厢记〉"质疑》一文（载《明清小说研究》1988年第4期）。笔者认为尚须进一步研究，故附列于此。

《白话牡丹亭》（一六回）

按：此书是否为吴趼人的作品，较《白话牡丹亭》更成问题，现将有关资料摘要汇录于下，以供研究。

陈东阜《白话西厢记·序》："余友陈子雪庵，酷好趼人之文，藏有趼人手草《白话西厢》十二卷、《白话牡丹亭》十六卷，什袭珍藏，宝如拱璧。余曾假阅一过，觉其性灵洋溢，精妙不亚《红楼》。"戚饭牛《白话西厢记·序》："佛山吴趼人先生，……间尝戏就《西厢记》《牡丹亭》二书，变其传奇之体而为评话。……先生殁后，其稿辗转流入古瀛陈氏。陈子雪庵，亦雄于文者，不忍吴氏遗著之湮没，爰付剞劂，以公同好。"《白话西厢记》附载广告："《牡丹亭》（《还魂记》）为玉茗'四梦'中最香艳、最奇妙、最优美之作，言情之妙，不下《西厢》，而意境各有独到之处。本书亦经吴趼人先生改为评话，种种改变及增加之处，与《白话西厢记》同工异曲，而委曲详尽则又过之，真言情小说中之无上上品也。定价大洋六角。……由上海四马路昼锦里口第一春菜馆对门萃秀里国家图书馆印行。"

以上三种资料可归纳出四点：①《白话牡丹亭》的作者是吴趼人；②其原稿辗转归崇明陈雪庵珍藏；③至1912年，它与《白话西厢记》一并由上海国家图书馆出版；④定价大洋六角。然而该书单行本于 1988 年由魏绍昌发现后，却不仅未能证实上述资料，反而出现了意想不到的情况。据魏绍昌《从〈白话西厢记〉的质疑说到〈白话牡丹亭〉的发现》云："可是《白话牡丹亭》拿到手一看，和《白话西厢记》序文及书内广告上的介绍文字并不完全符合。首先作者署名不是吴趼人了，而是陈仲子；其次印行的书局不是上海国家图书馆，而是上海新华书局；定价不是大洋六角，而是大洋五角；出版年月也并非与《白话西厢记》同时（一九二一年十月），而是隔了一年的一九二二年三月。"然而魏绍昌并不认为因此就可以否定吴趼人为《白话牡丹亭》的作者，因为"既然可以怀疑《白话西厢记》不是吴趼人的作品，为什么不可以怀疑《白话牡丹亭》未必是陈仲子的作品呢"？

附录二

吴趼人著作辨伪

《学界镜》

四回。标"教育小说"。作者署名"麽叟",一作"鹰叟"("麽"与"鹰"为异体字,读如燕)。初载《月月小说》第21—24号,光绪三十四年九月(1908年10月)至十二月(1909年1月)印行。因该刊停刊而中断,遂致未完。宣统元年六月(1909年7月)上海群学社出版单行本,列为"说部丛书"第32种;次年重印。

这里的"麽叟"或"鹰叟",显然是作者的化名或笔名。那么这位作者到底是谁呢?阿英先生的回答是吴趼人。他在《晚清小说史》(1937年上海商务印书馆出版)第十三章《晚清小说之末流》中说:"吴趼人《学界镜》四回(《月月小说》)……也是谴责之作,无特殊优点。"在这里,阿英根本不提原署名"麽叟"或"鹰叟",径直将《学界镜》判定为吴趼人的作品;换言之,他认为"麽叟"或"鹰叟"是吴趼人的化名或笔名。遗憾的是,阿英并未摆出任何根据。

阿英在完成《晚清小说史》后,又着手辑录《晚清小说目》,至1940年"编定",并与此前成稿的《晚清戏曲录》合编为一书,定名《晚清戏曲小说目》,只因抗日战争,当时未能出版,直到

1957年9月才由上海古典文学出版社正式印行（见阿英《晚清戏曲小说目·叙记》）。《晚清小说目·创作之部》对《学界镜》做了如下著录：

  学界镜 雁叟著。四回。宣统二年（一九一〇）群学社刊。又光绪三十三年（一九〇七）《月月小说》本。不完。

  从版本学的角度看，《晚清小说目》对《学界镜》的著录，显然要比《晚清小说史》所述详细得多，然而也出现了不少失误：其一，将《学界镜》的作者"瘦叟"或"鹰叟"，误为"雁叟"；其二，将《月月小说》连载《学界镜》的时间1908年10月至1909年1月，误为"一九〇七"年；其三，将1910年群学社刊《学界镜》的重印本，误为初版本。尤为奇怪的是，阿英在《晚清小说目》中，竟然未提吴趼人是《学界镜》的作者，这与他的《晚清小说史》形成了鲜明的对比。如果说前三点失误是由于阿英未曾仔细翻阅《月月小说》以及未睹1909年群学社刊《学界镜》所致，那么后一点却使人犹坠五里雾中，不得其解。不过有一点却可以肯定，即《晚清小说目》虽然未提吴趼人是《学界镜》的作者，并不意味着阿英已放弃或改变了他在《晚清小说史》中的看法。其理由是：在此后的四十年中，阿英从未撰文加以订正；何况《晚清小说史》仅在中国大陆，就有过两次修订机会：第一次是1955年作家出版社重新排印，阿英曾"就原本略加删节"（阿英《跋》）；第二次是1980年8月人民文学出版社以作家出版社旧纸型重印，当时阿英虽已去世，却留有遗言，由吴泰昌"对业已发现的材料上的某些讹误之处，进行必要的订正"（吴泰昌《校勘后记》）。而其中有关《学界镜》的文字却既未"删节"，也未"订正"。可见阿英始终认为《学界镜》是吴趼人的作品，也即"瘦叟"或"鹰叟"就是吴趼人。

  由于阿英在近代文学研究领域的权威地位，他的这一看法曾经产生过广泛的影响。譬如：张静庐和李松年辑《辛亥革命时期重要报刊作者笔名录》(载《文史》第1辑,1962年10月中华书局出版。以下简称《笔名录》)即将"廡叟"和"鷹叟"一并作为吴趼人的笔名;张泰谷辑《笔名引得》(1971年台湾文海出版社出版)也将"鷹叟"列入吴趼人的笔名之中;日本中岛利郎辑《吴趼人著作目录》(载《野草》第20号,1977年8月1日印行)则收有《学界镜》一目。

然而十分遗憾的是,阿英的看法既无根据,也不正确,因而以此为据产生的一切成果也均不能成立。

经考查,就在刊登《学界镜》第二回的《月月小说》第22号(光绪三十四年十月,1908年11月)上,即刊登有《玉萧集》一种,别题"梦红云馆外编之二",署"伏翁焚剩";首冠序文一篇,末署"光绪三十有四年戊申古燕谈治鷹叟拜叙,时同客海上"。"伏翁"为何许人,在此无关紧要,重要的在于,这位为"伏翁"的《玉萧集》作序者,无疑就是《学界镜》的作者。理由是:《学界镜》和《玉萧集》序文既同时在《月月小说》上刊登,又同署"鷹叟"(即"廡叟"),显然不是巧合;"鷹叟"既为"古燕"人,而"鷹"与"燕"谐音,则"鷹叟"即"燕叟",因而不可能是广东人吴趼人。因此可以断定,《学界镜》的作者"鷹叟"(即"廡叟")与吴趼人毫不相干,他的真姓名是谈治,籍贯为"古燕",即当时的直隶,如今的河北省。因为此人当时正"客海上",所以既在《月月小说》上发表了《学界镜》,又为"伏翁"的《玉箫集》作序。

《盗侦探》

二十二回。标"侦探小说",题"又名《金齿记》"。各回的作者署名不尽相同:或单署"迪斋译""著者解朋""解朋";或联署"解朋著,迪斋译""著者解朋,译者迪斋"。初载《月月小说》第2号、第3号、第10号、第12号、第17—19号、第21—

24号，光绪三十二年十月十五日（1906年11月30日）至三十四年十二月（1909年1月）印行。作者和译者署名虽乱，但不难看出，原作者是"解朋"，翻译者是"迪斋"。宣统二年（1909年）上海群学社出版单行本，误署"解朋译"。

阿英在其1940年"编定"的《晚清小说目·翻译之部》著录有两种《盗侦探》：

  盗侦探　解朋译。又题《全齿记》。宣统二年（一九一〇）群学社刊。

  盗侦探　迪斋译。光绪三十二年（一九〇六）《月月小说》本。

这里显然有三点失误：其一，将《盗侦探》的两种版本（《月月小说》连载本和群学社单行本），误作了两种《盗侦探》；其二，将《月月小说》连载《盗侦探》的时间1906年11月30日至1909年1月，误为"一九〇六"年；其三，对于群学社本的署名之误（误署"解朋译"），未能识别。而这三点失误的唯一原因，就在于阿英未曾仔细翻阅《月月小说》。

不过阿英《晚清小说目》对《盗侦探》的著录虽有诸多失误，尚未将《盗侦探》与吴趼人联系起来。不知为什么，一年之后，他在《清末四大小说家》（载《小说月报》第13期"一周纪念特大号"，1941年10月1日上海联华广告公司印行）一文中，却突然将《盗侦探》判定为吴趼人的作品。他在该文第二节《吴趼人》中，首先为吴趼人开列了一份著作目录，总计十九种，其第十种即为"《盗侦探》二十二回（一九〇六~八）"（这里的"一九〇六~八"，是指《盗侦探》在《月月小说》连载的时间为1906—1908年，仍不准确，参见上文）。然后又进一步论述道：

  趼人又曾取外国小说重行演述，有两种：《电术奇谈》最知名，刊《新小说》；又别为《盗侦探》，印入《月月小说》。

（笔者对本段引文的标点略有改动）

在这里，阿英既不提原作者"解朋"，也不提翻译者"迪斋"，径直将《盗侦探》看作与《电术奇谈》一样，也是吴趼人"取外国小说重行演述"的作品；换言之，他认为"迪斋"是吴趼人的化名或笔名。遗憾的是，阿英也未摆出任何根据。

还应该指出的是，阿英的这篇《清末四大小说家》后来既收入《小说三谈》（1979年8月上海古籍出版社出版），又收入《小说闲谈四种》（1985年8月上海古籍出版社出版），而有关《盗侦探》的论述文字却丝毫未改，足见阿英的看法始终未变。

阿英的这一看法也曾产生过广泛的影响：张静庐和李松年的《笔名录》、张泰谷的《笔名引得》，均将"迪斋"作为吴趼人的笔名之一；中岛利郎的《吴趼人著作目录》也著录了《盗侦探》一目；北京大学中文系1955级的《中国文学史》（1958年9月人民文学出版社出版），则不仅将《盗侦探》视为吴趼人的"主要作品"，而且归入"创作"之类。

然而同样遗憾的是，阿英的这一看法毫无根据，难以成立，因而受此影响得出的一切结论，也属子虚乌有。首先，《盗侦探》讲述的是一个英国的侦探故事，那么其原作者"解朋"当为英国人，原作也当使用英语。吴趼人虽然可能略懂英语，但不可能达到翻译的程度；否则，当他前后主持《采风报》《寓言报》《月月小说》等报刊时，尽可兼顾"译述"，又何必请其友人周桂笙帮忙呢？如果说《盗侦探》与《电术奇谈》一样，吴趼人只是根据别人的译稿"重行演述"，那么根据《电术奇谈》的惯例，《盗侦探》也应将原作者、翻译者、"演述"者一并标署，而事实上却只署了原作者和翻译者，未署"演述"者，因而此说也难以成立。其次，从《盗侦探》的文字来看，既非文言，也非白话，非驴非马，不伦不类，正是吴趼人痛斥过的那种"佶屈聱牙之译本"（吴趼人《月月小说·序》），与吴趼人流畅的风格毫无共同之处。仅据以上两点，即可断定《盗侦探》既非吴趼人所翻译,也非吴趼人所"演述",译者"迪斋"当另有其人,只可惜笔者孤陋寡闻,一时无从查考罢了。如有博雅君子解此谜团,将对近代文学研究不无小补。

《红泪影》

阿英《晚清小说目·翻译之部》在《红泪影》目下著录:"(英)巴达克礼著。息影庐主译。宣统元年(一九〇九)广智书局刊。二十四回。四册。"此书本来与吴趼人毫不相干。可是至1926年上海世界书局翻印此书时,为了招徕读者,竟然将作者改署为"我佛山人吴趼人"。这一偷梁换柱,致使有些学者上当受骗,既将《红泪影》误为吴趼人的作品,又将"息影庐主"误作吴趼人的笔名之一。如张静庐和李松年辑《笔名录》、张泰谷辑《笔名引得》,均将"息影庐主"列入了吴趼人的笔名之中。

《情魔》

阿英《晚清小说目·翻译之部》在《情魔》目下著录:"美国佚名著。无歆羡斋译。宣统辛亥(一九一一)广智书局刊。"此书本来也与吴趼人毫不相干。可是至1929年上海广益书局翻印此书时,出于与世界书局同样的目的,也采用了同样的手段,即将作者改署为"我佛山人吴趼人"。这一偷梁换柱更显得拙劣,因为"息影庐主"似乎只译过一部《红泪影》,而"无歆羡斋"除《情魔》之外,至少还译过三部其他小说,均见于阿英《晚清小说目·翻译之部》著录:

妖塔奇谭　美佚名著。无歆羡斋译。光绪三十二年(一九〇六)广智书局刊。二册。

宜春苑　法□□著。无歆羡斋译。光绪二十八年(一九〇二)《新小说》本。

剧场大疑狱　无歝羡斋主人译。光绪三十三年（一九〇七）广智书局刊。

如果说《情魔》是吴趼人的作品，势必也得承认其他三部译作也是吴趼人的作品，从而使广益书局露出了造假的马脚。大概正由于此，才使张静庐等人没有上当。至于"无歝羡斋"或"无歝羡斋主人"为谁，则惟李育中先生认为即吴趼人好友周桂笙。他在《吴趼人生平及其著作》一文中说："周桂笙（1873—1926），上海人，字莘庵，又作新庵，笔名'知新室主人'和'无歝羡斋主'等。"无歝羡斋主"与"无歝羡斋""无歝羡斋主人"显然是同一人，但不知李先生有何根据。

《李雪芳》

魏绍昌《从〈《月月小说》评议〉中看吴趼人》（载1993年7月台湾商务印书馆版魏著《晚清四大小说家》）云："近来我又见到一本上海东亚书局一九二〇年出版的《李雪芳》，六十二页三十六开本的小册子，亦署我佛山人编。李雪芳是粤剧名女伶，广东南海人，与吴趼人是同乡。……可是翻开来一看，李雪芳是一九一九年才初次来沪演出，其中捧场的陈小蝶赠诗和张丹斧趣文，均作于民国初期。按吴趼人已在清末宣统二年（一九一〇）去世，他怎么能够将这些身后的诗文编集起来呢？显而易见，这又是一本冒充吴趼人的假货。"考虑到魏文未在大陆发表，此书现在虽未被人注意，难保将来不被人发现，以致或费考证，或竟上当，因而抄录于此。

《新繁华梦》

江苏省社会科学院明清小说研究中心编《中国通俗小说总目提要》（1990年2月中国文联出版公司出版）王志强撰《新繁华梦》

条云："《新繁华梦》，五集四十回，残。著作者署'老上海'。老上海即吴趼人。"

按吴趼人确实在《胡宝玉》一书中署过"老上海"这一笔名，但据此即认定这里的"老上海即吴趼人"，未免武断。阿英曾两次提到这部小说。《晚清小说史》第十三章《晚清小说之末流》在论述妓女小说时云："当时这一类的小说很流行，有用吴语的，也有不用吴语的。以警梦痴仙《海上繁华梦》……漱六山房《九尾龟》……最为有名。此外还有老上海《上海新繁华梦》五卷四十回（自印，一九〇九）……吴趼人亦有《胡宝玉》……一种，然非小说也。"阿英并非不知道《胡宝玉》署名"老上海"，他在《〈胡宝玉〉》（收入《小说闲谈》）一文中说："此书一名《三十年上海北里之怪历史》，署名用老上海。"而在《晚清小说史》中却径称"吴趼人亦有《胡宝玉》"，可见为的是区别于《上海新繁华梦》的作者"老上海"；换言之，阿英认为该书并非吴趼人的作品。又《晚清小说目·创作之部》在《新繁华梦》目下著录："老上海著。四十回。宣统元年（一九〇九）汇通信记书局刊。五册。"阿英未在"老上海"名下加注吴趼人，也说明他认为此书不是吴趼人的作品。而且迄今为止，除王志强外，未见任何人将此书归入吴趼人作品之列。因此，除非王志强拿出确凿证据，否则这个结论是不能成立的。因为正如同名同姓者司空见惯一样，多人用同一笔名的现象也屡见不鲜。

《太虚幻境》

刘世德等编《中国古代小说百科全书》（1993年4月中国大百科全书出版社出版）"条目分类目录"将本书归入吴沃尧名下；而由署名"思"所撰该条目释文却称"清代小说。未见。"，然后仅将阿英《晚清小说目》、墨者《稀见清末小说目》的著录原文照录，并未说明此书为吴趼人的作品。

按阿英《晚清小说目·创作之部》在《太虚幻境》目下著录："惜花主人著。四回。光绪三十二年（一九〇六）上海活版部刊。"墨者《稀见清末小说目》（见《学术》第1期，1940年2月印行）在《太虚幻境》目下著录："存初编四回。惜花主人撰。光绪三十三年上海活版部排印。首题'写情小说'。按此系续《红楼梦》，所用一切人名脚色，都仍《石头记》旧。序谓'彼为记恨，此为补恨'，其旨可见。"两种目录仅称《太虚幻境》的作者为"惜花主人"，均未说"惜花主人"即吴趼人。不知《中国古代小说百科全书》的编者根据什么将该书定为吴趼人的作品，也许是失误所致，毫不足信。况且该书既为《石头记》"补恨"，充其量也不过与《后红楼梦》《续红楼梦》之类一样，无非是将《红楼梦》的悲剧结局改为大团圆而已，这与吴趼人"兼理想、科学、社会、政治而有之"的《新石头记》毫无共同之处，仅此也可断定绝非吴趼人之作。

《抵制禁约记》

魏绍昌等主编《中国近代文学辞典》（1993年8月河南教育出版社出版）在《吴趼人》一条中称：吴趼人"尚有……表现爱国主义思想的《抵制禁约记》"。按《抵制禁约记》全名《中国抵制禁约记》，光绪三十一年（1905）民任社纂辑并印行。书中收有吴趼人《致曾少卿书》三通，但此书既非吴趼人所辑，更非其所著，故不能算是他的作品。

《挽沈丽娟联》
《挽花兰芬联》

魏绍昌《关于〈海上名妓四大金刚奇书〉的两组资料》云："某些妓女去世，吴趼人曾书挽联吊唁。兹将《半月》杂志中《秋籁阁联话》所载吴趼人的三副挽妓联抄录如下：挽陆素娟：……（按：

此联录自《趼廛笔记·挽联》,已列入本编附录一,略)。挽沈丽娟:我犹堕落人间,坠溷飘茵浑未卜;君已皈依净土,新愁旧恨总成空。挽花兰芬:冷雨凄风,无限相思寒食节;落花流水,可怜同是断肠人。"

查《秋籁阁联话》为朱涤秋所著,连载于《半月》杂志,上述挽联刊登在《半月》第4卷第14号(1925年7月1日印行)。魏文所引一段的原文是(三联略):"海上校书陆素娟死,我佛山人吴趼人沃尧挽云:……眉史沈丽娟挽云:……眉史花兰芬挽云:……"可见后两联是沈丽娟和花兰芬分别挽陆素娟,并非吴趼人挽沈丽娟和花兰芬,因而应排除在吴趼人作品之外。

牛年正月定稿于蜗牛书屋

吴趼人研究资料索引

裴效维

凡　例

　　一、本索引仅限于著录在中国大陆地区发表或出版的有关吴趼人研究资料（包括台湾、香港及外国学者的有关著述）。

　　二、为了眉目清楚，并在一定程度上反映吴趼人研究的概貌，本索引分为单篇文章、文学史、辞书三大类，按类编排。

　　三、单篇文章类包括报纸文章、杂志文章、序跋以及在书籍中独立成篇的文章。先按发表年份分档；同年发表的文章，则依次按报纸文章、杂志文章、序跋、书籍文章编排；在同类文章中，又按发表时间先后编排（特殊情况可以变通）。发表时间不确切的文章，酌情插入。单篇文章类以文章题目为目，目下依次著录作者署名（偶尔加注其真姓名）、最早出处及转载情况，以便读者检索；如有必要，特加按语说明。

　　四、文学史类包括文学史、小说史中有关吴趼人的章节。依出版时间先后编排。以文学史、小说史的书名为目，目下依次著录著者版本情况以及论述吴趼人的章节细目（如不占专章专节，由编者说明）。

五、辞书类也按出版时间先后编排，并以书名为目，目下依次著录编者、出版时间、出版单位以及有关吴趼人的条目，条目后以括号加注作者（原不署名者除外）。

六、本索引中反复出现的出版物（报纸、杂志除外），仅在其首次出现时详细著录编著者、版本情况，重复出现时仅著录书名，以避烦琐，以省篇幅。

七、魏绍昌编《吴趼人研究资料》（上海古籍出版社1980年4月出版），因在本索引中反复出现，不再单独列目；当其在本索引中出现时，也不再著录其编者、出版单位、出版时间。

单篇文章

《糊涂世界》序

茂苑惜秋生（欧阳钜源）。见光绪三十二年二月（1906年3月）上海《世界繁华报》；又见同年中秋世界繁华报馆刊单行本《糊涂世界》；又见同年杭州《游戏世界》杂志，误作者为李伯元；又阿英编《晚清文学丛钞·小说二卷》（1960年5月中华书局出版）本《糊涂世界》《中国近代小说大系》（1988年10月江西人民出版社出版）本《糊涂世界》《吴趼人研究资料》均予收录。

小说闲评·《恨海》

寅半生。见光绪三十二年（1906）杭州《游戏世界》；又见《吴趼人研究资料》。

小说闲评·《电术奇谈》

寅半生。见光绪三十二年（1906）杭州《游戏世界》；又见《吴趼人研究资料》。

说小说·《恨海》

新广。《月月小说》第3号（光绪三十二年十一月十五日，1906年12月30日）；又见《吴趼人研究资料》。

说小说·《胡宝玉》

新广。《月月小说》第 5 号（光绪三十三年正月十五日，1907年 2 月 27 日）；又见《吴趼人研究资料》。

按：以上两个"新广"的"广"，系"庵"的异体字，并非"广"的简化字。但这位"新广"是否即周桂笙（别署新庵），难以肯定。

说小说·《新石头记》

报癖（陶兰荪）。《月月小说》第 6 号（光绪三十三年二月十五日，1907 年 3 月 28 日）；又见《吴趼人研究资料》。

说小说·《恨海》

报癖（陶兰荪）。《月月小说》第 6 号（光绪三十三年二月十五日，1907 年 3 月 28 日）；又见《吴趼人研究资料》。

觚庵漫笔·《恨海》

觚庵。《小说林》第 10 期（光绪三十四年三月，1908 年 4 月）；又见《吴趼人研究资料》。

《月月小说》跋

邯郸道人吕粹声。《月月小说》第 12 号（光绪三十三年十二月十五日，1908 年 1 月 18 日）。

注：此文涉及《月月小说》停刊复刊、主办人变动及吴趼人在该刊任职情况。

《情变》按语

《舆论时事报》编者。见宣统二年（1910）上海《舆论时事报》

连载本《情变》；又见《晚清文学丛钞·小说二卷》本《情变》；又《吴趼人研究资料》《中国近代小说大系》均予收录。

小说家逝世

佚名。《民立报》庚戌九月二十六日（1910年10月28日）。

我佛山人传

李葭荣（怀霜）。《天铎报》宣统二年十月（1910年11月）；又见胡寄尘编《虞初近志》（1913年8月上海广益书局出版）；又见《小说世界》第13卷第20期（1926年5月14日）；又见《吴趼人研究资料》。

我佛山人遗事

胡寄尘。见《黛痕剑影录》（1914年3月上海广益书局出版）；又见《吴趼人研究资料》，改题《同辈回忆录》之二。

滑稽诗话

雷瑨。见《文苑滑稽谈》（1914年6月上海扫叶山房出版）；又见《吴趼人研究资料》，改题《同辈回忆录》之三。

新庵随笔·吴趼人

上海新庵主人（周桂笙）。见《新庵笔记》（1914年7月上海古今图书局出版）；又见《吴趼人研究资料》，改题《同辈回忆录》之一。

新庵随笔·六朝金粪

上海新庵主人（周桂笙）。见《新庵笔记》；又见《吴趼人研究资料》，改题《同辈回忆录》之一。

《恨海》序

柳亚子。《香艳小品》第 3 期（1914 年 6 月）；又见《吴趼人研究资料》。

《恨海》中之陆郎

柳亚子。见冯春航著《子美集》附录（1914 年 6 月光文印刷所印行）。

评《恨海》

雪公。见冯春航著《子美集》附录。

民鸣社之《恨海》

郁慕侠。见《慕侠丛纂》（1914 年 10 月上海沪报馆出版）。

按：以上四目中的《恨海》，均为据吴趼人小说《恨海》改编之同名剧本。

《我佛山人笔记四种》序

王继甫（庆祺）。见 1915 年上海瑞华书局石印本《我佛山人笔记四种》；又见《吴趼人研究资料》。

《滑稽谈》序

云间颠公（雷瑨）。见 1915 年上海扫叶山房石印本《滑稽谈》（又有 1926 年该社铅印本）。

《评点二十年目睹之怪现状》序

石庵。见 1916 年正月上海新小说书社本《评点二十年目睹之怪现状》（又题《绘图评点二十年目睹之怪现状》）

按：此书误署"李伯元评点"；此序也误称："南亭亭长……将先生（指吴趼人）之书而评之订之。"

书吴趼人

杜阶平。《小说月报》第 8 卷第 1 期（1917 年 1 月 25 日）；又见《吴趼人研究资料》，改题《同辈回忆录》之四。

吴沃尧

佚名。见《上海县续志·游寓》（1918 年 5 月出版）。

吴趼人

易宗夔。见《新世纪》（1918 年 11 月易氏自印发行）卷四"容止"类。

《二十年目睹之怪现状》

张冥飞。见《古今小说评林》；又见《吴趼人研究资料》；又见王俊年编《中国近代文学论文集·小说卷》（1919—1949）（1988 年 5 月中国社会科学出版社出版）。

《恨海》

张冥飞。见《古今小说评林》；又见《吴趼人研究资料》。

《电术奇谈》

张冥飞。见《古今小说评林》；又见《吴趼人研究资料》。

《痛史》

张冥飞。见《古今小说评林》；又见《吴趼人研究资料》。

《新红楼梦》

张冥飞。见《古今小说评林》；又见《吴趼人研究资料》。

吴趼人（我佛山人）

陈荣广（伯熙）。见《老上海》（1919年6月15日上海泰东书局出版）之三"人物"类；又见《吴趼人研究资料》，改题《同辈回忆录》之五。

按：陈荣广将吴趼人之"趼"误为"研"。

《白话西厢记》题识

陈干青。见1921年10月上海国家图书馆本《白话西厢记》；又见《吴趼人研究资料》；又见1987年9月花城出版社本《白话西厢记》（与《新石头记》合订一册）。

《白话西厢记》序

陈东阜。见上海国家图书馆本《白话西厢记》；又见《吴趼人研究资料》；又见花城出版社本《白话西厢记》。

《白话西厢记》序

戚饭牛。见上海国家图书馆本《白话西厢记》；又见《吴趼人研究资料》；又见花城出版社本《白话西厢记》。

《白话牡丹亭》出版广告

题目为编者所拟。见上海国家图书馆本《白话西厢记》；又见《吴趼人研究资料》。

按：此广告称《牡丹亭》"亦经吴趼人先生改为评话"，且已出版。魏绍昌已发现《白话牡丹亭》，但不署吴趼人之名（参见本索引著录魏著《从〈白话西厢记〉的质疑说到〈白话牡丹亭〉的发现》一文）。

别号话·我佛山人

王锦南。上海《游戏世界》第18期（1922年11月）；又见《游戏世界汇编》第三册（1925年8月上海大东书局出版）。

吴沃尧

杨歧械。见《古今名士全史》（1922年4月上海大东图书公司出版）。

哑哑录

徐枕亚。见《枕亚浪墨》三集（1922年10月上海大众书局出版）；又见《吴趼人研究资料》，改题《同辈回忆录》之六。

《我佛山人札记小说》序

陈益。见1922年上海扫叶山房石印本《我佛山人札记小说》（又有1926年该社铅印本）。

吴趼人逸事

张乙庐。《小说日报》第54期（1923年1月26日）；又见《吴趼人研究资料》，改题《同辈回忆录》之七。

批评《九命奇冤》

正厂。《时事新报·学灯》（1924年4月15日）。

评《九命奇冤》

许君远。《晨报副刊》1924年12月8日、9日；又见王俊年编《中国近代文学论文集·小说卷》

《二十年目睹之怪现状》

蒋瑞藻。见《小说考证》（1924年6月商务印书馆出版）。

中国近代两小说家·吴趼人

尘梦。《小说世界》第9卷第4期（1925年1月23日）。

趼人研人之误称

稗史氏。《红玫瑰》第1卷第33期（1925年3月14日）。

吴趼人爱国遗闻

风厂。《红玫瑰》第2卷第1期（1925年8月）。

吴趼人

孙玉声。见《退醒庐笔记》（1925年11月上海图书馆出版）；又见《吴趼人研究资料》，改题《同辈回忆录》之八。

我佛山人之赝品

稗史氏。《红玫瑰》第2卷第15期（1926年1月）；又见《吴趼人研究资料》。

读《恨海》

许啸天。见《啸天读书记》（1926年7月上海大仁书店出版）；又见《吴趼人研究资料》，改题《同辈回忆录》之九。

《二十年目睹之怪现状》序

沈勤庐。见1926年9月上海世界书局本《二十年目睹之怪现状》，又见1935年11月该局《足本二十年目睹之怪现状》，改题《叙言》。

《九命奇冤》新序

魏冰心。见1926年9月上海世界书局本《九命奇冤》。

《恨海》序

魏冰心。见1926年上海世界书局本《恨海》。

《滑稽谈》新序

无聊子。见1926年上海扫叶山房铅印本《滑稽谈》。

说苑珍闻

菊屏。《申报》1927年2月10日。

我佛山人轶事

清癯。《申报》1927年5月2日；又见衣萍著《枕上随笔》（1930年北新书局出版）；又见《吴趼人研究资料》，改题《同辈回忆录》之十。

对于《恨海》的审评

于锦章。《天津益世报》1929 年 7 月 24 日、25 日。

吴趼人焚借券

陈子展。《小朋友文坛逸话》下册（1934 年 4 月上海北新书局出版）。

吴趼人的小说论

寒峰（阿英）。《申报》1935 年 6 月 26 日；又见阿英著《海市集》（1936 年 11 月上海北新书局出版）；又见阿英著《小说二谈》（1958 年 5 月上海古典文学出版社出版）；又见阿英著《小说闲谈四种·小说二谈》（1985 年 8 月上海古籍出版社出版）；又见王俊年编《中国近代文学论文集·小说卷》。

文芸阁《云起轩词》与吴趼人小说

陈友琴。《文章》第 1 期（1935 年 4 月 1 日）。

《上海游骖录》——吴趼人之政治思想

阿英。《人间世》第 32 期（1935 年 7 月 20 日）。

吴趼人

郑逸梅。见《小品大观》（1935 年 8 月上海校经山房书局出版）。

儒林趣屑

郑逸梅。见《小品大观》。

吴趼人不从异俗

郑逸梅。见《小品大观》。

滑稽诗话

李定夷。见《笔记文选》（1935年上海国华书局出版）。

《九命奇冤》的本事

罗尔纲。《天津益世报·史学》第35期（1936年8月16日）；又见《吴趼人研究资料》（节录）。

《九命奇冤》凶犯穿腮七档案之发现

罗尔纲。《天津益世报·史学》第43期（1936年12月6日）；又见《吴趼人研究资料》（节录）。

《警富新书》与《九命奇冤》

李饶。《大晚报》1936年（月日不详）。

二十四年我的爱读书·《老残游记》等四种

林语堂。《宇宙风》第8期（1936年1月1日）。
按："四种"之一为《二十年目睹之怪现状》。

《二十年目睹之怪现状》新序

桐庐主人。见1936年3月上海广益书局本《二十年目睹之怪现状》。

小说闲谈（二）·《新石头记》（二）

阿英。见《小说闲谈》（1936年6月上海良友图书公司初版，1958年5月上海古典文学出版社增订版）；又见阿英著《小说闲谈四种·小说闲谈》。

小说闲谈（三）。《胡宝玉》

阿英。见《小说闲谈》；又见《小说闲谈四种·小说闲谈》。

吴趼人痛恶鸦片

郑逸梅。见《瓶笙花影录》（1936年夏上海校经山房书局出版）。

抽丝主人即吴趼人

谢高。上海《辛报》1937年1月21日。

吴趼人·抽丝主人·及其所著书

曾迭（周壬林）。《辛报》1937年2月5日。

《海上四大金刚奇书》的著者

小读。上海《晶报》1937年2月22日。

为《四大金刚奇书》答小读君

曾迭。《晶报》1937年2月23日。

为《四大金刚奇书》答曾迭君

小读。《晶报》1937年3月7日、8日。

与曾迭君商榷

小读。《晶报》1937年4月23日、27日。

《吴趼人哭》引言

曾迭（周壬林）。《辛报》1937年3月13日。

按：《辛报》1937年3月13日——27日连载《吴趼人哭》，

曾迭为之加了《引言》。

吴侬絮语·我佛山人

江南烟雨客。《江苏研究》第3卷第2、3期合刊（1937年3月）。

《痛史》跋

残夫（阿英）。见1938年11月上海风雨书屋本《痛史》（《海角遗编》之一种）；又见《吴趼人研究资料》。

吴沃尧传

杨荫深。《中国文学家列传》（1939年3月上海中华书局出版）。按：此传误吴趼人生于同治六年（1867）。

《二十年目睹之怪现状》之小索隐

陈伯元。《大风》第64期（1940年3月20日）。

小说偶谈·《二十年目睹之怪现状》之一节

塞农。《中和》第二卷第5期（1941年5月1日）。

清末四大小说家·吴趼人

魏如晦（阿英）。上海联华广告公司版《小说月报》第13期"一周纪念特大号"（1941年10月1日）；又见阿英著《小说三谈》（1979年8月上海古籍出版社出版）；又见阿英著《小说闲谈四种·小说三谈》。

晚清四小说家·吴趼人

包天笑。《小说月报》第19期（1942年4月）；又见《吴趼人研究资料》，改题《同辈回忆录》之十一。

吴沃尧的《发财秘诀》

杨世骥。《新中华》（复刊）第 1 卷第 7 期（1943 年 7 月）；又见作者著《文苑谈往》第一集（1945 年 4 月上海中华书局出版），改题《发财秘诀》。

吴沃尧《历史小说总序》

杨世骥。见《文苑谈往》第一集。

《痛史》

杨世骥。见《文苑谈往》第一集；又见王俊年编《中国近代文学论文集·小说卷》。

《新石头记》

杨世骥。见《文苑谈往》第一集；又见王俊年编《中国近代文学论文集·小说卷》。

《劫余灰》

杨世骥。见《文苑谈往》第一集。

《瞎骗奇闻》

杨世骥。见《文苑谈往》第一集。

《电术奇谈》

杨世骥。见《文苑谈往》第一集。

戏曲的更新

杨世骥。见《文苑谈往》第一集。

按：此文涉及吴趼人的《曾芳四传奇》。

《二十年目睹之怪现状》与《谈麈》

赵景深。见《小说论丛》（1947年6月日新出版社出版）；又见作者著《中国小说丛考》（1980年10月齐鲁书社出版）。

吴趼人论弹词

落薇。上海《大公报》1948年4月19日。

吴趼人论《水浒》

落薇。上海《大公报》1948年8月21日。

《怪现状》一脔

叔异。《好文章》第4集（1949年2月）。

杂谈吴趼人的感时诗

维摩。《吴趼人研究资料》转录自1940年代某报。

《胡宝玉》及其他

新月。上海《亦报》1951年1月31日。

《二十年目睹之怪现状》的蓝本

郑逸梅。上海《新民晚刊》1956年9月16日；又见中国社会科学院文学研究所近代文学研究组编《中国近代文学论文集·小说卷》（1949—1979年）（1983年4月中国社会科学出版社出版）。

《痛史》前言

章苔深。见 1956 年 5 月上海文化出版社本《痛史》。

我佛山人——吴趼人

李育中。广州《南方日报》1957 年 3 月 24 日；又见《随笔》第 1 集（1979 年 6 月）；又见中国社会科学院文学研究所近代文学研究组编《中国近代文学论文集·小说卷》。

略论《二十年目睹之怪现状》

剑奇。《光明日报》1957 年 7 月 14 日；又见中国社会科学院文学研究所近代文学研究组编《中国近代文学论文集·小说卷》。

吴趼人的生卒年

刘世德。《光明日报》1957 年 9 月 1 日；又见《明清小说研究论文集》（1959 年人民文学出版社出版）；又见中国社会科学院文学研究所近代文学研究组编《中国近代文学论文集·小说卷》。

谈《恨海》

陈则光。《羊城晚报》1957 年 10 月 29 日。

关于《二十年目睹之怪现状》——《晚清小说史》改稿的一节

阿英。《文艺学习》1957 年第 1 期；又见《明清小说研究论文集》；又见阿英著《小说三谈》；又见阿英著《小说闲谈四种·小说三谈》。

读《俏皮话》

磊然。《读书评论》1957 年第 5 期。

吴沃尧和他的《二十年目睹之怪现状》

任访秋。《语文教学通讯》1957 年第 5、6 期合刊。

吴趼人寓言选译

赵景深、赵易林。《东海》1957 年 6 月号。

谈《二十年目睹之怪现状》

刘叶秋。《语文学习》1957 年第 11 期。

关于"草木皆兵"

施亚西。《语文教学》1957 年第 12 期。

《二十年目睹之怪现状》前言

简夷之（王应）。见 1957 年 7 月人民文学出版社本《二十年目睹之怪现状》；又见中国社会科学院文学研究所近代文学研究组编《中国近代文学论文集·小说卷》。

读《二十年目睹之怪现状》札记

吴小如。见《中国古典小说评论集》（1957 年 12 月北京出版社出版）。

《俏皮话》前言

卢叔度。见 1958 年 2 月广东人民出版社本《俏皮话》（1981 年 8 月重印）。

吴趼人造轮船

史安。《新民晚报》1960 年 4 月 26 日。

我佛山人逸事

赵仲邑。《羊城晚报》1960 年 9 月 23 日；又见中国社会科学院文学研究所近代文学研究组编《中国近代文学论文集·小说卷》。

吴趼人的身世

包天笑。香港《文汇报》1960 年 10 月 23 日；又见《吴趼人研究资料》。

吴趼人的红豆诗

魏绍昌。《天津晚报》1962 年 6 月 10 日。

吴趼人墓最近发现

佚名。《新民晚报》1962 年 9 月 1 日。

晚清小说家"我佛山人"墓在上海宝山广肇山庄发现

佚名。《羊城晚报》1962 年 9 月 9 日。

我佛山人——吴趼人

联新。《南方日报》1962 年 9 月 16 日。

吴趼人得名趣闻

陈华新。《羊城晚报》1962 年 9 月 25 日。

晚清小说中谈简化字

倪海曙。《文字改革》1962 年第 6 期。

着时装的贾宝玉——我佛山人与《红楼梦》

李育中。《羊城晚报》1963年12月2日。

简评越剧《恨海》的改编

计文蔚。《上海戏剧》第41期（1963年2月）。

按：此《恨海》是据吴趼人同名小说改编。

《吴趼人传》和《趼人十三种》

邵汝愚。《光明日报》1965年3月28日。

怎样看待《二十年目睹之怪现状》

王俊年。《光明日报》1965年4月18日；又见中国社会科学院文学研究所近代文学研究组编《中国近代文学论文集·小说卷》。

关于我佛山人二三事

卢叔度。《中山大学学报》1979年第3期；又见中国社会科学院文学研究所近代文学研究组编《中国近代文学论文集·小说卷》。

李、吴两墓得失记

魏绍昌。《钟山》1979年第4期；又见作者著《晚清四大小说家》（1993年7月台湾商务印书馆出版）。

按："李、吴"指李伯元、吴趼人。

晚清社会的照妖镜——重读近代两部谴责小说

王俊年。《读书》1979年第4期。

按："近代两部谴责小说"指李伯元的《官场现形记》和吴趼

人的《二十年目睹之怪现状》。

广东小说家杂话"我佛山人"吴趼人

李育中。《随笔》第 1 集（1979 年 6 月）。

吴趼人作品中的爱国和重科学的思想

王延龄。《读书》1979 年第 9 期。

应是趼人非研人

麦衡。《羊城晚报》1980 年 7 月 25 日。

吴趼人与艾罗补脑汁

王延龄。《羊城晚报》1980 年 9 月 15 日。

"芋香印谱"和《还我魂灵记》

魏绍昌。《齐鲁学刊》1980 年第 1 期；又见作者著《晚清四大小说家》。

关于吴趼人

傅立沪。《书林》1980 年第 2 期。

吴趼人和《二十年目睹之怪现状》

白马。《知识》1980 年第 3 期。

我佛山人作品考略——长篇小说部分

卢叔度。《中山大学学报》1980 年第 3 期。

《吴趼人墓最近发现》附记

魏绍昌。见《吴趼人研究资料》。

我佛山人短篇小说考评

卢叔度。《学术研究》1981 年第 4 期。

吴沃尧论

任访秋。《河南师大学报》1981 年第 6 期；又见作者著《中国近代文学作家论》（1984 年 3 月河南人民出版社出版）。

《二十年目睹之怪现状》

陈汝衡。见《说苑珍闻》（1981 年 12 月上海古籍出版社出版）。

晚清一部宣扬封建婚姻观的小说——《恨海》

任访秋。《南阳师专学报》1982 年第 1 期。
从《九命奇冤》的表现特色看它在文学史上的地位
王俊年。《社会科学战线》1982 年第 2 期。

吴沃尧的社会小说论简评

赖力行。《华中师院研究生学报》1982 年第 3 期。

谴责小说的大家吴趼人

叶易。《文史知识》1982 年第 10 期。

吴趼人年谱

王立言。《语言文学论文集》上集（1982 年北京师范大学出版社出版）。

论《九命奇冤》在写作时序安排上的特征——西方的影响和本国的传统

［加拿大］吉尔伯特·方著，赵鑫虎译。《新疆师大学报》1983年第1期；又见王继权、周榕芳编《台湾·香港·海外学者论中国近代小说》（1991年10月百花洲文艺出版社出版）。

按：吉尔伯特·方系加拿大人，博士，现任教于香港中文大学翻译学系。

吴趼人到上海年份考

叶易。《复旦学报》1983年第2期。

吴趼人的小说理论

姜东赋。《天津师专学报》1983年第4期。

关于《二十年目睹之怪现状》

郑逸梅。《书报话旧》（1983年3月上海学林出版社出版）；又见《郑逸梅选集》第一卷（1991年5月黑龙江人民出版社出版）。

吴趼人和他的推理小说

子云。《广州日报》1984年7月30日。

吴趼人生平及其著作

李育中。《岭南文史》1984年第1期；又见华南师范大学近代文学研究室编《中国近代文学评林》第2辑（1986年7月广东高等教育出版社出版）。

吴趼人的一首佚诗

官桂铨。《学术研究》1984年第4期。

《我佛山人短篇小说集》前言

卢叔度。见作者辑校本《我佛山人短篇小说集》(1984年9月花城出版社出版)。

按：此文与本索引前面著录之卢叔度《我佛山人短篇小说考评》一文基本相同。

关于我佛山人的笔记小说五种

卢叔度。见作者辑校本《我佛山人短篇小说集》附录。

略论吴趼人的小说理论

陈永标。《广州研究》1985年第1期；又见《中国近代文学评林》第2辑。

吴趼人和《九命奇冤》

何建强。《嘉应师专学报》1985年第1期。

吴趼人年谱

王俊年。中山大学中文系编《中国近代文学研究》第2辑(1985年9月广东人民出版社出版)、第3辑(1985年12月中山大学出版社出版)；又见《我佛山人文集》第八卷(1989年5月花城出版社出版)附录。

吴趼人的两篇佚文

魏绍昌。《中国近代文学研究》第3辑(1985年12月)；又见作者著《东方夜谈》（1987 年 2 月海峡文艺出版社出版）；又见作者著《晚清四大小说家》。

读《恨海》随想

王俊年。《明清小说研究》第 2 辑（1985 年 12 月）。

吴趼人评传

王俊年。见《中国历代著名文学家评传》第 6 卷（1985 年 5 月山东教育出版社出版）。

也谈《二十年目睹之怪现状》的结构

胡冠莹。《广西师范学院学报》1986 年第 2 期。

《官场现形记》与《二十年目睹之怪现状》

柏佐志。《抚顺师专学报》1986 年第 2 期。

吴趼人的小说论

黄霖。《明清小说研究》第 3 辑（1986 年 4 月）。

论《二十年目睹之怪现状》的情节结构

［加拿大］维林奇洛娃。《国外社会科学快报》1986 年第 4 期。

按：此文系本索引后面著录之《晚清小说中的情节结构类型》一文的节录。作者维林奇洛娃，或译作维林吉诺娃，捷克科学院东方研究所哲学博士，现任加拿大多伦多大学教授。

《新石头记》前言

王立言。见作者校注本《新石头记》（1986 年 3 月中州古籍出版社出版）。

《吴趼人小说选》前言

钟贤培。见作者选注本《吴趼人小说选》（1986年5月中州古籍出版社出版）。

《糊涂世界》前言

卢叔度。见作者校点本《糊涂世界》（1986年9月花城出版社出版，与《瞎骗奇闻》合订一册）。

《瞎骗奇闻》前言

卢叔度。见吴承学校点本《瞎骗奇闻》（1986年9月花城出版社出版，与《糊涂世界》合订一册）。

吴趼人思想、创作纵横谈

时萌。见作者著《中国近代文学论稿》（1986年10月上海古籍出版社出版）。

《九命奇冤》前言

王俊年。见作者校点本《九命奇冤》（1986年12月花城出版社出版）。

两幅封建末世的"浮世绘"——试比较《二十年目睹之怪现状》与《吉尔·布拉斯》

袁进。《书评》1987年第1期。

一篇新发现的吴趼人遗作

颜廷亮。《宁夏社会科学》1987 年第 4 期。

吴趼人与《俏皮话》

黄剑华。《文史杂志》（成都）1987 年第 6 期。

"线型"情节结构与《二十年目睹之怪现状》

［加拿大］M.D.维林吉诺娃著，胡亚敏节译。《文学研究参考》1987 年第 10 期。

按：此文原题《晚清小说中的情节结构类型》（见本索引后面著录）。

《新石头记》前言

王杏根。见作者校点本《新石头记》（1987 年 9 月花城出版社出版，与《白话西厢记》合订一册）。

《白话西厢记》新序

魏绍昌。见沈露霞校点本《白话西厢记》（1987 年 9 月花城出版社出版，与《新石头记》合订一册）。

封建社会的丧钟——读《二十年目睹之怪现状》

裴效维。《文史知识》1988 年第 2 期；又见《漫话明清小说》（1991 年 7 月中华书局出版）。

论吴趼人的文学写情意识——兼析写情小说《恨海》

毛宗刚。《明清小说研究》1988 年第 4 期。

"吴趼人著《白话西厢记》"质疑

王俊年。《明清小说研究》1988年第4期。

《痛史》前言

王俊年。见作者校点本《痛史》(1988年6月花城出版社出版,与《两晋演义》《云南野乘》合订一册)。

《两晋演义》前言

张正吾。见作者校点本《两晋演义》(1988年6月花城出版社出版,与《痛史》《云南野乘》合订一册)。

《二十年目睹之怪现状》前言

卢叔度。见卢叔度、吴承学校点本《二十年目睹之怪现状》(1988年8月花城出版社出版)。

《最近社会龌龊史》前言

卢叔度。见卢叔度、吴承学校点本《最近社会龌龊史》(1988年8月花城出版社出版,与《上海游骖录》《发财秘诀》合订一册)。

《上海游骖录》前言

张海元。见作者校点本《上海游骖录》(1988年8月花城出版社出版,与《最近社会龌龊史》《发财秘诀》合订一册)。

《发财秘诀》前言

卢叔度。见卢叔度、吴承学校点本《发财秘诀》(1988年8月花城出版社出版,与《最近社会龌龊史》《上海游骖录》合订一册)。

《情变》前言

卢叔度。见作者校点本《情变》（1988年8月花城出版社出版，与《劫余灰》合订一册）。

《劫余灰》前言

王立言。见作者校点本《劫余灰》（1988年8月花城出版社出版，与《情变》合订一册）。

《恨海》前言

王俊年。见作者校点本《恨海》（1988年8月花城出版社出版，与《电术奇谈》合订一册）。

《电术奇谈》前言

王立言。见作者校点本《电术奇谈》（1988年8月花城出版社出版，与《恨海》合订一册）。

中西合璧的拼盘——吴趼人政治思想初探

胡冠莹。《广西师范学院学报》1989年第1期。

吴趼人及其作品中的爱国主义思想

杨畲。《青海民族学院学报》1989年第1期。

吴趼人的小说观

时萌。《镇江师专学报》1989年第2期。

论吴趼人的写情小说

于东升。《南京大学学报》1989年第3期。

新见吴趼人《政治维新要言》及其他

张纯。《文献》1989年第3期。

从《白话西厢记》的质疑说到《白话牡丹亭》的发现

魏绍昌。《海南师范学院学报》1989年第4期。

吴趼人及其《二十年目睹之怪现状》

裴效维。见《中国近代文学百题》（1989年中国国际广播出版社出版）。

《我佛山人文集》前言

卢叔度。见作者主编之《我佛山人文集》第一卷（1989年5月花城出版社出版）；又见《卢叔度集》（1997年1月花城出版社出版）。

试论吴趼人的短篇小说

陈子平。《苏州大学学报》1991年第1期。

论吴趼人的"恢复旧道德"

张强。《文史哲》1991年第2期。

吴趼人的历史小说理论和创作

包绍明。《福建师范大学学报》1991年第3期。

论《恨海》中的人物塑造

［加拿大］迈克尔·伊根著，赵鑫虎译。见复旦大学中文系近代文学研究室编《中国近代文学研究》（1）（1991年10月百花

洲文艺出版社出版）。

晚清小说中的情节结构类型

［加拿大］M.D.维林吉诺娃著，［台湾］谢碧霞译。见王继权、周榕芳编《台湾·香港·海外学者论中国近代小说》（1991年10月百花洲文艺出版社出版）；又见张正吾主编《晚清民国文学研究集刊》第1辑（1995年12月漓江出版社出版）。

按：此文原载台湾林明德编《晚清小说研究》（1988年3月台北联经出版事业公司出版）。吴趼人的《二十年目睹之怪现状》《恨海》是此文论述的重点。

晚清小说中的叙事模式

［加拿大］M.D.维林吉诺娃著，［台湾］谢碧霞译。见《台湾·香港·海外学者论中国近代小说》。

按：此文原载台湾林明德编《晚清小说研究》。吴趼人的《恨海》《二十年目睹之怪现状》是此文论述的重点。

《二十年目睹之怪现状》与晚清的末世现象

［台湾］林瑞明。见《台湾·香港·海外学者论中国近代小说》。

按：此文原系作者著《晚清谴责小说的历史意义》（1980年6月台湾大学文学院印行）第四章；又见林明德编《晚清小说研究》。

吴趼人评传

高国藩。见周钧韬主编《中国通俗小说家评传》（1993年9月中州古籍出版社出版）。

茫然的选择与不尽的困惑：吴趼人的救世思想刍议

萧宿荣。《明清小说研究》1994 年第 2 期。

吴趼人家世钩沉：吴趼人研究之一

任百强。《明清小说研究》1995 年第 4 期。

评吴趼人的《二十年目睹之怪现状》

梅庆吉。见梅庆吉著《中国古典小说论稿》（1995 年 3 月黑龙江教育出版社出版）。

洋溢着爱国主义激情的《痛史》

梅庆吉。见《中国古典小说论稿》。

小说艺术形式上的大胆探索——吴趼人的写情小说《恨海》和《劫余灰》

梅庆吉。见《中国古典小说论稿》。

文学史

五十年来之中国文学

胡适著。收入1923年2月上海申报馆出版《最近之五十年》("申报五十周年纪念刊");1924年3月申报馆出版单行本(为"五十年来世界之文学"的一种);1924年11月上海亚东图书馆出版之《胡适文存》第二集第二卷收录。

本书第九节(无题)论及吴趼人。

中国小说史略

鲁迅著。北京大学新潮社出版:上册1923年12月印行,下册1924年6月印行;1925年9月北新书局重新排印,1931年出修订本,1935年出再修订本;1938年上海复社版《鲁迅全集》收入;1956—1958年、1981年人民文学出版社出版《鲁迅全集》均予收录。

本书第二十八篇"清末之谴责小说"论及吴趼人。

中国小说的历史的变迁

鲁迅著。收入1925年3月西北大学出版部版《国立西北大学、陕西教育厅合办暑期学校讲演集》;又收入1956—1958年、1981年人民文学出版社版《鲁迅全集》。

本书第六讲"清小说之四派及其末流"论及吴趼人。

中国小说史

范烟桥著。1927 年 12 月苏州秋叶社出版。

本书第五章"小说全盛时期"第一节"清"论及吴趼人,并全文转录李葭荣(怀霜)《我佛山人传》。

中国近代文学之变迁

陈子展(炳堃)著。1929 年 4 月上海中华书局初版,1931 年 8 月再版;1982 年 12 月上海书店影印。

本书第五章"小说界革命之前后"论及吴趼人。

中国小说研究

胡怀琛(寄尘)著。1929 年 10 月上海商务印书馆出版。

本书第四章"中国小说在时代上之分类研究"第四节"明清小说"论及吴趼人。

最近三十年中国文学史

陈炳堃(子展)著。1930 年 11 月上海太平洋书店初版,同年 12 月再版,1931 年 5 月三版。

本书第七章"戏曲的提倡和小说的发展"(下)论及吴趼人。

中国文学史

胡云翼著。1931 年上海教育书店出版。1932 年 4 月上海北新书局重新编印,改题《新著中国文学史》,1936 年 8 月六版;1947 年 5 月新一版,恢复书名《中国文学史》。

本书第九编"清代文学"第二十七章"清代的小说"论及吴趼人。

中国文学史

刘麟生著。1932年6月上海世界书局初版，1935年10月四版。
本书第十编"清代文学"第一章"小说"论及吴趼人。

中国文学史简编

陆侃如、冯沅君著。1932年10月上海大江书铺初版，1949年1月八版；1957年7月作家出版社出版修订本。
本书原版下编第十八讲"明清章回小说"及修订本第六篇"鸦片战争到五四运动的文学"第二节"戊戌变法与辛亥革命前后的文学"均论及吴趼人。

中国文学史话

梁乙真著。1934年7月上海元新书局初版，1938年四版。
本书第二十七章"清代的小说"论及吴趼人。

新著中国文学史

林之棠著。1934年9月北平华威书局出版。
本书第十一编"清文学"第五十二章"清代之戏曲小说"论及吴趼人。

中国文学史分论

张振镛著。1934年10月上海商务印书馆初版，1939年2月再版。
本书第五编"叙小说"第六章"明清之章回小说"论及吴趼人。

中国小说概论

胡怀琛（寄尘）著。1934年11月上海世界书局出版，1944年

4月重新排印。

本书第七章"西洋小说输入后的中国小说"第二节"清末盛行的假扮的小说"论及吴趼人。

中国纯文学史纲

刘经庵著。1935年1月北平著者书店出版。

本书第四编"小说"第七章"清代的小说"论及吴趼人。

中国小说发达史

谭正璧著。1935年8月上海光明书局出版。

本书第七章"明清通俗小说"（二）第四节"由讽刺小说到谴责小说"论及吴趼人。

中国文学史

谭正璧著。1935年8月上海光明书局初版，1936年2月再版。

本书第六编"明清文学"第一章"小说"论及吴趼人。

中国文学史发凡

柳村任著。1935年8月苏州文怡书局出版。

本书第八编"近世文学——清代"第十二章"清代的戏曲和小说"论及吴趼人。

中国新文学运动述评

王丰园著。1935年9月北平新新学社出版。

本书第一章"戊戌政变与文章的新趋势"第八节"小说的提倡与发展"论及吴趼人。

中国文学史新编

张长弓著。1935年9月上海开明书店初版，1949年3月六版。

本书第二十七章"清代的发展"第二节"侠义派与谴责派"论及吴趼人。

中国文学史新编

赵景深著。1936年1月上海北新书局初版，同年8月再版，1947年8月新一版。

本书第三编"明清编"第十二讲"清代小说"论及吴趼人。

晚清小说史

阿英著。1937年5月上海商务印书馆初版；1955年作家出版社重新排印，略有删节；1980年8月人民文学出版社以作家出版社纸型重印，由吴泰昌订正。

本书共计十四章，除第八、第九章外，其他各章均论及吴趼人的小说作品。在诸多文学史和小说史中，以此书对吴趼人及其著作的论述最为详尽。

中国文学史讲话（下册）

陈子展著。1937年6月上海北新书局出版。

本书第八讲"从旧文学到新文学"第五节"小说之继续发展"论及吴趼人。

中国小说史

郭箴一著。1939年5月上海商务印书馆出版；1984年3月上海书店影印。

本书第七章"清朝"第七节"清末之谴责小说"论及吴趼人。

中国文艺思潮史略

朱继之著。1939年6月上海长风书店初版，同年8月再版；1946年12月上海开明书店重新排印，1949年3月三版。

本书第十一章"写实主义"第二节"清代小说底写实倾向"论及吴趼人。

中国文学发展史

刘大杰著。上海中华书局出版：1941年1月印行上卷，1949年1月印行下卷；1957年12月上海古典文学出版社出修订本；1962年8月至1963年7月中华书局出再修订本。

本书原版第三十章"清代的小说"第六节"清末的小说"、修订本第三十章"红楼梦与清代小说"第七节"清末的小说"均论及吴趼人。

中国文学史（第四册）

北京大学中文系文学专门化1955级编著。1958年9月人民文学出版社初版，1959年9月出修订本。

本书第九编"近代文学"第四章"资产阶级改良主义运动时期的文学"（上）第四节为"吴趼人和他的《二十年目睹之怪现状》"。

中国文学史（下册）

复旦大学中文系古典文学组学生集体编著。1959年12月中华书局出版。

本书第七编"近代文学"第四章"资产阶级改良主义文学"第三节为"吴趼人及其《二十年目睹之怪现状》"。

中国小说史稿

北京大学中文系 1955 级编著。1960 年 4 月人民文学出版社出版，1973 年 12 月修订本。

本书第七编"近代小说"第十六章"资产阶级改良主义的小说"第四节为"吴趼人和他的《二十年目睹之怪现状》"。

中国近代文学史稿

复旦大学中文系 1956 级中国近代文学史编写小组编著。1960 年 5 月中华书局出版。

本书第三章"戊戌变法前后的小说"第二节"新的小说理论"论及吴趼人的小说理论；第四节为"《二十年目睹之怪现状》和吴沃尧的其他作品"。

中国文学史稿（第四册）

吉林大学中文系中国文学史教材编写组编著。1960 年 9 月吉林人民出版社出版。

本书第九编"旧民主主义革命时期文学"第四节为"吴沃尧和他的《二十年目睹之怪现状》"。

中国文学发展简史

北京大学中文系 1957 级编著。1961 年 8 月中国青年出版社出版。

本书第七编"近代文学"第三章"近代小说"第二节为"吴趼人的《二十年目睹之怪现状》"。

中国文学史大纲

游国恩等主编。1962 年 8 月人民文学出版社出版。

本书第九编"近代文学——晚清至'五四'的文学"第二章"资产阶级改良主义运动时期的小说"第三节为"李伯元和吴趼人"。

中国文学史（第四册）

游国恩等主编。1964年2月人民文学出版社出版。

本书第九编"近代文学——晚清至'五四'的文学"第三章"资产阶级改良主义运动时期的小说"第二节为"李伯元和吴趼人"。

中国近代文学史

任访秋主编。1988年11月河南大学出版社出版。

本书中编第七章"谴责小说"第三节为"吴沃尧和《二十年目睹之怪现状》"。

20世纪中国小说史（第一卷）

陈平原著。1989年12月北京大学出版社出版。

本书论述吴趼人的文字散见于各章；附录一"作家小传"中有"吴趼人传"。

中国近代文学发展史（第二卷）

郭延礼著。1991年2月山东教育出版社出版。

本书第二十五章为吴趼人的专章，题"吴趼人的小说创作"。章分六节：

  第一节 吴沃尧的创作及其文学思想

  第二节 《二十年目睹之怪现状》

  第三节 《九命奇冤》《恨海》《新石头记》

  第四节 历史小说《痛史》及其他

  第五节 吴沃尧的短篇小说

第六节　吴沃尧小说艺术的新进展

中国近代文学发展史

管林、钟贤培主编。1991年6月中国文联出版公司出版。

本书第二编"文体编"第八章"小说创作的发展与变化"第二节"新体小说的勃兴"（上）内列有"《二十年目睹之怪现状》的思想倾向和艺术特色"专题；又第三编"作家传"内有"吴趼人传"。

晚清小说研究

方正耀著。1991年6月华东师范大学出版社出版。

本书论述吴趼人的文字散见于各章。

近代文学批评史

黄霖著。1993年2月上海古籍出版社出版。

本书第七章"小说论"第五节为"吴沃尧与李宝嘉、刘鹗"。

中国讽刺小说史

齐裕焜、陈惠琴著。1993年5月辽宁人民出版社出版。

本书第六章"近代讽刺小说"论及吴趼人的《二十年目睹之怪现状》《瞎骗奇闻》等小说。

辞　书

中国文学家大辞典

谭正璧编。1934年上海光明书局出版；1981年3月上海书店影印。

本书收"吴沃尧"一条。

《辞海》《新编》

夏征农主编。1979年上海辞书出版社出版，多次重印。

本书收"吴沃尧"一条。

中国近代史辞典

陈旭麓等主编。1982年10月上海辞书出版社出版。

本书收"吴沃尧"一条。

中国大百科全书（中国文学卷）

中国大百科全书中国文学编委会编。1986年11月中国大百科全书出版社出版。

本书收"吴沃尧"一条（李修生、王立言）。

近代中国百年史辞典

李华兴主编。1987年10月浙江人民出版社出版。

本书收"吴沃尧"、"《二十年目睹之怪现状》"两条。

中国近现代人名大辞典

李盛平主编。1989年4月中国国际广播出版社出版。

本书收"吴沃尧"一条。

古代小说鉴赏辞典

《古代小说鉴赏辞典》编委会编。1989年10月学苑出版社出版。

本书收"吴趼人与《二十年目睹之怪现状》"一条（裴效维）。

中国通俗小说总目提要

江苏省社会科学院明清小说研究中心编。1990年2月中国文联出版公司出版。

本书收有关吴趼人条目十七条：

《四大金刚奇书》（苏铁戈）

《二十年目睹之怪现状》（高国藩）

《痛史》（齐裕焜）

《电术奇谈》（赵明政）

《九命奇冤》（齐裕焜）

《瞎骗奇闻》（孟宪爱）

《新石头记》（张中）

《糊涂世界》（孟宪爱）

《恨海》（齐裕焜）

《两晋演义》（唐继珍）

《上海游骖录》（张中）

《劫余灰》（李泽平）

《云南野乘》（潘百齐）

《发财秘诀》（赵明政）

《剖心记》（李泽平）

《趼人十三种》（李泽平）

《情变》（王星琦）

中国小说辞典

秦亢宗主编。1990年4月北京出版社出版。

本书收有关吴趼人条目四条：

吴趼人

《二十年目睹之怪现状》

《痛史》

《恨海》

中国古典长篇小说百部赏析

朱世滋主编。1990年4月华夏出版社出版。

本书收有关吴趼人条目二条：

《痛史》（刘荫柏）

《二十年目睹之怪现状》（刘荫柏）

中国长篇小说辞典

许觉民主编。1991年5月敦煌文艺出版社出版。

本书收有关吴趼人条目九条：

《痛史》

《二十年目睹之怪现状》

《九命奇冤》

《新石头记》

《糊涂世界》

《两晋演义》
《劫余灰》
《发财秘诀》
《近十年之怪现状》

民国人物大辞典

徐友春主编。1991年5月河北人民出版社出版。

本书收"吴趼人"一条。

中国文学大辞典

马良春、李福田主编。1991年10月天津人民出版社出版。

本书收有关吴趼人条目十五条：

吴趼人（裴效维）

《二十年目睹之怪现状》（裴效维）

《九命奇冤》（裴效维）

《上海游骖录》（裴效维）

《发财秘诀》（裴效维）

《劫余灰》（裴效维）

《两晋演义》（裴效维）

《我佛山人短篇小说集》（裴效维）

《近十年之怪现状》（裴效维）

《悔海》（裴效维）

《情变》（裴效维）

《痛史》（裴效维）

《新石头记》（裴效维）

《瞎骗奇闻》（裴效维）

《糊涂世界》（裴效维）

中国历代小说辞典（近代卷）

王继权主编。1993年3月云南人民出版社出版。

本书收有关吴趼人条目二十八条：

吴趼人（苏越）

《二十年目睹之怪现状》（朱刚）

《电术奇谈》（萧遥）

《痛史》（朱刚）

《九命奇冤》（姚宏强）

《瞎骗奇闻》（郭兴良）

《新石头记》（朱刚）

《糊涂世界》（郭兴良）

《庆祝立宪》（朱刚）

《两晋演义》（朱刚）

《预备立宪》（朱刚）

《大改革》（朱刚）

《义盗记》（朱刚）

《黑籍冤魂》（朱刚）

《恨海》（晏海林）

《平步青云》（朱刚）

《立宪万岁》（朱刚）

《快升官》（朱刚）

《上海游骖录》（胡荣祉）

《查功课》（朱刚）

《人镜学社鬼哭传》（朱刚）

《劫余灰》（晏海林）

《剖心记》（朱刚）

《云南野乘》（萧遥）

《发财秘诀》（郭兴良、晏海林）

《光绪万年》（朱刚）

《近十年之怪现状》（郭兴良）

《情变》（晏海林、郭兴良）

中国古代小说百科全书

刘世德等编。1993年4月中国大百科全书出版社出版。

本书收有关吴趼人条目二十条：

吴沃尧（林薇）

《电术奇谈》（林薇）

《二十年目睹之怪现状》（林薇）

《发财秘诀》（林薇）

《光绪万年》（林薇）

《黑籍冤魂》（林薇）

《恨海》（林薇）

《糊涂世界》（林薇）

《劫余灰》（林薇）

《近十年之怪现状》（林薇）

《九命奇冤》（林薇）

《立宪万岁》（林薇）

《两晋演义》（林薇）

《平步青云》（林薇）

《情变》（林薇）

《上海游骖录》（林薇）

《太虚幻境》（思）

按：本书"条目分类目录"在吴沃尧名下列有"《太虚幻境》"

一条，而释文并未指明原署名"惜花主人"即吴沃尧。实则《太虚幻境》并非吴沃尧的作品。

《痛史》（林薇）

《瞎骗奇闻》（林薇）

《新石头记》（朱世滋）

中国近代文学辞典

魏绍昌等主编。1993年8月河南教育出版社出版。
本书收有关吴趼人条目三十二条：

吴趼人

《二十年目睹之怪现状》

《人镜学社鬼哭传》

《九命奇冤》

《大改革》

《上海游骖录》

《无理取闹之西游记》

《云南野乘》

《历史小说总序》

《中国侦探案》

《平步青云》

《电术奇谈》

《立宪万岁》

《发财秘诀》

《劫余灰》

《吴趼人小说选》

《吴趼人小说四种》

《我佛山人滑稽谈》

《我佛山人札记小说》

《我佛山人笔记四种》

《我佛山人短篇小说集》

《近十年之怪现状》

《俏皮话》

《恨海》

《趼人十三种》

《趼人短篇九种》

《情变》

《黑籍冤魂》

《痛史》

《新石头记》

《瞎骗奇闻》

《糊涂世界》

按：本书尚收有"九死一生"等文学人物条目，略。

附录

中国台湾、香港地区及日本研究吴趼人资料索引

说　明

一、鉴于吴趼人在中国台湾、香港地区及日本影响较大，研究他的成果较多，特编本索引。凡在此两地一国发表或出版之有关吴趼人的研究成果，不论作者属于何地何国，均予著录；但转载中国大陆者，则一律不予著录。

二、本索引分为中国台湾、香港地区及日本三个部分，分别编排，以反映其吴趼人研究的概况。各部分著录之资料不再分类，统按发表或出版时间（均按公历）先后编排。单篇文章以篇名为目，目下著录作者、出处；专著类著作以书名为目，目下著录著者、出版时间、出版单位及有关细目（或说明其有关章节）。如需特别说明者，另加按语。

三、本索引大多录自日本樽本照雄先生所编《清末民初小说研究目录》（见《中国近代文学大系》第30卷"史料索引集"之二，1996年7月上海书店出版）。日文部分由中国社会科学院哲学研究所王维研究员译为中文。谨在此一并致谢。

中国台湾

南湖录忆·吴趼人疏狂自负

南湖（高拜石）。《中央日报·副刊》1961年10月20日。

我佛山人二三事

王化棠。《畅流》第34卷第9期（1966年12月16日。）

中文大辞典

林尹、高明主编。1968年8月中国文化学院出版部出版，四十册。所收有关吴趼人的条目有：

吴沃尧
《二十年目睹之怪现状》
《九命奇冤》

笔名引得——自戊戌变法至辛亥革命

张泰谷。1971年10月文海出版有限公司出版。

中国文学史

孟瑶。1974年大中国图书公司出版。本书第八章"清"下有"《二十年目睹之怪现状》及其他"一节。

晚清谴责小说的历史意义

林瑞明。1980年6月台湾大学文学院出版。本书第四章为"《二十年目睹之怪现状》与晚清的末世现象"。

《二十年目睹之怪现状》研究

陈幸惠。1982年6月台湾大学文学院出版。

细目：

前言

第一章　《怪现状》的作者吴趼人

　　第一节　吴趼人的家世

　　第二节　吴趼人的生平

　　第三节　吴趼人的个性与为人

　　第四节　吴趼人的著作

　　第五节　吴趼人的小说观

第二章《怪现状》的性质与素材

　　第一节　吴趼人成书的动机

　　第二节　《怪现状》的性质

　　第三节　素材的转化

　　第四节　时间架构与空间架构

第三章　《怪现状》的故事类型

　　第一节　类型的区分

　　第二节　各类型鸟瞰和内容浅探

　　第三节　各类型一览表

第四章　《怪现状》的思想与人物

　　第一节　吴氏思想的反映

　　第二节　吴氏态度的反映

第三节　书中人物考

第五章　《怪现状》写作的成败

第一节　技巧

第二节　败笔

第六章　《怪现状》的评价

第一节　对谴责小说应有的正视

第二节　对《怪现状》的评价

"谴责"以外的喧嚣——试探晚清小说的闹剧意义

王德威。《中央日报》"文艺评论"版 1984 年 9 月 27 日；又见作者著《从刘鹗到王祯和》（1986 年 6 月 30 日时报文化出版企业有限公司出版）。

晚清的历史动向及其与小说发展的关系

张玉法。见《汉学论文集》第三集"晚清小说专集"（1984 年 12 月出版）；又见林明德编《晚清小说研究》（1988 年 3 月联经出版事业公司出版）。

晚清小说与知识分子的救国运动

高阳。见《汉学论文集》第三集"晚清小说专集"。

晚清四大小说的讽刺对象

吴淳邦。见《汉学论文集》第三集"晚清小说专集"；又见《晚清小说研究》。

晚清社会与晚清小说

尉天骢。见《汉学论文集》第三集"晚清小说专集"；又见《中国文学讲话》之十"清代文学"（1987年11月巨流图书公司出版）。

《二十年目睹之怪现状》的评价

陈幸惠。见《汉学论文集》第三集"晚清小说专集"；又见《晚清小说研究》。

按：本篇即本索引前面著录陈幸惠著《〈二十年目睹之怪现状〉研究》第六章。

论晚清的华工小说

赖芳伶。见《汉学论文集》第三集"晚清小说专集"；又见《晚清小说研究》。

清末民初的旧派言情小说

李健祥。见《汉学论文集》第三集"晚清小说专集"；又见《晚清小说研究》。

论晚清的立宪小说

林明德。见《汉学论文集》第三集"晚清小说专集"；又见《晚清小说研究》。

讨论晚清小说的意义

尉天骢。《联合文学》第1卷第6期"晚清小说专辑"（1985年4月1日）。

晚清小说发展的背景

张玉法。《联合文学》第1卷第6期"晚清小说专辑"（1985年4月1日）。

晚清小说蓬勃的主因

高阳。《联合文学》第1卷第6期"晚清小说专辑"（1985年4月1日）。

晚清小说的内容表现

侯健。《联合文学》第1卷第6期"晚清小说专辑"（1985年4月1日）。

晚清时小说地位的提升与小说观的演变

吴宏一。《联合文学》第1卷第6期"晚清小说专辑"（1985年4月1日）。

谴责小说——晚清小说界的实质收获

林瑞明。《联合文学》第1卷第6期"晚清小说专辑"（1985年4月1日）。

晚清小说理论研究

康来新。1986年6月大安出版社出版。

晚清小说概观

［日本］泽田瑞穗著，谢碧霞译。见林明德编《晚清小说研究》（1988年3月联经出版事业公司出版）。

《二十年目睹之怪现状》与晚清的末世现象

林瑞明。见《晚清小说研究》。

按：本篇即本索引前面著录林瑞明著《晚清谴责小说的历史意

义》第四章。

晚清小说中的情节结构类型

［加拿大］M.D.维林吉诺娃著，谢碧霞译。见《晚清小说研究》。

晚清小说中的叙事模式

［加拿大］M.D.维林吉诺娃著，谢碧霞译。见《晚清小说研究》。

从《〈月月小说〉评议》中看吴趼人

魏绍昌。见作者著《晚清四大小说家》（1993年7月台湾商务印书馆出版）。

关于《海上名妓四大金刚奇书》的两组资料

魏绍昌。见《晚清四大小说家》。

《海上名妓四大金刚奇书》书内有关作者问题的资料——致韩南（美国哈佛大学中国文学教授）的一封信

魏绍昌。见《晚清四大小说家》。

从《渴望》的刘慧芳说到《恨海》的张棣华——寄语张凯丽

魏绍昌。见《晚清四大小说家》。

按：魏绍昌著《晚清四大小说家》一书中尚收有《"芋香印谱"和〈还我魂灵记〉》《李、吴两墓得失记》《吴趼人的两篇佚文》《〈白话西厢记〉新序》《从〈白话西厢记〉的质疑说到〈白话牡丹亭〉的发现》，均已在《吴趼人研究资料索引》中著录，在此不赘。

中国香港

《二十年目睹之怪现状》索引

高伯雨。最初以笔名林熙连载于五十年代初香港《大成杂志》第23—32期；旋收入作者著《读小说札记》（1957年8月香港上海书店出版）；1977年4月台北河洛图书出版社翻印；又收入1982年9月台北天一出版社版《中国古典小说研究资料汇编·〈二十年目睹之怪现状〉的故事类型》。

细目：

《二十年目睹之怪现状》的作者吴沃尧

名画的故事

旌表"孝子"

大名士李玉轩

张之洞、张彪、洪述祖

曾国荃

聂缉椝与曾纪芬

活财神胡雪岩

张荫垣的出身

刘学询遇骗

大名士的家庭惨变

炼煤油的笑话

"弄巧成拙牯岭属他人"
考官装疯
赵芥堂一趣事
盛宣怀与名妓金巧林

梁天来三告御状

宁远。见作者著《小说新话》（1961年3月香港上海书店初版，1972年12月再版）。

小说中的诗人李士棻

高伯雨。见作者著《听雨楼丛谈》（1964年6月香港南苑书屋出版）。

吴趼人《二十年目睹之怪现状》

高伯雨。见《听雨楼丛谈》。

《二十年目睹之怪现状》的索隐

高伯雨。香港《大公报·副刊》1966年5月11日。

《吴趼人传》和《趼人十三种》

吴小如。见作者著《读书丛札》（1982年1月香港中华书局出版）。

《政治维新要言》——吴趼人轶著的新发现

张纯。香港《大公报》1988年1月15日。

《二十年目睹之怪现状》

吴村。见作者著《二百种中国通俗小说述要》（1988 年 10 月香港中华书局出版）。

《发财秘诀》

吴村。见《二百种中国通俗小说述要》。

《劫余灰》

吴村。见《二百种中国通俗小说述要》。

《痛史》

吴村。见《二百种中国通俗小说述要》。

《恨海》

吴村。见《二百种中国通俗小说述要》。

《电述奇谈》

吴村。见《二百种中国通俗小说述要》。

《九命奇冤》

吴村。见《二百种中国通俗小说述要》。

日　本

吴趼人《二十年目睹之怪现状》意译

小林嘉贞。见《中国风俗，社会传奇》（1926年3月1日丸之内书院出版）。

关于《九命奇冤》

清水元助。《中国语（初级）》第1年第4号（1932年12月1日）。

关于清末的社会小说

大高岩。《同仁》第8卷第6号（1934年6月）。

小说中所暴露的清末官吏社会

松井秀吉。《满蒙》第15年第7号（1934年7月1日）。

读《九命奇冤》

松井秀吉。《满蒙》第16年第4号（1935年4月1日）、第5号（1935年5月1日）。

关于《恨海》

松井秀吉。《满蒙》第16年第6号（1935年6月1日）。

关于清末的讽刺文学

武田泰淳。《同仁》第 11 卷第 1 号（1937 年 1 月）。

中国国内的官僚批判文学

小野忍。1948 年 12 月东洋之家和官僚生活社出版。

关于晚清的文学改良运动

中村忠行。《国语国文》第 21 卷第 1 号（1951 年 12 月 15 日）。

晚清小说中的典型人物问题。

中村忠行。《亚东资料》第 50 号（1952 年 8 月 25 日）

有关清末文学的诸多问题

佐藤一郎。《北斗》第 3 卷第 1 号（通卷第 13 号）（1957 年 9 月 15 日）。

风俗小说谱系（Ⅰ）——中国近代的现实主义批判（清末小说研究之二）

中野美代子。北海道大学《外国语·外国文学研究》第 6 辑（1958 年 12 月 27 日）。

风俗小说谱系（Ⅱ）—关于所谓谴责小说（清末小说研究之三）

中野美代子。北海道大学《外国语·外国文学研究》第 7 辑（1959 年 12 月 25 日）。

风俗小说谱系（Ⅲ）—论吴趼人的笔记（清末小说研究之四）

中野美代子。北海道大学《外国语·外国文学研究》第 8 辑（1960 年 12 月 20 日）。

关于清末的谴责小说

内田道夫。《东北大学文学部研究年报》第 11 号（1961 年 3 月）。

《怪现状》——社会教科书

饭田吉郎。《清末文学语言研究会会报》第 1 号（1962 年 7 月 10 日）。

清末小说目录要略

香坂顺一。《清末文学语言研究会会报》第 1 号（1962 年 7 月 10 日）。

读《痛史》杂记

长田夏树。《清末文学语言研究会会报》第 2 号（1962 年 10 月 5 日）。

东京访书记——清末文学研究资料中的纪略

鸟居久靖。《清末文学语言研究会会报》第 3 号（1963 年 3 月 10 日）。

关于清末小说

增田涉。见《中国现代小说选集》第 1 卷《清末·五四前夜集》（1963 年 8 月 15 日平凡社出版；又见作者著《中国文学史研究》（1967 年 7 月 25 日岩波书店出版）。

《九命奇冤》的完成

香坂顺一。《日本中国学会会报》第 15 集（1963 年 10 月）。

清末小说的阅读——武田泰淳的见解

饭田吉郎。《大安》第 10 卷第 6 号（1964 年 6 月 1 日）。

关于写情小说《恨海》中的写实法

宫内保。《汉文学会会报》第23号（1964年6月25日）。

吴沃尧

香坂顺一。见中国语学研究会关西支部编《中国语和中国文化》（1965年5月10日光生馆出版，1970年4月25日订正版）。

清末社会小说（中）·吴趼人

大村益夫。早稻田大学《东洋文学研究》第14号（1966年3月）。

《二十年目睹之怪现状》

下斗米晟。见《中国历代杰作小说十讲》（1970年10月1日大东出版中心出版）。

清末小说在日本

增田涉。《野草》第2号（1971年1月15日）。

关于清末小说理论——以杂志的发刊词为中心

五四文学研究会（樽本照雄记）。《野草》第2号（1971年1月15日）。

关于清末小说的随想

岛田虔次。《野草》第2号（1971年1月15日）。

清末小说中的写实精神

宫内保。北海道教育大学《语学文学》第9号（1971年4月）。

晚清小说研究论考——吴趼人的谴责性（其一）

宫内保。北海道教育大学《语学文学》第10号（1972年3月）。

吴趼人

麦生登美江。《野草》第 12 号（1972 年 10 月 20 日）。

晚清小说研究论考·小说《痛史》的思想——吴趼人的谴责性（其二）

宫内保。北海道教育大学《语学文学》第 11 号（1973 年 3 月）。

中国"晚清小说"与朝鲜"新小说"

大村益夫。《龙溪》第 7 号（1973 年 10 月）。

说部考——清末时期小说意识的确立

中野美代子。《东方学》第 47 辑（1974 年 1 月）。

晚清小说研究论考——吴趼人的谴责性（其一之二）

宫内保。北海道教育大学《语学文学》第 13 号（1975 年 3 月 31 日）。

杂志所收有关清末小说文献目录（初稿）

中岛利郎。《咿哑》第 4 号（1975 年 7 月 31 日）。

《九命奇冤》与《梁天来》

麦生登美江。九州大学中国文学会《中国文学论集》第 5 卷（1976 年 3 月）。

吴趼人著作目录（初稿）

中岛利郎。《野草》第 20 号（1977 年 8 月 1 日）。

清末的小说

泽田瑞穗。《清末小说研究》第 1 号（1977 年 10 月 1 日）

吴趼人传略稿

中岛利郎。《清末小说研究》第 1 号（1977 年 10 月 1 日）

《二十年目睹之怪现状》集谚——中国谚语资料之八

古屋二夫。《中京大学教养论丛》第 18 卷第 13 号（1977 年 11 月）。

吴趼人的历史小说——《痛史》提要

中岛利郎。关西大学研究生院《千里山文学论集》第 19 号（1978 年 4 月 1 日）。

增田涉先生旧藏清末小说书目

中岛利郎。《咿哑》第 10 号（1978 年 6 月 30 日）。

《二十年目睹之怪现状》语汇索引

宫田一郎。1978 年 7 月 10 日明清文学语言研究会刊印。

吴趼人《胡宝玉》小考

中野美代子。《咿哑》第 11 号（1978 年 12 月 31 日，实为 1979 年 9 月发行）。

《九命奇冤》传说——吴趼人研究笔记之一

中岛利郎。《咿哑》第 11 号（1978 年 12 月 31 日，实为 1979 年 9 月发行）。

《二十年目睹之怪现状》概述

铃木郁子、中岛利郎。《咿哑》第 11 号（1978 年 12 月 31 日，实为 1979 年 9 月发行）。

吴趼人《二十年目睹之怪现状》评语（资料）

吴趼人小说读书会。《咿哑》第 11 号（1978 年 12 月 31 日，实为 1979 年 9 月发行）。

吴趼人的出身

中岛利郎。《咿哑》第 11 号（1978 年 12 月 31 日，实为 1979 年 9 月发行）。

吴趼人的《九命奇冤》——试论其情节构成

中岛利郎。大谷大学《文艺论丛》第 12 号（1979 年 3 月 24 日）。

写情小说《恨海》——吴趼人研究笔记之二

中岛利郎。《咿哑》第 12 号（1979 年 6 月 30 日）。

吴趼人研究资料目录

中岛利郎。《清末小说研究》第 3 号（1979 年 12 月 1 日）。
原注：著译目录、文献目录，附录：我佛山人《还我魂灵记》。

吴趼人《还我魂灵记》的发现

樽本照雄。《大阪经大论集》第 133 号（1980 年 1 月 18 日）。

吴趼人《痛史》的版本

中岛利郎。大谷大学《文艺论丛》第 14 号（1980 年 3 月 30 日）。

《咿哑》第十一号所载有关吴趼人的论文

铃木郁子。《咿哑汇报》第 2 号（1980 年 3 月 30 日）

李伯元、吴趼人之墓

泽本郁马。《野草》第 25 号（1980 年 5 月 1 日）。

吴趼人致曾铸第二、第三函

林健司。《咿哑》第 25 号（1980 年 5 月 1 日）。

吴趼人的《俏皮话》

麦生登美江。《野草》第 27 号（1981 年 4 月 20 日）。

吴趼人的《近十年之怪现状》和《情变》

麦生登美江。《清末小说研究》第 5 号（1981 年 12 月 1 日）。

《恨海》版本两种

中岛利郎。《中国文艺研究会会报》第 32 号（1982 年 2 月 14 日）。

阿英《晚清小说史》中的吴趼人《劫余灰》

铃木郁子。《咿哑汇报》第 3 号（1982 年 7 月 30 日）。

四作家研究资料目录补遗之一

清末小说研究会。《清末小说研究》第 6 号（1982 年 12 月 1 日）

按："四作家研究资料目录"系指清末小说研究会编《刘铁云研究资料目录》《曾孟朴研究资料目录》《李伯元研究资料目录》及中岛利郎编《吴趼人研究资料目录》。

关于《上海游骖录》

铃木郁子。《咿哑》第 15 号（1982 年 12 月 1 日）。

艾罗补脑汁的广告

樽本照雄。《中国文艺研究会会报》第 39 号（1983 年 3 月 15 日）。

晚清小说有关资料二则

中岛利郎。《咿哑汇报》第 4 号（1983 年 3 月 27 日）。

按："资料二则"指许啸天《读〈恨海〉》《读〈老残游记〉》。

吴趼人《还我魂灵记》的发现

樽本照雄。见作者著《清末小说闲谈》（1983 年 9 月 20 日法律文化社出版）。

吴趼人《上海游骖录》札记——吴趼人研究笔记之三

中岛利郎。《咿哑》第 16 号（1983 年 9 月 30 日）。

关于上期刊载的铃木郁子著《关于〈上海游骖录〉》

中岛利郎。《咿哑》第 16 号（1983 年 9 月 30 日）。

吴趼人的《剖心记》和《山阳巨案》

中岛利郎。《咿哑汇报》第 5 号（1983 年 11 月 20 日）。

吴趼人究竟何时到上海谋生？

王俊年。《清末小说研究》第 7 号（中文版）（1983 年 12 月 1 日）。

吴趼人《上海游骖录》剖析

中岛利郎。《野草》第 33 号（1984 年 2 月 10 日）。

吴趼人的民族观

铃木郁子。《野草》第 33 号（1984 年 2 月 10 日）。

上海旅居时期的吴趼人

王俊年著，中岛利郎译。《野草》第 33 号（1984 年 2 月 10 日）。

吴趼人《二十年目睹之怪现状》中的孙文

中岛利郎。《中国文艺研究会会报》第 45 号（1984 年 3 月 15 日）。

日译《二十年目睹之怪现状》第一回、第二回、解说（1）

中岛利郎译。《咿哑》第 17 号（1984 年 5 月 20 日）。

《二十年目睹之怪现状》的话柄及其素材

中岛利郎。《咿哑汇报》第 6 号（1984 年 7 月 4 日）。

《二十年目睹之怪现状》的话柄及其素材（2）

中岛利郎。《咿哑汇报》第 7 号（1984 年 9 月 30 日）。

晚清小说研究资料简目

中岛利郎。《咿哑汇报》第 8 号（1985 年 3 月 7 日）。

与吴趼人《沪上百多谈》相关的上海地图

中岛利郎。《咿哑》第 20 号（1985 年 3 月 10 日）。

天津图书馆藏吴趼人著作

樽本照雄。《咿哑》第 20 号（1985 年 3 月 10 日）。

吴趼人与反美华工禁约运动

林健司。《咿哑》第 20 号（1985 年 3 月 10 日）。

吴趼人与《月月小说》——吴趼人研究笔记之四

中岛利郎。《咿哑》第 20 号（1985 年 3 月 10 日）。

日译《二十年目睹之怪现状》第三至五回解说（2）

中岛利郎译。《咿哑》第 20 号（1985 年 3 月 10 日）。

吴趼人的《胡宝玉》

中岛利郎。《咿哑汇报》第 9、10 号合刊（1985 年 7 月 20 日）。

关于吴趼人的"短篇小说"

中岛利郎。《野草》第 35 号（1985 年 7 月 30 日）。

吴趼人《电术奇谈》的原作

樽本照雄。《中国文艺研究会会报》第 54 号（1985 年 7 月 30 日）；又见《清末小说通讯》第 6 号（1987 年 7 月 1 日）。

吴趼人《电术奇谈》的译作方法

樽本照雄。《清末小说》第 8 号（1985 年 12 月 1 日）。

吴趼人逸诗十三首

张纯。《清末小说通讯》第 4 号（1987 年 1 月 1 日）。

清末民初小说目录

清末小说研究会。1988 年 3 月 1 日中国文艺研究会印行。

按：本目录对吴趼人小说作品的著录相当完整。

从《二十年目睹之怪现状》到《近十年之怪现状》

松田郁子。见关西大学研究生院《千里山文学论集》（1988 年 8 月）。

麇叟其人——很像吴趼人的笔名

樽本照雄。《清末小说》第 12 号（1989 年 12 月 1 日）

这茧叟并非那茧叟

郭长海。《清末小说通讯》第 12 号（1989 年 12 月 1 日）。

吴趼人的演说

时萌。《清末小说通讯》第 20 号（1991 年 1 月 1 日）。

牛年正月定稿于蜗牛书屋

《二十年目睹之怪现状》索隐

[中国香港] 高伯雨

《二十年目睹之怪现状》的作者吴沃尧

最近出版排印的《二十年目睹之怪现状》小说，书中没有序文，只引了19年前阿英先生的《晚清小说史》里关于《二十年目睹之怪现状》的一段，来做代序。

这部小说，我从1919年会读小说始，一向就爱读它了。阿英先生说："《二十年目睹之怪现状》，也实在是包含了一部《新儒林外史》，吴趼人写官僚，未必有超《官场现形记》之成就，但在写当时的洋场才子上，确是成功……如他写一个苏州的画家，专门偷人家的诗题画，算是自己的著作……"这是说得对的。他写官场的黑暗及其怪状，确没有李伯元《官场现形记》那么成功，但他这部小说是写社会一般的怪现状的，有时不知不觉就形容得过火。周树人在《中国小说史略》第二十八篇《清末之谴责小说》中说："《二十年目睹之怪现状》……杂集'话柄'与《官场现形记》同。……相传吴沃尧性强毅，不欲下于人，遂坎坷没世，故其言殊慨然。惜描写失之张皇,时或伤于溢恶,言违真实,则感人之力顿微,终不过连篇'话柄',仅足供闲散者谈笑之资而已。"这评论是很精当的。不过吴沃尧写这部小说,在结构上比李伯元的比较紧严,所以称它为《新儒林外史》也可以。

此书的人物很多,又极复杂。人物中,有很多是作者捏造出来的,但又有很多却是实有其人。记得1941年我在香港问叶恭绰先生,该书所写的旗人苟才(狗才的谐音)到底是哪一个人。叶先生熟于晚清人物掌故,但他说苟才可列入吴趼人捏造这一类的。此书的人物既然那么多,而又是很有趣的,读者必会起了个疑问,好像我问叶先生苟才是什么人一样的。我在初读该书之时,对于叶伯芬、焦侍郎、裘致禄等人,都不知道是谁。后来年事较长,读书较多,才一一给我考证出来。诚如阿英先生说:"但此书并非全无所本,蒋瑞藻《小说考证》引缺名笔记说此书云:'书中影托人名,凡著者亲属知友,则非深悉其身世者莫辨。当代闻人如张文襄(按:张之洞)、张彪、盛杏荪(按:盛宣怀)及其继室,聂仲芳及其夫人(即曾文正之女)、太夫人,曾惠敏(纪泽)、邵友濂、梁鼎芬、文廷式、铁良、卫汝贵、洪述祖等,苟细读之,不难按图而索也。'此中有人,固呼之欲出也。"

关于作者吴沃尧的历史,阿英先生的《晚清小说史》云:"《二十年目睹之怪现状》初发表于《新小说》(1902)。光绪三十三年(1907)至宣统元年(1909)先后印成单本八册,厘为四卷。全书以自号九死一生者为线索,历记其在二十年中所见所闻事,所记极为广泛。故先写九死一生在官家做事,后又写其为官家经营商业,以店铺遍全国也,又时时至各处察看。二十年中,始终在船唇马背衙门店铺中生活,因而各种事件,均易于联系。至全书将尽,又布置一商业上大失败局面,使九死一生不得不走,而故事遂于此戛然而止。此干线布置的可谓极精当,在结构上优胜于李伯元处当在此。……"

至于吴趼人的历史,阿英先生书中说得很简略,只引李怀霜在

《天铎报》所作的《吴趼人传》称其"生负盛气"及"其富材艺，自金石篆刻，以至江湖食力之伎，亡所不能，亦无所不精"。现在我从李氏所作的传，用语体文译写出来给读者参考：

吴沃尧字小允，又字趼人，是广东佛山人，因此自署"我佛山人"。他的祖父吴荣光以翰林出身，精于金石、书法，为海内大收藏家之一。他的父亲允吉，在浙江做候补巡检，死在任上。死时，以其遗产数千金交给他的弟弟（沃尧的叔父，小说里写作伯父）管理，但给他拿去捐官用了。他的另一个叔父在北京逝世，趼人便打电报问他的做官的叔父，三次都没有复电。过了一个月，叔父电来了，说的是兄弟既已分家，不管这许多事了。他很生气，便向江南制造局借了几个月薪水（每月八元）到北京带了他叔父的遗孤二人回故乡。后来他在汉口美国人所办的《楚报》任主笔，遇到美国排华工之事发生，他愤恨美国人虐待华侨，辞职归沪，与华侨共筹抵制美国之策，他善于演说，于是以演说激动同胞，劝同胞不要与美国人合作，促美国人觉悟。受他感动的有数十人之多，他们都是受雇于美商的，都纷纷辞职他去了。他的小说有十几种，最为人所爱的是《二十年目睹之怪现状》，"盖低回身世之作，根据昭然"也。1906 年阴历 9 月 19 日死于上海，年 44 岁。死后靠各方面的朋友赙助才能办理身后事。

这是吴趼人的简单历史。我们看到他毅然脱离美国人的报馆，不肯做他们的传声筒，这是何等有正义感，何等的爱国啊！

名画的故事

吴沃尧的小说《二十年目睹之怪现状》第四十五回"评骨董门客巧欺"，这一段故事是极有趣的。书中人文述农对"我"（此人乃书中的主人翁，据说就是吴沃尧本人）说扬州盐商买古画的事。

有人拿一幅画去卖给盐商，要价一千银子，盐商的门客要他二成回佣，那人不肯。门客说，如不就范就买卖不成。

我们现在且看那门客怎样破坏这件买卖来从中取利了。盐商见了那幅画很好，就说一千银子不贵。"那门客却在旁边说道：'这幅画虽好，可惜画错了，便一文不值。'东家问他怎样画错了。他说：'三颗骰子，两颗坐了六，这一颗还转着未动，喝骰子的人，不消说也喝"六"的了。他画的那喝骰子的张开了口，这"六"字是合口音，张开了口，如何喝得"六"字的音来？……"（照原文）于是东家不买了。卖画人一场没趣，只得又去求那门客设法子。这回门客可拿腔作势了，他非要三成回佣不可。我们现在看他怎样挽回吧。

他却拿了这幅画，仍然去见东家，说："我仔细看了这画，足值千金。"东家问有甚凭据。他说："这幅画是福建人画的，福建口音叫"六"字，犹如扬州人叫"落"字一般，所以是开口的。他画了开口，正是所以传那个"六"字之神呢。"他的东家听了，便打着扬州话"落落"的叫了一两声，果然是开口的，便乐不可支，说道："亏得先生渊博，不然几乎当面错过！"马上兑了一千银子出来，他便落了三百。（照原文）

宋人张择端写的那幅《清明上河图》，据明人徐树丕的《识小录》说："汤裱褙善鉴古，人以古玩赂严世蕃，必先贿之。世蕃令其辨真伪，得其贿者，必曰真也。吴中一御史，偶得张择端《清明上河图》临本，馈世蕃，而贿不及汤。汤直言为伪。世蕃大怒。……余闻之先人曰：《清明上河图》……中有四人樗蒲，五子皆六，而一子犹转。其人张口呼"六"。汤裱褙曰：'汴人呼"六"当撮口，而今张口，是操闽音也，以是识其伪。'……"（按：汤裱褙确有其人，名勤，苏州著名的裱画匠。他死后的坟墓在苏州横塘汤家山，但早已无遗址可寻。苏州士人误指汤渭父母之墓为汤裱褙之墓，贻

477

误。光绪十年九月廿二日,金石家叶昌炽曾说土人误指为汤勤之碑,实则为成化年间的汤渭父母之墓。见《绿督庐日记钞》。）

二十年来,我读过很多明、清人的笔记,都有这样相似的故事,我猜一定是有所本的。关于画家呼"六"传神这件事,最有趣,这不止见出我们的艺术家一支活生生的笔能写其真,同时,赏鉴家也细心到能从其中辨出真伪,这种赏鉴家也是了不起的（姑勿论他受贿）。

我记得宋朝有过这件相同之事,与苏东坡、李公麟有关的。这两人都是宋代伟大的艺术家。其事极有趣。岳飞的嫡孙岳珂,于南宋年间著有《桯史》,其卷二有一则《贤已图》云:

元祐间,黄、秦（按:黄山谷、秦少游）诸君子在馆,暇日观画。山谷出李龙眠（即李公麟）所作《贤已图》,博弈樗蒱之俦咸列焉。博者六七人,方据一局,投迸盆中,五皆黑而一犹旋转不已。一人俯盆疾呼,旁观皆变色起立。纤态度,曲尽其妙,相与叹赏,以为卓绝。适东坡从外来,睨之曰:"李龙眠天下士,雇乃效闽人语耶?"众咸怪,请其故。东坡曰:"四海语音,言'六'皆合口,惟闽音则张口。今盆中皆'六'一犹未定,法当呼'六',而疾呼者乃张口,何也?"龙眠闻之,亦笑而服。

这是李公麟一时失察,没有留意到这一层,给苏东坡指出的趣事。后人就把这件事辗转相传,便走了样了。

在岳珂的同书中第四卷,有《寿星通犀带》一则,说到太监因得不到贿赂,破坏了古玩客的一件趣事,因与盐商的门客之事颇相类,附述于此。

话说宋高宗禅位给孝宗后,孝宗买很多珍品去巴结太上皇。恰好北方有一商人拿了通犀带一条,托一个太监进呈孝宗。带共十三铐,皆透明,有一寿星扶杖立。孝宗甚喜,打算正月初一进上父皇。此带索价十万缗,也答应了。另一太监向那商人索贿不得,他就对孝宗说，凡寿星的拐杖，必高过人的头，现在这一个的杖，只及人身之半，这是不祥之物也。孝宗视之果然，就不要了。此带终于在国内卖不去。这太监虽然进谗，但他的鉴赏能力甚高，尚可取。

旌表"孝子"

《二十年目睹之怪现状》第八十五回"恋花丛公子扶丧"和第八十六回"旌孝子瞒天撒大谎"，都是写清末一个大官僚的公子从云南送他的母亲的灵柩归故乡，一路从汉口吃花酒吃到上海，终于在上海恋着一个妓女林慧卿，把痨病弄得更加深重了，他还在妓院养病，不肯迁出去，结果死在上海。

这个风流公子死了后，因为他的父亲是方面大员——一省的藩司，上海那一班官僚就和他出了个知启，说他以身殉母，预备奏上朝廷，请旌"孝子"。这两回的内容大略如此。

在旧时代的社会里，上下互相欺骗蒙混，于是孝子节妇多到不可胜数。一乡一县出了个孝子、节妇，地方官报上朝廷，皇帝照例下个谕旨，教邻县或邻省的地方官去查一下是否属实。奉命调查的官员，无非向当地的绅士、父老查询，他们就算不受了出孝子、节妇之家的贿赂，也得为了桑梓之光死劲说确实有这回事的。调查的官员只得据实复奏，于是一乡一里的牌坊就林立，好像摆阵一般了。如果揭穿孝子节妇的内幕，也是儿戏得很的。

吴沃尧生平最恨这种吃人的礼教，他在《怪现状》一书中，遇到有机会他就攻击之不遗余力，例如五十六回"翻新样淫妇起牌坊"就是他讥讽社会的虚伪的礼教。

现在我先把吴沃尧所描写的那个"孝子"陈稚农的趣事摘抄一些来。书中的主人公——"我"正在上海做买卖，他认识云南藩台的公子陈稚农从云南带了一批白铜到上海，就想买他的。

我道："他（指陈公子）这回是运他的娘的灵柩回福建原籍的。他带的东西，自然各处关卡都不会厘上税的。从云南到这里，就是那一笔厘税就便宜不少。我在汉口和他同过好几回席，总没有谈到这个上头。"继之道："他是个官家子弟，扶丧回里，怎么沿途赴席起来？"我道："岂但赴席，我和他同席几回，都是花酒呢！终日沉迷在南城公所一带……"

后来"我"查出陈稚农住在妓院养病，也曾介绍过一个中医去给他诊治。看过一次后，那医生便来谢绝介绍人，说这个公子哥儿本来没有什么大病的，只是色痨，如果他肯清心寡欲，搬回自己的旅馆养病，三两个月就会调理好的。过了不久，陈稚农真的病死了。"我"在书中把上海那班官僚给死人弄的知启写了出来，其文如左：

稚农孝廉，某方伯之公子也，生而聪颖，从幼即得父母欢。……方伯历任各省，孝廉均随任……以故未得预童子试……某科方伯任某省监司，为之援例入监，令回籍应乡试。孝廉雅不欲，曰："科名事小，事亲事大，儿不欲暂违色笑也。"方伯责以大义，始勉强首途。榜发，登贤书。孝廉泣曰："科名虽侥幸，然违色笑已半年余矣。"……越岁，入都应礼闱试，沿途作思亲诗八十章，一时传诵都下，故又有才子之目。及报罢，即驰驿返署，问安侍膳，较之凤昔，益加敬谨……去秋，其母某夫人示疾，孝廉侍奉汤药，衣不解带，目不交睫者三阅月。及冬遭大故，孝廉恸绝者屡，赖救得苏，哀毁骨立。潜告其兄曰："弟当以身殉母，兄宜善自珍卫，以奉严亲！"兄大惊，以告方伯。方伯复责以大义，始不敢言。然其殉母之心已决矣。故今年禀于方伯，独任奉丧归里，沿途哀泣，路人为之动容。甫抵上海，已哀毁成病，不克前进，奉母夫人柩厝于某某山庄，己则暂寓旅舍。……至某月某日，竟遂其殉母之志矣！临终遗言，以衰绖敛。呜呼，如孝廉者，可谓孝思不匮者矣！查例载：孝子顺孙果有环行奇节，得详具事略，奏请旌表。某等躬预斯事，不便湮没……伏望海内文坛，俯赐鸿文钜制，以彰风化。无论诗文词诔，将来汇刻成书，共垂不朽，无任盼切！

"我"的朋友吴继之看了还好，但"我"看了差不多肠都笑断了。继之问他笑什么，"我"道："大哥没有亲见他在妓院里那个情形，对了这一篇知启自然没得好笑。"

读者读过这两回的小说，然后读这个知启，果然是会笑断肠的。读后，他们也许会说吴沃尧造谣，天下哪里会有这种事！然而确有其事，确有其人！这个"孝子""才子"是清两广总督岑春煊的儿子，名叫岑德固，字子恒（他的兄弟岑德广，字心叔，汪精卫组伪府于南京，曾一任"次长"，今隐居香港，六十多岁了），在小说里叫陈农。他在汉口死时，吴沃尧恰好在汉口一家美国人开的报馆做事，他知得此事是颇为清楚的，他写入小说不算，还在他的笔记《趼廛续笔》卷二记云：

以吾所见，堂堂显宦之子，明明以嫖死，以色痨死，且死于通都大邑众目昭彰之下，犹得以殉母闻于朝，特旨宣付史馆，列入孝子传者矣，遑论乡曲小人哉！

文中没有说明这个"孝子"是谁，但与《二十年目睹之怪现状》的陈稚农事相合。书中的"方伯"就是藩司的别称。岑春煊以门荫出来做外官，首先就在广东做藩司，所以书中说他是云南方伯，岑春煊是做过云贵总督的，宦历也相合。岑德固是春煊元配刘氏所生的一子，二十三岁，春煊便给他捐了个京官，后来回乡应试，中了举人，和"知启"所说的相符。他的母亲向来有痰病的，他奉父命送母往湖北养病，她一到汉口就死了。外间就传说德固自以侍药无状"遂以身殉"。其实内幕就是如吴沃尧所说的。德固著有绝命词一首，说的什么我不知道，他将死前还上书他的叔父春冀（时在湖北为道台），说自己种种不孝，不值得归见先人，请掷尸江中云云。当时的人给这个"孝子"做的知启是这样说过的。其时湖北的大官张之洞、端方等人就上奏清廷，请旌表"孝子"，并把他的事迹宣付史馆。

大名士李玉轩

晚清四大小说是吴沃尧的《二十年目睹之怪现状》、李伯元的《官场现形记》、曾孟朴的《孽海花》和刘鹗的《老残游记》。这四部名著中，写洋场才子、名士写得最出色的，当以《二十年目睹之怪现状》为第一。

吴沃尧在《二十年目睹之怪现状》一书中所描写的人物，如其人有秽德的，就用谐声来隐射他的名字，假如没有的话，就多直书其名或字，有时只说到他的官衔就算了事。用谐声影射之法，在旧小说中时常见到的，曾孟朴的《孽海花》，书中的人物几乎全是采用这个方法，例如陆仁祥为陆润庠，马美菽为马眉叔（即马建忠）等是。

《二十年目睹之怪现状》第二十一回所写的那个洋场名士李玉轩，是有其人的，作者用谐声去影射他的别字。这件事说起来颇有趣的。

书中的主人公"我"（这个"我"就是著此书的"九死一生"，其实就是吴沃尧本人）从乡间带了母亲和一位堂姊到了上海，在客栈里住着候船入南京。他忽然听到有争吵打架之声，便走出去看个究竟。"只见两个老头子在那里吵嘴，一个是北京口音，一个是四川口音。那个北京口音的攥着四川口音的辫子，大喝道：'你且说你是个什么东西，说了饶你！'一面提起手要打。那四川口音的道：'我怕你了，我是个王八蛋！我是个王八蛋！'北京口音的道：'你应该还我钱么？'四川口音的道：'应该应该！'北京口音的道：'你敢欠我丝毫？'四川口音的道：'不敢欠！不敢欠！回来就送来！'北京口音的一撒手，那四川口音的就溜之乎也的去了。北京口音的冷笑道：'旁人恭维你是个名士，你想拿着名士来欺我！我看着你不过这么一件东西，叫你认得我！'……"

"我"和那个北京口音的请教起来，原来他们是有点亲戚的，那个人名叫王伯述。"我"就问欠他钱的名士是什么人，王伯述说他名叫李玉轩。李玉轩是影射同（治）光（绪）年间的大诗人李芋仙（名士，四川忠州人），"玉"与"芋"同音，"轩"与"仙"的音也差不多，而且又是四川人。王伯述骂他是臭名士，那是一点都不错的。且借王伯述口中说出李玉轩是怎样的一个人吧。

伯述道："他么，他是一位大名士呢！叫做李玉轩，是江西的一个实缺知县，他同我一般的开了缺了。"我道："他欠了姻伯书债么？"伯述道："可不是么。这种狂奴，他敢在我跟前发狂，我是不饶他的。藩台、抚台也怕了他，不料今天遇了我。"我道："怎么抚台也怕了他呢？"伯述道："说来话长。他在江西上藩台衙门，却带了鸦片烟具在官厅上面开起灯来。被藩台知道了就很不乐意，打发底下人去对他说："老爷要过瘾，请回去过了再来，在官厅上吃烟，不像样！"他听了这话，立刻站起来，一直跑到花厅上去。此时藩台正会着几个当要差的候补道商量公事。他也不问情由，便对着藩台大骂道："你是个什么东西！不准吃烟！你可知我先师曾文正公的签押房我也常常开灯。我眼睛里何曾见着你来！你的官厅，可能比我先师的签押房大？……"藩台不等说完，就大怒起来喝道："这不是反了么！快撵他出去！"他听了一个"撵"字，便把自己头上的大帽子，摘了下来，对准藩台面摔了过去，嘴里说道："你是个什么东西，你配摔我！我的官也不要了！"那顶帽子不偏不倚的，恰好打在藩台脸上。藩台喝叫拿下他来，当时底下人便围了过去，要拿他，他越发发了狂，犹如疯狗一般，在那里乱叫。亏得旁边几个候补道把藩台劝住，才把他放走了。他回到衙门，也不等后任来交代，收拾了行李，即刻就动身走了。……李玉轩是这样丢了个知县大老爷的。于是他就溜到上海充名士。王伯述说他：

"他到了上海来，做了几首歪诗登到报上，有人恭维他是什么姜白石、李青莲，所以他越发狂了。"我道："想来诗总是好的？"伯述道："也不知他好不好，我只记得他咏自来水的一联是：'灌向瓮中何必井，来从湖上不须舟。'这不是小孩子打谜谜儿么？这个叫做姜白石、李青莲，只怕姜白石、李青莲在九泉之下要痛哭流涕呢！"

作者这一描写，可把李芋仙挖苦得透了。

李芋仙确是曾国藩的学生，有诗才，有狂态。他把知县官丢了，确实有点如作者所说的那样子的。他到了上海后，时时拿诗交给《申报》的主笔王紫诠（即天南遁叟）登刊，两人的交情日见浃洽。他在上海住了三年，轶事流传得很多。大概他死后不久，吴沃尧才到上海的（芋仙死于光绪十一年即公元一八八五年，年六十五岁），因此作者在上海必定听到关于他的许多趣事（友人包天笑先生，今年已八十一岁，现在卜居香港，他曾对我说，他年轻时见过吴沃尧，他喜欢用一本簿子把奇奇怪怪的事记录起来，遇到写小说时，就拿来做材料）。他的《我佛山人笔记》有一段说："李芋仙游上海时，每出，必令仆人携溺器相随。其溺器盛以红木匣。一日，入妓院，仆照例携往，至则置于妓室中。及李欲溺，大索溺器不得，呼仆问之，则云已送堂中婢媪，问之又无有。喧嚷良久，乃得之于衣笥中。盖婢媪辈素未经见，疑为贵品，故代珍藏之也。"

李伯元的《南亭笔记》也记此事，不过把溺器易为马桶。《南亭笔记》又记李芋仙在藩台衙门吸鸦片烟，因此去官。大概这些事都是真的。

李芋仙的生平，在黎庶昌给他所作的墓志说得颇详细，黎说："君本旷达士，不拘行检。"他是死在上海的，由上海县莫祥芝（大金石家、古文家莫友芝之弟，友芝也是曾国藩的门生）经纪其丧，葬之于南昌城外。

芋仙著有《天瘦阁诗半》六卷，《天补楼行记》一卷。他的朋友吴熙序其《天瘦阁诗半》有"君以狂夺官，侨居上海三年，上海南北缙毂，涂于斯者，达官秀民，无日不有，是惟非士人；士人，则无不知李芋仙者。"

可见李芋仙之为人确是狂的，但不如吴沃尧所说的那样不堪，芋仙虽狂，可绝不下流。作者把他写成这样，并非对芋仙有菲薄之意，不过借此来形容洋场上那班臭名士罢了。

张之洞、张彪、洪述祖

吴沃尧《二十年目睹之怪现状》第八十四回"接木移花丫鬟充小姐，弄巧成拙牯岭属他人"，这一回的下半回目的事，将见另文，上半回的与八十三回的"误联婚家庭闹意见，施诡计幕客逞机谋"是有关联的。这一回有半的故事很有趣，作者用全副精神去描写，在这部小说中是一精彩绝伦的地方。

这个故事的人物颇为复杂，计有：湖广总督张之洞；张的嬖人，湖北提督，兼第八镇统制的张彪（溥仪在天津居住的张园，即每年以五万元向张彪后人租用的）；有诡计多端，主持暗杀宋教仁的洪述祖，还追溯到洪述祖在甲午中日战争时的一件有趣的事。这些故事都很长，我不便照原文全盘录下来，只好先把小说中的大意略说一下,然后再把他所影射的人物说出来。读者如觉得有趣,不妨再找原文去读读。

话说书的主人公"我"到了汉口,他们字号里的经理吴作猷置酒为他接风,便向他说出了现任镇台娶现任抚台的小姐做太太的一段故事。

原来湖广总督是姓侯的,抚台姓言,镇台也姓侯。那位侯制军本是北方人,做过福建巡抚。那时候,侯镇台在福州当学徒,给制军看上了,便叫他把原来的姓朱改为姓侯,原名叫狗,改为虎,于是朱狗便变成侯虎。侯虎跟了侯制军到湖广总督任上,一帆风顺,由制军一手提拔他,做到提督,是一品的武员了,所以非常感激制军。

所指的侯制军即张之洞,侯虎是张彪。世传之洞是猴子转生,因此作者即以侯字来做他的姓。之洞在山西巡抚任内时,就赏识了张彪,后来带他到广东,又到湖北。本来一省的提督与总督是平行的,但张彪事之洞唯谨,绝不敢搭敌体官的架子。

侯镇台的太太本是侯制军的丫头,忽然死了。恰好有一天,侯制军和湖北巡抚一班人在黄鹤楼吃酒。言巡抚吃了几杯,一时高兴,竟然把女儿许给侯镇台做填房太太。这样一言为定,亲就结上了。却苦了言中丞,一回到家,就给太太一连唾了他几口,骂道:"我的女儿虽然生得十分丑陋,也不至于给兔崽子做老婆,更不至于去填那个臭丫头的房!"但老爷在制军面前亲口许下了,太太不肯,怎么办?看看迎娶有日了,急得了不得。言中丞只好和他的心腹洪太守商量。这个洪太守就转介绍一个姓陆的观察(即道台)去给言中丞设计。陆观察便把自己得宠的丫头碧莲认作义女,送给言中丞权充小姐,嫁给侯虎。于是陆观察有了这种种关系,官运就亨通了。

陆观察指的是洪述祖,字荫之,是洪北江的后人,他在朝鲜时就和袁世凯认识,也曾在叶志超幕中为"军师",言听计从。宋教仁一案发生后,一直到民国八年(公元一九一九年)才把洪述祖拿到，解往北京受审，判决绞刑。

像这样卑污龌龊的事，在旧日官场中是司空见惯，毫不为奇的。吴沃尧写到陆观察，就分出一笔来说一下他的出身。说他是一个不第秀才，叶军门（指叶志超）请他做文案，恰值中日失和，叶军门带兵驻扎朝鲜的平壤。后来日本把平壤团团围住，叶军门吓杀了。陆观察就教他写信给日军，愿意投降，只求他的大军让开一条路，等他带了大军退出。叶军门道："这怎样对上头说呢？"陆观察道："对上头只报一个败仗罢了。打了败仗，还能保存士卒，不失军火，总没甚大处分；较之全军覆没总好得多。"叶军门一想不错，就叫他起个信稿，由他照样描起来。描到一半，陆观察忽然说信中有个漏洞，重新来过。信送出后，日本兵果然让路给他全军而退。事后，陆观察就向叶军门借四万两银子为回国川资。叶军门当然不肯，他就在怀中取出叶军门昨天亲笔所写那第二封信来。原来他第二封信内加入了"久思归化，惜乏机缘"两句。可怜叶军门不识字，糊里糊涂的照样描了。他却把第一封发了，留下这第二封，现在拿出来逐字逐句解给叶军门听。结果给他诈了三万银子，他到北京捐了个道台，是观察大人了，就到湖北候补。

这件事未免太过儿戏一点，洪述祖在叶志超幕中曾劝志超全军而退，那是有这件事的，但并无求日本人让路之事。

曾国荃

《二十年目睹之怪现状》第五回、第七回和五十九、六十回都是写曾国荃在两江总督任内的事。第五回说：

> 继之道："晌午时候，你走了，就有人送了一封信来，拆开一看，却是制台衙门的幕府朋友送来的，信上问我几时在家，

要来拜访。我因为是制台的幕友，不便怠慢他，因对来人说，我本来今日要回家，就请下午到舍间谈谈罢。打发来人去了，我就忙着回来。还未坐定，他就来了。我出去会他时，他却没头没脑的说是请我点戏。……因问他道：'莫非是那一位同寅的喜事寿日，大家要送戏？若是如此，我总认一个份子，戏是不必点的。'他听了我这话，也好笑起来，说点这个戏。我问他到底是甚戏，他在怀里掏出一个折子来递给我。我打开一看，上面开着的是江苏全省的县名，每一个县名的底下分注了些数目字，有注一万的，有注二三万的，也有注七八千的。我看了有些明白，然而我不便就说晓得了，因此问他是甚意思。他此时炕也不坐了，拉我下来，走到旁边贴摆着的两把交椅上两人分坐了。他附着我耳朵说道："这是得缺的捷径一条。若是要想那一个缺，只要照开着的数目送到里面去，包你不到十天就可以挂牌。这是补实的价钱，若是署事，还可以便宜些。"我说："大哥怎样回报他呢？"继之道："这种人那里好得罪他，只好和他含混了一会，推说此刻初接大关，没有钱。……"我说："果然奇怪，但是我闻得卖缺虽是官场惯技，然而总是藩台衙门里做的，此刻怎么闹到总督衙门里去呢？"继之道："这有个什么道理？只要势力大的人，就可以做得；只是开了价钱，具了手折，到处兜揽，未免太不像样了！"……

这个吴继之是书中的主角之一，那时他正在南京下关当个差事。

第七回，吴继之又说：

　　……这个大帅是军功出身，从前办军务的时候，都是仗着几十个亲兵的功劳，跟着他出生入死。如今天下太平了，那些亲兵……却一般的放着官不去做，还跟着他做戈什哈。你道为什么呢？只因这位大帅念着他们是共过患难的人，待他们极厚……所以他们死命的跟着，好仗这个势子在外头弄钱。他们的出息比做官还好呢。还有一层，这位大帅因为办些军务，与士卒同甘苦，所以除了这班戈什哈之外，无论何等兵丁所说的话，都信是真的。久而久之，他这个脾气叫人家摸着了，就借了这班兵丁做个谋差使的门路。譬如我要谋差使，只要认识了几个兵丁，嘱托他到了晚上觑着他老人家出来偷听时，故意两三个人谈论，说吴某人怎样好，怎样好，办事情怎么能干，此刻却是怎么穷，假作叹息一番。不出三天，他就给我差使的了……

继之所说的制军，就是两江总督曾国荃。后来继之做了江都县知县，因为不肯给钱那个制军的戈什哈，继之的县大老爷便丢掉了。第五十九回是这样写的：

原来今年是大阅年期，这位制军代天巡狩到了扬州，江、甘两县自然照例办差。……述农查了老例去开销一切，谁知，那戈什哈嫌钱少，退了回来。述农也不和继之商量，在例外加丰了点送去，谁知他依然不受。述农只得和继之商量。还没有商量定，那戈什哈竟然亲自到县里来，说非五百两银子不受。继之恼了，便一文不送，由他去。那戈什哈见诈不着，并且连照例的都没有了，那位大帅向来是听他们话的，他倘去说继之坏话，撤他的任，倒也罢了，谁知后来打听得那戈什哈并未说坏话。……

接着第六十回说：

他简直的对那大帅说："江都这个缺很不坏，沐恩等向吴令借五百银子，他居然回绝了，求大帅作主。……"那大帅听了，又是奇怪，他不责罚那戈什哈倒也罢了，却又登时大怒起来说："我身边这几个人，是跟着我出生入死过来的，好容易有了今天，他们一个个都有缺的，都不去到任，都情愿仍旧跟着我，他们不想两个钱想什么？区区五百两都不肯应酬，这种胡涂东西还能做官么?"也等不及回省,就写了一封信专差送给藩台,叫撤了吴令的任,还说回省之后要参办呢。

以上五回里面的那个两江总督,就书中的时代和他的行事来看,实系影射曾国荃。章华的笔记说国荃晚年任两江总督时,最喜欢微行,有时好几日不回衙门,甚至与其侄孙广钧一起微行到汉口,偷看张之洞阅兵。这件事是曾广钧亲自对章华说的。光绪年间,以讨平太平天国有"奇功"而曾任两江总督者为曾国荃,这六回里写的那个制军,无疑就是他了。文廷式最留心掌故,他的《知过轩随录》说:

沅浦(按国荃之字)晚年为江督,贿赂公行,女眷用事。一营之兵,不过百五十人,分栈一差,应酬督署干脩,每年万二千两。昏德如此,而日事鬼神,吾以高骈比之,闻者皆深以为允。

可见国荃在两江任内是这样糊涂的。清廷因为他有"平乱"之功,就派他到南京坐镇。《二十年目睹之怪现状》所写他纵容兵丁,及信任亲兵的话,并没有一点冤枉他的。其实晚清的大官僚没有一个不枉法贪污的,作者所写的曾国荃,不过是其中之一个罢了。

聂缉椝与曾纪芬

吴沃尧《二十年目睹之怪现状》第九十回"差池臭味郎舅成仇,巴结功深葭莩复合",和第九十一回"老夫人舌端调反目",都是描写曾国藩的女婿浙江巡抚聂缉椝(字仲芳,湖南衡山县人)和他的太太曾纪芬的一段故事。小说中以叶伯芬隐射聂仲芳,写他拜妓女为师母,因此才官运亨通起来。书里说叶伯芬是一位"赫赫侯门的郡马",因为不长进,被大舅爷(即国藩长子曾纪泽,纪泽以光绪四年七月充任驻英国法国钦差大臣）瞧不起，大舅爷到了英国，他以为彼此亲戚，一定破格照顾的，怎知道千山万水到了伦敦，大舅爷给他一个不理，勒令他回国，因此恨大舅爷刺骨。后来大舅爷任满回国，依然红极一时，他只得尽力巴结大舅爷，希望做个大官。

第九十一回写叶伯芬夫妻吵嘴，原来叶伯芬拜福建巡抚赵啸存做老师，就不得不拜那个婊子出身的太太做师母，叶太太是金枝玉叶的侯门小姐，怎肯拜妓女做师母呢，因此夫妻就争吵起来。叶老太太才走来解围，派儿子不是。后来又对媳妇解释伯芬不是在妓院拜她做师母，而是她的丈夫升了巡抚后才拜的，朝廷既已承认她是命妇，她此刻是嫁龙随龙，嫁虎随虎了。这一番话，说得媳妇哑口无言，才承认自己过失，连忙赔不是。这一回描写得很是有声有色，为全书中一极精彩部分。

关于这两回的故事，我要详说一下。曾纪泽出使英法时，委派他的妹夫陈远济为二等参赞官，纪泽对慈禧太后说："陈远济系臣妹婿，臣敢援古人内举不避亲之例，带之出洋。缘事任较重，非臣亲信朋友素日深知底蕴者，不敢将就派之。陈远济系原任安徽池州府知府陈源兖之子，陈源兖随江忠源在安庆庐州殉节，乃耿介忠荩之臣，远济系其次子，操守廉洁，甚有父风。"（见纪泽召对日记）其时，聂仲芳也请求跟大舅爷一起出洋，纪泽予以婉拒。是年九月十五日，纪泽在日记中记云：

> 午饭后，写一函答妹婿聂仲芳，阻其出洋之请。同为妹婿，絜松生（远济之字）而阻仲芳，将来必招怨恨。然数万里远行，又非余之私事，势不能徇亲戚之情面，苟且迁就也。松生德器学识，朋友中实罕其匹，同行必于使事有益。仲芳年轻，而纨绔习气太重，除应酬外，乃无一长，又性根无定，喜怒无常，何可携以自累？是以毅然辞之。

对仲芳大有微词，看来仲芳是一个纨绔子弟，毫无出息的人物了。(小说中也说到那位大舅爷"每日必写日记,提到他那位叶妹夫,便说他年轻而纨绔习气太重,除应酬外,乃一无所长;又性根未定,喜怒无常"云云,与纪泽日记中所说的相同,大概是录自他的日记的。)但纪泽所赏识的陈松生,后来的事业,远不如这个轻浮、纨绔习气甚深的聂仲芳,这倒是曾纪泽所不及料,也不及见的。(纪泽死于光绪十六年,其时仲芳只官苏松太道,十九年升浙江按察使,廿二年迁江苏布政使,廿五年护理江苏巡抚,授安徽巡抚,廿九年调补浙江巡抚。)

曾国藩向来有知人之名,何以自己选择的女婿偏偏是"纨绔习气,喜怒无常"的公子哥儿呢?左宗棠尝说过:"曾文正自笑'坦运'不佳,于诸婿中少所许可。"(见致李兴锐书)那又似乎聂仲芳真是纨绔一流人了。

费行简(王湘绮学生,一九五五年死于上海,年八十余,时为文史馆馆员)的《近代名人小传》初版的一部,说曾国藩以聂仲芳端悫,妻以季女,"当官和谨,至浙日,突弹罢不职文武多人,群吏大惊,怨以作,然在当世官吏中,尚足称廉静。"这样说来,仲芳也许不至如《怪现状》所说的那么卑鄙了。(老实说,仲芳并不是小说中描写的那种人,费行简所下的评语,尚可当之无愧。)到民国十五年(公元一九二六年)四月该书的第六版(初版刊于民国八年,平均每年一版,可见销路尚佳,今绝版已久,成为珍本书了。)忽然又有一说,与初版的大不相同,不知是否作者所改易,现在摘录如左,以便读者参考。

字仲芳,衡山人,曾国藩婿也。官至苏松太道,擢至安徽巡抚,移浙江,被弹开缺,家于沪上。近人所为《二十年目睹之怪现状》,诋缉櫐甚丑,然皆事实。……湘绮尝言,涤翁(国藩字涤生——引注)有知人鉴,而馆甥乃若是才,殊令人失解。张雨珊曰:"是何足异,妇欲庄,婿欲和,宋人格言也。"聂

| 492 |

> 仲芳至拜妓女，其私岂人所及哉！

对仲芳又大加讥讪了。

纪泽初时拒绝带仲芳出国，到光绪八年（公元一八八二年），又打电报回国，招仲芳去了。曾纪芬的《崇德老人八十自订年谱》光绪八年壬午一条有云：

> 初惠敏（纪泽谥号——引注）之出使也，中丞公（指仲芳，因其官至巡抚——引注）本有意随行，以陈氏姊婿在奏调之列，未便联翩而往，不果。及本年春间来电调往，则以堂上年高，不听远离，余又方有身，不克同行，复不果。郭筠老（郭嵩焘，字筠仙，为纪泽上任之驻英法公使——引注）曾为往复代酌此事，其手函尚在。

据此，则纪泽后来改变对仲芳的观感，又招他到外国了。大概仲芳为人不至如小说所描写的那么坏吧。

关于聂仲芳的事，也可以一说。他虽是曾家的女婿，但曾家对他似乎没有大力予以提携，倒是曾国藩的对头左宗棠特别予以照顾。光绪八年，仲芳以在江宁帮办营务处差，月支薪水八金，全恃湖北督销局差月薪五十两（湖广总督李瀚章招呼的）为生活，用度不继。这时候，左宗棠做两江总督，曾纪芬就向宗棠的儿媳妇示意，请宗棠给仲芳一个好差使。宗棠即于是年委仲芳为上海制造局会办。总办是李兴锐，他不想仲芳到差，只送干薪，宗棠不允。兴锐以纪泽日记中对仲芳有不满之词为疑，宗棠复书解释，说仲芳有志西学，所以令他入局学习，并云：

> 日记云云，是劼刚（纪泽之字——引注）一时失检，未可据为定评。传曰"思其人犹爱其树"，君子用情惟其厚焉。仲芳能，则进之，不能，则禀撤之。其幸而无过也，容之；不幸而有过则攻之许之，俾有感奋激励之心，以生其欢欣鼓舞激励震惧之念，庶仲芳有所成就，不至弃为废材，而阁下有以处仲

芳，亦有以对曾文正矣。弟与文正论交最早，彼此推诚许与，天下所共知，晚岁终凶隙末，亦天下所共见。然文正逝后，待文正之子若弟及其亲友，无异文正之生存也。

仲芳得到宗棠的照应，才扶摇直上，做到浙江巡抚，光绪三十一年（一九〇五年）奉旨开缺，后来卜居上海，斥资兴学（办聂中丞公学），宣统三年（一九一一年）逝世。他的儿子聂其杰（字云台），在二十年前是上海实业界中闻人，一九五三年十二月死于上海，年七十四岁。曾纪芬死于民国三十一年（一九四二年），年九十一岁。她的自定年谱是她的女婿瞿兑之笔录的，出版于民国二十年。

曾纪泽日记有两种，申报馆铅印的叫作《曾侯日记》，《曾惠敏公全集》本的叫作《曾惠敏公使西日记》，这两种日记后来印的都不见指摘仲芳之语，大概是仲芳显贵，曾氏后人不好意思把先人的日记中这些话公开了。

活财神胡雪岩

吴沃尧的《二十年目睹之怪现状》第六十三回"设骗局财神小遭劫"，是写同治光绪年间一个大商家胡光墉的轶事。光墉字雪岩，杭州人，他是我国第一个经手借外债的商人，当日他的财力可以影响全国，声势很是煊赫。到光绪九年（公元一八八三年），他的钱庄阜康号倒闭了，举国震惊，于是一蹶不起。但他在杭州所开设的胡庆馀堂药材店，到现在还存在，后来又在上海设有分号，讲究中药的人，非用胡庆馀堂的药不可的。

关于胡雪岩的出身，一百年来，言者不一，现在我先摘录《二十年目睹之怪现状》所说的，再录其他与此相近者和胡氏的一些有趣的事，以为小说资料及谈助。（据阿英先生所编的《晚清戏曲小说目》第八十三页，有《胡雪岩外传》小说一种，共十二回，光绪廿九年〔一九〇三年〕爱美社刊行。作者署名大桥式羽，恐系托名日本人。又据我所知，往年上海出版有一部《胡雪岩演义》，也是十二回，作者陈得康，写胡氏奢侈举动和他的家中琐事）吴氏的小说云：

（"我"回到上海）此时外面倒了一家极大的钱庄，一时市面上沸沸扬扬起来，十分紧急。我们未免也要留心打点。一时谈起这家钱庄的来历，德泉道："这位大财东，本来是出身极寒微的，是一个小钱店的学徒，姓古，名叫雨山。（按："古"即胡字之一边，"雨山"则雪岩也）他当学徒时，不知怎样，认识了一个候补知县，往来得甚是亲密。有一回，那知县太爷要紧用二百银子，没处张罗，便和雨山商量，雨山便在店里偷了二百银子给他。

后来查出是他偷的，连累保人，店里便把他赶走了。他失业了好几年，碰巧那候补知县得了缺，便招呼了他，叫他开个钱庄，把一应公事银子，都存在他那里，他就此起了家。

这是小说里面胡雪岩起家的小史，大致是可信的。四川宜宾人陈代卿（字云笙，咸丰十一年举人，同光间官山东州县，近代大史学家柯凤荪就是同治四年他署理胶县时所取的生员。）所著的《慎节斋文存》卷上，有胡光墉一篇，所说的很近事实，节录如左：

浙江巡抚王壮烈公有龄，幼随父观察浙江，父卒于官，眷属淹滞不能归，僦居杭州。一日，有钱肆夥友胡光墉见王子而异其相，谓之曰："君非庸人，胡落拓至此？"王以先人宦贫对。胡问："有官乎？"曰："曾捐盐大使，无力入都。"问需几何，曰五百金。胡约明日至某肆茗谈。翌日王至，胡已先在，谓王曰："吾尝读相人书，君骨法当大贵。吾为东君收某五百金在此，请以子，速入都图之。"王不可，曰："此非君金而为我用，主者其能置君耶？吾不能以此相累。"胡曰："子毋然，吾自有说……请放心持去，得意速还，毋相忘也。"王持金北上，至天津，闻有星使何侍郎桂清赴南省查办事件，乃当年同砚席友也。……即投刺谒之，何见王惊喜，握手道故，欢逾平生。问何往，王告之故。何公曰："此不足为，浙抚某公吾故人也，今与一函，子持往谒，必重用，胜此万万矣。"王持书谒浙抚，抚军细询家世，即以粮台总办委之。王得檄，乃出语胡，取前假五百金加息赏之，命胡辞旧主自设肆，号曰阜康。王在粮台积功保知府，旋补杭州府，升道员，陈臬开藩，不数载简放浙江巡抚。时胡亦保牧令，即命接管粮台，胡益得大发舒，钱肆与粮台互相挹注。胡又喜贾，列肆数十，无利不趋，兼与外洋互市，居奇致赢，动以千百万计。又知人善任，所用号友，皆少年明干精于会计者。每得一人，必询其家食指若干，需用几何，先以一岁度支畀之，俾无内顾忧。以是人莫不为尽力，而阜康字号几遍各行省焉。……

后来杭州给太平天国军队攻克，王有龄自杀，继任者为左宗棠。初时宗棠因为胡是前抚信任的人，不大信任他，姑且试他一试，限他十日内筹军米十万石，他三日内就办妥了。从此他大为左宗棠赏识。到同治末年，左宗棠奉命去陕甘镇压回胞起义，缺乏军饷，派胡雪岩向上海的汇丰银行借五百万镑。其时全国皆反对此举，《申报》反对尤力，有沈任佺者（似系松江人）方任主笔，抨击此事甚烈。左宗棠大怒，与友人书有"浙江无赖文人，以报馆为末路"之语。这时候，曾纪泽在驻英法公使任上，他的日记（光绪五年）云："十二月初二日，葛立德言及胡雪岩之代借洋款，洋人得息八厘，而胡道（即雪岩，因为他已官至候补道也）报一分五厘。奸商谋利，病民蠹国，虽籍没其资财，科以汉奸之罪，殆不为枉，而复委任之,良可慨已!"对胡为左借外债,也深致不满。

我现在再抄陈代卿所记他失败的一些琐事。陈文云:

一日,(胡)与妻密计,设具内宴,夫妇上坐,姬妾二十四人左右坐,酒池肉林,间以丝竹,欢宴竟日,妻小倦思息,胡命继烛,与诸姬洗盏更酌。夜方半,胡语诸姬曰:"吾事寝不佳,诸姬随我久,行将别矣。汝等盛年,尚可自觅生路,各回房检点金珠细软,尽两箱满装携出,此外概不准带!自锁房间,无复再入。各予银二千,或水或陆,舟车悉备,今夕即行,一任所之,吾不复问。"有数姬涕泣请留,胡亦不禁,余姬一时星散。胡即赴金陵见左公,备陈,且曰:"即今早计,除还公项外,私债尚可按折扣还,再迟则公私两负矣。"左公许之。即日发电,各省号同时闭关。俟诸密友赍各号帐回,分别公私,按折归款。事毕返杭,收合烬余,尚有二十四万金,赎回故宅三所,分居诸昆季。又十余年,夫妇以寿终。……

阜康钱庄倒闭后,朝京大官有不少人受累。当胡雪岩盛时,他的同乡李慈铭于同治五年的日记中就说他日后必败,后十七年,胡果然败了,也可见李氏论人颇具眼光。其败之日《越缦堂日记》光绪九年十一月初七日云:

昨日杭人胡光墉所设阜康钱铺忽闭。光墉者,东南大侠,与西洋诸夷交。国家所借夷银曰洋款,其息甚重,皆光墉主之。……故以小贩贱竖,官至江西候补道,衔至布政使,阶至头品顶带,服至黄马褂,累赏御书。营大宅于杭州城中,连亘数坊,皆规禁籞参西法而为之,屡毁屡造。……亦颇为小惠,置药肆,设善局,施棺衣。……阜康……出入皆千万计,都中富者,自王公以下,争寄重资为奇赢。……(倒后)闻恭邸、文协揆等皆折阅百余万。……今日闻内城钱铺曰"四大恒"者,京师货殖之总会也,以阜康故,亦被挤甚危。此亦都市之变故矣。（"恭邸"指恭亲王，"文协揆"乃协办大学士刑部尚书文煜，向有富名，此次损失三十六万两。）

李慈铭说他所设的药肆，就是胡庆馀堂。相传他开设此铺的动机是因为斗气。有一次他亲自去杭州一家大药店配药，伙计的工作太慢，胡和他们吵嘴。店中人说："你要快最好就自己开一家，就可以从心所欲了。"胡一怒归来，果然以十二万两做资本，开了庆馀堂，正对那间大药铺。开张后，物美价廉，不上几年，把对门那家打倒了。此说恐靠不住。胡雪岩发财了很久才开这间铺的，断没有自己亲上药店配药之理；即使有，杭州城内谁不识胡财神，伙计怎敢怠慢他呢？据杭州一位老辈马叙伦先生对我说，胡雪岩开此店，最大的目的是为了配制自用的房中药，其次才是行善事。他日服补品，精力充沛，侍妾都穿开裆裤，以备突然而来，其荒淫一至于此。另一个杭州人汪康年（报界前辈，进士出身，光绪末年在北京办《京报》，辛亥起义不久即逝世，有名的报人也），他所辑的《庄谐选录》中，就有一则说到药的趣事，今录如左：

胡荒淫过度，精力不继，有以京都狗皮膏献者。胡得之大喜，盖他春药皆系煎剂或丸药之类，虽暂济一时，然日久易致他疾；惟狗皮膏只贴于涌泉穴中，事毕既弃去，其药性不经脏腑，故较他药为善。然京中他店所售皆伪物，即有真者，而火候失宜，皆不见效。惟一家独得秘传，擅名一时，而有时亦以旧物欺人。故胡每岁必嘱其至戚挟巨金入都监制，以供一年之用，所费亦不赀。某年有人于津沽道中遇其戚某，询以何往，彼亦不讳言，并告以制膏法，惜日久忘之矣。

胡雪岩之好色荒淫，是人所共知的，后来他还是因为奢淫之故受累，而致一败涂地。左宗棠也知道他有这一短处，其家书中（同治四年致其长子孝威）有云：

胡雪岩人虽出于商贾，却有豪侠之概。……至其广置妾媵，乃从前杭州未复时事。古人云："人必好色也，然后人疑其淫。"谓其自取之道则可耳。现在伊尚未来闽，我亦未再催。尔于此事，既有所闻，自当禀知，但不宜向人多言，致惹议论。

左宗棠之用他，也是用他的筹款长处而已。关于胡妾的趣事，李伯元《南亭笔记》记之甚详，可作趣谈。

> 胡有妾三十六人，以牙签识其名，每夜抽之，得某妾乃以某妾侍其寝。……或言胡曾使诸妾衣红蓝比甲，上书车、马、炮……有一台，高盈丈，画为方罫，诸妾遥遥对峙，胡与夫人据栏杆上，以竿指挥之，谓为"下活棋"。……胡尝过一成衣铺，有女倚门而立，颇苗条，胡注目观之。女觉，乃关门而入。胡恚，使人说其父，欲纳之为妾……许以七千金，遂成议。择期某日，宴宾客，酒罢入洞房，开樽独饮，醉后令女裸卧于床，仆擎巨灯侍其旁。胡回环审视，轩髯大笑曰："汝前日不使我看，今竟何如？"已而匆匆出宿他所。诘旦遣妪告于女曰："房中所有悉将去，可以嫁人，此间固无从位置也。"女如言获二万金，归诸父，遂成巨富。……

张荫桓的出身

吴沃尧《二十年目睹之怪现状》第七十一回"焦侍郎入粤走官场"，所写的焦理儒侍郎，就是影射南海县佛山人张荫桓。第七十回本来已说过这个焦侍郎是捐班出身，七十一回接着就写他怎样到广东署理了一任河泊所。书中说：

> 原来他（指焦侍郎）有一位姑丈是广东候补知府，所以他一心要找他的姑丈去。……那姑丈只给他一个不见……（后

来他的姑丈给他缠不过,准他搬进公馆同住了)这一住又是好几个月,喜得他还安分,不曾惹出逐客令来。他姑丈在广东原是个红红儿的人,除了外面两三差使不算,还是总督衙门的文案。……

后来这个焦侍郎因为替姑丈拟了一个折奏稿,大为总督赏识,从此连捐带保的,十年之间做到侍郎。这就是焦侍郎出身的小史,读者如觉得有兴趣,可检原书一读,我不再抄了。

张荫桓的出身,正如书中所说的一般,吴沃尧是张荫桓的乡后辈,对他的出身当然是知得比较清楚的。现在我先抄一段《清史稿·张荫桓传》,以见其为人。

> 张荫桓,字樵野,广东南海人,性通侻,纳赀为知县,铨山东。巡抚阎敬铭、丁宝桢先后器异之,数荐至道员。……光绪十一年,命充出使美、日、秘三国大臣,逾岁赴美。……后三年还国,仍直总署(即总理各国事务衙门之简称,外务部前身也——引注),历迁户部左侍郎。……先是变法议起,主事康有为与往还甚密,有为获谴,遂褫荫桓职,谪戍新疆。越二年,拳乱作,用事者矫诏僇异己,荫桓论斩戍所,二十七年复故官。

《清史稿》对荫桓出身寒微一事,没有述及。除《二十年目睹之怪现状》所描写外,我们只得从野史中找一些与他身世有关的资料了。祁景颐(祁寯藻相国之孙,民国二十年间尚健存,今不知如何)的《鞠谷亭随笔》,对于张荫桓的出身,和他被祸的原因,写得很详细,其出身的一段历史,与《怪现状》所写的相同,只是说部说他出生在广东,而《随笔》则明言其在山东而已。现在摘录如左:

> 南海张樵野侍郎,起家小吏,同光时,随其舅氏李山农(宗岱)观察于济南,落寞无聊,时朝邑阎文介公(即阎敬铭)为山东巡抚,励精图治,留意人才,丰采凛然,属吏皆严惮之。一日,有应奏之事,属幕府起稿,凡数易,俱不惬意。公自为之,

亦觉未当，因以属李山农观察。李归，为张言之。张固工文词，请于李试为之。稿成，李以呈文介，意不过塞责。文介阅竟，见其叙事明通，悉中肯綮，深为嘉许。……文介问李，何人属稿，李以张对。遂令进见，与谈大洽。文介刚傲不易相处，张乃因势利导，倍加倚重。时各省传教之士，骄纵不守绳检，张承抚台命，遇事操纵得宜，是为侍郎外交之发端。继文介抚东为宁远丁文诚公（宝桢）亦激赏之，累保至候补道，分发湖北。……法越事起，文介与钱唐许文肃公（景澄）同兼总署，朝命与侍郎会合办理定约画界事……时侍郎躬操权柄，锐意任事，又恃枢援，意气不免骄矜，为人侧目。当时风尚，京朝九列清班，除满蒙外，汉则居恒科甲出身，少则亦由门荫，家阀丰隆，罕有杂流厕入。侍郎以外职崛起，至于卿贰，即不露锋芒，亦难久安于位，况机锋四露，过事任性耶？……李文忠留京入总署，翁文恭（同龢）亦得兼职，凡遇交涉，必使侍郎同为处理，文恭尤为推重。……侍郎在朝，资用豪奢，馔食丰美，又好收藏书画，同列无与伦比。李文忠以旧辅再出，眷注甚隆，在总署亦唯侍郎之言是从。……侍郎翕热功名，又恃两宫俱有援系，德宗召见时，私有所陈，兼进新学书籍。如康南海之进身，外传翁文恭所保，其实由于侍郎密奏也。（笔者按：同时密保康有为者，尚有徐致靖，而翁同龢不与焉）戊戌四月，常熟被放，侍郎诣之，告以军机同见上，上以胡孚宸参摺示之，摺仍言约二百六十万与翁平分，上谕以极力当差。（戊戌以下数句，多录自翁同日记）……侍郎不以他途进，遇德宗召对时，剀切陈言外交大事，各国情势，徐图更张，未始不能见功，不使昏庸妄测正人，激成庚子拳乱，清社以屋，国家亦随之一蹶不振，则侍郎一生官迹，于中国不无关系也。……

张荫桓的生平行谊，于此可见一斑。他虽不是科举出身，但学问很好，诗文之外，兼擅绘事。生平最爱王石谷的画，收藏王画一百幅，名其斋曰百石斋。（《孽海花》说部有一回描写他爱王石谷画的事，甚至说他的儿子去夺人的画。这种说法，绝不是事实）他的遗诗《荷戈集》一卷，多是遣戍西行时在关内外途中的作品，现在录一首于此。

　　九月晦日渭南道中得廉生书述
　　　敞居及垲儿踪迹奉答一首
　　无限艰危一纸书，二千里外话京居。
　　覆巢几见能完卵，解网何曾竟漏鱼。
　　百石斋随黄叶散，两家春与绿杨虚。
　　灞桥不为寻诗去，每忆高情泪引裾。

荫桓晚年自号红棉老人，刻红棉老人章，凡遇心爱的书画或得意的诗篇，就盖这一小印。他在佛山的红棉书屋，听说尚存。

刘学询遇骗

《怪现状》五十五回下半回的回目是"设施已毕医士脱逃"，这是写广州西医行骗苟莺楼的故事。据说那个苟莺楼是一个大富翁，因为为富不仁，便有一个医生设计骗了他十万元。书中用广州名利栈的一个伙计名叫何理之的，把这件行骗故事说给"我"听。现在摘录如左）：

　　理之道："倒账的有甚希奇，这是一个为富而不仁的人，遭了个大骗子。这位大富翁姓苟，名叫莺楼，本是由赌博起家；后来又运动了官场，包收什么捐，尽情剥削。我们广东人都恨到他了不得。"我道："他不是广东人么？"理之道："他是直隶沧州人，不过在广东日久，学会说广东话罢了。……忽然一天,他走沙基经过,看见一个外国人在那里指挥工匠,装修房子,装修得很是富丽,不知要开什么洋行。托了旁人打听,才知道开药房的。那外国人并不是外国人,不过扮了西装罢了,还是中国的辽东人呢。这苟莺楼听说他是辽东原籍,总算同是北边人,可以算得同乡。便又托人介绍去拜访他。见面之后,才知他姓祖,单名一个武字。从四五岁的时候,他老子便带他到外国去,到了七八岁时,便到外国学堂读书,另外取了个外国名字,叫做Jame;后来回到中国,又把它译成中国北边口言,叫做健模,就把这健模两字做了号。他外国书籍读得差不多了,便到医学堂去学西医。在外国时,所有往来的中国人,都是广东人,所以他倒说了一口广东话……等到那医学堂毕业出来,不知那里混了两年,跑到这里来,要开个药房……"……(吴氏小说原文,医生名祖武,一九二八年以后改为关良)。

这个富翁便问那医生药房的利钱有多厚,医生说平均起来,大概有七分钱。富翁一听一万元可以赚到七千,哪有不羡慕之理?于是便和医生拉交情,要加入股份十万元,从此二人合作做生意。医生就向外国定了很多药来,还未开箱,忽然接到香港一家大药房的总理配药的医生的死讯,遗命要他去暂时代理一下他的职务,三个月后才能回广州,他便把一切手续向富翁交代清楚,提了一个大皮包,趁夜船到香港去了。这十万块钱当然没有回头。富翁打开货仓的箱子一看,原来通通是些砖头泥土,那里有什么名贵的西药!

书中所指受骗的苟莺楼,相传是五十年前广州的大富商刘学询。作者把他的姓名倒过来,"询"变成"苟"(同音),"学"变成"莺","刘"转成"楼",这是很容易看得出的。刘学询是广东中山(当日叫香山)人,进士出身。学询是正途科甲出身的人,本来大可以借此功名去做官大刮其龙的。但此人有点奇怪,他老是说自己有做皇帝的福命,便不屑去清朝的官,宁愿做赌商。那时候,广东盛行一种赌博，名叫"闱姓"，刘学询承办这赌博，赚了不少钱。他发财之后，在上海大买地产，上海那家著名的沧州饭店（泰戈尔于一九二四年到上海，就是住在那里，本名沧州别墅。作者说荀鸳楼是沧州人，即指其别墅之名也），和西湖的刘庄，都是他的产业。我在一九二七年四月初游刘庄时，还见过刘学询，过多一年，他就死了。他为人很有狂志，要做皇帝，所以作者在八十回里写一个成都富翁张百万有做国丈的资格，要找个真命天子来做女婿，这也是间接影射刘学询的。学询为人，并不至于太坏，他在孙中山早期的革命，听说也捐助过一点钱的。

大名士的家庭惨变

《二十年目睹之怪现状》第三十二回"轻性命天伦遭惨变"，是写一个流寓在广州的广西名士及其后人的故事。

这个广西名士在道光末年跟他的父亲到广州做官，已变成广东土著了。他姓倪，单名一个鸿字，字云渠，广西临桂人。道咸年间，广州人文极盛，倪鸿也是当日活跃在文坛上知名之士。他的著作有《桐阴清话》《曼陀罗庵诗集》。考这一时期广州的遗闻逸事，这两部书却是相当有价值的。

倪鸿在广东的官做得很小（顺德县江村司巡检），曾一度到浙江做同知，又在广州当过督署的文案，略有宦囊。就在粤秀山脚土名将军大鱼塘附近，筑了一所别墅，名叫野水闲鸥馆。他生平喜交友，又爱挥霍，到晚年的景况很不好，死后，野水闲鸥馆风流云散，鞠为茂草了。到光绪末年，改为随宦学堂（许地山、周自齐都曾在此读书），后来又改为旅粤学堂。近四十年，人事沧桑，现在就是要指出它的遗址也不容易了。

我佛山人这一回写他们一家的事情,是相当有趣的,现在摘录书中原文如左:

  哈哈!你道那人是谁?原来是我父亲当日在杭州开的店里一个小伙计,姓黎,表字景翼,广东人氏。我见了他,为甚吃惊呢?只因见他穿了一身重孝,不由的不吃一个惊。然而叙起他来,我又为什么哈哈一笑?只因为这回见他之后,晓得他闹了一件丧心病狂的事,笑不得,怒不得,只得干笑两声,出出这口恶气。看官们听我叙来:这个人,他的父亲是个做官的,官名一个遂字,表字鸿甫,本来是福建一个巡检。署过两回事,弄了几文,就在福州省城,盖造了一座小小花园,题名叫做水鸥小榭。生平喜欢做诗,在福建交了好些官场名士。那水鸥小榭就终年都是冠盖往来,日积月累的,就闹的亏空起来……这位黎鸿甫少尹,明知不得了,就一不做二不休,索性带了一妻两妾三儿子,逃了出来……走到杭州,安顿了家小……(鸿甫捐了个知县)又到杭州候补了。

这是倪鸿的一篇小传。"黎"与"倪"的音差不多,表字有个"鸿"字,明明是指倪鸿了。说他在福建做过巡检,正是隐射倪鸿在顺德县当过巡检。水鸥小榭则隐射野水闲鸥馆。

小说专写这个黎景翼误会他的胞弟黎希铨承受了老姨太太的遗产,写信给父亲,说了弟弟许多不好的话,鸿甫就写信叫希铨快死,又另有信给景翼叫他迫着弟弟自尽。希铨死后,景翼打开他所得老姨太太的衣箱,原来是空无一物的,就大失所望。后来这个黎景翼的老婆,带了五岁的女儿私逃了(三十六回),搞到黎氏家散人亡。

据吴趼人说,小说里的黎景翼卖弟妇、迫弟自尽,都是真事,他在小说中只是用假名来叙述而已。吴氏的《我佛山人笔记》卷一,有《果报》一则,就是说明这个事的,现在摘录一些给读者参证。

  ……临桂某甲,讳其姓名,本官家子,与其弟同寓上海,瞰其弟之私蓄，欲分之，弟不可。甲父宦天津，甲惑于妇言，密达书于父，诬其弟以秽事。父得书，大怒，驰书促其少子死。甲得父书，持以迫其弟。弟泣求免，不可，遂仰药。甲即谋鬻其弟妇。弟妇惧，奔余求救，余许以明日往责甲。及明日往，其弟妇已在妓院矣。即走妓院，威其鸨，迫令退还，为之择配，谓事已了矣。不数日，有人走告余，谓甲妇为人拐逃，甲已悔恨而为僧。以甲之非人也，一笑置之。阅数月，又有以异事来告者，谓某乙利甲妇之储藏，诱拐之，托尽所有，狂恣凌虐，妇不堪其苦，已奔某妓院，即甲鬻弟妇处也。初不信，访之果然，妇且笑语承迎，略不自愧。呜呼，请君入瓮，其报何酷且速哉！
小说中有两回是写这件事的，读者有兴趣，可一阅。

炼煤油的笑话

关于人造石油这个理想，在六十年前，清朝科学不发达时，在无意中闹过一个笑话，给一个外国领事嘲笑了一番，其事见于《二十年目睹之怪现状》。这件事的经过很有趣，可拿来谈一下。

该书的第八十一回回目的下联，是"假聪明贻讥外族"，说的是一个留心时务的道台，在他的故乡四川兴办实业。他在重庆忽然大买煤斤，把重庆的煤都买贵了，小民叫苦连天。这不打紧，却惊动了外国人了。"驻扎重庆的外国领事，看得一天天的煤价贵了，便出来查考，知道有这么一个观察在那里收煤，不觉暗暗纳罕，便去拜会重庆道。"这个外国领事，未免太留心中国"民隐"了。重庆道便去拜会那个观察（观察是道台之别称），问他收买煤斤为的啥事。那位观察说，外国的煤油到四川要卖到七十多文一斤，他到外国办了机器来，在煤里面提取煤油，每一百斤煤至少提到五十斤油。重庆道把这番话告诉外国领事,那个领事听了呵呵大笑,说道:"外国的煤油是从煤矿采出来的,并不是从煤块提出来的东西。"这个领事便当面冷嘲了一下,很得意就走了。吴沃尧在书中没有说明是哪一国的领事,他写这一段故事,无非是想从外国人口中,描画出一个清朝的昏庸官员。因为在光绪二十年以后,一些"开通"的官员,都讲时务,兴实业,但有成绩的却是很少很少。他们无非借这个名堂,来饱私囊罢了。这个观察想从煤斤里提取石油,我们不能说他不聪明。很多大发明家都是从幻想一件事物,从而下死功夫去研究而成功的。可惜这个观察只会作这幻想,并不用科学头脑去研究怎样才可以从煤块里面提炼煤油,他只是以意为之,徒被外人讥笑而已。

　　这个道台是王湘绮的得意门生四川人宋育仁,他比齐白石拜在王门只不过早十年,在三十年前逝世了。他是翰林出身,到过外国考察实业的。他想出这个从煤斤提煤油的方法,还比外国人早几十年。

　　关于宋育仁这件事,从前在北京办报的汪康年(一九一一年死去),曾把它写在《庄谐选录》里,据说是引自四川李明智所作的,文云:

　　　　鹿芝帅任川督,开办商务局,以川绅宋芸子(按:育仁之字)、乔茂萱总其事。二君于商务不甚了了……兴无数公司之名……在重庆开煤油公司局,集股数万金,办法、告示、章程散布一省,皆指言以煤取油,用机器化之,各国煤油皆出于煤,故外洋以煤矿为要政等语。公司局则收买煤炭,堆积如山,渝城煤价日涨,民众怨之,几酿巨变。后英驻渝领事照会渝关道,询中国得何法能用煤取油?外洋煤油系开井数百丈而油自出,然必有煤油矿地始可用。今中国谓煤油出于煤,而招股开办,或亦有所验欤?关道以询公司,方知公司亦不知煤油之另有矿也。渝民闻之,群指煤山笑骂之。宋愧,始另作章程,然已费

507

万余金。

宋育仁只是会羞愧，不会自己下死劲去研究来争回这口气，却在二十年前给外国人研究出来了。一九三二年，翁文灏在《独立评论》第廿四期发表《中国的燃料问题》一文，证明了从煤炭提油一事，已由研究而成为事实，他说：

汽油不但能从石油矿内提出，而且也能从煤炭内提炼。近年来以……山西大同煤炭，用这个方法，每一吨能提出九十公斤原油。这原油内含有约百分之二十的汽油。如此计算，则每吨煤只能炼十八公斤即约四加仑的汽油。就是要得一千万加仑的汽油，须用二百五十万吨煤。但同时还可以得到许多如煤汽、扁陈油、煤油、柏油及半焦炭等其他产物。……虽然各种方法发明未久，一半尚未脱试验时期，但离成功的日子已不甚远，只要努力研究推广，即使不能完全解决中国燃料问题，至少可以得到一大半的解决。

一九三二年，日本也研究从石炭提炼煤油的方法，得到成功。一九三二年十月廿三日，天津《大公报》就登有这段新闻：

日本新闻联合社廿二日东京电：前经满铁委托海军之石炭液化一事，在锐意研究中，现依工业的实验装置，已将石炭化为液体，其二分之一以上完全为良质之燃料液体，而精制品变为汽油。是石炭之液体化事业，已由日本工业实验而成功，可称为燃料界一大革命，在国防上有重要意义者也。

煤炭液体化这一件事，各国研究到今二十多年，但还未有什么伟大成绩，但我国今日对这种研究更推进了一步，在人造石油这方面能用新法子来增产了。

"弄巧成拙牯岭属他人"

清王朝的末年，外国人在我国可谓横行霸道之至了。他们除了在政治、经济上紧紧抓着我们的命脉之外，还挟其势力，欺压良民，官府是怕洋人的，只有劝他同胞勿与计较。清末的小说家吴沃尧眼见这种令人发指的事太多了，他是憎恨那些来到中国自命为"天之骄子"的外国人的，所以他在《二十年目睹之怪现状》里，有很多处都大力抨击这种外国人和他的虎伥，对买办阶级更是骂个体无完肤的。

《怪现状》第八十四回《弄巧成拙牯岭属他人》，是写一个外国传教士串通了流氓地痞来巧取豪夺我国的土地。书中说：

> 前两年，有个外国人跑到庐山牯岭去逛。这个外国人懂了中国话，还认得两个中国字的。看见山明水秀，便有意要买一片地，盖所房子，做夏天避暑的地方。不知那里来了个流痞，串通了山上一个什么庙里的和尚，冒充做地方。那外国人肯出四十洋银买一指地。那和尚流痞，以为一指头大的地，卖他四十元，很是上算的，便与他成交。写了一张契据给他，也写的是一指地。他便拿了这个契据到道署里转道契。道台看了不懂，问他："什么叫一指地？"他说："用手一指，指到那里就是那里。"道台吃了一惊道："用手一指，可以指到地平线上去，那可不知道是那里地界了，我一个九江道，如何做得主填给你地契呢？"

这确实是笑话，也许形容得有点过火，但小说家要形容外国人那种蛮横无理，就不得不极力烘染了。以手一指，指到那里就是那里，似乎是佛教里有这样的一个故事。唐朝初年，六祖慧能在曹溪修真，曾请当地的大地主陈某捐出土地来扩大南华寺，陈某问要几多地才够，六祖就拿身上的袈裟盖在陈某头上说："这许多就够了！"陈某大悟，就把所有的地尽情献出来，请六祖指到那里就是那里。吴沃尧这样的说法，也许是从此脱胎出来的。

吴沃尧的小说攻击那些强横的外国人与洋奴之外，同时也尽力暴露清朝那班官僚的颟顸无能。书中接着是这样写下去的：

> （九江道）连忙即叫德化县和他去勘验，并去提那流痞及和尚来。谁知他二人先得了信，早已逃走了。那外国人还有良心，所说的一指地，只指了一座牯牛岭去。从此起涉，随便怎样，争不回来。闹到详了省，省里还到总理衙门（按：即外务部的前身），在京里交涉，也争不回来。此时那坐轿子出来的就是领事官，就怕的是为了这件事。我叹道："我们和外国人办交涉，总是有败无胜的。自从中日一役之后，越发被外人看穿了。"味辛道："你还不知那一班外交家的老主意呢！前一向传说总理衙门里，一位大臣写一封私函给这里的抚台，那才说得好呢。这封信，你道他说些什么？他说：'台湾一省地方，朝廷尚且拿这送给日本，何况区区一座牯牛岭，值得什么！将就送了他吧。况且争回来，又不是你的产业，何苦呢？'这里抚台见了他的信，就冷了许多，由得这里九江道去搞，不大理会了。不然，只怕还不至于如此呢！"

我们读了这段小说，没有不骂那班官僚糊涂的。牯岭之这样糊里糊涂给外国人租去，就是官僚们不把国家的土地当作自己的产业所致。一九三七年六月商务印书馆出版的《庐山指南》第二节《牯岭概况》有云：

> 岭为庐山之一部……当清光绪乙未、丙申间（即公元一八九五——九六年），有外国教士李德立（E.S.LITTLE）避暑来此，以山林之胜，气候之佳，欲尽占庐山而有之。乡人某利其财，以百六十金定议，而未划界也。地方官吏初不知李为外籍，给契与之。既察知，欲悔约，李坚执不允，而交涉以起。官吏捕售者下诸狱，乡人火李之居以报之。九江该国领事诉诸公使，由该国政府直接向清廷交涉。会中日战后，清廷慑于邻

威，不愿开罪友邦，饬地方官和平了结；卒以牯岭之地与之，作为九十九年之租借地，年纳租金极微。——是以乡人皆以租界称也。

我们读了这段记载，证以吴沃尧的小说，可以知道牯岭是这样断送了的。经手把牯岭"租"给外国人的，是一个官僚名叫盛福怀。据《清朝野史大观》（中华书局所辑）引某笔记云：

外人李德立，传教中国，过庐山，狮子庵方丈导之登临，直跻其巅，觉山气高爽，泉清木秀，迥异人世，疑为仙居，美叹不去口。时代理江防者为前九江电报局总办盛福怀，宣怀弟也，夙性颟顸。李就与议租地为外人公共避暑场。福怀不审利害，慨然允之，期以九十九年，租值仅数百金；或言巨万，殆归中饱。后为大吏侦悉，而木已成舟，无术挽回矣。

所记虽然很简，但已确定为李德立无疑。不过是否由盛福怀经手还得再查考一下，现在只好记以存疑。

考官装疯

清朝承明朝之旧，以八股文取士（康熙间，虽曾一度废八股文，但不久即恢复，大概是清帝利用八股文来麻醉知识分子也），一直到光绪末年才废八股，试策论。因为历代的帝王以科举取士，于是科场作弊，就层出不穷了，虽然由明至清，几乎每一朝都有科场大狱，但办者自办，作弊仍然层出不穷。

科举制度的好坏，以现代眼光来批评，当然可以抨击到一无是处（其实它之不好，只是八股文不好而已）。但在几百年前，这种制度是给一班读书人有个平等机会，读书求上进，以与靠门荫的贵族争一日之长短。这种平等机会，不能厚非的。但有些富贵子弟，倒吊都滴不下一点墨水,偏要求科名弄个正途出身(因为任你怎样富贵,如不由科举出身,终是旁门左道,为人瞧不起的),然而自己是个草包,经不起考验的,于是只得花钱来买通主考和房考(乡会试有正副主考官及房考官——亦称同考官——,房考官共十八人,各分派若干卷,由房考官看好后,荐给主考官批取。取中的士人,称主考为座师,房考为房师),这叫作"通关节"。"关节"两字,由来已久,宋朝包拯做开封府时,人们就有两句话赞他"关节不到,有阎罗包老"了。关节买不通,只有包拯一人,其他贪财通关节的人,可见是很多的。那时候,大概做官而纳贿讲人情的,都可以叫作"关节"。后来这个名词似乎专为科场用了,别的地方颇少见。

吴沃尧对于科举是深恶痛绝的,他在《二十年目睹之怪现状》一书中,就有好些处抨击这个制度。书中第四十二回《露关节同考装疯》,就是描写同考官通关节的丑事。吴沃尧写的是吴继之在一次的乡试中被派为同考官,不得不入闱去看文章,便把"我"当作家人带入闱帮他看试卷。由继之口中说出科场作弊的趣事,据他说关节是这样的:

  我道:"这个玩意儿我没干过,不知关节怎末通法?"继之道:"不过预先约定了几个字,用在破题上,我见了便荐罢了。"我道:"这么说,中不中还不能必呢。"继之道:"这个自然,他要中,去通主考的关节。"

原来在科举时代,统治者防范那班应试的士子还甚于防贼,怕他们通关节,于是发明了"糊名易书"之法,使考官们不能知道士子的姓名和认笔迹。怎样叫糊名易书呢?那就是士子作好文章后,场中有人给他用原笔再抄一遍,这叫作"易书",又叫"誊录"。卷上作者之名糊去(但籍贯不糊),这叫作"糊名"。等到拆弥封时,才知道取中的人叫什么名字的。经过这一番机密的办法后,才把各卷分发各房的同考官去看。想作怪的士人没奈何,只得和主考等人预通关节，在文章开首那几句"破题"里约好了用些什么字，主考们见到了就知道是谁写的文章，就取中了他。通关节当然要把主考、房考都通了才能通关，因为房考虽然通了，他批上些好评语，荐上去，碰巧主考没有受过考生的礼，或许是刚正无私，摈而不取，那也是没办法的。

科举时代，从秀才起，一直到考举人、贡士，都可以作弊。但到了殿试，那是最高的考试了，要在皇帝的殿廷举行，由皇帝出题，亲自看卷（其实看卷以至定甲乙，皆由大臣一手经理的），皇帝是买不通的，关节就失灵了。

吴沃尧在这一回的小说里，写关节的事情很有趣，我们读了，对于五十年前的科举作弊情形约略可见一斑。这一回目的同考装疯，是有一段趣事的。

  我道："还有一层难处，比如这一本不落在他房里呢？"
  继之道："各房官都是声气相通的，不落在他那里，可以到别房去找；别房落到他那里的关节卷子，也听人家来找。最怕遇着一种拘迂固执的，他自己不通关节，别人通了关节，也不敢被他知道。那种人的房，叫做'黑房。'只要卷子不落在'黑房'里，或者这一科没有'黑房'，就都不要紧了。"……继之道："你不知道，'黑房'是做不得的。现在新任的江宁府何太尊，他是翰林出身，在京里时，有一回会试分房，他同人家通了关节，就是你那个话，偏偏这本卷不曾到他房里，他正在设法找寻。可巧来了一位别房的房官是个老翰林，著名的'清朝孔夫子'，没有人不畏惮他的。这位何太尊不知怎的一时糊涂，就对他说有个关节的话，谁知被他听了，便大嚷起来，说某房有关节，要去回总裁。登时闹得各房都知道了，围过来看，见是这位先生吵闹，都不敢劝。这位太尊急了，要想个阻止他的法子，那里想得出来。……"

何太尊通关节出破了，没有办法，只好装疯，拿起裁纸刀乱杀人，还在自己的肚上划了一刀。众人吓傻了，才劝住那个"清朝孔夫子"，把何太尊扶出闹去。作者把何太尊这一段趣事，写得十分精彩，可惜原文太长，不便在这里多引。

《怪现状》所写的那个何太尊，确有其人其事的。这一回是影射甘肃布政使李廷箫做京官时的一件事。同治十二年（公元一八七三年）顺天乡试，户部郎中李廷箫为同考官。廷箫后来因病出闹，当时北京人便有通关节给人出破之谣。李慈铭同治十二年八月二十九日日记云：

闻前日顺天同考官李君廷箫，以疯疾出闹。此君湖北人，癸丑庶常，改户部主事，入直军机……近日甫升云南司郎中。月前教金甫、邓献之招饮，所谓李军机者，即此君也。……李君入闹，初无恙也，至十六日，忽觉言动稍异，然犹坐堂中阅文。二十一日遂大发狂，先持剪刀自刺其腹，不入，继以小刀自揕其腰及胸，血满重衣。监临遂奏闻，舁之出，至家尚日觅死不已也。此大可异矣！

李氏日记里没有提到他通关节的事，大概当时是有此谣传的，吴沃尧便摭拾此事，渲染起来写入小说里了。现在不管李廷箫是否有通关节，但他在闹里发狂自刺，这件事是有的。因为人们见他疯了要自杀，即使是关节出破，也不为已甚了。（李廷箫后来官运颇为亨通，外放布政使，护理陕甘总督。那时正在义和团运动之后，他听说山西巡抚毓贤为外国人指名要杀，竟然正法了，他自惊不已，不久即病死，一说是自杀。）

赵芥堂一趣事

《二十年目睹之怪现状》第三十八回写一个官吏为农民出气的趣事。书中的主人公"我"到苏州筹设分号，偶然碰到一个在苏州候补佐杂的，名叫许澄波，他们在一起喝酒，"我"便问苏州的吏治。许澄波说到江苏巡抚谭中丞大快人意的一件事。他说：

有一个乡下人挑了一担粪，走过一间衣庄门口。不知怎的，把粪桶打翻了，溅到衣庄里面去。吓得乡下人情愿代他洗，代他扫，只请他拿水拿扫帚出来。那衣庄的人也不好，欺他是乡下人，不给他扫帚，要他脱下上身的破棉袄来揩。乡下人急了，只是哀求，顿时围了许多人观看，把一条街都塞满了。恰好他老先生（指谭巡抚）拜客走过，见许多人，便叫差役来问什么事。差役过去把一个衣庄伙计及乡下人带到轿前。乡下人哭诉如此如此。老先生大怒，骂乡下人道："你自己不小心，弄龌龊了人家地方，莫说要你的破棉袄来揩，就是要你舐干净，你也只得舐了，还不快点揩了去！"乡下人见是官吩咐的，不敢违拗，哭哀哀的脱下衣服去揩。他又叫把轿子抬近衣庄门口，亲自督看。衣庄里的人得意洋洋。等那乡下人揩完了，他老先生却叫衣庄伙计来，吩咐他在店里取一件新棉袄赔还乡下人。衣庄伙计稍为迟疑，他便大怒喝道："此刻冷天的时候，他只得这件破棉袄御寒，为了你们弄坏了，还不应该赔他一件么？你再迟疑，我办你一个欺压乡愚之罪！"衣庄里只得取了一件绸棉袄给了乡下人，看的人没有一个不称快。（据许澄波说：苏州的大间的衣庄，不卖布衣服的，所以只得给一件绸的了。）

这件事确实是发生在苏州的。据江苏人黄钧宰所作的《金壶浪墨》卷八说，为乡民出气而捉弄衣庄伙计的是长洲县的县令赵芥堂。旧日长洲属苏州，清亡之后，已与苏州合并为吴县了。赵芥堂是杭州人，传说他在长洲做官很有德政，处事很得到人民称赞，今看他处理乡下人与衣庄老板一事，便知所传不虚了。他说：

> 钱塘赵芥堂明府，令长洲，多惠政……冬月，有乡民担粪而倾于衣肆之门，主人怒其不祥，欲褫其衣拭之。乡民乞哀，左右劝解，皆不听。明府适至，叱乡民曰："尔不自谨，即褫衣拭地固当。不从，将重责！"时天寒，风雪交作，乡民解衣裸体，伛偻战栗，从地上浣涤污秽。市人窃窃怜之，谓县官助富贾欺穷民。拭即净，公问主人："尔意释乎？"主人喜而谢。公曰："穷民无衣，冻死奈何？"主人曰："唯公所命！"即使民自就衣架取之。民蹴踏取衣衫一。赵曰："单衣不足御寒，易之！"易絮袄。曰："絮不如裘！"遂取一羊裘，值十余金。赵使民披裘担具先行。主人徒目送之，俯首而入。

赵芥堂此举是大快人意的，苏州人一直歌颂他历数十年不衰。黄钧宰把他记入笔记中是在咸丰年间，吴沃尧大概是见到《金壶浪墨》所记才撷给它做小说的材料，不过把一个长洲县令赵芥堂改为江苏谭巡抚罢了。吴沃尧为人很有正义感，疾恶如仇，他在小说中时时抨击恶势力和恶人，称扬良善的人不遗余力，对于好官，能为民除害的官，他都在笔下予以称赞的。

盛宣怀与名妓金巧林

吴沃尧《二十年目睹之怪现状》第五十一回"喜孜孜限期营簉室，乱哄哄连夜出吴松"，写的是上海一间轮船公司的督办因公到汉口，分公司的总理要巴结他，替他设法弄到一个良家女子做妾。那个女子听说要给总办做小，欢天喜地的只慕虚荣，一口答应了。那个总理就花了一点小钱，给小姑娘的未婚夫退了婚。督办就催总理早日办妥喜事。总理说也得择个好日子才可成亲。督办笑道："我们吃了一辈子洋务饭,还信这个么?说定了,一乘轿子抬了来就完了!"督办说他吃洋务饭,不信良辰吉日那一套的,这无非是掩饰他的猴急相,其实在洋场上吃"洋务"饭的那班人,没有一个不是挺迷信的。

汉口这边正在赶着办喜事,但在上海的督办夫人得到了情报,便连忙赶到汉口阻止成亲。幸得那时候中国尚未有飞机,才作成吴沃尧这段精彩的描写。那个夫人听说丈夫背着她毁了"不再娶姨太太"之约,"巴不得拿自己拴在电报局的电线上,一下子打到汉口去才好"。她马上到了总公司,吩咐开一条长江轮船载她到汉口。外国籍船主不大愿意,但经不起她的银弹攻势,许他三千银子,连夜把货物装齐,把船如期开出,路经各埠不停,直趋汉口,恰好是要成亲那天的下午到了,把老爷的好事拆散,像捉猪一般,把老头儿捉回上海去了。

这一回的故事是很有趣的,这个督办就是大买办盛宣怀,轮船公司就是李鸿章创办的那家轮船招商局。(轮船招商局创于同治十一年即公元一八七二年,李鸿章先后委唐廷枢、朱其昂、徐润、盛宣怀等人主持局务,办理结果,这班官僚个个都私囊充裕,而公款日亏了)盛宣怀之富,是国中闻名的。他是江苏武进人,生于道光二十四年(一八四四年)死于民国五年(一九一六年),年七十三岁。

他从同治九年二十六岁起,就在李鸿章手下当差,招商局成立时,鸿章委他做会办,以后就做山东登莱青兵备道、东海关监督、天津海关道、邮传部大臣,到清廷起用袁世凯时,他因为和世凯有隙,马上辞职回上海。(他的遗著《愚斋存稿》一百卷,一九三九年武进盛氏思补楼刻本。其中关于我国的建设、时事、政治都有详述,为绝好参考资料)他的继室庄氏,十几年前是上海一个著名富孀,久住上海的人,无不知晓的。

关于盛宣怀的出身，第七十八回书中，给这个督办补写了一笔，还说到他怎样娶了一个妓女（五十一回中称为金姨太太）后，就官运亨通。但后来他的官做得大了，他的老太爷不许他把姨太太扶正，才娶了这一个继室。我们现在且看吴沃尧在七十八回中怎样描写。

这位督办，本是官家公子出身……二十多岁时，便捐了个杂佐，在外面当差，老人家是现任大员，自然有人照应，等到他老太爷告老时，他已连捐带保的弄到一个道台了（即在山东做兵备道，与宣怀的宦历合——引注）。他……不知怎样，弄得失爱于父，就跑到上海来花天酒地的乱闹。那时候金姨太太还在妓院里做生意呢，他们两个就认识了。后来那位金姨太太嫁了一个绸缎庄的东家姓蒯的。局面虽大，年纪可也不小了。……后来这个金姨太太就挟带私逃，和督办一同到了天津，她拿出私己替他在官场上打点，放了海关道。督办对他亲口许过的，他日得意，一定以嫡礼相待。怎知新道台派轿子接金姨太太进衙门，几次都接不着，新道台只得去公馆问她什么事。

姨太太恼过了半天，方才冷笑道："好个以嫡礼相待！不知我进衙门，该用什么礼？就这么一乘轿子，就要抬了去？我以为就是个丫头，老远的跟了大人到任，也应该消受得起的了。却原来是大人待嫡之礼！"这时候，老爷才知道姨太太生气的原因，连忙吩咐预备全副执事及绿呢大轿，姨太太穿了披风红裙到衙门去了。之后，督办虽然另外续弦，但大太太对这个金姨太太也得另眼相看，因为她有功于老爷的。

这个金姨太太真有其人，她就是七十年前红遍上海洋场的名妓金巧林。读小说的人，也许会以为金姨太太是虚构的人物呢。现在我把吴沃尧《我佛山人笔记》卷四《金巧林》一则摘录于此：

妓女具莫大之知识，莫大之毅力，复以无上之慧眼，能择人而事，以植半生之幸福者，吾得一人焉，曰金巧林。巧林本姓刁氏，享艳名于北里……时有大腹贾蔡某者，烟霞之瘾甚深，短灯长夜，往往通宵，不达旦，不寝也。时人乃锡以嘉名曰"蔡天亮"。蔡乃出资脱其（金巧林）籍，位于金钗之列。亡何，巧林挟巨赀潜逃，乘一叶舟，泊于上海观音阁码头……时有某公子者，亦一代之伟人，隐而未显者也，以失爱于父，茫茫无所之，于吴下买舟如沪，抵观音阁码头，泊焉，与巧林舟两舷相倚，可望而见。……巧林之居北里也，素与公子谂，至是相遇，未免有情，彼此互叩踪迹。公子以实告。……巧林曰："公子苟纳我，何资斧之足虑。"公子大悦，即挈之走京师。巧林尽出其资以供运动。未几，公子得简山东观察使，因谓巧林曰："非卿之力不及此，从此富贵当与卿共之。"于是乘海舟赴任，先止于行辕，公子受事讫，饬人迎眷属，办差者以迎如夫人之礼迎之。香舆抵署，巧林忽大怒，掷舆而叱曰："止！止！若辈以我为何人？其速舁我返行辕！"仆从疑惧，姑如其言，以俟后命。公子闻之，急趋问故。巧林曰："公子不弃荜菲而宠我，富贵与共之言，岂遂忘之耶？抑食之也？"公子曰："唯唯，不敢食言！"巧林曰："然则我入署而不声炮，富贵焉在？"公子始恍然致怒之由也，急命声炮以迎。于是隆隆然飞震海涘，如夫人入署矣。……自是而公子官运大佳，利权在握，隆隆日上，待巧林弗敢稍替。某年巧林病终于上海，公子为之服期丧，丧仪之盛，无不应有尽有，骇人耳目。呜呼，非巧林之慧眼足以知人，曷克臻此！

笔记所述，与小说所写的互有详略，合而观之，更觉有趣。金姨太太在上海大出丧，三十年前的上海人还能津津乐道。出丧之时，吴沃尧正在上海卖文呢。民国五年盛宣怀的大出丧，也是轰动上海一件大事，至今老一辈的人还能详言之。

吴沃尧久客上海，对于这个时期上海名妓四大金刚的佚事知之极详,他写金巧林这一回的事极精彩,值得一读的。

(本文原为作者著《读小说札记》第二篇,该书于1957年8月由香港上海书局出版;又有1977年4月台湾河洛图书出版社版;台湾朱传誉主编《中国古典小说研究资料汇编·〈二十年目睹之怪现状〉的故事类型》[1982年9月台湾天一出版社复印出版]收录此篇,篇名是原有的。本编据天一出版社复印本收录。)